Anjos da desolação

Livros do autor publicados pela **L&PM** EDITORES:

Anjos da desolação
Big Sur (**L&PM** POCKET)
Cidade pequena, cidade grande
Despertar: uma vida do Buda (**L&PM** POCKET)
Diários de Jack Kerouac (1947-1954)
Geração beat (**L&PM** POCKET)
O livro dos sonhos (**L&PM** POCKET)
On the Road – o manuscrito original
On the Road – Pé na estrada (**L&PM** POCKET)
Satori em Paris (**L&PM** POCKET)
Os subterrâneos (**L&PM** POCKET)
Tristessa (**L&PM** POCKET **PLUS**)
Os vagabundos iluminados (**L&PM** POCKET)
Viajante solitário (**L&PM** POCKET)
Visões de Cody

Leia também na Coleção **L&PM** POCKET:

Kerouac – Yves Buin (Série Biografias)
Geração beat – Claudio Willer (Série **ENCYCLOPAEDIA**)

Jack Kerouac

Anjos da desolação

Tradução de Guilherme da Silva Braga

L&PM
EDITORES

Texto de acordo com a nova ortografia.
Título original: *Desolation Angels*

Tradução: Guilherme da Silva Braga
Capa: Humberto Nunes
Foto da orelha: Jack Kerouac por Elliott Erwitt © Magnum Photos
Preparação: Bianca Pasqualini
Revisão: Patrícia Yurgel

CIP-Brasil. Catalogação-na-fonte
Sindicato Nacional dos Editores de Livros, RJ.

K47a

Kerouac, Jack, 1922-1969
    Anjos da desolação / Jack Kerouac; tradução de Guilherme da Silva Braga. – Porto Alegre, RS : L&PM, 2010.
    360p.; 16 cm

    Tradução de: *Desolation Angels*

    ISBN 978-85-254-2041-1

    1. Geração beat - Ficção. 2. Romance americano. I. Braga, Guilherme da Silva. II. Título.

10-2958.   CDD: 813
                             CDU: 821.111(73)-3

Copyright © Jack Kerouac, 1960, 1963, 1965
Copyright © The Estate of Jack Kerouac, 1972
Copyright © Joyce Johnson, 2010

Todos os direitos desta edição reservados a L&PM Editores
Rua Comendador Coruja, 314, loja 9 – Floresta – 90.220-180
Porto Alegre – RS – Brasil / Fone: 51.3225.5777 – Fax: 51.3221-5380

Pedidos & Depto. Comercial: vendas@lpm.com.br
Fale conosco: info@lpm.com.br
www.lpm.com.br

Impresso no Brasil
Inverno de 2010

Sumário

Introdução – *Seymour Krim* 7
Depoimento – *Joyce Johnson* 25

LIVRO UM – Anjos da desolação **33**
   Parte um – A desolação solitária 35
   Parte dois – A desolação no mundo 93

LIVRO DOIS – Passando **227**
   Parte um – Passando pelo México 229
   Parte dois – Passando por Nova York 261
   Parte três – Passando por Tânger, pela França e por Londres 301
   Parte quatro – Passando mais uma vez pela América 327

Introdução

*Seymour Krim**

Todos os que têm coragem já brincaram de Deus em algum momento da vida, mas quando foi a última vez que você criou uma geração? Duas semanas atrás, talvez? Ou você simplesmente correu até o psiquiatra e implorou para que ele o acalmasse porque você estava muito assustado com os seus pensamentos fantásticos-doentios-delirantes-tabuísticos de grandeza? A segunda opção parece mais razoável, embora tenha menos glamour; eu mesmo amarelei assim.

Mas Jack Kerouac criou sozinho a Geração Beat. Mesmo que Allen Ginsberg, Gregory Corso e William Burroughs tenham contribuído com a loucura individual e cumulativa de cada um para a massa da GB (e você vai encontrá-los neste livro com os nomes de Irwin Garden, Raphael Urso e Bull Hubbard), Kerouac foi o Princípio Unificador graças a uma combinação única de elementos. Como garotinho escondido no corpo de um homem criativo e independente, cristão budista erudito que curtia Charlie Parker e Miles Davis e sorvete, americano sentimental e apolítico de uma cidadezinha pequena que mesmo assim meditou sobre o universo como Thoreau, Jack Kerouac reuniu todo um campo de experiências que antes estavam desunidas e conferiu a elas significado e continuidade. O mais importante em relação à criação da Geração Beat por Kerouac, o que a tornou válida e espontânea o suficiente para deixar uma marca duradoura na história e imortalizar seu nome, foi que não houve nada de planejado ou de fajuto em relação ao triunfo de seu estilo. Kerouac e os amigos, do meio para o fim da década de 50 e antes que a chama Beat queimasse com toda a força, estavam simplesmente vivendo a vida de forma mais completa e adoidada do que seus compatriotas mais articulados. Um dos personagens secundários em *Anjos da desolação*, um professor de Estudos Asiáticos, diz em uma festa ao ar livre que a essência do budismo é simplesmente "conhecer o maior número de pessoas possível", e sem dúvida era essa a diferença gritante que caracterizava Kerouac e seus amigos.

Eles zanzaram por todo o país e também por outros (São Francisco, Cidade do México, Tânger, Paris, Londres, de volta a Nova York, mais uma viagem para Denver, só!) com uma velocidade, um entusiasmo e uma vontade tão grande de "curtir tudo" que fizeram parecer ridículos os estratagemas de autoproteção adotados pela maioria dos jovens escritores americanos da

---

* Escritor e crítico literário norte-americano, autor de *View of a Nearsighted Cannoneer* (1961) e *Shake It for the World, Smartass* (1970).

época. Não é que Kerouac, Ginsberg, Corso e Burroughs não tivessem irmãos literários em posição igual ou mesmo superior à sua própria; homens como Salinger, Robert Lowell, Mailer, James Jones, Styron, Baldwin etc. não prestavam contas a ninguém em relação a suas ambições e pontos de vista individuais, mas foi assim que estes permaneceram – individuais. Os Beats, por outro lado, e Jack Kerouac em especial, estabeleceram uma *comunidade* entre si que incluía e respeitava as excentricidades individuais mas também tentava orquestrá-las de maneira a servir aos objetivos do grupo; o grupo ou "o pessoal", como uma sociedade em miniatura, era pelo menos tão importante quanto suas estrelas de maior magnitude – na verdade, tratava-se de uma constelação de estrelas que percorriam a mesma órbita e emitiam luz coletiva –, e essa foi a principal diferença entre a invasão Beat sofrida pela nossa literatura e as obras de indivíduos sem nenhuma relação que faziam voos solos com pouca coisa em comum.

Pode-se argumentar que o fazer artístico é um esforço individual reservado para adultos e que os Beats trouxeram para suas revistas, poesia e prosa um medo marginal da polícia e uma incestuosidade que fechavam as portas à realidade e transformavam o ofício em uma orgia de autojustificação. À medida que o tempo corre depois da apoteose da Geração Beat, grosso modo 1957-1961, essa abordagem em perspectiva parece um tanto sadia e razoável; da distância atual, muita coisa da parada Beat e da atividade messiânica talvez pareça a caricatura de um piquenique de psicóticos turbinados por boletas do tamanho de um avião. Agora que a GB acabou – e ela se reduziu a pó menos de dez anos após a erupção quase espontânea, quando a maioria dos integrantes foi atrás de seu próprio caminho existencial –, muito da empolgação alucinante do período inicial (registrado neste livro e na maioria dos romances de Kerouac desde *On the Road*) pode parecer exagerado, histérico, estúpido e preso com uma fita vermelha pós-adolescente que ainda fará alguns desses apóstolos dar risadas de constrangimento à medida que forem avançando na dura estrada da idade e da artrite.

Mas os Beats, e também o próprio Kerouac, eram muito mais do que uma lista de excessos, "adoração do primitivismo" (uma frase arrogante cunhada pelo crítico Norman Podhoretz), viagens loucas de North Beach para o Village ou um filme de ação emocionante que, quando vistos pelo prisma do moralismo, podem parecer um belo sonho anárquico de benzedrina tornado realidade. Esse quadro mais ou menos batido, em especial quando contrastado com o formalismo tímido praticado tanto nas universidades e em periódicos influentes como o *Partisan* e o *Kenyon*, era no entanto uma parte real da insurreição Beat; eles estavam se revoltando contra a têmpera mental predominante que os havia excluído da existência literária, como havia feito com outras centenas de jovens escritores americanos do fim da década de 40 e também da década de 50, e a tonelada de experiência e imaginação suprimida pelo policiamento crítico pós-Eliot das letras norte-americanas surgiu com a mesma força de um vaso sanitário que explode. A primeira alegria dos escritores Beat, quando atacaram, foi desfilar nas tetas de tudo o que era proibido, proclamar o "antirracional" – que quantidade terrível de Mandamentos tinha sido injetada em seus cérebros, como óleo de rícino! –, exultar na antimétrica, rejubilar-se no maravilhoso, corporificar todas as formas e contornos bastardos que prestavam tributo à Imaginação atropelada pelos acadêmicos virgens que haviam preparado o terreno para uma Literatura Norte-Americana do Meio do Século XX.

Assim, antes de qualquer outra coisa é preciso olhar para as brincadeiras insanas, o infantilismo deliberado, os haicais pirados, os stripteases completos, os cânticos livres e as danças rituais literárias dos Beats, que se preparavam para a guerra, como uma incrível tomada de consciência, um *extravasamento* mais do que necessário contra um clima intelectual autoritário, inibidor e punitivo que havia conseguido intimidar a Literatura Norte-Americana séria. Mas a necessidade que o autor tem de expressar o que sente na alma é, em última análise, a necessidade mais determinada de todas e só tolera interferências até um certo ponto; quando os críticos e professores transformam-se em legisladores, acabam perdendo o poder ao tentar usurpar a masculinidade (ou a feminilidade) alheia. Munido de personalidade, uma mente enorme e aberta e uma formação literária obsessiva combinada com o visual norte-americano romântico de um aventureiro do cinema, Jack Kerouac tornou-se a imagem e o catalisador desse Movimento pela Liberdade e pôs em marcha um novo estilo genuíno que chegou até o assento da motocicleta dos sentimentos de seus contemporâneos porque expressava vivências mútuas que até então haviam sido caladas ou consideradas impróprias para a literatura. O nascimento de um estilo é sempre uma ocasião fascinante, porque representa uma mudança radical de aparências e valores; mesmo que o tempo prove que o estilo de Kerouac é fraco demais para resistir aos sucessivos golpes da moda que o aguardam e assim ele chegue aos livros de história principalmente como uma boleta de anfetamina, e não como um mestre da própria experiência (e nós vamos examinar essas possibilidades à medida que avançamos mais fundo na análise de sua obra), seria uma atitude um tanto míope da parte de qualquer um que esteja preocupado com a atual situação nos Estados Unidos minimizar as consequências de tudo o que Kerouac trouxe à luz e pôs em rodas voadoras.

Essa última imagem não é imprópria para a América de Kerouac nem para a nossa, uma vez que ele mitificou o país de costa a costa em um carro que passava riscado pelas estradas em *On the Road* (1957) ao mesmo tempo em que pegou a nossa prosa costumeira pelo rabo e instigou-a à mais pura ação, como os nossos jazzistas e pintores estavam fazendo com a arte a que se dedicavam. Mas Kerouac fez ainda mais: hoje, em 1965, quase uma década após *On the Road*, podemos ver que provavelmente ele (ao lado de Salinger) foi o primeiro romancista americano importante a criar uma Pop Art legítima. As raízes de qualquer inovador nutrem-se de fontes profundas e primárias, e, se lançarmos um olhar às de Kerouac, o escopo de sua consciência e a abrangência de sua preocupação poderiam surpreender um bom número de mentes preconceituosas e despertá-las para o reconhecimento tardio.

John (Jack) Kerouac, como todos os leitores-participantes de sua obra sabem, nasceu em Lowell, Massachusetts, em 1922. Um garoto americano típico, mas com uma diferença: tinha ascendência franco-canadense, e sua família (o pai era tipógrafo, o que não deixa de ser curioso) era adepta da modalidade bastante paroquial do catolicismo que se observa naquele posto avançado boreal da igreja. No que dizia respeito à América dos anglo-saxões brancos e protestantes, Kerouac foi quase tão alienado quanto Allen Ginsberg, o judeu radical homossexual, Gregory Corso, o pivete italiano ex-aluno de reformatório, e William Burroughs, o homossexual junkie e ovelha negra de uma boa família que mais tarde ele iria conhecer. Desde o início, ao que parece – e por toda a obra de Kerouac –, percebemos uma ternura extrema para com os animais, as crianças, as coisas que crescem, uma espécie de são-franciscanismo que às vezes se torna piegas a ponto de irritar os gostos mais áridos; o leitor solidário atribui a Kerouac uma tolerância genuinamente "santa" como ser humano, mas também faz cara feia diante da perfeição típica dos calendários religiosos em uma obra como *Visions of Gerard* (1963), uma elegia sincera e talvez excessivamente idealizada ao irmão mais velho de saúde frágil que morreu durante a infância do autor. Mesmo que os sentimentos de Kerouac por vezes transbordem em um Rio de Lágrimas, eles estão sempre presentes, aos baldes, e acabamos encantados com a enorme sensibilidade do homem a nada menos do que tudo o que aconteceu em sua vida – literalmente desde o nascimento até um instante atrás.

Assim, como um Alienado franco-canadense católico ("Sou canadense de língua francesa, só aprendi a falar inglês lá pelos cinco ou seis anos, até os dezesseis ainda falava inglês com um sotaque esquisito e na escola eu era um bebezão tristonho ainda que depois tenha entrado no time de basquete da faculdade sem o qual ninguém me julgaria capaz de fazer alguma coisa na vida (autodesconfiança) e eu teria acabado no hospício por uma deficiência qualquer..."), mas com o jeitão de um protótipo americano crescendo em uma cidade industrial próspera da Nova Inglaterra, muito da infância de Kerouac parece ter consistido de fantasias e devaneios. Ele inventava jogos complexos para si mesmo, usando a solidão do Alienado para criar um mundo novo – vários mundos, na verdade –, modelado no "real" mas estendendo-se muito além das limitações tediosamente normais dos outros garotos de Lowell. Jogos, devaneios, sonhos propriamente ditos – *O livro dos sonhos* (1961) é uma obra sem precedentes na expressão escrita da nossa geração –, fantasias e especulações imaginativas são frequentes em todas as obras maduras de Kerouac; e todas as referências remontam à infância em Lowell, aos detalhes típicos das cidadezinhas americanas (Lowell tinha uma população de cem mil habitantes ou menos durante a infância de Kerouac) e ao que podemos chamar, sem a menor vergonha, de Ideia Americana, algo que o jovem Jack cultivou de uma forma que apenas um sonhador ávido e fisicamente robusto é capaz.

Em suma, como um Alienado, um americano de primeira geração que só foi aprender a falar a língua do país quando já usava calções curtos, a história e a beleza bruta da lenda americana eram mais importantes para sua imaginação do que para os meninos ranhentos e relativamente bem-ajustados que achavam Coca-Colas e cinemas a coisa mais natural do mundo e desfrutavam toda a abundância dos costumes e dos bens de consumo americanos que o jovem Kerouac transformava em espetáculos teatrais particulares. É impossível esquecer que atrás do Kerouac de 43 anos de hoje existe um envolvimento total com o folclore, a história, as fofocas, os atrativos visuais, a música e a literatura de nosso país – em especial com esta última; Twain, Emily Dickinson, Melville, Sherwood Anderson, Whitman, Emerson, Hemingway, Saroyan, Thomas Wolfe, ele já os havia devorado todos na adolescência (junto com uma biografia de Jack London que despertou sua vontade de ser um "aventureiro"); Kerouac se identificou com seus recém-descobertos pais e avós literários e ao que tudo indica lia com grande entusiasmo. Como você vai ver, esse tipo de imersão na literatura de seus conterrâneos – um mergulho dado com a paixão agradecida que só os filhos de imigrantes são capazes de compreender – foi necessário antes da ruptura estilística; após um longo aprendizado, Kerouac adquiriu conhecimento e controle suficientes sobre a escrita para poder atirar ao mar toda a bagagem supérflua quando enfim encontrou sua própria voz e apostou no ritmo e no som total.

Por volta dos dezessete anos, vemos Kerouac como um aluno da semiprestigiosa Horace Mann School em Nova York com nota média de 92 pontos. (Não importa o ângulo por onde se olhe, tamanho brilhantismo complica a tese capenga de "anti-intelectualismo" sustentada por palermas intransigentes.) Mais tarde, em 1940, ele entrou para a Columbia University com uma bolsa de estudos. Kerouac, até onde eu sei, nunca chegou a jogar futebol americano pela universidade, embora tenha feito parte do time até quebrar a perna e sido um half-back à moda Garry Grayson ainda na Horace Mann School. Ele também nunca terminou o curso, porque a Segunda Guerra Mundial estourou mais ou menos dois anos após a entrada na universidade; mas nesse tempo ele conheceu dois amigos e influências importantes – William

Burroughs e Allen Ginsberg –, e é bastante esclarecedor lembrar que o título das duas obras que levaram esses dois homens a conhecimento público, *Almoço nu* e *Uivo*, respectivamente, foram dados por Kerouac, o feiticeiro das palavras. Burroughs era um junkie atlético, elegante e muito autêntico, bem como diletante ocasional em assuntos criminosos, tais como o assalto a um banho turco só pela risada à la André Gide, que ganhou o status de guru por viver de modo frio e desafiador à margem da sociedade depois de ter nascido em seu centro social – a afluente família Máquina de Calcular Burroughs e uma graduação em Harvard em 1936. Tinha um intelecto ativo, penetrante, impessoal e bizarro ao extremo. O jovem Ginsberg era um pária Visionário de Paterson, Nova Jersey – "Eu nunca achei que ele fosse viver a ponto de crescer", disse o conterrâneo William Carlos Williams a seu respeito –, filho de um poeta menor e de uma mãe louca sobre quem escreveu lindos versos em *Kaddish* (1962), um radical, um blakeano, um fauvista judeu sonhador e sorridente, e podemos imaginar os três fazendo um pingue-pongue de ideias durante as noites apocalípticas em Morningside Heights logo depois que a América foi tragada pela guerra.

Algum dia a história completa dessas sensacionais preparações de JAZZ-PICO-ERVA-POESIA ORGASMO DEUS! para o Motim Beat ainda vai ser escrita – Alfred G. Aronowitz, do *Saturday Evening Post*, foi o primeiro jornalista a perceber a importância desses sujeitos e tem anotações volumosas e gravações em fita para escrever um livro que até agora vem sendo desencorajado por ser "datado" – mas para o nosso tema, a saber, Jack Kerouac, basta ver como o arco franco-canadense católico e ianque se ampliou para incluir uma aceitação solidária não participativa da homossexualidade dos amigos literatos, da associação com criminosos e prostitutas, das drogas e das pirações de todo tipo imaginável em Manhattan, incluindo as explorações malucas com Ginsberg, Herbert Huncke, Burroughs e Neal Cassady (o Dean Moriarty de *On the Road*) da vida putanheira no Times Squares. Todo artista original, como Kerouac, é composto por diversas camadas; a capacidade de experimentar coisas diferentes está sempre aumentando, e o instinto pelos amigos e amantes baseia-se no que ele pode aprender e também em uma necessidade pessoal em estado bruto. Sentimos que Kerouac estava se expandindo em todas as direções nessa época, lendo Blake, Rimbaud, Dostoiévski, Joyce, Baudelaire, Céline e os budistas, além dos excelentes escritores norte-americanos, começando a escrever poesia (talvez com o incentivo entusiástico de Ginsberg), pintando – em suma, transformando-se no fenômeno multifacetado em que precisaria se transformar para escapar a uma definição fácil e inspirar o profundo afeto de uma gama de pessoas heterogêneas da maneira como enfim conseguiu.

Quando a Segunda Guerra Mundial estourou, Kerouac alistou-se como marinheiro mercante e zarpou para a Groenlândia no malfadado SS

Dorchester, agora famoso pelos quatro capelães que sacrificaram as vidas durante um ataque de submarino próximo à Islândia, mas o autor foi chamado para o campo de treinos da Marinha logo antes da viagem fatal de 1943. Depois de uma temporada relativamente curta na Marinha, Kerouac foi dispensado devido à "personalidade esquizoide", uma descrição mental primitiva não muito diferente daquelas em que muitos de seus colegas escritores foram enquadrados por um serviço incapaz de definir suas visões duplas e triplas. A partir desse ponto (salvo pela devoção infantil e obsessiva pela mãe, como os leitores pacientes bem sabem) ele estaria sozinho no caminho que escolheu trilhar. Depois da Marinha, passou o restante da guerra como marinheiro mercante, mais uma vez navegando pelo Atlântico Norte; depois, mais ou menos nessa ordem, vieram um ano na Manhattan's New School for Social Research, a conclusão do primeiro romance, as vagabundagens e caronas pelos Estados Unidos e pelo México e o apego cada vez maior a São Francisco – sua primeira parada quando desceu do poleiro no alto das montanhas de Washington, onde trabalhou como vigia de incêndios.

Lembro dos boatos que corriam em Nova York no fim da década de 40, segundo os quais "Um segundo Thomas Wolfe, um garoto ousado chamado Kerouac, você já ouviu falar?" estava à solta, e também lembro da ponta de inveja que senti quando fiquei sabendo. Mas o caso era que, além de escrever durante todos esses anos – e isso para fazer Kerouac se destacar no meio de todos os outros novos romancistas espalhados ela cidade –, ele tinha o dom extraordinário de ir direto ao encontro de experiências novas; foi o primeiro integrante articulado de uma nova raça pós-guerra, o Beat Transcontinental Americano, porque em Nova York contava entre os amigos (e também incitava) gente como Burroughs, Ginsberg, Corso, John Clellon Holmes e também vários jazzistas, pintores e hippies, enquanto na Costa mantinha relações igualmente próximas com Neal Cassady – talvez o primeiro Transcontinentalista Doidão, mas escritor meramente ocasional – e os poetas Philip Walen, Gary Snyder, Peter Orlovsky (que aparece como Simon Darlovsky neste livro), Philip Lamantia, Robert Duncan, Mike McClure, John Montgomery e outros.

Absorvendo a vida necessária para a obra durante as andanças pelo país, Kerouac também alimentava inúmeras pessoas com a sua presença, desafiando os poetas a uivar, os pintores a pintar, os pequenos periódicos a publicar (o *Big Table*, 1960-1961, foi batizado por Kerouac) e, da maneira mais simples possível, sendo o pivô humano para uma subsociedade improvisada de artistas, escritores e jovens idealistas poético-religiosos alheios à nossa deletéria cultura materialista. Não parece um exagero dizer que Kerouac, graças a uma enorme capacidade de envolvimento com a "sua" geração, unificou um número impressionante de americanos marginalizados que provavelmente teriam permanecido como sombras solitárias se não fosse por seu carisma especial. E por mais Transcontinental que Kerouac fosse, a Costa Oeste, e os arredores de Frisco em particular, acabariam se mostrando mais prontos para recebê-lo do que a Costa Leste.

A Califórnia olha para o Oriente; lá os jovens intelectuais são muito mais abertos a conceitos pouco ortodoxos e experimentais do que suas contrapartes nas fortalezas obstinadas em Nova York e na Nova Inglaterra, e não foi por acidente que a carruagem Beat viajou do Oeste para o Leste no fim da década de 50. Mas, no caso mais específico de Kerouac, foi na Costa, em especial do norte de Frisco às altas montanhas de Washington, que o clima e a geografia permitiram que ele e seus *Vagabundos iluminados* (1958) combinassem um modo de vida cheio de andanças ao ar livre com os preceitos budistas e especulações que têm um papel tão importante em toda a obra de Kerouac e particularmente neste livro. Nesse ambiente propício, Kerouac descobriu alguns jovens americanos neobudistas, antimaterialistas e levemente anarquistas que jamais teria encontrado em Nova York, em Boston ou na Filadélfia; juntos, discutiram e refletiram sobre temas filosóficos (de maneira informal, mas séria) e trouxeram – todos juntos, com a ajuda de Kerouac para popularizar a ideia – uma nova possibilidade literário-religiosa para o conteúdo do romance americano que antecipou os estudos mais aprofundados do Zen e pressagiou uma mudança no mundo intelectual, que passou de uma atitude científica a uma abordagem mais existencial. Não pretendo afirmar que Kerouac tenha sido um pensador original no sentido técnico-filosófico do termo, embora todo o artista de impacto use não apenas os sentimentos, mas também a cabeça; a originalidade de Kerouac foi seu faro instintivo para descobrir onde a ação vital estava e sua habilidade impressionante de estenógrafo judicial responsável por registrar o estado da alma Beat contemporânea (não muito diferente de Hemingway em *O sol também se levanta* uns 35 anos antes).

Antes que Kerouac dominasse São Francisco e a Costa Oeste, o burburinho que já se ouvia nos círculos editoriais de Nova York sobre esse alegre garoto indomável chegou ao ápice em 1950, com a publicação de seu primeiro romance, *Cidade pequena, cidade grande*. Já pelo título você percebe que Kerouac ainda estava sob a influência de Thomas Wolfe – *The Web and the Rock, Of Time and the River* etc. –, mas, ainda que seu ouvido para registrar a fala dos contemporâneos já impressionasse pela riqueza de detalhes e pela alta fidelidade ao detalhe e às cadências, o livro permanece como um teste preliminar para o trabalho que vem a seguir. Lá está o humor abilolado, as cenas com montagens alucinadas no Times Square, esboços originais e afetuosos dos futuros Beats, descrições íntimas de viagens de maconha e dos apartamentos do East Side infestados por percevejos, mas aos 28 anos Kerouac ainda estava escrevendo segundo os moldes tradicionais do romance realista e não tinha dado o salto que o levaria em direção à luz. O próprio Kerouac se referiu a *Cidade...* como um "romance romanesco", algo inventado ao menos em parte, ou seja, *ficcional*. Ele também nos disse que passou três anos escrevendo e reescrevendo o livro.

Mas em 1951, apenas um ano antes da publicação, sabemos que Kerouac já estava dando os primeiros passos com seu próprio método-filosofia da composição. Foram necessários mais sete anos – com a publicação de *On the Road*, e mesmo então os leitores foram privados das inovações estilísticas de Kerouac pelo trabalho editorial ortodoxo feito pela Viking Press – para que o som e o estilo alcançassem o público, mas Allen Ginsberg nos disse, na introdução de *Uivo* (1956), que Kerouac "Transbordou inteligência em onze livros escritos na metade do número de anos (1951-1956) – *On the Road* (1957), *Os subterrâneos* (1958), *Os vagabundos iluminados* (1958), *Maggie Cassidy* (1959), *Dr. Sax* (1959), *Mexico City Blues* (1959), *Visões de Cody* (1960), *O livro dos sonhos* (1961), *Visions of Gerard* (1963), *San Francisco Blues* (inédito) e *Wake up* (inédito)". As datas, é claro, referem-se aos anos em que os livros foram publicados. Aos 29 anos Kerouac de repente fez sua própria revolução com uma explosão de energia fenomenal e encontrou a maneira de contar sua história particular com jorros frasais livres que haveriam de transformá-lo no primeiro e único místico católico "louco" turbinado da prosa americana.

O estilo, como acontece a todos os escritores de real importância, não era um simples maneirismo superficial, mas antes a expressão suprema de um ponto de vista conquistado à base de muita luta que tomou corpo na linguagem do autor, no ritmo com que utilizava as palavras e na pontuação desenfreada que libertou o ímpeto de sua expressão. Ginsberg deu à criação o nome um pouco enfeitado de "prosódia bop espontânea", o que significava que Kerouac havia desenvolvido, através da experiência e de revelações pessoais, uma técnica bem-estabelecida que podia ser defendida em termos ideológicos. A essência da técnica era a seguinte: Kerouac costumava "esboçar a partir da memória" uma "imagem-objeto definida" mais ou menos como um pintor trabalha com uma natureza-morta; esse "esboço" exigia um "fluxo desimpedido de ideias-palavras da mente", comparável a um solista de jazz tocando de improviso; não haveria "pontos separando frases-estruturas já arbitrariamente infestadas de dois-pontos falsos e vírgulas tímidas"; no lugar do consagrado ponto final haveria "travessões vigorosos separando o fôlego retórico", mais uma vez como um jazzista respira entre as pausas; não haveria "seletividade" expressiva, mas a simples livre associação da mente nos "mares ilimitados" do pensamento; o escritor tinha de "satisfazer antes de tudo a si mesmo", depois do que o "leitor não vai falhar em receber um choque telepático" graças às mesmas "leis" psicológicas operando em sua própria mente; a composição deveria acontecer "sem pausas" e "sem revisões" (a não ser por erros factuais), uma vez que em última instância não há nada incompreensível ou "lodoso" que "corre no tempo"; o mote desse tipo de prosa seria "fale agora ou cale-se para sempre" – o que punha o autor em um patamar genuinamente existencial; e, por fim, a escrita deveria ocorrer "sem consciência", em um semitranse yeatsiano se possível, para dar ao inconsciente a chance de "admitir" em uma linguagem desinibida e portanto "necessariamente moderna" tudo o que a arte demasiado consciente em geral censura.

Kerouac teve esses insights a respeito da Action Writing quase quinze anos atrás – antes de sentar para escrever as linhas tortuosas de *Road*, que segundo o próprio depoimento do autor foi escrito em inacreditáveis três semanas. (*Os subterrâneos*, que traz alguns dos momentos mais intensos e belos da prosa espermática de Kerouac, foi escrito em três dias e três noites.) Independente de os leitores deste livro – ou os autores americanos contemporâneos em geral – abraçarem ou não as ideias contidas no Manual Instantâneo de Literatura escrito por Kerouac, a relevância delas para essa vela romana vestida de jeans é inquestionável. O tipo de experiência que fazia o sangue de Kerouac ferver, e da qual ele era uma parte tórrida, tinha uma descontinuidade caótica promíscua impetuosa e evanescente que implorava por um receptáculo capaz de flagrá-la em ação. No ponto de maior produtividade da carreira de Kerouac, o início dos anos 50, os modos mediados e intelectualmente cautelosos dos departamentos de inglês das "grandes" universidades e dos grandes periódicos literários eram a norma dominante e intimidante no que dizia respeito à prosa literária "séria"; sei de primeira mão que muitos jovens autores sem a determinação de Kerouac para ir até o fim foram castrados pelo medo de desafiar padrões que na época eram considerados incontestáveis. Mas esse escritor, "um virtuose nato e amante das palavras", como muito bem disse Henry Miller, tinha segurança literária suficiente para perceber – com a fidelidade de um legítimo pioneiro à sua vida interior – que teria de dar as costas para as opiniões da geração mais velha formada por Eliot e Trilling e arriscar o desprezo para manter a fé na realidade tal como a conhecia. Para um plano assim, sem dúvida são necessários confiança artística, coragem, enorme capacidade produtiva, indiferença às críticas e um senso quase fanático de necessidade – todas as virtudes que sempre fizeram a arte de uma geração tão diferente da geração anterior, por mais apatetada e estranha que pareça àqueles habituados ao passado.

O que muitos dos críticos quase paranoicos de Kerouac recusam-se a levar em conta é a dedicação fundamental desse homem; a pesquisa laboriosa que fez sobre escritores visionários tão diferentes como Dickinson, Rimbaud e Joyce, a própria nata heroica dos Nomes que caracterizam a humildade e os olhos brilhantes em meio aos papagaios falastrões da universidade; e as tentativas de usar o que aprendeu para comunicar a recente experiência americana que não tinha voz até que ele lhe desse uma. Mesmo assim, não pretendo dizer que o sucesso tenha sido absoluto. Era cedo demais, dada a ambição de Kerouac, para que pudéssemos julgá-lo da maneira adequada; mas ao menos podemos ordenar sua obra – catorze livros publicados, entre os quais este que você tem em mãos –, perceber o que ele já conseguiu e indicar os pontos em que talvez tenha ido além da própria capacidade e acenado mais com uma intenção do que com uma realização. Como qualquer escritor criativo de grande envergadura – e acredito sem dúvida que Kerouac esteja entre aqueles da nossa geração –, ele é um historiador social e inventor de novas técnicas, e em última análise seu valor para o futuro pode muito bem residir nesses aspectos. Na prosa americana, nenhum outro, nem mesmo Hemingway, escreveu de maneira tão autêntica como Kerouac sobre uma nova área de sensibilidade e atitude dentro do espectro maior da sociedade: muito menos alguém tão obcecado por ideias relativas à arte, às sensações e à autoexploração. Os personagens de Kerouac (e também o autor) são criaturas do meio do século com preferências e sonhos feitos dos próprios romances, pinturas, poemas, filmes e do mesmo jazz criados pela combinação de Hemingway, Picasso, Hart Crane, Orson Welles e Lester Young, os pioneiros hipsters. Porém, esses nomes modernos tão atraentes e o significado que têm para Kerouac e sua patota não são tratados com o caretismo da devoção ou da reverência; eles se tornam o clima em que o romancista e seus personagens vivem.

Não podemos esquecer que a geração que atingiu a maioridade no fim da década de 40 e no meio da década de 50 foi o produto do que havia acontecido imediatamente antes na imaginativa história americana, assim como o próprio Kerouac e a romantização ocasional das estrelas que iluminavam o caminho não foi muito diferente do que se encontra em qualquer universidade – apenas mais sincero em nível emocional e menos preocupado com as aparências. Assim, temos de dar crédito ao Rei dos Beats por ter tido o olhar e o ouvido necessários para fazer justiça a um novo Hall da Fama americano que foi o resultado inevitável da consciência cada vez maior de nosso país em relação à Mensagem da modernidade, mas permaneceu sem representante até que Kerouac, com toda a sua modernidade, tomasse-o por tema. Porém, a arte não se resume à história social, de maneira que, se Kerouac é um romancista-historiador como James T. Farrell, F. Scott Fitzgerald ou o Hemingway das primeiras obras, ele também deve mostrar a alma do tema que escolheu na própria forma literária; o adorável dever do artista-escritor é materializar aquilo sobre o que está escrevendo em uma forma inseparável do conteúdo ("um poema não deve significar, mas ser").

Assim, teria sido ingênuo e ridículo, da parte de Kerouac, escrever sobre esse bando tenso, neurótico, drogado, veloz, declamador de poemas, curtidor de bop e zen à moda de John Updike ou mesmo de John O'Hara; ele precisou duplicar, na prosa, a curiosa combinação de agitação e êxtase que se desfraldava como uma bandeira a partir das vidas de seus garotos e garotas; e acredito que Kerouac deu um passo à frente justamente ao criar uma prosa que não pode ser separada da existência que registra, o que resulta em uma experiência total de fatos, cores, ritmos, cenas e som – que venham! –, tudo muito bem amarrado em um pacote que intimida os imitadores baratos. Nesse sentido, a arte sempre é mais do que a mera redução a uma plataforma – e é interessante notar que Allen Ginsberg e John Clellon Holmes (autor de *Go* e *The Horn*) foram ideólogos Beat mais articulados do que Kerouac, que sempre se esquivava de qualquer declaração programática relativa à sua "missão" porque, em última análise, este debate se dava em sua obra, e não em frente à prefeitura da cidade. Afora a máquina de escrever frenética no colo – ou na cabeça! –, ao que tudo indica Kerouac era surdo e mudo ou desleixado e confuso como orador; simplesmente porque falar em público não era o trabalho dele e qualquer esforço no sentido de reduzir a totalidade da experiência comunicada em seus livros teria parecido a ele, como pareceu a Faulkner, mais uma falsificação e um espetáculo panfletário do que uma recriação – que é o campo onde o verdadeiro poder de Kerouac e da própria arte narrativa se revelam.

Assim, se os livros de Kerouac são o teste supremo e a própria escrita deve sustentar o peso de todas as apostas que fez – como eu acho que deve –, será que ele (1) realizou o trabalho de escrita à altura da teoria, e que (2) essa escrita enfim justifica as apostas feitas pelo autor? Para começar, vamos considerar a arquitetura cumulativa de todos os livros que ele escreveu desde *On the Road*, já que em 1960 Kerouac declarou: "Minha obra encerra um livro de vastas proporções como o *Em busca do tempo perdido*, de Proust, com a diferença que as minhas memórias são escritas na corrida em vez de mais tarde doente numa cama... Tudo isso forma uma enorme comédia vista pelos dos olhos do pobre Ti Jean (eu), também conhecido como Jack Duluoz, o mundo de ação frenética e loucura e também de gentil doçura visto pela fechadura de seu olho".

Vamos tentar analisar o trecho acima. Kerouac vê a própria obra como autobiográfica – o que sem dúvida ela é, disfarçando os nomes das pessoas apenas da maneira mais transparente possível para transformá-la em "ficção" – e, uma década depois de começar sua produção em larga escala, descobre uma analogia para ela em *Em busca do tempo perdido*. As imensas teias de aranha de Proust, no entanto, formam-se a partir de uma recaptura fantasticamente complexa do passado, enquanto os romances de Kerouac são todos corridas de alta velocidade no tempo presente, mal e mal articuladas pela presença do "eu" (Kerouac) e de centenas de conhecidos que aparecem, desaparecem e reaparecem. Escritas em inglês direto, apresentam apenas uma estrutura minimamente sólida quando examinados como um todo, o que não invalida de modo algum o que dizem individualmente, mas tornam a referência a Proust verdadeira apenas em parte. Além do mais, a estrutura que Proust criou para conter sua experiência foi um monolito tortuoso e articulado com imensa habilidade, onde cada segmento é inserido no segmento seguinte do modo mais cuidadoso e discreto possível, enquanto nos livros da "Lenda de Duluoz" escritos por Kerouac (este foi o título que ele deu para a série completa) não dependem necessariamente dos volumes que vieram antes, a não ser no plano cronológico. Em termos estéticos e filosóficos, portanto, a forma do livro gigante de Proust é muito mais fugidia, com uma estrutura que segue suas ideias bergsonianas acerca do Tempo e as corporifica; já no caso de Kerouac, cujas inovações são desafiadoras e não necessitam nenhum tipo de apologia, fica claro que o autor não concebeu uma estrutura tão original. Como um trabalho em andamento, a "Lenda" de Kerouac só é proustiana na onisciência do "eu" e na fidelidade do "eu" às experiências vividas, mas os novos livros não lhe acrescentam nada em termos de significado – este significado é claramente visível nos romances avulsos e cresce no plano espacial apenas por meio de adições, e não de desdobramentos, como ocorre em Proust. Por fim, a referência de Kerouac à obra de Proust parece ser antes um pensamento tardio do que um plano estrategicamente trabalhado desde o início.

Se em termos estruturais a "Lenda de Duluoz" é muito menos coesa e organizada do que a referência a Proust faria supor, o que dizer em relação à prosa? Parece-me que foi no plano da escrita de fato que Kerouac deu sua contribuição mais emocionante; nenhum outro autor americano até hoje encontrou um ritmo tão próximo do jazz, da ação, da velocidade real do pensamento e da realidade de um cenário nacional vivido por milhares de nós entre os dezessete e os 45 anos. Kerouac, por mais "excêntrico" que seu estilo possa ser para alguns, é sem dúvida o Manda-Chuva da vida hip universal nessa América com o pé na tábua. As frases ou linhas – e na obra de Kerouac elas são mais importantes do que os parágrafos, capítulos e até mesmo do que os livros individuais, uma vez que estes últimos são meras extensões espaço-temporais da reação imediata original – são reflexos mentais puros de cada momento que pontua nossa experiência diária. Devido à participação interior ininterrupta de Kerouac no tempo presente, esses impulsos mentais faíscam e cantarolam com um imediatismo claramente sentido que impede que um único grão de poeira se insinue entre o momento da percepção e o ato comunicativo. Quase dez anos antes de o imediatismo nervoso da Pop Art nos mostrar o ambiente farsesco em que vivemos – voltar nosso olhar para o dilúvio de itens americanos que haviam sido excluídos do Expressionismo Abstrato da geração mais velha –, Kerouac estava transformando a nossa prosa em uma apoteose de observação rápida, exatidão de detalhes, nomes de marcas registradas, cores de sorvete, confusões cinematográficas de jam sessions nos domingos à tarde e prazeres assustadores de ler *O médico e o monstro* nos bosques de Big Sur, todos aspectos encantadores e comoventes da realidade que eram tênues e evanescentes demais para que tivessem entrado antes na nossa literatura tão limitada.

A força crua da prosa que você vai ver neste livro reside no fato de que nenhum detalhe era inusitado ou pequeno ou inumano demais para escapar ao olhar incrivelmente ligeiro e sempre atento de Kerouac; e graças ao método compulsivo-espontâneo de composição ele foi capaz de capturar a realidade à medida que as coisas iam acontecendo – enquanto outros autores teriam se cansado só de imaginar como lidar com tudo aquilo. Tamanha força, aliada à fantasia e tornada real através da tristeza "cósmica" particularmente evidente em *Anjos da desolação*, não pode passar despercebida a ninguém seriamente interessado em saber como a nossa escrita vai tratar nossas novas experiências; "Se algo já foi vivido ou pensado, um dia há de se tornar literatura", disse Émile Zola. A influência de Kerouac como escritor é muito mais difundida do que reconhecida; Ginsberg, Burroughs, LeRoi Jones, Selby e até mesmo Mailer, Krim e John Clellon Holmes são algumas das contrapartes que aprenderam como chegar mais perto de um efeito da verdade graças à liberdade linguística, à pontuação e à imaginação de Kerouac.

No entanto, às vezes essa mesma prosa parece sofrer com uma nudez infantil (que faz você sentir vontade de enrolar um cobertor em volta dela e do autor), uma repetição excessiva e uma logorreia aguda, e com grande frequência mais sugere cenas breves de compulsão telegráfica do que "escrita" tal como estamos acostumados a concebê-la. Esse é o risco – que a espontaneidade não seja mais profunda do que as marcas que deixa no papel e possa ser levada pelo sopro de um novo vento cultural. Uma vez que não há um desenvolvimento dos personagens no sentido tradicional, mas apenas um acréscimo de detalhes – assim – com a voz do narrador cada vez mais soando como fala do que como literatura – de modo que pareça ter sido gravada em vez de escrita – tal como Jack gravou em fita quatro capítulos de *Visões de Cody* – as palavras têm uma leveza engraçada – como as penas ou os aviões de papel das crianças – elas viajam como os cascos dos pôneis – sem impressões profundas na página – com uma espécie de simplificação cartunesca – tudo impacientemente beijado na superfície – mas será que a experiência é só aquilo que compreendemos logo de cara?

Para ser realista, a escrita de Kerouac pode parecer uma ausência de escrita quando comparada aos nossos produtos literários mais refinados; o autor nos desafiou a ceder a um impulso rítmico desleixado, dedicado e constante que flerta perigosamente com o onanismo verbal em detrimento da escrita romanesca mais básica. Os livros muitas vezes parecem antes ser proezas submarinas levadas às últimas consequências do que "obras" no sentido tradicional, refletido e trabalhado. Você tem a impressão de que elas acabaram entre uma capa e uma contracapa como que por acaso e que, se você removesse as barreiras que as sustentam, elas esvoaçariam como nuvens, porque a substância de que são feitas é leve como merengue, e as palavras são tão fluidas e brutas, tão *casuais* na própria concepção de arte, que parecem estar condenadas à extinção no instante seguinte àquele em que são escritas.

Parece-me inevitável, mesmo para os leitores mais entusiastas, considerar a sério a possibilidade de que a obra de Kerouac vá sobreviver ao autor e à época em que foi escrita por muito tempo; ele já nos contou todos os segredos e, ao que tudo indica, aborreceu – por força da exposição desinibida da própria alma – os leitores que não têm nenhuma simpatia especial por seu romantismo mochileiro-sexual. Mesmo assim, esse é o risco que Kerouac assumiu. O público para o qual exibiu o próprio ser em termos tão irreais é implacável como o passar dos anos, rigoroso como o inverno e incansável e caprichoso como o apetite de um milionário. Não há como não pensar "Pobre Jack, pobre Ti Jean, atirar a flor mais íntima na fossa do gosto popular e da necessidade de curtições canibalescas!". Minha crença pessoal é a seguinte: tudo o que é monótono, indulgente e falso na prosa de Kerouac vai ser esfolado por céticos de olhar aguçado que esperam de garfo e faca na mão por uma presa tão indefesa como esse autor parece condenado a ser. Kerouac já foi esfolado antes e vai ser esfolado outras vezes no futuro; é a sina dele. Mas eu também acho que as melhores partes de sua obra devem perdurar porque são tecidas com o fio da vida real e não vão piorar com o passar do tempo. Não me surpreenderia nem um pouco ver esse estilo ousado e pacificamente metido tornar-se o registro em prosa mais autêntico da nossa neoadolescência estrepada, cada vez mais apreciado à medida que o tempo faz suas aparentes excentricidades parecerem mais aceitáveis do que agora, quando ainda são muito indigestas para as mentes consumistas de milhões de cabeças massificadas.

De maneiras sutis e inesperadas, assombrado pelos fantasmas de sua infância como só ele poderia ser e portanto irritante para os apreciadores mais racionais, acho que Kerouac é um dos homens mais *inteligentes* de seu tempo. Mas se o passado imediato foi difícil em termos pessoais – e você vai ver o quão doloroso ele foi, tanto neste livro como em *Big Sur* (1962) –, não há muito a dizer sobre as facilidades futuras. Kerouac é um sujeito muito vulnerável; sua personalidade literária e seu conteúdo são um convite a ainda mais farpas, que bastariam para ferir um espírito triste e obscurecido; mas a essência gentil e resistente de seu ser – cujo mote é Aceitação, Paz, Perdão e Amor – é mais forte do que se poderia suspeitar, dada tamanha sensibilidade. Quanto a esse aspecto indomável-insistente de sua natureza Canuck, todos os que pagam tributo ao homem e à obra agradecem.

O perigo que agora ameaça Kerouac, um perigo grande, é o perigo da repetição. Ele pode acrescentar outros doze livros em capa dura à "Lenda de Duluoz", e todos vão ser tão válidos quanto os predecessores, mas a não ser que ele aprofunde, aumente ou altere o próprio ritmo, os livros não vão fazer mais do que acrescentar peso a um valor já conquistado – sem aumentar o talento vertical do autor nem dimensionar os novos significados que um homem de sua capacidade deve assumir. Na verdade esperamos – com um orgulho fervoroso de Kerouac, compartilhado por todos os que foram purificados por sua Declaração de Independência Estética – que o próprio tempo consuma e esgote a "Lenda de Duluoz" para que então o autor parta rumo a outras odisseias literárias que nas quais só ele pode embarcar.

Este livro, *Anjos da desolação*, narra os acontecimentos que mexeram com a Geração Beat entre 1956 e 1957, logo antes da publicação de *On the Road*. Você vai perceber de cara o cenário e o lugar que esta obra ocupa na autobiografia de Duluoz-Kerouac. A primeira metade do livro foi escrita na Cidade do México em outubro de 1956 e datilografada em 1957; a segunda metade, intitulada *Passando*, só foi escrita em 1961, embora os eventos narrados tenham acontecido imediatamente após a primeira metade. Nas duas metades, o *leitmotiv* preponderante é o de uma "paz triste", uma "passagem" suave e delicada pelo vazio do mundo à espera de uma "eternidade dourada" no outro lado da mortalidade. A humildade e a ternura em relação a uma existência sofrida sempre marcaram a obra de Kerouac, embora muitas vezes de maneira mais defensiva, mas quando o Jack da vida real e o herói dos livros são sufocados por experiências que ultrapassam o limite de tolerância, o pastor reprimido e o "Buda" (como Allen Ginsberg o chamou) em seus ossos ressurgem. Ao longo de todo o livro, antes e depois das cenas de celebração, balbúrdia, desespero, bebedeiras e borbulhas, há uma necessidade de isolamento e contemplação; e nesses momentos surge a nota trágica da resignação – máscula, mundana, baseada no conhecimento justo de outras peregrinações históricas pressentidas ou lidas por Kerouac ou ainda as duas coisas – que só nos livros mais recentes tornou-se uma característica do Velho Jovem Mártir Mulherengo.

Não podemos nos enganar. "Eu sou o homem, eu sofri, eu estive lá", escreveu Whitman, e apenas um tolo com estudo – para usar a frase de Mahalia Jackson – ou um detrator irremediável se recusaria a dizer o mesmo a respeito de Kerouac. Os misticismos e fervores religiosos são (quer você goste, quer não) inseparáveis da personalidade do autor. Nos livros ele dá asas a essas qualidades; o tom é elegíaco e por vezes flerta com o sentimentalismo e a Maldição Romântica, porém sempre girando em torno do isolamento essencial e da faina com que as criaturas imperfeitas como nós precisam lidar dia após dia. Se os críticos dessem notas para a Humanidade dos escritores, Kerouac teria um longo histórico de AA; seus clamores e cânticos soluçantes em plena noite humana não têm nada de fajuto, e isso para mim é indiscutível. Eles humanizam o uso da forma romanesca a um grau tão extremo que o romance transforma-se no veículo das necessidades do autor e assume o tom íntimo de uma carta pessoal tornada pública; mas a dor de Kerouac se transforma na do leitor porque tem sentimentos mais grandiosos do que as emoções relativamente bem-guardadas e desonestas que podemos contribuir.

Assim como Churchill – a comparação parece esquisita, mas sua pertinência é ainda mais –, Kerouac não só fez como também escreveu a história em que desempenhou o papel principal. O ineditismo dessa posição na literatura muitas vezes sintética e bairrista dos anos 60 fala por si próprio e não corre nenhum risco imediato de duplicação. Se ela é desprezada ou ridicularizada por jornalistas literários que não têm grandes chances de fazer contribuições à realidade por meios próprios, ao mesmo tempo é fácil perceber o amarelo da inveja mais rasteira; Kerouac, escolhido pelo diabrete do destino contemporâneo para ser e fazer algo que não foi dado a absolutamente mais ninguém, já não pode mais ser derrubado por um único indivíduo. A imagem do gêiser conjurada por ele é mais alta, mais reluzente, mais rápida, mais estilosa e mais doce do que as imagens de qualquer outro irmão americano de sua época que tenha acelerado pela estrada de experiências do país na última década.

Mas agora chegamos ao fim da viagem. Jack nos mostrou o arco-íris na mancha de óleo; nos fez ouvir os trompetes bop que sopram no paraíso negro da Costa Oeste; deixou-nos chapados de Buda e de Cristo; bombeou sua vida para dentro de nós e vestiu nossas mentes com a imagem multicolorida da sua própria. Na minha opinião, ele sem dúvida fez o trabalho que se propôs nessa fase de sua especialíssima carreira. Em nome do amor que todos nós temos por ele, espero que Jack use esses poderes assustadores conferidos a todos os half-backs rimbaudianos de Lowell, Massachusetts, e transforme sua expressão em ainda outro aspecto de si próprio. Porque eu acho que ele está prestes a atingir um equilíbrio desigual – dando mais do que recebe. A comunicação nos dois sentidos está desaparecendo porque durante os últimos dez anos ele nos ensinou o que sabe, pôs seus pensamentos-imagens nas nossas cabeças e agora nós podemos antecipá-lo ou ler suas obras de uma forma transparente demais. Sinceramente acho que chegou a hora de Kerouac ficar abaixo da linha de radar, como Sonny Rollins – que abandonou o cenário musical, fez uma viagem para Saturno, voltou mais novo do que antes – e dar um tempo como artista; já que ele é um gato com pelo menos sete vidas, sendo que uma delas virou amiga íntima de literalmente milhares de pessoas da nossa geração e vai nos acompanhar até o esquecimento ou a idade avançada; tenho quase certeza de que ele pode criar um som novo e ainda mais grandioso se escutar a necessidade em nossos ouvidos e nos vir sedentos por uma nova visão. Jack é uma parte importante demais de nós todos para não olhar e não escutar o nosso apelo; para ouvi-lo falar – e esta é uma voz que *já alcançou* um número muito maior de pessoas do que qualquer outra neste exato momento: acredite na exatidão das minhas informações, independentemente do que possa pensar sobre o meu gosto – é só virar a página e ficar ligado.

Depoimento

*Joyce Johnson**

Quando conheci Jack Kerouac, em uma noite fria de janeiro, em 1957, entrei na Parte Dois deste romance, que a princípio Kerouac queria publicar como um livro à parte, chamado *Passando*. Ele tinha acabado de voltar da Cidade do México e estava passando por Nova York alguns meses antes de seguir viagem para Tânger. Era um homem sem casa, que parava um pouco em diferentes lugares e depois seguia adiante. Acho que ele sempre sonhava que em algum novo destino pudesse encontrar o equilíbrio entre o desejo de novidade e de companhia e o lado mais recluso de sua natureza.

Na noite em que o conheci – nove meses antes da publicação de *On the Road* –, Jack não fazia a menor ideia de que acabaria famoso ou de que sua vida de vagabundo iluminado não fosse continuar. Estava como sempre entregue à própria sorte, depois de ter os últimos vinte dólares roubados por um balconista em uma mercearia. Allen Ginsberg pediu que eu o ajudasse. Eu tinha 21 anos e também tinha acabado de passar por poucas e boas. A minha filosofia da época era: "Não tenho nada a perder". Entrei no Howard Johnson's da Eighth Street, no Greenwich Village, e Jack Kerouac estava junto do balcão vestindo uma camisa de lenhador vermelha e preta. Embora os olhos fossem de um azul surpreendentemente claro, ele também parecia todo vermelho e preto com a pele bronzeada e o brilho dos cabelos escuros.

Eu nunca tinha visto um homem que parecesse mais vibrante. Porém, durante o nosso tímido bate-papo, comecei a perceber o quão triste e cansado ele estava. Jack falou que tinha passado 63 dias como vigia de incêndios em uma montanha chamada Desolation Peak e que naquele instante queria estar de volta ao cume. Nos dois meses em que moramos juntos antes que embarcasse rumo a Tânger para juntar-se a William Burroughs, Jack não disse nada sobre o quão difíceis aquelas semanas de solidão tinham sido para ele.

Talvez a mente de Kerouac já estivesse transformando aqueles 63 dias em ficção, começando a conferir-lhes um brilho retrospectivo. Mas *Anjos da desolação*, completado apenas em 1964, acabou sendo uma obra muito menos imaginativa do que qualquer outro dos nove romances autobiográficos que compõem o que ele chamava de "A Lenda de Duluoz". Segundo Ann Charters, a biógrafa de Kerouac, este foi o único livro a ser diretamente transcrito dos diários, trecho após trecho, em vez de ser escrito com o afastamento

---

* Ficcionista norte-americana, autora do livro de memórias *Minor Characters* (1983).

transformador da memória. Dotado de uma forma definida em boa parte pelas omissões, é muito mais um documento emocionante e por vezes aterrador daquele ano na vida de Kerouac do que uma recriação. Talvez um dia depois de eu comprar salsichas para ele no Howard Johnson's, Kerouac tirou o caderno preto que tinha comprado na Cidade do México do bolso e escrito sobre "a loira de casaco vermelho que parecia estar 'em busca de alguma coisa'". Mais tarde, ele me chamaria de Alyce Newman em *Anjos da desolação*.

Para Kerouac, escrever era uma defesa contra os sentimentos de vazio e desespero que o dominavam quando a vida dava a impressão de parar. Certa vez ele me disse que nunca ficaria aborrecido na velhice porque teria tempo de ler tudo sobre as aventuras passadas. Quando não tinha mais nada para acrescentar à Lenda de Duluoz, teve a ideia de uniformizar todos os nomes nos vários romances para que pudessem ser lidos como um único livro enorme, como *Em busca do tempo perdido*. De fato. Jack via a si mesmo como um "Proust que corre". Mas a velhice não estava nas cartas de Kerouac, embora sua última parada tenha sido uma casa com pátio em St. Petersburg, na Flórida, a capital da velhice nos Estados Unidos. Com a reputação literária eclipsada e distante de todos os amigos, Kerouac morreu por lá, em 1969, aos 47 anos.

"Parece que agora a minha vida é escrever, nem que seja palavras sem sentido"*, escreveu Kerouac para o amigo de infância Sebastien Sampas em 1943. Com apenas 21 anos, ele já entendia a coisa mais importante a respeito de si próprio. A mesma carta trazia uma frase perturbadora, estranhamente profética: "Quando eu tiver 33 anos, vou meter uma bala na cabeça"**.

"Acho que agora cheguei ao ponto mais alto da minha maturidade e estou mandando ver uma poesia e uma literatura tão loucas que daqui a alguns anos vou olhar pra trás com espanto e vergonha por não conseguir mais fazer isso"***, Kerouac diria a John Clellon Holmes nove anos mais tarde. Embora tenha passado do trigésimo terceiro e do quadragésimo quarto aniversário, em 1955-56 já havia sinais de que seu período mais criativo estava mesmo chegando ao fim. Kerouac tinha escrito sete romances, um atrás do outro, ao longo de seis anos memoráveis. Mas, como outros escritores bem menos prolíficos descobriram, a autobiografia não é uma fonte inesgotável. Antes mesmo do verão no Desolation Peak, Kerouac já tinha começado a pensar se não estaria meramente se repetindo caso continuasse. Para alguém cuja vida era escrever, a ideia de parar era o equivalente a uma condenação à morte.

Para agravar as dúvidas de Kerouac, nenhum de seus livros havia sido publicado desde 1950, quando a Harcourt Brace lançou seu primeiro romance,

---

* Jack Kerouac, *Selected Letters, 1940–1956*, editado por Ann Charters (Viking, 1955), p. 38.
** Ibid., p. 41.
*** Ibid., p. 354.

Cidade pequena, cidade grande. No início ele achou que enfim tinha feito o comportamento de filho pródigo valer a pena, mas o romance não encontrou muitos leitores, e o adiantamento de mil dólares foi gasto depressa. Desde 1953 o crítico Malcolm Cowley, que na época era consultor editorial da Viking Press, vinha demonstrando interesse por *On the Road*, escrito por Kerouac em três semanas frenéticas durante a primavera de 1951. Mas a Viking tinha reservas quanto a publicar uma obra tão ousada e sexualmente explícita, e, em junho de 1955, Kerouac estava desesperado. Quando Cowley e o sócio Keith Jennison convidaram Jack para almoçar, ele perguntou aos dois editores se a Viking não estaria disposta a lhe pagar 25 dólares por mês para que pudesse morar em uma cabana na Cidade do México e terminar o livro em que estava trabalhando. Para Jack a proposta era totalmente séria, mas os dois editores parecem ter achado que estava brincando. Um deles riu e disse: "Parece que você gosta de ir direto ao ponto". Foi só no fim de 1956, depois de mais um ano e meio de agonizante incerteza, que Cowley pôde firmar com Jack o compromisso de publicar *On the Road* no outono seguinte. (No período de três anos que a Viking levou para se decidir, Cowley havia rejeitado uma série de originais mais recentes.)

Ironicamente, Kerouac considerava *On the Road* um romance de transição – menos importante para a sua obra do que os romances mais experimentais que escreveu logo a seguir, em especial *Visões de Neal* (postumamente publicado em 1972 como *Visões de Cody*), *Dr. Sax* e *Visions of Gerard*. Esses foram os livros em que julgou ter encontrado a verdadeira voz da Lenda de Duluoz, que descreveu para Malcolm Crowley em 1955 como "uma voz unificada espontânea que põe o relato a dormir para sempre para que o rumor continue na minha cama – e o rumor igual ao rumor de *Finnegans Wake*, sem começo nem fim".*

A transformação do jovem romancista do fim da década de 40 que escreveu *Cidade pequena, cidade grande* ainda sob o feitiço de Thomas Wolfe no prosodista *bop* da década de 50 poderia não ter ocorrido se, em 1944, Kerouac não encontrasse um extraordinário grupo de jovens escritores independentes que moravam no campus da Columbia University e arredores. Nessa turma de amigos muito próximos, que incluía Allen Ginsberg, William Burroughs e Lucien Carr (o Irwin Garden, o Bull Hubbard e o Julien de *Anjos da desolação*), todos recomendavam leituras (Céline, Nietzsche, Blake, Rimbaud), criticavam a obra uns dos outros, exploravam juntos o Times Square e experimentavam com as drogas e o sexo. Pouco preocupados com as aparições na obra de Kerouac, acabaram transformando-se nos vários personagens que viajam de um livro para o outro sob diferentes pseudônimos.

---

* Ibid., p. 514.

Kerouac sempre admitiu uma profunda atração espiritual e intelectual em relação a esses homens. Escutava as conversas como alguém que se deixa envolver pela música, com a imaginação estimulada pelos ritmos e pelas cadências das palavras. Com o ouvido certeiro e uma memória auditiva excepcional, conseguia incorporar todas aquelas vozes à sua prosa característica.

O grande orador entre eles, na visão de Kerouac, era Neal Cassady (o Dean Moriarty de *On the Road* e o Cody Pomeray de *Anjos da desolação*), um autodidata brilhante que tinha passado três temporadas nos reformatórios do Colorado por roubo de carros. Em 1947, Cassady entrou em um ônibus da Greyhound com destino a Nova York e apareceu pelado na porta quando Kerouac o encontrou pela primeira vez em um apartamento sem água quente no East Harlem.

Com um poderoso carisma sexual e uma inesgotável energia física e verbal, esse pequeno "cadeieiro" de 21 anos, que havia crescido nas espeluncas e salões de sinuca de Denver, era diferente de todos os amigos nova-iorquinos universitários de Kerouac. Neal lembrava Kerouac dos filhos de trabalhadores que havia conhecido em Lowell, Massachusetts, a cidade industrial que tinha deixado aos dezoito anos quando foi para uma escola preparatória de Nova York com uma bolsa para jogar futebol americano. Foi Cassady quem inspirou em Kerouac o desejo de abandonar a "decadência" da Costa Leste e pegar a estrada. Entre 1947 e 1950, enquanto os dois faziam uma série de viagens maratonísticas de um lado ao outro do país com Cassady ao volante, Kerouac descobriu seu grande tema: os Estados Unidos do pós-guerra, vistos pelos olhos dos jovens que tinham aberto mão do sonho americano e, para "conhecer o tempo", expunham-se aos riscos, às agruras e aos êxtases da vida sem nenhuma proteção. Kerouac chamou a si próprio e aos seus irmãos de estrada de "beat" – um termo que tem origem na palavra *beatitude* e portanto um significado oculto: não apenas "surrado", mas também "abençoado".

"Não pense que eu sou um personagem simples –", ele mais tarde alertaria os leitores em *Anjos da desolação*. "Um tarado, um desistente, um traste, um Vigarista que aplica golpes em mulheres mais velhas, e até mesmo em veados, um idiota, não um bebê índio pinguço quando bebo [...]. Seja como for, um incrível amontoado de contradições (o que é bom, segundo Whitman) só que mais apto para a Rússia do século XIX do que para a América moderna de cabelos escovinha e rostos emburrados em Pontiacs –"

Quando Kerouac e Cassady estavam longe um do outro, os dois trocavam correspondências. Kerouac imaginou que Cassady fosse tornar-se um grande escritor por conta do "ímpeto muscular" de seu estilo narrativo, da liberdade que lhe permitia entregar-se de corpo e alma. "Não subestime os devaneios nos salões de sinuca, os detalhes excruciantes sobre as ruas, os horários de encontros, os quartos de hotel, a localização dos bares, as medidas

das janelas, os cheiros, a altura das árvores etc."*, escreveu para o amigo em 23 de dezembro de 1950, dando a Cassady um conselho que logo serviria para si próprio. (Kerouac estava respondendo a uma extraordinária carta de treze mil palavras escrita sob a influência da benzedrina na qual Cassady contava detalhes de seu relacionamento com uma mulher chamada Joan Anderson durante o Natal de 1946.)

Cinco dias mais tarde, sentou-se para escrever uma "confissão completa" de sua vida para Cassady, na qual anunciou: "Doravante renuncio a toda a ficção". Foi uma grande virada para Kerouac. De repente ele descobriu em si mesmo uma nova voz espontânea que mais parecia música pura. Para transformar-se no veículo do que Kerouac agora chamava de "prosa alucinada", escrita sem pausas nem reflexão, ele sacrificaria tudo – a saúde, a sanidade, o casamento e a paternidade, bem como qualquer resquício de conforto e de segurança. "A voz é tudo"** haveria de se tornar o credo de Kerouac, embora poucas vezes comentasse o assunto em sua ficção. Como poderia admitir para si mesmo que palavras eram mais importantes do que as relações humanas? Como Kerouac nunca explicitou essa motivação essencial, seus romances da "vida real" muitas vezes parecem não ter enredos.

Será que ele sacrificou coisas demais? Basta ler as cartas que Kerouac escreveu entre o fim da década de 40 e a metade da década de 50 para perceber que o escritor que passou quase uma década na estrada, parando em espeluncas ou na casa dos amigos, pulando em trens de carga e pegando caronas de norte a sul e de leste a oeste também era um homem que sofria com a humilhação e o caos provocados pela falta de um lar.

Em 1951, logo depois da ruptura estilística e de completar *On the Road*, Kerouac terminou seu casamento de seis meses de maneira abrupta, dizendo a Joan Haverty, sua esposa grávida, que providenciasse um aborto. Quando Joan pediu uma pensão para a filha do casal, Jan, Kerouac fugiu para o México e para a Costa, temendo ser encontrado pela polícia e ver-se obrigado a abandonar a escrita para dedicar-se a trabalhos braçais. Durante os sete anos seguintes, Jack não teve casa – só uma cama e uma escrivaninha onde quer que sua mãe, Gabrielle Kerouac, estivesse morando. Visitava Memère para datilografar os manuscritos, arquivar os diários e cartas e recuperar-se em silêncio até que o tédio e a solidão o impelissem adiante.

Kerouac sempre correu os maiores riscos entre um livro e outro, quando a reentrada nas vidas caóticas da turma beat em Nova York, em São Francisco e na Cidade do México culminava em bebedeiras e arruaças épicas. À medida que começou a usar quantidades cada vez maiores de álcool e de

---

* Ibid., p. 244.

** Ibid., p. 253.

drogas para evocar a "prosa alucinada", tornou-se mais irritado, mais amargo e mais desconfiado, rompendo com amigos como Allen Ginsberg, que criticavam seu trabalho.

Quando estava na casa dos vinte, Kerouac pensou em uma receita para a vida em comunidade que talvez tivesse lhe servido. Por alguns anos, alimentou uma elaborada fantasia de dividir um rancho com Neal Cassady e outros beats. (A mãe de Jack e a esposa perfeita para Kerouac – "desvairada e louca mas ainda assim uma dona de casa ensolarada"* – seriam incluídas nesse esquema "tumultuoso", onde sempre haveria alguma coisa acontecendo.) "Estar sozinho em casa é a última das infelicidades"**, Jack escreveu para Cassady em 1949. Mas quando os amigos entraram na casa dos trinta, ficaram menos disponíveis emocionalmente para Kerouac à medida que suas próprias existências adquiriam maior estabilidade: Lucien Carr e Neal Cassady tinham esposas, filhos e responsabilidades familiares; em 1955 até Allen Ginsberg estava indo morar com seu novo amante, Peter Orlovsky. Apenas Kerouac continuava sem raízes e sozinho, sentindo que "a perda e o tédio" estavam levando-o à loucura. "Uma vida tranquila" passou a ser seu objetivo declarado, embora não fosse capaz de imaginar como atingi-lo.

Em 1954 começou a estudar o budismo na esperança de encontrar algumas respostas. Com uma visão que penetrou fundo nas raízes do desespero de Jack, William Burroughs alertou-o: "Um homem que usa o budismo ou qualquer outro instrumento para remover o amor de sua existência e assim evitar o sofrimento comete, a meu ver, um sacrilégio comparável à castração".***

Embora Kerouac tenha atingido uma profunda compreensão intelectual do budismo e aprendido a meditar, essa busca pela paz tinha uma característica que de certo modo a sabotava. Graças ao budismo Jack pôde racionalizar o vazio que havia descoberto dentro de si, mas jamais conseguiu aceitá-lo. "Que nada signifique nada é coisa mais triste que eu conheço"****, confessou certa vez a Neal Cassady no ano anterior aos 63 dias passados no Desolation Peak.

"A minha vida é um vasto épico inconsequente", escreveu Kerouac em um caderno lá no alto, sem a menor intenção de escrever um romance – embora finalmente tivesse todo o tempo do mundo. Ele só conseguia olhar para o Hozomeen e anotar o que sentia dia após dia – o que fez com uma honestidade sóbria e implacável. "O problema com o Desolation", escreveu ele, "é falta de personagens, sozinho, isolado." Embora Kerouac logo tenha

---

* Ibid., p. 158.
** Ibid., p. 155.
*** Ibid., p. 439.
**** Ibid., p. 474.

percebido que precisava mergulhar na vida outra vez – para "viver, viajar, se aventurar, abençoar e não se arrepender" –, não existem palavras mais tristes e reveladoras em *Anjos da desolação* do que "falta de personagens". Os personagens, caso tivesse conseguido evocá-los graças a um misto de memória e inspiração, teriam de fato feito companhia a Kerouac durante a solidão. Mas "falta de personagens" também foi uma indicação da distância cada vez maior entre ele próprio e as outras pessoas. Kerouac ainda conseguia observá-las com brilhantismo, mas já não sentia ligação alguma.

O confronto deliberado com o Vazio no verão de 1956 foi o ato de um homem que não admitia estar exausto, mas que tampouco havia perdido a coragem ou a liberdade necessária para ir aonde quer que a imaginação o levasse. A temporada como vigia de incêndios foi uma das últimas aventuras de Kerouac na estrada; em 1957 a fama indesejada de "avatar da Geração Beat" acabaria para sempre com o seu anonimato.

Em *Anjos da desolação*, Jack Duluoz, como Kerouac, desce da montanha em direção à atmosfera fervilhante do Renascimento de São Francisco, que seria o palco da tão protelada fama. Porém, à medida que anda desvairadamente pelas ruas de Berkeley e de São Francisco na companhia de Irwin Garden (Ginsberg), Cody Pomeray (Cassady) e Raphael Urso (Gregory Corso), surge um sentimento de perdas iminentes que atinge o ponto culminante um ano mais tarde, quando os primeiros exemplares de *Road* finalmente chegam e Cody se afasta de Jack "todo inseguro". "Eu previ um novo tédio em todo esse sucesso literário", diz Jack Duluoz ao leitor de *Anjos da desolação*.

Se existe um movimento ficcional neste romance – uma pequena mentira para dar a ilusão de um fechamento –, ele só aparece no fim. Depois de revelar que está morando com a mãe "numa casa que é dela a quilômetros da cidade", Jack Duluoz descreve a tristeza que sente como "tranquila": "Uma tristeza tranquila em casa é o que eu tenho de melhor para oferecer ao mundo".

* * *

Sempre pude sentir a presença sombria do sofrimento espiritual de Jack durante os meses que passamos juntos antes e depois da publicação de *On the Road*. Mas lembro de sentir uma resistência inata à sua visão de mundo, segundo a qual não havia diferença alguma entre o nascimento e a morte (um argumento que parecia justificar a rejeição e a desconfiança que demonstrava em relação às mulheres). Eu odiava ser lembrada de que Tudo é vazio, embora nunca tenha magoado Jack dizendo isso de maneira explícita. Os escritores da Geração Beat tinham começado a revolução da minha própria geração. Como eu poderia acreditar no Vazio numa época em que a vida parecia tão plena? Por algum tempo imaginei que poderia salvar Jack Kerouac amando-o. Mas ninguém conseguiu.

Anos mais tarde, em 1982, meu filho de dezesseis anos teve a curiosidade despertada por um livro preto e amarelo que viu nas minhas estantes – *Zen Flesh, Zen Bones*, de Paul Reps. Devo ter comprado o livro logo depois de conhecer Jack na esperança de agradá-lo tentando entender o budismo. Quando meu filho o abriu, um papel verde dobrado caiu no chão. Era parte de um pacote de papel ofício Eagle. Do outro lado havia um fragmento de conversa que Jack anotara a lápis. Era um reflexo da consciência que tinha em relação ao nosso conflito filosófico básico:

Alguém me disse
que W.C. Handy tinha
recém morrido – eu disse
"Ele nunca nem
Nasceu" – "Ah, para",
disse ela.

LIVRO UM
Anjos da desolação

PARTE UM
A desolação solitária

1

Aquelas tardes, aquelas tardes preguiçosas, quando eu costumava ficar sentado, ou deitado, no Desolation Peak, às vezes na grama alpina, com centenas de quilômetros de rocha coberta pela neve ao redor, e o Monte Hozomeen assomando no meu Norte, o enorme Jack nevado ao Sul, o cenário encantado do lago lá embaixo a Oeste e a elevação nevada do Mt. Baker mais adiante, e no Leste as monstruosidades se elevando até Cascade Ridge, e depois da primeira vez percebendo que "Fui eu que mudei e fiz tudo isso e vim e fui e reclamei e magoei e me alegrei e gritei, não o Vazio" e então toda vez que eu pensava no vazio eu estava olhando para o Mt. Hozomeen (porque a cadeira e a cama e a grama davam para o Norte) até que eu percebi que "O Hozomeen é o Vazio – pelo menos o Hozomeen significa o vazio pros meus olhos" – Rocha nua, pináculos se erguendo a centenas de metros sobre músculos disformes com outras tantas centenas de metros sobre imensos ombros de tábua, e a serpente de abetos pontudos da minha própria serra (Starvation) se contorcendo ao redor, ao redor daquela rocha terrível azul arqueada de corpo fumacento, e as "nuvens de esperança" fazendo preguiça no Canadá longínquo com carinhas pequenas e colinas paralelas e expressões debochadas e sorrisos e vazios que mais parecem ovelhas e sopros do focinho e miados estalantes que dizem "Ah! Ah vi terra!" – os próprios picos mais abomináveis do Hozomeen feitos de rocha escura e eu só não vejo eles quando cai uma tempestade e depois tudo o que eles fazem é retornar dente por dente à tempestade uma birra imperturbável para a névoa que vem das nuvens – o Hozomeen que não estoura que nem uma cabana improvisada no vento, que quando vista de ponta-cabeça (quando planto bananeira no jardim) não passa de uma bolha suspensa no oceano infinito do espaço – Hozomeen, Hozomeen, mais bela montanha que eu já vi, como um tigre às vezes listrado, riachos banhados em sol e escarpas ensombrecidas que rabiscam linhas sinuosas à Luz do Dia, sulcos verticais e elevações e rachaduras Bu!, bum, magnífica montanha Prudente, ninguém nunca ouviu falar a respeito, e ela só tem 2.400 metros de altura, mas que horror quando eu vi aquele vazio pela primeira vez na primeira noite da minha estada no Desolation Peak acordando de nevoeiros densos de 20 horas para uma noite salpicada de estrelas assomada pelo Hozomeen com os dois pontos agudos dele, bem no preto da minha janela – o Vazio, toda vez que eu pensava no Vazio eu via o Hozomeen e entendia – por mais de 70 dias eu tive que olhar para ele.

2

É, porque eu pensei, em junho, que eu pegaria carona até o alto e chegaria no Skagit Valley no noroeste de Washington para o meu trabalho de vigia de incêndio "Quando eu chegar no topo do Desolation Peak e todo mundo for embora de mula e eu ficar sozinho eu vou ficar cara a cara com Deus ou Tathagata e descobrir de uma vez por todas qual é o significado de toda essa existência todo esse sofrimento e de todo esse vaivém inútil" mas em vez disso eu fiquei cara a cara comigo mesmo, sem álcool, sem drogas, sem nenhuma chance de fingir mas cara a cara comigo Odioso Duluoz e muitas vezes eu pensei em morrer, suspirar de tédio ou pular da montanha, mas os dias, não as horas se arrastavam e eu não tinha coragem para um salto desses, eu tinha que *esperar* e ver a cara da realidade – e até que enfim ela apareceu naquela tarde de 8 de agosto enquanto eu estava zanzando nas alturas do jardim alpino na estradinha amarela que eu tanto havia pisoteado, com a minha lamparina a óleo inclinada quase até o chão dentro da cabana com janelas para todos os lados e um telhado de pagode e para-raios, enfim apareceu para mim, depois até das lágrimas, do ranger de dentes, e do assassinato de um rato e da tentativa de homicídio de um outro, algo que eu nunca tinha feito na minha vida (matar animais mesmo roedores), e veio nessas palavras: O vazio não é afetado por altos e baixos, meu Deus olha só para o Hozomeen, por acaso ele está preocupado ou chorando? Por acaso ele se curva diante das tempestades ou rosna quando o sol brilha ou suspira na sonolência do dia que acaba? Por acaso ele sorri? Ele não nasceu de tumultos pirados e chuvas de fogo e agora não é o Hozomeen e nada mais? Por que eu deveria ser doce ou amargo se ele não é nenhum dos dois? – Por que eu não posso ser como o Hozomeen e ó clichê ó velho clichê grisalho da mente burguesa "aceite a vida como ela é" – Foi aquele biógrafo alcoólatra, W. E. Woodward, que disse, "Não há nada na vida afora o viver" – Mas Deus, como estou de saco cheio! Mas o Hozomeen também está de saco cheio? E eu estou de saco cheio de palavras e de explicações. O Hozomeen também?

> Aurora boreal
> no Hozomeen –
> O vazio silencia

– Até o Hozomeen vai rachar e ruir, nada perdura, tudo é apenas uma jornada por entre todas as outras coisas que são, uma passagem, é isso o que está acontecendo, para que fazer perguntas ou arrancar os cabelos ou chorar, o bom Lear baço e bordô borbulhando no pântano de agruras é só um velho falastrão com bigodes alados que tem um bobo por consciência – ser *e* não ser, é isso o que somos – Será que o Vazio participa da vida e da morte? Será que tem funerais? Ou bolos de aniversário? Por que eu não sou como o Vazio, infinitamente fértil, além da serenidade, além até mesmo da alegria, só o Velho Jack (e nem ao menos isso) e não dou um jeito na minha vida a partir de agora (embora ventos soprem pela minha traqueia), essa imagem inagarrável em uma bola de cristal não é o Vazio, o Vazio é a própria bola de cristal e todas as minhas tristezas o Sutra de Lankavatara uma rede de otários "Vejam, senhores, uma incrível rede triste" – Aguenta aí, Jack, segue adiante, e tudo é um sonho, uma ilusão, um clarão, um olhar triste, um mistério lúcido de cristal, uma palavra – Segura firme, cara, recupera o teu amor pela vida e desce dessa montanha para simplesmente *ser* – *ser* – ser a fertilidade infinita da mente da infinitude, sem comentários, reclamações, críticas, julgamentos, juras, ditados, estrelas cadentes do pensamento, é só *deixar fluir*, *agora*, seja você mesmo, seja você o que você é, isso é tudo o que sempre é – A Esperança é uma palavra que nem um monte de neve – Essa é a Grande Sabedoria, esse é o Despertar, esse é o Vazio – Então cala a boca, vive, viaja, te aventura, abençoa e não te arrepende – Ameixas, ameixas, come as tuas ameixas – E você tem existido para sempre, e vai existir para sempre, e todas as pancadas do teu pé cansado nas portas inocentes do armário foram apenas o Vazio fingindo ser um homem que fingia não conhecer o Vazio –

Voltei para casa um novo homem.

Tudo o que eu preciso fazer é esperar 30 longos dias para descer da rocha e mais uma vez viver a doce vida – sabendo que ela nunca é doce nem amarga mas apenas do jeito que é, e é assim mesmo –

Então eu passo longas tardes sentado na minha cadeira (de lona) encarando o Hozomeen Vazio, a quietude silencia na minha pequena cabana, o meu fogão está parado, os meus pratos reluzem, a minha lenha (velhos gravetos que eu uso para fazer pequenas fogueiras de índio no fogão e cozinhar refeições rápidas) a minha lenha está empilhada e enrodilhada no canto, as minhas comidas em lata esperam ser abertas, os meus velhos sapatos rachados choram, as minhas panelas se inclinam, os meus panos de prato se dependuram, as minhas coisas estão espalhadas em silêncio pelo cômodo, os meus olhos doem, o vento chafurda e late para a janela e para as venezianas levantadas, a luz nas sombras do fim da tarde e azuis-escuros do Hozomeen (revelando uma risca vermelha no meio) e eu não tenho nada a fazer a senão esperar – e respirar (e respirar é difícil no ar rarefeito das alturas, com a sinusite da Costa Oeste) – esperar, respirar, comer, dormir, cozinhar, lavar, andar, observar, nunca nenhum incêndio na floresta – e sonhar acordado,

"O que que eu vou fazer quando chegar em Frisco? Ah, na primeira noite eu vou alugar um quarto em Chinatown" – mas ainda mais próximo e doce é o sonho com o Dia de Partir, um dia sagrado no início de setembro, "Eu vou descer a trilha, duas horas, encontrar o Phil no bote, ir até o Ross Float, passar a noite lá, bater um papo na cozinha, partir cedo da manhã no Diablo Boat, sair direto do pequeno píer (dar um oi para o Walt), pegar carona direto até Marblemount, receber o meu pagamento, pagar as minhas contas, comprar uma garrafa de vinho e beber ao lado do Skagit durante a tarde e na manhã seguinte partir rumo a Seattle" – e assim por diante, até Frisco, e depois LA, e depois Nogales, e depois Guadalajara, e depois Cidade do México – E mesmo assim o Vazio está lá parado e não vai se mexer nunca –

Mas eu vou ser o Vazio, me mexendo sem ter me mexido.

3

Argh, e eu lembro dos doces dias em casa que eu não apreciei enquanto eu podia – naquela época, quando eu tinha 15, 16 anos, tarde era sinônimo de biscoitos Ritz Brothers e creme de amendoim e leite, na velha mesa redonda na cozinha, e os meus problemas de xadrez ou partidas de beisebol autoinventadas, já que o sol alaranjado de Lowell em outubro caía oblíquo pela varanda e pelas cortinas da cozinha e desenhava um retângulo preguiçoso cheio de poeira e nele o meu gato ficava lambendo as patas com uma língua de tigre e dentes de agulha, todo sofrido e acometido pelo pó, meu Deus – então agora com as minhas roupas sujas e rasgadas eu sou um mendigo na Cordilheira das Cascatas e tudo o que eu tenho em termos de cozinha é esse fogão doido e surrado com rachaduras de ferrugem na chaminé – sim, com aniagem velha enfiada entre o cano e o teto para manter os ratos longe à noite – dias longínquos quando eu podia simplesmente ir e dar um beijo ou na minha mãe ou no meu pai e dizer "Eu gosto de você porque um dia eu vou ser um velho mendigo desolado e vou acabar sozinho e triste" – Ó Hozomeen, as rochas cintilam no sol poente, os parapeitos da fortaleza impenetrável erguem-se como Shakespeare no mundo e por quilômetros ao redor nada conhece o nome de Shakespeare, do Hozomeen ou o meu –

Fim da tarde há muito tempo em casa, e até em tempos mais recentes na Carolina do Norte quando, para lembrar da infância, comi biscoitos Ritz e creme de amendoim e tomei leite às quatro, e joguei o jogo de beisebol na minha escrivaninha, e tinha escolares com sapatos riscados indo para casa que nem eu, esfomeados (e eu faria para eles Bananasplits especiais do Jack, só seis míseros meses atrás) – Mas aqui no Desolation o vento rodopia, desolado de música, chacoalhando as vigas do teto, progenitando a noite – As sombras morceguísticas gigantes das nuvens pairam acima da montanha.

Logo o escuro, logo os pratos limpos, a refeição comida, esperando por setembro, esperando pela descida de retorno ao mundo.

4

Enquanto isso os pores do sol são bobos loucos cor de laranja surtando na escuridão, e ao longe no Sul em direção aos pretendidos braços amáveis de señoritas, pilhas rosadas de neve esperam aos pés do mundo, em cidades com raios de prata generalizados – o lago é uma panela dura, cinza, azul, esperando nas profundezas enevoadas para quando eu andar no bote de Phil – A Jack Mountain como sempre recebe o galardão da nuvenzinha na base metida, com mil campos de futebol americano nevados e confusos e rosados, aquele abominável homem de neve inimaginável petrificado de cócoras na serra – O Golden Horn ao longe ainda está dourado no Sudeste cinza – A silhueta monstruosa da Sourdough sobranceia o lago – Nuvens mal-humoradas escurecem para fazer bordas de fogo na forja onde a noite é martelada, montanhas enlouquecidas marcham em direção ao pôr do sol como cavalheiros bêbados em Messina quando Ursula era bela, eu poderia jurar que o Hozomeen ia se mexer se a gente desse um jeito de convencer ele mas ele passa a noite comigo e logo quando as estrelas choverem nos campos nevados ele vai estar rosa de orgulho e todo preto e destrumbicado ao Norte onde (logo acima dele toda noite) a Estrela Polar reluz em tons de laranja-pastel, verde-pastel, laranja-férreo, azul-férreo, com a azurita indicando augúrios constelativos da maquiagem dela que você poderia pesar na balança do mundo dourado –

O vento, o vento –

E lá está a minha pobre escrivaninha humana esforçada onde eu passo tanto tempo sentado durante o dia, virado para o Sul, os papéis e os lápis e a xícara de café com galhinhos de abeto alpino e uma estranha orquídea das alturas murchável em um dia – meu chiclete Beechnut, minha bolsinha de tabaco, pós, pobres revistas pulp que eu tenho que ler, vista para o Sul para todas aquelas majestades nevadas – A espera é longa.

            Em Starvation Ridge
                pequenos gravetos
            Tentam crescer.

5

Na noite anterior à minha decisão de viver amando eu fui degradado, insultado e acabei triste por causa de um sonho:

"E arranje um belo bife de filé mignon!" diz Mamãe ao mesmo tempo em que dá o dinheiro para Deni Bleu, ela está nos mandando para o açougue para providenciar uma janta das boas, e de repente ela também decidiu pôr toda a confiança dela em Deni nesses últimos anos agora que eu me transformei num ser vago efêmero indeciso que amaldiçoa os deuses enquanto dorme na cama e fica andando com a cabeça descoberta e cara de idiota na escuridão cinzenta – É na cozinha, está tudo combinado, eu não digo nada, nós dois saímos – No quarto da frente ao lado da escada Papai está morrendo, está no leito de morte e já praticamente morto, e é apesar *disso* que Mamãe quer um belo bife, quer depositar a última esperança humana dela em Deni, numa espécie de solidariedade decisiva – Papai está magro, pálido, os lençóis dele são brancos, eu tenho a impressão de que ele já morreu – Nós descemos na escuridão e de alguma forma encontramos o caminho até o açougue do Brooklyn nas ruas principais do centro perto do Flatbush – Bob Donnelly está lá com o resto do pessoal, de cabeça descoberta e todo maloqueiro na rua – Um brilho surge nos olhos de Deni quando ele vê a chance de se aproveitar da situação e virar um golpista com todo o dinheiro de Mamãe nas mãos dele, no açougue ele pede a carne mas eu vejo que ele aplica o golpe do troco e enfia o dinheiro no bolso e consegue fracassar no acordo *dela*, no *último* acordo dela – Ela tinha depositado todas as esperanças nele, eu já não servia para mais nada – Sei lá por que a gente não volta para a casa de Mamãe e vai parar no River Army, depois de assistir a uma prova de remo, para nadar com a correnteza nas águas frias revoltas perigosas – O barco, se fosse mais comprido, poderia ter mergulhado bem na plateia enflotilhada e saído do outro lado mas por culpa do design problemático o piloto (sr. Darling) reclama que foi por isso que o barco simplesmente se escondeu debaixo da plateia e ficou presa lá e não pôde seguir adiante – grandes oficiais flutuantes tomaram nota.

Comigo no grupo da frente, o Army começa a descer com a correnteza, estamos indo para as pontes e cidades lá embaixo. A água está fria e a correnteza é ruim demais mas eu nado e continuo me esforçando. "Como eu vim parar aqui?", eu penso. "E o bife da Mamãe? O que o Deni Bleu fez com a grana dela? Onde está ele agora? Ah eu não tenho tempo para pensar!" De repente em um gramado ao lado da igreja de St. Louis de France na margem eu escuto crianças gritando uma mensagem para mim, "Ei a sua mãe está num manicômio! A sua mãe foi parar em um manicômio! O seu pai morreu!" e eu percebo tudo o que aconteceu e, ainda nadando no Army, fico preso me debatendo na água fria, e tudo o que eu posso fazer é lamentar, lamentar no horror desvalido da manhã, eu me odeio amargamente, já é amargamente tarde mas embora eu esteja melhor eu ainda me sinto efêmero e irreal e incapaz de endireitar os meus pensamentos ou mesmo lamentar de verdade, eu me sinto estúpido demais para ser amargo de verdade, em suma eu não sei o que eu estou fazendo e estou recebendo ordens quanto ao que fazer do Army e Deni Bleu também me meteu numa enrascada, finalmente, para conseguir a doce vingança dele mas no geral é só que ele decidiu virar um delinquente de uma vez por todas e essa foi a chance –

...E mesmo que a mensagem gélida de açafrão possa vir das geleiras ensolarados desse mundo, ó os tolos assombrados que nós somos, eu acrescento um apêndice a uma longa carta carinhosa que eu vinha escrevendo para a minha mãe há semanas

> Mãe, não se desespere, eu vou tomar conta de você sempre que você precisar de mim – é só dar um grito... Eu estou bem aqui, nadando no rio das provações mas eu sei nadar – Não pense nem por um instante que você está sozinha.

Ela está a 5.000 quilômetros de distância vivendo presa a parentes maus. Desolação, desolação, como hei de um dia poder retribuir tudo isso?

6

Eu podia ficar louco assim – Ó levatudo homaya mas a hoda pode seguir a barulhardana, broal o vazou desvazio corre-dor, o craal – Minha canção de voradora a parte de-escarrilhada levando tudo numa broa – parta você também pode voar e verdejar – céu lua sal arrancado nas marés da noite chega mais, balança no ombro gramado, rola a pedra do Buda por cima do celeiro enevoado rosa dividido do Pacífico – Ó pobre pobre pobre esperança humana, ó mofado quebrando a ti espelho a ti sacudiu pa t n a watalaka – e muito mais –

Ping.

7

Toda noite às 8 os vigias de incêndio nas várias montanhas da Mount Baker National Forest batem papo e falam bobagens pelo rádio – Eu tenho o meu próprio conjunto Packmaster que eu ligo para ficar escutando.

É um grande acontecimento nessa solidão –

"Ele perguntou se você ia dormir, Chuck."

"Vocês sabem o que o Chuck faz quando sai para uma patrulha? – Ele procura um lugarzinho aconchegante à sombra e simplesmente dorme."

"Você disse Louise?"
"– Eu não sei –"
"– Bem eu só tenho mais três semanas de espera –"
"– bem na 99 –"
"O Ted?"
"É mesmo?"
"Como você mantém o fogão quente para fazer aqueles, ah, aqueles muffins?"
"Ah é só deixar o fogo quente –"
"Eles só têm uma estrada que ah ziguezagueia por tudo –"
"Ah bem eu tô torcendo – vou estar lá esperando de qualquer jeito."
Bzzzzz bzgg – o longo silêncio pensativo dos vigias mais jovens –
"Tá e o seu amigo vai aparecer aí para pegar você?"
"Oi Dick – Oi Studebaker –"
"É só ficar colocando lenha sem parar, só isso, ele vai ficar quente –"
"E você ainda vai pagar pra ele a mesma coisa que você pagou quando ele ah saiu?"
"– É mas ah três quatro viagens em três horas?"

A minha vida é uma lenda vasta e insana e imensa sem começo nem fim, que nem o Vazio – que nem o Samsara – Mil lembranças retornam como tiques o dia inteiro perturbando a minha mente ativa com espasmos quase musculares de vividez e recordações – Cantando *Loch Lomond* com um sotaque fajuto de inglês enquanto eu aqueço o meu café no crepúsculo frio e cor-de-rosa, na mesma hora eu lembro daquela vez em 1942 na Nova Escócia quando o nosso navio sórdido chegou da Groenlândia para uma noite de licença em terra, outono, pinheiros, um crepúsculo frio e depois o sol do amanhecer, no rádio desde a América em guerra a voz tênue de Dinah Shore cantando, e como a gente se embebedou, como a gente escorregava e caía, como a alegria encheu o meu coração e explodiu esfumaçando na noite em que eu estava quase de volta à minha América amada – aquele amanhecer frio para cachorro –

Quase ao mesmo tempo, só porque eu estou trocando as calças, ou melhor colocando um par de calças extras para a noite ululante, penso na maravilhosa fantasia sexual dos velhos tempos quando eu estou lendo uma história de caubói sobre o fora da lei que sequestra a garota e fica sozinho com ela no trem (a não ser por uma velha) que (a velha agora no meu devaneio está dormindo no banco enquanto o meu eu velho durão e *hombre* fora da lei empurra a loira para o compartimento dos homens, com uma arma apontada para ela, e ela não reage mas arranha (claro) (ela adora um assassino honesto e eu sou o velho Erdaway Molière o homicida texano debochado que carneia touros em El Paso e que armou o espetáculo só para meter bala nas pessoas)

– Eu ponho ela no banco e me ajoelho e começo a mandar ver no estilo dos cartões-postais franceses até que ela fecha os olhos e abre a boca e não aguenta mais e começa a amar esse fora da lei e então graças à própria vontade consensual espontânea louca ela cai de joelho e começa a mandar ver, então quando eu termino ela se vira enquanto a velha dorme e o trem segue estrondeando pelos trilhos – "Que delícia querida" eu digo para mim mesmo no Desolation Peak e como se eu estivesse falando com Bull Hubbard, usando o jeito dele de falar, e como se eu quisesse que ele achasse graça, como se ele estivesse aqui, e escuto Bull dizer "Não seja tão efeminado Jack" que nem ele me disse a sério em 1953 quando eu comecei a tirar uma onda por causa dos hábitos efeminados *dele* "Em *você* não fica bem Jack" e cá estou eu desejando que eu estivesse com Bull em Londres agora à noite –

E agora a lua nova, marrom, afunda cedo lá no escuro do Baker River.

A minha vida é um vasto épico inconsequente com milhões de personagens – e todos eles aparecem enquanto rolamos depressa em direção ao Leste, enquanto a terra rola depressa em direção ao Leste.

8

Para fumar só o que eu tenho é papel da Força Aérea para enrolar o tabaco, um sargento inflamado nos deu uma palestra sobre a importância da Brigada de Observação Terrestre e distribuiu blocos gordos de papel em branco para a gente registrar ao que tudo indicava armadas inteiras de bombardeiros inimigos em algum Conelrad paranoico do cérebro dele – Ele era de Nova York e falava depressa e era judeu e me fazia sentir saudades de casa – "Registro-Relâmpago de Mensagens de Aeronave", com linhas e números, eu pego a minha tesourinha de alumínio e corto um quadrado e enrolo uma guimba e quando os aviões passam eu fico cuidando da minha vida embora ele (o Sarg.) tenha dito "Se vocês virem um disco voador registrem o disco voador" – No papel está escrito: "Número de aeronaves, um, dois, três, quatro, muitas, desconhecido", me lembra do sonho que eu tive em que eu e W. H. Auden estávamos em um bar no Rio Mississippi fazendo piadas elegantes sobre "urina feminina" – "Tipo da aeronave", o papel continua, "monomotor, bimotor, a jato, desconhecido" – É claro que eu amo esse desconhecido, não tenho mais nada para fazer aqui em cima no Desolation – "Altitude da aeronave" (curte só) "Muito baixa, baixa, alta, muito alta, desconhecida" – e depois "OBSERVAÇÕES ESPECIAIS: EXEMPLOS: Aeronave hostil, zepelim, helicóptero, balão, aeronave em combate ou em situação de emergência etc." (ou baleia) – Ó, triste aeronave emergente rosa desconhecida, venha!

O meu papel de enrolar cigarros é tão triste!

"Quando o Andy e o Fred vão aparecer aqui?" eu grito, quando eles aparecerem na trilha em cima das mulas e dos cavalos eu vou ter papel de enrolar cigarro de verdade e a correspondência querida dos meus milhões de personagens –

Afinal o problema com o Desolation é, falta de personagens, sozinho, isolado, mas será o que o Hozomeen é isolado?

9

Meus olhos na mão, grudados na roda grudados grudados no blam.

10

Para passar o tempo eu pego um baralho e jogo a paciência de beisebol que eu e Lionel inventamos em 1942 quando ele visitou Lowell e os canos congelaram no Natal – o jogo é entre os Pittsburgh Plymouths (meu time mais antigo, e hoje mal no topo da segunda divisão) e os New York Chevvies saindo dos porões ignominiosos já que foram campeões do mundo no ano passado – Embaralho as cartas, anoto as formações e organizo os times – Por centenas de quilômetros ao redor, noite escura, as lamparinas do Desolation estão acesas, é uma brincadeira infantil, mas o Vazio também é uma criança – e as regras do jogo são essas: – o que acontece: – como se ganha, e quem: –

Os arremessadores adversários, para os Chevvies, são Joe McCann, um veterano com mais de 20 anos nas minhas ligas desde a primeira vez em que aos 13 anos eu prendi rolamentos de ferro com um prego nas flores de maçã do quintal da Sarah, que tristeza – Joe McCann, com um histórico de 1-2 (esse é o 14º jogo da temporada para os dois clubes), e uma média de corridas limpas de 4,86, os Chevvies naturalmente com uma vantagem enorme e especialmente porque McCann é um arremessador excepcional e Gavin um arremessador de segunda de acordo com as minhas estatísticas oficiais de desempenho – e além do mais os Chevvies estão com tudo, subindo no ranking, e ganharam o primeiro jogo da série por 11 a 5...

Os Chevvies saem na frente no ataque da primeira entrada enquanto Frank Kelly o treinador rebate uma bola longa no centro trazendo Stan Orsowski da segunda base até a home-plate onde ele tinha ido após uma rebatida simples e um walk cedido para Duffy – iag, iag, dá para ouvir os Chevvies (na minha cabeça) conversando e assobiando e tocando o jogo adiante – Os pobres Plymouths de uniforme verde chegam para a outra metade da primeira entrada, é tudo que nem na vida real, beisebol real, eu não vejo diferença entre isso e o vento ululante e as centenas de quilômetros de Rocha Ártica sem –

Mas Tommy Turner com uma velocidade incrível transforma uma rebatida tripla em um homerun com a bola em campo e de qualquer jeito Sim Kelly já está com o braço cansado e é o sexto homerun de Tommy, ele é "o magnífico" mesmo sem dúvida – e a 15ª corrida dele deu certo e ele só jogou seis jogos porque estava machucado, um Mickey Mantle como sempre –

Seguido na sequência por um homerun depois de uma rebatida em linha reta por cima da cerca no lado direito do campo vinda do taco preto do velho Pie Tibbs e os Plyms saem na frente com 2 a 1... uau...

(os fãs vão à loucura na montanha, escuto o ronco dos carros de corrida celestes nas fendas glaciais)

– Então Lew Badgurst consegue uma rebatida simples à direita e Joe McCann está mesmo tomando uma sova (ele e aquela média de corridas limpas extravagante) (pfui, vamos ver) –

Na verdade McCann já está quase fora da partida quando cede mais um walk para Tod Gavin só que o Velho Henry Pray termina a entrada mandando uma bola rasteira para Frank Kelly na terceira base – a briga vai ser feia!

Então de repente os dois arremessadores ficam presos em um brilhante duelo inesperado de arremessos, enfileirando zero atrás de zero, nenhum deles cede uma rebatida salvo por uma simples (Med Gavin o arremessador pegou a bola) na segunda entrada, e o jogo segue assim brilhante até a oitava entrada excruciante quando Zagg Parker dos Chevs finalmente quebra o gelo com uma rebatida simples (ele também um supercorredor extraordinário) que na falta de oposição se transforma em dupla (chegam a fazer o lançamento, mas ele alcança a base deslizando) – e então você acharia que o jogo ganha uma nova cor mas não! – Ned Gavin faz com que Clyde Castleman voe até o centro e depois elimina Stan "the Man" Orsowski com toda a calma e desce do montinho mascando tabaco tranquilo, o próprio vazio – Ainda assim, o jogo continua 2 a 1 para o time dele –

McCann cede uma rebatida simples para o grande e malvado Lew Badgurst (com braços enormes espatejando o taco) na metade dele na oitava entrada, e o corredor de emergência John Wayne avança uma base, mas não há perigo já que ele elimina Tod Gavin defendendo uma bola rasteira –

Perto da última entrada, o placar ainda é o mesmo, a situação é a mesma.

Só o que Ned Gavin precisa fazer é segurar os Chevvies por três outs. Os fãs engolem a seco e esperam tensos. Ele precisa enfrentar Byrd Duffy (que até esse jogo está rebatendo 0,346), Frank Kelly e Tex Davidson, o roubador de bases –

Ele puxa o cinto para cima, suspira e encara o gorducho Duffy – se prepara – bola um, baixa demais.

Bola dois, fora.

Rebatida longa no meio mas direto nas mãos de Tommy Turner.

Só faltam mais duas bases.

"Vamos lá Neddy" grita o treinador Cy Locke da terceira base, Cy Locke que foi o maior shortstop de todos os tempos na época dele na época das minhas flores de maçã quando Papai era jovem e ria na cozinha nas noites de verão com cerveja e Shammy e pinocle –

Frank Kelly de pé, perigoso, ameaçador, o treinador, com fome de dinheiro e de troféus, uma açoitada, uma marca a ferro quente –

Neddy se prepara: faz o arremesso: dentro.

Bola um.

Faz o arremesso.

Kelly rebate para a direita, para além do mastro da bandeira, Tod Gavin corre atrás, é uma rebatida dupla, a corrida de empate está na segunda base, a plateia delira. Assobios, assobios, assobios –

Speedboy Selman Piva entra para correr por Kelly.

Tex Davidson é um velho veterano mascador um velho outfielder das antigas batalhas, ele bebe à noite, não está nem aí – Ele é eliminado em um strike out com uma enorme rebatida do taco vazio.

Ned Gavin lança três bolas curvas para ele. Frank Kelly fala palavrões no banco, Piva, o corredor de empate, ainda está na segunda base. Só mais uma!

O rebatedor: Sam Dane, catcher dos Chevvies, um velho veterano mascador – na verdade chapa de Tex Davidson, a única diferença é que Sam rebate com a canhota – mesma altura, magro, velho, não está nem aí –

Ned faz o arremesso bem na zona de strike –

E lá vem ele: – um homerun estrondoso por cima da barreira bem no meio do estádio, Piva completa a volta, Sam aparece em uma corrida leve mascando tabaco, ainda não está nem aí, na base ele é assediado pelos Kellies e pelos loucos –

Final da 9ª entrada, só o que Joe McCann precisa fazer é segurar o Plymouth – Pray avança graças a um vacilo, Gucwa consegue uma rebatida simples, eles estão na segunda e na primeira base, lá vem Neddy Gavin e empata o jogo com uma rebatida dupla e manda a corrida da vitória para a terceira, é arremessador contra arremessador – de repente Leo Sawyer espirra uma bola alta, parece que McCann vai segurar as pontas, mas Tommy Turner simplesmente deixa uma bola de sacrifício no chão e lá vem a corrida da vitória, Jake Gucwa que havia avançado uma mísera base, e os Plymouths saem correndo e levam Ned Gavin carregado nos ombros até o vestiário.

Vai dizer que eu e Lionel não inventamos um jogo bacana?

11

Grande dia pela manhã, ele cometeu mais um assassinato, na verdade o mesmo, só que dessa vez a vítima está sentada feliz na cadeira do meu pai perto do lugar na Sarah Avenue e eu estou sentado na minha escrivaninha escrevendo, despreocupado, quando eu fico sabendo do novo assassinato eu sigo escrevendo (a respeito do acontecido, como seria de imaginar, he he) – Todas as mulheres foram para os gramados mas que horror quando elas voltam só para sentir o assassinato naquele cômodo, o que Mamãe vai dizer, mas ele cortou o corpo em pedacinhos e jogou tudo na privada – Um rosto sombrio se inclina sobre nós na sonhobscuridão.

Acordo às sete da manhã e o meu esfregão ainda está secando na rocha, como a cabeleira de uma mulher, como Hécuba abandonada, e o lago é um espelho enevoado um quilômetro e meio abaixo e nele eu logo vejo que as mulheres do lago vão surgir enfurecidas e eu mal preguei os olhos essa noite (escuto uns trovões baixinhos nos meus ouvidos) porque o camundongo, o rato e os dois faunos correram faunaticamente por tudo, os faunos irreais, muito esqueléticos, muito estranhos para serem veados, mas novos tipos de mamíferos misteriosos da montanha – Limparam o prato de batatas cozidas que eu deixei para eles – O meu saco de dormir está estendido no chão mais uma vez – Eu canto no fogão: "Ah, café, você parece gostoso assim passando" –

"Ah, ah, garota, você parece gostosa assim amando"

(as mulheres do Polo Norte que eu ouvi cantar na Groenlândia)

12

O meu banheiro é uma latrininha de telhado pontudo na borda de um precipício Zen com rochas enormes e ardósia e velhas árvores contorcidas iluminadas, restos de árvores, tocos, arrancados, torturados, pendurados, prestes a cair, inconscientes, Ta Ta Ta – a porta eu prendo aberta com uma pedra, ela dá para paredões triangulares enormes de montanha do outro lado da Lightning Gorge no Leste, às 8h30 da manhã a neblina é suave e pura – e sonhadora – O Lightning Creek aumenta e aumenta os rugidos – O Three Fools aparece, e o Shull e o Cinnamon alimentam ele, e mais além, Trouble Creek, e mais além, outras florestas, outras áreas primitivas, mais rocha retorcida em direção a Montana no Leste – Nos dias nublados a vista da latrina é como um desenho chinês Zen de bico de pena em seda representando vazios cinzentos, eu meio que espero ver dois velhos vagabundos iluminados sorridentes, ou um vestindo trapos, ao lado do toco com chifres de cabrito, um com uma vassoura, o outro com uma pena, escrevendo poemas sobre Ligue Lings na Neblina – dizendo, "Hanshan, qual é o significado do vazio?"

"Shihte, você passou o esfregão no piso da cozinha hoje de manhã?"
"Hanshan, qual é o significado do vazio?"
"Shihte, você passou o esfregão – Shihte, você passou o esfregão?"
"He he he he."
"Por que você está rindo, Shihte?"
"Porque o meu chão está limpo."
"Mas então qual é o significado do vazio?"

Shihte pega a vassoura e varre o espaço vazio, que nem eu vi Irwin Garden fazer uma vez – os dois se afastam, cheio de risadinhas, na neblina, e tudo o que sobra são as poucas rochas próximas e retorcimentos que eu estou vendo e acima, o Vazio penetra, a Grande Nuvem da Verdade das neblinas superiores, nem ao menos um cordão preto na cintura, é um desenho vertical gigante, retratando 2 pequenos mestres e depois o espaço infinito acima deles – "Hanshan, cadê o seu esfregão?"

"Secando numa rocha."

Mil anos atrás Hanshan escreveu poemas em escarpas como essas, em dias de névoa como esses, e Shihte passou o esfregão na cozinha do monastério com uma vassoura e os dois riram juntos, e Homens do Rei vieram das terras mais longínquas para encontrá-los e eles só corriam, se escondiam nas fissuras e cavernas – De repente eu vejo Hanshan aparecer diante da minha Janela apontando para o Leste, eu olho naquela direção, é só o Three Fools Creek na neblina matinal, eu olho para trás, Hanshan desapareceu, eu olho para trás e em direção ao que ele me mostrou, é só o Three Fools Creek na neblina matinal.

O que mais?

13

Então vêm os longos sonhos acordados sobre o que eu vou fazer quando sair daqui, dessa armadilha montanhosa. Só vagar e perambular por aquela estrada, pela 99, depressa, talvez um filé mignon assado na brasa no fundo de um rio uma noite qualquer, com um bom vinho, e pela manhã – Rumo a Sacramento, Berkeley, até a cabana de Ben Fagan para já na chegada dizer esse haicai:

> Viajei por mil quilômetros
> de carona e te trouxe
> Um vinho

– talvez dormir no gramado do pátio, pelo menos uma noite em um hotel de Chinatown, um longo passeio ao redor de Frisco, um grande jantar chinês dois grandes jantares chineses, ver Cody, ver Mai, procurar Bob Donnelly e o resto do pessoal – poucas coisas aqui e acolá, um presente para Mamãe – planos para quê? Vou simplesmente descer a estrada vagando olhando os acontecimentos inesperados e não vou parar enquanto não estiver na Cidade do México.

14

Eu tenho um livro lá em cima, confissões de ex-comunistas que desistiram quando reconheceram a brutalidade totalitária, *O deus que falhou* é o título (incluindo um relato chato ó incrivelmente chato de André Gide aquele velho pós-moderno enfadonho) – tudo o que eu tenho para ler – e fico deprimido ao pensar em um mundo (Ah que mundo esse, onde as amizades cancelam a inimizade do coração, as pessoas lutando para ter algo pelo que lutar, em toda parte) um mundo de GPUs e espiões e ditadores e limpezas raciais e assassinatos à meia-noite e revoluções de marijuana com armas e gangues no deserto – de repente, só de sintonizar a América na rádio dos vigias para ouvir os outros garotos na sessão de besteirol, escuto os placares do futebol americano, conversas sobre isso e aquilo "Bob Pellegrini! – esse sujeito é um touro!! Eu não falo com gente de Maryland" – e as piadas e a estada lacônica, eu percebo, "A América é livre como o vento, está lá fora, ainda livre, livre como quando não havia nome para aquela fronteira que chamam de Canadá e nas noites de sexta quando os Pescadores canadenses chegam em carros velhos pela antiga estrada além do lago da montanha" (que eu posso ver, as luzinhas de sexta à noite, e logo penso nos chapéus e no equipamento e nas moscas e nas linhas) "nas noites de sexta foi que o índio sem nome apareceu, o Skagit, e lá tinha uns fortes construídos com toras, e mais aqui para baixo um pouco, e os ventos sopravam em pés livres e em galhadas livres, e ainda sopram, em ondas de rádio livres, no jovem bate-papo livre e desvairado da América no rádio, universitários, garotos livres destemidos, a milhões de quilômetros da Sibéria e a América ainda é bom e velho país –"

Porque toda a malograda treva-tristeza de pensar sobre Rússias e complôs para assassinar a alma de povos inteiros se dissipa quando eu ouço "Meu Deus, já está 26 a zero – eles não conseguiram nada" – "Que nem os All Stars" – "Ô Ed quando você vai descer aí do posto?" – "Ele tá indo bem, mas vai querer ir direto pra casa" – "A gente pode dar uma olhada no Glacier National Park" – "No caminho para casa a gente vai passar pelas *badlands* da Dakota do

Norte" – "Pelas Black Hills?" – "Eu não falo com gente de Syracuse" – "Alguém conhece uma boa história de ninar?" – "Opa já é oito e meia, é melhor ir pro berço – 33 10-7, até amanhã de manhã. Boa noite." – "Opa! 32 10-7 até amanhã de manhã – Durma bem" – "Você tinha dito que pega Honkgonk no rádio portátil?" – "Claro, escuta só, hingya hingya hingya" – "É isso aí, boa noite" –

E eu sei que a América é vasta demais com pessoas vastas a ponto de jamais se deixarem degradar ao nível baixo de uma nação escrava, e eu posso descer a estrada de carona pelos anos restantes da minha vida sabendo que afora uma ou outra briga começada por bêbados em bares eu nunca vou ter um fio do meu cabelo (e eu preciso cortar o cabelo) estragado pela crueldade do Totalitarismo –

Um escalpo de índio faz uma profecia:

"O riso sairá dessas paredes para correr mundo afora, enchendo de coragem os laboriosos peões da antiguidade."

15

E eu acredito em Buda, que disse que o que ele dizia não era nem verdadeiro nem falso, e essa é a única coisa verdadeira ou boa que eu ouvi em toda a minha vida e soa com a clareza de um sino celestial, um poderoso gongo supramundando – Ele disse, "A sua viagem foi longa, ilimitável, você chegou a esse pingo de chuva que chama de vida, e a chama de *sua* – propusemos que você jure despertar – se em um milhão de vidas você desprezar essa Atenção Real, ainda é um pingo de chuva no mar e quem vai se incomodar e o que é o tempo – ? Esse Límpido Oceano da Infinitude singra a muitos peixes de distância, que vêm e vão como o brilho no seu lago, preste atenção, mas mergulhe no clarão retangular branco desse pensamento agora: Você foi escolhido para despertar, essa é a eternidade dourada, cujo conhecimento não vai fazer nenhum bem terreno para você porque terra não é uma semente, um mito reluzente – encare A-H verdade, você que tem o dom de despertar, não seja atirado aos truques do frio ou do calor, do conforto ou da irrequietude, tome cuidado, mariposa, com a eternidade – seja amoroso, garoto, senhor, de variedade infinita – seja um de nós, Grandes Sábios Sem Saber, Grandes Amantes Além do Amor, hostes inteiras e anjos incontáveis com formas e desejos, corredores sobrenaturais de calor – esquentamos para manter você acordado – abra os braços abrace o mundo, nós chegamos com ele, vamos nós vamos preparar um encontro prateado de mãos douradas na sua fronte leitosa pergolada, poder, para fazer você congelar no amor para sempre – Acreditai! E vivereis para sempre – Acreditai que vivestes eternamente – deixai para trás as fortalezas e penitências do sofrimento solitário na escuridão da terra, pois há mais coisas na vida além da terra, há Luz por Toda Parte, vede –"

Nessas estranhas palavras que eu escuto toda noite, em muitas outras palavras, variedades e fios de discurso que são derramados do sempre-cuidadoso e rico –

Acredite em mim, isso vai dar em alguma coisa, e o rosto que surgir vai ser o do doce nada, uma folha agitada –

Os pescoços curtos e robustos dos condutores de jangadas cor de ouro roxo e túnicas de seda vão nos carregar imerecidos inatravessantes atravessáveis desatravessados vazios até a luz de ulum, onde Ragamita o olho dourado com pálpebra se abre para prender o olhar – Ratos deslizantes na noite da montanha com pezinhos de gelo e diamante, mas ainda não é a hora (herói mortal) de saber o que eu sei que eu sei, então entrem

      Palavras...
      As estrelas são palavras...
      Quem conseguiu? Quem fracassou?

16

AH HA, E QUANDO
Eu for à Third com a
Townsend,
    Vou pegar
o Midnight Ghost –
Vou descer direto
    A San Jose
O mais rápido que der –
Ah ha, Midnight,
    midnight ghost,
O velho Zipper passa
    pelo trilho –
Ah ha, Midnight,
    midnight ghost,
Passando
    pelo
      trilho
Vamos chegar em chamas
A Watson-ville,
E mandar ver
    no trilho –
Salinas Valley
    à noite
Até Apaline –

       Urru
          Urri
       Midnight Ghost
       Direto a Obispo Bump
       – Pega um ajudante
       e vai pra montanha,
       e vem cidade abaixo,
       – Nós vamos chegar
       a Surf e a Tangair
       e mais longe pela praia –
          A lua brilha
       O oceano à meia-noite
       desce pelo trilho –
       Gavioty, Gavioty,
       Ó Gavi-oty,
       Canta e bebe vinho –
       Camarilla, Camarilla,
       Onde Charlie Parker
          pirou
       Nós vamos a LA.
       – Ó Midnight
          midnight,
            midnight ghost,
       passando pelo trilho.
       Sainte Teresa
       Sainte Teresa, não esquenta,
       Vamos chegar a tempo
       pelo trilho da
          meia-noite

E é assim que eu descubro que vou de São Francisco a LA em 12 horas, andando no Midnight Ghost, debaixo de um caminhão, o cargueiro Zipper de primeira classe, zuam, zom, direto, saco de dormir e vinho – um devaneio em forma de canção.

17

Estou enchendo o saco de olhar para todos os ângulos da minha cabana, como por exemplo olhar para o meu saco de dormir pela manhã com a perspectiva de abri-lo outra vez à noite, ou então para o fogão com o calor alto do meio da tarde com a perspectiva da meia-noite quando o rato vai ficar arranhando lá dentro no frio, eu começo a pensar em Frisco e vejo tudo como em um filme o que vai ter lá quando eu chegar, eu me vejo na minha nova jaqueta de couro preta enorme (que eu pretendo comprar em Seattle) que vai até abaixo da minha cintura (talvez as mangas tapem as minhas mãos) e as minhas calças novinhas de sarja cinza e uma camisa polo nova (laranja e amarela e azul!) e o meu novo corte de cabelo, lá vou eu desolado dezembrando os degraus do meu hotel no Skid Row de Chinatown, ou então vou estar na casa de Simon Darlovsky no Turner Terrace nº 5 naquele condomínio doido para pretos na Third com a 22nd onde você vê os tanques de gás gigantes da eternidade e toda uma paisagem da Frisco industrial fumarenta que inclui a baía e a linha principal do trem e as fábricas – Eu me vejo, de mochila no ombro, me esgueirando pela porta eternamente destrancada dos fundos que dá para o quarto de Lazarus (Lazarus é o irmão esquisito e místico de 15 $^{1}/_{2}$ anos de Simon que nunca diz nada a não ser "Cê sonhou alguma coisa?") (noite passada enquanto dormia?) (é o que ele quer dizer), eu entro, é outubro, eles estão na escola, eu saio e compro sorvete, cerveja, pêssegos em calda, bifes e leite e forro a geladeira e quando eles chegam em casa no fim da tarde e no pátio as criancinhas começam a gritar com a simples Alegria do Crepúsculo de Outono, passei o dia inteiro na mesa da cozinha bebendo vinho e lendo jornal, Simon com o nariz ossudo aquilino e os olhos verdes doidos brilhantes e óculos olha para mim e diz pelo nariz com sinusite eterna *"Jack! É você!* Quando você chegou aqui, hnf?" enquanto funga (o horrível tormento desse funga-funga, eu ainda ouço o barulho, não sei como ele respira) – "Hoje mesmo – olha só, a geladeira tá forrada de comida – você se importa se eu passar uns dias aqui?" – "Espaço é o que não falta" – Lazarus está atrás dele, usando um terno novo e todo penteado para as garotas da escola, ele só acena com a cabeça e sorri e aí a gente come um puta banquete e Lazarus finalmente pergunta "Onde cê dormiu a noite passada?" e eu digo "Num pátio em Berkeley" e aí ele diz "Cê sonhou alguma coisa?" – Aí eu conto para ele um sonho bem longo. E à meianoite quando eu e Simon saímos para caminhar até a Third Street bebendo vinho e falando sobre garotas e conversando com as putas crioulas na frente do Cameo Hotel e indo até North Beach atrás de Cody e do pessoal, Lazarus sozinho na cozinha frita três bifes para ele comer de lanche noturno, ele é um garoto grande bonito e louco, um dos muitos irmãos Darlovsky, a maioria deles no hospício, por alguma razão, e Simon fez todo o caminho até Nova York de carona para resgatar Laz e trazer ele de volta para casa, com o apoio financeiro do governo, dois irmãos russos, na cidade, no nada, os *protegés* de Irwin, Simon um escritor kafkiano – Lazarus um místico que fica olhando desenhos de monstros em revistas esquisitas, por horas, e anda pela cidade que nem um zumbi, e quando aos 15 anos ele disse que pesaria 150 quilos até o fim do ano e também tinha estabelecido um prazo para ganhar um milhão de dólares até o Ano-Novo – é nesse apartamento louco que Cody seguido aparece com o uniforme azul desleixado de guarda-freios e senta na mesa da cozinha então de repente dá um pulo e salta para dentro do carro gritando "Eu tô sem tempo!" e dispara até North Beach para procurar o pessoal ou para pegar o trem, e as garotas por toda a parte nas ruas e nos nossos bares e toda a cena de Frisco um filme insano – Eu me vejo entrando em cena, atravessando a tela, olhando ao redor, tomado pela desolação – Mastros brancos de navios no pé das ruas.

Eu me vejo vagando entre os atacados – passando o sindicato do MCS onde eu tentei de todas as maneiras conseguir um navio, por anos – Lá vou eu, mastigando uma Mister Goodbar –

Eu passo pela loja de departamento Gumpy's e olho para a loja de molduras onde Psyche, que está sempre de calça jeans e blusa de gola rolê com uma golinha branca caindo, trabalha, aquelas calças que eu gostaria de tirar e só deixar o blusão de gola rolê e todo o resto é para mim e doce demais para mim – Eu fico na rua olhando para ela lá dentro – Passo pelo nosso bar várias vezes (The Place) e espio para dentro –

18

Eu acordo e estou no Desolation Peak e os abetos estão imóveis no azul da manhã – Duas borboletas passeiam com mundos de montanhas atrás – O meu relógio faz um tique-taque lento – Enquanto eu dormia e viajava sonhando a noite toda, as montanhas não se mexeram e eu duvido que elas tenham sonhado –

Eu saio para pegar um tarro de neve para colocar na minha velha tina de lata que me lembra do meu vô em Nashua e descubro que a minha pá sumiu do monte de neve no precipício, eu olho para baixo e descubro que a descida e a subida vão ser longas mas eu não consigo ver – Então eu vejo ela, bem no barro ao pé da neve, em uma projeção da rocha, eu desço com todo o cuidado, escorregando no barro, para me divertir eu tiro uma pedra enorme do barro e chuto ela lá para baixo, ela cai estrondeando e se estabaca numa rocha e quebra ao meio e ribomba 500 metros para baixo onde eu vejo a última pedra rolar em enormes campos nevados e parando ao encostar em umas rochas enormes com um barulho que eu só ouço 2 segundos depois – Silêncio, aquela linda garganta não dá sinais de vida animal, só abetos e urzes alpinas e rochas, a neve ao meu lado me cega ao sol, lanço um olhar desesperançoso ao lago neutro cerúleo lá embaixo, nuvenzinhas cor-de-rosa ou quase marrons pairam sobre aquele espelho, eu olho para cima e lá estão os imponentes pináculos marrom-avermelhados do Hozomeen no céu – Junto a pá e subo com cuidado pelo barro, escorregando – encho o tarro com neve limpa, ponho a minha provisão de cenouras e repolhos em um novo buraco na neve e volto, largando aquela massa na tina de lata e derramando água pelos lados no assoalho empoeirado – Então eu pego um tarro velho e que nem a velha mulher japonesa me abaixo no meio do urzal e junto gravetos para o meu fogão. É tarde de sábado no mundo inteiro.

19

"Se eu estivesse em Frisco agora", penso eu em minha cadeira na solitarde, "eu compraria uma garrafa de um litro de vinho do porto Christian Brothers ou alguma outra marca excelente especial e iria até o meu quarto em Chinatown e esvaziaria a metade do conteúdo em uma garrafa menor, enfiaria ela no bolso e sairia pelas ruazinhas de Chinatown olhando as crianças, as pequenas crianças chinesas tão alegres de mãozinhas dadas com os pais, eu espiaria as quitandas e os açougueiros Zen cortando o pescoço das galinhas, eu ficaria com a boca cheia d'água ao ver os lindos patos laqueados nas vitrines, eu ficaria vagando, pararia na esquina da Broadway italiana também, para sentir a vida, o céu azul e as nuvens no alto, eu voltaria e entraria no cinema chinês com a minha garrafa e ficaria lá bebendo (desde agora, 5 da tarde) por três horas curtindo as cenas esquisitas e os diálogos e enredos inéditos e talvez alguns dos chineses me vissem entornando a garrafa e pensassem "Ah, um branco bêbado no cinema chinês" – às 8 eu sairia no entardecer azul salpicado de luzes de São Francisco por todas as encantadoras montanhas ao redor, e nesse ponto eu encheria a minha garrafa mais uma vez no quarto do hotel e aí sim sairia para uma caminhada longa mesmo pela cidade, pra abrir o apetite necessário para o meu banquete à meia-noite no velho restaurante maravilhoso de Sun Heung Hung – Eu atravessaria o morro, pelo Telegraph, e iria direto até o trilho onde eu conheço um lugar num beco onde eu posso ficar bebendo e olhando um paredão descomunal de rocha negra que tem propriedades mágicas vibratórias e envia mensagens de luz sagrada à noite, eu sei porque já vi – então, bebendo, bebericando, pondo a tampa na garrafa, eu faço o caminho solitário ao longo do Embarcadero passando pela área de restaurantes em Fisherman's Wharf onde as focas partem o meu coração com aqueles tossidos amorosos, sigo adiante, passo por balcões com camarão, saio, passo os mastros dos últimos navios atracados, e depois subo a Van Ness e desço em direção ao Tenderloin – as marquises piscando os olhos e os bares com espetinhos de cereja nos coquetéis, os personagens insalubres os velhos loiros alcoólatras de macacão tropeçando pela loja de bebidas – então eu desço (o vinho quase no fim e eu estou alto e feliz) a Market Street e as bodegas dos marinheiros, os cinemas e sorveterias, atravesso a rua e entro no Skid Row (o meu vinho acaba aqui, em meio aos antigos vãos de portas escabrosas escritas com giz e mijadas e com copos atirados por milhares de almas lamentosas vestindo trapos da Goodwill) (o mesmo tipo de garotos que rondam os cargueiros e se apegam a pedacinhos de papel onde você sempre encontra algum tipo de oração ou filosofia) – Com o vinho acabado, eu saio cantando e batendo palmas sem fazer muito barulho no ritmo das minhas passadas subindo a Kearney até voltar para Chinatown, já é quase meia-noite, e eu sento no parque de Chinatown em um banco escuro e respiro, bebendo a visão dos deliciosos neons comidosos do meu restaurante piscando na ruazinha, às vezes bêbados loucos passam no escuro em busca de garrafas que ainda tenham algum resto pelo chão, ou bitucas de cigarro, e do outro lado da Kearney você vê os policiais azuis entrando e saindo do grande presídio cinzento – Então eu entro no restaurante, peço um prato do cardápio chinês e no mesmo instante eles me servem peixe defumado, curry de frango, bolinhos de pato incríveis, delicadas travessas prateadas (com suporte) inacreditavelmente deliciosas cheios de maravilhas fumegantes que você tira a tampa e olha e cheira – com um bule de chá, a xícara, ah, eu como – e como – até a meia-noite – talvez então enquanto tomo chá eu escreva uma carta para a minha amada Mãe, contando para ela – depois de pronto, ou eu vou para a cama ou para o nosso bar, o The Place, para encontrar o pessoal e encher a cara...

20

Numa manhã suave de agosto eu desço a encosta da montanha e descubro um lugarzinho íngreme onde eu posso sentar de pernas cruzadas perto dos abetos e dos velhos tocos de árvores arrebentadas, olhando para a lua, a meia-lua amarela que está afundando entre as montanhas a Sudoeste – No céu ocidental, um tom quente de rosa – Por volta das 8h30 – O vento no lago um quilômetro e meio para baixo é agradável e faz você lembrar de todas as ideias que já teve sobre lagos encantados – Eu rezo e peço a Avalokitesvara que ponha a mão de diamante na minha fronte e me conceda a compreensão imortal – Ele é Aquele que Escuta e Atende às Orações, eu sei que esse papo é uma autoalucinação e uma piração ainda por cima mas afinal de contas foram só aqueles com o dom de despertar (os Budas) que disseram que eles não existem – Em cerca de vinte segundos o seguinte entendimento chega à minha mente e ao meu coração: "Quando um bebê nasce ele dorme e sonha o sonho da vida, quando ele morre e é enterrado no túmulo ele acorda outra vez para o Êxtase Eterno" – "E no fim não importa" –

É, Avalokitesvara pôs a mão de diamante...

E então a questão de por quê, por quê, é só o Poder, a natureza mental única que emana potencialidades infinitas – Que sentimento estranho ler que em fevereiro de 1922 em Viena (um mês antes de eu nascer) fulano de tal estava andando pelas ruas, como pode ter existido uma Viena, ou até mesmo o conceito de Viena antes que eu nascesse?! – É porque a natureza mental única segue sempre adiante, não tem nada a ver com os que chegam e os que saem que aguentam tudo e que avançam e que são avançados – E assim 2500 anos atrás houve Gotama Buda, que pensou o maior pensamento da história da Humanidade, uma gota no balde aqueles anos na Natureza Mental que é a Mente Universal – Vejo na minha satisfação na montanha que o Poder se deleita e se regozija com a ignorância e a iluminação, afinal de outra forma não haveria existência ignorante ao lado de uma existência iluminada, por que o Poder haveria de se limitar só a um ou só ao outro – e quanto à forma da dor, ou aos éteres impalpáveis informes e indolores, o que importa? – E eu vejo a lua amarela afundando enquanto a terra rola para longe. Eu viro o meu pescoço para ver de ponta-cabeça e as montanhas da terra são apenas aquelas mesmas velhas bolhas suspensas em um mar de espaço infinito – Ah, se houvesse outra visão além da visão dos olhos que outros níveis atômicos a gente não veria? – mas aqui nós só vemos luas, montanhas, lagos, árvores e seres sencientes, com a nossa visão ocular – O Poder se deleita com tudo – Ele lembra a si mesmo de que é o Poder, é por isso, porque ele, o Poder, na verdade é um êxtase puro, e a manifestação dele é o sonho, é a Eternidade Dourada, para sempre em paz, esse sonho difuso de existência é só uma difusão na – Não sei mais o que dizer – O rosa quente no Ocidente se transforma em um discreto cinza pastel, a noite suave suspira, os animaizinhos farfalham no urzal e nas tocas, eu mudo os pés de posição para aliviar a cãibra, a lua amarela singela finalmente toca a escarpa mais alta e como sempre você vê o contorno mágico de alguma protuberância ou de algum toco que parece o lendário Coyotl, Deus dos índios, prestes a uivar para o Poder –

Ah que paz e satisfação eu sinto ao voltar para a minha cabana sabendo que o mundo é o sonho de um bebê e o êxtase da eternidade dourada é para onde estamos voltando, para a essência do Poder – e o Êxtase Primordial, *todos nós o conhecemos* – Me deito de costas no escuro, com as mãos juntas, alegre, enquanto as luzes do norte brilham como uma estreia de Hollywood e para lá também eu olho de ponta-cabeça e vejo que são apenas grandes pedaços de gelo refletindo o sol do outro lado em algum dia longínquo, e na verdade o contorno da curvatura da terra também aparece se arqueando por toda a parte – Luzes do Norte, tragam o suficiente para iluminar o meu quarto, como as luas de gelo.

Que satisfação saber que ao fim e ao cabo nada importa – Tristezas? O sentimento religioso que eu sinto quando penso na minha mãe? – mas tudo precisa ser despertado e lembrado, as coisas não estão lá por si mesmas, e é por isso que a natureza mental é naturalmente livre do sonho e livre de tudo – É que nem aqueles filósofos deístas fumadores de cachimbo que dizem "Ah vejam a maravilhosa criação de Deus, a lua, as estrelas etc., você a trocaria por qualquer outra coisa?" e não se dão conta de que não estariam dizendo isso se não fosse graças a uma memória primordial de quando, do quê, de como nada existia – "É muito recente", eu percebo, olhando para o mundo, um ciclo recente da criação do Poder para se alegrar com esse lembrete ao seu próprio eu magnânimo de que ele é o Poder – e tudo na essência um terno mistério efervescente, que você pode ver fechando os olhos e deixando o silêncio eterno entrar nos seus ouvidos – a bênção e a alegria em que devemos acreditar, meus queridos –

Aqueles que têm o dom de despertar, se assim quiserem, nascem como bebês – Esse é o meu primeiro despertar – Não há ninguém com o dom de despertar nem despertares.

Na minha cabana eu fico deitado, lembrando das violetas no nosso quintal da Phebe Avenue quando eu tinha onze anos, nas noites de junho, aquele sonho indistinto, efêmero, assombrado, há muito tempo desaparecido, se apagando cada vez mais, até o dia em que terá se apagado por completo.

21

Acordo no meio da noite e me lembro de Maggie Cassidy e de como eu podia ter casado com ela e sido o velho Finnegan para a garota Plurabelle irlandesa, de como eu poderia ter conseguido uma cabana, uma pequena cabaninha decrépita irlandesa cor-de-rosa em meio aos juncos e às velhas árvores nas margens do Concord e teria trabalhado como um guarda-freios sinistro enjaquetado enluvado e boné-de-beisebolizado na noite fria da Nova Inglaterra, para ela e para aquelas coxas irlandesas de marfim, para ela e para aqueles lábios de marshmallow, para ela e para aqueles sapatos pesados e a "Terra Verde de Deus" e as duas filhas dela – Como eu a teria deitado na cama de noite só minha e com todo o cuidado buscado a rosa dela, aquela coisa minha, aquela coisa verde-esmeralda e heroica que eu quero – lembro das coxas sedosas no jeans apertado, do jeito que ela dobrava uma coxa por baixo das mãos e suspirava enquanto a gente assistia Televisão juntos – na sala da mãe dela naquela última viagem assombrada de 1954 que eu fiz para Lowell em outubro – Ah as roseiras, a lama do rio, a corrida dela, os olhos – Uma mulher para o velho Duluoz? Inacreditável ao lado do meu fogão numa meia-noite desolada que pudesse ser verdade – a Aventura de Maggie –

As garras de árvores pretas no entardecer lunar rosado porventura e por acaso também me oferecem muito amor, e eu sempre posso deixar elas para trás e sair vagando – mas quando eu estiver velho no meu derradeiro fogão, e o pássaro se esvai no galho de pó em ó Lowell, o que eu vou pensar, chorão? – quando o vento se esgueirar para dentro do meu saco de dormir e me der aquela tristeza desnudada e eu sair compenetrado para fazer os meus deveres meritórios na terra coberta de grama, que canções de amor para o velho preguiçoso pantanoso enevoado Jack O – ? – nenhum poeta novo vai nos trazer louros como mel para o meu leite, caretas – As caretas da mulher amada seriam melhores eu acho – Eu cairia das escadas, brabac, e lavaria a minha cueca fluvial – fofocaria meus varais – arejaria mias segundas – fantasmaria mias Áfricas de esposas – Learia mias filhas – Mendigaria o meu coração de mármore – mas poderia ter sido melhor do que pode ser, os imbeijados lábios solitários de Duluoz melancolizando em um túmulo

22

Nas manhã de domingo eu sempre me lembro de estar na casa de Mamãe em Long Island, nos anos recentes, enquanto ela está lendo o jornal eu acordo, tomo um banho, bebo um copo de vinho, leio os placares e então como o maravilhoso café da manhã que ela prepara para mim, tudo o que eu preciso fazer é pedir, ela tem um jeito especial de deixar o bacon crocante e de fritar os ovos – A TV desligada porque não passa nada muito interessante nas manhãs de domingo – Eu fico triste de pensar que o cabelo dela está ficando grisalho e ela está com 62 anos e vai estar com 70 quando eu estiver nos meus 40 feito uma coruja – logo ela vai ser a minha "mãe velhinha" – na cama eu tento pensar em como vou cuidar dela –

Depois à medida que o dia avança e o domingo se arrasta e as montanhas se dão ares dominicais religiosos enfadonhos eu sempre começo a pensar nas épocas mais antigas em Lowell quando os moinhos de tijolo à vista eram tão assombrados nas margens do rio às 4 da tarde, as crianças saindo dos cinemas no domingo para voltar para casa, mas ah a tristeza dos tijolos à vista e eles estão por toda parte na América, no sol vermelho, e nas nuvens mais além, e as pessoas usando as melhores roupas por tudo – Nós todos estamos nesta terra triste projetando sombras compridas, a respiração interrompida pela carne.

Até as peripécias do rato no sótão da minha cabana têm uma certa santidade aos domingos, como se o hábito de frequentar a igreja, o igrejamento, o rezamento – Vamos ver que tal.

Quase sempre aos domingos eu fico aborrecido. E aí todas as minhas memórias ficam aborrecidas. O sol é dourado demais. Tremo só de pensar no que as pessoas estão fazendo na Carolina do Norte. Na Cidade do México elas ficam de um lado para o outro comendo tábuas enormes de torresmo, pelos parques, lá até o domingo é uma Decadência – Pode ser que o domingo tenha sido inventado para amolecer as alegrias.

Para os camponeses normais o domingo é um sorriso, mas para nós, poetas sombrios, argh – Eu acho que o domingo é o espelho de Deus.

Compare os cemitérios de igreja das noites de sexta com os púlpitos de domingo pela manhã –

Na Bavária, homens de calções curtos andam de um lado para o outro com as mãos nas costas – Moscas cochilam atrás de uma cortina de renda em Calais, e de lá ficam olhando os veleiros – No domingo Céline boceja e Genet morre – Só em Benares aos domingos os camelôs gritam e os encantadores de serpente abrem cestos com um alaúde – No Desolation Peak, nas High Cascades, ugh –

Em especial eu penso na parede de tijolos da Sheffield Milk Company perto da linha principal da Long Island Railroad em Richmond Hill, os rastros de lama no estacionamento deixados pelos carros dos trabalhadores durante a semana, um ou dois carros solitários dos trabalhadores dominicais estão estacionados lá agora, as nuvens passando pelas poças de água marrom, os gravetos e latas e trapos, o trem local passando com os rostos pálidos vazios dos Viajantes Dominicais – pressagiando o dia fantasmagórico em que a América industrial vai ser abandonada e entregue às moscas na longa Tarde de Domingo do esquecimento.

23

Com suas muitas pernas feias a centopeia verde-alpina passeia no mundo de urzes, a cabeça como um pálido pingo de orvalho, o corpo gordo erguendo-se para escalar, pendurado de cabeça para baixo como um tamanduá sul-americano para fuçar e pescar e balançar de um lado para o outro em busca, depois se encolhendo que nem um garoto que alcança um galho ela se alinha escondida debaixo do urzal e puxa e monstreia no verde inocente – a parte do verde, ela é, que recebeu o fluido do movimento – ela se contorce e espia e mete a cabeça em tudo que é canto – ela está em uma selva de alfinetes variegados sombrios velhos cinzentos do ano passado no urzal – às vezes imóvel como a figura de uma jiboia ela desvia para o céu um olhar sem música, dorme com aquela cabeça de cobra, depois se encolhe que nem um tubo estourado quando eu sopro nela, rápida para desviar, rápida para sair fora, fraca para obedecer a injunção nivelada de parar quieta insinuada pelo céu não importa o que possa acontecer – Ela está muito triste agora que eu sopro mais uma vez, põe a cabeça no ombro se lamuriando, eu vou deixar ela vagar em paz, se fazendo de morta enquanto fica pensarosa – lá vai ela, desaparecendo, fazendo ondinhas na selva, com o olhar fixo no mundo dela eu percebo que acima dela também tem algumas frutas e depois o infinito, ela também está de ponta-cabeça e apegada à própria esfera – somos todos loucos.

Fico sentado pensando se as minhas próprias viagens pela Costa a Frisco e ao México não vão ser tão tristes e loucas quanto – mas por Jesus JC Cristo vai ser melhor do que ficar *aqui* nessa rocha –

24

Alguns dias na montanha, embora quentes, são permeados por uma beleza pura e fria que pressagia outubro e a minha liberdade no Platô Indígena do México que vai ser ainda mais puro e ainda mais frio – Ah os velhos sonhos que eu tive com as montanhas no platô do México quando os céus estavam cheios de nuvens como as barbas de patriarcas e de fato eu sou o próprio Patriarca de pé em um manto esvoaçante na montanha verde de ouro – Nas Cascatas o verão pode esquentar em agosto mas você percebe um toque do outono, especialmente na encosta a leste da minha montanha pela tarde, longe do calor do sol, onde o ar é mais cortante e montanhoso e as árvores já secas no início do fim – Então eu penso no Campeonato Mundial, a chegada do futebol americano pela América (os gritos de uma voz marcante do centro-oeste no rádio chiante) – Penso nas prateleiras de vinho nas lojas ao longo da linha principal da Ferrovia da Califórnia, penso nas pedrinhas no chão do Ocidente sob os vastos céus estourando outono, penso nos longos horizontes e planícies e no deserto supremo com cáctus e mesquitas secas que se estendem até planaltos vermelhos longínquos onde a velha esperança do meu viajante sempre segue e segue e simplesmente retorna vazia de lugar nenhum, o longo sonho do caroneiro e mendigo do Oeste, os vagabundos da colheita que dormem nos sacos de colher algodão e descansam contentes sob as estrelas cintilantes – À noite, o outono dá sinais no Verão da Cascata onde você enxerga Vênus vermelha em sua encosta e pensa "Quem vai ser a minha mulher?" – Tudo, o tremular da neblina e os insetos zunzunantes, será varrido do verão e empurrado rumo ao Oriente por aquele ávido vento marítimo ocidental e é nessa hora que o meu eu de cabelos ao vento vai estar batendo os pés ao descer a trilha pela última vez, de mochila e tudo mais, cantando para as neves e os pinheiros, a caminho de novas aventuras, novos desejos por aventuras – e tudo atrás de mim (e de você) o oceano de lágrimas que tem sido a minha vida na terra, tão antiga que, quando eu olho as minhas fotografias panorâmicas da área do Desolation e vejo as velhas mulas e os ruanos magrelos de 1935 (na foto) junto à finada cerca do curral, eu me admiro de ver que em 1935 as montanhas tinham o mesmo aspecto (a Old Jack Mountain no ângulo exato com o mesmo desenho de neve) que têm em 1956 então a antiguidade da terra me impressiona lembrando primordialmente que ela era a mesma, elas (as montanhas) também tinham a mesma cara em 584 a.C. – e tudo aquilo apenas uma espuma do mar – Vivemos para desejar, então desejar eu vou, e descer da montanha um sábio supremo ou um sábio insupremo cheio de uma ignorância gloriosa ávido por brilhar em outro lugar –

Mais para o fim da tarde o vento oeste sopra com mais força, vindo de ocidentes graves, invisível, e envia mensagens claras através das minhas telas e rachaduras – Mais, mais, deixe os abetos secarem mais, eu quero ver as maravilhas brancas ao Sul –

25

Númenos são o que você vê de olhos fechados, a cinza dourada imaterial, Ta o Anjo Dourado – Fenômenos são o que você vê de olhos abertos, no meu caso as ruínas de mil horas concebendo a vida em uma cabana na montanha – Lá, no alto da pilha de madeira, um livro de caubói abandonado, ugh, terrível, cheio de sentimentalismo e comentários intermináveis, diálogos idiotas, dezesseis heróis com duas armas cada contra um vilão destrambelhado de quem eu até gostei por causa do pavio curto dele e das botas que fazem toc quando ele caminha – o único livro que eu joguei fora na minha vida – Logo acima, repousando no canto da janela, uma lata de Macmillan Ring Free Oil que eu uso para guardar querosene e para fazer fogo, para tocar fogo, igual a um mago, vastas explosões surdas no meu fogão que põem o café a ferver – A minha frigideira pendurada em um prego acima de outra panela (de ferro) grande demais para eu usar mas a minha panela usada não para de pingar pingos de gordura pela parte de trás que me lembram esperma escorrendo e eu raspo eles e atiro na mata, não estou nem aí – Depois o velho fogão com a panela d'água, o eterno bule de café com cabo comprido, a chaleira raramente usada – Depois a mesinha com o enorme alguidar engordurado e uma parafernália de escovas, trapos, panos de fogão, esfregão com cabo, uma bagunça com uma eterna poça de água preta espumosa embaixo que eu limpo uma vez por semana – Depois a prateleira de comidas enlatadas diminuindo aos poucos, e outras comidas, uma caixa de sabão Tide com a dona de casa bonita segurando uma caixa de Tide e escrito "Feitos um para o outro" – Uma caixa de Bisquick deixada para trás por algum outro vigia que eu nunca abri, um vidro de compota que eu não gosto – vou dar para uma colônia de formigas no pátio – um velho vidro de manteiga de amendoim deixado aqui por algum vigia ao que tudo indica quando Truman era presidente a dizer pela podridão do amendoim – Um vidro de cebolas em conserva que solta um cheiro de sidra quando o sol da tarde bate na cabana, de vinho azedo – um vidrinho de molho Kitchen Bouquet, que fica gostoso nos cozidos, mas é horrível de tirar das mãos – Uma caixa de Cher Boyardee's Spaghetti Dinner, que nome fantástico, imagino o *Queen Mary* atracado em Nova York e os chefs saindo em direção à cidade usando umas boininhas, em direção às luzes piscantes, ou então imagino algum chef falcatrua com um bigode cantando árias italianas na cozinha ou em programas culinários na tevê – Uma pilha de envelopes de sopa de ervilha em pó, fica bom com bacon, bom que nem o Waldorf-Astoria e Jerry Wagner me apresentou para ela na vez que a gente fez uma caminhada e acampou em Potrero Meadows e ele botou bacon frito na panela da sopa e a sopa ficou mais grossa e mais saborosa no ar fumacento à margem do córrego – depois um pacote de celofane meio usado de feijão-fradinho, e um pacote de Farinha de Centeio para os meus muffins e para dar liga aos Johnnycakes – Depois dois vidros de picles deixados em 1952 que congelaram no inverno então os picles são só umas casquinhas de água temperada que parecem pimentas verdes mexicanas em um pote – A minha caixa de fubá, uma lata fechada de fermento Calumet, com a cabeça do índio – uma lata fechada de pimenta-do-reino – Caixas de sopa Lipton deixada pelo Velho Ed o pobre filho da puta solitário que ficou aqui antes de mim – Depois o meu vidro de beterraba em conserva, vermelho escuro como um rubi com algumas cebolas brancas contra o vidro – depois o meu vidro de mel, já pela metade devido ao leite com mel das noites frias quando eu me sinto mal ou doente – Uma lata fechada de café Maxwell House, a última – Um vidro de vinagre de vinho tinto que eu nunca vou usar e que eu queria que fosse vinho e que parece vinho tinto mesmo de tão vermelho-escuro – Atrás, um vidro novo de melaço, que às vezes eu bebo direto do pote, bocados de ferro – A caixa de Ry-Krisp, que é um triste pão seco concentrado para tristes montanhas secas – E uma fileira de latas abandonadas anos atrás, com assapargos congelados e desidratados tão efêmeros que comê-los é como chupar água, e ainda mais pálidos – Batatas cozidas inteiras enlatadas como cabeças reduzidas e inúteis – (que só os cervos comem) – as últimas duas latas de carne assada argentina das 15 originais, muito saborosa, quando eu cheguei na guarita naquele dia frio e tempestuoso com Andy e Marty nos cavalos eu descobri £30 em carnes enlatadas e atum, tudo delicioso, que na minha dureza eu nunca teria sonhado em comprar – Xarope Lumberjack, uma grande lata alta, também um presente deixado para trás para acompanhar as minhas deliciosas panquecas – Espinafre, que, tão ferroso, não perdeu o sabor mesmo depois de todas as estações na prateleira – Minha caixa cheia de batatas e cebolas, ah! Eu queria uma vaca preta e um bife de lombo!

La Vie Parisienne, eu estou vendo um restaurante na Cidade do México, eu entro e sento na mesa com uma toalha de mesa trabalhada, peço Bordeaux branco e filé mignon, de sobremesa pastéis doces e café forte e um charuto, Ah, e desço o bulevar Reforma até a escuridão interessante do cinema francês com filmes espanhóis e o súbito documentário bombástico do México –

Hozomeen, rocha, nunca come, nunca acumula tralhas, nunca suspira, nunca sonha com cidades longínquas, nunca espera o outono, nunca mente, mas talvez ele morra – Pfui.

Toda noite eu pergunto a Deus, "Por quê?", mas ainda não ouvi uma resposta decente.

26

Lembrando, lembrando daquele mundo doce tão amargo ao paladar – a época em que eu toquei "Our Father" de Sarah Vaughan na minha caixinha em Rocky Mount e Lula a empregada preta chorou na cozinha então eu dei a caixinha para ela e agora nas manhãs de domingo nos prados e nas florestas de pinheiro da Carolina do Norte, saindo da casa desvalida do pai dela com a varanda dos negõezinhos, você escuta a Divina Sarah – "for Thine is the Kingdom, and the Power, and the Glory, forever, a men" – o jeito que a voz dela faz uma pausa no "a" de "amen", tremendo, como uma voz deve – Amargo? Porque os insetos se debatem em uma agonia mortal até em cima da mesa como você pode imaginar, bobos imortais que se levantam e saem andando e renascem, como nós, "cerezumanos" – como formigas de asa, os machos, que são expulsos pelas fêmeas e vão embora para morrer, que coisa mais infinitamente fútil o jeito que eles sobem as vidraças e simplesmente caem quando chegam lá em cima, e sobem de novo, até morrerem exaustos – e aquele que eu vi uma tarde no chão da cabana se debatendo sem parar na poeira imunda vítima de alguma espécie de convulsão fatal de desesperança – ah, que nem nós fazemos, mesmo que a gente não perceba – Doce? Doce que nem quando o jantar está borbulhando na panela e a minha boca se enche d'água, a maravilhosa panela com folhas de nabo, cenouras, carne assada, spätzle e temperos que eu fiz uma noite e comi sem camisa no outeiro, de pernas cruzadas, em uma pequena bacia, com pauzinhos, cantando – Depois as noites de luar quente ainda com a chama rubra no Ocidente – doce o bastante, a brisa, as canções, a densa lenha dos pinheiros no vale dos estalos – Uma xícara de café e um cigarro, por que zazenar? E em algum lugar homens estão lutando com carabinas assustadoras e cruzes de balas no peito, os cintos pesados com granadas, sedentos, amarrados, famintos, assustados, ensandecidos – Deve ser que quando Deus imaginou o mundo ele tenha querido incluir tanto eu e o meu coração triste apertado renitente E Bull Hubbard rolando pelo chão rindo da estupidez dos homens –

À noite na escrivaninha da cabana eu vejo o meu reflexo na janela preta, um homem de rosto áspero com uma camisa suja em frangalhos, com a barba por fazer, de testa franzida, labiado, oculado, cabelado, narigado, orelhado, manusado, pescoçado, pomo-de-adamizado, sobrancelhado, um reflexo com tudo atrás de si o vazio de 7000000000000 anos-luz de escuridão infinita assolado pela luz arbitrária de uma ideia limitada, e mesmo assim tem um brilho no meu olho e eu canto canções obscenas sobre a lua nos becos de Dublin, sobre vodca hoy hoy, e depois a triste canção do México com o sol se pondo por cima das rochas sobre amor, corazón e tequila – a minha escrivaninha está atulhada de papéis, é bonito olhar com os olhos meio fechados para o delicado entulho leitoso de papéis empilhados, como um velho sonho com a imagem de papéis, que nem os papéis empilhados em cima da mesa de um desenho animado, que nem uma cena realista de um velho filme russo, e a lamparina a óleo ensombrecendo alguns pela metade – E olhando para o meu rosto mais de perto no espelho de estanho, eu vejo os olhos azuis e o rosto vermelho do sol e os lábios vermelhos e a barba de uma semana e penso: "Precisa coragem pra viver e enfrentar todo esse impasse férreo de morra-seu-trouxa? Nah, no fim das contas não importa" – Deve ser a Eternidade Dourada curtindo a vida no cinema – Torturem-me em tanques, no que mais vou acreditar? – Cortem meus braços e mias pernas com uma espada, o que vou fazer, eu odeio Kalinga de morte amarga e até mais? – Pra, é a mente. "Dorme na Paz Celestial." –

27

De repente em uma quinta-feira inocente de luar eu ligo o rádio para a sessão de besteirol e escuto toda a empolgação sobre relâmpagos, o Guarda-Florestal deixou uma mensagem com Pat na Crater Mountain para que eu fizesse contato o mais rápido possível, eu faço, ele diz "Como tão os relâmpagos aí em cima?" – Eu digo, "Tá uma noite de lua clara aqui em cima, com um vento Norte soprando" – "Bom", diz ele um pouco nervoso e incomodado, "acho que você vive da maneira certa" – Bem naquela hora eu vejo um clarão ao Sul – Ele quer que eu fale com o pessoal da trilha em Big Beaver, eu tento, ninguém responde – De repente a noite e o rádio estão repletos de empolgação, os clarões no horizonte são que nem a penúltima estrofe do Sutra do Diamante (o Lapidador da Sabedoria Transcendental), um som sinistro vem do urzedo, o vento na estrutura da cabana assume ares hipersuspeitos, parece que as seis semanas de solidão aborrecida no Desolation Peak chegaram ao fim e estou enfim *lá embaixo* outra vez, só por causa dos relâmpagos distantes e das vozes distantes e dos balbucios distantes do trovão – A lua segue brilhando, a Jack Mountain se perde atrás das nuvens, mas o Desolation não, mal consigo distinguir a Neve da Jack Mountain emburrada na escuridão – uma descomunal asa de morcego com 50 ou 100 quilômetros de largura avança devagar, para logo obliterar a lua, que acaba se lamentando no berço em meio à névoa – Eu ando no pátio ventoso me sentindo estranho e alegre – o relâmpago executa uma dança amarela por cima das elevações, dois incêndios já começaram na Pasayten Forest segundo Pat que está exacerbado na Crater e diz "Eu estou me divertindo aqui anotando os relâmpagos que caem" que ele nem tem que anotar coisa nenhuma é tão longe de onde ele está e a 50 quilômetros de mim – Andando de um lado para o outro, penso em Jarry Wagner e Ben Fagan que escreveram poemas nessas guaritas (na Sourdough e na Crater) e eu queria poder ver eles para ter aquele sentimento estranho de que eu estou lá embaixo longe da montanha e toda essa porra de tédio para trás – Não sei como, por causa da empolgação, a porta da minha cabana é mais emocionante quando eu abro e fecho ela, ela parece estar *povoada*, poemas escritos a respeito, tinas e noite de sexta e os homens no mundo, *alguma coisa*, alguma coisa para fazer, ou ser – Já não é mais noite de quinta-feira 14 de agosto no Desolation mas a Força do Mundo e o Relâmpago e eu fico lá andando de um lado para o outro pensando nas linhas do Sutra do Diamante (caso o relâmpago viesse e fizesse eu me enrolar dentro do meu saco de dormir com medo de Deus ou um ataque cardíaco, o trovão estourando bem no meu para-raio) –: "Se um seguidor celebrasse qualquer julgamento limitado da realidade do sentimento de sua própria individualidade, a realidade do sentimento dos seres vivos ou a realidade do sentimento de um eu universal, ele estaria celebrando algo inexistente" (minha própria paráfrase) e agora hoje à noite mais do que nunca eu vejo que essas palavras são verdadeiras – Porque todos esses fenômenos, aquilo que aparece, e todos os números, aquilo que não aparece, são a perda do Reino do Céu (e nem ao menos isso) – "Um sonho, um fantasma, uma bolha, uma sombra, um relâmpago..."

"Eu vou descobrir e contar pra você – opa, mais um – o que eu tava dizendo eu vou descobrir e contar pra você, ah, como as coisas são", Pat diz no rádio enquanto está no equipamento de detecção de incêndios marcando Xs onde ele acha que os raios estão caindo, ele diz "Opa" a cada 4 segundos, eu percebo como ele é engraçado com os "Opas" dele que nem Irwin e eu com o nosso "Capitão Opa" que era capitão de Navio Pirado que um dia passou pelo portaló dele todo tipo de vampiros, zumbis, viajantes misteriosos e palhaços arlequins disfarçados para embarcar, e quando, já na rota da viagem, o navio chega ao fim do mundo e está prestes a cair, o Capitão diz "Opa"

> Uma bolha, uma sombra –
> opa –
> Cai o relâmpago

"Opa", dizem as pessoas derramando sopa – É terrível mas até quem passa por tudo precisa mesmo se sentir bem em relação a tudo o que acontece, o filho da puta sortudo e exuberante – (o câncer é exuberante) – então se um relâmpago desintegrar Jack Duluoz no Desolation Peak, sorria, o Velho Tathagata curtiu tudo como um orgasmo e nem ao menos isso

28

Fuu, fuu diz o vento enquanto traz a poeira e os relâmpagos para mais perto – Tic, diz o para-raios quando recebe a descarga elétrica do raio que cai no Skagit Peak, um enorme poder desliza silencioso e discreto pelas barras e cabos protetores e desaparece na terra da desolação – Nada de trovões, apenas morte – Fuu, tic, e na minha cama eu sinto a terra se mexer – Vinte e cinco quilômetros ao Sul logo a leste da Ruby Mountain e em algum lugar perto de Panther Creek eu acho que um enorme incêndio está consumindo tudo, enormes pontos cor de laranja, às 10 horas a eletricidade atraída pelo calor faz cair mais um raio por lá e ele aumenta o incêndio é um desastre, um desastre distante que me faz dizer "Ah uau" – Quem queima os olhos chorando por lá?

> Trovão nas montanhas –
> o ferro
> Do amor da minha mãe

E no denso ar elétrico eu pressinto a lembrança da Lakeview Avenue perto da Lupine Road onde eu nasci, uma noite de tempestade elétrica no verão de 1922 com saibro no calçamento molhado, os trilhos do bonde eletrificados e reluzentes, florestas úmidas mais adiante, meu carrinho de bebê apocloptático paratomanocial iurcando na varanda triste, molhada, debaixo do globo de luz frutado enquanto tudo o que Tathagata canta no clarão horizonteante e o estrondo o estrugir do trovão vem do fundo do ventre, o Castelo na noite –

Por volta da meia-noite eu estive olhando tão compenetrado para a escuridão da janela que começo a ter alucinações de incêndios por toda a parte e próximos, três deles bem no Lightning Creek, verticais laranja fosforescentes de um fogo espectral que vai e vem nos meus globos oculares eletrificados surtados – A tempestade continua ninando depois soprando em algum lugar do vazio e mais uma vez acertando o meu monte, então finalmente eu pego no sono – Acordo com o barulho da chuva, cinza, com esperançosos rasgos prateados no céu austral – lá na altitude 177°16' onde eu tinha visto o grande incêndio eu vejo um estranho retângulo marrom na rocha nevada mostrando por onde o fogo passou e cuspiu na chuva que durou a noite inteira – Perto de Lightning e Cinammon nenhum sinal dos incêndios-fantasma da noite passada – A neblina escorre, a chuva cai, o dia é empolgante e emocionante e finalmente ao meio-dia eu sinto o inverno branco e cru do Norte passar com um vento do Hozomeen, a sensação de neve no ar, cinza-ferro e azul-aço por toda a parte nas rochas – "*Nossa*, mas ela foi yar!" eu fico gritando enquanto lavo os pratos depois de um bom delicioso café da manhã com panquecas e café preto.

       Os dias passam –
          não podem ficar –
       Eu não percebo

Eu penso nisso enquanto circulo o dia 15 de agosto no calendário e olho, já são 11h30 no relógio então metade do dia já passou – Com um trapo úmido no pátio eu tiro a poeira do verão dos meus sapatos arruinados, ando de um lado para o outro e penso – A dobradiça da latrina está solta, o consolo da lareira está derrubado, vou ter que esperar um mês inteiro para tomar um banho decente, não estou nem aí – A chuva volta, os fogos não vão ter o que queimar – Nos meus sonhos eu sonho que me oponho a algum desejo de Evelyn a esposa de Cody em relação à filha deles, em uma casa flutuante na Frisco ensolarada, e ela me lança o olhar mais terrível de toda a história do ódio e dispara um raio elétrico na minha direção que faz uma onda de choque atravessar as minhas entranhas mas eu estou decidido a não sentir medo dela e insisto nas minhas ideias e sigo falando calmamente da minha cadeira – É a mesma casa flutuante onde a minha Mãe recebeu os Almirantes em um velho sonho – Pobre Evelyn, ela me escuta dizer para Cody que eu também acho bem idiota da parte dela ter entregue a única luminária para o Bispo, o coração dela bate forte enquanto ela lava a louça – Pobres corações humanos batendo forte em toda parte.

29

Naquela tarde chuvosa, cumprindo uma promessa que eu tinha feito para mim mesmo por conta da memória de um arroz japonês maravilhoso que Jarry tinha cozinhado para nós na cabana do Mill Valley em abril, eu preparei um molho agridoce chinês pirado no fogão quente, com folhas de nabo, chucrute, mel, melaço, vinagre de vinho tinto, suco de beterraba em conserva, molho concentrado (muito escuro e amargo) e enquanto a mistura ferve no fogão e a panelinha de arroz faz a tampa dançar eu caminho no pátio e digo "Jantal chinês semple muito gostoso!" e de repente lembro do meu pai e de Chin Lee em Lowell, vejo o muro de tijolos lá fora em frente às mesas do restaurante, sinto o cheiro da chuva, a chuva de tijolos e jantares chineses que cai em São Francisco em meio às chuvas solitárias das planícies e das montanhas, lembro de capas de chuva e dentes sorridentes, é uma visão vasta inevitável com a pobre mão desgovernada da – da neblina – calçadas, ou cidades, ou fumaça de charutos e pagamentos no balcão, do jeito que os Chefs Chineses sempre pegam uma concha cheia de arroz da panelona e levam o potinho chinês até a concha invertida e viram tudo lá dentro deixando um globinho de arroz fumegante que é servido para você na mesa junto com aqueles molhos loucamente aromáticos – "Jantal chinês semple muito gostoso" – e vejo gerações de chuva, gerações de arroz branco, gerações de paredes de tijolo à vista com os antigos neons vermelhos piscando que nem um composto quente de pó de tijolo em chamas, ah a indescritível doçura do paraíso verdejante de cacatuas pálidas e vira-latas gargalhantes e velhos Malucos Zen com cajados, e flamingos de Catai, que você vê nos maravilhosos Vasos Ming e também nos outros das dinastias mais chatas – Arroz fumegando, o aroma tão intenso e amadeirado e o visual puro como as nuvens sopradas de um vale com lago em um dia como esse do jantar chinês quando o vento empurra elas escorrendo e leitosando acima dos jovens abetos, em direção à rocha nua e fria –

30

Sonho com mulheres, mulheres de combinação e roupas vagabundas, uma sentada ao meu lado toda acanhada tirando a minha mão do lugar de carne macia onde ela está mas mesmo que eu não faça esforço nenhum a mão fica lá de um jeito ou de outro, outras mulheres e até as minhas tias estão olhando – Lá pelas tantas aquela terrível puta arrogante que foi a minha esposa está se afastando de mim para ir ao banheiro, dizendo alguma coisa ofensiva, eu olho para a bunda magra dela – Sou um idiota habitual nas casas pálidas escravizado pela minha luxúria por mulheres que me odeiam, elas espalham as carnes por cimas dos divãs prontas para o escambo, é um puteiro – a loucura de tudo isso, eu devia me abster e dar um sermão nelas todas e me endireitar de vez – Acordo feliz ao ver que estou a salvo nas montanhas da floresta – Por aquele lugarzinho saltado de carne macia com um buraco molhado eu passaria eternidades de horror sentado em salas cinzentas iluminadas por um sol cinzento, com policiais e pensões, na porta e na cadeia além? – É uma comédia que sangra – Os Grandes Estágios da Sabedoria de compreensão patética que caracterizam a Religião Maior me escapam quando se trata de haréns – Harém-Amém, agora tudo está no céu – abençoados sejam os corações combalidos delas – Algumas ovelhas são fêmeas, alguns anjos têm asas de mulher, no fim tudo são mães e perdoem o meu sardonismo – perdoem o meu cio.

(Hor hor hor)

31

O dia 22 de agosto é uma data estranha na minha vida, foi (por muitos anos) o dia de clímax (por alguma razão) em que todas as minhas maiores competições foram disputadas no Gramado que eu coordenava quando era menino em Lowell, as corridas de bolinha de gude – Também era o friozinho agostoso no fim do verão, quando as árvores de noites estreladas balançavam com uma beleza especial do outro lado da janela telada e a areia da margem ficava fria ao toque e pequenas conchinhas brilhavam nela e a Sombra do Dr. Sax passava voando em frente à lua – A pista de corrida de Mohican Springs era uma pista especial acidentada ocidental enevoada de Massachusetts com prêmios menores e espectadores fanáticos e jóqueis das antigas e cavalos experientes e cavalariços do leste do Texas e de Wyoming e do velho Arkansas – Lá era disputado toda primavera o Mohican Derby que era para pangarés de três anos em geral mas a grande Corrida de agosto era um evento para o povaréu que juntava a nata de Boston e de Nova York e aí era Ah era aí que o verão acabava, os resultados da corrida, o nome do vencedor, tudo teria um gosto de outono como o gosto das maçãs agora juntadas em cestos no Vale e o gosto da sidra e da finalidade trágica, com o sol se pondo por cima das velhas estrebarias do Mohican na última noite quente e agora a lua está brilhando tristonha através dos primeiros montes férreos concentrados de nuvens de outono e logo vai fazer frio e tudo vai acabar –

Sonhos de uma criança, e todo esse mundo não é nada além de um grande sonho feito de material reacordado (que em breve vai reacordar) – O que poderia ser mais bonito –

Para fechar, completar e tragedizar o meu 22 de agosto, foi nessa data, o dia em que Paris foi liberada em 1944, que eu saí da prisão por dez horas para casar com a minha primeira esposa em uma tarde nova-iorquina quente nos arredores da Chambers Street, com direito a um detetive de coldre e pistola como padrinho – quanta diferença entre o penseroso-pesaroso Ti Pousse com as bolinhas de gude, os registros de Mohican Springs feitos com todo o cuidado, o quarto inocente e o marinheiro robusto de aparência maléfica atrás de um policial casando no gabinete do juiz (porque o procurador achava que a noiva estava grávida) – Quanta diferença, eu estava tão degradado naquela época, naquele mês de agosto, que o meu pai não queria nem falar comigo muito menos pagar a minha fiança – Agora a lua de agosto cintila por entre as nuvens escarpadas que não são a*gostosas* mas ago*stristes* e frias e o outono aparece no jeito da silhueta dos abetos contra o lago distante lá embaixo no final do dia, o céu agora é todo prata e gelo e sopro enevoado da geada, logo tudo vai acabar – Outono no Skagit Valley, mas como eu poderia esquecer o outono ainda mais pirado no Merrimac Valley onde ele açoitava a lua de prata com babadas de neblina que tinham cheiro de pomar, e os telhados de alcatrão com tons de tinta noturna que tinham um cheiro forte como o de olíbano, fumaça de madeira, fumaça de folhas, chuva no rio, o cheiro do frio nos joelhos das suas calças, o cheiro de portas abrindo, a porta do verão se abriu e deixou entrar o breve outono alegre com um sorriso de maçã, atrás dele o velho inverno rebrilhante cambaleia – O tremendo silêncio nas ruelas entre as casas de Lowell nas primeiras noites de outono, como se améns estivessem caindo graças às irmãs de lá – Índios na boca das árvores, índios no solo da terra, índios nas raízes das árvores, índios na argila, índios lá dentro – Alguma coisa passa depressa, não é um pássaro – Remos de canoa, um lago enluarado, um lobo na colina, uma flor, uma perda – Uma pilha de madeira, um celeiro, um cavalo, um trilho, uma cerca, um garoto, um chão – Uma lamparina a óleo, uma cozinha, uma fazenda, maçãs, peras, casas assombradas, pinheiros, o vento, a meia-noite, cobertores velhos, um sótão, a poeira – Uma cerca, a grama, um tronco de árvore, uma estradinha, velhas flores murchas, velhas palhas de milho, a lua, nove nuvens novas, luzes, lojas, a estrada, pés, sapatos, vozes, vitrines, portas abrindo e fechando, roupas, calor, um doce, um sopro de vento, um frio na barriga, mistério –

32

Até onde vejo e até onde me diz respeito, esse tal de Serviço Florestal não passa de fachada, por um lado um vago esforço governamental totalitário que pretende restringir o uso da floresta pelas pessoas, dizendo que elas não podem acampar aqui ou mijar acolá, é ilegal fazer isso mas você pode fazer aquilo, na Natureza Imemorial do Tao e na Idade Dourada e no Milênio do

Homem – em segundo lugar é uma fachada para os interesses da indústria madeireira, sendo que o resultado final, o que dizer dos lenços de papel Scott e dessas outras companhias derrubando árvores do bosque ano após ano com a "cooperação" do Serviço Florestal que tanto se gaba da metragem de madeira na Floresta (como se eu tivesse um centímetro de madeira que fosse meu mas não eu não posso mijar aqui nem acampar acolá), o resultado, final, é que pessoas do mundo inteiro estão limpando a bunda com as lindas árvores – Em relação aos relâmpagos e ao incêndio, quem, que cidadão americano perde alguma coisa quando uma floresta queima, e como a Natureza tratou disso no último milhão de anos? – E nesse estado de espírito eu me deito na cama de bruços na noite enluarada e contemplo o horror insondável do mundo, do pior lugar do mundo, um conjunto de ruas em Richmond Hill passando a Jamaica Avenue logo a noroeste do Richmond Hill Center eu acho quando em uma noite quente de verão (1953) enquanto Mamãe estava visitando Nin no Sul eu estava caminhando e de repente porque completamente deprimido quase que para combinar com a caminhada depressiva eu vi a noite cair antes do meu pai morrer, e naquelas ruas numa noite de inverno eu liguei para Madeleine Watson para marcar um encontro com ela para ver se ela queria casar comigo, uma espécie de surto de loucura como a que me aflige, eu realmente sou um "louco maloqueiro e anjo" – percebendo que não existe lugar no mundo onde esse horror insondável possa ser dissipado (Madeleine ficou surpresa, assustada e disse que tinha namorado, até hoje ela deve estar se perguntando por que eu liguei ou qual é o meu problema) (ou talvez ela me ame em segredo) (acabo de ver o rosto dela numa visão, na cama ao meu lado, os lindos traços escuros trágicos italianos do rosto dela tão escorrentes de lágrimas, tão beijáveis, firmes, adoráveis como eu penso) – pensando que mesmo que eu morasse em Nova York, horror insondável de atores de televisão com rosto pálido e cicatrizes de varíola em smörgasbords usando gravatas prateadas finas e a mais absoluta depressividade de todos os apartamentos castigados pelo vento em Riverside Drive e nos Eighties onde eles sempre moram ou o frio amanhecer de janeiro na Fifth Avenue com as latas de lixo cuidadosamente alinhadas perto dos incineradores no pátio, um rosa frio desesperançoso na verdade até malvado nos céus acima das árvores garrosas no Central Park, nenhum lugar para descansar ou para se aquecer porque você não é milionário e mesmo que fosse ninguém ia se importar – Horror insondável da lua reluzindo no Ross Lake, os abetos que não podem ajudar você – O horror insondável da Cidade do México nos pinheiros do pátio do hospital e as crianças índias exaustas de tanto trabalhar nas bancas do mercado sábado até tarde da madrugada – O horror insondável de Lowell com os ciganos nas lojas vazias da Middlesex Street e a desesperança se estendendo até a linha principal da B&M Railroad cortada pelo Princeton Boulevard onde árvores que não se importam com você crescem à margem de um rio de despreocupação – O horror insondável de Frisco, as ruas de North Beach na manhã de uma segunda-feira nebulosa e os italianos indiferentes comprando charutos na esquina ou simplesmente olhando para os velhos negros paranoicos que acham que você está insultando eles ou até os intelectuais malucos que acham que você é um agente do FBI e evitam você no vento horripilante – as casas brancas com enormes janelas vazias, os telefones de hipócritas – O horror insondável da Carolina do Norte, os becos de tijolo à vista depois de um filme numa noite de inverno, as cidadezinhas do Sul em janeiro – agh, em junho – June Evans morta depois de uma vida inteira de ironia, muito bem, o túmulo desconhecido dela abre um sorriso terrível para mim ao luar dizendo que está tubo bem, bem pra caralho, bem resolvido e encerrado – O horror insondável de Chinatown ao amanhecer quando eles atiram as latas de lixo e você passa bêbado e enojado e envergonhado – O horror insondável em toda parte, eu quase consigo imaginar Paris, os poujadistas mijando no cais – Triste compreensão é o que a compaixão significa – desisto de tentar ser feliz. Igual tudo é discriminação, você valoriza isso e desvaloriza aquilo e sobe e desce mas se você fosse como o vazio você simplesmente olharia ao redor no espaço mas nesse espaço você veria pessoas intransigentes usando vários tipos de peles exibicionistas e armaduras fungando irritadas nos bancos deste mesmo ferry-boat até a outra margem você ainda estaria olhando para o espaço porque a forma é o nada, e o nada é a forma – Ó eternidade dourada, esses sorrisinhadores na sua exibição das coisas, leve-os embora e escravize-os na sua verdade que é para sempre e verdadeira para sempre – perdoe os meus tropeços humanos – penso, logo morro – penso, logo nasço – Permita que eu seja o vazio – Como um garoto feliz perdido em um sonho repentino e quando o amigo dele chama ele nem escuta, o amigo cutuca e ele nem se mexe; finalmente vendo a pureza e a verdade do transe o amigo observa fascinado – você nunca mais vai poder ser tão puro, e sair dos transes com um brilho alegre de amor, sendo um anjo no sonho.

33

Um breve intervalo no rádio dos vigias em uma certa manhã traz uma risada e uma lembrança – o sol brilha cedo da manhã, 7 horas, e você escuta: "Ola 30 dez oito durante o dia. "Ola 30 a postos." O que significa que a estação número 30 está no ar durante o dia. Depois: – "Ola 32 também dez oito durante o dia", logo em seguida. Depois: – "Ola 34, dez oito" Depois: – "Ola 33, dez sete por dez minutos". (Fora do ar por dez minutos.) "Boa tarde, homens."

E tudo dito com a voz clara debochada matutina de universitários, eu vejo eles nos campus pelas manhãs de setembro com as blusas novas de caxemira e livros novos atravessando gramados orvalhados e fazendo gracejos assim, os rostos perolados e os dentes limpos e o cabelo liso, você talvez pudesse pensar que a juventude é só esse tipo de brincadeira e não em algum lugar do mundo um jovem barbudo imundo resmungando numa cabana de madeira e carregando água com um comentário flatulento – não, só jovens doces cheios de vida com pais que são dentistas e renomados professores universitários aposentados caminhando a passos largos e leves e alegres por gramados primordiais em direção às prateleiras interessantes das bibliotecas universitárias – ah porra quem se importa, eu mesmo quando era um jovem universitário dormia até às 3 da tarde e estabeleci um novo recorde na Columbia de tanto que faltei às aulas num semestre e ainda sou assombrado por sonhos em que eu finalmente esqueço que aulas eram e também a identidade dos professores e em vez disso fico andando a esmo abandonado como um turista em meio às ruínas do Coliseu ou da Pirâmide da Lua em meio a construções assombradas abandonadas enormes de 30 metros de altura decoradas demais e fantasmagóricas demais para conter aulas – Bom, pequenos abetos alpinos às 7 da manhã não se importam com essas coisas, eles simplesmente exsudam orvalho.

34

Outubro é sempre uma época ótima para mim (toc-toc), é por is'que eu falo tanto a respeito – O outubro de 1954 foi um mês doido tranquilo, eu lembro da velha espiga de milho que eu comecei a fumar naquele mês (morando em Richmond Hill com Mamãe) ficando de pé até altas horas da noite com as minhas tentativas em prosa cuidada (prosa deliberada) de descrever Lowell por inteiro, preparando café com leite à meia-noite com leite quente e Nescafé, por fim pegando um ônibus para Lowell, com o meu cachimbo perfumado, o jeito que eu vagava por aquelas ruas assombradas do meu nascimento e da minha infância pitando, comendo maçãs MacIntosh firmes e vermelhas, usando a minha camisa xadrez feita no Japão com estampa em branco e marrom escuro e laranja escuro, debaixo de uma jaqueta azul-pálida, com os meus sapatos de sola de crepe (espuma preta) fazendo todos os moradores tristessiberianos de Centerville olharem para mim e me fazerem notar que aquilo que era uma roupa normal em Nova York parecia espalhafatosa e até efeminada em Lowell, mesmo que as minhas calças fossem apenas velhas calças surradas marrons de veludo – Sim, calças de veludo marrom e maçãs vermelhas, e o meu cachimbo de espiga e um grande pacote de tabaco enfiado no meu bolso, na época eu nem tragava mas só ficava pitando, caminhando e chutando as folhas na sarjeta como antigamente eu tinha feito aos 4 anos, outubro em Lowell, e aquelas noites perfeitas no quarto do meu hotel do Skid Row (o Depot Chambers perto do antigo depósito) com a minha compreensão budista completa ou melhor redesperta desse sonho desse mundo – um outubro agradável, que acabou com a carona de volta para Nova York pelas cidadezinhas verdejantes com coruchéus brancos e a velha terra seca marrom da Nova Inglaterra e as jovens garotas sensuais da universidade na frente do ônibus, chegando em Manhattan às 10 da manhã em uma Broadway resplendente e eu compro meio litro de vinho barato (do porto) e caminho e bebo e canto (vadiando nas escavações da 52nd Street e pelas portas) até que na Third Avenue quem eu encontro na calçada senão Estella a minha antiga paixão com um grupo de pessoas entre elas Harvey Maker o novo marido dela (autor de *Naked and the Doomed*) então eu nem olho mas um pouco mais adiante na rua eu dobro quando eles dobram, atrações curiosas, e eu curto a loucura das ruas de Nova York pensando: "Velha Lowell sombria, ainda bem que saímos de lá, olha só como as pessoas de Nova York estão em um carnaval perpétuo e num feriado e numa curtição de sábado à noite – que mais fazer nesse vazio desesperançoso?" E eu ando a passos largos até o Greenwich Village e entro no bar Montmartre (descolado) já meio alto e peço uma cerveja na luz fraca dos intelectuais negros e hipsters e junkies e músicos (Allen Eager) e do meu lado está um garoto negro com uma boina que me pergunta "O que você faz?"

"Eu sou o maior escritor da América."

"Eu sou o maior pianista de jazz na América", diz ele, e a gente balança ao som da música e bebe ao som da música e no piano ele esmurra estranhos acordes inéditos para mim, novos acordes doidos atonais, com antigas melodias de jazz – Little Al o garçom diz que ele é o cara – Lá fora é noite de outubro em Manhattan e nos atacados da zona portuária tem tonéis com fogos deixados queimando dentro deles pelos estivadores onde eu paro e aqueço as mãos e dou uma bicada duas bicadas na garrafa e ouço o *bvuuum* dos navios no canal e eu olho para cima e lá, as mesmas estrelas que as de Lowell, outubro, o velho outubro melancólico, terno e amoroso e triste, e no fim tudo vai se juntar em um perfeito buquê de amor eu acho e eu vou dar ele para Tathagata meu Senhor, dizendo "Senhor tu exultaste – louvado sê Tu por mostrar-me como Tu fizeste – Senhor eu estou pronto para mais – E dessa vez eu não vou reclamar – Dessa vez eu vou manter a mente concentrada no fato de que são as Tuas Formas Vazias."

...Esse mundo, o pensamento palpável de Deus...

35

Até aquela tempestade elétrica que foi seca, com os raios caindo na madeira seca, seguida só depois por uma chuva que controlou um pouco os incêndios, incêndios começam a pipocar por toda a floresta – Um no Baker River cria uma enorme nuvem de fumaça nebulosa no Little Beaver Creak logo abaixo fazendo com que eu imagine sem razão que tem um incêndio lá mas eles calculam o jeito dos vales e como a fumaça se espalha – Depois, quando durante a tempestade elétrica eu vi um clarão vermelho atrás do Skagit Peak no meu Leste, e logo em seguida não, quatro dias depois o avião avista um acre inteiro queimado mas já quase extinto fazendo fumaça no Three Fools Creek – Mas depois vem o grande incêndio no Thunder Creek que eu consigo ver 35 quilômetros ao meu Sul entre as nuvens de fumaça de Ruby Ridge – Um forte vento sudoeste faz o incêndio aumentar de dois acres às 3 para dezoito acres às 5, o pessoal no rádio está enlouquecido, o meu próprio superior gentil Gene O'Hara não para de suspirar no rádio a cada novo comunicado – Em Bellingham os bombeiros paraquedistas se preparam para voar e saltar nas elevações – As nossas equipes no Skagit são transferidas de Big Beaver para o lago, um bote, e a longa trilha elevada em direção à enorme fumaça – O dia está ensolarado com um vento forte e a umidade mais baixa do ano – A princípio no calor do momento Pat Garton da Crater achou que esse incêndio estivesse mais perto dele do que onde na verdade estava, perto do desfiladeiro Hoot Owl, mas o debochado jesuíta Ned Gowdy na Sourdough verifica com o avião a localização exata e então descobre que o incêndio é "dele" – como esses caras são guardas florestais de carreira eles têm um ciúme quase religioso do "meu" incêndio e do incêndio "dos outros", como se – "Gene você tá aí?" pergunta Howard da Lookout Mountain, transmitindo uma mensagem do chefe da equipe do Skagit que está debaixo do fogo com um walkie-talkie na mão e os homens olhando para a encosta íngreme inacessível onde está o incêndio – "Quase perpendicular – Ah 4, ele disse para você descer do topo, provavelmente vai ser de rapel e não vai dar para você pegar o que precisa –" – "Entendido", diz O'Hara, "diz para ele ficar na escuta – "Ola 33 aqui é 4" – "33" – "O McCarthy já saiu do aeroporto?" (McCarthy e o Supervisor Florestal emperucado voando por cima da floresta), 33 precisa ligar para o aeroporto para descobrir – "Ola um aqui é 33" – repete quatro vezes – "Respondendo a quatro, não estou conseguindo falar com o aeroporto" – "Entendido, obrigado" – Mas acontece que McCarthy está no escritório de Bellingham ou em casa, ao que tudo indica não muito preocupado porque o incêndio não é dele – Os suspiros de O'Hara, um homem doce, nunca uma palavra dura (ao contrário do mandão do Gehrke que tem um olhar frio), acho que se eu descobrisse um incêndio nesse momento crucial seria melhor eu fazer um preâmbulo do tipo

"Lamento comunicar mais essa tristeza" – Enquanto isso a natureza queima cheia de inocência, é só a natureza queimando a natureza – Eu fico sentado comendo o meu jantar de macarrão com queijo da Kraft e bebendo café preto bem forte e assistindo a fumaça a 35 quilômetros de distância e escutando o rádio – Só mais três semanas e eu vou estar indo para o México – Às seis da tarde no calor do sol mas com vento forte o avião passa por cima de mim, eles me chamam no rádio, "Vamos jogar as suas baterias", eu saio e abano, eles abanam de volta que nem Lindbergh no monoplano e dão a volta e passam por cima da minha serra largando um pacote milagroso do céus que abre um paraquedas de aniagem e vai flutuando flutuando muito além do alvo (vento forte) e enquanto eu olho o pacote engolindo em seco eu vejo que ele vai passar da ponte e descer os 450 metros do Lightning Gorge mas um pequeno abeto majestoso segura os cabos e pesado pacote fica pendurado ao lado do penhasco – Eu ponho a minha mochila vazia nas costas depois de lavar os pratos e faço uma caminhada até lá embaixo, encontro as coisas, muito pesadas, ponho tudo na minha mochila, cortando os cabos e fitas e suando e escorregando nas pedrinhas, e com o paraquedas enrolado debaixo do braço eu faço o lúgubre caminho de volta até a minha adorável cabaninha no topo – em dois minutos o suor acaba e tudo está resolvido – eu olho para os incêndios distantes nas montanhas distantes e vejo as pequeninas flores imaginárias da visão discutidas no Sutra de Surangama graças ao qual eu sei que tudo não passa de um sonho efêmero de sensações – De que adianta saber uma coisa dessas aqui na terra? De que adianta saber qualquer coisa aqui na terra?

36

Isso tudo é exatamente o que Maya quer dizer, que nós estamos sendo levados a acreditar na realidade do sentimento da aparência das coisas – Maya em sânscrito significa *ardil* – E por que nós continuamos acreditando mesmo quando sabemos? – Por causa da energia do nosso hábito e nós passamos ele adiante de cromossomo para cromossomo para os nossos filhos mas mesmo quando a última criatura viva na face da terra estiver chupando a última gota d'água na base das geleiras equatoriais a energia do hábito de Maya vai estar no mundo, impregnada bem nas rochas e nas placas – Mas que rochas e que placas? Não tem ninguém lá, ninguém agora, ninguém nunca esteve – Até a verdade mais simples do mundo está além do nosso alcance por causa da absoluta simplicidade, isto é, do absoluto caráter vazio – Não há ninguém com o dom de despertar nem significados – Mesmo que de repente 400 nagas nus aparecessem solenemente batendo os pés na ponte e dissessem para mim "Disseram-nos que o Buda estaria no topo desta montanha – caminhamos por muitos países, muitos anos até chegar aqui – você está sozinho aqui?" – "Estou" "Então você é o Buda" e todos os 400 se prostrassem no chão em adoração, e eu me sentasse de repente no mais perfeito silêncio do diamante – mesmo assim eu não ficaria surpreso (por que a surpresa?) mesmo assim eu perceberia que existem, que não existe Buda, nem ninguém com o dom de despertar, e não existe Significado, nem Dharma, e tudo são apenas os ardis de Maya.

37

Pois o amanhecer em Lightning Gorge é apenas um belo sonho – o uíque-uíque-uíque de um pássaro, as longas sombras azul-amarronzadas dos orvalhos de névoas primevas caindo solarmente através dos abetos, o silêncio do riacho constante, as árvores mendigas musculosas com copas esfumaçadas em volta de uma poça central de orvalho e toda a fantasmagoria das flores laranja douradas imaginárias celestiais no aparato do meu globo ocular que se conecta ao Ardil para ver, os aparatos vestibulares que se equilibram com líquidos a fim de purificar o que ouvimos até transformar tudo em sons, o incansável inseto da mente que discrimina e ridiculariza as diferenças, a velha bosta seca dos mamíferos no galpão, o bzong-bzong das moscas matutinas, as poucas nuvens, o Oriente silencioso de Amida, o volume da montanha pesado batido bolado, tudo é um raro sonho líquido imprimindo *(imprimindo?)* coisas nas placas motoras dos meus nervos e enquanto eu falo nem ao menos isso, meu Deus por que vivemos para nos enganar? – Por que nos enganamos para viver – buracos na madeira sem eira nem beira, aquasplash do céu para rim jean, polpa do parque para o papel, sujeira do seco para a rinante recebe, encharca, para dentro, para cima, torce, o verme verde vai embora livre do fardo da constante – o pequeno inseto iiiiiante repousa ressoa cantando a canção do vazio vão de *loi* – Chega eu já disse tudo, e não existe nem mesmo Desolação na Solitude, nem mesmo esta página, nem mesmo as palavras, mas a aparência pré-julgada das coisas contrariando energia do seu hábito – Ó Irmãos Ignorantes, ó Irmãs Ignorantes, ó Eu Ignorante! Não há nada sobre o que escrever, tudo é nada, há tudo sobre o que escrever! – Tempo! Tempo! Coisas! Coisas! Por quê? Por quê? Idiotas! Idiotas! Três Idiotas Doze Idiotas Oito e Sessenta e Cinco Milhões Rodopios de Incontáveis Épocas de Idiotas! – Quicevaifazê, trilho? – Foi a mesma coisa com os nossos antepassados, mortos há tanto tempo, há tanto tempo feitos de pó, eles, enganados, enganados, nenhuma transmissão de um Grande Saber para nós dos vermes cromossomáticos deles – Então vai ser a mesma coisa com os nossos netos, não nascidos há tanto tempo, feitos de espaço, eles, e pó e espaço, se de pó ou de espaço o que importa? – Vamos, agora, crianças, acordem – Vamos, é a hora, acordem – Olhem bem, vocês estão sendo enganadas – Olhem bem, vocês estão sonhando – Vamos, agora, olhem – Ser e não ser, qual é a diferença? – Orgulhos, animosidades, medos, desprezos, humilhações, personalidades, suspeitas, pressentimentos sinistros, tempestades elétricas, morte, rocha: QUEM FOI QUE DISSE QUE RADAMANTHCO ESTAVA TODO LÁ? QUEM ESCREVE ERRADO O QUEM O PORQUÊ O QUÊ ESPERA AH COISA IIIIIIIIIIII O MODIIGRAGA NA PA RA TO MA NI CO SA PA RI MA TO MA NA PA SHOOOOOOO BIZA RIIII —— I O O O O – M M M – ASSIM – ASSIM – ASSIM – ASSIM – ASSIM – ASSIM – ASSIM – ASSIM – ASSIM – ASSIM – ASSIM

△   △   △   △   △   △

QUEM   O QUÊ   POR QUE   QUANDO   ITIBTO   RATO

                      E mais além nunca mais houve
É tudo que há sobre o que não há –
Bum

   No alto do vale e
      Descendo a montanha,
  O pássaro –
Acorda! Acorda! Acorda! Acorda
Acorda acorda D E S P E R T A
   D E S P E R T A D E S P E R T A
     D E S P E R T A
       AGORA
         Eis a sabedoria
           do rato milenar
             – Do teriomorfo, mais perfeito
          Rato

Preto preto preto preto pim pim pim
pim preto preto preto preto
  pim pim pim pim
  preto preto preto preto
  pim pim pim

38

Espada etc., parte achatada de um remo ou calamidade, súbito viocorredor jovem, propiciou uma rajada; fluxo forçoso de folha, ar, sopro de um trompete ou sax, culpável merecendo uma Explosão como de pólvora, culpa, descobrir problemas com o Malogro; censura, Imputação de uma descarada Briga barulhenta, Falar mal, resplandecer, Queimar com uma culposa chama meritória, emanar uma luz flamejante, menos, sem culpa inocente, tocha, lenha acesa, fluxo de inculpavelmente inculpáveis chamas de luz, extravasando, ágil-idade, merecedor de culpa, cul-brilho, Marcar as árvores com pábula, podando partes da casca, marca pálida, embranquecer, equilibrar um caminho ou uma estrada assim, ferver, refogar e tirar a casca, como as amêndoas, marca feita por casca aparada de um crescimento branco, uma árvore, marca branca no rosto do branco, um cavalo ou uma vaca, pálido, manjar branco, blasonar, publicar ou Gelatina como preparações de musgo marítimo, proclamar muito, heraldizar, ararutar, amidar ou algo assim, blasonar, embelezar, adornar, comer a arte de descrever em minúcias escudos de armas galantes, delicadas, suaves e amenas, arte branda da blasonaria de delinear ou de explicar escudos, bajular as armas, desbotamento artístico, fazer carícia pálida ou branca, prazer da amenidade, ficar pálido, bajular o desolado, o indefeso desonada, tardio branco ou pálido, indiferente corte frio, não escrito nem impresso em cima ou claro, desolada desolação marcada, vago vazio pálido, borrão confuso inexplicável completo, deixar o olhar sem rima, papel desinchado e aquoso, anuviar embaçar escrito em cima, forma não completada na observação, bilhete de loteria inflamado e aquoso, que não traz prêmio baço ou borrado, com inflamação espaço vazio, vagueza mental modificação do azul, grito branco bale como ovelha, cobertor de lã grito da ovelha, balindo por camas, capas para cavalos sangram, sangrando exangue exangue larga proteção ou cobertura ou tirar sangue do galpão

      Um cobertor de sangue baço
      Bale alto como a nódoa piora o piche
      Sopro de trompete perto que macula
      Brando bajular herva solo ruim

Ling fala adula incensa mancha
        falar de
De Castle Blarney na Irlanda

 Soprar e render honra ou louvar
 Parte de uma brida que é posta
    na fiança
  Trair trovar

       Vã glória –
 poft, bater na cabeça gabola

Combinar pessoas pra obter nobres
  E molho suculento
Transações assadas devagar
  com uma pessoa depois,
Carne cozida assim

  Viu só?

39

A lua – ela vem espiando por cima da montanha como se estivesse se esgueirando mundo adentro, com grandes olhos tristes, depois dá uma boa olhada e mostra o não nariz e depois as bochechas oceânicas e a mandíbula maculada, e ó que rosto velho redondo de lua lugu, uh, e um GRANDE sorriso contorcido patético compreensivo para mim, para você – ela tem uma carranca como uma mulher que passou o dia inteiro tirando o pó e não lavou o rosto – ela está pregando uma peça – e diz "Isso vale a minha chegada?" – Ela diz "Uh lá lá" e tem vincos na lateral dos olhos, e olha por cima das elevações de rocha, amarela como um limão-galego cego, e ó ela triste – Ela deixa o Velho Sol sair primeiro porque ele está atrás dela esse mês, agora a lua da brincadeira de gato-e-rato chega, tarde – Ela tem uma boca encarnada como as garotinhas que não sabem passar batom – Tem uma coisa saltada na testa de uma rocha ígnea – Está arrebentando as costuras de tanta bondade lunar e gordura lunar e fogo dourado lunar e por cima dos Eternos Anjos Dourados dela espalha flores imaginárias – Ela é o Senhor e o Mestre Rei Lésbico de todo azul e roxo no reino da tinta – Mesmo que o sol tenha deixado um brilho abrasador ela olha para ele satisfeita e convencida de que em um instante o fogo dele vai se extinguir como sempre e então ela vai empratejar a noite inteira, subir mais alto também, o triunfo dela está na terra que rola para o Oriente – Do rosto grande furado dela eu vejo (e bordas planetárias) rosas epitalâmicas – Mares pot-pourri marcam seu deslizar suave, os traços de sua personalidade são a poeira seca e rochas peludas – Os grandes mosquitos de palha que sorriem na lua fazem bzzz – Ela usa um véu diáfano de lavanda com fogo latente, o mais belo chapéu desde que a rosa foi urdida e as coroas de flores trançadas, e o chapéu reluz obliquamente e agora eu vou cair que nem cabelos loiros flamejantes e logo ser um véu difuso para o semblante de um profundo sofrimento – uau que tristeza de caveira redonda e ossos curvos aquela lua consegue carregar nas juntas gordinhas – ela é oferecida na pata de um inseto – Roxo preto violento está o Ocidente quando o véu dela se espalha, cobre o rosto, se espalha, inefável, mmm – Logo ela dimana num véu difuso – em seguida marcas misteriosas onde muitas vezes você viu tristeza expressiva – em seguida é só o sorriso travesso da lua prestando os respeitos rotundos dela para nós homens loucos da lua – Tudo bem, eu aceito – É só uma velha bola que surge à nossa frente porque a gente está rolando de cabeça pesada para baixo em volta das configurações planetárias e é para ela vir, para que toda essa pose? – Finalmente ela está abandonando o véu em direção a campos mais limpos, ela segue rumo a lugares mais elevados, o véu dela cai em pequenas tiras de seda suave como os olhos de um bebê e mais macia do que o que ele vê nos sonhos de ovelhinhas e fadas – Zepelins de nuvens encovam o queixo dela – Ela tem um bigode retorcido redondo tutrado para cima e pucucado e então a lua parece Charlie Chaplin – Nem o menor sopro de vento acompanha a chegada dela, e o Ocidente é um carvão imóvel – o Sul é de púrpura e majestades e heróis – O Norte: tiras brancas e sedas de lavanda de gelo e vazios perenes do Ártico –

        A lua é um pedaço de mim

40

Uma manhã eu encontro cocô de urso e sinais de para onde o monstro levou latas de leite enlatado duro congelado e espremeu elas com garras apocalípticas e mordeu com um dente afiado insano, tentando chupar a pasta azeda – Jamais visto, e no entardecer nebuloso eu fico sentado olhando para baixo em direção à misteriosa Ridge of Starvation com os abetos perdidos na neblina e as montanhas se elevando até ficarem invisíveis, e o vento nebuloso soprando como uma nevasca leve, e em algum lugar nessa Neblina do Mistério Zen o Urso está à espreita, o Urso Primordial – tudo, a casa dele, o pátio, o domínio, o Rei Urso que poderia esmagar a minha cabeça com as patas e quebrar a minha espinha como se fosse um graveto – o Rei Urso com a enorme preta misteriosa bosta de cavalo dele no buraco que eu cavei para o lixo – Mesmo que Charley possa estar no dormitório lendo uma revista, e eu canto na neblina, Urso venha e leve todos nós – Como deve ser imenso aquele poder – Ele é uma coisa terna silenciosa que se esgueira em direção a mim com um olhar interessado, saído dos mistérios enevoados em Lightning Gorge – O Sinal do Urso está no vento cinza do outono – O Urso vai me levar para o berço – Ele traz na força o sinete do sangue e do redespertar – Os dedos do pé dele são grudados e poderosos – dizem que dá para sentir o cheiro de um urso a cem metros na direção do vento – O urso e o veado se evitam – Ele não se mostra no mistério daquelas formas nubladas silenciosas, mesmo que eu fique olhando o dia inteiro, como se ele fosse o Urso inescrutável que não se pode ver – Ele é o dono de todo o Noroeste e de toda a Neve e comanda todas as montanhas – Ele fica escondido entre lagos desconhecidos, e cedo da manhã a luz de pura pérola que ensombrece as encostas cobertas de abetos fazem ele piscar os olhos em respeito – Ele tem milênios de experiência à espreita aqui – Ele viu índios e casacas vermelhas ir e vir, e vai ver tudo de novo – Ele o tempo inteiro escuta o confortante extasiante correr do silêncio, menos perto dos córregos, o tempo inteiro ele percebe o material leve de que o mundo é feito, e nunca diz nada, mas mordisca e cutuca, e cambaleia por entre árvores mortas e sem prestar atenção a coisas inanimadas ou animadas – A grande boca dele chomp-chompa noite adentro, eu consigo ouvir ela em meio às montanhas na luz das estrelas – Logo ele vai sair da neblina, enorme, e vir espiar a minha janela com enormes olhos de fogo – Ele é Avalokitesvara o Urso

Eu estou esperando por ele.

41

No meu sonho da meia-noite de repente a estação das chuvas começa e a chuva cai pesada por toda a floresta inclusive no grande incêndio do McAllister e do Thunder Creek, enquanto os homens tremem nas montanhas eu fico deitado no meu saco de dormir quentinho como uma torrada e sonho – sonho com uma piscina cinza e fria onde eu estou nadando, supostamente a piscina é de Cody e de Evelyn, está chovendo no meu sonho, eu saio todo orgulhoso da piscina e vou pescar na geladeira, os "dois filhos" de Cody (na verdade Tommy & Brucie Palmer) estão brincando na cama, eles me veem catando a manteiga – "Escuta – agora você tá escutando os barulhos" (se referindo aos barulhos dos meus movimentos em busca de comida) (como os barulhos de um rato) – Eu não dou bola, me sendo e começo a comer torradas de passas com manteiga e Evelyn chega em casa e me vê e eu me exibo todo sobre como eu estava nadando – Tenho a impressão de que ela fica de olho na minha torrada meio enciumada mas ela diz "Você não achou nada melhor pra comer?"

– Passando por tudo o que existe, como Tathagata, eu reapareço em Frisco caminhando em direção à Skid Row Street que é que nem a Howard Street mas diferente da Howard Street que nem a West 17th na velha Kansas City e cheio de botecos vagabundos com portas de saloon, enquanto eu caminho eu vejo as prateleiras de vinhos baratos nas lojas e o grande bar para onde todos os homens e mendigos vão, o Dilby's, na esquina, e ao mesmo tempo eu vejo uma história sobre os garotos pirados do reformatório de Washington DC (ruivos, ladrões de carro de aparência rústica com longos cabelos pretos, jovens e durões) eles estão sentados em um banco do parque em frente ao Capitólio e recém-saídos do xadrez e a foto do jornal mostra uma morena de jeans passando chupando uma garrafa de coca-cola e a história explica que ela é a famosa tentação criadora de problemas que já mandou dúzias de caras para o reformatório por tentarem faturar ela mesmo que ela passe desfilando na frente deles (como a foto mostra) de propósito, você vê os garotos parados no banco olhando para ela, sorrindo para a foto, no sonho eu estou furioso com ela por ela ser uma vagabunda mas quando eu acordo eu percebo que tudo são apenas truques patéticos que ela inventou para que um dos garotos a engravidasse para ela ficar macia e maternal com uma criança no peito, de repente uma Madona – Eu vejo o mesmo bando de garotos agora entrando no Dilby's, acho que eu não vou para lá – Mais adiante pela Broadway e por Chinatown eu fico andando tentando me divertir mas é aquela Frisco dos Sonhos desolada que não tem nada além de casas de madeira e bares de madeira e porões e cavernas subterrâneas, o jeito é que nem o da Frisco de 1849, a não ser pelos bares tristonhos à moda de Seattle com neons e chuva – Eu acordo destes sonhos com um vento norte frio e chuvoso que marca o fim da estação dos fogos – Enquanto tento recordar os detalhes do sonho eu lembro das palavras de Tathagata para Mahamati: "O que você acha, Mahamati, será que uma pessoa como essa" (tentando lembrar os detalhes de um sonho, já que tudo é um sonho) "será que uma pessoa como essa seria considerada um tolo ou um sábio?" – Ah Deus, agora eu vejo tudo –

    Neblina ferve na
        encosta – as montanhas
    São limpas

    Neblina em frente ao pico
        – o sonho
    Prossegue

42

Um homem tão profundo quanto os sábios que você possa encontrar em outros lugares é o velho Blacky Blake que eu conheci na semana da escola de bombeiros onde todos nós caminhamos juntos com capacetes de lata e aprendemos a cavar linhas corta-fogo e a apagar incêndios até que eles se extinguissem (passamos as mãos nas cinzas frias) e a ler azimutes e ângulos verticais nos instrumentos de detecção de incêndios que se viram e apontam para todas as direções da bússola para que você possa ver a localização de um incêndio visto – Blacky Blake, que é guarda florestal do Glacier District, que segundo Jarry Wagner tinha me dito era um cara das antigas – Jarry por causa das acusações comunistas no Red College (provavelmente ele frequentava reuniões de esquerdistas e falava sobre os eternos papos de anarquia dele) foi expulso da brigada de incêndio do governo depois que um espião do FBI (ridículo, como se ele tivesse contatos em Moscou e pudesse sair correndo pela floresta ateando fogo à noite e depois correr de volta para a torre de vigia ou tirar do ar o sistema de comunicação por rádio com os olhos brilhando apertando um botão no transmissor) – O Velho Blacky disse: "Foi uma estupidez ver aquele garoto expulso daqui – ele era um bombeiro e tanto e um bom vigia de incêndios e um *bom garoto* – parece que hoje em dia ninguém diz mais nada porque o FBI pode ir investigar – Eu vou dizer o que eu penso e eu digo o que eu penso – Agora o que me dá nos *nervos* é como eles podem expulsar um garoto como o Jarry, ô" (o jeito que Blacky fala) – O Velho Blacky, anos na floresta, um lenhador das antigas e ele já estava por aí na época dos IWW Wobblies e do Massacre de Everett tão celebrado por Dos Passos e nos anais de esquerda – O que eu gosto em Blacky é a sinceridade dele, mais do que a Tristeza Beethoveniana, ele tem grandes olhos pretos tristes, sessenta anos, é grande, forte, tem um barrigão, braços fortes, anda com as costas retas – todo mundo adora ele – "Eu acho que qualquer coisa que o Jarry for fazer ele vai estar sempre aproveitando a vida – sabe ele faturou uma daquelas chinesinhas lá em Seattle lá, ah se aproveitou" – Blacky vê o Jovem Blacky em Jarry, porque Jarry também foi criado no Noroeste, numa fazenda rústica no leste do Oregon, e passou a juventude escalando rochas e acampando em desfiladeiros inacessíveis e rezando para Tathagata no pico das montanhas e escalando monstruosidades como o Mt. Olympus e o Mt. Baker – Imagino Jarry subindo o Hozomeen que nem um cabrito – "E todos aqueles livros que ele lê", diz Blacky, "sobre Buda e não sei o que mais, ele é muito sabido sim o Jarry" – Ano que vem Blacky se aposenta, eu não consigo imaginar o que ele vai fazer mas tenho uma visão dele fazendo uma longa viagem solitária para pescar e eu vejo ele sentado à margem do córrego, com o caniço abaixado, olhando para o chão ao lado dos pés, triste, enorme, como Beethoven, imaginando o que afinal é Blacky Blake e a floresta, com a cabeça descoberta no bosque o supremo conhecimento perfeito ele sem dúvida vai encontrar – No dia que a estação das chuvas chega eu escuto Blacky no rádio falando com a torre de vigia do Glacier District: "O que você vai fazer agora é elaborar uma lista de *tudo o que você tem aí em cima* e trazer a lista até aqui a estação –" Ele diz: "Cuida das mensagens para mim, tem um cavalo à solta na trilha aqui e é melhor eu sair e ir atrás dele" e eu entendo que Blacky só quer estar na trilha, ao ar livre, longe do rádio, em meio aos cavalos, o bosque é *ave* dele – Então lá vai o Velho Blacky, enorme, atrás de um cavalo nos bosques úmidos da montanha, e a 13000 quilômetros de distância em um templo no alto de um morro no Japão o jovem admirador dele e semidiscípulo do saber e discípulo total do bosque, Jarry, está sentado meditando debaixo dos pinheiros da casa de chá repetindo, com a cabeça raspada e as mãos postas, "Namu Amida Butsu" – O Japão enevoado é o mesmo que o noroeste enevoado de Washington, o ser senciente é o mesmo, e Buda é igualmente velho e verdadeiro onde quer que você vá – O sol se põe com monotonia em Bombaim e em Hong Kong como ele se põe com monotonia em Chelmsford Massachusetts – Chamei Han Shan na neblina – não houve resposta –

        O som do silêncio
           é toda a instrução
        Que existe

– Durante a conversa que eu tive com Blacky a seriedade dele me deu um calafrio no peito – é sempre assim, e homens são homens – E será que Blacky é menos homem porque nunca se casou e teve filhos e não obedeceu à injunção da natureza para multiplicar cadáveres de si mesmo? Com um rosto sombrio pensativo e fazendo biquinho ao lado do fogão com o olhar religioso abaixado, em alguma noite chuvosa do inverno que vem, surgirão mãos de diamante e de lótus para pôr uma rosa na fronte dele (ou vai ser o meu fim) (errar o palpite) –

        Desolation, Desolation
           de onde você
        Tirou esse nome?

43

No domingo só porque é domingo, eu lembro, ou melhor, um espasmo se instala na câmara da memória do meu cérebro (ó lua oca!) Domingos na casa da Tia Jeanne em Lynn, acho que quando o Tio Cristophe ainda era vivo, bem quando eu estou tomando um delicioso café preto quente depois de uma boa refeição de espaguete com um molho supersaboroso (3 latas de extrato de tomate, 12 dentes de alho, meia colher de sopa de orégano mais todo aquele manjericão na pasta, e as cebolas) e uma sobremesa com três bocados deliciosos de manteiga de amendoim misturados com passas e ameixas secas (uma sobremesa de rei!) Acho que eu penso na Tia Jeanne por causa da satisfação depois da janta quanto em mangas de camisa eles fumavam e bebericavam café e jogavam conversa fora – Só porque é domingo eu também lembro dos domingos de nevasca quando eu e Papai e Billy Artaud jogávamos o jogo de futebol do Jim Hamilton fabricado pela Parker Game Company, nesse caso também Papai de branco em mangas de camisa e a fumaça do charuto e a alegre satisfação humana lá por um instante – incluindo finalmente porque eu estou andando no pátio (o frio nebuloso) para abrir o apetite enquanto os meus espaguetes cozinham, recordando com tiques o espasmo cerebral de quando eu dava longas caminhadas na nevasca aos domingos antes do jantar, a mente sendo sufocada com armários com as memórias dentro deles transbordando, algum mistério provoca o tique, o espasmo, ele transborda e é de uma pureza tão doce que o meu coração chega a doer de tão humano – Domingo – Os domingos na obra de Proust, ah os domingos nos escritos de Neal Cassady (escondidos), os domingos em nossos corações, os domingos dos Grandes Mexicanos mortos que lembravam de Orizaba Plaza e dos sinos enchendo o ar como as flores.

44

O que eu aprendi em Gwaddawackamblack? Aprendi que eu me odeio porque graças a mim eu apenas só eu mesmo e nem ao menos isso e como é monótono ser monóstonos – ponos – potos – pi tariante – nor por por – Eu aprendi a desapreciar as coisas em si mesmas e hanshan homem louco eu esfregão eu não quero – Eu aprendi aprendo aprendi não aprendendo nada – A I K – Fico louco uma tarde pensando assim, só mais uma semana eu não sei o que fazer de mim, cinco dias seguidos de chuva forte e frio, eu quero descer daqui NESSE INSTANTE porque o cheiro de cebola na minha mão quando eu ponho os mirtilos na boca na encosta da montanha de repente me lembra do cheiro de hambúrgueres e de cebolas cruas e do café e da água de lavar pratos nas carrocinhas do Mundo para onde eu quero retornar o mais rápido possível, sentar em um banquinho com um hambúrguer, acender uma guimba com um café na mão, que chova nos muros de tijolo e eu tenho um lugar para ir e poemas a escrever sobre corações não só pedras – A Aventura no Desolation me faz encontrar no fundo de mim mesmo um nada abissal pior do que isso nem uma ilusão – a minha mente está em frangalhos –

45

Então chega o último dia de Desolação – "Com asas ligeiras como a meditação" o mundo volta ao lugar de sempre quando eu acordo (ou "ligeiras como pensamentos de amor") – A velha casquinha do bacon ainda está no pátio onde os esquilos andaram furungando e piplando a semana inteira mostrando as doces barriguinhas brancas deles e às vezes ficando de pé em um transe – Pássaros iaquizantes loucos e pombos vieram e saquearam os meus mirtilos do gramado – criaturas do ar se alimentando de frutas e grama, como foi previsto – *meus* mirtilos, os mirtilos são deles – cada mordida que eu dava era uma melancia a menos na despensa deles – privei-os de doze carregamentos de trem – o último dia no Desolation, vai ser fácil escacar e escacar – Agora eu vou para a Abominação e putas berrando pedindo água quente – Tudo por conta de Jarry Wagner, a minha estada aqui, me ensinando como escalar montanhas (Matterhorn no outono maluco de 1955 quando todo mundo em North Beach estava ululando com a emoção tensa religiosa beat beatífica culminando com enorme tristeza no suicídio de Rosemarie, uma história já contada nesta Lenda) – Jarry, como eu estava dizendo, me ensinando como escolher uma mochila, um poncho, um saco de dormir de penas, um kit de cozinha para acampamento e como ir para as montanhas com rações de trilha e passas e amendoins na minha mochila – minha mochila com uma borracha dentro então na penúltima noite no Desolation eu dou uns mordiscos nela como parca sobremesa, o gosto borrachoso de amendoim passa de uva traz de volta toda a enxurrada de motivos que me trouxeram ao Desolation e às Montanhas, toda a ideia que a gente desenvolveu juntos nas longas caminhadas da "revolução mochileira" com "milhões de Vagabundos Iluminados" por toda a América subindo as montanhas para meditar e ignorar a sociedade O Iá Ioi Iar deem-me sociedade, deem-me as putas de rosto formoso com ombros muscussalientosos cheios de gordura e bochechas grossas peroladas com as mãos para baixo entre a saia e pés descalços (ah as covinhas nos joelhos e só as covinhas no tornozelo) gritando *"Agua caliente"* para a cafetina, as tiras dos vestidos caindo até a metade do braço e aí um dos seios apertados aparece quase inteiro, o poder natural da investida, e você vê o cantinho carnudo da coxa onde ela encontra a barriga da perna e você vê a escuridão por baixo – Não que Jarry fosse negar nada disso, mas chega! Chega de pedras e árvores e pássaros ialopantes! Quero ir para onde tenha lâmpadas e telefones e sofás amarfanhados com mulheres em cima, onde tenha tapetes felpudos para os dedos do pé, onde o drama se desenrole sem pensar porque afinal Aquilo que a Tudo Perpassa quereria um ou o outro? – O que eu vou fazer com a neve? Estou falando da neve de verdade, que fica igual a gelo em setembro então eu não posso mais quebrar ela nos tarros – Eu prefiro abrir os sutiãs de ruivas meu Deus e vagar pelos muros de tijolos do pérfido samsara do que essa enorme serra bruta cheia de insetos que picam em harmonia e de estranhos ruídos da terra – Ah os doces cochilos que tirei à tarde na grama, em Silêncio, escutando o mistério do radar – a doçura das últimas tardes quando o sol se pôs e enfim eu soube que era pelas últimas vezes, caindo nos perfeitos mares vermelhos atrás da rocha acidentada – Não, Cidade do México em uma noite de sábado, ah só no meu quarto com chocolates em uma caixa e o Johnson de Boswell e uma lâmpada de cabeceira, ou Paris em uma tarde de outono curtindo as crianças e as enfermeiras no parque assolado pelo vento com a cerca de ferro e o velho monumento congelado – só, o túmulo de Balzac – No Desolation aprende-se Desolação, e não há desolação lá embaixo sob a fúria do mundo onde em segredo tudo está bem –

46

Revoadas de pássaros cinzentos vêm alegres em direção às rochas do pátio, olham um pouco ao redor, depois começar a bicar umas coisinhas – o bebê esquilo corre no meio deles despreocupado – Os pássaros olham para cima de repente em direção a uma borboleta amarela esvoaçante – Eu sinto o impulso de correr até a porta e gritar "Y a a a h" mas isso seria uma imposição terrível naqueles coraçõezinhos todos – Fechei todas as venezianas de todas as direções da bússola e então eu me sento na casa escura só com a porta, aberta, deixando entrar a luz quente do sol e o ar e parece que a escuridão está tentando me empurrar através daquele último orifício de volta para o mundo – É a minha última tarde, eu fico sentado pensando nisso, imaginando o que os prisioneiros devem ter sentido nas últimas tardes antes da liberdade após 20 anos de encarceramento – Tudo o que eu posso fazer é ficar sentado e esperar pela satisfação propícia – O anemômetro e o poste estão no chão, tudo está no chão, só o que eu preciso fazer é tapar a vala de lixo e lavar as panelas e adeus, deixando o rádio embalado e a antena debaixo da casa e a latrina com uma boa dose de cal – Que triste o meu grande rosto bronzeado nas janelas com as venezianas escuras, as linhas do meu rosto indicando o meio da vida, a metade quase, a decadência e a luta tudo para chegar à doce vitória da eternidade dourada – Silêncio absoluto, uma tarde sem vento, os pequenos abetos estão secos e marrons e o Natal de verão deles passou e não vai demorar para que as tempestades nevasquem tudo por lá – Nenhum relógio vai tiquetaquear, nenhum homem ansiar, e em silêncio estarão a neve e as rochas por baixo e como sempre o Hozomeen vai assomar e lamentar sem tristeza para todo o sempre – Adeus, Desolation, tu me viste bem – Que os anjos dos ainda não nascidos e os anjos dos mortos pairem sobre ti como uma nuvem e espalhem oferendas de eternas flores douradas – Aquilo que a tudo perpassa passou por mim e sempre pelo meu lápis e não resta nada a dizer – Os pequenos abetos logo vão ser grandes abetos – Eu jogo a minha última lata na escarpa e escuto ela cair se batendo 500 metros e mais uma vez me lembrando (por causa do enorme acúmulo de latas lá embaixo devido a 15 anos de Torres de Vigia) do grande lixão de Lowell aos sábados quando a gente brincava entre os para-lamas enferrujados e pilhas fedorentas e achava o máximo, tudo incluindo velhos carros esperançosos com embreagens sulcadas esquálidas por toda a parte de baixo a nova autoestrada lisa que vem desde a estrada limpinha perto do bulevar em direção a Lawrence – o último eco solitário das minhas latas do Desolation no vale vazio, que eu agora escuto, pelado, satisfeito – Muito tempo atrás no começo do mundo havia o aviso de furacão segundo o qual nós todos seríamos varridos como fichas para depois chorar – Homens de olhos cansados agora percebem, e esperam a deformação e a decadência – com talvez eles ainda tenham o poder de amar no coração mesmo assim, eu não sei mais o que essa palavra significa – Tudo o que eu quero é um sorvete em casquinha

47

Em 63 dias eu deixei uma coluna de fezes mais ou menos da altura e do tamanho de um bebê – é nisso que as mulheres superam os homens – o Hozomeen sequer ergue a sobrancelha – Vênus surge como sangue no Oriente e é a última noite e está uma noite agradável embora fria de outono com mistérios de rocha azul e espaço azul – 24 horas a partir de agora eu espero estar sentado às margens do Skagit River sentado com perna de índio na serragem com uma garrafa de vinho do porto – Todos saúdem as estrelas – Agora eu sei qual era o mistério do fluxo da montanha –

Está bem, já chega –

Aquilo que a tudo perpassa passa pelos pedacinhos de plástico isolante que eu vejo jogados fora ou melhor mais do que jogados fora no pátio e que já foram um grande isolamento importante para os homens mas agora é só o que é, aquilo que a tudo perpassa então eu junto exultante e grito e no meu coração Ho-Ho árido eu jogo ele fora em direção ao Oeste no silêncio que se amontoa ao entardecer e ele flutua uma coisinha preta por um tempo depois cai no chão e fim de papo – Aquele pedacinho lustroso de plástico marrom, quando eu disse que era um pedacinho lustroso de plástico marrom eu afirmei mesmo que ele era de verdade "um pedacinho lustroso de plástico marrom"? –

O mesmo com isso e comigo e com você –

Juntando todas as imensidões ao meu redor em uma corda eu me afasto deslizando "com as passadas desonrosas de Tarquínio" rumo à escuridão do globo pré-conhecido, a visão da liberdade da eternidade é como uma lâmpada que de repente se acende na minha cabeça – iluminação – o redespertar – aventuras de plasticidade crua feitas de material de luz se regozijam e rigamaroleram mais adiante, eu vejo através de tudo, urgh, argh, oig, oi –

Espera por mim Charley eu vou chegar aí embaixo com o homem da chuva – Tudo que você pode ver nunca foi – Soa o preto novo frão – Da fa la bara, gi meria – tá escutando? – Ah, foda-se cara, eu cansei de tentar descobrir o que dizer; igual não importa – *Eh maudit Christ de bâteme que s'am'fendl* – Como é que as coisas podem *acabar*?

PARTE DOIS
A desolação no mundo

48

Mas agora a história, a confissão...

O que eu tinha aprendido na montanha solitária por todo o verão, a Visão do Desolation Peak, eu tentei levar para o mundo e para os meus amigos em São Francisco, mas eram eles, às voltas como estavam com as estreitezas do tempo e da vida, em vez de com a eternidade e a solidão das rochas nevadas da montanha, que tinham uma lição para me ensinar – Além do mais, a visão da liberdade da eternidade que eu tive e que todos os santos das ermidas nas florestas tiveram serve para pouca coisa nas cidades e ainda mais nas sociedades em guerra como a nossa – Que mundo é esse, não só que a amizade cancela a inimizade, mas a inimizade cancela a amizade e o túmulo e a urna funerária cancelam tudo – Tempo suficiente para morrer na ignorância, mas agora que estamos vivos o que vamos celebrar, o que vamos dizer? O que fazer? O quê, carne orgulhosa no Brooklyn e em toda parte, e estômagos enjoados, e corações suspeitos, e ruas duras, e conflitos de ideias, toda a humanidade em chamas com o ódio – A primeira coisa que eu notei quando cheguei em SF com a minha mochila e as minhas mensagens foi que todo mundo estava vadiando – desperdiçando tempo – não sendo sério – rivalidades triviais – timidez perante Deus – até os anjos brigando – só sei de uma coisa: todo mundo é um anjo, eu e Charlie Chaplin enxergamos as asas, você não precisa ser uma menininha seráfica com um sorriso de tristeza para ser um anjo, você pode ser o debochado do Bigparty Butch numa caverna, num esgoto, você pode ser o Wallace Beery cheio de coceira com uma camisa suja, você pode ser uma índia acocorada louca na sarjeta, você pode até ser um Executivo Americano brilhante radiante crente com olhos cintilantes, você pode até ser um intelectual escroto nas capitais europeias mas eu vejo as grandes tristes asas invisíveis em todos os ombros e me sinto mal porque elas são invisíveis e inúteis aqui na terra e sempre foram e só o que a gente está fazendo é brigar enquanto a morte não chega –

Por quê?

Na verdade por que eu estou brigando? Permita-me começar com a confissão do meu primeiro assassinato e prosseguir com a história enquanto você, com asas e tudo mais, me julga – Eis aqui o Inferno – Cá estou eu sentado de ponta-cabeça na superfície do planeta terra, preso pela gravidade, rabiscando uma história e eu sei que não tem por que contar uma história só que eu sei que também não tem por que ficar em silêncio – é um mistério doloroso –

Por que mais viver senão para discutir (pelo menos) o horror e o terror da vida, meu Deus como nós ficamos velhos e alguns de nós ficam loucos e tudo muda de maneira pavorosa – é o pavor da *mudança* que nos machuca, assim que as coisas esfriam e aprontam elas desmoronam e queimam –

Acima de tudo eu lamento – mas essa lamentação não vai ajudar você em nada, nem eu –

Na cabine da montanha eu assassinei uma ratazana que estava – agh – ela tinha olhinhos que ficaram me encarando e implorando, já pavorosamente ferida pelo golpe que eu desferi com um graveto na toca protetora feita de pacotes de sopa de ervilha Upton's onde ela estava se escondendo, tapada de pó verde, se debatendo, eu pus o facho da lanterna bem em cima dela, tirei os pacotes, ela olhou para mim com uma expressão "humana" de medo ("Todas as coisas vivas estremecem com o medo do castigo"), asas de anjinho e eu simplesmente acabei com tudo, um golpe no alto da cabeça, o estalo seco que a matou, os olhos saltados cobertos com o pó verde de ervilha – Quando eu acertei ela eu quase irrompi em prantos gritando "Pobre bichinho!" como se não fosse eu a fazer aquilo – Depois eu fui até a rua e atirei ela no precipício, mas antes salvei os pacotes de sopa que ainda não estavam abertos, a sopa que mais tarde eu curti – Atirei, e depois pus o alguidar (onde eu tinha deixado as comidas perecíveis e eu tinha pendurado ele no teto, mesmo assim a ratazana esperta deu um jeito de pular lá para dentro) pus o alguidar na neve cheio d'água e quando eu olhei pela manhã tinha um rato morto flutuando – Eu fui até o precipício e olhei e descobri uma ratazana morta – pensei "O amigo dela se suicidou na panela onde ela morreu de tanta tristeza!" – Alguma coisa sinistra estava acontecendo. Eu estava sendo punido por pequenos mártires humildes – Então eu percebi que era a mesma ratazana, ela tinha grudado no fundo da panela (sangue?) quando eu a atirei no escuro, e o rato morto na fenda do precipício era simplesmente um rato anterior que tinha se afogado na engenhosa armadilha d'água inventada pelo sujeito que tinha ficado antes de mim na minha cabana e que eu tinha armado meio de má vontade (uma lata com uma espécie de bastão e uma isca em cima, o rato pisa no bastão para petiscar e a lata vira, derrubando o rato, eu estava lendo de tarde quando ouvi o pequeno splash fatal no sótão bem em cima da minha cama e as primeiras convulsões preliminares do candidato a nadador, eu tive que sair da cabana para não escutar, quase chorando, e quando eu voltei, *silêncio*) (e no dia seguinte, o rato afogado esticado como um fantasma em direção ao mundo estendendo o pescoço magrelo para a morte, os pelos da cauda ondulando) – Ah, eu assassinei 2 ratos, e tentei assassinar um terceiro, quando eu finalmente flagrei ele de pé nas patinhas traseiras atrás do armário com um olhar temeroso para cima e o pescocinho branco eu disse "Já chega", e fui para a cama e deixei que ele vivesse e aprontasse no meu quarto – mais tarde ele foi morto pelo rato de qualquer jeito – Menos do que um punhado de carne e sangue, e a odiosa cauda bubônica, e eu tinha planejado incursões futuras ao inferno dos assassinos e tudo por causa do medo que eu tenho dos ratos – Pensei no Buda gentil que nunca sentiria medo de um ratinho minúsculo, e em Jesus, e até em John Barrymore que tinha ratinhos de estimação no quarto dele quando era menino na Filadélfia – Expressões como "Você é um homem ou um rato?" e o poema que Burns escreveu para um ratinho começaram a me machucar e também "com medo de um rato" – Pedi para ser perdoado, tentei me arrepender e rezar, mas senti que como eu tinha abdicado da minha posição como anjo celeste sagrado que nunca tinha matado, o mundo agora talvez pegasse fogo – Acho até que pegou mesmo – Quando eu era menino eu sempre dispersava os grupos de assassinos de esquilos, com o risco de me machucar – E agora isso – E eu percebo que nós todos somos assassinos, em vidas passadas nós matamos e precisamos voltar para o castigo, por meio do castigo de morte que é a vida, que nessa existência nós precisamos parar de *assassinar* ou então seremos forçados a retornar por causa da nossa natureza divina inerente e do poder mágico divino de manifestar qualquer coisa que a gente quiser – Eu lembro da pena que o meu pai sentiu quando ele mesmo afogou filhotinhos de rato em uma manhã distante, e da minha mãe dizendo "Pobres bichinhos" – Mas a verdade é que eu tinha engrossado as fileiras de assassinos e então eu não tinha mais nenhum motivo para ser religioso e superior, porque durante um tempo lá no alto (antes dos ratos) eu tinha de certa forma me considerado divino e impecável – Agora eu sou apenas um ser humano assassino igual a todo mundo e não posso mais me refugiar no céu e aqui estou eu, com as minhas asas de anjo pingando o sangue das minhas vítimas, tentando dizer o que fazer mas eu não sei melhor do que você –

Não ria... um rato tem um coraçãozinho que bate, aquele ratinho que eu deixei viver atrás do armário sentiu mesmo um medo "humano", e ele estava sendo perseguido por um monstro enorme com um graveto e *não sabia por que tinha sido escolhido para morrer* – e ele olhou para cima, ao redor, para os dois lados, com as mãozinhas para cima, apoiado nas patinhas traseiras, arquejando – *caçado* –

Quando os grandes veados grandes pastavam no meu pátio enluarado eu olhava para os flancos deles como que através de uma mira – mesmo que eu nunca fosse matar um veado, que morre uma morte enorme – mesmo assim o flanco significava chumbo, o flanco significava uma flecha penetrante, não há nada além de assassinato no coração dos homens – São Francisco deve ter percebido – E imaginando que alguém tivesse ido visitar São Francisco na caverna e dito algumas das coisas que hoje em dia os intelectuais escrotos e comunistas e existencialistas falam a respeito dele ao redor do mundo, por exemplo: "Francisco, você não passa de um bicho estúpido assustado fugindo das tristezas do mundo, acampando e fingindo ser santo e amar os animais, se escondendo do mundo real com as suas tendências formais seráficas querubinescas, enquanto as pessoas choram e as velhas ficam sentadas pelas ruas com as lágrimas correndo pelo rosto e o Lagarto do Tempo lamenta para sempre em uma rocha quente, você, *você*, que se imagina tão sagrado, peida em segredo nas cavernas e fede igual a todo mundo, você por acaso pretende mostrar que é melhor do que os outros homens?" Francisco talvez tivesse matado essa pessoa – Quem sabe? – Eu adoro São Francisco de Assis tanto quanto qualquer outra pessoa no mundo mas como eu vou saber o que ele teria feito? – talvez assassinado esse algoz – Porque assassinar ou não, esse é o problema que não faz diferença nenhuma no vazio enlouquecedor que não está nem aí para o que a gente faz – Tudo o que nós sabemos é que tudo está vivo senão as coisas não estariam por aí – O resto são especulações, julgamentos mentais da realidade do *sentimento* de um bem ou de um mal, disso ou daquilo, ninguém conhece a verdade branca sagrada porque ela é invisível –

Todos os santos desceram ao túmulo com o mesmo beiço que os assassinos e as pessoas com ódio no coração, o pó não discrimina nada, ele devora todos os lábios não importa o que tenham feito e isso porque nada importa e todo mundo sabe –

Mas o que vamos fazer?

Dentro de pouco tempo vai surgir um novo tipo de assassino, que vai matar sem motivo nenhum, só para provar que nada importa, e os feitos dele não vão valer nem mais nem menos do que os últimos quartetos de Beethoven e o Réquiem de Boito – Igrejas vão ruir, hordas mongóis vão mijar no mapa do Ocidente, reis idiotas vão arrotar nos ossos, ninguém vai se importar com nada e aí a própria terra vai se desintegrar em poeira cósmica (como aconteceu no princípio) e o vazio mesmo assim o vazio não vai se importar, o vazio vai simplesmente continuar com aquele sorriso enlouquecedor que eu vejo em toda parte, eu olho para uma árvore, uma rocha, uma casa, uma rua, eu vejo aquele sorrisinho – Aquele "sorrisinho secreto de Deus" mas que Deus é esse que não inventou a justiça? – Então eles acendem as velas e fazem discursos e despertam a fúria dos anjos. Ah mas "eu não sei, eu não estou nem aí, não importa" vai ser a última oração humana –

Enquanto isso em todas as direções, para dentro e para fora, do universo, para fora rumo aos planetas intermináveis no espaço interminável (mais numerosos do que as areias do oceano) e para dentro rumo à vastidão ilimitada do seu próprio corpo que também é um espaço interminável e "planetas" (átomos) (tudo uma disposição eletromagnética pirada de poder eterno) enquanto isso o assassinato e a atividade inútil existem, e têm existido desde o tempo incomeçável, e vão continuar existindo para sempre, e só o que podemos saber, nós com os nossos corações justiçados, é que tudo é o que é e nada além do que é e não tem nome algum mas é um poder brutal –

Porque quem acredita num Deus pessoal que se importa com o bem e com o mal está delirando sem nenhuma sombra de dúvida, mas Deus os abençoe, igual ele abençoa –

Não é nada além da Infinitude infinitamente variada se divertindo com um filme, espaço vazio e matéria os dois, ela não se limita a apenas um deles, a infinitude quer tudo –

Mas na montanha eu pensei, "Bom" (e passando pelo montinho onde eu tinha enterrado o rato todos os dias a caminho das minhas defecações imundas), "vamos manter a mente neutra, vamos *ser* que nem o vazio" – mas assim que eu me aborreço e desço a montanha eu não consigo por mais que eu tente ser nada além de furioso, perdido, parcial, crítico, confuso, assustado, estúpido, orgulhoso, debochado, merda merda merda –

> A vela queima
> E quando acaba
> A cera desenha montes artísticos
>   – é só o que eu sei

49

Então eu começo a descer a trilha da montanha com a mochila cheia nas costas e penso em meio ao tap-wap dos meus sapatos na pedra e no chão que tudo o que eu preciso nesse mundo para continuar seguindo adiante são os meus pés – as minhas pernas – das quais eu sinto tanto orgulho, e elas começam a fraquejar menos de 3 minutos depois de eu ter lançado um último olhar em direção à (adeus estranha) cabana fechada e até me ajoelhado para ela (como alguém se ajoelharia para o monumento dos anjos dos mortos e dos anjos dos não nascidos, a cabana onde tudo me foi prometido por Visões nas noites de relâmpago) (e a vez que eu fiquei com medo de fazer os meus apoios no chão com o rosto para baixo, as mãos, porque me pareceu que o Hozomeen ia assumir a forma de um urso ou outra forma abominável e se inclinar por cima de mim enquanto eu estivesse deitado) (neblina) – Você se acostuma ao escuro, você percebe que os fantasmas são todos simpáticos – (Hanshan diz "A Cold Mountain esconde muitas maravilhas, as pessoas que sobem lá sempre ficam com medo") – você se acostuma a tudo, você aprende que todas as lendas são verdadeiras mas vazias e lendárias e nem existem, mas tem coisas piores a se temer na superfície (de ponta-cabeça) dessa terra do que a escuridão e as lágrimas – Tem as pessoas, as suas pernas fraquejando, e no fim os seus bolsos acabam revistados e no fim você tem convulsões e morre – Pouco tempo e nenhum sentido e feliz demais para pensar nisso quando é outono e você está descendo a montanha rumo às cidades maravilhosas que fervilham na distância –

É engraçado como agora que chegou a hora (na atemporalidade) de deixar aquela odiada armadilha de rocha eu não tenho emoções, em vez de fazer uma oração humilde para o meu santuário enquanto ela desaparece serpenteando atrás das minhas costas arquejantes só o que eu digo é "Pfui – que bobagem" (sabendo que a montanha vai entender, o vazio) mas onde está a alegria? – a alegria que eu profetizei, de rochas novas nevadas reluzentes, e novas árvores sagradas estranhas e adoráveis flores ocultas ao lado da trilha feliz que faz a descida? Em vez de tudo isso eu penso e mastigo cheio de ansiedade, e o fim do Starvation Ridge, logo que eu perco a casa de vista, as minhas coxas já estão bem cansadas e eu me sento para descansar e fumar – Bom, e eu olho, e lá está o Lago ainda tão distante quanto antes e a vista é quase a mesma, mas ah, o meu coração se contorce ao ver uma coisa – Deus fez com que uma nevoazinha fina cerúlea penetrasse como uma poeira inefável o espetáculo de uma nuvem matinal rósea do norte refletida no corpo azul do lago, e ela parece rosada, mas tão efêmera que quase nem vale a pena falar a respeito e assim *tão* evanescente a ponto de cutucar a mente do meu coração e me fazer pensar "Mas Deus fez esse pequenino mistério para eu ver" (e ninguém mais está lá para ver) – A verdade de que é um mistério de partir o coração me faz perceber que é um jogo divino (para mim) e eu vejo o filme da realidade como um desaparecimento da visão numa poça de compreensão líquida e quase tenho vontade de chorar ao perceber "Eu amo Deus" – o caso amoroso que eu tive com Ele na Montanha – Me apaixonei por Deus – Não importa o que aconteça comigo durante a descida da trilha que vai me levar de volta ao mundo tudo vai estar bem porque eu sou Deus e eu estou fazendo tudo sozinho, quem mais?

>Enquanto medito,
>Eu sou Buda,
>– Quem mais?

50

E no meio-tempo eu estou sentado nas alturas alpinas, escorado nas tiras contra a mochila contra um amontoado de vegetação – Flores por toda parte – A Jack

Mountain no mesmo lugar, o Golden Horn – O Hozomeen agora fora de vista atrás do Desolation Peak – E ao longe na extremidade do lago ainda nenhum sinal de Fred e do bote, que seria um pequeno inseto no vazio circular aquoso do lago – Hora de descer – Não há tempo a perder – Eu tenho duas horas para descer três quilômetros e meio – Os meus sapatos não têm mais solas então eu tenho uns recortes de papelão para pôr dentro deles mas as pedras já cortaram tudo e o papelão já escorregou então eu já pisei nas rochas (com 30 quilos nas costas) só de meia – Que engraçado, o campeão dos cantores montanheses e Rei do Desolation não consegue nem descer do próprio cume – Eu começo a ofegar, ugh, suando e começo outra vez, descendo, descendo a trilha poeirenta rochosa, dando a volta em curvas fechadas, íngremes, algumas curvas eu simplesmente corto e escorrego pela encosta e deslizo para esquiar com os meus pés até o outro nível – enchendo os sapatos de pedrinhas –

Mas que alegria, o mundo! Lá vou eu! – Mas os pés doloridos se recusam a curtir e a aproveitar – As coxas doloridas que tremem e não estão a fim de continuar a descida mas eu preciso, passo a passo –

Então eu vejo que o bote está vindo a uns 10 quilômetros, é Fred vindo me encontrar no sopé da montanha onde dois meses antes as mulas se arrastaram encosta acima completamente carregadas e escorregaram nas rochas da trilha ao sair da barca puxada pelo rebocador, na chuva – "Eu vou estar lá embaixo com ele" – "pegar o bote" – rindo – Mas a trilha piora, de pastos altaneiros e curvas fechadas ela se transforma em arbustos que se prendem na minha mochila e pedregulhos na trilha que assassinam os meus pés apertados espremidos – Às vezes uma trilha de vegetação na altura dos joelhos cheia de arranhões invisíveis – Suor – Eu não paro de enfiar os dedões por trás das tiras para levantar a mochila um pouco nas minhas costas – É muito mais difícil do que eu tinha pensado – Agora eu consigo ver o pessoal rindo. "O velho Jack achou que ia conseguir descer a trilha em duas horas com a mochila! Ele não conseguiu vencer nem metade do caminho! O Fred ficou esperando com o bote por uma hora, saiu atrás dele e teve que esperar a noite inteira até que ele aparecesse ao luar choramingando 'Ai Mamãe pra que fazer uma coisa dessas comigo?'" – De repente eu admiro o grandioso trabalho desses bombeiros no enorme incêndio de Thunder Creek – Não só porque eles tropeçam e suam com o equipamento de combate a incêndio mas porque fazem um trabalho ainda mais duro e mais quente, e sem esperança nenhuma entre as pedras e as rochas – Eu que comia jantares chineses observando a fumaça a 35 quilômetros, hah – mas era a minha vez de descer.

51

O melhor jeito de descer uma montanha é correndo, balance os seus braços e caia à medida que desce, os seus pés vão cuidar do resto – mas ah eu não tinha pés porque nada de sapatos, eu estava "de pés descalços" (como costumam dizer) e longe de descer com passadas fortes pela trilha cantando a plenos pulmões tralalá eu mal conseguia por mais delicados que fossem os meus passos apoiar os pés em cima da rocha as solas eram tão finas e as rochas tão repentinas algumas delas com cantos afiados – Uma manhã de John Bunyan, só o que eu podia fazer era manter a cabeça ocupada com outras coisas – Tentei cantar, pensar, sonhar acordado, fazer como eu fazia ao pé do meu fogão desolado – Mas a trilha do Carma está sempre à sua espera – Eu não poderia escapar daquela manhã de pés ralados cortados e coxas queimando de dor (e algumas bolhas que ardiam como agulhadas) e suores ofegantes e ataques de insetos mais do que eu poderia escapar da eterna ciranda da existência passando pelo vazio das formas (incluindo o vazio da forma da sua personalidade resmungona) – Eu tinha que dar um jeito, não descansar, a minha única preocupação era pegar o bote ou perder o bote, ah que sono eu teria dormido na trilha aquela noite, lua cheia, mas a lua cheia também estava brilhando no vale – e de lá dava para ouvir música por cima das águas, sentir o cheiro de cigarro e escutar rádio – Aqui estava tudo, os sedentos córregos de setembro da largura da minha mão, com a água rala onde eu me refestelei e bebi e me atrapalhei no caminho – Deus – Quão doce é a vida? Ela é doce como

    a água fria da clareira
      na estrada de chão cansada –
       – numa estrada enferrujada –

  coberta pelos coices das mulas junho passado quando elas foram obrigadas à base de cutucões com um graveto a pular um trecho muito acidentado em volta de uma árvore caída que era grande demais para passar por cima, e por Deus eu tive que conduzir a égua no meio das mulas e Andy não parava de xingar "Eu não tenho como fazer tudo sozinho porra, traz essa égua pra cá!" e como no velho sonho de vidas passadas quando eu tratava de cavalos eu avancei, conduzindo a égua, e Andy pegou as rédeas e deu um puxão naquele pescoço, pobrezinha, enquanto Marty cutucava a bunda dela com um graveto, forte – para fazer a mula andar – e cutucava a mula – e chuva e neve – agora a marca de toda aquela fúria está seca na poeira de setembro enquanto eu fico lá sentado pitando – Um monte de ervas comestíveis ao redor – Não seria impossível se esconder nessas montanhas, ferver ervas, trazer um pouco de gordura, ferver ervas em pequenas fogueiras indígenas e viver para sempre

– "Feliz com uma pedra embaixo da cabeça que o céu e a terra cuidem de suas mudanças!" cantou o velho poeta chinês Hanshan – Nada de mapas, mochilas, equipamentos de detecção de incêndio, baterias, aviões, alertas pelo rádio, só mosquitos trauteando em harmonia e o correr do riacho – Mas não, Deus bolou esse filme na cabeça dele e eu estou no elenco (faço o papel conhecido como "eu") e cabe a mim compreender as coisas e vagar mundo afora pregando a Determinação do Diamante que diz: "Você está aqui e não está aqui, as duas coisas, pela mesma razão" – "é o Poder Eterno mungando" – Então eu me levanto e avanço com a mochila dedonizada e faço caretas por causa das dores tornozelais e faço a trilha rodar cada vez mais depressa sob o meu trote acelerado e logo eu estou correndo, curvado, igual a uma mulher chinesa com um fardo de gravetos no pescoço, tlim-tlim mandando ver com os joelhos duros passando por pedras vegetação rasteira e pelas curvas, às vezes eu saio da trilha e volto para ela aos urros, de algum jeito, eu não me perco nunca, o caminho foi feito para ser seguido – Na descida eu encontro um garoto magro começando uma escalada, estou gordo com a minha mochila enorme, vou me embebedar nas cidades com açougueiros, e é Primavera no Vazio – Às vezes eu caio, bato os quadris, uma escorregadela, a mochila é o meu para-choque traseiro, eu me exploco pela trilha catatof; bom, que palavras para descrever a ploftização hip-hurra na descida de uma trilha pife-pofe, praputz? – Ssst, suor – Cada vez que eu dou uma topada com o dedão do futebol eu grito "Quase!" mas ele nunca fica bom então eu manco – o dedão, que eu machuquei nos *scrimmages* do Columbia College em um entardecer no Harlem, algum vagabundo grandalhão de Sandusky pisou em cima com a chuteira de cravos e a panturrilha ossuda até cravar tudo – O dedão nunca sarou – em cima e embaixo ele está detonado e inchado, quando uma rocha bate lá todo o meu tornozelo se vira para protegê-lo – mesmo assim, virar o tornozelo é um *fait accompli* pavloviano, Airapetianz não conseguiu me mostrar como não acreditar que eu tinha distendido um tornozelo tão necessário, ou mesmo torcido ele – é uma dança, uma dança de pedra em pedra, de dor em dor, descer a montanha com uma careta de dor no rosto, é aí que está toda a poesia – E o mundo que me espera!

52

Seattles na neblina, shows burlescos, charutos e vinhos e jornais em um cômodo, neblinas, ferries, bacon e ovos e torradas no café da manhã – doces cidades lá embaixo.

No ponto em que a parte mais lenhosa começa, cheio de enormes pinheiros e árvores marrom-avermelhadas, o ar me acerta de um jeito bom, um

Nordeste verde, folhas de pinheiro-azul, frescas, o bote está cortando um pedaço do lago próximo, ele vai me ganhar, mas continue mandando ver, Marcus Magee – Você já sofreu outras quedas e Joyce inventou uma palavra de duas linhas para descrevê-las – brabarackotawackomanashtopataratawackomanac!

Vamos acender três velas para três almas quando a gente chegar lá.

A trilha, o último quilômetro, é pior, do que lá em cima, as rochas, pequenas, grandes, fendas retorcidas para os seus pés – Agora eu começo a choramingar sozinho, xingando é claro – "Isso não acaba nunca!" é a minha grande reclamação, bem que nem eu tinha pensado no vão da porta, "Como é que as coisas podem acabar? Mas essa é apenas uma trilha de Samsara-Mundo de Sofrimento, sujeita ao tempo e ao espaço, portanto ela precisa ter fim!" e eu desço correndo e me batendo até não dar mais – Pela primeira vez eu caio exausto sem planejar.

E o bote está chegando.

"Não vou conseguir."

Fico lá sentado um tempão, com a cara amarrada e acabado – Não vai dar – Mas o bote está chegando mais perto, é como a velha civilização temporal, preciso chegar ao trabalho na hora, como na ferrovia, mesmo que não vá dar você dá um jeito – Eles foram criados nas forjas com o poder férreo de um vulcano, o meu Poseidon e os heróis deles, por Santos Zen com espadas de inteligência, pelo Mestre-Deus Francês – Eu me ponho de pé e me arrasto para frente – Cada passo é um fracasso, não vai dar certo, não sei como as minhas coxas estão aguentando é um mistério – pfui –

Finalmente estou largando os passos à minha frente, é como pôr coisas pesadas numa plataforma com os braços estendidos, o tipo de esforço que você não aguenta – se não fosse pelos pés descalços (arrebentados com a pele rasgada e bolhas e sangue) eu poderia simplesmente me atirar montanha abaixo, como um bêbado cambaleante quase caindo o tempo inteiro mas sem nunca cair e nesse caso será que ia doer tanto quanto os meus pés? – eh – preciso fazer força e mover cada joelho para cima e para baixo com os pés descalços pisando em tesouras de Perfídia Blakeana com vermes e uivos por toda parte – poeira – eu caio de joelhos.

Descanse um pouco e depois siga adiante.

"Ah porra ah maudit" eu passo os últimos 100 metros gritando – agora o bote parou e Fred dá um assobio forte, quase um apitaço, um Huuu! indígena que eu respondo com um assobio, com os dedos na boca – Ele se reclina para ler um livro de caubói enquanto eu termino de vencer a trilha – Agora eu não quero que ele ouça os meus choramingos, mas ele ouve ele deve estar escutando os meus lentos passos doentios – plap, plop-lenha o lento caminho entre as pedras caindo no abismo redondo rochoso, as flores silvestres não me interessam mais –

"Não vou conseguir" é o meu único pensamento enquanto eu sigo descendo, um pensamento que é como um brilho fosforescente vermelho de negativo revelando no meu cérebro a mensagem "Preciso conseguir" –

> Desolation, Desolation
> difícil
> descer do seu topo

53

Mas tudo bem, a água estava resplendente e próxima e batendo na madeira seca da margem quando eu venci o último pedaço da trilha antes do barco – Me arrastei e abanei com um sorriso, deixando os pés passarem, uma bolha no pé esquerdo que eu achei que era uma pedrinha incrustada na minha pele –

Com tanta empolgação, nem percebo que eu enfim estou de volta ao mundo –

E não há sequer um único homem mais doce que pudesse me receber.

Fred é um lenhador das antigas e um guarda florestal que todo o pessoal das antigas a também os mais novos curtem – Nos dormitórios sombrios ele mostra para você um rosto completamente triste e quase decepcionado que olha em direção ao nada, às vezes ele não responde as perguntas, ele deixa você mergulhar no transe – Você aprende só com o olhar dele, que olha para longe, que não há nada mais além – Um grande Bodhisattva silencioso, os lenhadores manjam todas – O Velho Blacky Blake adora ele, Andy ama ele, Howard o filho dele ama ele – No bote em vez do boa gente do Phil que está de folga é Fred, usando um quepe pirado com um pala incrivelmente comprido e uma corrente dourada que ele usa para se proteger do sol enquanto prorpa o bote pelo lago – "Lá vem o guarda florestal" dizem o pescadores com quepes de botão de Bellingham e Otay – de Squohomish e Squonalmish e Vancouver e de cidadezinhas com pinheiros e dos subúrbios residenciais de Seattle – Eles deslizam para cima e para baixo no lago lançando as linhas para os peixes secretos da alegria que já foram pássaros mas caíram – Eles eram anjos e caíram, os pescadores, a perda das asas resultou na necessidade de comida – Mas eles pescam pela alegria dos alegres peixes mortos – Eu já vi – eu entendo a boca escancarada de um peixe em um anzol – "Quando um leão mete a pata em você, deixe ele quieto... esse tipo de coragem não ajuda em nada" – Peixes desistam,

> homens sentados
> Lançam as iscas.

O velho Fred, tudo o que ele precisa fazer é conferir se as fogueiras dos pescadores não se alastram e queimam as árvores – Binóculos enormes, ele olha para a outra margem – Um acampamento ilegal – Festas de beberrões nas ilhotas, com sacos de dormir e latas de feijão – Às vezes mulheres, algumas bonitas – Grandes haréns flutuantes em botes tup-tup, pernas, mostrando tudo, que terríveis essas mulheres Samsara-Mundo do Sofrimento que mostram as pernas para você para a fazer a roda girar

       O que faz o mundo
          girar?
       Entre os talos

Fred me vê e liga o motor para chegar mais perto, facilitar a vida para esse eu entristecível tão fácil de ver – A primeira coisa que ele faz é uma pergunta que eu não escuto e eu digo "Ã?" e ele me olha com um jeito surpreso mas nós fantasmas que passamos o verão sozinhos nas florestas solitárias perdemos totalmente o contato, ficamos efêmeros e ausentes – Um vigia de incêndios descendo a montanha é igual a um garoto afogado que reaparece como fantasma, eu sei – Mas só o que perguntam a ele é "Como é que tá o clima lá no alto, quente?"

"Não, tá soprando um vento forte do Oeste, do Mar, não está quente não, só aqui embaixo."

"Me dê a sua mochila."

"Tá pesada."

Mas ele estende a mão por cima da amurada e puxa a mochila a bordo assim mesmo, com os braços estendidos e distendidos, e larga ela nas tábuas do convés, e eu cambaleio para dentro do bote e aponto para os meus sapatos "Olha só, eu tô sem sapatos" –

Liga o motor para a gente ir embora, e eu ponho band-aids depois de molhar os pés nas ondinhas a boreste – Uau, a água vem e bate nas minhas pernas, então eu também lavo elas, até o joelho, e molho as minhas meias de lã torturadas e torço elas e ponho elas para secar na popa – opa –

E lá vamos nós tup-tupando em direção ao mundo, em uma manhã linda e ensolarada, e eu na da frente e fumo os Lucky Strikes Camels novinhos que ele me trouxe, e a gente conversa – Berra – o motor é alto –

Berramos como em toda parte no mundo da Não Desolação (?) as pessoas berram nos lugares de falar, ou de cochichar, o barulho dessas conversas se mistura em um enorme composto branco de silêncio sagrado que no fim você vai ouvir para sempre quando aprender (e aprenda a lembrar de ouvir) – Então por que não? Vá em frente e berre, faça o que você quiser –

E nós falamos sobre os cervos –

54

Feliz, feliz, a fumacinha da gasolina no lago – feliz, o livro de caubói que ele tem, e que eu dou uma espiada, o primeiro capítulo rústico empoeirado com *hombres* debochados de chapéu empoeirado bang-bangueando assassinos em um cânion – o ódio como aço nos rostos azuis – cavalos tristes, magros, exaustos e combalidos e vegetação seca – E eu penso "Ah poxa isso tudo é um sonho, quem se importa? Vamos lá, aquilo que a tudo perpassa, passe mesmo por tudo, eu estou com você" – "Passe pelo querido Fred, faça ele sentir o seu êxtase, Deus" – "Passe por tudo" – Como o universo pode ser outra coisa que não um Ventre? E o Ventre de Deus ou o Ventre de Tathagata, são duas línguas não dois deuses – E mesmo assim a verdade é relativa, o mundo é relativo – Tudo é relativo – Fogo é fogo e não é fogo – "Não acorde o Einstein feliz que dorme" – "Então é só um sonho então cala a boca a curte – lago da mente" –

Só muito de vez em quando Fred fala daquela maneira especial com o velho e loquaz Andy o esfolador de mulas de Wyoming, mas essa loquacidade tem apenas a função de preencher o silêncio – Embora hoje enquanto eu estou sentado fumando a minha primeira carteira de cigarro ele fale comigo, imaginando que eu preciso conversar depois de 63 dias sozinho – e falar com um ser humano é como voar com os anjos.

"Um cervo, dois cervos – é – uma noite dois filhotes pastaram no meu pátio" – (Estou gritando por cima do motor) – "Urso, sinais de um urso – mirtilos –" "Pássaros estranhos", eu acrescento para pensar, e esquilos com grãos nas patinhas que eles tinham pegado da prateleira no velho curral – Pôneis e cavalos do velho ano de 1935

                onde
             Foram parar?

Tem coiotes na Crater!"

55

Aventura desolada – demoramos uma hora para avançar cinco quilômetros no lago, eu me recosto no guarda-patrão e simplesmente tomo sol e descanso, não há por que gritar – não faz sentido – E logo Fred deu um jeito naquele lago e fez o Sourdough surgir na nossa frente e deixou a Cat Island bem para trás e a foz do Big Beaver, e nós estamos dobrando em direção ao pequeno trapo branco que está pendurado na barreira (de toras) por onde o bote passa – mas um amontoamento de outras toras que majestosamente levam todo o mês de agosto para descer desde o lago no Hozomeen – lá estão elas e a gente tem que manobrar e empurrar elas e passar pelo meio – depois disso Fred retorna por uma hora à análise de formulários de Seguro com pequenos desenhos e anúncios publicitários mostrando heróis americanos ansiosos preocupados com o que vai ser da família deles quando eles se forem – muito bem – e mais adiante, no fim do lago, as casas e as plataformas flutuantes do Ross Lake Resort – Éfeso, para mim a mãe de todas as cidades – é para lá que estamos indo.

E tem a margem onde eu tinha passado um dia inteiro cavando o solo rochoso, mais de um metro, para fazer o Fosso do Lixo do Guarda Florestal e falado com Zeal o garoto um quarto índio que tinha parado de correr pela trilha do dique e nunca mais foi visto, deve ter ido beneficiar cedros com os irmãos por grana independente – "Não gosto de trabalhar pro governo, porra eu tô indo pra LA" – e lá está o trecho à beira d'água até onde, depois do fosso cavado e de limpos os arbustos retorcidos da trilha, até o buraco da latrina que Zeal tinha cavado, eu desci para atirar pedras nos barquinhos de lata e que o Almirante Nelson me morda se eles não saíram de lá e foram embora em direção à Eternidade Dourada – e por fim recorrendo aos enormes plaps da madeira e das pedras, para naufragar a lata-barco, mas não dava certo, Ah Valor – E as longas longas toras por onde eu achei que ia fazer o caminho de volta até a Plataforma da Guarda Florestal sem o bote, mas quando eu cheguei até a tora do meio e me deparei com um metro de águas agitadas até o tronco meio submerso eu soube que ia me molhar e eu desisti e voltei – está tudo lá, tudo é junho, e agora é setembro e eu vou andar seis mil e quinhentos quilômetros pelas cidades nas costelas da América –

"Nós vamos almoçar na plataforma e depois pegar o Pat."

Pat também na mesma manhã saiu da Torre de Vigia da Crater e começou a descer uma trilha de 24 quilômetros, às 3 da manhã, e vai estar esperando às 2 da tarde No pé do Thunder Arm –

"Tá – mas tira um cochilo enquanto isso", eu digo –

Tudo em cima –

Aos poucos entramos na plataforma e eu desço e dou a volta na abita e Fred descarrega a minha mochila, agora eu estou de pés descalços me sentindo bem – E ah a enorme cozinha branca cheia de comida e com um rádio na prateleira, e correspondências me esperando – Mas de qualquer jeito a gente está sem fome, um pouco de café, eu ligo o rádio e ele sai para buscar Pat, uma viagem de 2 horas, e de repente eu estou sozinho com rádio, café, cigarros e um estranho livro de bolso sobre um herói que é negociante de carros usados em San Diego e vê uma garota sentada numa *drugstore* e pensa "Ela tem um traseiro supimpa" – Uau, de volta à América. – E no rádio de repente ouço Vic Damone cantando uma música que eu tinha esquecido completamente de cantar na montanha, um clássico antigo, não completamente mas eu não me dei o trabalho, lá vem ele com a orquestra inteira (Ah o gênio da Música Americana!) com "In This World,

> Of ordinary people,
> Ex-tra-ordinary people,
> I'm glad there is you",

sustentando o "you", respiração, "In this world, of overrated pleasures, and underrated treasures", hmm, "I'm glad there is you" – Fui eu que disse para Pauline Cole pedir para Sarah Vaughan para cantar essa música em 1947 – Ah a bela música americana do outro lado do lago agora, e então, depois de algumas palavras divertidas encantadoras espirituosas do locutor de Seattle, Vic canta

> "The Touch of your hand
> Upon my brow",

num andamento médio, e aí entra um trompete maravilhoso, "Clark Terry!" Eu reconheço ele tocando com aquela doçura, e a velha plataforma solta um gemido suave sobre as toras, a luz clara do meio-dia – A mesma velha plataforma que nas noites agitadas bate e estruge e o luar ulula na água um brilho chapinhante, ó gélida tristeza do Último Nordeste e agora eu não tenho mais fronteiras a explorar – O mundo lá fora é apenas um queijo, e eu sou o filme, e tem a armadilha da canção bonita –

56

Arme a armadilha, se não fossem elas as velhas montanhas se erguendo nas margens murmurantes do lago lápis-lazúli, com a velha neve primaveril ainda nos cumes, e as velhas nuvens tristes do verão rosalizando a tarde dickinsoniana de paz e de ah borboletas – Resmungando no arbusto estão insetos – Na plataforma, nada de insetos, só o marulho mimoso da água na parte de baixo das toras, e o gotejamento constante da pia da cozinha que tem o encanamento ligado a um córrego infinito da montanha, então que escorra fria o dia inteiro, assim quando você precisa de um copo d'água lá está ele, saca só – Luz do sol – sol quente secando as minhas meias no deque quente de madeira empenada – e Fred já me deu um par de sapatos novos para eu usar, ou ao menos para eu ir até uma loja em Concrete comprar sapatos novos – Botei os pregos de volta no couro com as grandes ferramentas do Serviço Florestal na barca das ferramentas, e eles vão ficar confortáveis com meias grandes – É sempre um triunfo ter meias secas, um par limpinho, nas montanhas e na guerra

        Anjos na Desolação –
        Visões de Anjos –
        Visões de Desolação –

        Anjos da Desolação

    E aos poucos lá vem ele, o velho Fred e o bote e eu vejo a figura que parece uma marionete ao lado dele a dois quilômetros de distância, Pat Garton o vigia de incêndios da Crater Mountain, de volta, ofegante, feliz, que nem eu – Um garoto de Portland Oregon e por todo o verão no rádio a gente consolou um ao outro – "Não esquenta, vai acabar logo" logo vai ser outubro até – "Só, mas quando o dia chegar eu vou descer correndo essa montanha!", Pat gritou – Mas por azar a mochila dele estava pesada demais, quase o dobro de peso da minha, e ele quase não conseguiu e um lenhador (um homem bondoso) carregou a mochila para ele pelo último quilômetro e meio antes do braço do córrego –
    Eles param o bote e dão a volta na pequena abita, o que eu gosto de fazer porque eu costumava usar enormes cabos de cânhamo para dar volta nas abitas dos navios de carga do meu tamanho, o grande balanço rítmico das voltas com uma abita pequena também é divertido – Além do mais eu quero parecer útil, ainda estou sendo pago por hoje – Eles saem do bote e de tanto escutar a voz dele o verão inteiro eu olho para Pat e ele parece outra pessoa – Não só isso mas assim que estamos na cozinha e ele começa a caminhar do meu lado de repente eu tenho a estranha impressão de que ele não está mais lá e dou uma boa olhada para ter certeza – Por um único instante esse anjo desapareceu – Dois meses de desolação bastam, não importa que montanha seja o seu nome – Ele tinha ficado na Crater Mountain, que eu conseguia ver, bem na borda de um vulcão extinto ao que tudo indicava, preso na neve e sujeito a todas as tempestades e ventos traiçoeiros que vinham de todas as direções seguindo a fenda da Ruby Mountain e da Sourdough, para ele tinha nevado mais do que para mim – E coiotes uivando à noite ele disse – E medo de sair da cabana à noite – Se alguma vez ele tivesse sentido medo do rosto verde na janela da infância suburbana dele em Portland, ele tinha muitas máscaras aqui em cima para desfilar em frente do espelho daqueles olhos noturnos – Em especial nas noites de neblina, quando você poderia muito bem estar no Vazio Ululante de Blake ou simplesmente em um Avião à moda antiga da Década de Trinta perdido no nevoeiro sem teto – "Você tá aí Pat?" eu digo brincando –
    "Eu tô aqui e pronto pra outra – e você?"

"Também – só que temos que descer mais uma trilha até o dique, porra –"

"Eu não sei se aguento o tranco" – diz ele com toda a honestidade do mundo, e ele está mancando. "Vinte e quatro quilômetros desde o nascer do sol, desde antes do sol nascer – as minhas pernas tão acabadas."

Eu levanto a mochila dele e ela pesa 45 quilos – Ele não jogou fora nem mesmo os dois quilos de material impresso sobre o Serviço Florestal com fotos e anúncios, está tudo socado na mochila, e ainda por cima um saco de dormir embaixo do braço – Graças a Deus que os sapatos dele têm solas.

Comemos um almoço gostoso de carne de porco requentada, lastimando a manteiga e a geleia e as outras coisas que a gente não tinha, e xícara atrás de xícara do café preto forte que eu preparei, e Fred fala sobre o incêndio do McAllister – Parece que não sei quantas toneladas de equipamento foram lançadas de avião e agora está tudo espalhado pela encosta – "Alguém devia avisar os índios pra eles irem lá comer", eu penso em dizer, mas cadê os índios?

"Nunca mais eu vou ser vigia de incêndio", anuncia Pat, e eu assino embaixo – porque – Pat tem um cabelo escovinha que está todo desgrenhado de crescer durante o verão e eu fico surpreso ao ver como ele é novo, uns 19 anos ou por aí, e eu sou tão *velho*, 34 – Não me incomoda, eu gosto – Afinal o velho Fred tem 50 e ele nem liga e a gente se acerta como se acerta e parte para sempre quando parte – Para depois voltar em alguma outra forma, como forma, a essência dos nossos 3 respectivos seres com certeza não assumiu 3 formas, ela simplesmente perpassa – Então tudo é Deus e nós somos os anjos da mente, então amém e sente-se –

"Cara", digo eu, "essa noite eu vou tomar umas cervejas" – ou uma garrafa de vinho – "e sentar na margem do rio" – Eu não digo tudo para eles – Pat não bebe nem fuma – Fred toma uns tragos de vez em quando, no caminho de ida no caminhão dois meses atrás o velho Andy abriu uma garrafa pequena de bebida de amora que tem 12 por cento de vinho que ele tinha comprado em Marblemount e nós três demos cabo dela antes de chegar em Newhalem para dizer o mínimo – Naquela época eu tinha prometido para Andy que eu ia comprar para ele um litrão de uísque, em agradecimento, mas agora eu vejo que ele está em outro lugar, em Big Beaver com a turma, eu percebo astutamente que com a minha astúcia eu posso escapar dessa sem comprar para Andy aquela garrafa de quatro dólares – Juntamos as nossas coisas, depois de um longo papo na mesa – Fred tup-tupa o bote e passa pelas plataformas do Resort (bombas de gasolina, botes, quartos para alugar, varas de pesca e outros equipamentos) – até a grande parede branca do Ross Dam – "Deixa que eu carrego a tua mochila, Pat", eu me ofereço, percebendo que eu sou forte o bastante e me recusando a pensar melhor porque está escrito no Lapidador da Sabedoria Transcendental (a minha bíblia, o *Vajrachedika-prajna-paramita* que supostamente foi falado oralmente – e de que outro jeito seria? – pelo próprio Sakyamuni) "seja generoso mas pense na generosidade como sendo uma palavra e nada além de uma palavra", algo assim – Pat agradece, ergue o meu equipamento, eu pego a enorme mochila pesada dele e jogo ela nas costas e tento me levantar e não consigo, preciso dar uma de Atlas para conseguir – Fred está no bote sorrindo, na verdade detesta nos ver indo embora – "Até a próxima, Fred."

"Te cuida."

Começamos a andar mas na mesma hora eu sinto um prego furar a minha pele então a gente para na trilha do dique e eu descubro um pedacinho de maço de cigarro de pescador e faço um baita volume no meu sapato e a gente segue adiante – Tremor, eu não vou conseguir, lá se foram as minhas coxas outra vez – É uma trilha íngreme que desce dando a volta na montanha ao lado do dique – Lá pelas tantas ela sobe outra vez – Sinto um alívio nas coxas, eu só me curvo e suo – Mas a gente para várias vezes, nós dois exaustos – "Não vamos conseguir nem a pau", eu fico repetindo e balbuciando todo tipo de conversa – "Você aprende coisas puras na montanha, não? – Você não sente que agora aprecia melhor a vida?"

"Com certeza", diz Pat, "mas vou ficar muito feliz quando a gente estiver longe daqui."

"Ah essa noite a gente passa no dormitório e amanhã vai pra casa" – Ele tem uma carona até o Mount Vernon na Highway 99 às 5 da tarde mas vou simplesmente esticar o dedão na beira da estrada já pela manhã, não quero esperar – "Eu vou estar em Portland antes de você", eu digo.

Por fim a trilha desce até o nível da água e nós chegamos nos batendo e suando no meio dos grupos de funcionários da City Electric que estão sentados – os problemas de sempre – "Cadê o trapiche?"

O saco de dormir dele embaixo do meu braço o dele escorregou e se desenrolou e eu simplesmente carrego ele assim, não estou nem aí – Nós chegamos até o trapiche e lá tem uma pequena passarela de madeira que a gente logo atravessa, atiramos o equipamento nas tábuas e na mesma hora eu me deito, usando a mochila de travesseiro, e acendo um cigarro – Pronto. Chega de trilhas. O bote vai nos levar para Diablo, para uma estrada, uma caminhada curta, um trecho enorme de carro até Pittsburgh e o caminhão nos esperando lá embaixo com Charley no volante –

57

Assim no fim da trilha que a gente tinha descido com tanto suor, correndo para não perder o bote, vemos dois pescadores loucos com equipamento e um motor de popa em cima de uma geringonça de duas rodas que eles estão rolando e tocando adiante – Eles chegam bem a tempo, o bote para, todos nós subimos – Eu me estico no assento e começo a meditar e a descansar – Pat está lá atrás conversando com os turistas a respeito do verão – O bote avança pelo lago estreito entre os rochedos – Eu fico deitado de costas, com os braços cruzados, os olhos fechados, e medito a respeito da cena – Sei que existe muito mais do que a gente vê, além de tudo o que a gente vê – Você também sabe – A viagem leva 20 minutos e logo eu sinto o bote desacelerar e bater no cais – Upa, as mochilas, eu ainda estou carregando a enorme mochila de Pat, generosidade até o fim? – Até nessa hora a gente ainda tem quatrocentos metros dolorosos de estrada de chão para caminhar, viramos em uma montanha e lá está um enorme elevador pronto para nos levar por trezentos metros até as casinhas bonitas e os gramados lá embaixo e mil gruas e fios conectando o Power Dam, o Diablo Dam, o Devil Dam – o demônio do lugar mais chato para viver em todo o mundo, uma loja e nenhuma cerveja lá – As pessoas regando os gramados de prisão, crianças com cachorros, a América Semi-industrial à tarde – Uma garotinha tímida agarrada ao vestido da mãe, homens falando, todo mundo no elevador, e logo ele começa a escorregar lá para baixo e aos poucos a gente desce para o vale de terra – Eu ainda estou contando: "Dois quilômetros por hora em direção à Cidade do México no Platô do Vale a 6500 quilômetros daqui" – um estalar de dedos, quem se importa? – Lá vem subindo o enorme peso de ferro que nos sustenta durante a descida precária, tonelada em cima de tonelada de majestosa massa escura, Pat aponta (e faz comentários) (ele vai ser engenheiro) – Pat tem um leve problema de fala, um pouco de gagueira e empolgação e surtos, às vezes engasgos, e os lábios dele são um pouco caídos, mas o cérebro está em forma – e ele tem uma dignidade máscula – Eu sei que no rádio durante o verão inteiro ele falou várias bobagens engraçadas, todo empolgado, mas nada naquele rádio era mais doido que o estudante jesuíta evangélico sério Ned Gowdy que, ao receber a visita de um grupo dos nossos alpinistas e bombeiros, berrou com uma risada histérica, a mais louca que eu já ouvi, a voz rouca, tudo de falar tão de repente com as visitas inesperadas – Quanto a mim, todo o meu histórico no rádio se resumiu a "Vigia do Hozomeen da quarenta e dois", um lindo poema dia após dia, para falar com o Velho Scotty, sobre nada em especial, e algumas conversas polidas com Pat e umas conversas encantadas com Gowdy e uma poucas concessões sobre o que eu estava cozinhando, como eu estava me sentindo e por quê – Pat foi o cara que mais me fez rir – Falaram sobre alguém chamado "John Trotter" durante uma ocorrência de incêndio e Pat fez esses dois anúncios: "John Trot Scoop vai estar com a gente na próxima leva de paraquedas. John Twist não chegou a tempo de embarcar com a carga do primeiro avião", é sério ele falou isso – uma mente pirada de verdade –

Com o elevador lá embaixo nem sinal do nosso caminhão, a gente senta e espera e toma água e conversa com um garotinho que tem um lindo cachorro collie-lassie enorme com ele naquela tarde perfeita –

Finalmente o caminhão chega, lá está o velho Charley no volante, o secretário de Marblemount, 60 anos, mora num pequeno trailer lá mesmo, cozinha, sorri, datilografa, mede toras de madeira – lê na cama – o filho dele está na Alemanha – lava os pratos para todo mundo na cozinha coletiva – Óculos – cabelo branco – um fim de semana que eu vim atrás de uns palheiros ele tinha entrado no bosque com um contador Geiger e uma vara de pescar – "Charley", digo eu, "aposto que tem um monte de urânio nas montanhas secas de Chihuahua"

"Onde fica isso?"

"No sul do México com o Texas, cara – você nunca assistiu *O tesouro de Sierra Madre* aquele filme sobre o velho prospector que andou mais que do os garotos e encontrou ouro, um touro de ouro e eles encontraram ele numa espelunca do Skidrow vestindo pijama, o velho Walter Huston?"

Mas eu não falo muito vendo que Charley está um pouco envergonhado e até onde eu sei eles não entendem uma palavra do que eu digo com relatos franco-canadenses nova-iorquinos bostonianos e *okies* completamente misturados e até espanhóis e até Finnegans Wake – Eles param um pouco para conversar com um guarda florestal, eu me deito na grama e então vejo as crianças curtindo os cavalos na cerca debaixo de uma árvore, eu vou até lá – Que momento maravilhoso na Chata Cidade de Diablo! Pat está na grama bem ali (minha sugestão) (nós velhos bêbados conhecemos o segredo dos gramados), Charley está conversando com o velho sujeito do Serviço Florestal, e aqui está esse belo garanhão enorme narigando a ponta dos meus dedos e soprando pelo nariz, e uma eguinha ao lado dele – As crianças riem enquanto nos comunicamos com o cavalo ternurinhas – Tem um garoto de 3 anos que não consegue alcançar –

Eles me abanam e nós vamos embora, de mochilas nas costas, para o dormitório em Marblemount – Conversando – E já as tristezas do mundo não montanhoso nos oprimem, enormes caminhões barulhentos carregando pedras arrastam-se na poeira estreita, precisamos parar e dar passagem – Enquanto isso à nossa direita está o que sobrou do Skagit River depois de todos aqueles diques e do acúmulo das águas dele no Ross (cerúleo neutro) Lake (do meu Deus-amor) – um velho loucórrego efervescente roleoso ainda, largo, carregando ouro para a noite, para o Pacífico Skwohawlwish Kwakiutl arterial alguns quilômetros para o Oeste – O meu puro riozinho favorito de todo o Nordeste, que nas margens dele eu sentei, com vinho, nos tocos serrados, à noite, bebendo ao zumbido das estrelas e observando a montanha móvel fazer cair e passar a neve – Água verde, clara, cutucando as árvores, e Ah todos os rios da América eu vi e você viu – o fluxo sem fim, a visão de Thomas Wolfe da América sangrando à noite nos rios que correm para o mar bocudo mas depois volta rodopiando contra a corrente e novos nascimentos, retumbante a boca do Mississippi na noite que a gente dobrou ao chegar nele e eu estava dormindo em um beliche no convés, splash, chuva, raios, clarões, cheiro do delta, onde o Golfo do México esterca as estrelas e se abre para os mantos d'água que vão se dividir como quiserem nos desfiladeiros divisíveis inaproximáveis das montanhas onde americanos solitários vivem com pequenas luzinhas – sempre a rosa que flui, atirada de pontes mágicas pelos amantes perdidos mas intrépidos, para sangrar no mar, e umedecer o mecanismo solar e voltar mais uma vez, mais uma vez – Os rios da América e todas as árvores em todas aquelas margens e todos os mundos verdes em todas aquelas folhas e todas as moléculas clorofílicas em todos aqueles mundos verdes e todos os átomos em todas aquelas moléculas, e todos os universos infinitos dentro de todos aqueles átomos, e todos os nossos corações e todos os nossos tecidos e todos os nossos pensamentos e todas as nossas células cerebrais e todas as moléculas e átomos em cada célula, e todos os universos infinitos em cada pensamento – bolhas e balões – e todos os reflexos de estrelas dançando em todas as marolas dos rios sem fim e por todo o mundo esqueça a América, seus Obis e Amazonas e Urs eu acho e o sustentadouro congolês Lago Dique Nilos da África negra, e Ganges do sul da Índia, e Yangtzés, e Orinocos, e Rios da Prata, e Avons e Merrimacs e Skagits –

>Maionese –
>>Maionese vem em latas
>
>Pelo rio

58

Rodamos até o fundo do vale na tarde cada vez mais escura, uns 25 quilômetros, e voltamos para aquela curva à direita que é uma estrada de asfalto preto reta entre as árvores e casinhas rurais no caminho para a Estação dos Guardas Florestais lá no fim, uma estrada tão perfeita para pisar fundo que o sujeito que tinha me dado carona dois meses antes, um pouco alto de cerveja, meteu 145 por hora na Estação, entrou na estradinha de cascalho a 80, levantou a maior poeira, tchau, e patinou e rugiu e saiu com o pé na tábua, assim foi o meu primeiro encontro com Marty o Guarda Florestal Assistente. "Você é John Duluoz?" com a mão estendida e acrescentou também: "É seu amigo?"

"Não."

"Eu queria ensinar pra ele umas coisinhas sobre correr em propriedade do governo" – E agora estamos aqui outra vez, mas devagar. O velho Charley está agarrado ao volante e o nosso trabalho de verão está feito –

O dormitório debaixo das arvorezonas (Um 6 pintado preguiçosamente) está deserto, jogamos as nossas tralhas em cima das camas, o lugar está cheio de revistinhas de sacanagem e toalhas dos recentes bandos de bombeiros rumo ao Incêndio de McAllister – Capacetes pendurados em pregos, um velho rádio que não funciona – Eu começo fazendo fogo na caldeira do chuveiro, para tomar um banho quente – Estou mexendo com fósforos e gravetos, Charley aparece e diz "Faz um fogo dos grandes" e pega um machado (que ele mesmo afiou) e me deixa apavorado com golpes súbitos certeiros de machado (na penumbra) rachando as toras ao meio direto e fazendo o machado descer com tudo, 60 anos de idade e eu não conseguiria cortar lenha daquele jeito – mira perfeita – "Meu Deus, Charley, eu não imaginava que você soubesse usar um machado desse jeito!"

"Pode crer."

Por causa de uma certa vermelhidão no nariz eu tinha imaginado que ele era um velho alcoólatra sedentário – não – quando ele bebia ele bebia, mas não no trabalho – Enquanto isso Pat está na cozinha requentando um velho cozido de carne – É tão agradável e delicioso estar de volta no vale, quentinho, sem vento, algumas folhas de amarelo outonal na grama, as luzes aconchegantes das casas (a casa do Guarda Florestal O'Hara, com três crianças, a de Gehrke também) – E pela primeira vez eu percebo que é outono de verdade e mais um ano morreu – E aquela suave nostalgia indolor do outono paira como fumaça no ar noturno, e você sabe "Ora, ora, ora" – Na cozinha eu recarrego as minhas baterias com pudim de chocolate e leite e uma lata inteira de damascos e leite condensado e dou o toque final com um enorme prato de sorvete – Escrevo o meu nome na lista de refeições, para que me cobrem 60 centavos pela refeição –

"Isso aí é tudo que você vai comer – que tal um pouco de carne cozida?"

"Não, isso era o que eu estava a fim de comer – estou satisfeito."

Charley também come – Os meus cheques de centenas de dólares estão no escritório que fica fechado à noite, Charley se oferece para ir buscá-los para mim – "Nah, eu vou acabar gastando no máximo três dólares em cerveja no bar." – Não vou exagerar na dose, quero tomar uma chuveirada, dormir –

Nós vamos até o trailer de Charley para fazer uma breve visita, é como uma visita de parentes numa cozinha de fazenda no Centro-Oeste, eu não suporto aquela chatice, vou tomar o meu banho –

Pat começa a roncar na mesma hora mas eu não consigo pegar no sono – vou para a rua e me sento em um tronco na noite do Verão Indígena e fumo – Penso sobre o mundo – Charley está dormindo no trailer dele – Está tudo bem com o mundo –

À minha espera estão aventuras com outros anjos ainda mais loucos, e perigos, mas eu não tenho como prever eu estou decidido a me manter neutro – "Eu vou apenas passar por tudo, como aquilo que a tudo perpassa –"
E amanhã é sexta.
Finalmente eu consigo dormir, com a metade do corpo para fora do saco e está tão quente e úmido na baixa altitude –
De manhã eu faço a barba, pulo o café para fazer um almoço reforçado, vou até o escritório pegar os meus cheques.

> Manhã clara no escritório
> Lá está a música delicada

59

O chefe está aqui, o grande gentil terno O'Hara com uma expressão radiante, ele acena com a cabeça e diz coisas agradáveis, Charley está na escrivaninha todo atrapalhado com os formulários como sempre, então chega o Gehrke o Guarda Florestal Assistente usando (desde o incêndio, quando ele se deu bem) um macacão de lenhador com os suspensórios tradicionais, e com uma camisa azul lavável, e um cigarro na boca, chegando para o trabalho matinal no escritório, e óculos elegantes e certinhos, e acabou de se despedir da jovem esposa dele na mesa do café da manhã – Diz para a gente: "Ah, nem aconteceu nada com vocês" – Querendo dizer que estamos bem mesmo que a gente estivesse se sentindo morto, eu e Pat – E eles distribuem cheques gordos para a gente levar mundo afora, eu manco por uns dois quilômetros até a cidade usando os meus sapatos cheios de papel de presente, e pago a minha conta de $51,17 na loja (pela comida do verão inteiro), e no Correio, onde eu envio pagamentos – Uma casquinha de sorvete e as últimas notícias do beisebol numa cadeira verde no gramado, mas o jornal é tão novo e limpo e com cheiro de recém-impresso que eu sinto o cheiro da tinta e o meu sorvete azeda, e eu penso em comer o jornal, fico com o estômago embrulhado – Todo aquele papel, a América é de causar enjoo, eu não posso comer papel – todas as bebidas que nos servem são papel, e as portas dos supermercados se abrem automaticamente para as barrigas infladas das clientes grávidas – o papel é seco demais – um vendedor alegre passa e diz "Alguma novidade aí?"
O *Times* de Seattle –
"Tem, notícias de beisebol", eu digo – lambendo a minha casquinha – pronto para começar a pegar caronas pela América –
Manco de volta para o dormitório, passando por cachorros que latem e personagens do Noroeste sentados no vão das portas de cabaninhas falando

sobre carros e pescarias – Entro na cozinha e preparo um almoço com 5 ovos, cinco ovos e pão e manteiga, só – Para ter energia para a estrada – E de repente O'Hara e Marty entram dizendo que acaba de chegar uma notícia da Lookout Mountain sobre um possível incêndio, e será que eu podia ir até lá? – Não, eu não posso ir, eu mostro para eles os meus sapatos, até os sapatos de Fred são respostas lamentáveis, e eu digo "Os meus músculos não iam aguentar, os meus pés" – "andar nas pedrinhas" – para ir ver alguma coisa que provavelmente nem é um incêndio mas só uma fumaça comunicada pelo comunicabilíssimo Howard na Lookout Mountain e é só fumaça industrial – Seja como for, eu não tenho como – Eles insistem para que eu mude de ideia, não dá – e eu fico triste quando eles vão embora – e eu manco até o dormitório para ir embora, e Charley grita da porta do escritório "Ô Jack, que que você tá mancando aí?"

60

O que me põe a caminho, e Charley me dá uma carona até o cruzamento, e nós nos despedimos como amigos, e eu dou a volta no carro com a minha mochila e digo "Lá vou eu" e estico o dedão para o primeiro carro que passa, mas ele não para – Para Pat, a quem eu tinha dito no almoço "O mundo tá de ponta-cabeça e louco e é um filme muito doido" eu digo "Até mais, Pat, até a próxima, hasta la vista" e para eles dois "Adiós", e Charley diz:

"Me manda um cartão."

"Um cartão-*postal*?"

"Ah, qualquer um" (porque eu tinha pedido para que enviassem os meus últimos cheques por correio para o México) (e aí mais tarde do fim do mundo eu mandei para ele um cartão-postal de um cocar vermelho asteca) – (que eu já imagino criticado e ridicularizado pelos três juntos, Gerhke, O'Hara e Charley, "Eles também têm esses negócios por lá", se referindo aos rostos indígenas) – "Até mais, Charley", e eu nunca fiquei sabendo o sobrenome dele.

61

Estou na estrada, depois que eles vão embora eu caminho um quilômetro para dar a volta na curva e não estar mais à vista quando eles voltarem – Lá vem um carro na contramão mas ele para, dentro está Phil Carter o cara de sempre no bote do lago, uma boa alma *Okie*, sincero e amplo como as serras a Oeste, ele traz junto um homem de 80 anos que me olha e me encara com um olhar faiscante – "Jack, que bom te ver – esse aqui é o sr. Winter o cara que construiu a cabana no Desolation Peak."

"É uma cabana e tanto, o senhor é um ótimo carpinteiro" e eu falo com a maior sinceridade, lembrando dos ventos que bateram no telhado enquanto a casa, firme nos vergalhões de aço, nem se mexia – só quando os trovões sacudiam a terra e um outro Buda nascia 1500 quilômetros ao sul em Mill Valley – O sr. Winter me olha e me encara com um olhar iluminado, e um sorrisão no rosto – que nem o Velho Connie Mack – que nem Frank Lloyd Wright – A gente aperta as mãos e adeus. Phil, ele era o cara que lia as cartas do pessoal no rádio, você nunca ouviu nada tão triste e tão sincero quanto o jeito que ele lia "– e a Mamãe quer que você saiba que J-j – j – Jilcey nasceu no dia 23 de agosto, que garotinho lindo – E aqui diz" (interrompe Phil) "um negócio que não foi escrito direito, eu acho que a sua mãe se enganou" – O velho Phil de Oklahoma, por onde andam os Profetas Cherokee – Ele vai embora de carro com uma camisa havaiana, com o sr. Winter (Ah Anthony Trollope), e eu nunca mais vejo ele – uns 38 anos – ou 40 – sentou para assistir tevê – tomou cerveja – arrotou – foi para a cama – acordou com o Senhor. Beijou a esposa. Comprou lembrancinhas para ela. Foi para a cama. Dormiu. Pilotou o bote. Não estava nem aí. Nunca comentou. Nem criticou. Nunca disse nada que não fosse a simples conversa do Tao.

Caminho pela curva quente e clara, sol, névoa, vai ser um dia escaldante de carona com uma mochila pesada.

Os cachorros que latem para mim das casas não me incomodam – Velho Jacko Navajo o Campeão Yaqui das Caminhadas e Santo da Noite Autoperdoada vai batendo os pés pelo escuro.

62

A salvo depois da curva para que Pat e Charley não riam de mim, e talvez até O'Hara e Gehrke dirigindo em algum lugar, por me ver aqui, o vigia de incêndio de todo o verão em pé desolado à beira de uma estrada vazia esperando por uma carona de 6500 quilômetros – É um dia ensolarado de setembro com um calor enevoado, e um pouco quente demais, e limpo a testa com uma grande bandana vermelha e espero – Lá vem um carro, eu estico o dedão, três homens velhos, opa o carro para um pouco adiante e eu saio correndo com a mochila no ombro – "Pra onde você está indo, garoto?" pergunta o velho motorista gentil de nariz aquilino com um cachimbo na boca – Os outros dois estão muito interessados –

"Seattle", eu digo, "99, Mount Vernon, São Francisco, até" –

"Nós podemos levar você até um pedaço."

Descubro que eles estão indo para Bellingham pela 99 mas isso fica a norte da minha rota e eu penso que vou descer quando eles saírem do

Skagit Valley pela Rt. 17 – Então eu atiro a mochila no banco traseiro e sento no banco da frente espremendo os dois velhos passageiros, sem pensar, sem notar que o cara do meu lado não vai gostar – Sinto que ele fica um pouco mais interessado depois de um tempo, e enquanto isso eu estou falando pelos cotovelos e respondendo todas as perguntas sobre as montanhas – Que estranhos esses três amigos! O motorista é o sujeito indiferente, de bom coração, bem-disposto, que decidiu se deixar guiar por Deus, e eles sabem – do lado dele está o amigo mais velho, também temente a Deus, mas não tão chegado à bondade e à gentileza, um pouco suspeito do motivo geral – Todos esses anjos no vazio – O do banco de trás é uma carta indiferente que vem duas vezes, querendo dizer com isso que ele é ok, mas ficou no banco de trás da vida, para observar e se interessar (como eu) e tão parecido comigo que ele tem um quê de Bobo e um pouco da Deusa da Lua também – Depois quando enfim eu digo "Tem uma brisa gostosa soprando lá em cima" para fechar uma longa conversa, enquanto Nariz Aquilino faz as curvas, nenhum deles responde, um silêncio sepulcral, e eu o jovem Xamã fui instruído pelos Três Velhos Xamãs a ficar quieto, porque nada importa, somos todos Budas Imortais que Conhecem o Silêncio, então eu me calo, e vem um longo silêncio enquanto o bom carro dispara e eu estou sendo levado para a outra margem por Nirmankaya, Samboghakaya e Dharmakaya todos os Três Budas, na verdade Um, com o braço atirado por cima da porta direita e o vento soprando no meu rosto (e a sensação-emoção de ter visto a *Estrada* depois de tantos meses entre as pedras) eu curto cada cabaninha e árvore e gramado pelo caminho, o lindo mundinho que Deus preparou para a gente ver e viajar e ser um filme, o mesmo mundo implacável que no fim vai arrancar o fôlego dos nossos pulmões e nos atirar em túmulos mortos, e nós nem podemos reclamar (talvez seja melhor) – O anjo de Tchékhov do silêncio e da tristeza passa voando por cima do carro – Agora chegamos ao velho Concreto e cruzamos uma ponte estreita e lá estão todas as kafkianas fábricas de cimento e elevadores para baldes de concreto um quilômetro montanha adentro – e depois os carrinhos americanos estacionados na diagonal da monástica Main Street camponizada, com as vitrines iluminadas das lojas desinteressantes, lojas de quinquilharias, mulheres com vestidos de algodão comprando pacotes, velhos fazendeiros escorados na loja de sementes, a ferragem, pessoas de óculos escuros do Correio, cenas que vão se repetir até a fronteira do México Felá – cenas que eu vou ter que passar de carona por elas protegendo a minha mochila (no Grant's Pass em Oregon dois meses antes um velho caubói gordo dirigindo um caminhão de cascalho deliberadamente tentou atropelar a minha mochila na estrada, e puxei ela bem na hora, com o punho, ele apenas sorriu) (Eu abanei chamando ele de volta, com o punho, graças a Deus ele não me viu, teria sido "Ele tá na cadeia agora, um tal de Ramblin Bob, ele costumava beber e jogar e roubar, tá na cadeia agora") (e sem escapatória para mim com um chapelão caubói desolado mexicano de aba comprida, enrolando palheiros no saloon de reputação duvidosa, para depois montar um cavalo e ir em direção ao Velho México) (Monterey, Mazatlán de preferência) – os três velhos sujeitos me levam até a saída de Sedro-Wooley onde eu desço para arranjar uma carona até a 99 – Agradeço –

Eu atravesso a estrada quente em direção à cidade, vou comprar um novo par de sapatos – Primeiro eu penteio o cabelo num posto de gasolina e saio de lá e tem uma mulher bonita ocupada trabalhando na calçada (empilhando latas) e o guaxinim de estimação dela vem até mim lá acocorado enrolando um cigarro por um tempo, encosta o nariz comprido estranho delicado na ponta dos meus dedos e quer comer –

Então eu vou embora – do outro lado da estrada curva tem uma fábrica, um dos trabalhadores fica me olhando muito interessado – "Olha só aquele cara com uma mochila nas costas pedindo carona na beira da estrada, onde raios ele tá indo? De onde ele veio?" Ele olha tanto para mim que eu sigo adiante, me escondo em uns arbustos para uma mijada rápida, e saio em meio aos lagos e fossos oleogramados entre os macadames da estrada, e saio e dou uma corridinha com os sapatos de pregos quebrados estalando até entrar em Sedro-Wooley – A minha primeira parada vai ser o banco, tem um banco, umas pessoas ficam olhando enquanto eu passo – Só, a carreira de Jack o Grandioso Santo Caminhante mal começou, ele entra nos bancos envolto numa aura sagrada e troca cheques do governo por traveler's checks –

Eu escolho uma professora ruiva delicada bonita mandona com olhos azuis crédulos e digo que eu quero traveler's checks e onde eu estou indo e onde eu estive e ela se mostra interessada, a ponto de quando eu digo "Preciso cortar o cabelo" (me referindo às montanhas de verão) ela responde "Não parece" me avaliando, e eu sei que ela me ama, e eu amo ela, e eu sei que hoje à noite eu posso andar de mãos dadas com ela nas margens do Skagit à luz das estrelas e ela não vai se importar com o que eu quiser fazer, maravilha – ela vai me deixar violar ela de todoqualquejeito, é o que ela quer, as mulheres da América precisam de parceiros e amantes, elas passam o dia inteiro em bancos de mármore e lidam com papéis e mais papéis elas são servidas no drive-in depois de Filmes de Papel, elas querem beijar na boca e rios e gramados, como nos velhos tempos – Eu fico ligado no corpo bonito dela e nos olhos doces e na testa suave debaixo da suave franja ruiva cortada reta, e nas sardinhas, e nos pulsos suaves, eu não percebo que atrás de mim se juntou uma fila de seis pessoas, velhas bravas invejosas e caras jovens apressados, eu saio depressa, com os meus cheques, pego a minha mochila e dou o fora – Dou uma olhada para trás, ela está ocupada com o cliente seguinte –

Seja como for chegou a hora da minha primeira cerveja em dez semanas. Lá está o saloon... próxima porta.

A tarde está quente.

63

Pego uma cerveja no grande bar brilhoso e me sento numa mesa, de costas para o balcão, e fecho um cigarro, e lá vem um velho trôpego de 80 anos com uma bengala, senta na mesa ao meu lado e espera com olhos baços – Ó Gauguin! Ó Proust! Se eu tivesse sido um pintor ou um escritor como vocês, eu descreveria aquele rosto oriental carcomido, profecia da tristeza de todos os homens, nada de rios nada de lábios nada de bucetas à luz das estrelas para aquele doce perdedor caquético, e tudo é efêmero, e igual tudo está perdido – Ele leva cinco minutos para desencavar um dólar – Segura a nota com a mão trêmula – Ainda olhando para o bar – O bartender está ocupado – "Por que ele não se levanta e vai pegar a cerveja?" Agh, é uma história orgulhosa na tarde no bar em Sedro-Wooley no noroeste de Washington no mundo no vazio que está desolado de ponta-cabeça – Finalmente ele começa a bater a bengala e a exigir que o atendam – Eu bebo a minha cerveja, peço outra – Penso em ir buscar a cerveja dele – Interferir para quê? Por acaso Black Jack vai entrar com todas as armas fumegando e eu vou ficar famoso em todo o Oeste por atirar em Slade Hickox pelas costas? O Garoto de Chihuahua, eu não digo nada –

As duas cervejas não descem legal, eu percebo que não existe necessidade alguma de álcool na nossa alma –

Saio para comprar os meus sapatos –

A Main Street, lojas, acessórios esportivos, bolas de basquete, bolas de futebol americano para o outono – Elmer o garoto feliz está prestes a nadar no ar acima do campo de futebol e comer enormes bifes nos banquetes da escola e receber uma carta, eu sei – Entro numa loja e vou batendo os pés até o fundo e tiro os sapatos barulhentos e o vendedor me dá uns sapatos azuis de lona com solas macias, eu experimento e ando um pouco com eles, é como caminhar nas nuvens – Eu compro eles, deixo os sapatos velhos lá e saio –

Me agacho de costas para um muro e acendo um cigarro e curto a tarde na cidadezinha, lá está o silo de feno e de grãos fora da cidade, a ferrovia, a madeireira, que nem nos livros de Mark Twain, foi lá que Sam Grant conseguiu um milhão para os túmulos da Guerra Civil – essa atmosfera sonolenta foi o que deu origem ao fogo na alma de Stonewall Jackson, da Virgínia –

Está bem, eu vou parar – de volta à estrada, além dos trilhos e na curva pegando o tráfego em três sentidos –

Espero por uns quinze minutos.

"Pegando carona", eu penso, para revigorar a minha alma, "você ganha Carma bom e Carma ruim, o bom compensa o ruim, em algum lugar dessa estrada" (eu olho e lá está, uma névoa sem saída, a desesperança sem nome nada de nós) "tá o cara que vai te levar direto até Seattle para os jornais e o vinho de hoje à noite, é só ser gentil e esperar" –

Quem para é um garoto loiro com úlceras que não pode jogar no time de futebol americano do ginásio de Sedro-Wooley por causa delas, mas que era uma estrela em ascensão (meu palpite é, ele era o melhor), mas que pode lutar no time de luta, ele tem coxas e braços grandes, 17 anos, eu também fui lutador (Campeão Blackmask do quarteirão) então a gente fala sobre lutas – "Luta oficial que você fica de quatro e o cara atrás de você e tudo mais?"

"Isso aí, nada dessas besteiras que passam na televisão – luta de verdade."

"Como é que marcam os pontos?"

A resposta longa e complicada só termina quando chegamos ao Mount Vernon mas de repente eu fico com pena dele, porque eu não posso ficar e lutar, nem fazer passes de futebol, ele é um garoto americano sozinho de verdade, como a garota, em busca de uma amizade descomplicada, uma pureza angelical, eu estremeço só de pensar nas panelinhas do ginásio arrancando o couro dele e os avisos dos pais e do médico e tudo o que ele ganha é uma torta à noite, sem lua – Apertamos as mãos e eu desço, e cá estou eu no sol quente das 4 da tarde com carros voltando para casa em um fluxo constante, numa esquina, em frente ao posto de gasolina, todo mundo tão preocupado em fazer a curva que eles nem conseguem me examinar direito então eu fico lá quase uma hora.

Divertido, estranho, um homem num Cadillac está parado lá esperando por alguém, primeiro quando ele arranca eu estendo o dedão, ele dá um sorriso e faz a volta e estaciona do outro lado da rua, aí ele dá a partida e faz outra volta e passa por mim de novo (dessa vez eu nem me mexo) e estaciona de novo, um rosto perturbado nervoso, ó América o que você fez com a sua máquina de filhos! Mesmo assim as lojas estão cheias da melhor comida do mundo, iguarias deliciosas, a nova safra de pêssegos, melões, todas as frutas gordas do Skagit enriquecidas com lesmas e terra úmida – Depois chega um MG e meu Deus é Red Coan no volante, com uma garota, ele disse que ia estar em Washington nesse verão, ele faz uma curva violenta na estradinha da garagem quando eu grito "Ô Red!" e bem na hora que eu grito eu vejo que não é Red e nossa o sorriso de eu nem te conheço que ele me dá, nem é um sorriso, é um rosnado, rosnando na embreagem e na direção, vlam, lá vai ele acelerando peidando fumaça na minha cara, um Red Coan – e mesmo assim eu não tenho certeza de que não era ele, mudado e louco – louco da vida *comigo* –

Triste.
Traste.
Vazio.

Mas lá vem um octogenário de 80 ou 90 anos um octogenário poctogenário patriarctiriano ariano de cabelo branco sentado encolhido e velho debaixo de um volante alto, ele para para mim, eu corro, abro a porta, ele me dá uma piscada. "Pode entrar, garoto – eu levo você um pouco adiante na estrada."

"Até onde?"

"Ah – alguns quilômetros."

Vai ser que nem no Kansas outra vez (1952) quando eu consegui uma carona de alguns quilômetros na estrada e acabei no pôr do sol em um longo trecho de planícies por onde todo mundo passa a 130 a caminho de Denver e nada mais – Mas eu dou de ombros "Carma-carma", e entro –

Ele fala um pouco, não muito, vejo que ele é velho mesmo, e também engraçado – ele vai palutizando a lata-velha pelo caminho, ultrapassa todo mundo, pega a reta e começa a meter 130 quilômetros por hora em meio às plantações – "Meu Deus, e se ele tiver um ataque cardíaco?" – "O senhor não gosta de perder tempo, hein?", digo eu, com o olhar fixo no volante –

"Não senhor."

Ele acelera mais ainda...

Agora eu estou sendo levado à velha Budalândia através do rio dos Não Rios por um velho Santo Bodhisattva louco – que ou vai me levar até lá o mais depressa possível ou nem vai conseguir – Aí está o seu Carma, maduro como os pêssegos.

Eu aguento firme – Afinal ele não está bêbado, como aquele gordo na Geórgia (1955) que meteu 130 no cascalho do acostamento e ficou olhando para mim em vez de para a estrada e fedia a cachaça de alambique, graças a ele eu desci antes da minha hora e peguei um ônibus para Birmingham de tão abalado –

Não, Vovô me deixa a salvo no portão de uma fazenda, tem uma varanda de olmos, os porcos dele, a gente aperta as mãos e ele vai jantar –

Eu fico lá com os carros voando baixo na estrada, sei que vou ficar empacado por um tempo – Chegar tarde também –

Mas um caminhão de equipamento reduz e para e solta balões de fumaça para mim no acostamento, eu corro e pulo para dentro – Imagine os seus Heróis! O cara é um Animal de Duas Toneladas Campeão do IWW marinheiro de punho enorme e não tem medo de ninguém e além do mais consegue falar e além do mais constrói pontes e atrás dele estão os concretos para construidores de pontes e os pés de cabra e ferramentas – E quando eu digo que estou indo para o México ele diz: "Ah, o México, eu e a minha esposa colocamos as crianças no trailer e caímos na estrada – fomos até a América Central – A gente comia e dormia no trailer – A minha esposa fala espanhol – Eu tomei umas tequilas nos bares por lá – Foi bom para as crianças – Acabei de voltar semana passada de uma viagem menor por Montana e depois ao Leste do Texas e depois de volta" – E eu imagino os bandidos tentando levar a melhor contra ele, o cara é 100 quilos de ossos e músculos orgulhosos – o que ele poderia fazer com uma chave de boca ou um pé de cabra eu odiaria orozcar com tinta de molho de espaguete – Ele me leva até Everett e me larga no sol quente do entardecer em uma semi-Main Street triste com uma repentina estação de bombeiros triste de tijolo à vista e relógio e eu me sinto horrível – As vibrações em Everett são ruins – Trabalhadores irritados passam aos montes em carros soltando fumaça – É horrível, é o inferno – Eu começo a achar que eu devia estar de volta à minha casinha na montanha com uma noite fria enluarada. (O Massacre de Everett!)

Mas não! O desfile de aventuras continua carmando sem parar – estou nessa até o fim, até morrer – Vou ter que lavar os dentes e gastar dinheiro até o fim dos tempos, pelo menos até o dia em que eu for a última velha da terra roendo o último osso na derradeira caverna e disser a minha última prece na última noite antes de não acordar nunca mais – Depois vai ser uma troca com os anjos no céu mas com aquela velocidade astral especial e êxtase então talvez a gente nem se importe, parece – Mas ah, Everett! Pilhas enormes nos pátios das serrarias e pontes distantes, e o calor desesperançoso no asfalto –

Em desespero depois de meia hora eu entro em uma lanchonete e peço um hambúrguer e um milkshake – porque quando estou pegando carona eu me permito gastar mais dinheiro em comida – A garota lá dentro tem uma frieza tão calculada que eu fico ainda mais desesperado, ela tem um corpo bonito e está bem arrumada mas desesperançosa tem olhos azuis indiferentes e na verdade ela está interessada em algum cara de meia-idade lá dentro que naquele mesmo instante está indo para Las Vegas jogar, o carro dele está estacionado lá fora, e quando ele sai ela grita "Me leva para dar uma volta no seu carro uma hora dessas" e ele é tão cheio de si que me surpreende e me enfurece, "Ah eu vou pensar a respeito", ou uma resposta indecisa assim, e eu olho para ele e ele tem cabelo escovinha e parte em direção a Las Vegas em meio a tudo aquilo – Eu mal consigo comer – Pago a conta e saio depressa – Atravesso a estrada com a mochila cheia – ugh, ai – Finalmente cheguei ao fundo (da montanha).

64

Estou aqui de pé no sol e não percebo o *scrimmage* de uma partida de futebol que está rolando no clarão atrás de mim a Oeste até que um marujo caroneiro passa por mim e diz "Sinais, hip hip" e eu olho e vejo ao mesmo tempo ele e o jogo dos garotos e também ao mesmo tempo um carro dirigido por um rosto interessante para, e eu corro e entro, lançando um último olhar para o jogo onde bem naquela hora um garoto está levando a bola no meio de um *tackle* é esmagado –

Eu pulo para dentro do carro e vejo que é algum tipo de veado secreto, o que de qualquer jeito quer dizer de bom coração, então eu falo pelo marujo, "Ele também está atrás de uma carona", e nós pegamos ele também, e nós três no banco da frente acendemos cigarros novos e partimos rumo a Seattle assim, na maior.

Papos confusos sobre a Marinha – que tristeza, "Eu estava em Bremerton e eu costumava aparecer nas noites de sábado mas ficou muito melhor quando me transferiram pra –" e eu fecho os olhos – Demonstrando algum interesse pela universidade do motorista, Washington U., ele se oferece para me deixar no campus, eu mesmo puxo o assunto, então largamos o marujo no caminho (o marujo indolente apático pegando carona com as calcinhas da namorada num saco de papel que eu achei que estava cheio de pêssegos, ele me mostra a fitinha de seda na parte de cima) –

O campus da University of Washington é bacana e até bem Eterno com grandes dormitórios novinhos com milhões de janelas e caminhadas tardias para longe do frenesi do tráfego e Ah toda a cena da universidade na cidade, para mim é que nem um chinês, eu não consigo entender, mesmo assim a minha mochila está pesada demais, eu pego o primeiro ônibus para o centro de Seattle e logo estamos passando pelas velhas riscas de água salgada com barcas anciãs nelas, e o sol vermelho se põe atrás dos mastros e do telhado dos armazéns, é melhor assim, eu entendo, é a velha Seattle da neblina, a velha Seattle a cidade no manto, a velha Seattle que eu li a respeito quando era pequeno nos livros de detetive e que eu li a respeito nos Blue Books for Men tudo sobre os velhos tempos cem homens arrombando o porão do embalsamador e bebendo fluido de embalsamamento e todos morrendo, e todos sendo xangaizados para a China desta forma, e lamaçais – Cabaninhas com gaivotas.

        Passos de menina
          na areia –
        Velha pilha de musgos

A Seattle com navios – rampas – docas – totens – velhas chaves de locomotiva junto à zona portuária – vapor, fumaça – Skid Row, bares – índios – A Seattle da minha visão de infância que eu vejo aqui no ferro-velho enferrujado com uma cerca cor de burro quando foge me escorando em um labirinto geral –

    Uma casa
       cinza cru –
   Luz rosa na janela

Eu peço para o motorista do ônibus me deixar no centro, desço do ônibus e kaminho até passar pela prefeitura e pelos pombos em direção à água onde eu sei que vou encontrar um bom quarto limpinho no Skid Row com cama e banho quente no fim do corredor –

Faço todo o caminho até a First Avenue e dobro à esquerda, deixando os compradores e os seattleanos para trás, e eis que aqui toda a humanidade doida e transada zanzando pelas calçadas noturnas me impressionando fazendo os meus olhos pularem das órbitas – garotas índias de calça, com garotos índios de cabelo cortado igual ao de Tony Curtis – retorcidos – de braços dados – famílias de antiga fama *Okie* acabaram de deixar os carros no estacionamento, estão indo ao mercado comprar pão e carne – Bêbados – As portas dos bares que eu passo com uma incrível humanidade triste amontoada esperando, mexendo drinques com o dedo e olhando para a luta Johnny Saxton *vs.* Carmen Basilio na TV – E blam! Eu percebo que é Noite de Sexta-Feira por toda a América, em Nova York são recém dez horas e a luta começou no Madison Square Garden e os estivadores nos bares do North River estão todos assistindo a luta e bebendo 20 cervejas por cabeça, e os Sams estão sentados na primeira fila da luta fazendo apostas, dá para ver eles na tela, gravatas pintadas à mão de Miami – Na verdade por toda a América é Noite de Sexta-Feira e é uma Grande Luta – Mesmo no Arkansas eles estão assistindo TV no salão de sinuca e até no depósito de algodão – em toda parte – Chicago – Denver – fumaça de charuto por tudo – e Ah os rostos tristes, eu tinha esquecido e agora eu vejo e lembro, enquanto eu passei todo o verão caminhando e rezando no pico das montanhas, com rochas e neve, pássaros perdidos e feijões, essas pessoas ficaram tragando cigarros e entornando bebidas e andando e rezando na alma delas também, cada um a seu jeito – E está tudo escrito na cicatriz do rosto deles – eu preciso entrar naquele bar.

Eu dou a volta e entro.

Jogo a minha mochila no chão, pego uma cerveja no bar lotado, me sento numa mesa ocupada por outro sujeito que está olhando para o outro lado da rua e fecho um baseado e fico olhando a luta e as caras – é *quente*, a humanidade é quente, e tem potencial para amar, eu sei – Eu sou uma margarida pura e fresca, eu estou vendo – Eu podia fazer um discurso para eles e lembrar todo mundo e fazer com que mais uma vez despertassem – Mesmo assim eu vejo nos rostos o aborrecimento de "Ah, a gente sabe, todo mundo já ouviu esse papo e a gente tá aqui há todo esse tempo esperando e rezando e assistindo as lutas nas noites de sexta – e *bebendo*" – Meu Deus eles estiveram bebendo! São todos uns bêbados, eu estou vendo – Seattle!

Não tenho nada para oferecer a eles além da minha cara idiota, que de qualquer jeito eu viro – O bartender está ocupado e tem que passar pela minha mochila, eu puxo ela um pouco, ele diz "Brigado" – Até agora Basilio não se machucou com os socos leves de Saxton, ele avança e desce a mão por todo o corpo do adversário – é uma luta de músculos contra cérebro e os músculos vão ganhar – Todo mundo no bar é Basilio músculos, eu sou puro cérebro – Preciso sair agora daqui – À meia-noite vai começar uma briga deles mesmos, dos jovens durões na mesa – Você tem que ser um Johnny pirado louco masoquista ó Nova York para ir a Seattle puxar briga nos bares! Você tem que ter cicatrizes! Histórias de dor! De repente eu estou escrevendo como Céline –

Eu saio de lá e vou passar a noite no meu quarto de hotel no Skid Row.

Uma noite em Seattle.

Amanhã, a estrada até Frisco.

65

O Hotel Stevens é um velho hotel limpo, você olha para as janelonas e vê um piso limpo de ladrilhos e escarradeiras e velhas cadeiras de couro e um relógio falante e um recepcionista enfeitado com fita prateada na jaula – $1,75 por uma noite, salgado para o Skid Row, mas sem percevejos, isso é importante – Eu pago pelo meu quarto e entro no elevador com o cavalheiro, segundo andar, e ocupo o quarto – Atiro a minha mochila na cadeira de balanço, me deito na cama – Cama limpa, lençóis limpos, descanso e aconchego até a uma da tarde quando for hora de desocupar o quarto amanhã –

Ah Seattle, tristes rostos de bares humanos, e você não percebe que está de ponta-cabeça – Pessoal, as cabeças tristes de vocês estão dependuradas no vazio infinito, vocês saltitonam pela superfície das ruas e até nos quartos, de ponta-cabeça, a mobília de vocês está de ponta-cabeça e presa pela gravidade, a única coisa que impede tudo de cair são as leis da mente do universo, Deus – Esperando Godeus? E como ele não é limitado ele não pode existir. Esperando Godeus? O mesmo doce cantor do Bronx. Nada além da essência da matéria mental e estranha com as formas e os nomes que dão para ela não importa – agh, eu me levanto e saio para comprar o meu vinho e o meu jornal.

Um lugar de comer e beber ainda está mostrando a luta mas também o que me atrai (na rua azul-rosada com neons à minha frente) é um sujeito de colete anotando os placares de beisebol com giz numa enorme lousa, como nos velhos tempos – Eu fico lá olhando.

Na banca de jornal meu Deus mil revistinhas eróticas mostrando todos os seios e coxas exagerados na eternidade – Eu penso "A América está enlouquecendo com o sexo, nunca é o suficiente, alguma coisa está errada, em algum lugar, logo essas revistinhas vão ficar impossíveis a ponto de mostrar cada dobrinha e vinco menos o buraco e os mamilos, eles são loucos" – Claro que eu também fico olhando a estante junto com os outros tarados.

No fim eu compro o *Sporting News* de St. Louis para me atualizar no beisebol, e uma revista *Time* para me atualizar nas notícias do mundo e ler tudo sobre Eisenhower abanando em trens, e uma garrafa de vinho do porto ítalo-suíço colonial, caro e um dos melhores – Eu pensei – Então eu volto pela Main Street e tem uma casa de burlesco, "Eu vou ao burlesco hoje à noite!" eu dou uma risadinha (lembrando do Velho Howard em Boston) (e há pouco tempo eu tinha lido que Phil Silvers tinha montado um burlesco à moda antiga em algum lugar e que arte delicada o burlesco) – Só – e é –

Porque depois de uma hora e meia no meu quarto bebericando o vinho (sentado de meias na cama, o travesseiro atrás), lendo sobre Mickey Mantle e a Three-I League e a Southern Association e a West Texas League e as últimas negociações e os últimos astros e garotos promissores e até as notícias sobre a Little League para ver os nomes dos incríveis lançadores de 10 anos e espiando a *Time* (pouco interessante enfim quando você está bebendo vinho e a rua está lá fora), eu saio, enchendo o meu cantil de polibdínio com todo o cuidado (o mesmo usado antes para matar a sede nas trilhas, com a bandana vermelha na cabeça), enfio ele no bolso da jaqueta e saio pela noite afora –

    Neons, restaurantes chineses
       à frente –
    Garotas na sombra.

Olhos – um estranho garoto negro que tinha medo que eu criticasse ele com os meus olhos por causa do lance da segregação no Sul, eu quase critico ele por ser tão careta, mas eu não quero atrair a atenção dele então eu olho para o outro lado – Zés-ninguéns filipinos passando, com as mãos pendentes, os misteriosos salões de sinuca e bares e barris de navios – Uma rua surrealista, com um policial no balcão que se endireita quando me vê entrar, como se eu fosse roubar a bebida dele – Becos – Visões de velhas águas entre telhados ainda mais velhos – A lua, subindo acima do centro, subindo para não ser percebida ao lado das luzes da Grant's Drug Store brilhando brancas perto da Thorn McAns, também brilhando, ao ar livre, perto da marquise do filme *Suplício de uma saudade* com garotas bonitas esperando na fila – Cordões de calçadas, becos escuros onde carros fazem a curva cantando – acelerando o motor nos pneus, squic! – eu escuto esse barulho por toda a América, é o incansável Joe Champion matando tempo – A América é tão vasta – Eu amo ela tanto – E a melhoritude dela derrete e vaza até as áreas de reputação duvidosa, ou para o Skid Row, ou para o Times Squarey – os rostos as luzes os olhos –

Entro nas ruelas dos fundos em direção ao mar, onde não tem ninguém, e me sento no cordão da calçada escorado em latas de lixo e bebo vinho, olhando os velhos no Old Polsky Club do outro lado jogando pinocle à luz de uma lâmpada marrom, com paredes verdes lisas e relógios de ponto – Zuuu! faz um navio de carga na baía com destino ao oceano, o *Port of Seattle*, o ferry está proejando desde Bremerton e abrindo caminho entre as elevações do fundo otay, eles deixam garrafas inteiras de vodca no convés pintado de branco, enroladas em páginas da revista *Life*, para eu beber (dois meses antes) na chuva, enquanto a gente avança – Árvores ao redor, Puget Sound – Rebocadores buzinam no porto – Eu bebo o meu vinho, noite quente, e caminho despreocupado até o burlesco –

Entro bem a tempo de ver a primeira dançarina.

66

Ah, lá eles têm a pequena Sis Merriday, uma garota do outro lado da baía, ela não devia estar dançando em burlesco nenhum, quando ela mostra os seios (que são perfeitos) ninguém está interessado porque ela não requebrou a cintura otay – ela é limpa demais – a plateia no teatro escuro, de ponta-cabeça, quer uma garota vulgar – E a garota vulgar está nos fundos se preparando de ponta-cabeça em frente ao espelho da porta que dá para o palco –

As cortinas se afastam, Essie a bailarina vai embora, eu tomo um gole de vinho no teatro escuro, e lá vêm dois palhaços com um clarão súbito no palco.

O espetáculo começou.

Abe tem um chapéu, suspensórios longos, não para de puxá-los, um rosto maluco, você vê que ele curte garotas, e ele fica estalando os lábios e ele é um velho fantasma de Seattle – Slim, o saco de pancadas dele, é um homem bonito de cabelos encaracolados herói pornográfico que você vê em cartões-postais de sacanagem mandando ver na garota –

ABE Onde diabos você andava?
SLIM Lá atrás contando o dinheiro.
ABE Do que você está falando, que dinheiro –

SLIM Eu passei pelo cemitério
ABE O que você estava fazendo lá?
SLIM Enterrando o meu peru

 e piadas assim – Eles repetem imensas cenas ensaiadas para o público, as cortinas são simples, é um teatro simples – Todo mundo se diverte com as trapalhadas deles – Lá vem uma garota atravessando o palco – Abe enquanto isso está bebendo direto da garrafa, ela está tentando convencer Slim a esvaziar a garrafa – Todo mundo, atores e plateia, fica olhando a garota que aparece caminhando – O jeito como ela anda é uma obra de arte – E é melhor que as respostas dela sejam sacanas –
 Eles trazem ela, a dançarina espanhola, Lolita da Espanha, longos cabelos compridos e olhos escuros e castanholas enlouquecidas e ela começa a se pelar, jogando as roupas longe com um "Olé" e balançando a cabeça e mostrando os dentes, todo mundo come aqueles ombros de creme e aquelas pernas de creme e ela gira a castanhola e desce os dedos devagar até o cinto e desabotoa a saia toda, por baixo ela tem um cinto de castidade todo decorado, cravejado de lantejoulas, ela balança de um lado para o outro e dança e bate os pés e baixa os cabelos até o chão e aí o organista (Slim) (que pula no fosso para buscar as dançarinas) está se lamentando com um tremendo jazz de Wild Bill – Estou batendo os pés e mãos, o jazz é demais! – A tal Lolita dá uma volta pelo palco e acaba junto da cortina lateral revelando o sutiã dos seios mas ela não tira, ela desaparece do palco à moda espanhola – Até agora ela é a minha garota preferida – Eu faço um brinde a ela no escuro.
 As luzes acendem outra vez e Abe e Slim retornam ao palco.
 "O que você estava fazendo no cemitério?", pergunta o Juiz, Slim, atrás da bancada, de malhete em punho, e Abe está sendo julgado –
 "Eu estava lá enterrando o meu peru."
 "O senhor sabe que isso é contra a lei."
 "Não aqui em Seattle", diz Abe, apontando para Lolita –
 E Lolita, com um adorável sotaque espanhol, diz "Não sei de nada, minha boca é um túmulo'" e o jeito que ela fala, requebrando o quadril, mata todo mundo e as luzes se apagam com todo mundo rindo, incluindo eu e um negro atrás de mim que berra entusiasmado e aplaude tudo, genial –
 Depois aparece um dançarino negro de meia-idade para dançar um sapateado do caramba, mas ele é tão velho e tão ofegante que não consegue acabar o número e a música tenta escondê-lo (Slim no órgão) mas o negão atrás de mim grita "Ah é, ah é" (como que dizendo "Beleza, vai pra casa") – Mas o dançarino faz um discurso dançante desesperado e eu rezo para que dê certo, me sinto solidário ele mal chegou de Frisco com um novo emprego

e precisa dar certo de um jeito ou de outro, eu aplaudo entusiasmado quando ele sai –

É um grande drama humano se desenrolando diante dos meus olhos oniscientes desolados – de ponta-cabeça –

Vamos ver as cortinas se abrirem outra vez –

"E agora", Slim anuncia no microfone, "apresentamos a ruiva de Seattle KITTY O'GRADY" e lá vem ela, Slim pula para o órgão, e ela é alta e tem olhos verdes e cabelo ruivo e desfila pelo palco –

(Ó Massacres de Everett, onde eu estava?)

67

A bela srta. O'Grady, eu estou vendo os carrinhos de bebê dela – Já vi eles e vou ver ela algum dia em Baltimore escorada numa janela de tijolo à vista, ao lado de um vaso de flores, usando rímel, e os cabelos mascarados em uma permanente de xampu – Vou ver ela, já vi ela, o sinalzinho na bochecha, o meu pai viu as Beldades de Ziegfeld no palco, "Você não é uma das antigas garotas do Follies?" pergunta W.C. Fields para a garçonete de 170 quilos na Lanchonete – e ela responde, olhando para o nariz dele, "Tem algo grande demais em você" e vira a cara, e ele olha para o traseiro dela e diz, "Em você também" – Eu vou ter visto ela, na janela, ao lado das rosas, com o sinalzinho e a poeira, os velhos diplomas de palco e as portas dos fundos, na cena que o mundo foi criado para apresentar – Antigos programas, ruelas, o Shubert está no pó, poemas sobre Corso no cemitério – Eu e um velho Filipino vamos fazer xixi no beco, e Porto Rico Nova York vai desabar, à noite – Jesus vai aparecer no dia 20 de julho de 1957 às 2h30 da manhã – Eu vou ter visto a bela sra. O'Grady toda durinha dando passos elegantes no palco, para divertir os pagantes, obediente como uma gatinha. Eu penso "Lá está ela, a gata do Slim – É a garota dele – ele leva flores para ela no camarim, ele serve ela" –

Não, ela tenta ser safada mas não consegue, mostra os seios (eles arrancam um assobio da plateia) e então Abe e Slim, com as luzes ligadas, interpretam uma pecinha de teatro com ela.

Abe é o juiz, bancada, malhete, bang! Slim é preso por comportamento indecente. Ele é levado ao tribunal com a srta. O'Grady.

"O que ele fez de indecente?"

"Não é o que ele fez, ele *é* indecente."

"Por quê?"

"Mostre para ele, Slim."

Slim, de roupão, vira de costa para a plateia e abre a roupa –

Abe fica pasmo e se inclina quase caindo da bancada do juiz – "Minha nossa, não pode ser! Onde já se viu uma coisa assim? O senhor tem certeza de que tudo isso é seu? Não é apenas indecente, é também *injusto!*" E assim por diante, risadas, música, escuridão, holofote, Slim fala triunfante:

"E *agora* – A Garota Safada – S A R I N A !"

E pula para o órgão, arrastando um jazz lento, e lá vem a safada da Sarina – Um furor de excitação toma conta do teatro – Ela tem olhos enviesados que nem os dos gatos e um rosto mau – graciosa como os bigodes de um gato – como uma bruxinha – sem vassoura – ela entra caminhando e batendo os pés no ritmo da música.

> Sarina a garota loira
> Linda
> Estonteante

68

Na mesma hora ela se deita no chão na posição do coito e começa a enlouquecer com a virilha erguida em direção ao céu – Ela se contorce de dor, o rosto está desfigurado, os dentes, os cabelos caem, os ombros dela se convulsionam e serpenteiam – Ela fica apoiada nas duas mãos mostrando todo o equipamento bem na cara da plateia de homens escuros, alguns deles universitários – Assobios! A música do órgão é um blues grave para baixo estilo vem cá o que você tá fazendo – Que safada ela é com aquele olhar, os olhos vazios enviesados, e o jeito que ela vai até o camarote direito e faz coisinhas safadas secretas para os dignitários e produtores lá dentro, mostrando um pouquinho do corpo e dizendo "Sim? Não?" – e saindo e voltando mais uma vez e agora as pontas dos dedos deslizam até o cinto e devagar ela abre a saia com dedos tentadores que serpenteiam e hesitam, então ela mostra uma coxa, um pouco mais para cima da coxa, um canto pélvico, um canto da barriga, ela se vira e revela um canto da bunda, mostra a língua – ela está suando molhada em cada poro – De repente me pego imaginando o que Slim faz com ela no camarim –

A essa altura eu estou bêbado, bebi vinho demais, estou tonto e todo o teatro escuro dos mundos rodopia, tudo é insano e eu lembro vagamente das montanhas e tudo está de ponta-cabeça e uau, serpente, sem nexo, sede de sexo, o que as pessoas estão fazendo nos assentos desse vazio mágico retumbante batendo palmas e uivando para a música e para uma garota? – Para que servem todas aquelas cortinas e drapeados, e as máscaras? E as luzes de intensidade diferente por todo lado, rosa-rosado, coração-triste, azul-anil, verde-veneno, preto-capa espanhola e preto-preto? Ugh, ah, eu não sei o que fazer, Sarina a Safada agora está de volta ao palco movendo a doce virilha devagar em direção a um Deus-homem imaginário no céu oferecendo a ele o equipamento eterno – e logo vamos ter balões grávidos e camisinhas descartadas na rua e esperma nas estrelas e garrafas quebradas nas estrelas, e logo paredes vão ser construídas para manter ela *protegida* dentro do castelo espanhol de algum Rei Louco e as muralhas vão ser cimentadas com garrafas de cerveja quebradas e ninguém vai conseguir escalar para raptar ela a não ser o órgão do Sultão que vai testemunhar os fluidos dela e depois ir para o túmulo seco dele e o túmulo dela também vai estar seco no devido tempo, depois dos primeiros fluidos pretos que os vermes tanto adoram, depois pó, átomos de poeira, seja como átomos de poeira ou como enormes universos de coxas e vaginas e pênis o que importa, tudo é um Navio Celestial – O mundo inteiro está rugindo aqui mesmo nesse teatro e logo além eu vejo filas de humanidade entristecente ululando à luz de velas e Jesus na Cruz e Buda sentado perto da Árvore de Bo e Maomé numa caverna e a serpente e o sol erguidos alto e as antiguidades acádio-sumerianas e barcos marítimos primitivos levando Helenas cortesãs embora para a ruidosa guerra final e vidro quebrado da minúscula infinitude até que não sobre mais nada além de luz nevada permeando tudo através da escuridão e do sol – pling, e êxtase gravitacional eletromagnético passando sem dizer uma palavra nem dar um sinal e nem mesmo passando e nem mesmo sendo –

Mas Ah Sarina vem comigo para a minha cama de lamúrias, deixa eu te amar devagar à noite, sem pressa, temos a noite toda, até o amanhecer, até o sol nascente de Julieta e o frasco de Romeu, até que eu tenha saciado a minha sede de Samsara nos teus lábios de pétalas róseos portais e deixado o suco redentor no teu jardim de carne rósea derreter e secar e ulular mais um bebê no vazio, vem minha doce Sarina para esse abraço sacana, eu quero ver a tua sujeira no meu leite claro, e aí eu vou detestar o excremento que eu deixo na poderosa câmara leitosa do teu cisto e da tua vulva, no furo da tua clara cloaca de onde aos poucos a porra escorre até os castelos da tua pele morena e eu vou proteger as tuas coxas trêmulas contra o meu coração e beijar a tua boca e o teu rosto e Covil e te amar em toda parte e isso é tudo –

Ao lado da cortina ela abre o sutiã e mostra os peitos safados e some lá dentro e acabou o espetáculo – as luzes se acendem – todo mundo vai embora – eu fico lá sentado bebericando o último trago possível, zonzo e louco.

Não faz sentido nenhum, o mundo é mágico demais, o melhor é voltar para as minhas rochas.

No banheiro eu grito para um cozinheiro filipino, "Aquelas garotas são muito gatas, hein? Não são?" e ele muito a contragosto admite aos berros para o vagabundo no mictório – Eu volto, ao andar de cima, para assistir o filme do próximo espetáculo, quem sabe na próxima vez Sarina vá arrancar toda a roupa e logo a gente vai ver e sentir o amor infinito – Mas meu Deus os filmes que nos mostram! Serrarias, pó, fumaça, cenários cinzentos com troncos chapinhando na água, homens com chapéus de lata zanzando por um vazio chuvoso cinzento e o locutor: "A tradição do Noroeste" – seguido por cenas coloridas de pessoas esquiando na água, eu não vou conseguir, eu saio de lá pela porta esquerda, bêbado –

Assim que eu dou as caras no ar noturno de Seattle, na encosta de um morro, ao lado dos neons no muro de tijolos da entrada do palco, lá vêm Abe e Slim e o sapateador preto apressados e suando pelas ruas para começar o próximo espetáculo, mesmo numa rua normal o sapateador não consegue caminhar sem ofegar – Eu percebo que ele tem asma ou algum problema sério no coração, não devia estar dançando ou correndo – Slim parece estranho e vulgar na rua e eu percebo que não é ele que está faturando Sarina, é algum produtor nos camarotes, algum docinho – Pobre Slim – E Abe o Palhaço dos Eternos Drapejados, lá está ele falando como sempre e tagarelando com um enorme rosto interessado na ruas reais da vida, e eu vejo eles três como *troupers*, vaudevilistas, que tristeza, que tristeza – Dobro a esquina para beber algo depressa ou engolir uma refeição e voltar depressa para o espetáculo seguinte – Ganhando a vida – Que nem o meu pai, o seu pai, todos os pais, trabalhando e ganhando a vida na triste e escura terra –

Eu olho para cima, tem estrelas, é a mesma coisa, desolação, e os anjos lá embaixo que não sabem que são anjos –

E Sarina vai morrer –

E eu vou morrer, e você vai morrer, e todos nós vamos morrer, e até as estrelas vão se apagar uma depois da outra no tempo.

69

Na mesa de um restaurante chinês eu peço *chow mein* frito na panela e fico curtindo a garçonete chinesa e a garçonete filipina mais jovem mais bonita e elas me olham e eu olho elas mas eu me perco no meu *chow mein* e pago a conta e saio, tonto – Não existe maneira no mundo de eu descolar uma garota hoje à noite, o hotel não ia deixar ela subir e para começar ela nem viria, eu percebo que sou apenas um merda de 34 anos e ninguém quer ir para a cama comigo mesmo, um vagabundo do Skid Row com os dentes sujos de vinho e jeans e roupas velhas e sujas, quem se importa? Por toda a rua de cima a baixo as outras figuras gostam de mim – Mas quando eu entro no hotel lá vem um aleijado todo elegante com uma mulher, eles entram no elevador, e uma hora mais tarde depois de ter tomado um banho quente e descansado e me preparado para dormir eu escuto a cama deles rangendo no quarto ao lado num verdadeiro êxtase sexual – "Tudo depende do caminho", penso eu, e vou dormir sem garota com garotas dançando nos meus sonhos – Ah Paraíso! Me dê uma esposa!

E na minha vida eu já tive duas esposas e mandei uma embora e fugi da outra, e centenas de namoradas todas elas traídas ou fodidas de um jeito ou de outro por mim, quando eu era jovem e cara de pau e não tinha vergonha de pedir – no espelho eu vejo a careta no meu rosto e é nojento – Nós temos sexo na virilha e vagamos sob as estrelas por calçadas duras, calçadas e vidro quebrado não podem receber nossa suave metida, suave e temida – Por toda parte rostos desolados, sem casa, sem amor, jogados pelo mundo, sórdido, ruelas noturnas, masturbação (o velho de 60 anos que uma vez eu vi se masturbar por duas horas sem parar na cela dele no Mills Hotel em Nova York) – (Lá não havia nada além de papel – e dor –)

Ah, eu penso, mas em algum lugar além da noite me espera uma doce beldade, que vai vir e pegar a minha mão, talvez na quinta – e eu vou cantar para ela e ser puro outra vez e ser que nem o jovem arqueiro Gotama disputando ela como prêmio – Tarde demais! Todos os meus amigos ficando velhos e feios e gordos, e eu também, e mais nada além de expectativas que não se concretizam – e o Vazio Vai Conseguir O Que Quiser.

Louvado seja o Senhor, se você não consegue se divertir procure a religião.

Até que se restabeleça o paraíso na terra, os Dias da Natureza Perfeita e nós vamos andar pelados por aí trocando beijos nos jardins, e frequentar cerimônias dedicadas ao Deus do Amor no Grande Parque do Amor, no Templo Mundial do Amor – Até lá, vagabundos –

Vagabundos –

Nada além de vagabundos –

Eu caio no sono, e não é o sono na cabana montanhesa, é num quarto, o tráfego está lá fora, a cidade louca idiota, o amanhecer, a manhã de sábado surge cinza e desolada – Eu acordo e me lavo e saio para comer.

As ruas estão vazias, eu pego o caminho errado, entre os depósitos, ninguém trabalha aos sábados, uns poucos filipinos desconsolados passam por mim na rua – Cadê o meu café da manhã?

E eu percebo também que as minhas bolhas (da montanha) agora estão tão horríveis que eu não posso pegar carona, eu não posso pôr a mochila nas costas e caminhar três quilômetros – para o Sul – Eu decido pegar um ônibus para São Francisco e resolver o assunto.

Talvez lá tenha uma amante para mim.

Eu tenho bastante grana e grana é só grana.

E o que *Cody* vai estar fazendo quando eu chegar a Frisco? E Irwin e Simon e Lazarus e Kevin? E as garotas? Chega de sonhar acordado no verão, eu vou ver o que a "realidade" realmente tem a oferecer para "mim" –

"Foda-se o Skid Row." Eu subo o morro e saio e na mesma hora descubro um restaurante bufê onde você serve o seu próprio café quantas vezes você quiser e paga no sistema da confiança e pega bacon e ovos no balcão e come nas mesas, onde jornais espalhados me alimentam com as notícias –

O balconista é tão gentil! "Como deseja os ovos, senhor?"

"Fritos."

"Já vou preparar para o *senhor*", e todas essas paradas e chapas e espátulas que são um brinco de tão limpas, aqui está um homem crente de verdade que não se intimida com a noite – a terrível noite com garrafas quebradas sem sexo – mas eu vou acordar pela manhã e cantar e ir até o lugar onde ele trabalha e preparar comida para as pessoas e honrá-las com o título de "senhor" para fechar todas – E os ovos vêm deliciosos e delicados e as batatinhas cortadas em fio, e a torrada crocante e bem amanteigada com manteiga derretida e um pincel, Ah, eu me sento e como e bebo café ao lado da grande janela de vidro, olhando para a rua vazia inóspita – Vazia a não ser por um homem com um casaco de tweed e sapatos bacanas indo para algum lugar, ele se veste bem, anda confiante pela rua matinal –

Eu pego o meu copinho de papel com geleia de uva e espalho na minha torrada, espremendo, e tomo mais uma xícara de café quente – Tudo vai ficar bem, desolação é desolação em toda parte e desolação é só o que nos resta e desolação nem é tão ruim assim –

Nos jornais eu vejo que Mickey Mantle não vai bater o recorde de homeruns de Babe Ruth, tudo bem, ano que vem Willie Mays vai –

E eu leio sobre Eisenhower abanando dos trens nos discursos da campanha, e Adlai Stevenson tão elegante tão debochado tão orgulhoso – Eu leio sobre protestos no Egito, protestos no Norte da África, protestos em Hong Kong, protestos nas prisões, protestos no inferno, em toda a parte, protestos na desolação – Anjos protestando contra o nada.

Coma os ovos
e
Cale a boca

70

Tudo é tão intenso quando você sai da solidão, eu percebo toda Seattle a cada passo que eu dou – Estou descendo a rua principal ensolarada agora com a mochila nas costas e o aluguel do quarto pago e um monte de garotas bonitas comendo casquinhas de sorvete e comprando nas lojas de quinquilharias – Numa esquina eu vejo um jornaleiro excêntrico com uma bicicleta cheia de edições antigas de revistas e pedaços de linha e pano, uma figura carimbada de Seattle – "O *Reader's Digest* devia fazer uma matéria sobre ele", eu penso, e vou para a rodoviária e compro a minha passagem para Frisco.

A rodoviária está apinhada de gente, eu deixo a minha mochila no guarda-volumes e ando para lá e para cá desimpedido olhando para tudo quanto é lado, sento na rodoviária e enrolo um palheiro e fumo, desço até a rua atrás de chocolate quente e de uma sorveteria.

Uma loira bonita está atendendo na sorveteria, eu entro e peço um milkshake para começar, vou até o fim do balcão e bebo lá – Logo o balcão começa a encher e eu vejo que ela não está dando conta – Ela não consegue atender a todos os clientes – Eu mesmo peço um chocolate quente no fim e ela diz "Hmf ah meu Deus" – Dois adolescentes descolados entram e pedem hambúrgueres com ketchup, ela não encontra o ketchup, precisa ir até o depósito e olhar enquanto mais pessoas ainda sentam famintas junto ao balcão, eu olho ao redor para ver se alguém vai ajudar ela, o balconista da farmácia é uma figura completamente despreocupada com óculos que na verdade entra e senta e pede alguma coisa, livre, um *bauru* –

"Eu não estou encontrando o ketchup!" ela quase chora –

Ele folheia uma página do jornal, "É mesmo" –

Eu examino ele – o balconista niilista de colarinho branco que não se importa com nada mas acha que as mulheres têm a obrigação de pegar os pedidos dele! – Ela eu também examino, uma figura típica da Costa Oeste, provavelmente ex-dançarina, talvez até (soluços) ex-dançarina fracassada do burlesco que não deu certo porque ela não era safada o suficiente, que nem a srta. O'Grady na noite passada – Mas ela também mora em Frisco, ela sempre mora no Tenderloin, sempre é completamente respeitável, muito atraente, trabalha duro, tem um coração muito bom, mas por algum motivo alguma coisa não dá certo e a vida dá para ela as cartas de um mártir não sei por quê – o mesmo lance da minha mãe – Por que nenhum homem chega e toma conta dela eu não sei – A loira tem 38 anos, educada, um corpo lindo de Vênus, um rosto lindo e perfeito de baixo-relevo, com grandes pálpebras italianas tristes, e maçãs do rosto altas macias cor de creme e redondas, mas ninguém dá bola para ela, ninguém quer ela, o homem dela ainda não apareceu, o homem dela nunca vai aparecer e ela vai envelhecer com toda aquela beleza na mesma cadeira de balanço ao lado da janela com o vaso de flores (ó Costa Oeste!) – e ela vai reclamar, e vai contar a história dela: "A vida inteira eu tentei fazer o melhor que eu podia" – Mas os dois adolescentes insistem no ketchup e finalmente, quando ela admite que acabou eles fecham a cara e começam a comer – Um deles, um garoto feio, pega o canudinho e para abrir a embalagem de papel bate ele com força no balcão, como se estivesse apunhalando alguém até a morte, um apunhalamento real implacável para uma morte rápida que me assusta – O amigo dele é muito bonito mas por algum motivo ele gosta desse assassino feio e os dois andam juntos e provavelmente apunhalam velhos à noite – Enquanto isso ela está confusa em meio a uma dúzia de pedidos, cachorros-quentes, hambúrgueres (até eu quero um hambúrguer agora), café, leite, refrigerante para as crianças e o balconista frio fica sentado lendo o jornal e mastigando o bauru – Ele não percebe nada – O cabelo dela está caindo por cima de um olho, ela está quase *chorando* – Ninguém se importa porque ninguém vê – E à noite ela vai ir até o quartinho limpo dela com a kitchenette e dar comida para o gato e se deitar com um suspiro, você nunca vai ver uma mulher mais linda do que ela – Nenhum Lochinvar na porta – Um anjo de mulher – E mesmo assim um vagabundo como eu, sem ninguém para amar ela à noite – É assim que funciona, esse é o mundo em que você vive – Apunhale! Mate! – Não se importe! – Esse é o seu Verdadeiro Rosto Vazio – exatamente o que esse universo vazio tem a nos oferecer, o Nada – Nada Nada Nada!

Quando saio eu fico surpreso ao ver que, em vez de me tratar com desprezo por ficar olhando ela suar durante uma hora inteira, ela na verdade conta educadamente o meu troco com uma expressão um pouco irritada naqueles suaves olhos azuis – Eu me imagino no quarto dela à noite escutando uma lista de reclamações justificadas.

Mas está na hora do meu ônibus –

71

O ônibus sai de Seattle e acelera rumo ao Sul em direção a Portland pela 99 – Eu estou aconchegado no meu assento traseiro com cigarros e papel e perto de mim tem um jovem estudante com cara de indonésio bem inteligente que diz que é filipino e finalmente (ao descobrir que eu falo espanhol) confessa que as mulheres brancas são uma merda –

"*Las mujeres blancas son la mierda*"

Eu estremeço ao ouvir, hordas inteiras de mongóis vão invadir o mundo ocidental repetindo a frase e eles na verdade estão falando sobre a pobre loirinha na *drugstore* que está fazendo o melhor que pode – Meu Deus, se eu fosse sultão! Eu não permitiria uma coisa dessas! Eu arranjaria algo melhor! Mas só que tudo é um sonho! Para que se lamentar?

O mundo não existiria se não tivesse o poder de se libertar.

Chupa! Chupa! Chupa naquele lugar do Céu!

"É cu" se escreve com as mesmas letras de "Céu".

72

E eu me enfureci com pureza entre as rochas e a neve, rochas para sentar e neve para beber, rochas para começar avalanches com a neve para jogar bolas de neve na minha casa – me enfureci entre mosquinhas e formigos moribundos, me enfureci com um rato e o matei, me enfureci com o panorama de 170 quilômetros de montanhas nevadas sob o céu azul do dia e o esplendor estrelado da noite – Me enfureci e fui um tolo, quando eu deveria ter amado e me arrependido –

Agora estou *de volta* àquela porra de filme do mundo e *agora* o que que eu faço com ele?

Parecer tolo ser tolo,
isso é tudo –

As sombras vêm, a noite cai, o ônibus ruge estrada abaixo – As pessoas dormem, as pessoas leem, as pessoas fumam – O pescoço do motorista é duro e alerta – Logo vemos as luzes e águas inóspitas de Portland e logo os vales da cidade e os motoristas passeadores surgem no outro lado da vidraça – E depois disso o corpo de Oregon, o Vale de Willamette –

No amanhecer eu me acordo irrequieto para ver o Mount Shasta e a velha Black Butte, montanhas não me impressionam mais – Eu nem mesmo olho pela janela – É tarde demais, quem se importa?

Depois o duradouro sol quente do Sacramento Valley na tarde de domingo, e as cidadezinhas inóspitas das paradas onde eu como pipoca e me agacho e espero – Pfui! – Logo Vallejo, visões da baía, o começo de algo novo no horizonte resplendente de nuvens – São Francisco na Baía!

Mais Desolação –

73

É a ponte que conta, a entrada em São Francisco na ponte de Oakland, por cima águas agitadas de leve pelos navios e ferries oceânicos com destino ao Oriente, por cima das águas que estão tipo levando você para uma outra margem, sempre foi assim quando eu morava em Berkeley – depois de uma noite de bebedeira, ou duas, na cidade, bing, o velho trem me levava disparando por cima das águas de volta para a outra margem de paz e satisfação – Nós (eu e Irwin) discutíamos a Vazio durante a travessia – são os telhados dos prédios de Frisco que fazem você ficar empolgado e acreditar, o volume dos prédios do centro. O cavalo vermelho voador da Standard Oil, prédios altos na Montgomery Street, Hotel St. Francis, as montanhas, a magia da Telegraph Hill com a Coit Tower no topo, a magia da Russian Hill, a magia da Nob Hill e a magia da Mission Hill além da cruz com todas as tristezas que eu tinha visto tanto tempo atrás num pôr do sol arroxeado com Cody numa pontezinha férrea – São Francisco, North Beach, Chinatown, a Market Street, os bares, o Bay-Oom, o Bell Hotel, o vinho, os becos, as biritas, a Third Street, os poetas, os pintores, os budistas, os vagabundos, os junkies, as garotas, os milionários, os MGs, todo o filme fabuloso de São Francisco visto do ônibus ou do trem que entra na ponte, a fisgada no coração que nem Nova York –

E eles estão todos aqui, os meus amigos, em algum lugar naquelas ruazinhas de brinquedo, e quando me virem como um anjo eles vão sorrir – Nada mau até – A Desolação não é tão ruim –

74

Uau, uma cena completamente diferente, São Francisco é sempre assim, a cidade sempre dá a você a coragem das suas convicções – "Essa cidade leva você a fazer o que dá na telha, com limitações óbvias, na pedra e na memória" – Ou algo assim – portanto – aquela sensação de "Uau, ó Beco, vou pegar uma garrafinha de tokay e beber pelo caminho" – A única cidade que eu conheço onde você pode beber na rua enquanto caminha e ninguém dá a mínima – todo mundo evita você que nem o marinheiro venenoso ó Joe McCoy perto do Lurline – "Um dos quebra-galhos tá aí?" – "Não, é só um velho e sórdido marinheiro de convés da SIU, já esteve em Hong Kong e Cingapura e de volta mais vezes quase do que tomou vinho nos becos da Harrison" –

Harrison é a rua onde o ônibus chega, mandando ver, e por sete quadras nós tagarelamos até a Seventh Street, quando ele dobra no tráfego dominical da cidade – e lá estão todos os seus Joes na rua.

Coisas acontecendo por toda parte. Lá vem Longtail Charley Joe de Los Angeles; valise, cabelos loiros, camisa polo, relógio cebolão, com ele está Minnie O'Pearl a garota alegre que canta numa banda no Rooey's – "Aêêê?"

Lá estão os carregadores negros da Greyhound, descritos por Irwin como Anjos Maometanos eu acho – enviando cargas preciosas para Loontown e Moontown e Moonlight no Colorado o bar onde eles vão estar hoje à noite dando em cima das garotas no meio dos carros fazendo voltar e Otay Spence – no meio dos projetos residenciais dos negros, onde a gente foi pela manhã, com uísque e vinho e uliacudou com as irmãs do Arkansas que viram o pai enforcado – Que ideia elas podem ter tido desse país, desse Mississippi... Lá estão eles, elegantes e bem-arrumados, gravatas e colarinhos, os caras com roupas mais limpas de toda a América, apresentando os rostos negros ao empregador-juiz, que faz julgamentos duros à base das perfeitas gravatas otay – uns com óculos, anéis, cachimbeiros educados, universitários, sociólogos, toda a cena "conhecemos tudo que há de bom em otay" que eu conheço tão bem em São Francisco – som – eu chego dançando pela cidade com uma mochilona nas costas e então eu tenho que me mexer depressa para não bater em ninguém só que mesmo assim eu dou um tempo no desfile da Market Street – Um pouco deserto e desolado, o domingo – Ainda que a Third Street esteja cheia, e grandes Párias enormes soltem latidos nas portas e discutam os Ventres da Divindade, são todos cães da mesma matilha – Vou cagando e andando pela Kearney, em direção a Chinatown, olhando todas as lojas e todos os rostos para ver como o Anjo aponta para esse dia agradável e perfeito –

"Por Deus eu vou cortar o meu cabelo no quarto", eu digo, "e dar a ele algum tipo de visual" – "Porque a primeira coisa que eu vou fazer é pintar naquele doce porão otay de saxofones." Para onde eu vou imediatamente ver a jam session de domingo à tarde. A todo mundo vai estar lá, as garotas de óculos escuros e cabelos loiros, as morenas de casaquinhos bonitos ao lado do garotinho delas (O Cara) – levando cerveja aos lábios, tragando fumaça de cigarro, batendo no ritmo da batida beat de Brue Moore o sax tenor perfeito – O Velho Brue vai estar alto de cerveja, e eu também – "Vou cutucar ele no dedão do pé", eu penso – "Vamos ver o que os cantores têm a dizer hoje" – Porque o verão inteiro eu arranjei o meu próprio jazz, cantando no pátio ou na casa à noite, sempre que eu tinha que ouvir música, ver de que lado a Anja vira o balde, que escada ela desce, e as tardes bacanas de jazz otay no clube noturno Maurie O'Tay – música – Porque todos esses rostos sérios só vão enlouquecer você, a única verdade é a música – o único significado não tem significado – A música se mistura ao universo das batidas do coração e a gente esquece o ritmo do cérebro.

75

Estou em São Francisco e quero aproveitar ao máximo! Incríveis as coisas que eu vi.

Eu saio do caminho para dar passagem a dois cavalheiros filipinos que estão atravessando a Califórnia. Passo pelo Bell Hote, pelo parquinho chinês e entro para pegar o meu quarto.

Na mesma hora o recepcionista fica ansioso para me agradar, e tem mulheres no corredor fofocando em malaio, e tremo só de pensar que os sons vão entrar pela janela do pátio, chineses e melodiosos, eu ouço até os coros de conversas em francês, dos proprietários. Um pot-pourri de quartos em corredores escuros atapetados, e velhos degraus noturnos rangentes e um relógio de parede piscante e o sábio recurvado de 80 anos atrás do guichê, com as portas abertas, e gatos – o recepcionista traz o meu troco enquanto eu espero com a porta esperada. Pego a minha minúscula tesourinha de alumínio que não consegue cortar os botões de uma blusa, mas apesar de tudo corta o meu cabelo – Depois eu examino o efeito com espelhos – Beleza, aí eu pego e raspo tudo no fim. Pego água quente e raspo e ajeito e na parede tem um calendário com uma garota chinesa nua. Muita coisa que eu posso fazer com um calendário. ("Ah", disse o vagabundo no burlesco para o outro vagabundo, dois ingleses, "Eu vou comer ela agora".) Com pequenas chamas.

76

Eu saio e vou parar no cruzamento da Columbus com a Kearney, ao largo da Costa Berberisca, e um vagabundo com um longo sobretudo de mendigo canta para mim "Quando a gente atravessa as ruas em Nova York a gente atravessa mesmo! – Comigo não tem essa porra toda de esperar!" e nós dois disparamos pela rua e passamos no meio dos carros e andamos de um lado para o outro por Nova York – Aí eu chego ao Cellar e pulo lá para baixo, degraus íngremes de madeira, num grande porão, direto à direita ficam o bar e o palco otay onde agora enquanto eu volto Jack Minger está mandando ver no trompete e atrás dele Bill o pianista loiro louco erudito da música, na bateria aquele garoto triste com o belo rosto suado que tem uma batida tão desesperada e pulso firme, e no baixo eu não consigo ver ele no escuro com barba – Um Wigmo ou algo assim – mas ainda não é a jam, é o grupo de sempre, cedo demais, vou voltar mais tarde, já ouvi cada uma das ideias de Jack Minger sozinho com o grupo, mas primeiro (assim que eu entrei na livraria para dar uma olhada) (e uma garota chamada Sonya veio toda bonitinha para o meu lado, 17 anos, e disse, "Ah, você conhece o Raphael? Ele tá precisando de uma grana, esperando lá em casa") (Raphael é o meu velho parceiro nova-iorquino) (e mais sobre Sonya mais tarde), eu entro correndo lá dentro e estou prestes a me virar e dar o fora, quando vejo uma pinta que parece Raphael, usando óculos escuros, ao lado do palco falando com uma gata, então eu corro até lá (andando depressa) (para não esculhambar o ritmo enquanto os músicos seguem tocando) (uma musiquinha tipo "All Too Soon") eu olho direto para ver se é Raphael, quase me viro, olho para ele de ponta-cabeça, enquanto ele nem se dá conta de nada falando com a garota, e eu vejo que não é Raphael e me arranco – Então o trompetista que está tocando o solo fica curioso com aquela cena, já me conhecendo de antes como eterno louco, correndo agora para olhar de ponta-cabeça para alguém que está saindo na corrida – Eu vou correndo até Chinatown para comer e voltar para a jam.

Camarão! Frango! Costeletas! Eu vou até o Sun Heung Hung's e me sento lá no bar novinho tomando cerveja gelada de um bartender incrivelmente caprichoso que fica passando um esfregão no bar e polindo os copos e passa o esfregão até debaixo da minha cerveja várias vezes e eu digo para ele "Bacana aqui, o bar é bem limpo", e ele diz "Novinho em folha" –

Enquanto isso eu fico cuidando uma mesa para sentar – não tem nenhuma – então eu subo as escadas e me sento numa mesa acortinada para famílias mas eles me arrancam de lá ("Você não pode sentar aí, é para famílias, para festas grandes") (e aí eles não vêm me servir enquanto eu espero) então eu ponho a minha cadeira de volta no lugar e desço as escadas batendo os pés e digo para o garçom "Não põe ninguém sentado comigo, eu gosto de comer sozinho" (nos restaurantes, claro) – Camarão com um molho marrom, curry de frango e costelinhas agridoces num restaurante chinês à la carte, eu como tudo com mais uma cerveja, é uma refeição incrível que eu mal consigo terminar – mas eu limpo o prato, pago e dou o fora – Agora em direção ao parque do fim de tarde onde as crianças estão brincando nas caixas de areia e nos balanços, e os velhos ficam olhando nos bancos – Eu vou até lá e me sento.

As criancinhas chinesas estão encenando grandes dramas na areia – Ao mesmo tempo um pai reúne os três filhos diferentes e leva eles para casa – Policiais estão entrando no presídio do outro lado da rua. Domingo em São Francisco.

Um patriarca de barba pontuda me acena com a cabeça e depois senta ao lado de um velho amigo e eles começam a falar alto em russo. Eu reconheço olski-dolski quando escuto, niet?

Depois eu caminho no frio que começa a fazer e ando pelas ruas crepusculares de Chinatown que nem eu disse que eu ia fazer no Desolation, as piscadelas dos neons bonitos, os rostos nas lojas, as lâmpadas afestoadas do outro lado da Grant Street, os Pagodes.

Eu vou até o meu quarto no hotel e descanso um pouco na cama, fumando, escutando os sons que chegam pela janela do pátio do Bell Hotel, os barulhos de pratos e tráfego e chineses – Tudo é um grande mundo lamuriante, por toda parte, até o meu próprio quarto tem som, o intenso silêncio rugiente que chispa na minha orelha e chapinha no diamante persepino – Eu me deixo levar e sinto o meu corpo astral partir, e fico lá em um transe total, vendo através de tudo. Tudo é branco.

77

É uma tradição de North Beach, Rob Donnelly já tinha feito a mesma coisa no hotel da Broadway e flutuado para longe e visto mundos inteiros e voltado e acordado no quarto do hotel, todo vestido para sair –

Talvez o Velho Rob, também, com o boné de Mai Damlette no lado da cabeça, estivesse no Cellar nesse exato instante –

A essa altura o Cellar está esperando pelos músicos, silêncio, ninguém que eu conheço por lá, eu fico na calçada e lá vem Chuck Berman por um lado, e Bill Slivovitz pelo outro, um poeta, e nós conversamos escorados no para-lama de um carro – Chuck Berman parece cansado, ele está com olheiras, mas usando sapatos macios elegantes e parecendo descolado no entardecer – Bill Slivovitz não está nem aí, ele está usando um casaco esportivo desleixado e sapatos que pedem uma graxa e carregando poemas no bolso – Chuck Berman está chapado, diz que está chapado, se demora um instante olhando ao redor e dá o fora – Ele vai voltar – Bill Slivovitz a última vez que eu vi ele disse "Onde você tá indo?" e eu gritei "Ah o que importa?" então agora eu peço desculpas e explico que eu estava de ressaca – Nós vamos até o The Place tomar uma cerveja.

O The Place é um incrível bar marrom de madeira, com serragem, cerveja de barril em canecos de vidro, um velho piano que qualquer um pode martelar e uma sacada no andar de cima com mesinhas de madeira – quem se importa? O gato está dormindo no banco. Os bartenders em geral são meus amigos menos hoje, agora – Eu deixo Bill pegar as cervejas e nós conversamos numa mesinha redonda sobre Samuel Beckett e prosa e poesia. Bill acha que Beckett é o fim, ele fala sobre o assunto sem parar, os óculos dele brilham nos meus olhos, ele tem um rosto longo comprido, eu não acredito que ele esteja falando a sério sobre a morte mas ele deve estar – "Eu tô morto", diz ele, "escrevi uns poemas sobre a morte" –

"Bom e cadê eles?"

"Ainda não tão prontos, cara."

"Vamos pro Cellar curtir um jazz", então nós dobramos a esquina e bem quando a gente cruza a porta eu escuto eles vibrando lá embaixo, um grupo completo de tenores e altos e trompetes chegando juntos no primeiro refrão – Bum, a gente entra bem a tempo de curtir a pausa, bang, um tenor assume o solo, a canção é apenas "Georgia Brown" – o tenor segue em grandes movimentos pesados com um timbre incrível – Eles vieram de Fillmore em carros, com as garotas deles ou sem, os pretos dominicais transados de São Francisco usando roupas esportivas muito bonitas, é de regalar os olhos, sapatos, lapelas, gravatas, sem gravata, tachas – Eles trouxeram os saxes em táxis e nos carros deles mesmos, descendo até o Cellar para mostrar um pouco de classe e jazz agora, os negros que vão ser a salvação da América – Eu sei porque a última vez que eu estive lá o Cellar estava cheio de brancos azedos esperando uma jam session qualquer para puxar uma briga e no fim foi o que eles fizeram mesmo, com o meu amigo Rainey que foi nocauteado quando não estava olhando por um marinheiro enorme brutal de 115 quilos que era famoso por ter ficado bêbado com Dylan Thomas e Jimmy o Grego em Nova York – Agora tudo está tranquilo demais para um briga, agora é jazz, o lugar está fervendo, todas as garotas bonitas lá dentro, uma morena doida no bar bêbada com os garotos dela – Uma garota estranha eu lembro dela de algum lugar, usando uma saia simples com bolsos, as mãos lá dentro, cabelo curto, atirada, conversando com todo mundo – (Gente para cima e para baixo das escadas – Os bartenders são a banda fixa de Jack, e o baterista celestial que olha para o céu com olhos azuis, de barba, dispara tampinhas de cerveja e faz uma jam session no caixa e tudo está acontecendo no ritmo da batida – É a geração da batida, a geração *béat*, é a batida a manter, a batida do coração, é ser beat e estar no mundo à moda antiga com feeling que nem nas civilizações antigas os escravos nas galeras remando no ritmo da batida e os criados fazendo potes de cerâmica no ritmo da batida – Os rostos! Não existe um rosto comparável ao de Jack Minger que está no palco agora com um trompetista preto que manda ainda melhor do que ele e Dizzy, loucura, e o rosto de Jack olhando todas as cabeças e a fumaça – Ele tem um rosto que parece o de qualquer outra pessoa que você conhece e vê na rua na sua geração, um rosto doce – Difícil descrever – olhos tristes, lábios cruéis, brilho esperançoso, balançando no ritmo, alto, majestoso – esperando na frente da *drugstore* – Um rosto como o de Huck em Nova York (Huck que você vai ver no Times Square, sonolento e alerta, triste-doce, sombrio, sofrido, recém-saído da cadeia, martirizado, torturado pelas calçadas, faminto de sexo e de companhia, aberto a tudo, pronto para apresentar novos mundos com um dar de ombros) – O grande tenor preto com o timbre grandão bem que gostaria de soprar até tirar os Sonny Stitts dos clubes de beira de estrada em Kansas City, ideias claras, pesadas, um pouco monótonas e antimusicais que mesmo assim nunca abandonam a música, sempre lá, longe, a harmonia complicada demais para a mixórdia de vagabundos (da compreensão musical) lá dentro – mas os músicos escutam – O baterista é um negrinho sensacional de 12 anos que não pode beber mas pode tocar, é demais, um garotinho infantil flexível estilo Miles Davis, como os fãs precoces de Fats Navarro que você costumava ver no Espan Harlem, estiloso, pequeno – ele faz a bateria trovejar com uma batida que é descrita por um especialista negro usando boina do meu lado como uma "batida fantástica" – No piano está Blondey Bill, um sujeito bom o suficiente para coordenar qualquer grupo – Jack Minger sopra com toda a vontade em companhia dos anjos de Fillmore, eu curto – É demais –

Eu fico escorado na parede do lado de fora do corredor, sem cerveja, com vários espectadores que entram e saem, com Sliv, e agora vejo Chuck Berman (que é um garoto preto das Índias Ocidentais que entrou de penetra na minha festa seis meses atrás chapado com Cody e o pessoal e eu estava escutando um disco de Chet Baker e nós dançamos uns para os outros, foi demais, a graça perfeita dos movimentos dele, casuais, que nem Joe Louis fazendo uma dança casual) – Agora ele entra dançando daquele jeito, alegre – Todo mundo olha para todo lado, é um lance maluco da parada jazz e da geração beat, você vê alguém, "Oi", e aí olha para outro lado, em direção a outra coisa, tudo é louco, e aí você olha outra vez, você olha para longe, ao redor, tudo vem de todo lado ao som do jazz – "Oi" – "Olá" –

Bang, o pequeno baterista faz um solo, esticando as mãozinhas jovens por cima de peles e tímpanos e pratos pisando no pedal BUM num incrível estalo sonoro – 12 anos – o que vai acontecer?

Eu e Sliv ficamos nos chacoalhando no ritmo da batida e finalmente a garota de saia vem falar com a gente, é Gia Valencia, a filha do sábio antropólogo espanhol louco que viveu com os índios pomo e também os do Pit River na Califórnia, um velho famoso, que eu tinha lido e reverenciado apenas três anos atrás enquanto trabalhava na ferrovia nos arredores de San Luis Obispo – "Inseto, devolva a minha sombra!" ele gritou numa fita gravada antes de morrer, mostrando como os índios faziam nos córregos da antiga pré-história californiana antes de São Francisco e Clark Gable e Al Jolson e Rose Wise Lazuli e o jazz das gerações misturadas – Lá fora todo aquele sol e sombra iguais ao da velha época das larvas, mas os índios se foram, e o velho Valencia se foi, e tudo o que sobrou foi a encantadora filha erudita dele com as mãos no bolso curtindo jazz – Ela também está falando com os caras bonitos, pretos e brancos, ela gosta de todos – Eles chamam ela – Para mim de repente ela diz, "Você não vai chamar o Irwin Garden?"

"Claro é só que eu acabei de chegar na cidade!"

"Você é o Jack Duluoz né?"

"Só, e você –"

"Gia"

"Ah um nome latino"

"Ah você me assusta", ela diz com um jeito sério, falando de repente sobre o jeito impenetrável como eu falo com as mulheres, a minha expressão, as minhas sobrancelhas, o meu rosto ossudo mas com um brilho louco nos olhos – Ela não está brincando – Eu sei – Muitas vezes eu me assusto quando me vejo no espelho – Mas uma gata novinha olhar no meu espelho e ver todas as agruras que você conhece... é pior!

Ela fala com Sliv, ele não assusta ela, ele é todo simpático e triste e sério e ela fica lá parada e eu olhando, o corpinho magro apenas com um leve toque feminino e o tom grave da voz, o charme, o jeitão elegante do velho mundo que ela tem, totalmente deslocada no Cellar – Devia estar no coquetel de Katherine Porter – devia estar fazendo duetos de bate-papos sobre arte em Veneza e Florença com Truman Capote, Gore Vidal e Compton-Burnett – devia estar nos romances de Hawthorne – Eu curto ela de verdade, sinto o charme, eu chego perto e falo mais um pouco –

De tempo em tempo bang bang o jazz estoura na minha consciência e eu esqueço tudo e simplesmente fecho os olhos e escuto as ideias – Sinto vontade de gritar "Toquem A Fool Am I!" que seria uma música incrível – Mas agora eles estão numa outra jam – tocam o que dá na telha, o tempo forte, o acorde do piano, fora –

"Como eu posso chamar o Irwin?" eu pergunto para ela – Mas aí eu lembro que tenho o número do telefone de Raphael (peguei com a doce Sonya da livraria) e eu me enfio dentro da cabine com a ficha e o disco, o esquema típico de uma parada jazz, que nem a vez que eu me enfiei para dentro de uma cabine no Birdland em Nova York e na relativa tranquilidade lá dentro de repente ouvi Stan Getz, que estava no banheiro lá perto, soprando de leve no saxofone a música do grupo de Lennie Tristano lá na frente, e aí eu percebi que ele podia fazer qualquer coisa – ("Warne Marsh me no Warne Marsh!" a música dizia) – Eu ligo para Raphael e ele atende "Alô?"

"*Raphael*? Aqui é o Jack – Jack Duluoz!"

"Jack! Onde você tá?"

"No Cellar – aparece aí!"

"Não dá, eu tô sem grana!"

"Mas você consegue caminhar?"

"*Caminhar*?"

"Eu vou ligar pro Irwin e a gente vai passar aí pra te pegar de táxi – Eu te ligo de novo daqui a meia hora!"

Eu tento ligar para Irwin, não adianta, ele não está em lugar nenhum – Todo mundo no Cellar está indo à loucura, agora os bartenders estão começando a açoitar as cervejas eles mesmos e a ficar vermelhos e chapados e bêbados – A morena bêbada cai do banco, o namorado dela leva ela até o banheiro feminino – Novos grupos chegam – Piração – E finalmente para fechar todas (ó Eu Desolado Eu Silencioso) lá vem Richard de Chili o insano Richard de Chili que vagueia por Frisco à noite com passadas largas e ligeiras, sozinho, examinando exemplos de arquitetura, estranhas misturebas e bay windows e muros de jardins, sorrindo, sozinho à noite, ele não bebe, tem os bolsos entupidos de doces saponificados e pedaços de barbante e metade pentes e metade escovas de dente e quando ele dorme na casa de alguém ele ainda por cima queima as escovas de dente no fogão, ou fica no banheiro por horas a fio com a água correndo, e escova o cabelo com escovas as mais variadas, completamente sem casa, sempre dormindo no sofá dos outros mas ainda assim uma vez por mês ele vai no banco (o cofre noturno) e lá está a renda mensal dele (o banco diurno tem vergonha), apenas o suficiente para viver, enviado por alguma família elegante misteriosa desconhecida que ele nunca fala a respeito – Nem um único dente na frente da boca – Roupas piradas, tipo um cachecol em volta do pescoço e jeans e uma jaqueta estúpida que ele encontrou em algum lugar manchada de tinta, e ele oferece para você uma bala de hortelã e ela tem gosto de sabão – Richard de Chili, o Misterioso, que esteve tanto tempo sumido (seis meses atrás) e finalmente quando estamos descendo a rua de carro a gente avista ele entrando em um supermercado "Lá está o Richard!" e todo mundo pula do carro para ir atrás e lá está ele no mercado surrupiando doces e latas de amendoim disfarçando mas não é só isso o empregado *Okie* percebe e nós temos que pagar tudo e ele vem com a gente com uns comentários murmurantes incompreensíveis, tipo, "A lua é um punhado de chá", olhando para cima no assento da sogra – Que finalmente eu recebi ele na minha cabana de seis meses atrás no Mill Valley para passar uns dias e ele pega todos os sacos de dormir e atira eles (menos o meu, escondido na grama) pela janela, eles se rasgam, então a última vez que eu vejo a minha cabana no Mill Valley enquanto pego uma carona para o Desolation Peak, lá está Richard de Chili dormindo num quarto cheio de penas de pato, uma visão incrível – uma visão típica – com os sacos de papel que ele carrega debaixo do braço cheio de estranhos livros esotéricos (uma das pessoas mais inteligentes que eu conheço no mundo) e sabões e velas e moelas de tralha, minha nossa, o catálogo escapa à memória – Que finalmente me levou para dar uma longa caminhada por Frisco numa noite chuvisquenta para espiar pela janela de um apartamento onde moravam dois *anões* homossexuais (que não estavam lá) – Richard entra e para do meu lado e como sempre e no meio da balbúrdia eu não consigo ouvir o que ele está dizendo e igual pouco importa – Ele também nervoso, olhando para tudo quanto é lado, todo mundo esperando a próxima curtição mas não tem próxima curtição...

"O que a gente vai fazer?" eu digo –

Ninguém sabe – Sliv, Gia, Richard, os outros, eles só ficam lá zanzando no Porão do Tempo esperando, esperando, como tantos heróis de Samuel Beckett no Abismo – Mas eu, eu tenho que fazer alguma coisa, ir para algum lugar, estabelecer um relacionamento, curtir pouco de papo e um pouco de ação, eu fico me mexendo e zanzando com eles –

A morena bonita é pior ainda – Usando um vestido justo de seda preta bonito demais exibindo todos os charmes crepusculares ela sai do banheiro e cai outra vez – Figuras malucas estão zanzando por tudo ao redor – Conversas insanas que eu não consigo mais lembrar, é loucura demais!

"Eu desisto, vou pra cama, amanhã eu encontro o pessoal."

Um homem e uma mulher nos pedem licença para olhar o mapa de São Francisco na parede do corredor – "Turistas de Boston, hein?" diz Richard, com o sorriso idiota dele –

Eu vou até a cabine telefônica outra vez e não consigo falar com Irwin então eu vou para casa para o meu quarto no Bell Hotell e dormir – Que nem dormir na montanha, as gerações estão piradas demais –

Mas Sliv e Richard não querem que eu vá embora, cada vez que eu me afasto eles vão atrás de mim, arrastando os pés, todos nós estamos arrastando os pés e esperando por nada, começa a me dar nos nervos – Acaba com a minha força de vontade e que remorso triste dar tchau para eles e sair para a rua –

"O Cody vai estar lá em casa amanhã às onze", grita Chuck Berman então eu vou pintar por lá –

Na esquina da Broadway com a Columbus, na famosa lanchonete, eu ligo para Raphael e peço para ele me encontrar amanhã de manhã na casa de Chuck – "Tá legal – mas escuta só! Enquanto eu tava te esperando eu escrevi um poema! Um poema incrível! É sobre você! Dedicado a você! Posso ler pelo telefone?"

"Vai fundo"

"*Cospe* no Bosatsu!" ele grita. "*Cospe* no Bosatsu!"

"Ah", eu digo, "que bonito"

"O poema se chama 'Para Jack Duluoz, o Peixe-Buda' – E é assim –" E ele me lê esse longo poema insano pelo telefone enquanto eu fico lá escorado no balcão dos hambúrgueres, enquanto ele grita e lê (e eu absorvo cada palavra, cada significado desse gênio italiano do Lower East Side de Nova York renascido do Renascimento) Eu penso "Meu Deus, que triste! – Eu tenho amigos poetas que me gritam os poemas deles na cidade – é que nem eu tinha previsto na montanha, é a celebração nas cidades de ponta-cabeça –"

"Beleza, Raphael, demais, você tá um poeta melhor do que nunca – é por aí mesmo – demais – não para – lembra de escrever sem parar, sem pensar, simplesmente deixa rolar, eu quero ouvir o que tá no fundo dos teus pensamentos."

"É isso o que eu tô fazendo, viu só? – curtiu? entendeu?" O sotaque dele me faz pensar no Frank Sinatra, algo nova-iorquino, algo novo no mundo, enfim um poeta urbano que veio do fundo, como Christopher Smart e Blake, como Tom O' Bedlam, a música das ruas e dos gatos vadios, o grande grande Raphael Urso que me deixou muito puto em 1953 quando traçou a minha garota – mas de quem foi a culpa? Minha tanto quanto deles – está tudo registrado em *Os subterrâneos* –

"Demais Raphael a gente se vê amanhã – Vamos ficar quietos e dormir – Vamos curtir o silêncio, o silêncio é o fim, eu fiquei em silêncio o verão inteiro, eu vou te ensinar."

"Demais, demais, eu curto que você curte o silêncio", vem a voz triste entusiasmada dele pelo lamentável aparelho telefônico, "eu fico triste de pensar que você curte o silêncio, mas eu vou curtir o silêncio, eu *prometo* –"

Eu vou para o meu quarto dormir.

E veja só! Lá está o velho recepcionista noturno, um senhor francês, eu não sei o nome dele, quando o meu amigo Mai morava no Bell (e a gente fazia fartos brindes de vinho do porto a Omar Khayyam e às garotas bonitas com cabelo curto no quarto com lâmpadas penduradas) esse senhor costumava estar bravo o tempo inteiro e gritando coisas incoerentes para a gente, aborrecido – Agora, dois anos mais tarde, ele está completamente mudado e também as costas dele estão curvadas, ele tem 75 anos e caminha completamente curvado balbuciando pelo corredor para abrir o seu quarto temporário, ele está completamente suavizado, a morte está tranquilizando as pálpebras dele, ele viu a luz, ele não está mais furioso e aborrecido – Ele abre um sorriso doce até quando eu chego (à 1 da manhã) e ele está curvado numa cadeira tentando arrumar o relógio do guichê – Desce cheio de dor e me acompanha até o quarto –

"Vous êtes français, monsieur?" eu pergunto. *"Je suis français moi-même."*

Na doçura dele também tem uma nova indiferença à la Buda, ele nem ao menos responde, apenas destranca a porta do meu quarto e dá um sorriso triste, muito curvado, e diz "Boa noite, senhor – tudo certo, senhor" – Fico impressionado – Ranzinza por 73 anos e agora dentro de alguns anos ele vai deixar o tempo para trás e ser enterrado todo curvado no túmulo (não sei como) e eu traria flores para ele – *Vou* trazer flores para ele daqui a um milhão de anos –

No meu quarto flores douradas invisíveis eternas caem na minha cabeça enquanto eu durmo, elas caem por tudo, elas são as rosas de Santa Teresa caindo e se despejando por cima de tudo nas cabeças do mundo – Até dos arrastadores de pé e dos doidões, até dos bêbados que rosnam pelos becos, até dos ratos que ainda chiam no meu sótão mil e seiscentos quilômetros a cento e oitenta metros acima no Desolation, até nos mais insignificantes essas rosas caem, sempre – Todos nós sabemos quando dormimos.

78

Durmo dez horas direto e acordo fresco como as rosas pela manhã – Mas estou atrasado para o meu encontro com Cody e Raphael e Chuck Berman – Me ponho de pé num pulo e visto a minha camisa polo xadrez de algodão com mangas curtas, a minha jaqueta de lona por cima e as minhas calças de sarja e saio correndo no vento portuário da clara Manhã de Segunda – Que cidade de brancos e azuis! – Que ar! – Grandes sinos blenzando, os trinados de flautas nos mercados de Chinatown, a incrível cena da Antiga Itália na Broadway onde velhos carcamanos de roupas escuras se juntam com pequenas cigarrilhas pretas tortas e tomam café preto – São as sombras deles na calçada branca no ar claro com o timbre dos sinos, com navios brancos entrando no Golden Gate sob os telhados rimbaudianos leitosos gravados –

É o vento, a pureza, lojas incríveis como a Buon Gusto's com todos aqueles salames e provolones pendurados e uma seleção de vinhos, e cestos de verduras – e as maravilhosas padarias remanescentes do velho mundo – depois a visão da sonolenta Telegraph Hill com espeluncas de madeira retorcida cheias de crianças gritonas –

Eu sigo nadando com os meus sapatos azuis de lona com solas de maciez celestial ("Ugh, igual aos sapatos que os veados usam!" Raphael me diz no dia seguinte) e lá está Irwin Garden de barba vindo pelo outro lado da rua – Uau! – Eu grito e assobio e abano, ele me vê e abre os braços com os olhos esbugalhados e vem correndo pelo meio dos carros com aquela corrida kazátski dele, arrastando os pés – mas o rosto dele é imenso e sério e cercado por uma solene barba abraâmica enorme e os olhos dele estão fixos com um brilho como o de uma vela nas órbitas que parecem querer comer você, e a boca suave sensual vermelha aparece no meio da barba que nem os lábios insinuantes dos velhos profetas prestes a dizer alguma coisa – Muito tempo atrás eu tinha curtido ele como profeta judeu uivando diante do muro final, agora era oficial, tinham acabado de escrever um longo artigo sobre ele no *New York Times* dizendo isso mesmo – O autor de *Uivando*, um grande poema doido em versos livres sobre todos nós que começa assim: –

Eu vi os expoentes da minha geração destruídos pela loucura – etc.

Mas eu nunca sei o que ele quer dizer com essa loucura, tipo, uma vez ele teve uma visão à noite no Harlem em 1948 com uma "máquina gigante descendo do céu", uma grande pomba-arca da imaginação dele, e fica dizendo "Mas você percebe o estado em que tava a minha cabeça – você já teve uma visão real?"

"Como assim? Claro!"

Eu nunca entendo o que ele quer dizer e às vezes eu suspeito que ele seja uma reencarnação de Jesus de Nazaré, às vezes eu fico puto da cara e acho que ele é só o pobre-diabo do Dostoiévski com roupas vagabundas, rindo – Um herói idealista precoce da minha época, que entrou em cena na minha vida aos 17 anos – Eu lembro a estranheza da firmeza do tom da voz dele já naquela época – Ele fala baixo, mas claro, de um jeito empolgado – mas parece um pouco exausto com toda esse agito de São Francisco que a propósito vai acabar comigo nas próximas 24 horas – "Adivinha quem tá aqui na cidade?"

"Eu sei, o Raphael – Eu tô indo me encontrar com ele e o Cody agora."

"O Cody? – Onde?"

"No apê do Chuck Berman – tá todo mundo lá – eu já tô atrasado até – vamos logo."

Conversamos sobre um milhão de coisinhas esquecíveis enquanto caminhamos depressa, quase correndo pela calçada – Desolation Jack agora está tornozelando com um compatriota barbado – as minhas rosas esperam – "Eu e o Simon vamos pra Europa!" ele anuncia. "Por que você não vem com a gente? A minha mãe me deixou mil dólares. Eu tenho outros mil guardados! Vamos todos juntos visitar o Velho Mundo Estranho!"

"Por mim tudo bem" – "Eu também tenho uns trocos – Bem que eu poderia – Já era hora, né?"

Porque eu e Irwin já tínhamos discutido e sonhado a Europa, e lido tudo, claro, até o "chorando nas velhas pedras de Europa" de Dostoiévski e as sarjetas saturadas de símbolos dos primeiros arroubos de Rimbaud quando ele escreveu poemas e tomou sopa de batata ao mesmo tempo (1944) no campus da Columbia University, até Genet e os heróis Apache – até os próprios sonhos tristes de Irwin com visitas espectrais a uma Europa encharcada com velhas chuvas e tristezas, e de pé na Torre Eiffel parecendo idiota e decadente – Com os braços no ombro um do outro a gente avança depressa morro acima até a porta de Chuck Berman, batemos e entramos – Lá está Richard de Chili no sofá, conforme o previsto, se virando para nos dar um sorriso fraco – Dois outros sujeitos com Chuck na cozinha, um deles um índio maluco de cabelo preto que quer uns trocados para comprar bebida, franco-canadense que nem eu, eu tinha falado com ele na noite anterior no Cellar e ele tinha gritado "Até mais meu velho!" – Agora é "Bom dia meu velho!" e todos nós estamos vadiando juntos, nada de Raphael por enquanto, Irwin sugere que a gente desça até a cafeteria transada e encontre todo mundo lá –

"Todo mundo vai pra lá igual"

Mas ninguém está lá então a gente vai até a livraria e bang! Bem na Grant lá vem Raphael com as passadas largas de John Garfield dele e os braços balançantes, falando e gritando enquanto caminha, explodindo em poemas, todo mundo está gritando ao mesmo tempo – A gente se destrambelha batendo uns nos outros, atravessando as ruas, descendo as ruas, procurando um lugar para tomar café –

Entramos numa parada que serve café (na Broadway) e sentamos numa mesa e logo surgem todos os poemas e livros e bang! Lá vem uma ruiva e atrás dela Cody –

"Jackson meu garooooto" diz Cody como sempre imitando os velhos condutores de trem estilo W.C. Fields –

"Cody! Pô! Senta aí! Uau! Tudo tá acontecendo!"

Porque tudo vem sempre em grandes vibrações sazonais.

79

Mas é apenas uma manhã simples no mundo, e a garçonete traz apenas café simples, e todos os nossos arroubos são simples e vão acabar.

"Quem é a garota?"

"É uma garota louca de Seattle que nos ouviu lendo poesia por lá no inverno passado e veio num MG com outra garota em busca de curtição", Irwin me informa. Ele sabe tudo.

Ela diz "De onde o Duluoz tira toda essa vitalidade?"

Energia, enerhia, com as cervejas que rugem à meia-noite eu vou estar acabado por mais um ano –

"Eu perdi todos os meus poemas na Flórida!" Raphael grita. "No terminal de ônibus da Greyhound em Miami Flórida! Esses poemas novos são tudo o que me sobrou! E eu perdi os meus outros poemas em Nova York! Você tava lá Jack! O que aquele editor fez com os meus poemas? E eu perdi todos os meus poemas mais antigos na Flórida! Imagina só! Que pé frio!" É assim que ele fala. "Por anos eu fui de escritório em escritório da Greyhound falando com todo tipo de presidentes pedindo que eles achassem os meus poemas! Eu até chorei! Você ouviu Cody? Eu chorei! Mas eles não se comoveram! Na verdade eles começaram a me chamar de inconveniente só porque eu costumava ir até o escritório da 50th Street praticamente todo dia implorar pelos meus poemas! É a mais pura verdade!" – e como alguém mais está dizendo alguma outra coisa ele também escuta e exclama: "Eu nunca chamaria a polícia a não ser que um cavalo caísse e ficasse aleijado ou algo assim! *Que pé-frio!*" Ele dá um murro na mesa –

Raphael tem um rostinho louco como o de algum tipo de fada que na verdade é um enorme rosto sombrio pensativo quando de repente ele fica triste e se cala, o jeito que ele olha para o nada – fazendo beiço – Meio como o beiço de Beethoven – Um nariz meio curto, rústico, italiano, traços rústicos, com bochechas macias e olhos macios e cabelo de fada, preto, que ele nunca penteia, vindo desde a parte de trás da cabeça quadrada até cair pela testa, como um garoto – Ele só tem 24 anos – Na verdade ele é um garoto, as garotas são loucas por ele –

Cody cochicha no meu ouvido "Esse cara, esse Raff, esse sujeito, saca, porra, ele nem sabe o que fazer com *tanta mulher* – Cuida só – Jack, escuta, tá tudo arrumado, tudo pronto, a gente vai ganhar um milhão nos cavalos esse ano, é certo. ESSE ANO MEU CHAPA" ele fica de pé para fazer a declaração "aquele meu segundo favorito tá chegando em posições cada vez melhores é uma loucura!"

"Pra compensar o ano passado", digo eu, relembrando o dia em que eu apostei $350 no segundo favorito para Cody (enquanto ele trabalhava) e ele perdeu todas as corridas e eu enchi a cara num monte de feno com um goró de 35 centavos antes de ir até o trem para contar a Cody que ele tinha perdido, mas ele nem se importou porque já tinha perdido outros $5.000 líquidos –

"*Esse* é o ano – e o ano que vem" – ele insiste –

Enquanto isso Irwin está lendo os poemas novos dele e a mesa está uma loucura – Eu digo para Cody (meu velho irmão de sangue) que eu gostaria que ele me desse uma carona até o Mill Valley para eu pegar as minhas roupas e manuscritos, "*Claro*, vamos todo mundo, estamos todos juntos".

Saímos correndo até o pequeno Chevy cupê 1933 de Cody, não cabe todo mundo, a gente tenta mas as bordas arrebentam –

"Cê tá achando que essa belezoca não anda?" pergunta Cody.

"Mas e o carrão que você tinha da última vez que eu vim aqui?"

"Açúcar na transmissão, aquilo lá já era."

Irwin diz: "Escutem, vão vocês para o Mill Valley e voltem e me encontrem de tarde."

"Beleza."

A garota se esprime do lado de Cody, Raphael como ele é mais baixo e mais leve do que eu senta no meu colo e lá vamos nós, abanando para Irwin que vai saltitando com aquela barba e dança para mostrar a doce preocupação dele na rua de North Beach –

Cody mexe na alavanca de mudança sem parar, ele dá guinadas perfeitas e rápidas nas curvas, sem cantar os pneus, dispara no meio do tráfego, xinga, fura os sinais, sobe morros forçando a segunda, passa voando pelos cruzamentos, leva toda a culpa, sai até a Golden Gate Bridge onde finalmente (depois de pagar o pedágio) a gente atravessa a Ponte dos Sonhos a toda naqueles ares supersupraquáticos, com Alcatraz à direita ("Eu choro, eu sinto pena de Alcatraz!" grita Raphael) –

"O que eles estão fazendo?" – os turistas na Marina olhando em direção à São Francisco branca com câmeras e binóculos, o ônibus turístico deles –

Todos falando ao mesmo tempo –

O velho Cody outra vez! O velho Cody de *Visões de Cody*, o mais louco de todos (você vai ver) e como sempre à nossa esquerda a vastidão azul da Bocarra Pacífica, Mãe dos Mares e das Pazes, indo até o Japão –

Tudo aquilo é demais, eu sinto uma sensação maravilhosa e desvairada, eu encontrei os meus amigos e uma grande vibração de alegria viva e de Poesia está correndo em nossas veias – Mesmo que Cody esteja tagarelando sobre o sistema de apostas no segundo favorito a conversa dele tem um ritmo impressionante – "Ah meu chapa em *cinco* anos eu vou ter tanto dinheiro que ah eu vou até virar pilantro – plilantrop – pof pof".

"Filantropo!"

"Eu vou estar dando dinheiro para todo mundo que merece – Distribuí como sereis recebido –" Ele sempre cita Edgar Cayce o Visionário, o curandeiro americano *Okie* que nunca estudou medicina mas que entrava na casa de um doente e desmanchava o nó da gravata suada dele e ficava lá deitado de costas e entrava em transe e a esposa dele anotava as respostas para as perguntas que ela fazia, "Por que fulano de tal está doente?" Resposta: "Fulano de tal tem tromboflebite, um entupimento das veias e artérias, porque na vida anterior ele bebeu o sangue de um sacrifício humano" – Pergunta: "Qual é a cura?" Resposta: "Plantar bananeira três minutos por dia – Também exercícios em geral – Uma dose pequena de uísque ou uísque 50% ou bourbon todos os dias, para afinar o sangue –" Aí ele saía do transe, e curou centenas de pessoas assim (Edgar Cayce Institute, Atlantic Beach, Virgínia) – O novo Deus de Cody – O Deus que estava fazendo até mesmo o Cody louco pelas garotas começar a dizer: "Estou quase desistindo dessas coisinhas"

"Por quê?"

Ele também tem silêncios severos como as rochas – Eu também sinto agora enquanto voamos baixo pela Ponte de Ouro que Cody e Raphael não são exatamente próximos – Eu estudo para descobrir por quê – Não quero que os meus amigos briguem – Tudo vai ser demais – Vamos pelo menos morrer todos em harmonia, com grandes Lamentações e Uivos Chineses e funerais com berros de alegria porque o velho Cody, o velho Jack, o velho Irwin ou o velho Simon (Darlovsky, em breve) está morto e livre –

"A minha cabeça morreu, eu não tô nem aí!" grita Raphael –

"– ah aquele azarão não chegou nem em segundo para cobrir o meu prejuízo com míseros cinco mangos mas eu vou te mostrar gatinha –" Cody está cochichando para Penny (ela é só uma garotona feliz estranha triste absorvendo tudo isso. Agora eu estou vendo que ela sai com o pessoal porque eles, afora Cody, não prestam nenhum tipo de atenção sexual a ela) (na verdade todo mundo fica sempre desapontando ela e mandando ela ir embora para casa) –

Mas quando a gente chega no Mill Valley eu fico impressionado de ver que ela é budista, enquanto todos nós estamos falando ao mesmo tempo dentro da cabana na encosta dos cavalos eu me viro e como num sonho lá está ela, igual a uma estátua de rubi, sentada contra a parede de pernas cruzadas com as mãos juntas e os olhos fixos à frente, sem ver nada, talvez sem ouvir nada, um mundo louco.

O mais louco de tudo é a cabana – Ela pertence a Kevin McLoch, o meu velho amigo Kevin também com uma barba só que carpinteiro casado e com dois filhos, sempre com tinta e serragem nas calças, em geral sem camisa, patriarcal, gentil, delicado, sutil, extremamente sério, intenso, também budista, no fundo da boa e velha casinha decrépita de madeira com a varanda inacabada que ele está construindo, sobe uma encosta íngreme coberta de grama que no fim vira os Deer Parks, parques antigos reais de verdade com veados onde nas noites de luar como que do nada você vê um veado sentado e pastando debaixo dos enormes eucaliptos – descendo da montanha, o refúgio da caça, como todos os Vagabundos Iluminados sabem, os veados vêm para esse bosque sagrado há mais de doze histórias da Califórnia – Bem alto, no topo, a cabana fica escondida entre as roseiras – Pilhas de lenha, grama alta, flores silvestres, arbustos, mares de árvores farfalhando por toda parte – A cabana como eu estava dizendo construída por um velho para morrer nela, que foi o que ele fez, e ele era um grande carpinteiro – Kevin arrumou tudo com belas paredes de serapilheira e belas figuras budistas e bules de chá e delicadas xícaras de chá e folhas nos vasos, e gasolina para ferver a água do chá, para transformar a casinha no refúgio budista e na casa de chá cerimonial dele, para as visitas e também para os hóspedes em estada longa de 3 meses (que precisam ser budistas, ou seja, entender que o Caminho não é um Caminho) que nem eu fui, e assim nas quintas-feiras quando ele diz para o chefe carpinteiro dele "Hoje eu vou tirar o dia de folga" e o chefe diz "E quem vai me ajudar a levantar as tábuas?" "Trata de arranjar outro" Kevin deixa a esposa bonita e as crianças no pé da montanha e sobe a trilha dos eucaliptos do Deer Park, com sutras debaixo do braço, e passa aquele dia meditando e estudando – Ele medita com as pernas cruzadas, sobre o Prajna – lê os comentários de Suzuki e o Sutra de Surangama – diz, "Se cada trabalhador na América tirasse um dia de folga para fazer isso, que maravilha o mundo seria."

Um homem muito sério, bonito, 23 anos, de olhos azuis, dentes perfeitos, um charme irlandês e um jeito melodioso adorável de falar –

Aqui nós (Cody, Penny, Raff e eu) depois de uma breve conversa com a esposa de Kevin no andar de baixo, subimos a trilha quente (deixando o carro estacionado ao lado da caixa de correio) e invadimos o dia de meditação de Kevin – Mesmo que seja segunda, igual ele não está trabalhando hoje – Ele está sentado fervendo o chá, que nem um Mestre Zen.

Ele abre um sorriso largo e feliz de nos ver –

Penny se acomoda no belo tapete de meditação dele e começa a meditar, enquanto Cody e Raphel tagarelam e eu e Kevin escutamos e rimos –

É supremamente engraçado –

"O quê? O quê?" Raphael fica gritando enquanto Cody, de pé, começa um discurso sobre a universalidade de Deus, "Cê tá querendo dizer que tudo é Deus? Ela é Deus, meu Deus?" apontando em direção a Penny.

"Sim, claro" eu digo, e Cody prossegue: –

"Quando a gente deixa o plano astral –"

"Eu não vou escutar esse cara, não vou ser corrompido pela conversa dele! Cody é o demônio? Cody é um anjo?"

"Cody é um anjo", eu digo.

"Ah não!" Raphael agarra a cabeça com as mãos porque Cody ainda está falando: –

"– alcançando Saturno onde talvez isso não possa ser admitido nas altas graças do Senhor para se transformar em uma pedra, mesmo eu sabendo que o velho Jack aqui esse fiadaputa se ele pudesse ele se transformaria agora numa pedra" –

"Não! Eu vou ficar lá fora! Esse cara é do mal!"

Parece uma batalha verbal para ver quem vai falar por mais tempo, e Penny está sentada lá toda rósea e radiante, com sardinhas no rosto e nos braços, cabelos vermelhos de coração –

"Vai lá fora admirar a beleza das árvores", eu aconselho Raphel, e ele sai mesmo, para curtir, e volta (e nesse tempo Cody disse: "Experimenta aqui esse chá, meu garoto", me alcançando uma xícara japonesa com chá quente, "e vê se isso não derrete o teu coração de melão – agh" (tossindo, escorrendo chá) "ahem! –"

"O suculento Salvador que foi senhoralizado e reputado no morro áureo", eu digo para mim mesmo, como muitas vezes leio uma linha das conversas que estão na minha cabeça para ver o que ela diz.

Kevin está apenas rachando o bico, de pernas cruzadas, no chão, eu olho e vejo um pequeno hindu, eu lembro agora de como os pés descalços dele sempre me fizeram perceber que eu conheci ele antes em algum templo onde eu era um sacerdote e ele um dançarino que traçava as mulheres de fora – E da delicadeza dele ao receber toda aquela torrente de conversa de Cody e Raphael – rindo enquanto aperta um pouquinho a barriga, que é lisa e dura como a barriga de um jovem Iogue –

"Ah", Cody está dizendo, "eles têm até pessoas que veem perfeitamente a aura dos outros acima da cabeça deles que ah refletem *exatamente* a mente interior dos propósitos de falar da entidade, *então!*" dando um murro e um salto para frente para bater com a voz que de repente falha na empolgação que nem o Velho Conny Murphy na manhã do Mill Valley, depois de uma longa pausa de pensamento ou de palavrório enguiçado, "eles conseguem ver tipo com um gato, tipo quem foi lido por um leitor de aura como estando sob a necessidade (e posto lá por Deus, o Todo-Poderoso) de encontrar o próprio Carma, o destino acumulado como Jack diz, ou as necessidades justas, ou a pilha de façanhas e feitos, de pecados e erros – encontrar esse Carma fazendo o que o Leitor de Aura diz, *você tem um espírito mau* e *um espírito bom* disputando a alma especial da sua entidade, eu vejo eles (acima da cabeça deles, saca), você pode repelir o mal e atrair o bem meditando no quadrado branco da mente que eu vejo acima da sua cabeça e onde os dois espíritos habitam – issaê", e ele cospe uma guimba de cigarro. Olha para o chão. Agora, se Raphel é um italiano, um italiano do Renascimento, Cody é um grego – uma mistura de romano com ariano (ele diz que é "atlânteo") confinada aos atletas de Esparta e com origens nos nômades do mioceno.

Então Cody segue explicando o assunto graças a um processo de osmose, através das nossas veias e venículas sentimos a influência líquida das estrelas e em especial da lua – "Então quando a lua sai o homem pira, pra dar um exemplo – a *atração* de Marte, cara."

Ele me marca com esse Marte.

"Marte é o *mais próximo*! É a nossa próxima jornada."

"A gente vai da Terra pra Marte?"

"E depois *mais além*, saca" (Kevin está tendo um troço, maravilhado) "para o próximo e os outros e os pirados de verdade, dada" – "na borda externa de lá", ele acrescenta. Um guarda-freios pé no chão na ferrovia, Cody é, na verdade ele está usando as calças azuis de guarda-freios agora mesmo, passadas com todo o cuidado, e uma camisa branca engomada debaixo do colete azul, o chapéu azul de FERROVIÁRIO está no patético Chevyzinho 33, Ah – muitas vezes Cody me deu comida quando eu tinha fome – um homem *de fé* – Que homem mais ansioso e perturbado! – O jeito que ele saía correndo no escuro com uma lanterna para buscar ela e tocar o vagão de flores do Sherman's Local pela manhã – Ah o Velho Cody, que homem!

Eu lembro dos delírios de desolação e vejo como tudo acontece como deve. Tudo é o mesmo vazio, eu e Cody andamos de carro olhando para frente sem expressão nenhuma porque sabemos. Cody simplesmente opera a máquina. Eu fico sentado e medito sobre Cody e sobre a máquina os dois. Mas é o braço dele que tem que guinar por cima do volante e desviar o carro das batidas de frente (enquanto ele entra e sai da pista) – Todos nós sabemos, nós escutamos a música celestial uma noite andando juntos no carro. "Você escutou isso?" Eu tinha acabado de ouvir uma música de repente no espaço zunzunante do carro – "Só" diz Cody, "o que foi?" Ele tinha ouvido.

80

Por mais que ele me impressione, o que me impressiona ainda mais é Raphael voltar com um manuscrito dele na mão, vindo do pátio, onde ele estudou as árvores em silêncio, e dizer "Eu tenho uma folha no meu panfleto" – Para Cody que aceita mas não acredita, escuta ele falar, mas eu vejo o olhar que ele lança para Raphael – Mas são dois mundos diferentes (Urso e Pomeray, os dois nomes significam alguma coisa que em outra época pode ter sido Casa D'Oro, não seria mais crasso que Corso, mas é o Doce Cantor Italiano *vs.* o Brabacker Irlandês – crash – (é celta, madeira quebrando no mar) – Raphael dizendo "O Jack só precisa escrever pequenas canções insensíveis para ser o líder da Hamelin de lugar nenhum" – canções como a de Raphael.

"Ah se isso for o que ele quer fazer hein hein hein", vem de Cody como uma máquina sem música e cantando –

Raphael canta: "Você! As minhas tias sempre me disseram pra tomar cuidado com você Pomeray – Elas me diziam pra eu não ir pro Lower East Side" –

"Burp"

Foi assim que eles continuaram duelando –

Enquanto isso o doce e gentil Jesus Pai José, Kevin com a barba de José, sorri e escuta e por toda parte e curvado no chão, sentado.

"No que você tá pensando, Kevin?"

"Tô pensando que amanhã vai ser um dia ruim se eu não conseguir achar a porra da carteira de motorista."

Cody curte Kevin, claro, vem curtindo ele há meses, como pai irlandês conterrâneo talvez e também como parceiro – Cody já entrou e saiu da casa deles comendo centenas de milhares de miríades de vezes, trazendo a Lei Verdadeira – Cody agora é chamado de "O Pregador" por Mai, o Nomeador, que chama Simon Darlovsky de "Russo Louco" (que é o que ele é) –

"Por onde anda o velho Simon?"

"Ah a gente vai pegar ele hoje de tarde pelas cinco horas" Cody diz muito depressa como quem não quer nada.

"Simon Darlovsky!" grita Raphel. "Que cara mais louco!" E o jeito que ele diz louco, l-o-u-c-o, bem do Leste – bem doido estranho dos gatos bálticos vadios – verdadeiro papo de cerca... que nem quando você escuta as crianças conversando pelas fábricas de gás em volta dos pátios de pneus usados – "Ele é louco", levando as mãos até a cabeça, depois largando tudo e sorrindo, com um jeito meio babaca, uma estranha ausenciazinha humilde de orgulho em Raphael, que também agora está sentado no chão com as pernas cruzadas, mas como se tivesse caído naquela posição.

"Que mundo mais estranho", diz Cody marchando um pouco adiante depois dando a volta e retornando para o nosso grupo – O Anjo Tchekhoviano do Silêncio paira acima de nós e ficamos todos quietos, e escutamos o hmm do dia e o psst do silêncio, e finalmente Cody tosse, de leve, diz "Hnf – haf" – indicando, com grandes fumaças, o mistério indígena – Que Kevin reconhece com um típico olhar terno para cima em direção a Cody de surpresa e deslumbre, fora de si com um espanto de límpidos olhos azuis – que Cody também vê, com os olhos abertos só numa frestinha.

Penny ainda está sentada lá (onde esteve esse tempo todo) na posição formal de Buda por toda hora e meia de papo e pensamento – Bando de loucos – Todos nós esperamos que a próxima coisa aconteça. Ela está acontecendo no mundo inteiro só que em alguns lugares eles distribuem profiláticos, e em outros falam sobre negócios.

Não temos nada em que nos apoiar.

81

É só uma história do mundo e do que aconteceu nele – A gente desce até a casa principal de Kevin e de Eva a esposa dele (uma beldade doce fraterna de olhos verdes pés descalços e cabelo comprido) (que deixa a pequena Maya andar pelada se ela quiser, e Maya quer, e fica dizendo "Abra abra" na grama alta) um grande almoço servido na mesa mas eu não estou com fome, na verdade eu anuncio com um jeito meio sentencioso "Eu não como mais quando eu não tô com fome, eu aprendi isso na montanha" então claro Cody e Raphael comem, devoram, tagarelando na mesa – Enquanto eu ouço os discos – Aí depois do almoço Kevin se ajoelha no tapete de palha favorito desembrulhando um disco delicado de toda a delicadência cebolosa num álbum branco, o carinha hindu mais perfeito do mundo, enquanto Raphael dá as instruções para ele, os dois também vão pôr os Cantos Gregorianos para tocar – Um monte de pastores e irmãos entoando lindos cânticos formais e estranhos todos juntos acompanhando uma melodia mais antiga do que as pedras – Raphael gosta demais de música em especial música renascentista – e Wagner, a primeira vez que a gente se encontrou em Nova York em 1952 ele gritou "Nada importa a não ser Wagner, eu quero beber vinho e pisotear o teu cabelo!" (para Josephine) – "Dane-se esse jazz!" – mas em geral ele é um cara descolado e devia gostar de jazz e na verdade o ritmo dele vem do jazz mas só que ele não sabe – e tem um Passarinho Italiano na composição dele que não tem nada a ver com estrondos cacofônicos modernos – Veja você mesmo – Já Cody ama todo tipo de música e é um grande conhecedor, a primeira vez que a gente mostrou música hindu indiana para ele ele percebeu na mesma hora que os tambores ("O ritmo mais sutil e sofisticado do mundo!" diz Kevin, e eu e Kevin chegamos até a especular se o Sul da Índia teria contribuído alguma coisa para os temas hindus arianos) – Cody percebeu que a maciez das cabaças, a maciez dos tambores, os macios tímpanos blonk tocados à mão, eram apenas tambores com peles soltas – Nós tocamos os Cantos Gregorianos e também os indianos de novo, cada vez que as duas filhinhas de Kevin escutam elas começam a conversar alegres, elas escutaram essa música toda noite por toda a primavera (antes) na hora de dormir com o grande alto-falante de alta fidelidade na parede (a parte de trás) aberto e despejando bem nas caminhas delas, as flautas das serpentes, os encantadores de madeira, as cabaças de pele macia e o velho ritmo sofisticado da África amolecido pelo Sul da Índia, e acima de tudo o hindu que fez um voto de silêncio e toca a Harpa do velho mundo com chuvas de ideias celestiais impossíveis que deixaram Cody estupefato e outros (como Rainey) (na grandiosa época de Vagabundos Iluminados que a gente teve antes de eu ir embora) chapados e fora de si – Por toda a estradinha silenciosa de piche, nas caixas de som retumbantes você ouve os cânticos delicados da Índia e altos sacerdotes góticos e alaúdes e bandolins japoneses, até discos chineses incompreensíveis – Ele dava aquelas festas das antigas quando grandes fogueiras eram acesas no pátio e muitos convivas (Irwin e Simon Darlovsky e Jarry) ficavam em volta pelados, no meio das mulheres sofisticadas e do vinho, discutindo filosofia budista com o diretor de Estudos Asiáticos em pessoa, Alex Aums, que realmente não estava nem aí e só bebericava o vinho e repetia para mim "O budismo é conhecer o maior número de pessoas possível" – Agora é meio-dia e o almoço acabou, mais uns discos e a gente volta para a cidade, com os velhos manuscritos e as velhas roupas que eu tinha deixado num baú de madeira no porão de Kevin – Eu devo $15 para ele desde a primavera passada então eu assino dois dos meus traveler's checks de Sedro-Woolley para ele e ele por engano (no porão) (e todo gentil com o olhar triste) me devolve um punhado de notas de um dólar amassadas, quatro, faltando uma, que eu não consigo cobrar por nada no mundo – Porque Kevin agora está chapado (com o almoço e o vinho e tudo mais) e dizendo "E aí quando a gente vai se ver de novo Jack?" que nem quando a gente saiu uma vez seis meses antes e sentou nos trilhos perto do porto com uma garrafa de tokay e ficamos olhando para a parede (igual a Bodhidharma o cara que levou o budismo para a china) de um enorme penhasco que se eleva desde a parte mais baixa da Telegraph Hill, à noite, e nós dois vimos a luz eletromagnética-gravitacional sair daquela massa aquosa, e como Kevin ficou feliz de comigo ter passado uma noite agradável com vinho e um penhasco e andanças pela rua em vez de como sempre uma cerveja no The Place –

Entramos de novo no pequeno cupê e fazemos o retorno depressa e todo mundo abana para Kevin e Eva, e voltamos pela Ponte até a Cidade –

"Ah Cody você é o cara mais doido que eu já vi", Raphael admite –

"Escuta Raphael, você disse que era Raphael Urso o Poeta Apostador, vamos lá garoto, vai ver as corridas amanhã com a gente" eu insisto –

"Cacete a gente podia ter ido hoje se não fosse tão tarde" diz Cody –

"Combinado! Eu vou com vocês! Cody você me mostra como ganhar nas apostas!"

"Tá no papo!"

"Amanhã – a gente te pega na casa da Sonya"

Sonya é a namorada de Raphael mas no ano anterior Cody tinha (é claro) visto ela e se apaixonado ("Ah cara cê não tem ideia da *loucura* do Charles Swann por aquelas garotas dele –!" Cody me disse uma vez... "O Marcel

Proust não podia ter escrito aquele livro sendo veado!") – Cody se apaixona por todas as garotas bonitas que vê, ele foi atrás dela e levou um tabuleiro de xadrez para jogar com o marido dela, uma vez ele me levou junto e ela ficou lá sentada de calças na cadeira com as pernas abertas na frente dos enxadristas me encarando e dizendo "Mas a sua vida como escritor solitário não fica monótona, Duluoz?" – Eu concordei, vendo o capozinho de fusca através das calças, que Cody, avançando o Bispo até o Peão da Dama, naturalmente também tinha visto – Mas ela finalmente dispensou Cody dizendo "Eu sei o que você quer", mas depois abandonou o marido dela de qualquer jeito (o peão do xadrez) (agora temporariamente sumido) e foi morar com o tagarelante Raphael recém-chegado do Leste – "A gente vai te pegar na casa da Sonya"

Raphael diz "Tá legal, mas eu vou brigar com ela dando fora essa semana, Duluoz você pode ficar com ela"

"Eu? Dá ela pro Cody, ele tá enlouquecendo –"

"Não, não", diz Cody – ele já tirou ela da cabeça –

"Vamos pra a minha casa essa noite beber cerveja e ler poemas", diz Raphael, "e eu vou começar a fazer as malas"

A gente volta para a cafeteria onde Irwin está de volta nos esperando, e ao mesmo tempo entra pela porta Simon Darlovsky, sozinho, depois de terminar o dia de trabalho como motorista de ambulância, depois Geoffrey Donald e Patrick McLear os dois velhos (há muito tempo estabelecidos) poetas de Frisco que odeiam todos nós –

E Gia entra também.

82

A essa altura eu já me escapuli e pus uma garrafinha de vinho vagabundo da Califórnia no meu cinto e comecei um verdadeiro acinte contra ela e logo tudo está embaralhado e emocionante – Gia entra com as mãos na saia como sempre e diz na voz baixa dela "Pô já tá por tudo na cidade, o pessoal da *Mademoiselle* vai tirar as fotos de vocês na sexta à noite –"

"Vocês quem?"

"Irwin, Raphel, Duluoz – Depois vai ser a *Life* no mês que vem."

"De onde você tirou isso?"

"Tô fora", diz Cody bem quando Irwin pega a mão dele e diz pra ele ir junto, "Eu vou estar trabalhando na sexta de noite"

"Mas o *Simon* vai aparecer na foto com a gente!" diz Irwin triunfante, agarrando Darlovsky pelo braço, e Darlovsky simplesmente acena com a cabeça –

"Podemos fazer uma orgia sexual depois?" diz Simon.

"Tô fora", diz Gia –

"Ah eu acho que também não vou poder", diz Cody, e todo mundo está se servindo de café direto da cafeteira e sentado em três mesas diferentes e outros Boêmios e Subterrâneos estão entrando e saindo –

"Mas a gente vai conseguir todo mundo junto!" grita Irwin. "Vamos ser famosos – Donald e McLear venham com a gente!"

Donald, 32 anos, gorducho, rosto bonito, olhar triste, elegante, olha em silêncio para longe, e McLear, 20 e poucos, jovem, cabelo escovinha, olha com cara de paisagem para Irwin: "Ah vão bater as nossas fotos separadas hoje à noite"

"E a gente não vai aparecer?" grita Irwin – aí ele se dá conta que existem complôs e intrigas e o olhar dele se obscurece, pensativo, existem alianças e batalhas e separações no ouro sagrado –

Simon Darlovsky me diz "Jack eu passei dois dias procurando você! Onde você tava? O que você tava fazendo? Cê sonhou alguma coisa? Alguma coisa bacana? Alguma garota tirou as suas calças? Jack! Olha para mim! Jack!" Ele me faz olhar, aquele rosto pirado intenso com um suave nariz aquilino e o cabelo agora loiro escovinha (antes cachos malucos) e os lábios grossos sérios (que nem os de Irwin) mas alto e magro e na verdade mesmo e no duro recém-saído da escola – "Eu tenho um milhão de coisas para te contar! Todas sobre o amor! Eu descobri o segredo da beleza! É o amor! Todo mundo tem que amar! Em toda parte! Eu vou te explicar tudo –" E de fato na leitura poética de Raphael (a primeira apresentação dele aos ávidos fãs de poesia na Frisco dos anos 50) era para ele (tudo combinado e consentido entre Irwin e Raphael que deram risadas e pouco se lixaram) se levantar depois dos poemas dos dois e fazer um longo discurso espontâneo sobre o amor –

"O que que você vai falar?"

"Vou falar tudo – não vou deixar nada de fora – vou fazer o pessoal chorar – Meu lindo irmão Jack escuta! Aqui está a minha mão estendida para você no mundo! Agarra ela! Aperta! E aí, você sabe *o que* aconteceu comigo um dia desses?" ele berra de repente fazendo uma imitação perfeita de Irwin, outras vezes ele imita Cody, ele só tem 20 anos – "Às quatro da manhã eu entrei na biblioteca com uma boleta de framboesa – adivinha o que aconteceu? –"

"Framboesa?"

"Dexedrina – no meu estômago" – dando um tapinha – "Tá vendo? – e com a loucura no estômago eu li *O sonho de um homem ridículo* do Dostoiévski – Eu vi a possibilidade do amor dentro das câmaras clasteãs do meu coração mas não fora do meu coração na vida real, entende, eu tive um vislumbre da vida amorosa que o Dostoiévski teve na profunda masmorra iluminada dele, isso fez as minhas lágrimas irem até o meu coração para transbordarem de alegria, entende, e aí o Dostoiévski tem o sonho, ele põe na gaveta o revólver depois que acorda entende, ele ia se dar um tiro, BANG!" bate uma mão na outra, "ele tinha um desejo hiperforte de amar e pregar – isso mesmo *pregar* – foi o que ele disse – 'Viver e Pregar o Tanto de Verdade que Eu Conheço Tão Bem" – e aí quando chegar a hora de eu fazer o discurso depois que o Irwin e o Raphael tiverem lido os poemas eu vou constranger o pessoal e a mim mesmo com ideias e palavras sobre o amor, e sobre por que as pessoas não se amam tanto quanto poderiam – eu vou até chorar na frente deles para transmitir os meus sentimentos – Cody! Cody! Ô seu maluco!" e ele corre até lá e soca e puxa Cody, e ele "Ah hem ha você" e fica olhando para o velho relógio de ferroviário, pronto para sair, enquanto a gente vagabundeia – "Eu e o Irwin tivemos uns papos longos l-o-n-g-o-s, eu quero que o nosso relacionamento se desenvolva que nem uma fuga do Bach entende onde todas as fontes passam umas por entre as outras entende –" Simon balbucia, põe o cabelo para trás com a mão, muito nervoso mesmo e pirado, "E a gente vem tirando a roupa nas festas eu e o Irwin e fazendo grandes orgias, uma noite aí antes de você chegar a gente tava com aquela garota que o Slivovitz conhecia e levamos ela para a cama e o Irwin traçou ela, aquela que você quebrou o espelho dela, uma puta noitada, levei meio minuto pra gozar a primeira vez – Eu não tenho sonhado, na verdade uma semana e meia atrás eu acordei com as cuecas meladas mas não lembrava do sonho, que solidão..."

Então ele me agarra "Jack lê escreve fala anda fode e vê e dorme mais um pouco" – Ele está me dando um conselho sincero e me olhando com um jeito preocupado, "Jack você tem que trepar mais, precisamos dar um jeito de você trepar *hoje*!"

"A gente tá indo pra casa da Sonya", exclama Irwin que vinha escutando encantado –

"Vamos todos tirar a roupa e trepar – Vamos lá Jack vamos!"

"Do que ele tá falado?" grita Raphel chegando perto da gente – "Simon Louco!"

E Raphael empurra Simon de leve e Simon fica lá parado que nem um garoto passando a mão no cabelo escovinha e piscando os olhos para nós com um ar inocente, "É verdade"

Simon quer ser "perfeito que nem Cody", diz ele, como motorista, como "conversador" – ele ama Cody – Você está vendo por que Mai o Nomeador apelidou ele de Russo Louco – mas sempre fazendo coisinhas inocentes perigosas também, como de repente correr até um estranho total (o emburrado Irwin Minko) e dar um beijo no rosto dele por pura exuberância, "Olá" e Minko disse *Você não faz ideia o quanto esteve perto de morrer.*"

E Simon, cercado de todos os lados por profetas, não conseguia entender – por sorte a gente estava todo mundo lá para proteger ele, e Minko é bonzinho – Simon um russo legítimo, quer que o mundo inteiro ame, um descendente mesmo de algum daqueles doces Ipolits e Kirilovs insanos da Rússia Tzarista de Dostoiévski no século XIX – E também parecido com um, como na vez que a gente comeu peyotl (eu e os músicos) e lá estávamos nós mandando ver em uma jam session às 5 da tarde em um apartamento num porão com trombone, duas baterias, Speed no piano e Simon sentado debaixo do abajur vermelho com borlas antigas que passou o dia inteiro aceso, o rosto todo descarnado naquela vermelhidão artificial, então de repente eu vi: "Simon Darlovsky, o homem mais grandioso de São Francisco" e mais tarde naquela noite para a diversão de Irwin e minha também enquanto a gente andava pelas ruas com a minha mochila (gritando "A Grande Nuvem da Verdade!" para os grupos de chineses que saíam dos carteados) Simon fez uma pantomima à la Charlie Chaplin mas do jeito dele e também no estilo russo que consistia em correr dançando até um foyer cheio de pessoas em poltronas assistindo TV e executando uma mímica elaborada (surpresas, mãos de horror nas bocas, olhares ao redor, ops, moedas, humildades, fugas, como você poderia esperar de um dos garotos do Jean Genet vagabundeando bêbados pelas ruas de Paris) (elaborados bailes de máscara inteligentes) – O Russo Louco, Simon Darlovsky, que sempre me faz lembrar do meu primo Noel, e eu sempre digo para ele, o meu primo de longa data em Massachusetts que tinha o mesmo rosto e os mesmos olhos e costumava deslizar como um fantasma em volta da mesa nos cômodos mal-iluminados e fazer "Uí hi hi ha, eu sou o Fantasma da Ópera" (falando francês, *je suis le fantôme de l'opéra-a-a*) – E estranho também, que os empregos de Simon sempre foram whitmanianos, como enfermagem, ele já barbeou velhos psicopatas em hospitais, cuidou de doentes e moribundos, e agora como motorista de ambulância para um pequeno hospital ele passava o dia inteiro de um lado para o outro em São Francisco juntando os arrebentados e estropiados nas macas (os lugares horríveis onde ficavam, pequenas saletas nos fundos), o sangue e a tristeza, Simon na verdade não o Russo Louco mas Simon o Enfermeiro – Jamais conseguiria fazer mal a uma mosca por mais que tentasse –

"Ah só ah bom", diz Cody enfim, e vai embora para trabalhar na ferrovia, com instruções para mim na rua, "A gente vai ver a corrida amanhã, cê me espera lá no Simon" – (A casa de Simon é onde todo mundo dorme)...

"Tá legal"

Então os poetas Donald e McLear se oferecem para nos dar uma carona de três quilômetros e meio pela Third Street até o Projeto Habitacional para Negros onde nesse exato instante Lazarus o irmão de 15½ anos de Simon está fritando batatas na cozinha e escovando o cabelo e pensando sobre os homenzinhos da lua.

83

Isso é exatamente o que ele está fazendo quando a gente chega, fritando batatas, o alto e belo Lazarus que fica de pé na aula do primeiro ano do ginásio e diz para o professor "Queremos ter liberdade para falar" – e sempre diz "Cê sonhou alguma coisa?" e quer saber o que você sonhou e quando você conta ele acena com a cabeça – Quer que a gente descole uma garota para ele também – Ele tem uma silhueta perfeita como a de John Barrymore, vai mesmo ser um cara bonito, mas ele está morando aqui sozinho com o irmão, a mãe e outros irmãos loucos estão no Leste, é demais para Simon tomar conta dele sozinho – Então ele está sendo mandado de volta para Nova York mas ele não quer ir, na verdade ele quer ir para a lua – Ele come toda a comida que Simon compra para a casa, às três da manhã ele se levanta e frita todas as chuletas de cordeiro, todas as oito chuletas, e come elas sem pão – Ele passa o tempo inteiro preocupado com os longos cabelos loiros, finalmente eu deixo ele usar a minha escova, ele chega até a esconder, eu preciso recuperar ela – Depois ele põe o volume do rádio a toda para ouvir um jazz animado de Oakland – e aí ele simplesmente sai da casa e caminha no sol e faz a pergunta mais estranha: "Cê acha que o sol vai cair?" – "Tem monstros lá onde cê disse que cê tava?" – "Vai ter um outro mundo?" – "Quando esse aqui acabar?" – "Cê tá vendado?" – "Vendado de verdade tipo com um lenço por cima dos olhos?" – "Cê tem vinte anos?"

Um mês antes, de bicicleta, ele tinha atravessado o cruzamento no pé da montanha do Projeto Habitacional, ao lado do escritório da Companhia Siderúrgica, perto do viaduto ferroviário, e se esborrachado num carro e quebrado a perna – Ainda está mancando um pouco – Ele também admira Cody – Cody tem estado muito preocupado com a fratura dele – Existem comiserações simples até nas pessoas mais loucas – Pobre garoto, cara, ele mal conseguia andar – Ficou malzão por um tempo – Eu fiquei preocupado de verdade com o velho Lazarus. "Isso aí, Laz, mais manteiga", enquanto o garoto Laz alto está nos servindo na mesa arrastando os pés e tirando os cabelos do rosto – muito quieto, nunca fala muito – Simon chama o irmão pelo primeiro nome real Emil – "*Emil*, você passou na loja?"

"Ainda não."

"Que horas são?"

Longa pausa – então a profunda voz madura de Lazarus – "Quatro" –

"Tá e você não vai passar na loja?"

"Já vou"

Simon traz anúncios insanos que as lojas distribuem de porta em porta mostrando as promoções diárias, em vez de escrever uma lista de verduras ele pega e simplesmente pega e começa a circular algumas das promoções, como,

SABÃO TYDOL
só hoje 45c

– eles circulam, não porque precisem mesmo de sabão, mas porque está lá, sendo oferecido, com um desconto de dois centavos – eles juntam as cabeças fraternais de puro sangue russo por cima do anúncio e fazem mais círculos – Então Lazarus sobe o morro assobiando com o dinheiro na mão e passa horas nas lojas olhando as capas dos livros de ficção científica – volta tarde –
"Onde você tava?"
"Olhando jarras"
Lá está o velho Lazarus fritando suas batatas enquanto a gente chega de carro e entra – O sol está brilhando por toda São Francisco como se vê da longa varanda nos fundos

84

O poeta Geoffrey Donald é uma figura entristediada elegante que visitou a Europa, esteve em Ísquia e Capri e coisa e tal, conheceu os escritores elegantes e os figurões ricos, e acaba de mencionar para mim um editor nova-iorquino então eu fico surpreso (primeira vez que eu vejo ele) e a gente vai até a varanda para admirar a paisagem –

É o South Side de São Francisco da parte de baixo da Third Street e tanques de gás e tanques de água e trilhos industriais, tudo cheio de fumaça, gosmento com poeira de concreto, telhados, e mais além as águas azuis se estendem até Oakland e Berkeley, bem à vista, até o pé das montanhas mais além que começam a longa subida em direção à Sierra, sob os cumes anuviados da divina enormidade majestosa dos tons róseo-nevados ao entardecer – O resto da cidade à esquerda, a brancura, a tristeza – Um lugar típico para Simon e Lazarus, são só famílias de negros morando por aqui e todo mundo gosta deles claro e até os grupinhos de crianças vêm até a casa dar tiros brincar de arminha e gritar e Lazarus ensina a eles a arte de ficar quieto, o herói da meninada –

Eu fico imaginando enquanto me escoro com o triste Donald se ele sabe de tudo isso ou se ele se importa ou o que ele está pensando – de repente eu noto que ele se vira na minha direção e fica me encarando com uma cara séria, eu desvio o olhar, não aguento – Eu não sei como dizer ou como agradecer – Enquanto isso o jovem McLear está na cozinha, eles estão todos lendo poemas espalhados entre o pão e a geleia – Eu estou cansado, já estou cansado disso, para onde eu vou? Fazer o quê? Como passar a eternidade?

Enquanto isso a candeia da alma queima nas nossas frontes "clasteãs"...

"Então você teve na Itália e tudo mais? – O que que você vai fazer agora?" eu digo enfim –

"Não sei o que eu vou fazer", diz ele triste, com um humor entristediado –

"O que fazer quando se faz", digo eu desatento descerebrado –

"Eu ouvi falar um monte de coisas a seu respeito, e li o seu trabalho –"

Na verdade ele é um cara decente demais para mim – só o que eu consigo entender é a agitação – eu queria poder explicar para ele – mas ele sabe que eu sei –

"Você vai estar por aí com a gente?"

"Sim sim" diz ele –

Duas noites depois ele faz tipo uma festinha com jantar para mim na casa de Rose Wise Lazuli, a mulher que organiza as leituras poéticas (nas quais eu nunca leio, por vergonha) – No telefone ela me convida, Irwin do meu lado sussurra "A gente pode ir também?" "Rose, o Irwin pode ir também?" – ("E o Simon") – "E o Simon?" – "Ora, claro" – ("E o Raphael") – "E o Raphael Urso, o poeta?" "Ora, mas é claro" – ("E o Lazarus" sussurra Irwin) – "E o Lazarus?" – "Claro" – e assim a minha festa com Geoffrey Donald e uma garota inteligente e elegante se transforma em um jantar de gritaria frenética com presunto, sorvete e bolo – que eu vou descrever logo a seguir –

Donald e McLear saem fora e a gente come uma espécie de jantar doido de gororobas com tudo o que tem na geladeira e depois vamos correndo até o apartamento da garota de Raphael para uma noite de cerveja e bate-papo, onde Simon e Irwin imediatamente tiram a roupa (a marca registrada deles) e Irwin até brinca com o umbigo de Sonya – e claro que Raphael um cara descolado do Lower East Side não quer saber de ninguém brincando com o umbigo da gata dele, nem de ficar lá sentado olhando para dois caras pelados – A noite fica mal-humorada – Eu vejo que vou ter um belo trabalho para ajeitar as coisas – E na verdade Penny está com a gente outra vez, sentada no fundo – e é uma velha pensão de Frisco, no último andar, atulhada de livros e roupas – Eu me sento com um litro de cerveja e não olho para ninguém – a única coisa que desvia a minha atenção dos meus pensamentos é o lindo crucifixo de prata que Raphael está usando no pescoço, e eu comento –

"Então é *seu*!" e ele tira o crucifixo e me alcança – "Sério mesmo, pode ficar!"

"Não eu vou usar ele por uns dias e depois te devolver."

"Fica com ele, eu *quero* te dar! Você sabe o que eu gosto em você, Duluoz, você entende por que eu estou irritado – Eu não quero ter que ficar aqui olhando para dois caras pelados –"

"Ah qual é o problema?" diz Irwin ajoelhado no banquinho de Sonya e tocando o umbigo dela por baixo das dobrinhas de tecido que ele levantou, e Sonya (a coisinha mais chuchu) está decidida a provar que nada vai aborrecê-la e deixa ele continuar, enquanto Simon olha como que fazendo uma prece (se segurando) – Na verdade Irwin e Simon começam a tremer um pouco, é noite, frio, as janelas estão abertas, a cerveja está gelada. Raphael está sentado ao lado da janela de mau humor e não vai falar, ou se for vai ser para passar um pito neles ("Como vocês espera que eu deixe você traçar a minha garota?")

"O Raphael tá certo, Irwin – você não tá entendendo."

Mas eu tenho que fazer Simon entender também, ele está mais a fim do que Irwin, tudo o que Simon quer é orgia atrás de orgia –

"Ah, vocês", Raphael enfim diz num suspiro, balançando a mão – "Vai lá Jack, pega o crucifixo, é seu, ficou legal em você."

Tem uma correntinha de prata, eu passo ela pela cabeça e por baixo da gola e ponho a cruz – Sinto uma estranha alegria – Enquanto isso Raphael está lendo o Lapidador da Sabedoria Transcendental (Sutra do Diamante) que eu parafraseei no Desolation, está no colo dele, "Você entende, Raphael? Aí tá escrito tudo o que se pode saber."

"Eu sei do que você tá falando. Eu entendo sim."

Finalmente eu li trechos do sutra para que eles deixassem de lado o ciúme da garota –:

"*Subhuti, seres vivos que sabem, ao ensinar o significado para os outros devem primeiramente se livrar de todos os desejos frustrantes despertados por belas visões, sons agradáveis, sabores adocicados, fragrância, texturas macias e pensamentos tentadores. Durante a prática da generosidade, não devem sofrer a influência cega de nenhum desses espetáculos intrigantes. E por quê? Porque se durante a prática da generosidade não sofrerem a influência cega de tais coisas, passarão por uma alegria e um mérito além do cálculo e além da imaginação. O que você acha, Subhuti? É possível calcular a distância do espaço nos céus do Oriente?*

"*Ah, Honrado pelo mundo! É impossível calcular a distância do espaço nos céus do Oriente.*

"*Subhuti, é possível calcular os limites do espaço nos céus do Norte, do Sul e do Ocidente? Ou até qualquer um dos quatro cantos do universo, ou acima ou abaixo ou dentro?*

"*Não, Honrado pelo Mundo!*

"*Subhuti, é igualmente impossível calcular a alegria e o mérito pelos quais passarão os seres vivos que sabem, que praticam a generosidade sem sofrer a influência cega de quaisquer julgamentos da realidade do sentimento de existência. Essa verdade deveria ser ensinada no princípio e para todo mundo...*"

Todos escutam com atenção... mesmo assim tem algo que eu não consigo entender acontecendo na sala... as pérolas vêm em conchas.

    O mundo salvo pela minha visão
    Perfeita universal educação –
    Órion é o novo espaço celeste
    Um, dois, três, quatro, cinco, seis, sete –

A noite acaba mal, a gente vai para casa e Raphael fica emburrado e na verdade até brigando com Sonya, fazendo as malas para ir embora – Irwin e Simon e eu e Penny voltamos para casa, onde Lazarus está outra vez cozinhando o fogão, trazemos mais cerveja e enchemos a cara – Finalmente Penny entra na cozinha quase chorando, ela quer dormir com o Irwin mas ele está dormindo, "Senta aqui no *meu* colo gata" eu digo – Finalmente eu vou para a minha cama e ela se enfia debaixo das cobertas e me abraça na mesma hora (mas antes diz: "Eu só quero um lugar pra dormir nesse hospício") e então mandamos ver – Aí Irwin acorda e Simon traça ela também, batidas e rangidos de camas e o velho Lazarus está à espreita e finalmente na noite seguinte Penny beija Lazarus também, e todo mundo está feliz –

Eu acordo de manhã com a cruz no meu pescoço, eu percebo as alegrias e dificuldades pelas quais vou ter que usá-la e me pergunto "O que os cristãos e os católicos diriam sobre eu usar a cruz para farrear e beber desse jeito? – Mas o que que Jesus diria se eu fosse até ele e dissesse 'Posso usar a Tua cruz nesse mundo como ele é?'"

Não importa o que aconteça, eu posso usar a cruz? – Existem vários tipos de purgatório ou não?

"...sem sofrer a influência cega..."

85

De manhã Penny acorda antes de todo mundo e sai para comprar bacon e ovos e suco de laranja e faz um baita café da manhã para todo mundo – Eu estou começando a gostar dela – Agora ela está toda manhosa e me beijando em tudo que é lugar e (depois que Simon e Irwin saem para trabalhar, o navio mercante de Irwin está em Oakland, na doca seca) Cody chega bem quando a gente está se cochichando (ou acabamos de cochichar) e berra "Ah bem o que eu gosto de ver pela manhã, garotas e garotos!"

"Posso ir contigo, posso passar o dia contigo hoje?" ela me diz –

"Claro"

Cody está tirando as pules dele do bolso e acendendo um charuto e ficando todo alvoroçado na mesa da cozinha por causa da corrida, que nem o meu pai muito tempo atrás – "Só um pouquinho de açúcar no café, Lazarus, meu chapa", diz ele –

"Sim senhor."

Lazarus está saltitando pela cozinha com mil pães e ovos e bacons e escovas de dente e escovas de cabelo e gibis – É uma manhã clara ensolarada em Frisco, eu e Cody ficamos loucos de erva na mesma hora já na mesa da cozinha.

Nós dois de repente estamos falando em voz alta sobre Deus outra vez. Queremos que Lazarus aprenda. Metade do tempo a gente fala as coisas para ele – Ele só fica lá sorrindo e afastando o cabelo com a mão.

Cody em excelente forma mas eu tenho que fazer ele entender, enquanto ele diz "Então é sério que nem cê tá dizendo que Deus é a gente" – pobre Cody – "aqui mesmo agora, etcet, a gente não tem que ir correndo atrás de Deus porque a gente já tá aqui, mas Jack sério mesmo agora saca só meu velho essa porra desse caminho até o Céu é *longo*!" Berrando, sério, e Lazarus sorri cheio de preguiça no fogão, é por isso que chamam ele de "Laz".

"Você que fez tudo Lazarus?" eu digo.

Claro que foi.

"Palavras", eu digo para Cody.

"A gente começa com o nosso corpo astral cara e cê sabe o jeito que um fantasma vai quando tá indo pra lá praquela noite preta clara, indo em linha reta – e aí enquanto ele vaga, recém-nascido astral e principiante no jogo, ele começa a andar de um lado para o outro, ou melhor, a explorar, igual ao que o H. G. Wells diz sobre uma empregada que varre o corredor de um lado para o outro, o jeito que as migrações avançam – astral ele vai migrar lá até o próximo nível, o nível *marciano* – onde ele se esborracha em todas aquelas sentinelas saca, mas com a velocidade especial astral da interpenetração" –

"Palavras!"

"Tá certo, tá certo, mas aí depois – escuta Jack, teve um cara que tinha uma aura tão ruim de traição em volta dele, na verdade ele era uma entidade posterior de Judas, ele tinha, as pessoas davam a volta quando sentiam ele na rua. 'Quem é esse *traidor* que acabou de passar?' – a vida inteira sofrendo com alguma maldição, as pessoas tinham dele, que era o débito cármico que ele teve que pagar por vender Jesus por um punhado de prata –"

"Palavras"

Eu fico dizendo "palavras" e é sério mesmo – Estou tentando fazer Cody calar a boca para poder dizer "Deus é as palavras –"

Mas mesmo assim tudo não passa de palavras – mas Cody insiste e dá pancadas para mostrar que o universo é físico, ele acredita mesmo que o corpo é uma forma física independente bem na sua frente – que aí o fantasma astral foi embora: "E quando ele chega em Saturno algumas condições lá talvez pareçam, pureçam, quentes, pireçam *desastrar* lá, ele pode acabar sendo uma pedra, ou continuar –"

"Fala sério, a entidade não vai pra Deus no céu?"

"Vai com certeza, depois de um caminho longo e difícil, saca", acendendo o cigarro cheio de elegância.

"Palavras"

"Palavras como cê quiser"

"Pássaros"

Ele não presta atenção no meu "Pássaros".

"Até finalmente purificada e tão imaculada que mais parece uma roupa nova, a entidade chega no céu e volta pra Deus. É por isso que eu digo 'A gente não tá lá agora!' saca."

"A gente não tem como não estar lá agora, não podemos evitar a nossa recompensa."

Meu comentário deixa Cody estupefato por um instante, em geral eu sou bom com as palavras –

"O céu com certeza", eu digo.

Ele está quase sacudindo a cabeça – tem algo em Cody que não concorda comigo, se for assim somos fantasmas se debatendo nos mesmos assuntos em algum outro plano lá fora (nas vastidões indistanciáveis) – Mas de que adianta?

"PALAVRAS!!!" eu grito, que nem quando Raphael grita "Dane-se!"

"Cê não tá vendo", diz Cody radiante com uma gratidão e uma alegria legítimas, "tudo é preparado pra nós de antemão e só o que a gente precisa fazer é se atirar de cabeça... É por isso que eu tô a fim de ir ver a corrida hoje", diz Cody se atirando de cabeça, "Eu preciso ganhar aquela grana de volta e além do mais cara tem um negócio que eu quero que cê saiba, quantas vezes eu fui até o guichê de apostas e pedi pro cara o Número Cinco, só porque na hora alguém diz 'Número Cinco', mas o que eu queria mesmo era o Número Dois?"

"Por que você não diz simplesmente me dá o Número Dois vez do Número Cinco, eu me enganei? Ele te daria de volta, os Números?"

(Eu e Raphael também ficamos impressionados ontem na cabana com os papos de Cody sobre números, como você vai ver nas corridas.)

Em vez de responder se o sujeito do guichê mudaria ou não a aposta, ele continua: "Porque aquilo foi uma entidade desencarnada me dizendo 'Número Cinco' –"

"Às vezes você ouve um número do nada?"

"Essa entidade pode estar tentando fazer que eu ganhe ou perca, sem dúvida com a presciência do resultado da corrida, meu velho, não vai achar que eu não sei por que he meu garoto eu consegui e sabe o Lazy Willie nunca disse que alguma vez ele que cê mudou o segundo favorito –"

"Então pelo menos você sabe que as entidades dos fantasmas descarnados estão tentando fazer você perder – porque você disse que o sistema do segundo favorito não tem como dar errado."

"Não tem como"

"Como é que eles são?" pergunta Lazarus do outro cômodo onde ele agora está escovando o cabelo, sentado na beira da cama, escutando uma musiquinha na caixa.

"De todo jeito, auras, auras por exemplo daquele *traidor* que assustava todo mundo pela rua, auras que mostram ogros da imaginação provavelmente – opros enfim." É assim que Cody sabe brandir a língua celta.

"Uns puta fantasmões sórdidos descendo em fila – em direção ao céu infinito, caralho Cody, o que acontece?"

Ah os frufrus e os doces fifis que ele demonstra aos olhos, para mostrar como, pulando da cadeira para abanar e falar – O Pregador – Mai estava certo – Laz chega mais perto para curtir Cody dançando daquele jeito, Cody se inclina até embaixo e soca o chão com o punho, e fica de pé e pula para alguma coisa sobre Nijínski direto do chão e volta e traz os grandes braços musculosos do irmão de 15½ anos de Lil Abner para agitar e abanar no seu nariz, ele quer que você sinta o vento e o calor do Senhor –

"É tudo uma luz essencial e além dela não pode existir divisão", eu arrisco, e então acrescento: "Palavras."

"Jesus Cristo desce à terra e o Carma dele é saber que ele é o Filho de Deus fadado a morrer em nome da segurança eterna da humanidade –"

"De todos os seres sencientes."

"Não – das formigas não. Mesmo sabendo de tudo ele vai lá, morre na Cruz. Esse era o Carma dele com Jesus. – Curte só o significado."

Les onges qui mange
dans la terre...

86

Tudo o que Cody precisava fazer para escapar era dizer "Mas Deus está além das palavras" mas o que importam para ele as palavras ele quer ir para as corridas.

"O que a gente vai fazer agora é entrar naquele carrinho e ir ver uma xoxotinha gostosa que eu quero te mostrar e aí a gente vai pegar o teu garoto Raphael Shmashael lá e SIMBORA!" Imitando o locutor das corridas. Ele está remexendo todos os papéis e chaves e cigarros nos bolsos, nós vamos embora, Penny, que estava escovando o cabelo dela para sair e levando todo o tempo necessário agora tem que sair correndo com a gente e entrar no carro, Cody não quer saber de esperar, deixamos Lazarus encalhado no vão da porta livre para vagabundear o dia inteiro no apartamento sozinho – a gente acelera que nem homens de negócio na descida da encosta, e uma curva para a direita, outra curva, e uma curva para a esquerda e à direita para pegar a Third Street e esperar no semáforo para depois continuar descendo até logo antes de virar cidade, Cody não desperdiça uma migalha de tempo sequer – "Tudo é TEMPO, meu garoto!" ele grita – ele começa a falar sobre a teoria do tempo e sobre como todos nós temos que agir *depressa*. "O número de coisas a fazer é infinito!" ele grita (o ronco do motor é alto) – "Se ao menos a gente tivesse TEMPO!" ele berra quase gemendo.

"Que porra de história é essa aí sobre o tempo?" a garota está gritando. "Cacete, só o que eu ouço são uns papos sobre o Tempo e Deus e tudo quanto é merda!"

"Ah cala a boca" nós dois dizemos (nos nossos pensamentos debochados) e Cody fica enfurecido e ele tira o carro direto do inferno para se meter entre os bêbados da Third Street cambaleando para longe das garrafas que você vê vazias pelas ruas, ele xinga e dá um cavalinho de pau – "Vai com calma!" grita Penny enquanto o cotovelo louco dele dá uma porrada nela. Cody parece irritado o suficiente para roubar um banco ou matar um policial. Só de olhar você imaginaria que ele podia ser um foragido procurado no Oklahoma em 1892. Ele faria Dick Tracy estremecer antes de encher a cabeça dele de furos.

Mas em seguida na Market as garotas bonitas estão em evidência e aqui vai a descrição de Cody. "Lá vai uma. Nada mau. Olha só ela entrando na loja. Que bunda gostosa."

"Ah vocês!"

"Aquela lá não chega nem aos pés – hmm – bonita de frente, bonita de lado – desancada – pimpolha – pimponeta petá petá perrugem"

Pimponeta, é aí que ele se perde mesmo e quando tem crianças por perto elas ficam doidas rindo e curtindo. Mas ele nunca se faz de palhaço para os adultos. A estrela cadente da piedade deve ter um rosto desolado.

"Lá vai outra. Ah ela é um chuchuzinho, hein?"

"Onde onde?"

"Ah vocês homens."

"Vamos comer!" – e nós vamos todos comer em Chinatown, café da manhã, eu vou comer costeletas de porco agridoces e pato com amêndoas e tomar um suco de laranja, ugh.

"E agora crianças eu quero que vocês vejam que esse é o dia de todos os dias", anuncia Cody na mesa do restaurante, tirando as pules de um bolso para o outro, "e por *Deus*" batendo na mesa "eu vou recuperar o meu prejuízo", que nem W.C. Fields, e olha para cima em direção ao nada enquanto o garçom vem mas não para (um cara chinês com bandejas), "Estamos no *ostracismo* aqui", grita Cody – Depois quando os pedidos chegam vem para ele um café da manhã normal com presunto e ovos ou almoço, que nem a vez que a gente levou G.J. para a Old Union Oyster House em Boston e ele pediu chuleta de porco. Para mim vem todo aquele pato com amêndoas e eu mal consigo terminar.

Não tem espaço no carro, ou algum outro pretexto dissuasivo, para largar Penny na esquina e ir ver a nova garota favorita de Cody que mora lá e nós estacionamos o carro a toda e saímos correndo em direção ao quarto, ela está usando um vestidinho justo ajeitando o cabelo na frente do espelho, se embatonzando, dizendo "Eu vou ir agora pro estúdio de um fotógrafo filipino tirar umas fotos nua."

"Ah mas que beleza", diz Cody com bajulação extrema. E enquanto ela está se arrumando no espelho eu não consigo tirar os olhos do corpo dela, que é perfeito, e Cody que nem um maníaco sexual numa foto pornográfica especial inédita está de pé logo atrás bem juntinho dela, perto, sem tocar, enquanto ela percebe nem não percebe, ou nenhum dos dois, e ele está me olhando com uma grande súplica na boca, e apontando para ela, e dando forma e moldando ela com a mão livre, sem tocar, eu fico lá assistindo esse espetáculo incrível depois eu me sento ele continua de pé e ela segue pondo batom. Uma garota irlandesa maluca chamada O'Toole.

"Cara" diz ele até que enfim, e vai e pega uma ponta de erva e acende. Eu não consigo acreditar e finalmente chega um garoto de três anos que diz alguma coisa extremamente inteligente para a mãe como "Mãe, posso ter uma banheira com olhos de bebê?" algo assim, ou "Onde tá o brinquedo de bebê que eu posso usar pra ser menino", na verdade – Aí o marido dela chega, o sujeito do Cellar, que eu vi correndo e se destrambelhando todo. Para mim a situação é um teste supremo, e para tentar sair dela eu pego um livro (Zen Budismo) e começo a ler. Cody não dá bola, mas estamos prontos para sair, a gente vai levar ela até o fotógrafo. Eles saem correndo e eu atrás mas com o livro na mão, e preciso correr de volta e tocar outra vez a campainha (enquanto Cody enlaça a bela srta. O'Toole com o braço) e o marido dela me vê no pé da escada e eu digo "Esqueci o livro" e subo correndo para entregar para ele, "Eu esqueci mesmo é sério" e ele grita "Eu sei que você esqueceu, cara", completamente na boa e um casal perfeito.

A gente larga ela e vai buscar Raphael.

"Vai dizer agora que ela não é um coisinha, cê curtiu só aquele vestido?", e depois na mesma hora ele fica furioso. "Agora por causa dessa tua ideia de pegar o Raphael a gente vai se atrasar para a corrida!"

"Ah o Raphael é um puta cara! Eu juro eu sei! – Que que houve você não curte ele?"

"Ele é um desses caras que não curte – um desses carcamanos –"

"Ah garoto alguns são grosseiros e maus mesmo", eu admito, "mas o Raphael é um grande poeta."

"Ah meu chapa pode dizer o que cê quiser mas eu não entendo aquele cara."

"Por quê? Porque ele fica gritando toda hora? É o jeito que ele fala!" (O que é tão bom quanto o silêncio, tão bom quanto o ouro, eu podia ter acrescentado.)

"Não – Claro que eu curto o Raphael, cara cê não sabe que a gente –" e aí ele fica quieto igual uma pedra.

Mas eu sei que eu posso (*eu* posso?) que *Raphael* pode provar que ele é um baita cara – Cara, shmat, cura, "é cu" se escreve com as mesmas letras de "Céu" –

"Ele é um cara do bem – e um *amigo*."

"A sou-si-e-dade dos Amigos", diz Cody em um de seus raros momentos de ironia, que no entanto quando vem, como no dr. Samuel Johnson que eu também boswellei em outra vida, vem tão irlandesa tão Celta tão Dura e final que parece as rochas recebendo os estrondos do mar, sem ceder, mas aquele meio-tempo devagar, mas obstinado, irônico, ferro na rocha, as redes que o povo celta estende na rocha – O exemplo mais típico do tom de ironia dele é a escola jesuíta irlandesa, à qual Joyce também pertencia, para não falar de Ned Gowdy lá naquela montanha, e além do mais Tomás de Aquino o resistente e malfadado Papa do Pensamento, o Jesuíta Erudito – Cody tinha frequentado colégios religiosos e sido coroinha – Padres haviam sofrido junto ao pescoço dele enquanto ele torcia para quebrar as construções do céu – Mas agora ele estava de volta ao caminho da religião, acreditando em Jesus, e Nele (já que em países cristãos a gente usa o "N") –

"Você viu a cruz que o Raphael me emprestou pra eu usar? Que ele queria dar para mim?"

"Só"

Eu acho que Cody não gostou que eu use – Eu deixo ela para fora, vou continuar – sinto a estranha sensação da cruz depois eu esqueço dela e tudo se ajeita – A mesma coisa com tudo, e tudo é sagrado eu disse há muito tempo – muito tempo atrás antes que aparecesse um eu para dizer – palavras para esse efeito enfim –

"Beleza vamos até aquela porra de Richmond e cara é longe para burro então não vamos perder tempo – Cê acha que algum dia ele vai descer de lá?" olhando pela janela do carro em direção às janelas no teto.

"Eu vou subir até lá e trazer ele, vou tocar a campainha." Eu desço do carro e toco a campainha e grito para Raphael no alto da escada, abrindo a porta, uma senhora distinta aparece –

"Já vou descer!"

Eu vou até o carro e lá vem Raphael descendo os degraus altos da varanda com uma dança e balançando a cada passo e entrando animado no carro enquanto eu seguro a porta aberta para ele, Cody dá a partida, eu bato a porta e penduro o braço para fora da janela aberta e aqui está Raphael, com os dedos levantados em pequenos montinhos, "Ah, vocês tinham dito que iam passar aqui ao meio-dia em ponto –"

"Meia-noite", balbucia Cody.

"Meia-noite?!! Você disse porra Pomeray você disse que ia aparecer – você ah, você, ah agora eu tô entendendo, tô entendendo tudo, são complôs, complôs por toda parte, todo mundo quer me dar uma paulada na cabeça e pôr o meu corpo no túmulo – A última vez que eu sonhei contigo, Cody, e contigo, Jack, foi muito mais com pássaros dourados e todos os doces faunos me consolavam, eu era o Consolador, eu levantei as minhas saias de divindade para todas as criancinhas que precisavam, eu me transformei em Pã, eu toquei uma doce canção verde direto numa árvore e *você era essa tal árvore! Pomeray você era essa tal árvore!* – Agora eu tô entendendo tudo! Você não tá me acompanhando!"

As mãos dele o tempo todo para cima, gesticulando com pequenos cortes, ou talhos, no ar, que nem um italiano fazendo um discurso no bar para toda uma barra de latão de ouvintes – Uau, de repente eu fico impressionado com o timbre do som e a *delicatesse* imbatível de cada palavra e cada significado de Raphael, eu *acredito* nele, ele está *convencido* do que diz, Cody deve estar *vendo*, é verdade, eu olho para ver, ele está apenas dirigindo e escutando atento, e também fugindo do tráfego –

De repente Cody diz "É uma ruptura no tempo, quando cê vê um pedestre ou um carro ou um acidente adiante cê simplesmente bate como se nada fosse acontecer e se isso não te separar cê tem uma ruptura extra de tempo para dar graças, porque em geral dez vezes em cada uma os corpos astrais se separam, cara, e isso porque está tudo planejado lá no alto onde eles fazem Ci-gar-ri-lhas."

"Ach, Pomeray – eu não aguento esse Pomeray – ele só fala besteira – fica me dando puxões de orelha – isso nunca vai acabar – chega eu desisto – Que hora é a primeira corrida, cara?" a última parte dita em voz baixa e com interesse.

"O Raphael é um *reclamão*!" eu grito, "Raphel o Reclamão" – (foi Cody que tinha acabado de dizer "Um dos caras aí gosta de ficar reclamando, saca?" "E tem algum problema?" "Problema nenhum" –)

"A hora da primeira corrida agora é impossível de chegar", diz Cody desolado, "e claro a gente também não vai poder fazer a aposta dupla do dia –"

"E por acaso alguém queria fazer a aposta dupla do dia?" eu grito. "As chances nunca são boas. É uma chance em cem ou uma chance em cinquenta de você acertar dois vencedores em sequência, porra."

"Aposta Dupla?" diz Raphael passando o dedo nos lábios, e de repente ele está pensativo na estrada, e lá estamos nós no cupezinho com o velho motor barulhento de 1933, e você vê a visão de três rostos no vidro, Raphael no meio sem escutar nada e sem ver nada só olhando para frente, igual a Buda, e o motorista do Veículo Celestial (a Equipe Número Um da Grande Carreta de

Boi Branca como a Neve) falando sério sobre números, abanando com uma mão, e a terceira pessoa ou anjo escutando surpreso. Porque bem na hora ele está me dizendo que o segundo favorito paga seis dólares se ficar entre os três primeiros, depois cinco dólares se ficar entre os três primeiros duas vezes, depois quatro três vezes, depois um pouco menos do que quatro (uns vinte quarenta centavos) duas vezes, e dá dinheiro o dia inteiro, primeiro, segundo ou terceiro o dia inteiro –

"Números", diz Raphael longe de distante. Mas ele tem as carteirinhas dele com cerca de trinta dólares e talvez ele possa ganhar cem e encher a cara e comprar uma máquina de escrever.

"O que a gente tem que fazer, não obstante cês não acreditarem em mim, mas eu peço que cês saquem e compreendam, mas eu vou dizer só uma coisa, eu vou fazer ele ganhar o dia inteiro graças ao sistema do Lazy Willie – Ah e o Lazy Willie ah cê sabe Raphael ele era um velho apostador desse sistema e quando ele morreu encontraram ele morto naquele clube lá com $45.000 no bolso – o que significa que na época ele estava baixando uma grana preta e afetando até o quanto as apostas pagavam –"

"Mas eu só tenho 30 dólares!" grita Raphael.

"O resto vai vim com o tempo –" Cody ia ficar milionário com o sistema de Lazy Willie e sair construindo monastérios e retiros samaritanos e distribuindo notas de cinco dólares para os vagabundos merecedores no Skid Row e até para as pessoas nos carrinhos – Depois ele vai comprar um Mercedes e rodar pela Cidade do México na estrada de El Paso, "Metendo 265 nas retas e meu velho cê *sabe* que vai ter que ser esticando a marcha porque quando cê chega na curva e precisa reduzir para 130 ou 160 é uma questão de patinar de lado com as rodas e pé no freio –" Ele demonstra um pouco acelerando e ao mesmo tempo reduzindo a marcha num sinal vermelho (que ele sabe que é vermelho porque os carros estão parados, embora daltônico) – Que plúmbeos panoramas enevoados o audaz e nobre Cody vê? Essa é uma pergunta que eu podia fazer a Raphael e ele me responderia assim:

"Algum velho mistério imaculado."

87

"O que a gente vai fazer", diz Cody com o braço em nossos ombros na pista com bandeiras tremulando enquanto a gente se enfia no meio da multidão de apostadores debaixo da tribuna, "eu vou apostar na ponta, o Raphael vai apostar no placê e o Jack vai apostar no show, o dia todo, no segundo favorito" (batendo no programa durante o segundo páreo e agora no número do cavalo, ele enxerga esticando o pescoço entre as outras cabeças, o cavalo é o segundo favorito no quadro de apostas) – Raphael não entende coisa alguma mas no início a gente não se dá conta.

"Não eu não vou apostar", eu digo, "eu nunca aposto – Vamos tomar uma cerveja – O negócio é cerveja e beisebol e cachorros-quentes."

Porque finalmente Raphael anuncia o cavalo dele para a nossa imediata consternação mútua porque mostra que ele não entendeu lhufas do que "aposta no segundo favorito" significa – "Eu vou apostar no nove, é um número místico."

"É o número místico de Dante!" eu grito –

"Nove – *nove*?" diz Cody, olhando surpreso, "Por que aquele azarão está pagando trinta e um para um?"

Eu olho para Cody para ver se ele entende, de repente ninguém entende nada.

"Cadê a minha cerveja?" eu digo, como se um garçom estivesse ao meu lado com ela. "Vamos pegar uma cerveja e aí cê aposta."

Raphael está com o dinheiro na mão e acenando sério com a cabeça.

"Naturalmente", diz Cody, "eu vou apostar na vitória do segundo favorito – Cê tá sacando? É o cavalo número cinco."

"Não!" grita Raphael rindo. "O meu cavalo é o nove. Você não sacou?"

"Só, saquei", admite Cody e lá vamos nós fazer nossas apostas, eu espero no balcão de cerveja enquanto eles se misturam às filas desesperadas de apostadores esperando enquanto os cavalos se aproximam agora da marca de 1200 metros para dar tudo e logo vai soar (lá está ele!) a buzina e eles todos vão correr e se empurrar, a fila é lenta e ninguém olhou uma única vez para os cavalos de verdade na pista física – tudo são números astrais e fumaça de charutos e pés se arrastando – Eu olho em direção à plateia e à pista e à Golden Gate Bridge distante no outro lado da água ao longe, é a Golden Gate Fields Racetrack em Richmond Califórnia mas é definitivamente um formigueiro no Nirvana, eu sei por causa dos carrinhos ao longe – Eles são menores do que você acreditaria – É uma parada de espaço amplo – Com que reverência peculiar os pequenos jóqueis afagam os cavalos no partidor mas a gente não enxerga direito tão longe, eu só consigo ver os reverentes jóqueis de blusa com o corpo curvado por cima do pescoço dos cavalos, e mesmo assim o fato é que existem mais pescoços de cavalo do que cavalos no mundo, os pescoços dos cavalos são coisas lindas musculosas – Brrang! Foi dada a largada! – Nem ao menos compramos um programa então eu não sei que blusa o 5 de Cody está usando, ou o 9 de Raff, tudo que gente pode fazer (igual a todos os outros apostadores jururus do Mundo Cármico) é esperar até que os cavalos cheguem à marca dos 60 metros para ver direito, naquela manada diamantina, e quanto ao locutor a voz dele some em meio ao burburinho da plateia na saliência da curva mais distante, que nos deixa com olhares saltadores para ver os números se aproximando – passando – assim que os jóqueis diminuem a velocidade perto da curva do clube quando a corrida acaba, os fãs já estão brigando com as estatísticas do terceiro páreo – O 5 de Cody chega em terceiro, o 9 de Raphael está fora, quase o último, um cavalo cansado de Dante – vão trazer ele no brilho das lâmpadas nos meus sonhos – Cody nos aconselha a lembrar e anuncia: "Beleza, quando o segundo favorito chega em terceiro, naturalmente que está tudo quase como deveria ser, não é mesmo? Vendo que ele é o terceiro favorito, ele devia chegar em terceiro para a satisfação do público, joia joia, é só deixar ele à solta, o quanto mais ele perder mais forte eu fico."

"Como assim?" pergunta Raphael estupefato e querendo saber.

"Enquanto o segundo favorito perde uma vez atrás da outra a minha aposta aumenta, então quando ele ficar numa boa colocação eu ganho de volta tudo quanto eu tinha apostado e mais um pouco."

"Tá tudo nos números", eu digo.

"É incrível!" diz Raphael. Por dentro ele está remoendo: "Algum número místico deve surgir pra mim mais uma vez. Provavelmente outro nove. É que nem na roleta, o apostador. Dolgorúki ficava apostando tudo o que tinha no mesmo número e quebrou a banca. Eu vou ser que nem Dolgorúki! Não estou nem aí! Se eu perder é porque eu sou um merda e se eu sou um merda é porque o luar ilumina a merda! *Ilumina* a merda!" – "*Come* os meu bebês!"

Todo dia, segundo Simon, "Um poema entra na cabeça do Raphael e se transforma num grande Poema." Foi bem assim que Simon falou.

88

Enquanto a gente se apronta para apostar no terceiro páreo uma senhora chega perto de nós, com grandes olhos azuis vazios e solteirões, na verdade com um cabelo preso num coque pioneiro (ela é igual a um retrato de Grant Wood, você espera ver galpões góticos ao fundo), toda sincera, diz para Cody (que já conhecia ela de outras vezes nas corridas): "Aposte no 3, e se você ganhar me dê a metade – Eu não tenho dinheiro – Vai ser só dois dólares"

"No *três*?" Cody olha para o programa. "Esse azarão não vai ganhar –"

"Que cavalo é esse?" eu olho. Ele é o sétimo favorito num páreo de 12 cavalos.

"Claro que o sétimo favorito muitas vezes chega entre os primeiros duas vezes no mesmo dia", admite Cody em voz alta, e Raphael está encarando aquela senhora digna, que podia muito bem ser a mãe de Cody do Arkansaw, com surpresa e preocupação íntima ("Quem são essas pessoas loucas?")

Então Cody aposta no cavalo dela para ela, e também no dele, e também finalmente num outro palpite, espalhando o dinheiro por tudo, então quando o cavalo do sistema regular dele vence o terceiro páreo o lucro não é suficiente para cobrir toda a especulação e a insanidade – Enquanto isso Raphael apostou mais uma vez no 9, místico, que está cansado – "Raphael se cê quer ganhar alguma grana hoje é melhor cê me escutar", diz Cody. "Agora por razões óbvias o cavalo nesse quarto páreo é um segundo favorito claríssimo, sozinho lá pagando 9 para 2, o Número Dez"

"Número Dois! É o meu número favorito!" decide Raphael olhando para nós com um sorrisinho maroto –

"Ah não só ele é um azarão como aquele Prokner que está montando ele não para de cair –"

"Os jóqueis!" eu grito. "Raphael olha só os jóqueis! Olha só que blusas bonitas!" Eles estão saindo do padoque, Raphael nem ao menos olha. "Pensa só que loucura – que dançarinos loucos eles são."

O Número Dois sem dúvida está na cabeça de Raphael –

Agora, no quarto páreo, o partidor é puxado bem diante dos nossos olhos por seis grandes cavalos do time da Budweiser pesando quinhentos quilos, belos pangarés, com velhos tratadores reverentes, vagarosos, eles não têm a menor pressa para deslocar o partidor setecentos metros para a frente da tribuna, ninguém (a não ser as crianças brincando ao sol perto da cerca enquanto os pais delas fazem apostas, pequenas misturas estranhas de brancos e pretos) ninguém curte eles, nem olha, nem nada, tudo são números, todas as cabeças estão inclinadas em plena luz do sol sobre papéis cinzentos, as entradas do *Daily Racing Form*, do *Chronicle* em verde – alguns só escolhem números místicos no programa, eu fico analisando um programa que finalmente eu consegui juntando ele do chão atrás de estranhas pistas como o cavalo "Classic Face" é filho de Irwin Champion e a mãe dele é Ursory – ou eu procuro pistas ainda mais estranhas, como "Grandpa Jack", ou "Dreamer", ou "Night Clerk" (que significa que o velho balconista noturno do Bell Hotel pode estar inclinando a bondosa cabeça astral por cima dos nossos lamentáveis esforços fúteis no turfe) – Nos primeiros dias de apostas em cavalos Cody era inacreditável, ele na verdade era o cara designado para destacar os tíquetes no Bay Meadows Racing Special, e saía completo com o uniforme azul de guarda-freios com quepe e tudo mais, gravata preta, camisa branca, colete, orgulhoso, empertigado, elegante, com a garota da época (Rosemarie) e começava a primeira corrida com o programa bem direitinho no bolso lateral de pé todo orgulhoso na fila cambaleante de apostadores para esperar a vez dele no guichê, perdendo, até que lá pelo sétimo páreo ele estava todo destrambelhado, a essa altura já tinha enfiado o chapéu de volta no trem (estacionado no portão com a locomotiva e tudo pronto para voltar à cidade) e como ao perder dinheiro o interesse dele se voltava para as mulheres, "Olha só aquela mina lá com o pai dela ah hum", às vezes ele até (depois de perder todo o dinheiro) tentava dar um golpe nas senhoras que gostavam dos olhos azuis dele para que elas apostassem para ele – o dia acabava sempre com muita tristeza quando ele voltava para o trem, escovava o uniforme no banheiro (pedia para eu escovar as costas) e saía todo arrumado para trabalhar no trem (cheio de apostadores estropiados) atravessando de volta o pôr do sol vermelho de Bay Area – E agora hoje ele está vestindo só o jeans dos dias de folga, desbotado e justo, e uma camiseta desleixada e eu digo para Raphael "Olha só aquele *hombre* de Oklahoma andando na ponta dos pés para fazer a aposta, é isso que Cody é, um *hombre* rústico do Oeste" – e Raphael dá um sorriso amarelo quando vê.

Raphael quer ganhar dinheiro, não está nem aí para os poemas – Acabamos sentando nos bancos da tribuna alta e não conseguimos ver o partidor mesmo que ele esteja bem ali, eu quero ir até a cerca e explicar a corrida para Raphael – "Tá vendo o juiz da largada no palanque – ele vai apertar um botão que faz soar a buzina e abre os boxes do partidor e lá vão eles – Cuida só esses jóqueis, todos eles têm mão de ferro –"

Johnny Longden está entre os grandes jóqueis de hoje, e Ishmael Valenzuela, e o excelente mexicano chamado Pulido que parece tão observador examinando a plateia montado no cavalo, interessado mesmo, enquanto os outros jóqueis ficam sérios e mordem – "O Cody teve um sonho ano passado que o Pulido estava andando num vagão de trem na contramão e quando ele chegou na curva do clube todo o trem explodiu e só o que sobrou foi Pulido na pequena locomotiva do cavalo, ganhando sozinho – Eu disse "Uau, o Pulido ganhou" – então Cody me dá mais $40 para eu apostar nele em todas as corridas e ele não ganha uma única vez! – Eu digo isso para Raphael, que está roendo as unhas –

"Acho que eu vou voltar pro Número Nove."

"Segue o sistema, meu chapa!" implora Cody – "Eu te contei sobre o Lazy Willie sobre como encontraram ele morto com $45.000 em bilhetes de aposta –"

"Escuta, Raphael", eu interrompo, "o Lazy Willie só ficava bebericando café entre as corridas, provavelmente com um *pince-nez*, e se levantava no último minuto e via quanto estavam pagando no quadro de apostas e fazia a aposta dele e depois ia dar uma mijada enquanto os cavalos disputavam o páreo – Tudo está nos números – O segundo favorito é o consenso da multidão reduzido a um segundo grau que foi matematicamente estipulado para chegar entre os primeiros em não sei quantas vezes percentuais então se você ficar apostando de acordo com as perdas que você sofreu você vai acabar ganhando mais cedo ou mais tarde, a não ser que uma trágica sequência de perdas –"

"Só é isso aí, *trágica*, mas agora Raphael cuida só o que eu vou dizer e você vai ganhar uma grana –"

"Tá bom, tá bom!" – "Eu vou tentar!" –

De repente a plateia faz um oh quando um cavalo empinou no partidor e se enrolou todo e derrubou o jóquei, Raphael olha com um horror surpreso – "Olha, o coitado do cavalo ficou preso!"

Os cavalariços correm e se espalham e trabalham e recolhem o cavalo, que na mesma hora é eliminado do páreo, todas as apostas canceladas – "Eles podem se machucar!" berra Raphael tomado de dor – Por alguma razão isso não diz muito respeito a Cody, talvez porque ele tenha sido um caubói no Colorado e para ele os cavalos sejam coisas normais, que nem a vez que a gente viu um cavalo cair e espernear na reta oposta e ninguém deu a mínima, todo mundo gritava por causa da curva seguinte, lá está o cavalo com a pata quebrada (fadado a ser morto com um tiro) e o jóquei inerte um pontinho branco na pista, talvez morto, sem dúvida ferido, mas todos os olhos estão na corrida, como é que esses anjos loucos correm para a desbenevolência de seu Carma – "E o cavalo?" eu gritei quando o clamor se ergueu na reta final e como castigo eu mantive os olhos fixos na cena do acidente, ignorando completamente o resultado da corrida, que Cody ganhou – O cavalo foi destruído, o jóquei levado de ambulância para o hospital – e não por Simon – O mundo é grande demais – É só dinheiro, é só nossa vida, o clamor da multidão, o brilho dos números, os números são esquecidos, a terra é esquecida – a memória é esquecida – o diamante do silêncio parece seguir adiante sem seguir adiante –

Os cavalos de repente aceleram junto da cerca, você escuta os chicotes dos jóqueis batendo nos flancos, você escuta as botas e assobios, "Iah!" e lá vão eles correndo fazendo a primeira curva e todo mundo volta a olhar para os papéis para ver os números que representam o símbolo do que está acontecendo em volta da pista do Nirvana – O cavalo de Cody e de Raphael está bem na frente –

"Acho que ele vai continuar na frente", eu digo, graças à minha experiência, pelo menos 2½ corpos de vantagem e num cânter e preservado pela mão firme do cavaleiro – A volta na curva mais longe e lá vem eles, você vê o fulgor patético de esguias patas puro-sangue tão frágeis, depois a nuvem de poeira e direto para a linha de chegada, os jóqueis estão descontrolados – Nosso cavalo continua bem na frente e foge do adversário e ganha –

"Ah! Ah!" eles saem correndo para juntar as esmolas –

"Não falei? É só ficar com o velho Cody e cê não tem como perder!"

Enquanto isso fazemos expedições ao banheiro masculino, ao balcão de cerveja, ao balcão de café, aos cachorros-quentes e finalmente quando o último páreo se aproxima os céus se tingem com um entardecer dourado e longas filas de apostadores suam à espera da buzina – as figuras da pista que pareciam tão confiantes e renovadas no primeiro páreo agora estão todas estropiadas, cabisbaixas, enlouquecidas, algumas pessoas reviram o chão em busca de pules perdidas ou programas estranhos ou dólares caídos – E também é a hora de Cody começar a notar as garotas, precisamos seguir várias delas em volta da pista e ficar de bobeira só curtindo. Raphael diz "Ah esquece a mulherada, quem é o cavalo da vez? Pomeray você é um tarado!"

"Olha Cody você teria ganho a primeira carreira que a gente perdeu", eu digo apontando para o grande placar preto –

"Ah" –

A gente meio que enche o saco um do outro e mijamos separados nos mictórios mas estamos juntos nessa – É dada a largada do último páreo – "Ah vamos voltar para a doce cidade", eu penso, que está visível do outro lado da baía, cheia de promessas que nunca se cumprem a não ser na minha imaginação – Eu também fico com a impressão de que quando Cody ganha na verdade ele perde, tudo é efêmero e não pode ser pego com a mão – o dinheiro, sim, mas os fatos da paciência e da eternidade, não – A Eternidade! Significando mais do que todo o tempo e além de toda essa bostica e para sempre! "Cody você não tem como ganhar, você não tem como perder, tudo é efêmero, tudo é dor", são os meus sentimentos – Mas enquanto eu sou um não apostador astuto que não vai apostar nem no céu, ele é o Cristo sério cuja imitação de Cristo está na carne diante de você suando para acreditar que tudo o que ele faz é realmente uma questão de bem e de mal – Brilhando e tremendo para acreditar – um pastor da vida.

O dia acaba sendo um sucesso para ele, todos os cavalos deram dinheiro, "Jack ô seu fiadaputa se cê tivesse casado dois míseros dólares tirados da sua calça de brim em cada carreira e feito o que eu disse, cê teria uma bela nota de quarenta dólares agora à noite", o que é verdade mas eu não me arrependo – a não ser pelo dinheiro – Enquanto isso Raphael meio que ficou na mesma e ainda tem os trinta dólares dele – Cody ganha quarenta e enfia o dinheiro no bolso todo orgulhoso arrumando com todo cuidado as notas pequenas para o lado de fora –

É um daqueles dias felizes –

A gente sai da pista e passa pelo estacionamento até onde o cupezinho está estacionado de graça num desvio da ferrovia, e eu digo, "Aí tá a tua vaga, é só estacionar nela todo dia", porque agora que ele ganhou nada vai impedir que ele venha todo dia –

"Só, meu chapa, e além do mais isso que cê tá vendo aqui hoje vai ser um Mercedes-Benz daqui a seis meses – ou pra começar ao menos um Nash Rambler Stationwagon"

89

Ah sonhos lacustres, tudo está mudado – A gente entra no carrinho e voltamos e eu vejo a cidadezinha avermelhada no Pacífico branco, eu lembro da visão da Jack Mountain nos altaneiros crepúsculos da montanha, de como a vermelhidão encarnecia a muralha do pico mais alto até que o sol se pusesse, e ainda sobrava um pouquinho da altura e da curvatura da terra, e tem um cachorrinho sendo conduzido pela coleira no meio do supertráfego e eu digo "Os cãezinhos do México são tão alegres –"

"– tanto quanto eu vivo e respiro e eu não segurei a onda não fiquei com não nada, eu apenas deixei o meu sistema fugir de mim e joguei em outros cavalos e não o suficiente e perdi quinhentos dólares no ano passado – cê não tá vendo onde eu pretendo chegar?"

"Firmeza!" berra Raphael. "Estamos juntos nessa! Eu e você! Você recupera o prejuízo e eu ganho!" e Raphael me dá um dos sorrisos amarelos dele. "Mas eu tô vendo agora, eu te conheço agora, Pomeray, você é *sincero* – você quer mesmo ganhar – eu acredito – eu *sei* que você é o irmão contemporâneo assustador de Jesus Cristo, eu só não quero acabar metido com as apostas erradas, é que nem acabar metido com a poesia errada, o lado errado!"

"Tudo é o lado certo", eu digo.

"Talvez mas eu não quero quebrar – Eu não quero ser nenhum Anjo Caído, cara", diz ele, com uma tristeza e uma seriedade que vão até a alma. "Você! Duluoz! Eu vejo você essas suas ideias descer o Skid Row bebendo com os vagabundos, agh, eu nunca sequer pensei em fazer uma coisa assim, *pra que correr atrás da desgraça?* Deixa o leão dormir – Eu quero ganhar dinheiro, eu não quero dizer Oh Ah Ogh eu perdi o meu caminho, Oh Ah Ouro Querida eu perdi o meu caminho, eu *não* perdi o meu caminho ainda – Eu vou é pedir ao Arcanjo que me dê a vitória. Escuta! – O Arauto da Luz me escuta! Estou ouvindo a trombeta dele! Ô Cody e o tá tá tará tará o cara com o trombone comprido no início de cada corrida? Você curtiu aquilo?"

Ele e Cody estão completamente em sintonia em tudo, de repente eu percebo que deu certo a minha espera até que eles fechassem e se acertassem como amigos – Aconteceu – Resta muito pouca dúvida nos dois, agora – Quanto a *mim*, estou num estado de agitação porque estive num calabouço de ar por dois meses e tudo me agrada e me fascina, a minha nívea visão de partículas de luz que permeiam a essência das coisas, atravessando, eu sinto o Muro do Vazio – Claro que está dentro do meu interesse ver Cody e Raphael felizes um com o outro, tem tudo a ver com o nada que é tudo, eu não tenho motivo para discutir as picuinhas da ausência de julgamento colocada nas Coisas pelo Juiz Ausente que construiu o mundo sem construí-lo.

Sem construí-lo.

Cody nos deixa em Chinatown todo radiante para ir para casa e contar para a esposa que ele ganhou, e eu e Raphael vamos caminhando até a Grant Street no entardecer, rumo a destinos diversos assim que vemos um filme de monstro na Market Street. "Eu curti o que você disse Jack sobre o Cody lá nas corridas. Foi engraçado mesmo, a gente vai voltar lá na sexta. Escuta! Eu tô escrevendo um poema novo que é um barato –" de repente ele vê galinhas dentro de caixas no interior da escura loja chinesa, "Olha, olha, todas elas vão morrer!" Ele para na calçada. "Como Deus pode fazer o mundo assim?"

"E olha lá pra dentro", eu digo, as caixas pretas cheias de branco, "os pombos se mexendo – todos os pombinhos vão morrer."

"Eu não quero um mundo assim de Deus."

"Não te culpo."

"É disso que eu tô falando, eu não quero – Que jeito de morrer!" indicando os animais.

("Todas as criaturas tremem ante o medo da punição", disse Buda.)

"Cortam os pescoço deles em cima dos barril", eu digo, omitindo o "s" de uma maneira comum típica francesa de pular os "s"s, que Simon também usa sendo russo, nós dois gaguejamos um pouco – Raphael não gagueja nunca –

Ele simplesmente abre a boca e brada "Todos os pombinhos vão morrer eu já teria aberto os olhos há muito tempo. Eu não gosto mesmo assim, não ligo – Ah, Jack", de repente o rosto dele começa a se contorcer mesmo de olhar os pássaros, de pé na escura calçada da rua da loja, eu não sei se alguma vez já tinha acontecido antes de alguém quase chorar em frente a uma das vitrines de pássaros em Chinatown, quem mais poderia ter feito uma coisa dessas senão um santo silencioso como David D'Angeli (em breve) – e as caretas de Raphael despertam em mim uma lágrima que escorre depressa, eu vejo, eu sofro, todos nós sofremos, as pessoas morrem nos seus braços, é coisa demais para aguentar mas você tem que seguir adiante como se nada estivesse acontecendo, né? Né, leitores?

Pobre Raphael, que viu o pai morrer nas imagens do cordão de proteção, o zunzum da antiga casa, "A gente tinha pimentas vermelhas penduradas para secar no porão, a minha mãe escorada na caldeira, a minha irmã enlouquecida" (ele mesmo descreve) – A lua brilhando em toda aquela juventude e aqui essa Morte dos Pombos encarando ele no rosto, que nem eu e você, mas para o doce Raphael é demais – Ele é só uma criança pequena, eu vejo como ele cai e dorme entre nós, deixem o bebê em paz, eu sou o velho guardião de uma turma delicada – Raphael vai dormir nas penas dos anjos e toda aquela morte negra em vez de ser uma coisa do passado eu profetizo que vai ser um vazio – Sem suspiros, Raphael, sem choro? – o poeta precisa chorar – "Aqueles animaizinhos vão ter o pescoço cortado por pássaros", diz ele –

"Pássaros com longas facas afiadas que reluzem no sol da tarde."

"Só"

"E o velho Zing Twing Tong ele mora lá em cima naquele apartamento e fumava ópio do mundo – ópios da Pérsia – tudo que ele tem é um tapete no chão, um radinho portátil para viagem, e as coisas dele ficam debaixo do tapete – O lugar é descrito como um abrigo decrépito no *Chronicle* de São Francisco."

"Ah Duluoz, você é louco"

(Um pouco antes Raphael tinha dito, depois do surto daquele discurso com as mãos erguidas, "Jack você é um gigante", querendo dizer um gigante literário, embora um pouco antes eu tivesse dito para Irwin que eu me sentia como uma nuvem, de tanto ficar olhando eles por todo o verão no Desolation eu tinha virado uma nuvem.)

"Só que eu –"

"Eu não vou pensar a respeito, eu vou pra casa dormir. Eu não quero sonhar com porcos murchos e galinhas num barril –"

"Você tá certo"

Começamos a andar com passos largos em direção à Market. Lá a gente caminha até o filme de monstro e primeiro ficamos curtindo os cartazes na parede. "É um filme em lugar nenhum, não podemos ir ver", diz Raphael. "Não tem monstros, só o que tem é um homem da lua com uma roupa, eu quero ver dinossauros monstruosos e mamíferos de outros planetas. Quem é que vai pagar cinquenta centavos para ver caras com máquinas e painéis – e uma garota com uma monstruosa saia com cinto salva-vidas? Ah, vamos dar o fora daqui. Eu tô indo pra casa." Esperamos pelo ônibus dele e ele vai embora. Amanhã de noite a gente vai se encontrar naquele jantar.

Eu vou alegre até a Third Street, não sei por quê – Foi um grande dia. A noite está melhor ainda mas eu não sei por quê. A calçada parece macia quando eu me desenrolo debaixo de mim mesmo. Eu passo por antigos bares com jukeboxes onde eu costumava entrar e tocar Lester e comprar cerveja e falar com o pessoal, "Opa! O que você tá fazendo aqui?" "Chegando de Nova York, a Big Apple!" "Exatamente a Big Apple" "*A cidade central*" "A cidade central" "*A cidade do Bop*" "A cidade do Bop" "Só!" – E Lester está tocando "In a Little Spanish Town", tardes preguiçosas que eu passei na Third Street sentado em becos ensolarados tomando vinho – às vezes conversando – mesmo assim aparecem os mesmos velhos vagabundos excêntricos da América, com longas barbas brancas e casacos arrebentados, carregando saquinhos de papel com limões – Eu passo na frente do meu velho hotel, o Cameo, onde os bêbados do Skid Row passam a noite gemendo, você escuta eles na escuridão dos corredores acarpetados – tudo range – é o fim do mundo onde ninguém se importa – Eu escrevi grandes poemas nas paredes dizendo: –

> A Luz Sagrada é tudo o que há para ver,
> O Silêncio Sagrado é tudo o que há para ouvir,
> O Odor Sagrado é tudo o que há para cheirar,
> O Vazio Sagrado é tudo o que há para tocar,
> O Mel Sagrado é tudo o que há para provar,
> O Êxtase Sagrado é tudo o que há para pensar...

quanta ingenuidade – Eu não entendo a noite – Tenho medo das pessoas – Continuo andando alegre – Nada mais para fazer – Se eu estivesse andando no pátio da montanha eu estaria tão mal quanto eu estou caminhando pela rua da cidade – Ou tão bem – Qual é a diferença?

E tem o velho relógio e os neons do prédio de material para impressão que me faz lembrar do meu pai e eu digo "Pobre Papai" realmente sentindo ele e lembrando dele bem ali, como se ele pudesse aparecer, para influenciar – Embora a influência de um jeito ou de outro não mude nada, tudo não passa de história.

Na casa Simon saiu mas Irwin está deitado na cama pensando, também falando em voz baixa com Lazarus que está sentado na beira da outra cama. Eu entro e escancaro a janela para a noite estrelada e arrumo o meu saco de dormir para a noite.

"Afinal por que você tá triste, Irwin?" eu pergunto.

"Eu tô pensando que o Donald e o McLear nos odeiam. E o Raphel me odeia. E ele não gosta do Simon."

"Claro que gosta – nem tenta –" e ele me interrompe com um grande gemido e braços em direção ao teto na cama desarrumada: –

"Ah é tudo esse monstro! –"

Está acontecendo uma divisão brutal nas ideias dele sobre amigos, uns que eram próximos e outros que não, mas alguma coisa além da minha inteligência apolítica estava permeando o cérebro de Irwin. Os olhos dele estão escuros e esfumaçados com a suspeita, e os medos, e a ira silenciosa. Os olhos deles se esbugalham para mostrar, a boca está fixa no Caminho determinado. Ele vai conseguir a um custo muito alto para aquele coração bondoso.

"Eu *não quero* essa brigaçada toda!" ele grita.

"Tá legal."

"Eu só quero anjos clássicos" – ele já disse isso muitas vezes, a visão dele de todo mundo com as mãos dadas no paraíso sem nenhuma frescura. "*De mãos dadas* tem que ser!"

Meios-termos mal-humorados estavam poluindo o ar dele, o Céu – Ele tinha visto o Deus de Moloque e todos os outros deuses inclusive Bel-Marduk – Irwin tinha começado na África, no meio da África, fazendo biquinho com a cara emburrada, e caminhado até o Egito e a Babilônia e Elam e fundado impérios, o Semita Preto original que não pode ser separado do Hamita Branco mediante palavras ou deduções. Ele tinha visto o rosto de Ódio de Moloque na noite babilônica. Em Yucatán ele tinha visto os Deuses da Chuva, melancólicos ao lado de uma lâmpada de querosene nas rochas da mata. Ele se perde pensativo no espaço.

"Bom eu tô indo dormir boa noite", eu digo. "Tive um dia ótimo – Eu e Raphael acabamos de ver os pombos se debatendo" – e aí eu conto todo o meu dia para ele.

"Eu também estou com um pouco de inveja por você ser uma nuvem", diz Irwin sério.

"*Inveja?* Uau! – Uma nuvem gigante, isso é tudo o que eu sou, uma nuvem gigante, escorada de lado, virada em vapor – só."

"Como eu queria ser uma nuvem gigante", suspira Irwin de um jeito completamente sério e ainda assim mesmo que ele tire um sarro de mim ele não ri, ele está sério e preocupado demais com o desfecho de tudo, se vai ser a nuvem gigante ele só quer saber, nada mais.

"Você falou pro Lazarus sobre os rostos verdes na tua janela?" eu pergunto, mas eu não sei o que eles estavam discutindo e me deito, e acordo no meio da noite por alguns instante e vejo Raphael entrar e dormir no chão, e eu me viro e pego no sono outra vez.

Doce descanso!

De manhã Raphael está na cama e Irwin não está lá mas Simon está, é o dia de folga dele, "Jack eu vou com você hoje para a Academia Budista." Há dias eu planejo ir lá, comentei com Simon.

"Só mas você pode achar sacal. Eu vou ir sozinho."

"Nah, eu vou com você – eu quero contribuir pra beleza do mundo –"

"Como é que isso vai acontecer?"

"Apenas porque eu faço as coisas que você faz, ajudando você, e eu aprendo tudo sobre a beleza e cresço forte na beleza." Completamente sério.

"Que demais, Simon. Tá legal, vamos lá então – Vamos caminhar –"

"Não! Não! Tem um ônibus! Saca?" apontando para longe pulando, dançando, tentando imitar Cody.

"Tá legal tá legal vamos pegar o ônibus."

Raphael tem que ir em algum outro lugar, então a gente come e penteia os cabelos (e sai de casa) mas antes eu planto bananeira no banheiro por três minutos para acalmar os nervos e curar as minhas veias tristes e eu fico preocupado que alguém entre correndo no banheiro e me derrube em cima da pia... na banheira Lazarus deixou grandes camisas de molho.

90

Muitas vezes acontece de eu ter um surto de êxtase como o que tive caminhando de volta para casa na Third Street, com um dia de desespero, por conta do que eu não consigo apreciar o novo dia grandioso que acaba de nascer, também azul com céus azuis, com Simon de bom coração todo empolgado para me ver alegre, eu só consigo apreciar muito mais tarde em retrospecto – A gente pega um ônibus para a Polk e sobe o morro da Broadway por entre as flores e o ar fresco e Simon anda dançando e falando todas as ideias dele – Eu entendo tudo o que ele fala mas eu permaneço num clima sombrio lembrando ele de que nada importa – No fim eu acabo disparando "Eu tô velho demais para idealismos assim, já passei por isso antes! – Tudo outra vez eu preciso passar por tudo?"

"Mas é real, é verdade!" grita Simon. "O mundo é um lugar de encantos infinitos! É só você dar amor pra todo mundo e eles vão devolver! Eu já vi!"

"Eu sei que é verdade mas acontece que eu tô de saco cheio"

"Mas você não poder ficar de saco cheio, se você ficar de saco cheio a gente vai ficar de saco cheio, se a gente ficar de saco cheio e cansado a gente vai desistir, e aí o mundo vai afundar e morrer!"

"É assim que deve ser!"

"Não! A vida é que deve ser!"

"Dá tudo na mesma!"

"Ah Jack não me venha com essa, vida é vida e sangue e empurrões e cócegas" (ele começa a fazer cócega nas minhas costelas para provar) "Tá vendo? Você pula para fugir, sente cócegas, vive, você tem uma beleza viva no seu cérebro e alegria viva no seu coração e orgasmo vivo no seu corpo, só o que você precisa é querer! Vamos lá! Todo mundo adora caminhar de braços dados", e eu vejo que ele andou falando com Irwin –

"Ah que droga eu tô cansado", eu admito –

"Não! Acorda! Seja feliz! Onde a gente tá indo agora?"

"Estamos subindo esse morro para chegar na Academia Budista, vamos entrar no porão do Paul –"

Paul é um grande budista loiro que trabalha como faxineiro da Academia, ele sorri no porão, no clube noturno o Cellar quando tem jazz lá ele fica de olhos fechados rindo e pulando nos dois pés todo alegre de escutar o jazz e os papos loucos – Depois lentamente ele acende um cachimbo sério e ergue os olhos sérios em meio à fumaça e olha bem na sua cara e sorri em volta do cachimbo, um grande cara – Muitas vezes ele voltou para a cabana na encosta dos cavalos e dormiu no quarto abandonado dos fundos, em um saco de dormir, e quando o nosso pessoal aparecia em grandes números para levar vinho para ele de manhã ele sentava na cama e tomava um gole e depois saía para caminhar entre as flores, pensando, e voltava com uma nova ideia – "É que nem você diz, Jack, uma pipa precisa de uma cauda longa para alcançar o infinito, eu acabei de pensar agora, eu sou um peixe – eu vou nadando pelo mar sem deixar rastros – só água, sem caminho, sem direções e avenidas – mas abanando o rabo eu avanço – mas a minha cabeça parece não ter nada a ver com o rabo – enquanto eu puder" (se agachando para demonstrar) "bater as nadadeiras dorsais a esmo, eu posso seguir adiante sem me preocupar – Está tudo na minha cauda e a minha cabeça é só pensamentos – a minha cabeça está cheia de pensamentos mas o meu rabo é que me dá impulso" – Longas explicações – um sujeito sério silencioso estranho – Eu queria falar com ele sobre um manuscrito perdido que poderia estar no quarto dele, já que eu tinha deixado ele numa caixa para o primeiro que encontrasse, de fato até com as instruções: *Se você não entender essa Escritura, jogue-a fora. Se você entender essa Escritura, jogue-a fora. Eu insisto na sua liberdade* – e agora eu percebo que Paul pode ter feito exatamente assim, e dou risada ao pensar e tudo bem – Paul foi físico, estudante de matemática, estudante de engenharia, depois filósofo, agora budista sem filosofia, "Só com o meu rabo de peixe".

"Tá vendo só?" diz Simon. "Que dia incrível? O sol brilhando, garotas bonitas por toda parte, o que mais você quer? Meu velho Jack!"

"Tá legal, Simon, vamos ser pássaros angelicais."

"Vamos ser só pássaros angelicais aqui dá um passo pro lado meu garoto pássaros angelicais."

A gente chega na entrada que dá para o porão da construção sombria e chegamos ao quarto de Paul, a porta está encostada – Ninguém lá dentro – A gente entra na cozinha, tem uma garotona preta que diz que é do Ceilão, muito delicada e bonita, só que um pouco gorducha –

"Você é budista?" diz Simon.

"Ah eu não vou estar aqui – eu volto para o Ceilão na semana que vem."

"Que beleza!" Simon fica olhando para apreciar melhor ela – Ele quer levar ela para a cama, subir para um dos quartos no andar de cima dessa universidade religiosa e trepar nas camas – Eu acho que ela percebe alguma coisa e se esquiva de um jeito educado – A gente anda pelo corredor e espia para dentro de um quarto e lá tem uma jovem hindu deitada em um tapete no chão com o bebê dela e grandes xales e livros – Ela nem se levanta enquanto a gente fala com ela –

"O Paul tá em Chicago", ela diz – "Pode procurar o manuscrito no quarto dele, de repente tá lá."

"Uau", diz Simon olhando para ela –

"E depois vocês podem perguntar para o sr. Aums no escritório do andar de cima."

Atravessamos o corredor mais uma vez na ponta dos pés, quase rindo, corremos até o andar de cima para usar o banheiro, nos pentear, conversar, descemos até o quarto de Paul e procuramos no meio das coisas dele – Ele deixou um garrafão de borgonha do qual a gente se serve em xícaras japonesas finas como hóstias –

"Não quebra essas xícaras"

Eu me sento descansado na escrivaninha de Paul e escrevo um bilhete para ele – Tento bolar pequenas piadas Zen e haicais misteriosos –

"Lá está o tapete de meditação de Paul – nas noites chuvosas depois de alimentar a caldeira e comer ele senta aqui pra pensar."

"Sobre o que ele pensa?"

"Sobre nada."

"Vamos ir ver o que eles estão fazendo lá em cima. Vamos lá, Jack, não desiste, bola pra frente!"

"Mas pra frente aonde?"

"Pra frente, ora, não para –"

Simon sai dançando o número louco "Simon no mundo" com as mãos fazendo psst! e andando na ponta dos pés e Oops e exploração das maravilhas à frente na Floresta de Arden – Que nem eu mesmo costumava fazer –

Uma mulher secretarial mal-humorada quer saber quem deseja falar com o sr. Aums o que me deixa furioso, eu só quero falar com ele da porta mesmo, eu desço a escada irritado, Simon me chama de volta, a mulher está perplexa, Simon está dançando de um lado para o outro e é tudo como se as mãos dele estivessem estendidas segurando eu e a mulher em um espetáculo elaborado – No fim a porta abre a lá vem Alex Aums com um elegante terno azul, muito estiloso, de cigarro na boca, nos espiando com os olhos apertados, "Ah aí está você", para mim, "como você tem passado? Não quer entrar?" apontando para o escritório.

"Não, não, eu só quero saber, por acaso o Paul não deixou um manuscrito com você, um manuscrito meu, para guardar, ou então você sabe onde –"

Simon está olhando de um lado para o outro para nós dois perplexo –

"Não. Não mesmo. Nada. Pode estar no quarto dele. A propósito", ele diz com um jeito todo amigável, "você não viu o artigo que saiu no *New York Times* sobre Irwin Garden – não fala sobre você mas é todo sobre –"

"Ah só eu vi sim."

"Bem, foi bom rever você", ele diz, enfim, e vê, e Simon faz um gesto de aprovação com a cabeça, e eu digo "Pra mim também, até mais Alex", e desço as escadas correndo e lá fora na rua Simon grita: –

"Mas por que você não foi e apertou a mão dele e deu tapinhas nas costas dele e fez amizade – por que vocês estavam falando cada um numa ponta do corredor e fugindo?"

"Bom a gente não tinha assunto."

"Mas tinha tudo quanto era assunto, as flores, as árvores –"

Nós corremos pela rua conversando a respeito e no fim sentamos em um muro de pedra debaixo de uma árvore no parque, na calçada, até que chega um senhor com uma sacola de verduras. "Vamos contar pro mundo inteiro, começando por ele! – Ei, senhor! Olha aqui! Olha esse homem é budista e ele pode lhe falar a respeito do paraíso do amor e sobre as árvores..." O homem dá uma olhada rápida e aperta o passo – "Cá estamos nós sentados sob o céu – e ninguém nos dá ouvidos!"

"Tudo bem, Simon, eles sabem."

"Você devia ter entrado no escritório do Alex Aums e encostado os joelhos nos dele com os dois sentados em cadeiras risonhas falando sobre os velhos tempos mas você ficou com medo –"

Agora eu vejo que se vou conhecer Simon pelos próximos cinco anos eu vou ter que passar por tudo isso outra vez, como eu fiz na idade dele, mas eu vejo que é melhor passar do que não passar – Palavras que temos que usar para descrever palavras – Além do mais eu não quero decepcionar Simon nem agourar os idealismos jovens dele – Simon se alimenta de uma crença absoluta na irmandade dos homens quanto tempo isso vai durar até que outros assuntos obscureçam... ou nunca... Seja como for eu fico envergonhado de não conseguir acompanhar o pique dele.

"Frutas! É disso que a gente precisa!" ele diz ao ver uma loja de frutas – A gente compra melões e uvas e dividimos tudo e caminhamos pelo túnel da Broadway berrando com vozes altas para fazer eco, mascando uvas e babando os melões e jogando tudo fora – Chegamos em North Beach e vamos em direção à loja de bagels para ver se encontramos Cody.

"Vamos lá! Vamos lá!" Simon berra atrás de mim me empurrando enquanto a gente caminha depressa pela calçada estreita – Eu não desperdiço uma única uva, como todas.

91

Em seguida, depois do café, já é hora e quase tarde para ir para o jantar de Rose Wise Lazuli onde vamos encontrar Irwin e Raphael e Lazarus –

Estamos atrasados, nos envolvemos em longas caminhadas montanha acima, rindo eu estou por causa dos comentários insanos de Simon, como "Olha só aquele cachorro – ele tem uma mordida na cauda – ele esteve numa briga e os dentes loucos rangentes pegaram ele" – "Vai ser uma boa lição – vai ensinar a ele respeito por não lutar." E para pedir informações de um casal num carro esportivo da MG. "Como a gente faz pra chegar em tl-a tl-a como é mesmo o nome Tebsterton?"

"Ah Hepperston! Claro. Quatro quarteirões adiante à direita."

Eu nunca sei o que quatro quarteirões adiante à direita quer dizer. Sou que nem Rainey, que caminhava com um mapa na mão, desenhado pelo chefe dele na padaria, "Ande até a rua tal", Rainey com o uniforme da firma simplesmente sai do trabalho de uma vez por todas porque ele não sabe onde querem que ele vá afinal de contas – (um livro inteiro sobre Rainey, sr. *Caritas*, como diz David D'Angeli, que a gente está destinado a encontrar agora à noite na festa de arrombar na casa rica depois da leitura poética –)

Lá está a casa, a gente entra, a senhora abre a porta, um rosto muito doce, eu gosto desses olhos sérios de mulher que ficam líquidos e olhos de alcova até na meia-idade, denotando uma alma de amante – Lá vou eu, Simon me corrompeu ou me proselitizou, ou – Cody o Pregador está perdendo terreno – Uma mulher tão doce com óculos elegantes, acho que com uma fita bem fina dependendo da maquiagem do rosto, acho que brincos, eu não lembro – Uma mulher muito elegante numa esplêndida casa antiga no distrito refinado de São Francisco, num morro de vegetação densa, em meio a cercas vivas de flores vermelhas e muros de granito que conduzem aos parques das mansões abandonadas da Berbéria, transformadas em velhos clubes arruinados, onde os bêbados das principais firmas da Montgomery Street aquecem os traseiros no fogo crepitante das grandes lareiras e as bebidas passam sobre rodinhas, por cima dos tapetes – A neblina sopra para dentro, a sra. Rose às vezes deve tremer no silêncio da casa – Ah, e o que ela deve fazer à noite, no "vestido cintilante" como diria W.C. Field, e senta na cama para escutar um barulho estranho no andar de baixo e aí resolve planejar o destino o plano mórbido de derrota diária – "Cantando pra passar a palha" é só o que eu consigo escutar – Tão doce, e tão triste que ela tenha que se levantar de manhã para ver o canário na cozinha amarelo-clara e saber que ele vai morrer. – Me lembra da minha Tia Clementina mas não é nem um pouco parecida com ela – "De quem ela me faz lembrar?" eu fico me perguntando – ela me lembra de uma antiga amante que eu tive em outro lugar – A gente já tinha passado noites agradáveis junto, acompanhando elas de maneira elaborada (ela e Berenice Whalen a amiga poetisa) pelas escadas do The Place, em uma noite especialmente louca em que um maluco se deitou de costas no piano, em cima, tocando no trompete os riffs altos e claros e idiotas de Nova Orleans – que eu admito até que eram bem bons como brocados para se ouvir descendo a rua – Depois a gente (eu e Simon e Irwin) tinha levado as moças para um bar insano de jazz, os garotinhos pirados que estavam mandando ver naquela noite (e eu tinha peyotl comigo) e um cara de Las Vegas com roupas casuais e perfeitas, sapatos como sandálias elaboradas perfeitas para Las Vegas, para fazer apostas, e assume a bateria e começa um ritmo maluco com um ruflar das baquetas nos pratos e o bum dos bumbos e botando para quebrar e deixa o baterista tão impressionado que ele se escora para trás quase caindo e marcando a batida com a cabeça no coração do contrabaixista – Rose Wise Lazuli tinha curtido todas essas coisas comigo, e tivemos conversas elegantes em táxis (clop clop James de Washington Square), e eu fiz uma coisa que provavelmente Rose, que tem 56 anos, nunca esqueceu: – num coquetel, na casa dela, acompanhei a melhor amiga dela pela rua à noite até o ponto de ônibus a 2 quarteirões de distância (a casa da Sonya de Raphael é bem perto), a senhora no fim pegou um táxi – "Ah, Jack", de volta na festa, "*que gentileza* sua para com a sra. James. Ela é sem dúvida a melhor pessoa que você vai conhecer na vida!"

E aqui na porta agora ela me cumprimenta: "Estou tão feliz que você veio!"

"Desculpa o atraso – a gente pegou o ônibus errado –"

"Estou tão feliz que você veio", ela repete, fechando a porta, então eu percebo que ela sente que eu vou causar uma situação impossível na sala de jantar, ou, ironia – "Tão feliz que você veio", ela diz outra vez e eu percebo que é só a lógica de uma menininha, fique repetindo as gentilezas e você não perde o decoro – Na verdade ela inspira uma atmosfera inocente numa festa que no mais está cheia de vibrações antagônicas. Eu vejo Geoffrey Donald rindo encantado, então eu sei que tudo está bem, eu vou e me sento e beleza. Simon senta no lugar dele, com um "uh" de respeito sincero nos lábios. Lazarus está lá, sorrindo que nem a Mona Lisa mais ou menos, uma mão em cada lado do prato para demonstrar etiqueta, um grande guardanapo no colo. Raphael está jogado na cadeira e de vez em quando espeta um naco de presunto com o garfo, com as elegantes mãos preguiçosas dependuradas, gritando, às vezes em silêncio total. Irwin está sério e com barba mas rindo por dentro (de alegria encantada) então os olhos dele não conseguem esconder o brilho. Os olhos dele pulam de rosto em rosto, uns olhões castanhos sérios que se você resolvesse encarar ele ia encarar você de volta e uma vez a gente se desafiou e ficamos nos encarando sem parar por 20 minutos, ou 10, eu esqueci, mas os olhos dele ficavam cada vez mais a fim de saltar, os meus se cansaram – O Profeta dos Olhos –

Donald parece delicado de terno cinza, rindo, ao lado de uma garota com roupas caras, falando sobre Veneza e os pontos turísticos. Ao meu lado está uma garota bonita que chegou há pouco para morar em um dos quartos extras de Rose, para estudar em São Francisco, é, e aí eu penso: "Será que a Rose me convidou para eu conhecer ela? Ou será que ela sabia que todos os poetas e os Lazarus iam me seguir de qualquer jeito?" A garota se levanta e serve Rose, o que me agrada, mas ela põe um avental, uma espécie de avental de criada que me deixa confuso por um tempo, na minha falta de modos.

E como Donald é elegante e incrível, Flauta da Felicidade, sentado ao lado de Rose, fazendo comentários apropriados que eu não lembro nenhum deles de tão perfeitos que eram, tipo "Não tão vermelho quanto um tomate, eu espero", ou o jeito ribombante que ele ria quando todo mundo fez a mesma coisa na hora em que eu dei o meu *faux pas* constrangedor, que foi reconhecido como piada, começando: "Eu *sempre* ando nos trens de carga."

"Mas quem quer andar em trens de carga?" – Gregory – "Eu não curto essa porra toda de andar nos trens de carga e ficar trocando bitucas com os vagabundos – Por que você faz isso, Duluoz?" – "Sério mesmo, no duro!"

Mas é um trem de carga de primeira classe", e todo mundo se estoura rindo e eu olho para Irwin no meio de toda a risada e digo: "É sério, o Midnight Ghost é um trem de primeira classe, ele não fica parando pelo caminho", que Irwin sabe porque ele aprendeu sobre as coisas da ferrovia comigo e com Cody – Mas a risada é genuína, e eu me consolo com a lembrança, corporificada no Tao da minha memória. "O Sábio que provoca o riso é mais valioso do que um poço." Então eu poço piscar para a traça transbordante de vinho venturoso e viro decantadores de vinho (borgonha tinto) na minha taça. É quase grosseiro o jeito que eu uivo com aquele vinho – mas todo mundo começa a me imitar – na verdade eu não paro de servir o copo da anfitriã e depois o meu – Quando em Roma, é o que eu sempre digo.

O desdobramento perfeito da festa gira em torno do tema como vamos promover a revolução. Eu providencio a minha pequena contribuição dizendo a Rose: "Eu li no *New York Times* sobre você ser o espírito que anima os círculos de poesia aqui de São Francisco – É sério?" e ela pisca o olho pra mim. Sinto vontade de acrescentar "Sua safada" mas prefiro não dar uma de espertalhão, é uma das minhas noites relaxadas, eu gosto de boa comida e bom vinho e boa conversa, e que mendigo não gosta?

Então Raphael e Irwin aproveitam a deixa: "A gente vai até o fim! A gente vai tirar a roupa pra ler os nossos poemas!"

Eles estão berrando na mesa toda polida mas ainda assim tudo parece natural e eu olho para Rose e mais uma vez ela me pisca o olho, Ah ela me conhece – Ah o momento de dar graças a Deus quando Rose está no telefone e os outros estão pegando os casacos no corredor, só nós os garotos na mesa, Raphael grita "É isso que a gente vai fazer, temos que abrir os olhos deles, temos que *bombardear* eles! Com *bombas*! Vai ter que ser assim, Irwin, desculpa – é verdade – é a mais pura verdade" e nesse ponto ele está de pé tirando as calças na toalha de mesa rendada. Ele vai em frente e chega a tirar os joelhos para fora mas é só uma brincadeira e logo ele se arruma outra vez quando Rose volta. "Garotos, vamos ter que caprichar! Está quase na hora da leitura!"

"Nós vamos em carros separados!" ela avisa.

Eu que estive rindo esse tempo todo me apresso para terminar o presunto, o vinho, me apresso para conversar com a criadinha que fica tirando os meus pratos em silêncio –

"A gente vai estar todo mundo pelado e a *Time* não vai tirar a nossa foto! Essa é a verdadeira glória! Admitam!"

"Eu vou bater punheta bem na frente deles!" berra Simon dando um murro na mesa, com grandes olhos sérios iguais aos de Lênin.

Lazarus se inclina para a frente sentado na cadeira para não perder nada, mas ao mesmo tempo ele está batucando na cadeira, ou se balançando, Rose fica nos examinando com um "tsc-tsc" mas pisca o olhos e nos deixa sair – é assim que ela é – Todos esses poetas loucos comendo e berrando na casa dela, graças a Deus que eles não levaram junto Ronnie Taker que teria ido embora carregando a prataria – ele também era poeta –

"Vamos começar uma revolução contra mim!" eu grito.

"Nós vamos começar uma revolução contra Tomé o Duvidador! Vamos instituir jardins paradisíacos nos estados do nosso império! Vamos atormentar a classe média com bebês nus pelados que crescem correndo pela terra!"

"Vamos abanar as nossas calças como bandeiras!" grita Irwin.

"Vamos saltar no ar e pegar bebês!" eu grito.

"Joia", diz Irwin.

"Vamos latir para os cachorros loucos!" grita Raphael triunfante. *Bang* na mesa. "Vai ser –"

"Vamos ricochetear bebês no nosso colo", diz Simon olhando direto para mim.

"Bebês, shmebês, a gente vai ser que nem a morte, a gente vai se ajoelhar para beber de riachos silenciosos." (Raphael).

"Uau"

"O que isso quer dizer?"

Raphael dá de ombros. Ele abre a boca: – "A gente vai martelar a boca deles! Com martelos de fogo! Os martelos mesmo vão estar em chamas! Eles vão *bater* e *bater* nos cérebros poderosos!" E o jeito que ele diz *cérebros* nos pega de jeito, os "r"s esquisitos... "r"s grossos, sinceros...

"Quando eu vou poder ser comandante de uma nave espacial?" diz Lazarus e isso é o que ele pretende com a nossa revolução.

'Lazarus! Nós vamos te conseguir pombos dourados imaginários para fazer as vezes de motor! Vamos enforcar a efígie de São Francisco! Vamos matar todos os bebês no nosso cérebro! Vamos derramar vinho na garganta de cavalos putrefatos!!! Vamos levar paraquedas para a leitura de poemas!"

(Irwin segurando a cabeça.)

Essas são tentativas de exemplos do que ele estava dizendo de verdade –

E todos nós estamos falando, Irwin por exemplo diz: "Vamos exibir cus nas telas de Hollywood."

Ou eu digo: "Vamos chamar a atenção dos gângsteres maus!"

Ou Simon: "Vamos mostrar pra eles os pentelhos loiros do nosso caralho."

O jeito que o pessoal fala – Cody diz: "Vamos todos pro Céu nos braços de alguém que a gente ajudou."

92

Passe como o relâmpago que some, e não se preocupe –

Nós nos amontoamos em dois carros diferentes, Donald dirigindo na frente, e saímos em direção à leitura dos poemas que eu não vou curtir ou na verdade sequer aguentar, eu já estou com o plano (vinho e coisa e tal) de escapar até um bar e me encontrar com todo mundo depois – "Quem é esse Merrill Randall?" eu pergunto – o poeta que vai ler os escritos dele.

"É um cara magro elegante com óculos de armação de chifre e gravatas bonitas que você conheceu em Nova York no Remo mas você não lembra", diz Irwin. "Um da turma do Hartzjohn –"

As xícaras de chá altas – seria interessante ouvir ele conversar espontaneamente mas eu não vou ficar ouvindo as produções engenhosas dele na frente de uma máquina de escrever dedicadas quase sempre à imitação da melhor poesia escrita até hoje, ou ao menos a uma aproximação – Eu prefera ouvir as novas bombas verbais de Raphael, na verdade eu preferia descobrir que Lazarus escreveu um poema –

Rose está guiando o carro devagar ansiosa até o tráfego do centro de São Francisco, eu não paro de pensar "Se o Cody estivesse dirigindo a gente já tinha ido e voltado nesse tempo" – É estranho que Cody nunca venha para leituras de poesia ou alguma outra dessas formalidades, ele só veio uma vez, para honrar a primeira leitura de Irwin, e quando Irwin terminou de uivar o último poema e todo mundo ficou em silêncio foi Cody, vestido com o terno de domingo, que se aproximou e estendeu a mão ao poeta (o amigo com quem ele tinha atravessado de carona os Texas e Apocalipses de 1947) – Eu sempre lembro dessa cena como um típico ato bonito humilde de amizade e bom gosto – Roçando os joelhos e de ponta-cabeça no carro a gente estica o pescoço enquanto Rose tenta estacionar na vaga, devagar – "Deu, deu, mais um pouquinho, vira." E ela suspira "Pronto –" Eu sinto vontade de dizer "Ah Rosey por que você não fica em casa comendo chocolate e lendo Boswell, toda essa socialização só vai te trazer rugas de preocupação no rosto – e um sorriso social não é nada além de dentes."

Mas o salão está cheio de pessoas que chegaram cedo, e tem a garota dos ingressos, e os programas, e nós sentamos por lá conversando e no fim eu e Irwin damos o fora para comprar uma garrafinha de sauternes para soltar a língua – Na verdade a cena é encantadora, agora Donald está lá sozinho, a garota se foi, e ele conta piadinhas encantadoras – Lazarus está de pé mais ao fundo, eu de cócoras com a garrafa – Rose nos trouxe e cumpriu a parte dela, ela vai e se senta, ela tem sido a Mãe que dirige o Veículo-Máquina em direção ao Céu, com todos os filhos dela que não queriam acreditar que a casa estava em chamas –

Só o que me interessa é que vai ter uma festa num casarão depois, com ponche, mas agora chega David D'Angeli, deslizando como um árabe, sorrindo, com uma bela garota francesa chamada Yvette de braço dado com ele e minha nossa ele parece um dos heróis elegantes de Proust, *O Padre*, se Cody é o Pregador David é o Padre mas ele sempre tem uma garota bonita para papar, na verdade eu tenho certeza de que a única coisa que pode impedir David de fazer os Votos na Ordem Católica é que talvez ele queira casar (já foi casado) outra vez e ter filhos – de todos nós David é o mais bonito, ele tem traços perfeitos, que nem Tyrone Power, só que mais sutis e esotéricos, e o sotaque que ele fala eu não sei de onde ele tirou aquilo – É como um mouro que estudou em Oxford, David tem um certo quê de árabe ou arameu (ou cartaginense, como Agostinho) embora seja filho de um finado comerciante italiano do atacado cheio de grana e a mãe dele mora num lindo apartamento com móveis caros de mogno e prataria e uma despensa cheia de presunto italiano e queijo e vinhos – caseiros – David é como um Santo, ele parece um Santo, ele é uma dessas figuras fascinantes que começam a juventude em busca do mal ("Experimenta umas dessas pílulas", ele disse a primeira vez que Cody o viu, "elas vão te dar o *barato final*" então Cody nunca se arriscou a tomá-las) – Lá estava David, naquela noite, deitado cheio de elegância num tapete de pele branco em cima da cama, com um gato preto, lendo o Livro Egípcio dos Mortos e passando baganas de um lado para o outro, falando de um jeito estranho, "Que coisa maravil-l-l-lhosa, é s-s-sério", ele dizia, mas desde aquela vez "O Anjo derrubou ele da cadeira", ele teve uma visão dos livros dos Pais da Igreja, todos eles num único instante, e ele foi *ordenado* a voltar para a fé católica em que ele tinha nascido e assim em vez de crescer e virar um poeta hipster elegante e um pouco decadente ele é uma figura radiante com um passado negro ao estilo de Santo Agostinho dedicado à Visão da Cruz – Mês que vem ele vai para um Monastério Trapista passar uma temporada – Em casa ele escuta Gabrielli no último volume antes de ir para a comunhão – Ele é bondoso, justo, brilhante, adora dar explicações, não aceita não como resposta. "O seu budismo não é nada além dos vestígios do maniqueísmo J-a-a-a-ck, admita – afinal de *countas* você foi batizado e não há mais *quextão* alguma, sabe", gesticulando com a mão branca magra delicada de padre – Mas agora ele entra deslizando no salão completamente refinado, rolaram uns boatos de que ele tinha parado com o proselitismo e alcançado o estágio de silêncio refinado nesse assunto, perfeitamente natural ter aquela Yvette no braço dele, e ele todo embonecado à perfeição com um terno simples e uma gravata simples e um novo cabelo escovinha que confere ao rosto dele um novo aspecto viril, mesmo que o rosto dele em um ano tenha mudado da doçura juvenil para a doçura e a gravidade masculinas –

"Você parece mais viril esse ano!" é a primeira coisa que eu digo.

"Como assim *viril*!" ele grita, batendo o pé no chão e rindo – O jeito que ele se alça a voos árabes e oferece a mão branca mole sincera gentil – Mas enquanto ele fala e em todos os estágios de desenvolvimento dele só o que eu posso fazer é dar risada, ele é muito engraçado, ele fica sorrindo além dos limites da razão e você percebe que o sorriso dele é uma piada sutil (uma grande piada) que ele espera que você perceba afinal de contas e ele continua emitindo a loucura branca naquela máscara até que só o que você tem a fazer é escutar as palavras íntimas dele que ele nem está falando (sem dúvida palavras engraçadas) e é demais – Ele tem um sotaque que mistura (ao que parece) um sotaque ítalo-americano de segunda geração mas com camadas extremamente britanificadas por cima da elegância mediterrânea que cria uma excelente e estranha forma nova de inglês que eu nunca ouvi em nenhum outro lugar – David Caridoso, David Cortês, que usou (a meu pedido) a minha capa de chuva de capuchinho na minha cabana e saiu com ela para meditar debaixo das árvores à noite e rezou de joelhos provavelmente, e voltou para a cabana iluminada onde eu estou lendo sutras "maniqueístas" e tirou a capa só depois de me deixar ver como ele ficava com ela, e ele parecia um monge – David que me levou para a igreja domingo de manhã e depois da comunhão ele atravessou a nave lateral com a hóstia derretendo embaixo da língua, os olhos pios no entanto de alguma forma ainda cheios de humor ou ao menos voltados para baixo, as mãos enlaçadas, para que todas as mulheres vissem a imagem perfeita de um padre – Todo mundo dizendo o tempo inteiro para ele: "David escreve a confissão da tua vida que nem Santo Agostinho!" e ele acha divertido: "Mas *todo mundo*!" ele ri – Mas é porque todo mundo sabe que ele é um tremendo cara que passou muitas provações e agora está a caminho do céu, que não tem nenhum uso aqui na terra, e todo mundo percebe mesmo que ele sabe alguma coisa esquecida e que foi excluída da experiência de Santo Agostinho ou de Francisco de Loyola ou dos outros – Agora ele aperta a minha mão, me apresenta para Yvette linda perfeita de olhos azuis e se agacha comigo para tomar um gole de sauternes –

"O que você tá fazendo de novo?" ele ri.

"Você vai estar na festa mais tarde? – Ótimo – Eu vou dar o fora e ir pra um bar –"

"Cuida pra não ficar *bêbado*!" ele ri, ele sempre ri, na verdade quando ele e Irwin se juntam é uma risadinha atrás da outra, eles trocam mistérios esotéricos por sob o domo bizantino daquelas duas cabeças vazias – peça por peça do mosaico, os átomos são vazios – "As mesas vazias, todo mundo foi embora", eu canto, no ritmo de "You're Learning the Blues" de Sinatra –

"Ah essa parada de vazio", ri David. "Sério Jack, eu espero que você mostre melhor o que você sabe e não fique só nesses negativos budistas –"

"Ah eu não sou mais budista – não sou mais nada!" eu grito e rio e ele me dá um tapa de leve. David já me disse antes: "Você foi batizado, tocado pelo mistério da água, agradeça a Deus por isso –" ..."senão eu não sei o que teria sido de você –" É a teoria, ou crença, de David que "Cristo se esborrachou desde o céu pra nos salvar" – e as regras simples estabelecidas por São Paulo são preciosas como o ouro, já que são todas nascidas do Épico de Cristo, o Filho enviado pelo Pai para abrir os nossos olhos através do sacrifício supremo de Sua vida – Mas quando eu digo para ele que Buda não precisou morrer ensanguentado mas ficou simplesmente sentado num êxtase tranquilo debaixo da Árvore da Eternidade, "Mas J-a-a-ck, isso está dentro da *ordem natural* das coisas" – Todos os acontecimentos exceto o acontecimento de Cristo estão dentro da ordem natural das coisas, subordinados aos mandamentos da Ordem Supranatural – Quantas vezes na verdade eu fiquei com medo de encontrar David, ele realmente amassava o meu cérebro com as exposições entusiasmadas, apaixonadas e brilhantes sobre a Ortodoxia Universal – Ele tinha estado no México e andado pelas catedrais, e feito bons amigos entre os monges dos monastérios – David também é poeta, um estranho poeta refinado, alguns dos poemas pré-conversão dele (pré-re) foram viagens de peyotl e tal – e mais do que tudo que eu já vi – Mas eu nunca consegui juntar David e *Cody* para que os dois tivessem juntos uma longa conversa sobre Cristo –

Mas agora a hora da leitura se aproxima, Merrill Randall o poeta organizando os manuscritos dele na escrivaninha da frente então depois que a gente mata a quinta no banheiro eu sussurro para Irwin que eu vou dar o fora e ir para um bar e Simon sussurra "E eu vou contigo!" e Irwin quer mesmo ir junto mas ele tem que ficar e dar uma demonstração de interesse poético – Quanto a Raphael ele está sentado e pronto para escutar, dizendo: –

"Eu sei que não vai dar em nada mas é a poesia inesperada que eu quero ouvir", ah esse carinha, então eu e Simon saímos correndo assim que Randall começa o primeiro verso:

"O abismo duodenal que me traz à margem
consumindo a minha carne"

e por aí vai, algum verso que eu escuto, e não quero escutar mais, porque nele eu ouço o artifício de pensamentos cuidadosamente arranjados e não pensamentos involuntários incontroláveis, sabe – Mesmo que naqueles dias eu não tivesse a coragem de ficar de pé lá para ler nada nem o Sutra do Diamante.

Eu e Simon por milagre encontramos um bar onde duas garotas estão sentadas numa mesa esperando que alguém apareça para faturá-las, e no meio do bar tem um garoto cantando e tocando jazz ao piano, e no bar uns trinta homens zanzando em meio às cervejas – Imediatamente nos sentamos com as garotas, depois de umas provocações, mas eu vejo na mesma hora que elas não nos aprovam, e além do mais o que eu quero é ouvir o jazz, não as reclamações delas, pelo menos o jazz é uma coisa nova, e eu vou até lá e fico ao lado do piano – O garoto eu já tinha visto antes na televisão (em Frisco) incrivelmente ingênuo e empolgado com um violão gritando e cantando, dançando, mas agora ele se aquietou e está tentando ganhar a vida como pianista de bar – Na TV ele me fez lembrar de Cody, um Cody mais jovem e musical, naquele violão do Velho Midnight Ghost (chug chugalug chugchug chugalug) eu ouvi a poesia de *Road*, e no rosto dele eu vi fé e amor – Agora parece que a cidade enfim derrubou mesmo ele e ele toca umas músicas como quem não quer nada – Então eu começo a cantarolar e ele toca "The Thrill is Gone" e pede que eu cante, cheio de formalidade, e é o que eu faço, não muito alto, e de um jeito solto, imitando até certo ponto o estilo de June Christie, que é a nova onda no canto masculino de jazz, as palavras arrastadas, os glissandos desleixados – a patética Solidão dos Bulevares em Hollywood – Enquanto isso Simon não desiste e continua dando em cima das garotas – "Vamos pra minha casa..."

O tempo voa quando a gente está se divertindo e de repente Irwin aparece, em tudo que é lugar ele aparece com aqueles olhões enormes fixos dele, como uma assombração, sei lá como ele sabia que a gente ia estar aqui (a alguns quarteirões de distância), você não tem como escapar, "Aí estão vocês, a leitura acabou, o que vocês ficaram fazendo?" e atrás dele está Lazarus –

Lazarus me impressiona na festa – É em uma mansão normal em algum lugar, lá tem uma biblioteca com lambris e um piano de cauda e poltronas de couro, e um cômodo enorme com lustre e óleos, lareira de mármore cor de creme e trasfogueiros de latão puro, e na mesa uma enorme poncheira e copinhos de papel – No meio de todo o falatório e de toda a gritaria de um coquetel tarde da noite aqui está Lazarus sozinho na biblioteca olhando para o retrato a óleo de uma garota de 14 anos, perguntando para os veados elegantes ao lado dele, "Quem é ela, onde ela está? Eu posso conhecer ela?"

Enquanto isso Raphael se atira no sofá e grita uma declamação de seus próprios poemas "Peixe-Buda" etc. que ele trouxe no casaco – Eu pulo de Yvette para David para outra garota e depois de volta para Yvette, na verdade finalmente Penny reaparece, acompanhada do pintor Levesque, e a festa fica mais animada – Eu até converso um pouco com o poeta Randall, trocando umas ideias sobre Nova York – Eu acabo virando a poncheira no meu copo, um esforço tremendo – Lazarus também me impressiona o jeito bacana que ele passou a noite toda, você dá de costas e ele aparece com um copo na mão, e sorrindo, mas ele não está bêbado e não diz uma palavra –

O diálogo nessas festas é sempre um enorme burburinho que se ergue até o teto e parece estrondear e trovejar lá no alto, o efeito quando você fecha os olhos e escuta é "Bwash bwash crash" já que todo mundo está tentando *enfatizar* a sua conversa por causa do risco de interrupção ou para não desaparecer em meio ao barulho, finalmente fica mais alto, as bebidas não param de chegar, os acepipes estão devastados e o ponche é sorvido por sedentas línguas falastronas, finalmente tudo se degenera em um festival de berros e sempre o anfitrião começa a se preocupar com os vizinhos e a última hora dele é empregada para terminar a festa com educação – Sempre aparecem atrasados barulhentos, isto é, nós – os últimos festeiros são sempre mandados embora com gentilezas – como no meu caso, eu vou até a poncheira e sirvo o meu copo mas alguém mais próximo da anfitriã delicadamente tira o copo da minha mão dizendo "Está vazio – além do mais a festa acabou" – a última cena horrível mostra um boêmio enchendo os bolsos de cigarros grátis que foram deixados nas caixas de teca – É Levesque o pintor quem faz isso, com um sorriso mau, um pintor sem um tostão furado, um louco, todo o cabelo dele raspado reduzido a uns fiapos mínimos e marcas e hematomas por todo o corpo onde ele se embebedou e caiu na noite anterior – Mesmo assim o melhor pintor de São Francisco –

Os anfitriões acenam com a cabeça e nos acompanham até a estradinha do jardim e nós todos vamos embora gritando em um grupo de bêbados cantores composto por: Raphael, eu, Irwin, Lazarus, David D'Angeli e Levesque o pintor. A noite mal começou.

93

Nós todos sentamos no meio-fio e Raphael desaba sentado de pernas cruzadas na rua de frente para nós e começa a falar e a gesticular no ar com as mãos – Alguns de nós estamos sentados de perna cruzada – O longo discurso que ele faz tem um triunfo bêbado, todos nós estamos bêbados, mas também aquele triunfo dos pássaros tão típico de Raphael afinal de contas mas lá vem os policiais, e eles encostam a radiopatrulha. Eu me levanto e digo "Vamos lá, a gente tá fazendo escândalo demais" e todo mundo me segue mas os policiais nos abordam e querem saber quem a gente é.

"A gente acabou de sair daquela festança ali."

"Mas vocês estão fazendo barulho demais – Já recebemos três reclamações dos vizinhos."

"A gente tá indo embora", eu digo, e me ponho a caminho, e além do mais agora os policiais estão curtindo o grande Abraão Irwin barbado e o elegante cavalheiresco David e o pintor louco digno e então eles veem Lazarus e Simon, e decidem que seria demais para a delegacia, o que sem dúvida é verdade – Eu quero instruir os meus bhikkus a evitar as autoridades, está escrito no Tao, é o único jeito – É o único caminho em linha reta, direto –

Agora nós dominamos o mundo, a gente compra vinho na Market Street e pulamos os oito para dentro de um ônibus e ficamos bebendo no fundo e depois pulamos fora e descemos pelo meio da rua berrando altos papos – Subimos um morro e atravessamos um longo caminho e vamos até o alto de um gramado com vista para as luzes de Frisco – Sentamos na grama e bebemos vinho – Todo mundo falando – Depois para a casa de um homem, com um pátio, um grande fonógrafo eletromagnético de alta fidelidade e grandes números bum, missas de órgão – Levesque o pintor cai e acha que Simon bateu nele, e vem chorando nos contar – Eu começo a chorar porque Simon bateu em alguém, tudo é bêbado e sentimental, David vai embora – Mas Lazarus "viu", viu Levesque cair e se machucar, e na manhã seguinte descobrimos que ninguém bateu em ninguém – Uma noite meio besta mas cheia de um triunfo que sem dúvida foi um triunfo etílico.

Pela manhã Levesque aparece com um caderno e eu digo "Ninguém bateu em ti!"

"Bom saber" ele muge – uma vez eu tinha dito para ele "Você deve ser o meu irmão que morreu em 1926 e era um grande pintor e desenhista aos nove anos, quando que você nasceu?" mas agora eu percebo que não se trata da mesma pessoa – ou então o Carma se alterou. Levesque é sério com olhões azuis e gosta de ajudar os outros e muito humilde mas de repente ele também pira diante dos seus olhos e faz uma dança maluca na rua que me assusta. Ele também ri "Muí hi hi ha ha" e fica zanzando atrás de você...

Eu examino o caderno dele, sento na varanda olhando a cidade, passo um dia tranquilo, faço esboços com ele (um dos desenhos que eu esboço é de Raphael dormindo, Levesque diz "Ah a cintura de Raphael muito bem") – Depois eu e Lazarus pingamos fantasmas no caderno dele com nossos lápis malucos. Eu gostaria de ver aquilo de novo, especialmente as estranhas linhas fantasmáticas divagantes de Lazarus, que ele desenha concentrado com um sorriso radiante... Depois por Deus a gente compra chuletas de porco, a loja inteira, eu e Raphael discutimos James Dean na frente de um cartaz, "Quanta necrofilia!" ele grita, querendo dizer que as garotas adoram um ator morto mas que ator não está, que ator está – A gente prepara as chuletas na cozinha e já está escuro. Fazemos uma caminhada pela mesma trilha estranha passando por um terreno baldio, quando a gente desce outra vez Raphael está andando pela noite enluarada exatamente como um chinês fumador de ópio, as mãos dele estão dentro das mangas e a cabeça dele está abaixada e ele caminha em linha reta, sombrio mesmo e estranho e dado a olhares tristes, os olhos deles se erguendo e varrendo toda a cena ao redor, ele parece perdido como o pequeno Richard Barthelmess numa velha foto sobre os fumadores de ópio londrinos debaixo da iluminação pública, na verdade Raphael chega bem embaixo do poste e caminha até o outro escuro – com as mãos nas mangas ele parece pensativo e siciliano, Levesque me diz "Ah eu queria poder pintar ele caminhando desse jeito."

"Desenha primeiro a lápis", eu digo, porque passei o dia inteiro tentando desenhar e não conseguindo com a tinta dele –

A gente se recolhe e eu me deito, no meu saco de dormir, a janela aberta dando para as estrelas frias – E eu durmo com a minha cruz.

94

De manhã eu e Raphael e Simon caminhamos pela manhã quente por grandes fábricas de cimento e siderúrgicas e pátios, eu quero caminhar e mostrar coisas para eles – No início eles reclamam mas depois ficam interessados nos grandes eletroímãs que erguem pilhas de ferro-velho e atiram tudo nas tremonhas, blam, "Para acabar com a festa é só apertar um botão para cortar a força e a massa cai", eu explico para eles. "E massa é igual a energia – e massa mais energia é igual ao vazio."

"Só mas olha para aquela porra do ca-ra-lho", diz Simon, boquiaberto.

"É *demais*!" grita Raphael batendo em mim com o punho – Seguimos adiante – Vamos ver se Cody está na estação de trem – A gente chega direto nos armários dos ferroviários e eu até confiro se recebi alguma correspondência lá, porque dois anos atrás eu também fui guarda-freios, depois a gente vai encontrar Cody na Praia – na cafeteria – A gente pega um ônibus para fazer o restante do trajeto – Raphael pega o assento de trás e fica falando alto, o maníaco quer que o ônibus inteiro escute, se der na louca falar – Enquanto isso Simon tem uma banana que ele acaba de comprar e quer saber se as nossas são maiores.

"Maior", diz Raphael.

"*Maior*?" berra Simon.

"É isso aí."

Simon recebe essa confirmação com uma grave consideração e reconsideração, eu vejo ele mexendo os lábios e contando –

Como sempre lá está Cody, na estrada, dando ré no cupê a 65 por hora subindo o aclive do morro para entrar de ré numa vaga e pular fora – com a porta escancarada ele se inclina para fora com um enorme rosto vermelho sorridente se esgoelando para dizer alguma frase para nós na rua e ao mesmo tempo avisando os motoristas próximos –

A gente vai direto para a casa de uma garota bonita, um lugar bonito, ela está na cama, debaixo dos cobertores, ela está doente, ela tem grandes olhos triste, ela pede para eu aumentar o volume do Sinatra no fonógrafo, ela tem um álbum inteiro rodando – Sim, a gente pode pegar o carro dela – Raphael quer levar as coisas dele da casa de Sonya para a nova mansão da festa onde tinha música de órgão e Levesque chorou, beleza, o carro de Cody é pequeno demais – E depois a gente vai para as corridas –

"Não vocês não podem ir pras corridas no meu carro!" ela grita –

"Beleza –" "A gente volta" – Todos nós ficamos em roda admirando ela, sentamos um pouco, surgem até uns longos silêncios em que ela se vira e começa a nos olhar, e no fim diz:

"O que vocês vão aprontar rapazes" – "enfim" – fungando – "Uau", ela diz – "Relaxa" – "É sério, sabia?" – "Tipo, *é sério*, sabia?" –

Só, todo mundo concorda mas a gente não cabe todos ao mesmo tempo então lá vamos nós para as corridas mas a mudança de Raphael acaba com todo o nosso tempo e no fim Cody começa a ver que a gente vai se atrasar para a primeira corrida outra vez – "Eu vou perder a aposta dupla outra vez!" ele grita com um jeito frenético – mostrando a boca aberta e os dentes – ele não está brincando.

Raphael está terminando com as meias e coisas e Sonya dizendo "Escute, eu não quero que todas as outras garotas fiquem sabendo da minha vida – eu tô *vivendo*, sabe –"

"Que demais", eu digo, e para mim: uma garota completamente séria apaixonada a sério – Ela já tem um novo namorado e é disso que ela está falando – Eu e Simon carregamos grandes álbuns de discos e livros e levamos eles até o carro onde Cody está emburrado –

"Ô Cody", eu digo, "dá uma subida lá e confere a garota –" Ele não quer – até que enfim eu digo "A gente precisa dos teus músculos pra carregar aquela tralha" e aí ele sobe mas quando a gente está de volta no carro pronto para partir e Raphael diz "Ufa! Era isso!" Cody diz:

"Hmf, músculos"

A gente tem que dirigir até a nova casa, e lá eu noto pela primeira vez um piano lindo. O anfitrião, Ehrman, não está nem de pé. Levesque também mora aqui. Raphael vai pelo menos deixar as coisas dele. Já é tarde demais para a segunda corrida então eu finalmente consigo persuadir Cody a não ir mais para as corridas mas a ir na próxima vez, conferir os resultados amanhã (ele teria perdido) e só curtir uma tarde sem fazer nada em especial.

Então ele puxa o tabuleiro de xadrez e joga com Raphael para dar uma surra nele de vingança – A raiva de Cody já diminuiu desde a hora em que ele estava dando cotoveladas em Raphael quando fazia as curvas e Raphael gritou "Ei por que você tá me batendo? Como é que você não –"

"Ele tá batendo em você porque ele tá puto da cara porque você convenceu ele a fazer a mudança e agora ele está atrasado para as corridas. Ele tá te *castigando*!" eu acrescento, dando de ombros – Então Cody, depois de nos ouvir falar assim, parece ficar contente e eles disputam terríveis partidas de xadrez, onde Cody grita *"Te peguei!"* enquanto eu ponho os discões para tocar bem alto, Honegger, e Raphael escolhe Bach – O que a gente vai fazer é ficar de bobeira, e na verdade eu saio uma ou duas vezes para buscar cerveja.

Enquanto isso o anfitrião, Ehrman, que até então vinha dormindo no quarto, fica nos olhando um tempo, e volta para a cama – Ele não está nem aí, tem toda aquela música estrondeando para ele – São os discos de Raphael, Réquiens, Wagner, eu dou um pulo e ponho Thelonious Monk –

"Que ridículo!" berra Raphael examinando a própria situação terrível no xadrez – Depois mais tarde: "Pomeray você não me deixa terminar o final, você fica tirando as peças do tabuleiro, põe elas de volta pô –" e Cody está tirando e botando as peças no tabuleiro tão depressa que de repente eu imagino que talvez ele seja o Vigarista de Melville jogando xadrez fabuloso secreto e sério.

95

Depois Cody vai para o banheiro e faz a barba, e Raphael senta ao piano todo atirado com uma mão nas teclas. Ele começa a tocar uma nota depois duas e depois só uma outra vez – Finalmente começa a tocar uma melodia, uma melodia linda que ninguém ouviu antes – mesmo que Cody, com a navalha no queixo, tenha dito que era "Isle of Capri" – Raphael começa a largar dedos tristes nos acordes – Logo ele toca todo o estudo sonatal tão bem que tem até transições e refrões, volta para os refrões com novos temas, impressionante como ele de repente tecla a nota perfeita para dar continuidade à Canção do Pássaro Italiano do Amor – Sinatra, Mario Lanza, Caruso, todos cantam aquela pura nota canora de tristeza cellística como se vê nas madonas tristes – o apelo – o apelo de Raphael é como Chopin, dedos macios compreensivos largados com inteligência sobre o teclado, eu paro de olhar para a janela onde eu estou e observo Raphael tocando, pensando. "Essa é a primeira sonata dele –" Percebo que todo mundo está ouvindo em silêncio, Cody no banheiro e o velho John Ehrman na cama, olhando para o teto – Raphael toca só nas teclas brancas, como se em uma vida passada talvez (além de Chopin) ele tivesse sido um organista obscuro em um campanário tocando um órgão gótico primitivo sem notas menores – Porque ele faz o que ele quiser com as notas maiores (brancas), e produz melodias indescritivelmente lindas que ficam cada vez mais trágicas e de partir o coração, ele é um pássaro puro cantando, ele mesmo disse, "Eu me senti que nem um passarinho cantando", e ele disse isso radiante. Finalmente na janela enquanto eu escuto, cada nota perfeita e é a primeira vez na vida dele ao piano diante de espectadores sérios como o mestre no quarto, aquilo fica tão triste, a música é tão bonita, pura como as frases dele, mostrando que a boca é tão pura quanto a mão – a língua é pura como o mão então a mão sabe onde ir em busca de música – um Troubadour, um Troubadour primitivo do Renascimento, tocando violão para as damas, fazendo elas chorarem – Ele também me faz chorar... as lágrimas me sobem aos olhos para ouvir.

E eu penso "Quando foi mesmo que eu fiquei numa janela, quando eu era músico em Pierluigi e descobri um novo gênio da música", eu tenho mesmo uns pensamentos grandiosos assim – o que quer dizer que num renascimento anterior, eu fui eu mesmo e Raphael o novo pianista genial – por trás de todos os drapeados da Itália a rosa chorou, e a lua brilhou no pássaro do amor.

Aí eu imagino ele tocando assim, com velas, que nem Chopin, que nem Liberace, para grupos de mulheres como Rose, fazendo elas chorarem – Eu imagino tudo, o início do compositor virtuoso espontâneo, cujas obras são gravadas em fita, depois escritas, e que portanto "escreve" as primeiras melodias livres do mundo, que deveriam ser música imaculada – Eu vejo, na verdade, que talvez ele seja melhor músico até do que poeta e ele é um grande poeta. Aí eu penso: "Então Chopin teve um Urso, e agora o poeta toca tanto no piano quanto na língua –" Eu conto tudo para Raphael, que mal consegue acreditar – Ele toca outra melodia que afinal é tão bonita quanto a primeira. Aí eu sei que ele pode repetir o truque sempre.

Hoje a noite o pessoal da revista vai bater a nossa foto então Raphael grita para mim "Não penteia o cabelo – deixa tudo descabelado!"

96

E enquanto eu fico lá na janela, com um pé para fora que nem um dândi parisiense, eu percebo a grandeza de Raphel – a grandeza da pureza dele, e a pureza da consideração que tem por mim – e deixando eu usar a cruz. Foi a garota dele Sonya que acabou de dizer, "Você não tá mais usando a cruz?" e de um jeito tão maldosificado como que para indicar, *estava usando a cruz morando comigo?* – "Não penteia o cabelo", Raphael me diz, e ele não tem dinheiro – "Eu não acredito em dinheiro." – O homem na cama do quarto mal conhece ele, e ele se mudou para lá, e está tocando o piano – O professor de música concorda é o que eu vejo no dia seguinte, quando Raphael mais uma vez começa a tocar à perfeição, depois de um começo mais lento do que no dia anterior talvez devido à menção ríspida que eu fiz do talento musical dele – do gênio musical – então Ehrman sai do quarto de convalescente dele e chega de roupão, e quando Raphael toca uma nota pura melódica perfeita, eu olho para Ehrman e ele está olhando para mim e nós dois parecemos acenar a cabeça concordando – Depois ele fica observando Raphael por mais alguns minutos.

Entre essas duas sonatas tiraram a porra das nossas fotos e a gente ficou bêbado todo mundo pois quem é que ia querer ficar sóbrio para bater a foto e para sermos chamados de "Poetas Flamejantes Modernos" – Eu e Irwin pusemos Raphael entre nós dois, por minha sugestão, "O Raphael é mais baixo, é melhor ele ficar no meio" e assim de braços dados os três a gente posou para o mundo da literatura americana, com alguém dizendo enquanto os obturadores clicavam: "Que trio!" como se estivesse falando de um daqueles Outfields de Um Milhão de Dólares – Lá estou eu o campista esquerdo, rápido, um corredor brilhante, corredor de bases, caçador de bolas altas, umas por cima do ombro, na verdade eu sou alguém que se arrebenta contra os muros que nem Pete Reiser e eu estou todo estropiado, sou Ty Cobb, eu bato e corro e roubo as bases com uma fúria sincera, me chamam de O Pêssego – Mas eu sou louco, ninguém nunca gostou da minha personalidade, não sou nenhum Babe Ruth Amado – No campo central está Raphael o DiMag de cabelos claros que manda bolas perfeitas sem parecer que está fazendo esforço algum, esse é Raphael – O campista direito é Lou Gehrig, Irwin, que rebate longos homeruns com a canhota nas janelas do Harem River Bronx – Mais tarde a gente posa com o maior catcher de todos os tempo, Ben Fagan, o velho Mickey Cochrane das pernas acocoradas, Hank Gowdy, ele não tem problema nenhum para tirar e botar as caneleiras e a máscara no intervalo entre as entradas –

Eu queria visitar a cabana dele em Berkeley, lá tem um patiozinho com uma árvore que eu dormia embaixo nas noites estreladas de outono, as folhas caíam em mim durante o sono – Naquela cabana eu e Ben disputamos uma grande luta que acabou com uma farpa enfiada no meu braço e ele machucando as costas, dois enormes rinocerontes embrutecidos a gente estava lutando só pela curtição, que nem eu fiz da última vez em Nova York num loft com Bob Cream, e depois a gente interpretou filmes franceses na mesa, com boinas e diálogos – Ben Fagan com o rosto sério vermelho, olhos azuis e óculos grandes, que tinha sido Vigia de Incêndios na velha Sourdough Mountain um ano antes de mim e também conhecia as montanhas – "Acorda!" ele grita, ele é budista – "Não pisa no aardvark!" O aardvark é um tipo de tamanduá

– "Buda disse: – não se incline de costas." Eu digo para Ben Fagan: "Por que o sol tá brilhando através das folhas?" – "É culpa tua" – Eu digo: "O que significa você ter meditado que o telhado saiu voando?" – "Significa arrotos de cavalo na China e mus de vaca no Japão." – Ele senta e medita com grandes calças esfrangalhadas – Eu tive uma visão dele sentado no espaço vazio daquele jeito, mas inclinado para a frente com um grande sorriso – Ele escreve grandes poemas sobre como ele se transforma num Gigante de dez metros de altura feito de ouro – Ele é muito estranho – Ele é um pilar de força – O mundo vai ser melhor por causa dele – O mundo *tem* que ser melhor – E vai ser preciso um esforço –

Eu faço um esforço e digo "Ah vamos lá Cody você tem que gostar do Raphael" – e aí eu vou trazer Raphael para passar o fim de semana na casa dele. Eu vou comprar cerveja para todo mundo mesmo que eu tome quase tudo – Aí eu vou comprar mais – Até quebrar a banca – Está tudo nas cartas – Nós, *Nós? Eu* não sei o que fazer – Mas somos todos a mesma coisa – Agora eu entendo, nós somos todos a mesma coisa e tudo vai dar certo se a gente simplesmente deixar um ao outro em paz – Chega de ódio – Chega de desconfiança – De que adianta tudo isso, triste tingidor?

Você não vai morrer?

Então por que assassinar os amigos e inimigos –

Somos todos amigos e inimigos, mas agora chega, chega de brigas, acorde, é tudo um sonho, olhe ao redor, você está sonhando, na verdade não é a terra dourada que nos magoa quando você pensa que é a terra dourada que nos magoa, é só a eternidade dourada da segurança alegre – Abençoada seja a mosquinha – Não mate mais – Não trabalhe em matadouros – A gente pode cultivar verduras e inventar fábricas sintéticas que finalmente vão funcionar com energia atômica para fazer pães e chuletas químicas irresistivelmente deliciosas e latas de manteiga – por que não? – nossas roupas vão durar para sempre, plástico perfeito – vamos ter remédios perfeitos e drogas que vão curar tudo que não seja a morte e vamos todos concordar que a morte é a nossa recompensa.

Alguém poderia se levantar e concordar comigo? Muito bem então, tudo o que vocês têm que fazer por mim é dar uma bênção e se sentar.

97

Então a gente sai e enche a cara e curte a jam session no Cellar onde Brue Moore está tocando o sax tenor, que ele segura bocalizado no canto da boca, a bochecha distendida em forma de bola que nem Harry James ou Dizzy Gillespie, e ele toca uma harmonia linda perfeita com qualquer melodia que inventarem – Ele presta pouca atenção aos outros, bebe a cerveja, ele fica louco e com os olhos pesados, mas nunca perde uma batida ou uma nota, porque a música está no coração dele, e na música ele descobriu uma mensagem pura para levar ao mundo – O único problema é que ninguém entende.

Por exemplo: Eu estou aqui sentado na beirada do palco aos pés de Brue, de frente para o bar, mas com a cabeça abaixada em direção à minha cerveja, por modéstia é claro, mas eu percebo que eles não escutam – Tem loiras e morenas com os homens delas e elas estão lançando olhares para outros homens e quase-brigas por toda a atmosfera – Guerras vão estourar por conta dos olhos das mulheres – e a harmonia vai se perder – Brue está tocando bem em cima deles, "Birth of the Blues", triste jazzística e quando chega a hora dele entrar na música ele se sai com uma linda ideia inédita perfeita que anuncia a glória do mundo futuro, o piano faz blong com um acorde compreensivo (o loiro Bill), o baterista sagrado de olhos voltados para o céu está suingando e espalhando os ritmos angelicais que mantêm todo mundo fixo no seu trabalho – Claro que o baixo também se amontoa no ritmo do dedo que pulsa para tocar e o outro que desliza nas cordas para obter o som harmônico exato – Claro que os músicos do lugar estão escutando, hordas de garotos pretos com rostos escuros brilhando na luz difusa, olhos brancos redondos e sinceros, segurando bebidas só para estar lá para ouvir – É um presságio de algo de bom nos homens que eles escutem a verdade da harmonia – Brue mesmo assim precisa estender a mensagem por vários refrões-capítulos, as ideias mais cansadas do que antes, ele desiste na hora certa – além do mais ele quer tocar outra melodia – Eu faço isso mesmo, dou um tapinha na ponta do sapato dele para indicar que ele está certo – Entre uma apresentação e outra ele senta entre eu e Gia e não diz muita coisa e parece fingir não ter muito o que dizer – Ele diz tudo com o sax –

Mas o verme do tempo celeste devota as entranhas de Brue, e as minhas, e as suas, já é difícil que chega viver num mundo em que você envelhece e morre, para que ser desarmonioso?

98

Vamos ser que nem David D'Angeli, vamos rezar de joelhos na nossa intimidade – Vamos dizer "Ó Imaginador de tudo isso, sê gentil" – Vamos pedir para ele, ou para essa coisa, ser gentil nos pensamentos – Tudo o que ele precisa fazer é pensar pensamentos gentis, Deus, e o mundo vai ser salvo – E cada um de nós é Deus – O que mais? E o que mais quando estamos de joelhos na nossa intimidade?

Isso é tudo que eu tinha a dizer.

Também estivemos na casa de Mai (Mai o Nomeador, Mai Damlette), depois da sessão, e lá está ele com o chapeuzinho elegante de tecido e a camisa polo elegante e um colete xadrez – mas pobre Baby a esposa dele está doente e ele todo ansioso quando sai com a gente para beber – Fui eu que disse para Mai no ano anterior, quando ouvi a briga dele com Baby, "Beija a barriga dela, é só você amar ela, não briga" – E por um ano funcionou – Mai só trabalhando o dia inteiro entregando telegramas da Western Union, andando pelas ruas de São Francisco com os olhos silenciosos – Agora Mai vai todo educado comigo até o lugar onde eu tenho uma garrafa escondida na caixa que alguém da mercearia chinesa jogou fora, e a gente brinda como nos velhos tempos – Ele não bebe mais mas eu digo "Só esses martelinhos não vão te derrubar" – Ah Mai era o grande beberrão! A gente ficou deitado no chão, com o rádio no máximo, enquanto Baby trabalhava, com Rob Donnelly a gente tinha ficado lá deitado naquele dia frio nublado só para acordar e ir buscar outra garrafa – outra garrafinha de tokay – para beber em um novo surto de bate-papo, depois nós três dormimos no chão outra vez – A pior bebedeira em que eu já me meti – três dias daquilo e você acaba com a sua vida – E não tem por que fazer uma coisa dessas –

Senhor sê piedoso, Senhor sê gentil, qualquer que seja o teu nome, sê gentil – abençoa e protege.

Protege esses pensamentos, Deus!

A gente acabou assim, bêbados, na tiração de fotos, e dormimos na casa de Simon e de manhã era eu e Irwin e Raphael agora para sempre juntos em nossos destinos literários – Achando que aquilo era uma grande coisa –

Eu estava plantando bananeira no banheiro para curar as minhas pernas de toda a bebedeira e da fumaça, e Raphael abre a janela do banheiro e diz "Olha só! Ele tá plantando bananeira!" e todo mundo vai correndo espiar, até mesmo Lazarus, e eu digo "Ah merda."

Depois mais tarde Irwin disse para Penny "Ah vai plantar bananeira na esquina" quando ela perguntou "Ah o que eu posso fazer nessa cidade doida seus doidos" – Uma bela resposta mas crianças não devem brigar. Porque o mundo está em chamas – o olho está em chamas, o que ele vê está em chamas, a própria visão do olho está em chamas – o que significa que tudo vai acabar em energia pura e nem ao menos isso. Vai ser alegre.

Eu prometo.

Eu sei porque você sabe.

Subindo até a casa de Ehrman, subindo aquele estranho morro, lá fomos nós, e Raphael tocou a segunda sonata dele para Irwin, que não entendeu direito – Mas Irwin tem que entender tantas coisas sobre o coração, a linguagem do coração, ele não tem tempo para entender a harmonia – Ele não entende a melodia, e os Réquiens extasiantes que ele rege para mim, como um Leonard

Bernstein de barba, com enormes finais de braços erguidos – Na verdade eu digo "Irwin, você daria um bom maestro!" – Mas quando Beethoven escutava a luz, e a pequena cruz estava no horizonte da cidade, a triste cabeça ossuda dele entendia a harmonia, a divina paz harmônica, e não era preciso reger uma Sinfonia de beethoven – Nem reger os dedos dele numa sonata –

Mas essas são todas formas diferentes da mesma coisa.

Eu sei que é imperdoável interromper uma narrativa com esses papos – mas eu tenho que tirar esse peso das minhas costas senão vou morrer – morrer desesperançado –

E mesmo que morrer desesperançado não seja mesmo morrer desesperançado, mas apenas a eternidade dourada, não é nada gentil.

O coitado do Ehrman agora está deitado de costas com febre, eu saio e chamo o médico para ele, que diz, "Não há nada que possamos fazer – diga para ele beber bastante suco e repousar."

E Raphael grita "Ehrman você vai ter que me mostrar a música, como tocar o piano!"

"Assim que eu ficar melhor"

É uma tarde triste – Na rua de sol evanescente Levesque o pintor executa aquela dança louca careca que me assustou, como se o diabo estivesse dançando – Como é que esses pintores aguentam? Ele berra algo desdenhoso ao que parece – Os três, Irwin, Raff e eu, descemos aquela trilha solitária – "Eu tô sentindo um cheiro de gato morto", diz Irwin" – "Eu tô sentindo um cheiro de chinês morto", diz Raphael, que nem antes com as mãos enfiadas nas mangas no entardecer da trilha íngreme – "Eu tô sentindo um cheiro de rosa morta", eu digo – "Eu tô sentindo um cheiro de mixaria", diz Irwin – "Eu tô sentindo um cheiro de Poder", diz Raphael – "Eu tô sentindo um cheiro de tristeza", eu digo – "Eu tô sentindo um cheiro de salmão cor-de-rosa frio", acrescento – "Eu tô sentindo um cheiro agridoce de solidão", diz Irwin –

Pobre Irwin – Eu olho para ele – Há quinze anos a gente se conhece e se olha preocupado no vazio, agora tudo está chegando ao fim – vai ser escuro – precisamos ter coragem – vamos conseguir por bem ou por mal no sol feliz dos nossos pensamentos. Em uma semana vamos ter esquecido tudo. Para que morrer?

Chegamos tristes à casa com uma entrada para a ópera, que nos foi dada por Ehrman mas não podemos ir, a gente diz para Lazarus se embonecar para a primeira ópera na vida dele – Damos o nó na gravata, escolhemos a camisa – Penteamos o cabelo – "O que que eu faço?" ele pergunta –

"É só ficar curtindo as pessoas e a música – vão tocar Verdi, deixa eu te contar tudo sobre Verdi!" grita Raphael, e explica, acabando com uma longa explicação sobre o Império Romano – "Você tem que estudar história! Você tem que ler uns livros! Eu vou te dizer que livros você tem que ler!"

Simon está lá, beleza, todos nós vamos pegar um táxi até a ópera e deixar Lazarus por lá e seguir até o bar para encontrar McLear – Patrick McLear o poeta, nosso "inimigo", concordou em se encontrar com a gente num bar – A gente deixa Lazarus no meio das pombas e das pessoas, tem luzes lá dentro, o clube da ópera, armários privativos, camarotes, cortinas, bailes de máscara, vão tocar uma ópera de Verdi – Pobre garoto, ele está com medo de ir sozinho – Está preocupado com o que vão dizer dele – "Talvez você encontre umas garotas!" insiste Simon e dá um empurrão nele. "Agora vai, te diverte. Beija e belisca as garotas e sonha com o amor delas."

"Tá", concorda Lazarus e a gente vê ele saltitando ópera adentro com o terno improvisado, a gravata voando – por uma vida inteira o "Bonitão" (como chamavam ele na escola) vem saltitando para dentro de óperas da morte – óperas da esperança – para esperar – para assistir – Uma vida inteira sonhando com a lua perdida.

A gente segue adiante – o taxista é um negro educado que escuta com verdadeiro interesse enquanto Raphael fala para ele sobre poesia – "Você tem que ler poesia! Você tem que curtir a beleza e a verdade! Você não quer saber sobre a beleza e a verdade? Foi Keats quem disse, a beleza é a verdade e a verdade é a beleza e você é um belo homem, devia saber dessas coisas."

"Onde eu consigo esses livros – na biblioteca, imagino..."

"Claro! Ou então vai até as livrarias de North Beach, compra uns livrinhos de poemas, lê o que os torturados e os famintos têm a dizer sobre os torturados e os famintos."

"É mesmo um mundo torturado e faminto", ele admite com um jeito inteligente. Eu estou de óculos escuros, com a minha mochila pronta para pular no trem de carga segunda-feira, eu escuto com atenção. É bom. A gente voa pelas ruas azuis batendo um papo sincero, como os cidadãos de Atenas, Raphael é Sócrates, ele vai mostrar; o taxista é Alcibíades, ele vai concordar, Irwin é Zeus observando. Simon é Aquiles enternecido. Eu sou Príamo, lamentando a minha cidade queimada e o meu filho morto, e a perda da história. Não sou Tímon de Atenas, sou Creso chorando a verdade em um catafalco.

"Está bem", concorda o taxista, "eu vou ler poesia", e nos dá boa-noite cheio de bons modos e conta o troco e a gente entra correndo no bar, direto para as mesas escuras no fundo, pequenos cantinhos de Dublin, e aqui Raphael me surpreende ao atacar McLear:

"McLear! Você não entende nada sobre a verdade e a beleza! Você escreve poemas e você é um farsante! Você vive a vida cruel e desalmada de um empresário burguês!"

"Como?"

"Isso é tão ruim quanto matar Otaviano com um banco quebrado! Você é um senador do mal!"

"Por que você está dizendo toda essa –"

"Porque você me odeia e acha que eu sou um merda!"

"Você é um carcamano nova-iorquino, Raphael", eu grito e sorrio, para indicar "Agora a gente sabe que o Raphael tá magoado, parem com essa discussão".

Mas McLear e seu cabelo escovinha não aceitam insultos nem levar roupa suja para casa e ele revida, e diz: "Ah, nenhum de vocês sabe nada sobre a linguagem – afora o Jack."

Beleza então se eu sei tudo sobre a linguagem não vamos usar ela para brigar.

Raphael está fazendo essa invectiva demonstênica com aqueles pequenos pliques de dedos no ar, mas de vez em quando ele sorri ao perceber – e McLear também sorri – que tudo é um mal-entendido originado nas preocupações secretas dos poetas de calças, em oposição aos poetas em mantos, como Homero que fazia cantorias cegas e não era interrompido nem editado nem desprezado pelos ouvintes – Os marginais na frente do bar são atraídos pelos berros e pelo assunto da conversa, "Poesia", e a gente quase se mete numa briga na hora de ir embora mas eu prometo para mim mesmo "Se eu tiver que brigar com a cruz pra defender a cruz eu vou lutar mas ah eu preferia ir embora e que tudo passasse", e é o que acontece, graças a Deus saímos livres pela rua –

Mas logo Simon me decepciona mijando bem na rua à vista de quarteirões inteiros de pessoas, a ponto de um homem se aproximar e dizer "Por que você está fazendo uma coisa dessas?"

"Porque eu precisava fazer xixi", diz Simon – Eu me apresso com a minha mochila, eles me seguem às gargalhadas – No refeitório onde a gente vai tomar café Raphael em vez disso irrompe em um grande e longo discurso para toda a plateia e claro que eles se recusam a nos servir – É tudo sobre poesia e verdade mas eles acham que é uma anarquia louca (também por causa do nosso aspecto) – Eu com a minha cruz, minha mochila – Irwin com a barba – Simon com o jeito louco – Qualquer coisa que Raphael faz, Simon fica encantado olhando – Ele não vê mais nada, as pessoas horrorizadas, "Eles têm que aprender sobre a beleza", diz Simon para si mesmo, decidido.

E no ônibus Raphael se dirige ao ônibus inteiro, blá blá, agora é um discurso sobre política, "Votem no Stevenson!" ele berra (por razões desconhecidas), "Votem pela beleza! Votem pela verdade! Reivindiquem os direitos de vocês!"

Quando a gente desce, o ônibus para, as minhas garrafas de cerveja que a gente esvaziou rolam com um barulhão na parte traseira do ônibus, o motorista negro nos dá um sermão antes de abrir a porta: – "E nunca mais bebam no meu ônibus outra vez... As pessoas normais já têm problemas suficientes na vida, e você só pioram as coisas", ele diz para Raphael, o que não é a pura verdade mas naquele momento é, mesmo assim nenhum passageiro se opôs, é só um espetáculo no ônibus –

"É um ônibus morto rumo à morte!" diz Raphael na rua. "E aquele motorista sabe e não quer que as coisas mudem!"

A gente corre para encontrar Cody na estação – Pobre Cody, entrando bem descansado no bar da estação para fazer um telefonema, todo uniformizado, de repente é atacado e estapeado e uivado pelo grupo de poetas loucos – Cody me olha como que dizendo: "Cê não pode fazer eles se aquietarem?"

"O que que eu posso fazer?" eu digo. "Além de pedir que eles sejam gentis?"

"Ah dane-se a gentileza!" berra o mundo. "Ordem!" "Depois da ordem vêm as ordens" – Eu digo "Vamos ser tolerantes em toda parte – tenta ser o mais tolerante possível – perdoa – esquece – Sim, reza de joelhos para ter o poder de perdoar e esquecer – e aí tudo vai ser o Céu nevado."

Cody detesta a ideia de levar Raphael e todo o pessoal para o trem – Me diz "Pelo menos penteia o teu cabelo, eu vou dizer pro maquinista quem que cê é" (ex-ferroviário) – Então eu penteio o meu cabelo por Cody. Pela manutenção da ordem. Muito bem. Eu só quero passar, Deus, ir até o Senhor – Eu preferia estar nos seus braços do que nos braços de Cleópatra... até a noite em que esses braços serão os mesmos.

Então a gente dá tchau para Simon e Irwin, o trem avança rumo à escuridão do Sul – Na verdade é a primeira parte da minha viagem de cinco mil quilômetros até o México e eu estou saindo de São Francisco.

99

Raphael, a pedido de Cody, fala tudo a respeito da verdade e da beleza para uma loira, que desce em Millbrae sem nos dar o endereço, e depois ele dorme no assento – Estrondeamos pelos trilhos noite adentro.

Lá vai Cody o velho guarda-freios com a lanterna no escuro – Ele tem uma lanterninha especial usada por todos os maquinistas e ferroviários e guarda-chaves e muitos deles usam elas (é a linguagem, meu chapa) em vez da grande lanterna desajeitada – Ela cabe no bolso do casaco azul, mas esse deslocamento, que eles estão fazendo, que eu desço do trem chão para olhar enquanto Raphael dorme como um garoto perdido no assento do passageiro (fumaça, pátios de manobra, é como os velhos sonhos em que você está com o seu pai num trem ferroviário em uma cidade cheia de leões) – Cody dá um pinote até o motor e mexe nas mangueiras de ar depois dá o sinal de "Em frente" e eles descem até a chave puxando o vagão de flores para a manhã, para a manhã de domingo – Cody pula para fora e aciona a chave, naquele trabalho eu vejo a seriedade furiosa e convicta dos movimentos, querendo que os colegas tenham plena confiança nele, e isso porque ele acredita em Deus (Deus o abençoe –) – o maquinista e o bombeiro ficam olhando o facho da lanterna vagar na escuridão enquanto ele pula do estribo da frente e ilumina a chave, tudo em um pedregulho que se revira debaixo dos sapatos, ele destrava e mexe na velha chave da linha principal e todos entram na linha (-) de (-) resguardo – a linha tem um nome especial – que é perfeitamente lógico para todos os ferroviários, e não significa mais nada para ninguém mais – mas esse é o trabalho deles – e Cody é o Campeão dos Guarda-Freios naquela ferrovia – Eu já passei pelos Outeiros de Obispo debaixo de tábuas, eu sei – Os ferroviários que estão todos observando ansiosos e olhando para os relógios vão saber que Cody não vai desperdiçar tempo e atrapalhar o trânsito na ferrovia principal, ele põe em marcha o vagão de flores que vai entregar Bodhisattva para Papai em flores – as criancinhas vão se virar e suspirar nos berços – Porque Cody vem de um lugar onde deixam as crianças chorar – "Abram caminho!" diz ele abanando com a grande palma da mão – "Cuidado, damasqueiro!" – Ele corre de volta até o estribo e a gente para sai para o intervalo – Eu fico olhando na noite fria com um suave cheiro frutado – as estrelas são de partir o coração, o que elas estão fazendo lá? – Mais adiante está o morro com as luzes difusas dos becos –

A gente para para o intervalo, Cody esfrega e seca as mãos no banheiro do vagão e me diz "Meu chapa cê não sabe que eu tô indo para Innisfree? Sim senhor meu chapa com aqueles cavalos eu finalmente vou reaprender a *sorrir*. Cara eu só vou ficar sorrindo o tempo todo eu vou ser *rico* – Cê não acredita? Cê não viu o que aconteceu aquele outro dia?"

"Só mas aquilo não importa"

"*O que* não importa, dinhei-ro?" ele mostra os dentes berrando comigo, furioso com o irmão por ser tão Innisfree –

"Beleza, você vai ser milionário. Mas não me vem com iates e loiras e champanhe, eu só quero uma cabana no bosque. Uma cabana no Desolation Peak."

"E uma chance" me cutucando, dando um salto para frente, "de jogar o sistema com a grana que eu vou te mandar pela Western Union aí a gente vai estar pronto para expandir o negócio por todo o país – Você cobre as pistas de Nova York, eu fico com as daqui e cubro aquelas lá e a gente despacha o Velho Raphael Dorminhoco num barco para as Ilhas Tropicais – ele pode cobrir a Flórida – e o Irwin Nova Orleans –"

"E o Marlon Brando Santa Anita", eu digo –

"E o Marl é isso aí todo o pessoal –"

"E o Simon o parque Setabustaposk na Rússia das Sardinhas."

"A Rússia de Semopalae para o Lazarus ah meu chapa minha nossa isso já tá no papo vai ser uma *barbada*" dando um murro com o punho "só que antes eu preciso escovar as costas do meu terno, tá aqui a escova, tira esses fiapos das minhas costas podissê?"

E eu todo orgulhoso igual a um velho carregador de Nova Orleans nos antigos trens tiro os fiapos das costas dele com a escova –

"Tá bom, meu garoto", diz Cody, guardando o *Racing Form* cuidadosamente dentro do uniforme, e agora a gente está marchando em direção a Sunnyvale – "Lá está a velha Sunnyvale lá" diz Cody olhando para fora enquanto a gente passa se batendo por uma estação, e ele começa a gritar "Sunnyvale" para os passageiros, duas vezes, e alguns deles bocejam e se levantam – Sunnyvale onde eu e Cody trabalhamos juntos, e o condutor disse que ele falava demais mas Cody me mostrou como não subir num estribo – (Se você subir do jeito errado você é esmagado pelas rodas, às vezes é difícil perceber no escuro) (Você fica lá no escuro num trilho e não vai ver nada porque um vagão-plataforma baixo está se esgueirando na sua direção que nem uma cobra) – Então Cody é o Condutor do Trem Celestial, e ele fura os nossos bilhetes porque todos nós somos bons cordeiros acreditados em rosas e olhos da lua –

A água lunar
Não vem devagar

100

Mas ele está furioso comigo porque eu trouxe Raphael para passar o fim de semana na casa dele, mesmo que ele não se importe, ele acha que Evelyn não vai gostar – A gente desce do trem em San Jose, acordamos Raphael e entramos no novo carro da família de Cody, é uma caminhonete da Rambler, e lá vamos nós, ele está louco, guinando o carro de um lado para o outro com viradas bruscas e mesmo assim não faz nenhum som com os pneus, ele já fazia esse velho truque antes – "Então tá", ele parece dizer, "agora vamos pra casa dormir. *E*", diz ele em voz alta, "cês dois aí se divirtam amanhã olhando a baita partida dos Packers contra os Lions, eu volto pelas seis, e na segunda de manhã cedo levo vocês de volta pra pegar o primeiro trem – que eu tô trabalhando nele, saca, então cês não tem que se preocupar com pegar ele nem nada – Mas agora curtam só, a casa é aqui", entrando numa estrada estreita, e depois em outra, e depois na estradinha do pátio e na garagem – "Tá aí a Mansão Espanhola e a primeira coisa é um cochilo."

"Onde que eu durmo?" pergunta Raphael.

"Você dorme no sofá da sala", eu digo, "e eu vou dormir na grama no meu saco de dormir. Eu tenho um cantinho no quintal."

Beleza, a gente desce do carro e eu vou para os fundos do enorme quintal em meio aos arbustos, e abro o meu saco de dormir, depois de tirar ele da mochila, na grama orvalhada, e as estrelas estão frias – Mas eu sinto o ar estelar e deslizo para dentro do saco é como uma prece – Dormir é como rezar, só que debaixo das estrelas, se você acorda às 3 da manhã, você vai ver a enormidão da Via-Láctea Celestial linda onde você está dormindo, láctea e turva com cem mil miríades de universos, e mais, o número é incrivelmente lácteo, nenhuma Máquina Univac com a mente de lavagem cerebral é capaz de medir a extensão do presente que a gente vê lá no alto –

E o sono é delicioso sob as estrelas, mesmo que o chão seja irregular os seus braços e as suas pernas se adaptam, e você sente a umidade da terra mas ela só embala o seu sono, é o Índio Paleolítico em todos nós – O Homem de Cro-Magnon ou de Grimaldi, que muitas vezes dormia no chão, claro, e muitas vezes ao relento, e olhava para as estrelas deitado de costas e tentava calcular o número dipankara delas, ou o mistério hudu ulagu delas indefinizando lá em cima – Sem dúvida ele se perguntava "Por quê?" "Por quê, nome?" – Solitários lábios dos Homens Paleolíticos sob as estrelas, a noite nômade – o crepitar da fogueira no acampamento –

Ah, e o zing do arco –

Eu o Arco do Cupido, eu só durmo lá, e bem – Quando eu acordo é de manhã, e cinza, e gélido, e eu só me aconchego mais e sigo dormindo – Dentro da casa Raphael está tendo outra experiência sonífera, Cody outra, Evelyn outra, as três crianças outra, até o cachorrinho outra – Mas tudo vai amanhecer num paraíso de ternura.

101

Eu acordo ouvindo as pequenas vozes deliciosas de duas garotinhas e um garotinho, "Acorda Jack, *o café tá na mesa*". Eles meio que cantam "o café tá na mesa" porque foi o que disseram para eles fazer mas aí eles começam a explorar um pouco em volta dos meus arbustos e depois vão embora e eu me levanto e deixo a minha mochila lá mesmo na grama palhosa do outono e entro na casa para me lavar – Raphael está acordado pensativo na cadeira do canto – Evelyn está loiramente radiante já pela manhã. Nós sorrimos um para o outro e conversamos – Ela vai dizer "Por que você não dormiu no sofá da cozinha?" e eu vou dizer "Ah eu adoro dormir no quintal, eu sempre tenho uns sonhos muito bons" – Ela diz "Bem hoje em dia é legal receber gente que tem bons sonhos". Ela traz o meu café.

"Raphael o que é que você tá aí pensativo?"

"Eu tô pensando sobre os seus sonhos bons", ele fala distraído roendo a unha.

Cody está todo alvoroçado no quarto pulando de um lado para o outro mudando a televisão e acendendo cigarros e correndo até o banheiro para fazer a toalete matinal entre um programa e outro – "Ah ela não é uma belezura?" ele diz quando uma mulher aparece para anunciar sabão, e da cozinha Evelyn escuta e diz alguma coisa, "Deve ser uma *bruxa velha*."

"Bruxa, shmruxa", vai dizer Cody, "Por mim ela pode se enfiar na minha cama a hora que quiser" – "Argh", ela vai dizer, deixando por isso mesmo.

O dia inteiro ninguém gosta de Raphael, ele fica com fome e me pede comida, eu peço uns sanduíches de geleia para Evelyn, que eu mesmo preparo – Eu saio com as crianças para dar um passeio mágico pelo Pequeno Reino dos Gatos – são ameixeiras, com frutas que eu como direto da árvore, e a gente passa por estradas e campos até uma estrada mágica com uma cabaninha mágica embaixo dela construída por um garoto –

"O que ele fica fazendo lá dentro?" eu digo.

"Ah", diz Emily, 9 anos, "ele fica sentado e canta."

"E o que que ele canta?"

"As músicas que ele gosta."

"E", diz Gaby, 7 anos, "ele é um menino muito legal. Você tem que ver ele. Ele é muito engraçado."

"He he, ele é muito engraçado", diz Emily.

"Ele é *muito* engraçado!" diz Timmy, 5 anos, e tão baixinho segurando a minha mão que eu tinha esquecido dele – De repente eu estou vagando pela desolação com aqueles anjinhos –

"Vamos pegar a trilha secreta."

"A trilha curta."

"Conta uma história para a gente."

"Nah."

"Para onde a gente tá indo?"

"Encontrar os Reis", eu digo.

"*Reis?* Hunf."

"Alçapões e ubuns", eu digo.

"He, Emily", anuncia Gaby, "o Jack não é *engraçado*?"

"É sim", Emily quase suspira, completamente séria.

Timmy diz: "Eu me divirto com as minhas mãos", e ele nos mostra pássaros místicos –

"E tem um pássaro cantando na árvore", eu aviso para eles.

"Ah eu tô escutando", diz Emily – "Eu vou explorar mais."

"Só cuida pra não te perder."

"Eu sou o gigante na árvore", diz Timmy escalando a árvore.

"Segura firme", eu digo.

Eu sento e medito e relaxo – Tudo está bem – sinto o calor do sol através dos galhos –

"Eu tô muito alto", diz Timmy, mais alto.

"Tá sim."

A gente faz o caminho de volta pela estrada e um cachorro aparece e se roça nas pernas de Emily e ela diz "Ah, ele é que nem uma pessoa."

"Ele *é* uma pessoa", eu digo ("mais ou menos").

A gente volta para casa, comendo ameixas, todo mundo feliz.

"Evelyn", eu digo, "é incrível quando você tem três crianças eu não consigo diferenciar uma da outra – as crianças têm todas a mesma doçura."

Cody e Raphael estão berrando apostas no quarto enquanto assistem o jogo na TV – Eu e Evelyn sentamos na sala e temos uma das nossas longas conversas a meia-voz sobre religião – "É um monte de palavras e frases diferentes pra expressar a mesma coisa", diz Evelyn equilibrando sutras e leituras nas mãos – A gente sempre fala sobre Deus. Ela se conformou com a doideira de Cody porque é assim que deve ser – Um dia ela chegou a se rejubilar com a oportunidade de agradecer a Deus quando crianças malcriadas atiraram ovos na janela da casa: "Eu estava agradecendo a Ele pela oportunidade de perdoar." Ela é uma mulherzinha muito bonita e uma mãe nota dez – Em princípio ela não se preocupa com nada, seja de um jeito ou do outro – Ela alcançou mesmo aquela verdade fria vazia sobre a qual a gente fica tagarelando, e na prática demonstra afeto – do que mais você precisa? Na parede está o estranho Cristo dourado que ela fez quando tinha 14 anos, com um jato de sangue saindo do flanco Dele, muito Medieval – e no consolo da lareira dois bons retratos das filhas, pintados com simplicidade – De tarde ela sai de maiô, loira e nossa é uma sorte morar na Califórnia, e toma banho de sol, enquanto eu faço uma demonstração de saltos e abdominais para ela e para as crianças – Raphael fica assistindo a partida, não quer nadar – Cody sai para o trabalho – Volta – É uma tarde tranquila de domingo no campo. Para que se exaltar?

"Todo mundo quietinho, crianças", diz Cody tirando as roupas de guarda-freios e vestindo um roupão. "Janta, Mamãe." ... "Não tem nada pra comer nessa casa?" ele acrescenta.

"Só", diz Raphael.

E Evelyn aparece com uma janta linda deliciosa que a gente come à luz de velas precedida por Cody e pelas crianças recitando uma oraçãozinha sobre a janta – "*Abençoe a comida que vamos comer*" – É só isso, mas eles têm que rezar todos juntos, enquanto Evelyn fica olhando, eu fecho os olhos, e Raphael fica admirado –

"Isso é loucura, Pomeray", diz ele enfim – "E você acredita mesmo *de verdade* nessa coisarada toda? – Tá legal cada um na sua –" Cody põe as Curas dos Religiosos Okies na Televisão e Raphael diz "Quanta bes*tei*ra!"

Cody se recusa a concordar – Finalmente Cody reza um pouco com a audiência da Televisão quando o pastor pede atenção à reza, Raphael fica fora de si – E de noite aparece a mulher sendo entrevistada para a pergunta de $64.000, e diz que ela é açougueira no Bronx e você vê o rosto simples e sério dela, talvez forçando um pouco a graça, talvez não, e Evelyn e Cody concordam e se dão as mãos (na ponta deles da cama, em cima dos travesseiros, enquanto Raphael senta à moda de Buda aos pés deles e depois eu na porta com uma cerveja). "Você não vê que é só uma simples cristã sincera", diz Evelyn, "gente boa à moda antiga – cristãos bem-comportados" – e Cody concorda "É exatamente isso, querida" e Raphael berra: "QUEM QUER SABER O QUE ELA TEM A DIZER, ELA MATA PORCOS!" E Cody e Evelyn perdem totalmente o rebolado, os dois ficam encarando Raphael com os olhos esbugalhados, além do mais ele falou de um jeito muito repentino, e o que ele está dizendo, eles não têm como não ver que é verdade mas tem que ser verdade, ela mata porcos –

Agora Raphael começa a infernizar a vida de Cody e assim se sente muito melhor – A noite acaba divertida, todo mundo fica louco assistindo aqueles programas comoventes, Rosemary Clooney cantando tão bem, e Filmes de Um Milhão de Dólares que a gente não consegue ver porque Cody fica pulando de canal e põe o aparelho numa partida esportiva fotografada, depois pula para uma voz, uma pergunta, continua pulando, caubóis atirando com armas de brinquedo em morrinhos poeirentos, depois bang ele encontra um rosto preocupado num programa ou no You Ask The Questions –

"Como é que a gente vai assistir o programa assim?" gritam Raphael e Evelyn ao mesmo tempo –

"Mas é tudo o mesmo programa, o Cody sabe o que ele tá fazendo, ele sabe tudo – Olha só, Raphael, você vai ver."

Então eu vou até o corredor investigar um som (O Rei Cody: "Vai ver o que é isso aí") e é um grande Patriarca Barbado de Constantinopla com uma jaqueta preta de camurça e óculos e Irwin Garden, emergindo da Rússia obscura mais além – Eu me *assusto* de ver! – Eu pulo de volta para o quarto, meio por reverência e meio dizendo para Cody "O Irwin tá aqui" – Atrás de Irwin estão Simon e Gia – Simon tira a roupa e pula na piscina enluarada, que nem o motorista de ambulância de um coquetel da Lost Generation em 1923 – Eu levo para ele até as cadeiras dobráveis na beira da piscina enluarada para deixar Evelyn e Cody dormirem – Gia está de pé atrás de mim, ela ri, e se afasta com as mãos nos bolsos, ela está de calças – por um instante eu acho que ela é um garoto – ela se atira e fuma que nem um garoto – alguém da nossa turma – Simon empurra ela na minha direção: "Ela te ama, Jack, ela te ama."

Eu ponho os óculos escuros de Raphael e a gente senta na mesa de um restaurante dez quadras descendo a estrada – Pedimos um bule de café, no Silex – Simon empilha pratos e torradas e bitucas de cigarro em uma imunda pilha de Babel – A gerência fica preocupada, eu peço para Simon parar "Já tá alto que chega" – Irwin cantarola uma canção:

"Noite quieta
noite sagrada" –

Sorrindo para Gia.
Raphael fica pensativo.
Voltamos para a casa, onde eu vou dormir na grama, e eles se despedem de mim na estradinha, Irwin dizendo "A gente vai sentar no quintal pra fazer uma despedida".

"Não", eu digo, "se vocês vão embora, vão logo."

Simon me dá um beijo no rosto como um irmão – Raphael me dá os óculos escuros dele de presente, depois que eu dou a cruz de volta para ele, mas ele insiste que eu fique com ela – É triste – Eu espero que eles não vejam a minha expressão exausta de despedida – o embaçamento do tempo em nossos olhos – Irwin acena com a cabeça, aquele aceno simples amistoso triste persuasivo e encorajador, "Então tá, a gente se vê no México".

"Tchau Gia" – e eu vou para o meu quintal e fico sentado um tempo fumando numa cadeira de praia enquanto eles vão embora de carro – Eu olho para a piscina como um diretor universitário, um diretor de cinema – como uma madona na água resplendente – piscina surrealista – aí eu olho em direção à porta da cozinha, a escuridão lá dentro, e eu vejo se materializar depressa a visão de um grupo de homens sombrios usando rosários de prata e badulaques de prata e cruzes nos peitos sombrios – ela vem muito depressa e some.

Como aquelas coisa brilhosas reluzem no escuro!

102

Na noite seguinte depois de dar um beijo de boa-noite em Mamãe e nas crianças, Cody me dá uma carona até os pátios de manobra de San Jose.

"Cody, eu tive uma visão noite passada de um grupo de homens sombrios que nem o Raphael e o David D'Angeli e o Irwin e eu todo mundo de pé no escuro com crucifixos de prata brilhante e correntes nos nossos peitos sombrios e sórdidos! – Cody, *Cristo vai voltar.*"

"Ah claro" diz ele fazendo um gesto afirmativo com a cabeça, manuseando o aparato do freio, "É o que eu sempre digo –"

Estacionamos ao lado dos pátios de manobra e ficamos olhando a cena esfumaçada das locomotivas a diesel e o escritório com as luzes brilhantes, onde a gente trabalhou junto nos nossos dias de guarda-freios esfarrapados – Eu estou muito nervoso e fico querendo sair do carro e voltar para o trilho e pegar o Ghost enquanto ele está partindo mas Cody diz "Ah cara eles só tão manobrando agora – espera a locomotiva acoplar – cê vai ver só, um fiadaputa de quatro vagões vai voar com você até Los Angeles em dois toques mas Jack te cuida segura firme e lembra do que eu sempre te digo garoto a gente é amigo há um tempão nesse mundo solitário eu te amo mais do que nunca e eu não quero te perder filho –"

Eu tenho uma garrafinha de uísque para a minha viagem assobiante no vagão-plataforma, ofereço um gole – "Ah é uma parada de homem essa sua aí que cê tá entrando", diz ele, vendo que agora eu bebo uísque em vez de vinho, e balança a cabeça – Quando ele faz o carro dar uma guinada atrás de uma fila de vagões de passageiros vazios e me vê pondo a velha jaqueta de trem de carga com as mangas caindo por cima das mãos e a dolorosa mancha de Prisioneiro de Guerra deixada na braçadeira na pré-história da Guerra da Coreia (a jaqueta comprada em uma estranha loja indígena em El Paso) ele olha para me ver sem o uniforme urbano e com o uniforme de pular noite adentro – Fico imaginando o que ele pensa de mim – Cody é todo instruções e cuidados. Ele quer que eu suba pelo lado do foguista, mas eu não gosto dos seis ou sete trilhos que tenho de atravessar para chegar até a ferrovia principal (de onde o Ghost Zipper vai sair) – "Eu posso tropeçar e cair – vamos subir pelo lado do maquinista". Temos velhas discussões como nos velhos tempos sobre os métodos ferroviários, os dele são uma lógica *Okie* longa complexa afiada com base em temores imaginários, os meus são equívocos bestas inocentes verdes baseados em verdadeiros procedimentos de segurança Canuck –

"Mas pelo lado do maquinista eles vão te ver, cê vai ficar bem na luz!"

"Eu me escondo entre os vagões."

"Não – entra aí."

E como nos velhos tempos de ladrão de carros lá está ele, um empregado respeitável da companhia, se esgueirando para dentro dos vagões vazios, olhando ao redor com o rosto branco igual a um ladrão para não ser visto, na escuridão absoluta – Eu me recuso a entrar lá dentro sem motivo e fico de pé entre os vagões esperando – Ele sussurra de uma janela escura:

"Fica aí escondido, não importa o que acontecer!"

De repente o engatador está na nossa frente com uma lanterna verde, dando o sinal de partida, o motor estoura BAM BAM e de repente o grande facho amarelo está direto em cima de mim e eu me encolho tremendo, Cody me assustou – E em vez de tomar um gole de uísque com ele eu me recusei, dizendo "Eu nunca bebo em serviço", falando sério sobre o serviço de agarrar corrimãos de ferro em movimento e subir em um vagão-plataforma difícil com uma mochila pesada, se eu tivesse tomado um gole agora eu não estaria me sacudindo, tremendo – O engatador me vê, mais uma vez o sussurro aterrorizado de Cody:

"TE ESCONDE!" e o engatador grita:

"*Algum problema?*" que eu na mesma hora entendo como "monetário para entrar sem pagar?" ou "com a polícia para ficar se escondendo?" mas eu só dou um grito cheio de ritmo "Só – Beleza?" e o engatador responde na mesma hora:

"Tranquilo"

Então quando o grande trem começa devagar a entrar na ferrovia principal com um clarão cada vez mais ofuscante eu acrescento e grito "Vou subir aqui mesmo" para indicar ao engatador que eu sou apenas um simples garoto falastrão que não vai arrombar as portas e arrebentar os painéis – Cody é um montinho silencioso encolhido na janela escura do vagão de passageiros, até onde eu sei jogado no chão –

Ele me disse "Jack espera uns vinte vagões passarem cara porque cê não quer estar perto do motor quando for passar pelos túneis de Margarita cê pode sufocar com a fumaça" mas enquanto eu espero que os vinte passem eu começo a ficar com medo de que o trem acelere demais, eles se arrastam cada vez mais depressa, eu pulo do meu esconderijo quando o sexto ou o sétimo está passando e espero mais dois, com o coração aos saltos, dando umas batidinhas experimentais nos estribos noctimetálicos (Ó Senhor de nossos pais que espetáculo frio o espetáculo das coisas!) e finalmente eu avanço, chego até um corrimão, me agarro, acompanho o vagão no trote, com medo, ofegando, e me puxo a bordo do trem com um movimento gracioso fácil risível nada a ver como quem acorda de um sonho e lá estou eu de pé no meu vagão-plataforma abanando de volta para Cody eternamente invisível em algum lugar, abanando muitas vezes para ter certeza de que ele me viu subir e abanar, e adeus para o velho Cody...

– Todos os nossos medos foram em vão, um sonho, como disse o Senhor – e é assim que nós vamos morrer –

É noite fechada na Costa eu bebo o meu uísque e canto para as estrelas, relembrando vidas passadas quando eu era um prisioneiro em masmorras e agora eu estou ao ar livre – lá embaixo, lá embaixo, conforme a profecia da minha Canção Desolada, os túneis de fumaça, quando a bandana vermelha no nariz me protege, até Obispo onde eu vejo mendigos negros descolados no vagão ao lado do meu fumando despreocupados nas cabines dos caminhões bem na frente de todo mundo! Pobre Cody! Pobre de mim! Até LA, onde, na manhã depois de me lavar com a água que pinga do vagão-frigorífico que está derretendo e de chegar arrastando os pés na cidade, eu finalmente compro uma passagem e sou o único passageiro do ônibus e quando a gente parte rumo ao Arizona e ao meu sonho desértico por lá e ao meu México cada vez mais próximo, de repente outro ônibus aparece do nosso lado e eu olho e são vinte jovens sentados entre guardas armados, a caminho da prisão, um ônibus da prisão, e dois deles se viram e me veem e tudo o que eu faço é erguer a mão devagar e abanar um oi para eles e ficar olhando enquanto devagar eles abrem um sorriso –

Desolation Peak, o que mais você quer?

LIVRO DOIS
Passando

PARTE UM
Passando pelo México

1

E agora, depois da experiência no alto da montanha onde eu fiquei sozinho por dois meses sem que um único ser humano me perguntasse nada nem me olhasse eu começo uma reviravolta completa nos meus sentimentos em relação à vida – Eu queria reproduzir aquela paz absoluta no mundo da sociedade mas eu tinha uma fome secreta pelos prazeres da sociedade (como espetáculos, sexo, conforto, boas comidas & bebidas), não tem nada disso na montanha – Eu sabia que a minha vida era uma busca pela paz como artista, mas não só como artista – Como um homem contemplativo em vez de ações demais, no sentido chinês taoístico de "Fazer Nada" (Wu Wei) que é um modo de vida mais bonito do que qualquer outro, uma espécie de furor do claustro em meio às pessoas loucas desesperadas por ação nesse ou em qualquer outro mundo "moderno" –

Foi para provar que eu era capaz de "fazer nada" até no meio da sociedade mais turbulenta que eu desci da montanha de Washington e fui até São Francisco, como você viu, onde passei uma semana "esfarreando" (que nem Cody disse uma vez) com os anjos da desolação, os poetas e personagens do Renascimento de São Francisco – Uma semana e nada mais, depois do que (com uma grande ressaca e algumas inquietudes claro) eu andei num vagão de carga até LA e saí rumo ao Velho México e à minha solidão continuada em um abrigo na cidade.

É bem fácil entender que como artista eu preciso de solidão e de uma filosofia no estilo "fazer nada" que me permita sonhar o dia inteiro e trabalhar capítulos de delírios esquecidos que emergem anos mais tarde como uma história – Nesse sentido é impossível, já que é impossível que todo mundo seja artista, recomendar a minha maneira de viver como uma filosofia adequada para as outras pessoas – Nesse sentido eu sou um excêntrico, como Rembrandt – Rembrandt pintava os burgueses ocupados depois do almoço, mas à meia-noite enquanto todos dormiam para acordar renovados no dia seguinte, o velho Rembrandt estava de pé no estúdio acrescentando leves toques de escuridão nas telas dele – Os burgueses não esperavam que Rembrandt fosse nada além de um artista e assim não batiam na porta dele à meia-noite para perguntar: "Por que você vive assim, Rembrandt? Por que você passa a noite sozinho? Com o que você está sonhando?" Então eles não esperavam que

Rembrandt se virasse e dissesse: "Vocês devem viver como eu, na filosofia da solidão, não existe outro jeito."

Então do mesmo jeito eu estava em busca de uma vida tranquila dedicada à contemplação e à delicadeza, em nome da minha arte (no meu caso prosa, histórias) (resumos narrativos do que eu vi e de como eu vi) mas eu também busquei isso como filosofia de vida, ou seja, ver o mundo a partir de uma perspectiva solitária e meditar sobre o mundo sem ficar imbrogliado em suas ações, que a essa altura são famosas graças ao horror & à abominação – Eu queria ser um Homem do Tao, que contempla as nuvens e deixa a história rugir lá embaixo (algo impossível depois de Mao & de Camus?) (até parece) –

Mas eu nunca imaginei, e mesmo apesar da minha enorme força de vontade, da minha experiência nas artes da solidão e da liberdade da minha pobreza – Eu nunca sonhei que eu também seria levado pelas ações do mundo – Não parecia possível que – ...

Bom, vamos aos detalhes, que são a vida de tudo –

2

No início tudo estava bem, depois que eu vi o ônibus da prisão em LA, até depois que os policiais me pararam no deserto do Arizona à noite enquanto eu caminhava sob a lua cheia às 2 da madrugada para estender o meu saco de dormir na areia nos arredores de Tucson – Quando eles descobriram que eu tinha dinheiro suficiente para pagar um hotel eles quiseram saber por que eu estava dormindo no deserto – Você não consegue dar explicações para a polícia, nem dar uma palestra – Eu fui um bravo filho do sol por aqueles dias, só 75 quilos e eu caminhava quilômetros com a mochila cheia nas costas, e enrolava os meus cigarros, e sabia como me esconder confortavelmente no leito dos rios ou até como viver só com moedas de 10 e 25 centavos – Hoje, depois de todos os horrores do meu sucesso literário, dos baldes de birita que passaram pela minha garganta, dos anos passados em casa me escondendo de centenas de pedinchões (pedrinhas na minha janela à meia-noite, "Vem Jack vamos encher a cara, tá cheio de festas loucas por tudo quanto é lado!" – ah – Enquanto o cerco apertava em volta desse velho renegado independente, acabei ficando com um visual Burguês, com barriga de cerveja e tudo mais, que estampava no meu rosto a desconfiança e a afluência (uma coisa vem com a outra?) – E assim eu (quase) esperava que agora ao me parar às 2 da manhã na beira da estrada os policiais me cumprimentassem inclinando o quepe – Mas naquela época, só cinco anos atrás, eu tinha um jeito rústico e desleixado – Eles me cercaram com duas viaturas.

Eles viraram os holofotes para cima de mim e eu fiquei lá de pé na estrada com o meu jeans e as minhas roupas de trabalho, com a grande mochila triste nas costas, e perguntaram: "Aonde você está indo?" que é exatamente a mesma coisa que me perguntaram um ano mais tarde sob a luz dos holofotes televisivos em Nova York, "Aonde você está indo?" – E assim como você não consegue explicar para a polícia você também não pode explicar para a sociedade "Estou indo em busca da paz".

Será que importa?

Espere e você verá.

P.S. Imagine dizer para mil dançarinos de serpente enlouquecidos de Tóquio em plena rua que você está em busca da paz mas que não vai se juntar ao desfile!

3

México – uma grande cidade para o artista, onde se pode conseguir acomodação barata, comida boa, muita diversão nas noites de domingo (inclusive garotas de aluguel) – Onde se pode caminhar pelas ruas e bulevares sem ninguém para incomodar e além do mais a qualquer hora da noite enquanto policiais suaves desviam o olhar e cuidam dos assuntos deles que são a detecção e a prevenção do crime – No olho da mente eu sempre me lembro do México como um lugar alegre, emocionante (especialmente às 4 da manhã quando as pancadas de chuva do verão fazem as pessoas correr pelas calçadas molhadas que refletem os neons azuis e cor-de-rosa, os pés indígenas apressados, os ônibus, as capas de chuva, as pequenas mercearias e sapatarias úmidas, a doce alegria das vozes de mulheres e crianças, a emoção austera dos homens que ainda têm feições astecas) – Luz de velas num quarto solitário, e escrevendo sobre o mundo.

Mas quando chego eu sempre fico surpreso ao ver que eu tinha esquecido uma certa escuridão melancólica, triste até, como a visão de um índio com um terno marrom-ferrugem, camisa branca de colarinho aberto, esperando por um ônibus de Circumvalación com um pacote enrolado em jornal (*El Diario Universal*), e o ônibus está apinhado de gente sentada e de pé, lá dentro uma escuridão esverdeada, sem luz, e vai levar ele se sacudindo todo por ruelas embarradas durante meia hora até chegar aos arredores das favelas de adobe onde o fedor de animais mortos e de merda não se dissipa jamais – E vangloriar-se com uma grande descrição da sordidez desse homem não é justo, é algo imaturo, em suma – Mas de repente você vê uma velha índia de xale segurando uma menininha pela mão, elas estão entrando na *pastelería* para comer doces coloridos! A menininha está contente – E só no México, na doçura e na inocência, o nascimento e a morte parecem a um só tempo valer a pena...

4

Cheguei à cidade no ônibus de Nogales e na mesma hora aluguei uma cabana de adobe, arrumei ela do meu jeito, acendi uma vela e comecei a escrever sobre a descida da montanha e a semana doida em Frisco.

No andar de baixo, em um quarto destituído, meu amigo de 60 anos Bull Gaines me fazia companhia.

Ele também vivia em paz.

Vagareza ao fazer as coisas, o tempo inteiro, lá está ele todo corcunda e esquelético fazendo buscas intermináveis no casaco, na gaveta, na valise, debaixo de tapetes e jornais em busca das provisões infinitamente escondidas de pico – Ele diz para mim "Sim senhor eu também gosto de viver em paz – Aposto que você tem a sua arte, como você diz, mas mesmo assim eu duvido" (olhando para mim pelo canto dos óculos para ver como eu vou reagir à piada) "mas eu tenho o meu pico – Enquanto eu tiver pico eu me contento em ficar em casa e ler a *História universal* do H. G. Wells, que eu já reli umas cem vezes, acho – Me contento com um Nescafé, um sanduíche de presunto de vez em quando, o meu jornal e uma boa noite de sono com algumas boletas, hm-m-m-m-m" –

"Hm-m-m-m" é quando, ao terminar uma frase, Gaines sempre solta esse grave gemido junkie, trêmulo, como se fosse alguma risada ou prazer secreto por ter terminado a frase bem, com um choque, no caso "com algumas boletas" – Mas mesmo quando ele diz "Acho que eu vou me deitar" ele acrescenta esse "Hm-m-m-m" para você perceber que é só o jeito dele de cantar falando – Tipo, imagina um cantor indiano hindu fazendo a mesma coisa no ritmo das cabaças e dos tamborins do sul da Índia. O Velho Guru Gaines, na verdade o primeiro de muitos personagens que eu ainda conheceria desde a minha época inocente até agora – Lá está ele cutucando os bolsos do roupão à procura de uma *codeinetta*, esquecendo que ele já a tomou na noite anterior – Ele tem o típico guarda-roupas sórdido dos junkies, com um espelho de corpo inteiro em cada uma das portas rangedoras, que abrigam casacos surrados de Nova York com os fiapos nos bolsos fortes o suficiente para serem fervidos numa colher após 30 anos de vício – "De certa forma", diz ele, "existe uma grande semelhança entre o viciado e o que costumam chamar de artista, os dois gostam de ficar sozinhos e quietos desde que tenham o que querem – Nenhum dos dois sai por aí atrás de coisas pra fazer porque eles já têm tudo dentro de si, eles podem ficar parados por horas sem se mexer. São sensíveis, segundo dizem por aí, e não abrem mão de estudar os bons livros. E olha só aqueles Orozcos que eu recortei de uma revista mexicana e pus na parede. Eu estudo aquelas fotos o tempo inteiro, eu adoro elas – M-m-m-m-m."

Ele se vira, alto, como um feiticeiro, prestes a fazer um sanduíche. Com longos dedos pálidos, destaca uma fatia de pão com a destreza que você esperaria de uma pinça. Logo ele põe o presunto no pão com um procedimento meditativo que leva quase dois minutos, arrumando e rearrumando com todo o cuidado. Para terminar ele põe a outra fatia de pão por cima e leva o sanduíche até a cama, onde ele senta na borda, de olhos fechados, contemplando a possibilidade de comer enquanto faz hm-m-m-m. "Sim senhor", diz ele, começando mais uma vez a procurar na gaveta do criado-mudo um velho algodão, "o viciado e o artista têm muita coisa em comum."

5

O quarto dele tinha janelas que davam para a própria calçada do México com milhares de garotos descolados e crianças e transeuntes tagarelas – Da rua você via as cortinas cor-de-rosa dele, que mais pareciam as cortinas de um apartamento persa, ou de um quarto cigano – Dentro você via a cama surrada com o colchão afundado no meio, também coberta por um tecido cor-de-rosa, e uma poltrona (bem velha mas as longas pernas dele se estendiam confortavelmente e repousavam quase no nível do chão) – E depois a "boca" que ele usava para aquecer a água de fazer a barba, apenas uma lâmpada elétrica de cabeça para baixo ou algo assim (eu não consigo mesmo me lembrar da disposição absurda, perfeita e simples ao extremo que só um cérebro junky é capaz de conceber) – E depois o tarro triste, onde o velho inválido fazia xixi, e ele tinha que subir a escada todo santo dia para esvaziar o conteúdo no vaso, uma tarefa que eu fazia para ele sempre que estava por perto, como a essa altura eu já tinha feito duas vezes – Sempre que eu subia com o tarro enquanto as mulheres da casa ficavam olhando eu lembrava do maravilhoso dito de Buda: "Eu lembro que nas quinhentas últimas vezes em que nasci, usei uma vida atrás da outra para praticar a humildade e encarar a minha vida da maneira mais humilde possível, como se ela fosse um ser santo chamado a sofrer pacientemente" – De maneira ainda mais direta, eu sabia que na minha idade, 34 anos, seria melhor ajudar um velho do que ficar atirado não fazendo nada numa sala de visitas – Pensei no meu pai, em como eu ajudava ele a ir ao banheiro quando ele estava morrendo em 1946. Não pretendo dizer que eu era um sofredor exemplar, eu já estourei a minha cota de pecados idiotas e gabolices estúpidas.

O quarto de Bull tinha uma atmosfera persa, a de um velho Guru Ministro da Corte Oriental temporariamente consumindo drogas em uma cidade longínqua e sabendo o tempo todo que no fim vai ser envenenado pela esposa do Rei por algum motivo obscuro que ele não vai fazer nenhum comentário a respeito a não ser "Hm-m-m-m".

Quando o velho Ministro andava de táxi comigo para ir ao centro conseguir morfina ele sempre sentava do meu lado e deixava aqueles dedos ossudos baterem nos meus – Ele nunca sequer pôs a mão no meu braço enquanto a gente estava no quarto, nem para enfatizar um argumento nem para me fazer escutar, mas no banco traseiro dos táxis ele se transformava em um arremedo de senilidade (acho que para zoar os taxistas) e deixava os joelhos caírem por cima dos meus, e chegava até a se afundar no banco como um velho apostador de turfe arruinado se escorando no meu cotovelo – Só que quando a gente descia do táxi e começava a andar pela calçada ele caminhava a uns dois metros de mim, para trás, como se a gente não estivesse junto, o que era mais um truque dele para enganar os olheiros no país do exílio ("Um homem de Cincinnata", ele disse) – O taxista vê um inválido, o povo nas calçadas vê um hipster andando sozinho.

Gaines era agora o personagem bastante famoso que vinha roubando um sobretudo caro por dia todos os dias da vida dele há vinte anos em Nova York para deixar no penhor e comprar pico, um grande ladrão.

Ele disse "Quando eu cheguei no México a primeira vez algum filho da puta roubou o meu relógio – Eu entrei numa relojoaria e fiquei gesticulando com uma mão enquanto empalmava (afanava) (surrupiava) com a outra e saí com um relógio, *pau a pau!* – Eu fiquei tão puto da cara que na verdade até me arrisquei mas o cara não percebeu nada – Eu tava decidido a recuperar o meu relógio – Não tem nada que um velho ladrão deteste mais do que –"

"Deve dar trabalho roubar um relógio numa *loja mexicana!*" eu disse. "Hm-m-m-mm."

Depois ele me pedia para fazer coisas para ele: ir até a esquina comprar presunto cozido, fatiado a máquina pelo proprietário grego que era um típico comerciante mexicano unha de fome da classe média mas que gostava um pouco de Old Bull Gaines, chamava ele de "Señor Gahr-va" (quase como sânscrito) – Depois eu tinha que ir até a Sears Roebuck na Insurgentes para pegar a *News Report* e a *Time* semanais, que ele lia do início ao fim sentado na poltrona, chapado de morfina, às vezes adormecendo no meio de uma frase no estilo de Luce mas ao acordar ele continuava lendo exatamente no ponto em que tinha parado, só para adormecer de novo já na frase seguinte, sentado lá cabeceando enquanto eu sonhava no espaço em companhia deste homem excelente e quieto – No quarto dele, o exílio, só que melancólico, triste como um monastério.

6

Eu também tinha que ir ao supermercado comprar os doces favoritos dele, uns triângulos de chocolate cheios de creme, refrigerados – Mas na hora de ir até a lavanderia ele ia comigo só para atazanar o velho funcionário chinês. Ele sempre dizia: "Ópio hoje?" e fazia o gesto do cachimbo. "Me diga onde."

E o velhinho chinês viciado em ópio sempre dizia "No compleendo. No no no."

"Esses chineses são os junkies mais boca de siri do mundo", diz Bull.

A gente entra num táxi e volta para o centro, ele está se escorando em mim com um sorriso fraco – Diz "Peça pro motorista parar em todas as farmácias do caminho e você desce e compra um tubo de *codeinettas* em cada, tome aqui esses cinquenta pesos." E é o que a gente faz. "Não tem por que se queimar abrindo o jogo pros farmacêuticos. Assim eles não podem apontar o dedo pra você." E no caminho até em casa ele sempre pede para os taxistas pararem no Cine Não Sei das Quantas, o cinema da vizinhança, e faz o resto do caminho a pé para que nenhum taxista saiba onde ele mora. "Quando eu atravesso a fronteira ninguém pode apontar o dedo pra mim porque eu enfio o dedo no cu."

Que visão mais estranha, um velho atravessando a fronteira a pé com um dedo enfiado no traseiro?

"Eu pego um dedo de borracha que os médicos usam. Encho aquilo de pico, enfio – Ninguém pode apontar o dedo pra mim porque eu estou com o dedo no cu. E na volta eu sempre cruzo a fronteira por outra cidade", ele acrescenta.

Quando a gente volta de uma corrida de táxi as senhorias cumprimentam ele cheias de respeito, *"Senõr Garv-ha! Sí?"* Ele destranca o cadeado, destranca a fechadura por baixo e abre a porta para o quarto, que está frio e úmido. Nem o calor fumacento do querosene adianta. "Jack, se você quisesse mesmo ajudar um velho você iria comigo para a Costa Oeste do México e a gente ia morar numa cabana de grama e fumar o ópio de lá ao sol e criar galinhas. É assim que eu quero terminar os meus dias."

O rosto dele é magro, com os cabelos brancos lambidos para trás com água que nem os de um adolescente. Ele usa pantufas roxas quando senta na poltrona, curtindo uma viagem de pico, e começa a reler a *História universal.* Todos os dias ele me dá palestras sobre os mais variados assuntos. Quando chega a hora de eu subir para a minha cabana ele diz "Hm-mmm, ainda é cedo, por que você não fica mais um pouco –"

Do outro lado das cortinas cor-de-rosa a cidade zumbe e canta na noite do chachachá. E lá está ele ainda balbuciando: "O orfismo é um assunto que devia lhe interessar, Jack –"

E eu fico lá sentado com ele, quando ele adormece por alguns instantes eu não tenho mais nada a fazer senão pensar, e muitas vezes eu pensava: "Quem, em sã consciência, chamaria esse velho bondoso de *viciado* – ladrão ou não, e onde estão os ladrões... tanta ladroagem quanto... quanto nos negócios dos... ladrões do dia a dia?"

7

Afora as vezes em que Old Bull Gaines estava muito doente por falta de medicação e eu tinha que resolver os assuntos dele nas favelas onde contatos como Tristessa ou o Bastardo Negro ficavam sentados atrás de outras cortinas cor-de-rosa, a vida no telhado era tranquila, eu me alegrava especialmente com as estrelas, a lua, o ar frio três andares acima da rua musical. Eu me sentava na beira do telhado e olhava lá para baixo e escutava o chachachá nos jukeboxes. Eu tomava o meu vinhozinho, as minhas pequenas drogas (para curtir, para dormir ou para meditar, e quando em Roma) – e no fim do dia quando todas as lavadeiras estavam dormindo eu tinha o telhado inteiro só para mim. Eu ficava andando de um lado para o outro com as minhas botas macias de deserto. Ou então entrava na cabana e preparava mais um bule de café ou de chocolate. E quando eu ia para a cama eu me sentia bem, e acordava com a luz do sol. Escrevi um romance inteiro, terminei outro, e escrevi um livro inteiro de poesia.

De vez em quando o pobre Bull enfrentava a escadaria em caracol e eu fazia espaguete para ele e ele cochilava na minha cama por um instante e fazia um furo nela com o cigarro. Ele acordava e começava uma palestra sobre Rimbaud ou algum outro assunto. As palestras mais longas foram sobre Alexandre o Grande, o Épico de Gilgamesh, a Antiga Creta, Petrônio, Mallarmé, Assuntos Atuais como a Crise de Suez da época (ah, as nuvens não perceberam nenhuma Crise de Suez!), os velhos tempos em Boston Tallahassee Lexington e Nova York, as músicas favoritas dele e histórias sobre Eddy Corporal, o velho amigo dele. "Eddy Corporal entrava na mesma loja de roupa todo dia, conversava e fazia brincadeiras com os vendedores e saía com um terno dobrado ao meio atrás da fivela do cinto eu não sei como ele fazia aquilo, era algum truque esquisito. O sujeito era um junky em escala industrial. Se você desse cinco gramas pra ele ele injetava tudo de uma vez só, *direto*."

"Mas e Alexandre o Grande?"

"O único general até onde eu sei que avançou à frente da cavalaria de espada em punho" e lá está ele dormindo outra vez.

E naquela noite eu vejo a Lua, Citlapotl em asteca, e até faço um desenho do telhado enluarado com tinta de pintar parede, azul e branca.

8

Como exemplo, portanto, da minha paz naquela época.

Mas os acontecimentos estavam se preparando.

Dê mais uma olhada em mim para entender melhor a história (agora eu estou ficando bêbado): – Eu sou filho de uma viúva, agora ela está morando com parentes, sem um tostão furado. Tudo o que eu tenho é o pagamento pelo serviço de vigia de incêndios convertido em cheques de $5 que são de dar dó – e a grande mochila cheia de velhas blusas e pacotes de amendoim e passas de uva para o caso de eu passar fome e toda essa parada de mendigo – Tenho 34 anos, aspecto normal, mas com o meu jeans e o meu visual sinistro as pessoas ficam com medo de olhar para mim porque eu pareço um fugitivo de hospital psiquiátrico com força física e instinto canino suficiente para conseguir me alimentar fora da instituição e de ir de um lugar para o outro num mundo que fica mais estreito em relação às visões sobre a excentricidade a cada dia que passa – Quando eu caminho pelas cidades no meio da América as pessoas olham com um jeito esquisito para mim – Eu estava fadado a viver à minha própria maneira – A expressão "inconformismo" eu já tinha escutado em algum lugar (Adler? Erich Fromm?) – Mas eu estava decidido a ser *feliz*! – Dostoiévski disse "Dê ao homem sua Utopia e ele há de destruí-la deliberadamente com um sorriso" e com esse mesmo sorriso eu estava determinado a *refutar* Dostoiévski! – Eu também era um pinguço notório que explodia em qualquer lugar a qualquer hora quando estava bêbado – Meus amigos em São Francisco diziam que eu era um Lunático Zen, pelo menos um Lunático Bêbado, mas sentavam ao meu lado nos campos enluarados bebendo e cantando – Aos 21 anos eu fui dispensado da Marinha por conta da minha "personalidade esquizoide" depois de contar para os médicos da Marinha que eu não suportava a disciplina – Nem eu mesmo consigo me explicar – Quando os meus livros ganharam notoriedade (*Geração Beat*) e os entrevistadores tentavam me fazer perguntas eu simplesmente respondia com tudo o que me vinha à cabeça – Eu não tinha a coragem de pedir que me deixassem em paz, como Dave Wain fez mais tarde (um grande personagem de *Big Sur*) – "Diz pra eles que você tá ocupado demais entrevistando você mesmo" – Em termos clínicos, quando essa história teve início, no telhado acima de Gaines, eu era um Paranoico Ambicioso – Nada podia me impedir de escrever livros enormes em prosa e poesia em troca de nada, ou seja, sem nenhuma esperança de um dia vê-los publicados – Eu escrevia simplesmente porque eu era um "Idealista" e acreditava na "Vida" e estava dando um jeito de justificar tudo isso com os meus rabiscos – E por mais estranho que pareça, esses rabiscos foram os primeiros do tipo no mundo, eu estava originando (sem saber, não é?) uma nova forma de escrever sobre a vida, sem ficção, sem artifícios, sem pensamentos revisórios tardios, a disciplina implacável da verdadeira prova de fogo onde você não pode voltar atrás mas fez o voto de "fale agora ou cale-se para sempre" e tudo uma confissão inocente com os olhos fixos no futuro, a disciplina de tornar a mente escrava da língua sem chance para mentir ou re-elaborar (de acordo não só com os preceitos do Goethe de *Dichtung und Wahrheit* mas também com aqueles da Igreja Católica minha infância) – Eu escrevi todos esses manuscritos como estou escrevendo agora em cadernos baratos de cinco centavos à luz de velas e na pobreza e na fama – A *fama* do eu – Porque eu era Ti Jean, e a dificuldade para explicar tudo e também Ti Jean é que os leitores que não leram até esse ponto nas obras anteriores não conhecem o pano de fundo da história – E o pano de fundo é o meu irmão Gerard que disse coisas para mim antes de morrer, embora eu não lembre de uma única palavra, ou talvez eu lembre de algumas (eu só tinha quatro anos) – Mas ele me disse coisas sobre reverenciar a vida, não, pelo menos sobre reverenciar a *ideia* da vida, que eu traduzi como se significasse que a vida é o Espírito Santo –

Que vagamos através da carne, enquanto o pombo chora por nós, de volta para o Pombo Celeste –

Então eu estava escrevendo para honrar isso tudo, e eu tinha amigos como Irwin Garden e Cody Pomeray que diziam que eu estava me saindo bem e me deram coragem para seguir em frente mesmo que eu estivesse tomado por uma doce loucura que me deixava surdo até para o que eles diziam, eu teria feito tudo de qualquer jeito – Que *luz* é essa que nos puxa para baixo – A Luz da *Queda* – Os Anjos ainda estão *Caindo* – Uma explicação mais ou menos assim, com poucas chances de ser abordada num Seminário da NYU, me manteve de pé para que eu pudesse *cair* com o homem, com Lúcifer, até o excêntrico ideal humilde de Buda – (Afinal, por que Kafka escreveu que ele era um inseto daquele tamanho) –

E também não pense que eu sou um personagem simples – Um tarado, um desistente, um traste, um Vigarista que aplica golpes em mulheres mais velhas, e até mesmo em veados, um idiota, não um bebê índio pinguço quando eu bebo – Levei porrada por tudo quanto é lado sem nunca revidar (exceto na época de jogador durão de futebol americano) – Na verdade eu nem sei *o que* eu era – Algum ser impetuoso diferente como um floco de neve. (Agora falando igual a Simon, que aparece logo à frente.) Seja como for, um incrível amontoado de contradições (o que é bom, segundo Whitman) só que mais apto para a Rússia do século XIX do que para a América moderna de cabelos escovinha e rostos emburrados em Pontiacs –

"Será que eu disse tudo?" disse Lord Richard Buckley antes de morrer.

A essência era o seguinte: – o pessoal estava vindo para a Cidade do México me encontrar. Outra vez os Anjos da Desolação.

9

Irwin Garden era um artista como eu, o autor do grande poema original "Uivando", mas ele nunca precisou da solidão tanto quanto eu, estava sempre cercado de amigos e às vezes dúzias de conhecidos que apareciam com barbas batendo fraquinho na porta dele à noite – Irwin tinha sempre um séquito ao redor, como você pôde ver, a começar pelo companheiro e amante Simon Darlovsky.

Irwin era veado e se assumia em público, precipitando assim tremores que iam da Filadélfia a Estocolmo nas calças de ternos de negócio bem-arrumados e de técnicos de futebol – Na verdade, no caminho até me encontrar (eu não sou veado) no México Irwin tinha acabado de tirar toda a roupa numa leitura poética em Los Angeles quando algum inconveniente gritou "Que história é essa de *nu*?" (se referindo à maneira como ele usa as expressões "beleza nua" ou "confissões nuas" nos poemas dele) – Então ele se despiu e ficou lá de pé nu em pelo diante de homens e mulheres, mas um grupo bacana de expatriados e surrealistas ex-parisienses no entanto –

Ele estava vindo me encontrar no México com Simon, o jovem garoto loiro com sangue russo de 19 anos que não era veado mas tinha se apaixonado por Irwin e pela "alma" e pela poesia de Irwin, e assim se adaptou ao Mestre – Irwin estava pastoreando outros dois garotos até o México, um deles era Lazarus o irmão de Simon (15½ anos) e o outro Raphael Urso de Nova York um grande poeta jovem (o mesmo que mais tarde escreveu o poema "Atom Bomb" e a revista *Time* reproduziu um trecho para mostrar como aquilo era ridículo mas todo mundo adorou) –

Aliás, antes de mais nada o leitor deve saber que como autor eu conheci muitos homossexuais – 60% ou 70% (se não 90%) dos nossos melhores escritores são veados, curtem sexo com homens, e você acaba conhecendo todos eles e trocando manuscritos, encontra eles em festas, leituras, em tudo quanto é canto – Isso não impede o escritor não homossexual de *ser* um escritor nem de se associar a escritores homossexuais – A mesma coisa com Raphael, que "conhecia todo mundo", que nem eu – Eu podia dar aqui uma lista quilométrica de artistas homossexuais mas não há por que fazer um grande *tzimis* em cima de um estado de coisas inofensivo e tranquilo – Cada um com seus gostos.

Irwin me escreveu e disse que eles chegariam em uma semana então eu dei um ligeirão e terminei o meu romance num rompante de energia bem na data da chegada, mas eles se atrasaram duas semanas por causa de uma parada estúpida no caminho até Guadalajara para visitar uma poetisa chata. Então eu acabei sentado na beira do meu *tejado* olhando para baixo em direção à rua esperando que os quatro irmãos Marx aparecessem caminhando em Orizaba.

Old Gaines também estava ansioso pela chegada deles, com tantos anos de exílio (longe da família e da lei americana) ele se sentia sozinho e além do mais ele tinha conhecido Irwin muito bem nos velhos tempos do Times Square quando (1945) eu e Irwin e Hubbard e Huck ficávamos de bobeira pelos bares putanheiros para conseguir drogas. Naquela época Gaines estava no auge da carreira de ladrão de casacos e costumava nos dar palestras sobre antropologia e arqueologia às vezes na frente da estátua do Padre Duffy, só que ninguém escutava. (Fui eu quem finalmente teve a grande ideia de *escutar* o que Gaines dizia, embora Irwin também tivesse escutado no início.)

A essa altura você já pode ver que Irwin é um sujeito maluco. Na minha época de estrada com Cody ele nos seguiu até Denver e por toda parte com aqueles poemas e olhos apocalípticos. Agora como poeta famoso ele estava um pouco mais sossegado, fazendo as coisas com que sempre tinha sonhado, viajando ainda mais, só que escrevendo menos, mas puxando as rédeas do destino – você quase poderia chamá-lo de "Mãe Garden".

À noite eu sonhei acordado com a chegada deles enquanto olhava para baixo da beira do telhado, com o que eu ia fazer, atirar uma pedrinha, gritar, confundi-los de alguma forma, mas eu nunca sonhei com a efetiva chegada deles na realidade inóspita.

10

Eu estava dormindo, tinha passado a noite inteira rabiscando poemas e tristezas à luz de velas, em geral eu dormia até o meio-dia. A porta fez um barulho ao se abrir e Irwin entrou sozinho. Ainda em Frisco o velho Ben Fagan o poeta tinha dito para ele: "Me escreve quando você chegar no México e me diz a primeira coisa que você notar no quarto do Jack." Ele escreveu: "Calças folgadas penduradas em pregos na parede." Ele ficou lá olhando ao redor do quarto. Eu esfreguei os olhos e disse "Porra você tá duas semanas atrasado".

"A gente dormiu em Guadalajara e ficamos curtindo Alise Nabokov a poetisa estranha. Que esquisitos os papagaios e a casa e o marido dela – Como é que você tá Jacky?" e cheio de ternura ele pôs a mão no meu ombro.

É estranho ver as longas viagens que as pessoas fazem em vida, eu e Irwin que tínhamos feito amizade no campus da Columbia University em Nova York agora nos encarando em um abrigo de adobe na Cidade do México, as histórias das pessoas escorrendo como vermes pela praça da noite – De um lado para o outro, para cima e para baixo, doentes e sadios, faz você pensar em como eram as vidas dos nossos antepassados. "Como eram as vidas dos nossos antepassados?"

Irwin diz "Com muitas risadas nos quartos. Vamos lá, te levanta de uma vez. A gente tá indo agora mesmo pro centro curtir o Mercado dos Ladrões. O Raphael passou todo o caminho desde Tijuana escrevendo poemas sobre o destino do México e eu quero mostrar pra ele um destino real, à venda no mercado. Você já viu as bonecas quebradas e sem braços que eles vendem lá? E velhas estátuas astecas decrépitas de madeira carcomida que você não consegue nem carregar –"

"Abridores de lata usados."

"Bolsas estranhas de 1910."

A gente tinha começado outra vez, sempre que nos juntamos as conversas viram um poema que vai de um lado para o outro menos quando temos histórias para contar. "Velhas coalhadas de leite flutuando na sopa de ervilha."

"E o quarto de vocês?"

"A primeira coisa, ah, a gente tem que alugar um, o Gaines disse que a gente pode conseguir um baratinho com cozinha no andar de baixo."

"Cadê a rapaziada?"

"Todos no apartamento do Gaines."

"E o Gaines falando."

"O Gaines tá falando a respeito da Civilização Minoica. Vamos lá."

No quarto Lazarus o esquisitão de 15 anos que nunca diz nada estava sentado escutando Gaines com um olhar honesto e inocente. Raphael estava jogado na poltrona do velho curtindo a palestra. Gaines estava palestrando na beira da cama com uma gravata entre os dentes enquanto puxava com força para fazer uma veia saltar ou *alguma coisa* acontecer para conseguir se injetar uma dose de morfina. Simon estava no canto como um santo na Rússia. Foi um grande momento. Todo mundo estava na mesma peça.

Irwin tomou um pico de Gaines e se deitou na cama debaixo das cortinas cor-de-rosa e suspirou. O garoto Laz recebeu um dos refrigerantes de Gaines. Raphael folheou a *História universal* e quis saber qual era a teoria de Gaines sobre Alexandre o Grande. "Eu quero ser que nem Alexandre o Grande", gritou ele, de um jeito ou de outro ele sempre gritava, "eu quero me vestir com roupas de general decoradas com joias e brandir a minha espada contra a Índia e vislumbrar Samarcanda!"

"Só", eu disse, "mas você não quer ver o seu amigo primeiro-tenente assassinado nem que matem um vilarejo inteiro cheio de mulheres e crianças!" A discussão começou. Agora eu lembro, a primeira coisa que a gente discutiu foi Alexandre o Grande.

Eu também curtia Raphael Urso demais, apesar ou talvez por causa de um outro desentendimento nova-iorquino por conta de uma garota subterrânea, como eu disse. Ele me respeitava mesmo que passasse o tempo inteiro falando pelas minhas costas, de certa forma, mas ele fazia isso com todo mundo. Para dar um exemplo ele me cochichou num canto "Esse Gaines é um *alenjado*".

"Como assim?"

"O dia do alenjado chegou, o corcunda se arrasta..."

"Mas eu achei que você gostava dele!"

"Olha só os meus *poemas* –" Ele me mostrou um caderno cheio de garatujas em tinta preta e desenhos, excelentes desenhos misteriosos de crianças famintas bebendo de uma garrafa de Coca-Cola gorda enorme com pernas e tetas e um tufo de cabelo com uma placa "Destino do México". "Tem *morte* aqui no México – Eu vi um moinho virando a morte para cá – eu *não gosto* desse lugar – e o seu velho Gaines é um *alenjado*."

Por exemplo. Mas eu também amava ele por causa da melancolia arenosa, do jeito que ele fica de pé nas esquinas olhando para baixo, à noite, com a mão na testa, pensando aonde ir neste mundo. Ele dramatizava o que todos nós sentíamos. E os poemas deles faziam isso ainda melhor. Chamar o velho inválido Gaines de "alenjado" era apenas o horror cruel mas honesto de Raphael.

Quanto a Lazarus, quando você pergunta para ele "Ô Laz, tudo bem aí?" ele simplesmente levanta o rosto com aqueles olhos azuis inocentes e a sugestão discreta de um sorriso angelical, triste, e não precisa responder. Não sei se importa, mas ele me lembrava do meu irmão Gerard mais do que qualquer outra pessoa no mundo. Laz era um adolescente desengonçado cheio de espinhas mas tinha uma silhueta elegante, completamente indefeso se não fosse pela ajuda e pela proteção do irmão dele Simon. Ele não sabia contar dinheiro muito bem, nem pedir informações sem se deixar envolver, e muito menos conseguir um trabalho ou mesmo entender a papelada legal ou mesmo os jornais. Ele estava à beira da catatonia igual a um irmão mais velho agora internado numa instituição (um irmão mais velho que era o ídolo dele, aliás). Sem Simon e sem Irwin para pastoreá-lo ao longo do caminho e arranjar cama e comida para ele, as autoridades já o teriam capturado há tempos. Não que ele fosse cretino, nem desinteligente. Na verdade ele era extremamente brilhante. Eu vi as cartas que ele escreveu aos 14 anos antes do recente período de silêncio: elas eram completamente normais e melhores do que a maioria das cartas, na verdade sensíveis e melhores do que qualquer coisa que eu poderia ter escrito aos 14 aos quando eu também era um monstro introvertido inocente. No hobby dele, desenhar, Laz era melhor do que a maioria dos artistas ainda vivos hoje em dia e eu sempre soube que na verdade ele era um jovem artista que fingia ser recluso para que as pessoas deixassem ele em paz, e também para que ninguém mandasse ele arranjar um emprego. Porque várias vezes eu notei que o estranho olhar de soslaio que ele lança na minha direção é como o olhar de um companheiro ou de um irmão conspirador num mundo infestado de xeretas, sabe –

Como o olhar que diz: "Jack, eu sei que cê sabe o que eu tô fazendo, e cê tá fazendo a mesma coisa do seu jeito." Porque Laz, como eu, também passava tardes inteiras olhando para o vazio, sem fazer nada, exceto talvez escovar os cabelos, mas principalmente escutando os pensamentos dele como se ele também estivesse sozinho com o Anjo da Guarda. Simon estava quase sempre ocupado, mas durante os períodos "esquizofrênicos" semianuais do irmão ele se afastava de todo mundo e também se sentava no quarto sem fazer nada. (Eu estou dizendo, eles eram irmãos russos de verdade.) (Na verdade meio polacos também.)

11

Quando Irwin e Simon se encontraram pela primeira vez, Simon apontou para as árvores e disse "Olha só, elas estão me abanando e se inclinando pra me cumprimentar." Afora todo esse interessante misticismo doido inato, ele era mesmo um garoto angelical que por exemplo agora no quarto de Gaines prontamente se dispôs a levar o tarro do velho para o andar de cima, chegou até a lavar ele, desceu acenando com a cabeça e sorrindo em direção às senhorias curiosas (elas ficavam na cozinha preparando o feijão e aquecendo tortillas) – Aí ele limpou todo o quarto com vassoura e pazinha, nos afastou sério para o lado, passou um pano na mesa e perguntou a Gaines se ele precisava de alguma coisa da loja (quase com uma mesura). O relacionamento que eu tinha com ele, ah, ele me trazia dois ovos num prato (mais tarde) e dizia "Come! Come!" e eu dizia que não que eu não estava com fome e ele gritava "Come, seu pestinha!! Se você não se cuidar a gente vai ter uma revolução e você vai acabar trabalhando nos moinhos!"

Então entre Simon, Laz, Raphael e Irwin rolavam muitas coisas incrivelmente divertidas, em especial quando a gente sentou junto com a senhoria principal para discutir o aluguel do novo apartamento deles que era no térreo com janelas que davam para o pátio ladrilhado.

A senhoria na verdade era europeia, francesa eu acho, e como eu falei para ela que os "poetas" estariam chegando ela começou a sentar de um jeito elegante e pronta para se deixar impressionar no sofá. Mas se a visão dela eram poetas como um Musset de capa ou um Mallarmé elegante – apenas um bando de delinquentes. E Irwin pechinchou uns 100 pesos com ela alegando que não tinha água quente nem camas suficientes. Ela me disse em francês: *'Monsieur Duluoz, est-ce qu'ils sont des poètes vraiment ces gens?'*

"*Oui Madame*", respondeu o próprio Irwin com seus modos mais elegantes, assumindo o papel do "húngaro bem-arrumado", como ele mesmo dizia, *"nous sommes des poètes dans la grande tradition de Whitman et Melville, et surtout, Blake."*

"*Mais, ce jeune là.*" Ela apontou para Laz. "*Il est un poète?*"
"*Mais certainement, dans sa manière*" (Irwin).
"*Eh bien, et vous n'avez pas l'argent pour louer a cinq cents pesos?*"
"*Comment?*"
"Cinquenta pesos – *cinquo ciente pesos.*"
"Ah", diz Irwin mudando para o espanhol, "*Sí, pero el departamiento n'est assez grande* para todo o pessoal."

Ela falava as três línguas e se viu obrigada a ceder. Depois de tudo acertado, fomos correndo curtir o Mercado dos Ladrões no centro da cidade – mas assim que saímos na rua umas crianças mexicanas que estavam bebendo Coca-Cola deram um assobio longo e grave para a gente. Eu fiquei furioso porque além de ser sujeitado a uma coisa dessas na frente dos meus amigos esquisitos eu não achava justo. Mas Irwin, um cara internacionalmente descolado, disse "Isso não é um assobio pra chamar veados nem nada do que você tá pensando na sua paranoia – é um assobio de admiração."

"Admiração?"

"Sem dúvida" e várias noites mais tarde dito e feito os mexicanos bateram na nossa porta com mescal na mão, querendo beber e brindar, um bando de estudantes de medicina mexicanos que na verdade moravam dois andares acima da gente (mais detalhes em breve).

Começamos a descer a Orizaba na nossa primeira caminhada na Cidade do México. Eu ia na frente com Irwin e Simon, conversando; Raphael (e Gaines) caminhavam pelo lado, sozinhos, ao longo do meio-fio, pensativos; e Lazarus batia os pés num lento caminhar de monstro meio quarteirão atrás da gente, às vezes olhando para os centavos que tinha na mão e imaginando se aquilo daria para comprar uma vaca preta. No fim a gente se virou e viu ele entrando numa peixaria. Todo mundo precisou voltar para buscá-lo. Ele ficou lá na frente de garotas mexicanas risonhas com a mão estendida cheia de centavos dizendo "Vaca preta, eu quero uma vaca preta" com o sotaque nova-iorquino engraçado dele, balbuciando, olhando para elas com um olhar inocente.

"*Pero, señor, no compreendo.*"
"Vaca preta."

Depois que Irwin e Simon levaram ele de volta até a rua, quando retomamos a nossa caminhada ele mais uma vez ficou meio quarteirão para trás e (enquanto Raphael gritava contristado) "Pobre Lazarus – pensando em pesos!" "Perdido no México pensando em pesos! Que destino aguarda o pobre Lazarus! Que tristeza, *que tristeza essa vida*, ah essa vida, quem é que aguenta?"

Mas Irwin e Simon caminhavam alegres rumo a novas aventuras.

12

Então a minha paz na Cidade do México estava chegando ao fim mas eu nem me importei muito porque eu já tinha terminado de escrever mas foi demais da conta quando na manhã seguinte enquanto eu curtia um doce sono no meu quarto solitário Irwin entrou "Levanta! A gente tá indo para a Universidade da Cidade do México!"

"O que que eu tenho a ver com a Universidade da Cidade do México, me deixa dormir!" Eu estava sonhando com os mistérios de um mundo montanhoso onde tudo e todo mundo estava, de que importa?

"Mas que otário", disse Irwin num dos raros momentos em que deixou transparecer o que realmente pensava de mim, "como é que você consegue passar o dia inteiro dormindo sem nunca ver nada, qual é o sentido de uma vida assim?"

"Ah que filho da puta eu consigo ver o que tá por trás de você."

"É mesmo?" de repente interessado, sentando na beira da minha cama. "E o que tem por lá?"

"Um bando de pequenos Gardens vão ir tagarelando para a tumba, falando sobre maravilhas." Era a nossa velha discussão sobre Samsara *vs*. Nirvana mesmo que o pensamento budista mais elevado (enfim, o Mahayana) ressalte que não existe diferença entre o Samsara (este mundo) e o Nirvana (o não mundo) e talvez eles estejam certos. Heidegger e os "entes" e o "nada" dele. "E se é assim", digo eu, "vou continuar dormindo."

"Mas o Samsara é só o X no mapa da superfície do Nirvana – como você pode rejeitar esse mundo, ignorar ele do jeito que você faz, e ignorar tão mal ainda por cima, quando ele é a superfície do que você quer e você devia estudar ele?

"Então eu devia pegar um ônibus todo estropiado até uma universidade estúpida com um estádio em forma de coração ou algo do tipo?"

"Mas é uma grande universidade internacional cheia de ignus e anarquistas com estudantes de Délhi e Moscou –"

"Foda-se Moscou!"

Enquanto isso Lazarus entra no meu quarto trazendo uma cadeira e uma enorme pilha de livros novos que Simon comprou para ele ontem (foi uma grana) (livros sobre desenho e arte) – Ele põe a cadeira perto quase na beira do telhado, ao sol, enquanto as lavadeiras riem, e começa a ler. Mas enquanto eu e Irwin ainda estamos discutindo o Nirvana no quarto ele se levanta e desce a escada, deixando a cadeira e os livros para trás – e nunca mais voltou para buscá-los.

"Isso é loucura!" eu grito. "Se você quiser eu te mostro as Pirâmides de Teotihuacan ou alguma outra coisa interessante, mas nem pensa em me arrastar nessa excursão idiota –" Mas eu acabo indo de qualquer jeito porque eu quero ver o que eles vão fazer depois.

Afinal, a única razão para a vida ou para a uma história é "O Que Acontece Depois"?

13

O apartamento deles estava uma zona. Irwin e Simon dormiram na cama de casal do único quarto. Lazarus dormiu no sofá fino na sala (como sempre, só com um lençol branco puxado por cima de todo o corpo que nem uma múmia), e Raphael do outro lado da peça num sofá menor, enrolado com roupa e tudo mais num triste montinho solene.

E a cozinha já estava atulhada de mangas, bananas, laranjas, grãos-de-bico, maçãs, repolhos e panelas que a gente tinha comprado ontem nos mercados do México.

Eu ficava o tempo inteiro lá sentado com uma cerveja na mão olhando para eles. Mas sempre que eu enrolava um baseado todos eles fumavam sem dizer um ai.

"Eu quero rosbife!" berrou Raphael ao acordar no sofá. "Onde se encontra carne por aqui? É tudo carne mexicana da morte?"

"Primeiro a gente vai até a universidade!"

"Eu quero carne primeiro! Quero alho!"

"Raphael", eu grito, "quando a gente voltar da universidade do Irwin eu te levo para o Kuku's onde você pode comer um T-bone steak gigante e atirar os ossos por cima do ombro que nem Alexandre o Grande!"

"Eu quero uma banana", diz Lazarus.

"Você comeu todas elas noite passada, seu maníaco", diz Simon para o irmão mas ao mesmo tempo arrumando a cama dele e prendendo o lençol embaixo do colchão.

"Ah, que maravilha", diz Irwin saindo do quarto com o caderno de Raphael. Ele cita em voz alta: "Monte de fogo, universo de palha disparando rumo à erradicação gazeosa da tinta Golpistesca?" Uau, que demais – você percebe *o quão bom* é isso aqui? O universo está pegando fogo e um grande golpista tipo o vigarista do Melville está escrevendo a história do universo em gaze inflamável ou algo assim mas em *tinta autoerradicadora* como se não bastasse, um grande modismo enganando todo mundo, como mágicos criando mundos e deixando que eles desapareçam sozinhos."

"Ensinam essas coisas lá na universidade?" eu digo. Mas a gente vai de qualquer jeito. Pegamos um ônibus e andamos quilômetros e nada acontece. Ficamos de um lado para o outro no campus asteca conversando. A única coisa que eu lembro claramente é de ter lido um artigo de Cocteau em um jornal parisiense na sala de leitura. A única coisa que acontece portanto *é* o tal mágico autoerradicador da gaze.

Quando voltamos à cidade eu levo a rapaziada para o bar e restaurante Kuku's na esquina da Coahuila com a Insurgentes. Foi Hubbard quem me recomendou esse restaurante uns anos atrás (Hubbard que aparece bem mais à frente na história) porque era um restaurante vienense bem interessante (numa cidade de índios) gerenciado por um vienense muito robusto e ambicioso. Eles tinham uma deliciosa sopa de 5 pesos cheia de tudo o que você precisa para se manter alimentado por um dia inteiro, e claro os enormes T-bone steaks com todos os acompanhamentos por 80 centavos de dinheiro americano. Você comia esses bifes enormes em uma penumbra à luz de velas e tomava canecos de um belo chope. E na época que eu estou escrevendo a respeito o proprietário vienense loiro de fato corria de um lado para o outro cheio de energia e vivacidade para ver se estava tudo certo para os clientes. Mas a noite passada (agora, em 1961) eu voltei lá e ele estava dormindo em uma cadeira na cozinha, o meu garçom cuspiu num canto e não tinha mais água no banheiro do restaurante. E me serviram um bife velho e doente malcozido, tapado de batatas fritas – mas antigamente os bifes ainda eram bons e o pessoal passou trabalho para cortar a carne com facas de manteiga. Eu disse "Façam que nem eu disse, comam o bife com as mãos" então depois de alguns olhares furtivos na penumbra ao redor todos agarraram os bifes e atacaram eles com dentes vorazes. Mas todos pareciam tão humildes por estar em um restaurante!

Naquela noite, de volta ao apartamento, com a chuva caindo no pátio, de repente Laz ficou com febre e foi para a cama – Old Bull Gaines apareceu para a visita noturna dele usando seu melhor casaco roubado de tweed. Laz estava sofrendo com um vírus estranho que muitos turistas americanos pegam quando chegam ao México, não é exatamente disenteria mas uma coisa indeterminada. "Só tem uma cura garantida", diz Bull, "uma boa dose de morfina." Então Irwin e Simon discutem o assunto ansiosos e decidem tentar, Laz estava um lixo. Suor, cãibras, náusea. Gaines sentou na beira da cama enlençolada e amarrou o braço dele para cima e injetou quatro miligramas, e na manhã seguinte Lazarus pulou da cama completamente curado depois de um longo sono e foi correndo para a rua em busca de uma vaca preta. O que faz você pensar que as restrições às drogas (ou melhor, aos *remédios*) na América vêm dos médicos que não querem que as pessoas se curem –

Amém, Anslinger –

14

Então veio o grande dia em que todos nós fomos às Pirâmides de Teotihuacan – Primeiro batemos uma foto nossa com um fotógrafo no parque do centro da cidade, o Prado – Todo mundo ficou lá, cheio de orgulho, eu e Irwin e Simon de pé (hoje eu fico admirado ao ver que eu tinha ombros largos na época), e Raphael e Laz de joelhos na nossa frente, como um Time.

Ah que triste. É que nem as velhas fotografias agora amareladas do pai da minha mãe e dos amigos dele posando empertigados em New Hampshire em 1890 – Os bigodões, a luz nas cabeças – ou ainda que bem as velhas fotografias que você encontra nos sótãos das fazendas abandonadas em Connecticut mostrando um bebê de 1860 no berço, e ele já está morto, e *você* na verdade já está morto – A velha luz de Connecticut em 1960 é suficiente para fazer Tom Wolfe chorar quando ilumina a mãe de anquinhas orgulhosa amarelada perdida – Mas a nossa foto parece mesmo as velhas fotografias dos Amigos na Guerra Civil de Thomas Brady, os velhos prisioneiros Confederados fazendo cara feia para os Ianques mas com um ar tão doce que mal parece haver raiva nele, só a velha doçura whitmaniana que fez Whitman chorar e ser enfermeiro –

Pegamos um ônibus e vamos sacudindo até as Pirâmides, uns 50, 30 quilômetros, os campos de pulque lá fora – Lazarus encara estranhos Lazarus mexicanos que encaram ele com a mesma inocência divina, mas com olhos castanhos em vez de azuis.

Quando chegamos a gente começa a caminhar em direção às pirâmides na mesma baderna, eu e Irwin e Simon na frente conversando, Raphael mais ao lado meditando e Laz 50 metros atrás batendo os pés como Frankenstein. Começamos a subir os degraus de pedra que levam à Pirâmide do Sol.

Todos os adoradores do fogo adoravam o sol, e se eles oferecessem uma pessoa para o sol e comessem o coração dela, eles comiam o Sol. Essa era a pirâmide dos horrores onde eles curvavam a vítima para trás por cima de uma pia de pedra e arrancavam o coração ainda palpitante com um ou dois movimentos de um arrancador de corações, erguiam o coração em direção ao sol e comiam. Sacerdotes monstruosos que não queriam saber de efígies. (Hoje no México moderno as crianças comem doces em forma de coração e de caveira no Halloween.) Os espantalhos de Indiana são uma velha fantasia da Turíngia... Quando nós chegamos ao topo da pirâmide eu acendi um baseado para que todo mundo pudesse examinar os seus pressentimentos a respeito do lugar. Lazarus estendeu os braços em direção ao sol, reto para cima, mesmo sem a gente ter contado para ele o que tinha lá em cima, ou o que fazer. Mesmo que ele tenha parecido besta fazendo aquilo eu percebi que ele sabia mais do que qualquer um de nós.

Para não falar do Coelhinho da Páscoa...

Ele ergueu os braços e ficou tentando agarrar o sol por trinta segundos. Eu pensando que estou acima disso tudo mas um grande *Buda* está sentado de pernas cruzadas lá no topo, eu ponho a mão para baixo e na mesma hora sinto uma ferroada violenta. "Meu Deus até que enfim fui picado por um escorpião!" mas eu olho para a minha mão ensanguentada e é só vidro dos turistas. Então eu enrolo a mão no meu lenço vermelho. Mas sentado lá em cima e pensando eu comecei a perceber uma coisa sobre a história mexicana que eu nunca encontraria nos livros. Os corredores chegam resfolegando que toda a Texaco está no rubor da guerra outra vez. Você vê o Lago de Texcoco como um alerta cintilante no horizonte ao Sul, e a Oeste dele o colossal indício encolhido de um reino ainda maior no interior da cratera: – o Reino de Azteca. Au. Os sacerdotes de Teotihuacan apaziguam os deuses aos milhões e vão inventando eles conforme a necessidade. Dois impérios monstruosos a apenas 50 quilômetros de distância visíveis a olho nu do alto da pira fúnebre desmilinguida deles. Assim portanto eles viram o olhar apavorados para o Norte em direção à montanha lisa perfeita atrás das pirâmides com o cume perfeito coberto de grama onde sem dúvida (conforme eu percebi sentado lá) morou um velho sábio, o verdadeiro Rei de Teotihuacan. As pessoas subiam até a cabana dele à noite para pedir conselhos. Ele abanava uma pluma como se o mundo não significasse nada e dizia "Ah", ou até mesmo "Opa!"

Eu contei essa parada para Raphael que na mesma hora levou a mão aos olhos como um general que enxerga longe e olhou para a cintilância do Lago. "Meu Deus você tá certo, eles devem ter cagado nas calças lá em cima." Então eu contei a ele sobre a montanha ao fundo e sobre o Sábio mas ele disse "Um Édipo excêntrico pastor de cabritos". Todo esse tempo Lazarus continuava tentando agarrar o sol.

Umas criancinhas vieram nos vender o que segundo elas eram relíquias genuínas encontradas em escavações: cabecinhas e corpinhos de pedra. Alguns artesãos estavam fazendo imitações desgastadas perfeitas no vilarejo lá embaixo, na *obscura* do entardecer, garotos jogavam um triste basquete. (Nossa, igualzinho a Durrell e Lowry!)

"Vamos explorar as cavernas!" grita Simon. Enquanto isso uma turista americana chega ao topo e pede para nós sentarmos quietos enquanto ela tira fotos da gente. Eu fico sentado de pernas cruzadas com a mão enfaixada me virando para olhar na direção de Irwin e dos outros sorridentes: mais tarde ela nos manda a fotografia (demos o nosso endereço) de Guadalajara.

Descemos para explorar as cavernas, as ruelas debaixo da Pirâmide, eu e Simon nos escondemos numa das cavernas sem saída segurando o riso e quando Irwin e Raphael chegam tateando a gente grita "Buu!" Lazarus, ele também está como um pinto no lixo batendo os pés para cima e para baixo sem dizer nada. Você não conseguiria assustá-lo nem com uma vela de três metros desfraldada no banheiro. A última vez que eu brinquei de fantasma foi durante a guerra no mar ao largo da Islândia.

Depois a gente sai das cavernas e atravessamos um campo perto da Pirâmide da Lua que tem centenas de grandes vilarejos de formigas todos eles claramente definidos por um monte e um monte de atividade ao redor. Raphael põe um graveto em uma das Espartas e todos os guerreiros saem correndo e levam ele embora para que não perturbe o Senador e seu banco quebrado. A gente põe mais um graveto um pouco maior e aquelas formigas malucas levam ele embora. Por uma hora inteira, fumando baseado, a gente examina os vilarejos das formigas. Não ferimos um único cidadão. "Olha só aquele cara ali correndo pela borda da cidade carregando um pedaço de carne de escorpião morto pro buraco" – A formiga desce pelo buraco levando a carne para o inverno. "Se a gente tivesse um pote de mel elas iam achar que é o Armagedom?"

"Elas iam fazer grandes orações mórmons com pombas e tudo mais."

"E construir tabernáculos para aspergir eles com mijo de formiga."

"*Sério* Jack – talvez elas fossem simplesmente guardar o mel e esquecer que você existe" (Irwin).

"Será que elas têm hospitais aí dentro?" Nós cinco nos debruçamos por cima do vilarejo pensando. Quando construímos pequenos montinhos na mesma hora as formigas começaram a grande tarefa federal paga com os nossos impostos de removê-los. "Você podia esmagar o vilarejo inteiro, fazer as assembleias fervilhar e empalidecer! Só com um pé!"

"Enquanto os sacerdotes de Teo ficavam de bobeira lá em cima essas formigas tinham começado a construir um verdadeiro supermercado subterrâneo."

"Ele já deve estar enorme agora."

"A gente podia trazer uma pá e explorar todos os corredores – Quanta compaixão Deus deve ter pra não pisar nelas" mas é mais fácil falar do que fazer, Lazarus ao se afastar da gente em direção às cavernas deixou pegadas monstruosas de sapato em uma linha reta distraída que passa por meia dúzia daqueles vilarejos romanos.

Seguimos Lazarus com todo o cuidado em volta dos vilarejos das formigas. Eu digo: "Irwin, o Laz não escutou o que gente ficou dizendo sobre as formigas – por uma hora?"

"Ah *claro*, escutou sim", alegre, "é só que agora ele tá pensando em outra coisa."

"Mas ele tá andando reto, pisando nos vilarejos e nas cabeças –"

"Ah sim –"

"Com aqueles sapatos enormes!"

"É, mas ele tá pensando em alguma coisa ou outra."

"*O quê?*"

"Eu sei lá – se ele tivesse uma bicicleta seria pior."

Ficamos olhando Laz atravessar em linha reta o Campo da Lua, batendo os pés em direção ao destino dele, que era uma pedra para sentar.

"Ele é um monstro!" eu gritei.

"Então você também é um monstro quando come carne – pense em todas as bactérias felizes que são forçadas a uma viagem pavorosa pelo labirinto ácido das suas entranhas."

"E todas elas viram emaranhados de cabelo!" acrescenta Simon.

15

Então, assim como Lazarus caminha pelos vilarejos, Deus caminha pelas nossas vidas, e como as formigas operárias e guerreiras a gente se preocupa em arrumar o estrago o mais rápido possível, mesmo que no fim seja tudo em vão. Pois Deus tem um pé maior que o de Lazarus e todos os Texcocos e Texacos e Mañanas do amanhã. Acabamos assistindo uma partida de basquete crepuscular no meio dos garotos indígenas perto do ponto de ônibus. Sentamos debaixo de uma velha árvore no cruzamento da estrada de chão, recebendo poeira à medida que ela é soprada pelo vento da planícies do Platô Central do México que não tem páreo em termos de inospitude a não ser talvez por Wyoming em outubro, no fim de outubro...

p.s. A última vez que eu estive em Teotihuacan, Hubbard me disse "Quer ver um escorpião, cara?" e levantou uma pedra – Lá estava uma escorpiã fêmea junto ao esqueleto do parceiro, que ela tinha comido – Gritando "Gaaaah!" Hubbard levantou uma rocha enorme e despedaçou-a em cima de toda aquela cena (e mesmo que eu não seja como Hubbard, fui obrigado a concordar com ele dessa vez).

16

O mundo real parece inacreditavelmente inóspito depois que você sonha com alegres clubes noturnos e alegres puteiros mas acaba que nem Irwin e Simon e eu na noite em que a gente saiu sozinho, espiando por entre os escombros frios e esquálidos da noite – Mesmo que tenha um neon no fim da rua a rua é de uma tristeza incrível, na verdade até impossível – A gente tinha saído com trajes mais ou menos esportivos, com Raphael de arrasto, para ir dançar no Club Bombay mas assim que o pensativo Raphael sentiu o cheiro das ruas com cães mortos e viu os uniformes manchados dos cantores de *mariachi*, escutou o gemido da confusão do horror insano que é a noite moderna nas ruas de uma cidade ele voltou para casa sozinho num táxi, dizendo "Que merda isso tudo, eu quero o chifre de Eurídice e Perséfone – não quero saber de chafurdar nessa doença –"

    Irwin tem uma alegria sinistra constante que impele ele adiante e impele eu e Simon adiante em direção às luzes sujas – No Club Bombay tem umas doze garotas mexicanas loucas que dançam por um peso com a pélvis enfiada nos homens, às vezes segurando os homens pelas calças, uma orquestra de incrível melancolia trompeteia canções tristes no palco de agruras – Os trompetistas não têm expressão, o baterista de mambo está entediado, o cantor acha que está em Nogales fazendo uma serenata para as estrelas mas ele na verdade ele está enfiado no buraco mais favelado de toda a favela agitando o barro nas nossas bocas – Putas com os lábios embarrados bem na esquina imunda do Bombay fazem fila em frente ao muro esburacado cheio de percevejos e baratas se oferecendo para as procissões de tarados que aparecem por tudo quanto é lado tentando conferir a aparência das garotas no escuro – Simon está com um casaco esportivo cor de creme e sai dançando todo romântico com os pesos dele espalhados pelo chão, fazendo mesuras para as companheiras de cabelos escuros. "Ele não é romântico?" diz Irwin aos suspiros na mesa onde estamos bebendo Dos Equis.

    "Bom ele não é exatamente o típico turista gay americano curtindo a vida no México –"

    "*Por que não?*" diz Irwin irritado.

    "O mundo é tão cretino em toda parte – você imagina que ao chegar em Paris com Simon você vai ver capas de chuva e Arcos do Triunfo com uma tristeza reluzente mas o tempo todo você passa bocejando em pontos de ônibus."

    "Sei que o Simon está se divertindo." Mas Irwin não tem como discordar totalmente de mim quando andamos de um lado para o outro na rua das putas e ele estremece ao vislumbrar a imundície dentro dos berços por trás das cortinas cor-de-rosa. Ela não quer saber de pegar uma garota e entrar. Eu e Simon estamos decididos. Descubro um bando de putas sentadas como uma família numa porta, com as velhas protegendo as mais novas, eu faço um sinal para a mais nova, uma garota de catorze anos. Enquanto a gente entra ela grita "*Agua caliente*" para uma outra puta novinha que cuidava da água. Atrás das cortinas cor-de-rosa você escuta o rangido das plataformas onde um colchão fino foi posto em cima de um estrado podre. As paredes escorrem um destino gotejante. Assim que uma garota mexicana sai de trás da cortina e você vê ela balançar as pernas outra vez até o chão com um vislumbre de coxas morenas e seda barata, a minha garotinha me leva para dentro e começa a se lavar de cócoras sem nenhuma cerimônia. "*Tres pesos*", diz ela, séria, para garantir que vai conseguir os 24 centavos dela antes da gente começar. Quando a gente começa ela é tão pequena que em um minuto procurando você não consegue achar. Depois os coelhinhos vão à loucura, igual à meninada do ginásio da América correndo um quilômetro e meio em um minuto... é a única opção dos mais jovens, para dizer a verdade. Mas ela não parece lá muito interessada. Me perco dentro dela sem um pingo de responsabilidade que seja para me deter, é tipo "Aqui estou eu livre como um bicho num celeiro oriental!" e vou em frente, ninguém dá a mínima.

Mas Simon com aquela estranha excentricidade russa dele escolheu uma puta velha gorda e estropiada de Juárez sem dúvida na vida fácil desde a época de Diaz, ele entra com ela e na verdade nós (da nossa calçada) escutamos grandes risadas já que Simon sem dúvida está mexendo com todas as moças. Ícones em chamas da Virgem Maria fazendo buracos na parede. Trompetes na esquina, o cheiro horrível de velhas salsichas fritas, cheiro de tijolo, de tijolo molhado, barro, cascas de banana – e acima de um muro arrebentado você vê as estrelas.

Uma semana mais tarde Simon estava com gonorreia e teve que tomar injeções de penicilina. Ele não tinha feito muita questão de se limpar com a pomada médica especial, como eu fiz.

17

Ele nem imaginava quando a gente deixou para trás a rua das putas e começou a andar pela rua principal da abatida (pobre) vida noturna mexicana, a Calle Redondas. De repente tivemos uma visão impressionante. Um veadinho jovem desmunhecado de uns 16 anos passou correndo pela gente de mão dada com um indiozinho estropiado descalço de 12. Eles ficaram olhando para trás. Eu olhei de volta e notei que a polícia estava de olho neles. Eles dobraram numa esquina de repente e se esconderam na porta de uma rua escura. Irwin estava em êxtase. "Você viu só o mais velho, igual ao Charlie Chaplin e o Garoto descendo a rua radiantes apaixonados de mãos dadas e tudo, perseguidos pelo policial brutamontes – vamos *conbiersar* com eles!"

Nos aproximamos do estranho par mas eles fugiram assustados. Irwin nos convenceu a ficar vadiando de um lado para o outro da rua até que a gente topasse com eles outra vez. Os policias tinham sumido. O garoto mais velho viu algo de simpático no olhar de Irwin e parou para conversar, pedindo cigarros antes de qualquer outra coisa. Falando espanhol, Irwin descobriu que eles eram amantes só que não tinham onde morar e a polícia estava perseguindo eles especialmente por conta de algum motivo do cacete ou de um policial ciumento. Eles dormiam em terrenos baldios enrolados em jornais ou às vezes em pôsteres de papel. O mais velho era só um garoto desmunhecado mas sem as manias escandalosas afetadas das bichas americanas, ele era austero, simples, sério, tinha o profissionalismo dedicado de um dançarino da corte em relação à veadagem. O pobre garoto de 12 anos era um indiozinho com enormes olhos castanhos, provavelmente órfão. Só queria que Pichi descolasse uma tortilla para ele de vez em quando e mostrasse onde ele podia dormir em segurança. Pichi, o mais velho, usava maquiagem, com pálpebras roxas e coisa e tal tudo bem espalhafatoso porém mais do que qualquer outra coisa ele parecia um artista. Eles saíram correndo pelo beco azul quando os policiais reapareceram – vimos eles sumindo na escuridão, dois pares de pés, em direção aos barracos escuros no mercado decrépito, que estava fechado. Perto daqueles dois Irwin e Simon pareciam pessoas normais.

Enquanto isso bandos inteiros de hipsters mexicanos vagabundeiam ao redor, a maioria deles de bigode, todos falidos, uns quantos descendentes de cubanos e italianos. Alguns até escrevem poesia, conforme eu descobri mais tarde, e têm a tradicional relação de Mestre e Discípulo como acontece na América ou em Londres: você vê o líder do grupo com um sobretudo dando alguma explicação obscura sobre história ou filosofia enquanto os outros escutam fumando. Para fumar baseados eles entram para dentro de casa e ficam sentados até o dia amanhecer imaginando por que não conseguem dormir. Mas ao contrário dos hipsters americanos todos eles têm que ir trabalhar de manhã. Todos eles são ladrões mas parece que eles roubam objetos excêntricos que chamam a atenção deles diferente dos ladrões profissionais e trombadinhas que também vagabundeiam nos arredores da Calle Redondas. É uma rua terrível, uma rua nauseante, para dizer a verdade. O som dos trompetes por toda parte de alguma forma deixa tudo aquilo ainda mais horrível. Mesmo que a única definição de "hipster" seja a de uma pessoa capaz de ficar sem fazer nada em certas esquinas de qualquer grande cidade estrangeira e descolar uns baseados ou pico sem falar a língua, tudo aquilo faz você sentir vontade de voltar para a América para a cara de Harry Truman.

18

É o que Raphael tanto ansiava por fazer, agonizando mais do qualquer um de nós. "Meu Deus", ele choramingava, "é como um trapo sujo que alguém finalmente usou para limpar os catarros no banheiro dos homens! Eu vou pegar o primeiro avião de volta pra Nova York, não quero saber! Vou até o centro alugar um quarto decente num hotel e esperar pelo meu dinheiro! Não vou passar a vida examinando grãos de bico numa lata de lixo! Quero um castelo com fosso, um capuz de veludo por cima da minha cabeça de Leonardo.

Quero a minha velha cadeira de balanço estilo Benjamin Franklin! Quero cortinas de veludo! Quero tocar a sineta pra chamar o mordomo! Quero o luar nos meus cabelos! Quero Shelley e Chatterton sentados na minha cadeira!"

Estávamos de volta ao apartamento ouvindo esse papo enquanto ele fazia as malas. Enquanto vadiávamos pela rua ele tinha voltado e conversado com o velho Bull a noite inteira e também experimentado um pouco de morfina ("O Raphael é o mais esperto de todos vocês", disse Old Bull no dia seguinte, satisfeito). Nesse meio-tempo Lazarus ficou em casa fazendo Deus sabe o quê, escutando, provavelmente, olhando e escutando no quarto. Um simples olhar para aquele pobre garoto preso nesse mundo louco imundo e você pensa no que aconteceria com todos nós, todos, todos atirados aos cães da eternidade no final –

"Eu quero morrer uma morte melhor do que essa", continuou Raphael enquanto a gente escutava com atenção. "Por que que eu não tô no coro de uma antiga igreja na Rússia compondo *hinos em órgãos*? Por que eu tenho que ser o filho do quitandeiro? É sinistro demais!", disse ele com sotaque nova-iorquino. "Eu não me perdi pelo caminho! Vou conseguir tudo que eu quero! Quando eu era menino e fazia xixi na cama e tentava esconder os lençóis da minha mãe eu sabia que tudo seria sinistro! Os lençóis caíram na rua sinistra! Eu olhei pros pobres lençóis lá embaixo caídos por cima de um hidrante sinistro!" A essa altura estávamos todos rindo. Ele estava se aquecendo para o poema da noite. "Eu quero tetos mouriscos e rosbifes! Não comemos em um único restaurante chique desde que chegamos aqui! Não podemos nem mesmo tocar os sinos da Catedral à Meia-Noite!"

"Então tá", disse Irwin, "amanhã a gente vai até a Catedral no Zócalo e vamos pedir pra tocar os sinos." (E foi o que eles fizeram no dia seguinte, os três juntos, eles conseguiram a autorização do porteiro e se penduraram nas cordas grossas e se balançaram e fizeram soar grandes canções blimblonzeantes que eu provavelmente ouvi do meu quarto enquanto eu lia o Sutra do Diamante sozinho ao sol – mas eu não estava lá e não sei direito o que mais aconteceu.)

Agora Raphael começa a escrever um poema, de repente ele para de falar enquanto Irwin acende uma vela e todos nós sentamos relaxando em voz baixa dá para você ouvir o risque-rabisque da caneta de Raphael correndo pela página. Na verdade dá para você *ouvir* o poema pela primeira e última vez no mundo. Os barulhinhos têm um som idêntico ao dos berros de Raphael, com o mesmo ritmo expostulativo e as explosões reclamatórias bombastadoras. Mas no risque-rabisque você também escuta o milagroso nascimento de palavras inglesas da cabeça de um italiano que nunca tinha falado inglês no Lower East Side antes dos sete anos. Ele tem um grande intelecto melodioso, profundo, com imagens impressionantes que são como um choque diário para todos nós quando ele nos lê o poema do dia. Noite passada, por exemplo, ele estava lendo o livro de história de H. G. Wells e na mesma hora sentou com todos os nomes de um amontoado de história na cabeça e organizou tudo aquilo de um jeito delicioso, alguma coisa a ver com patas de partos e de citas que fazia você *sentir* a história, cutucar com as patas e tudo mais, em vez de simplesmente entender. Quando ele rabiscava poemas no nosso silêncio à luz de vela ninguém nunca falava nada. Eu percebi que éramos um bando de idiotas, e por idiota eu quero dizer inocente em relação à maneira como as autoridades nos dizem que devemos viver nossas vidas. Cinco homens americanos crescidos e um risque-rabisque num cômodo à luz de vela. Mas quando ele terminava eu dizia "Beleza agora lê aí o que você escreveu."

"Ó calças folgadas de Hawthorne, o furo irremendável..." E você vê o pobre Hawthorne, com aquele chapéu esquisito, desalfaiatado em um sótão nevascoso da Nova Inglaterra (ou algo assim), enfim, mesmo que isso não impressione o leitor, nos impressionou, até a Lazarus, e a gente amava Raphael. E estávamos todos no mesmo barco, sem dinheiro, num país estranho, a nossa arte rejeitada em maior ou menor medida, loucos, ambiciosos e por fim infantiloides. (Foi só mais tarde que ficamos famosos e a nossa infantilidade foi insultada, mas isso fica para depois.)

Do andar de cima, você ouvia lá embaixo no pátio as belas harmonizações dos estudantes mexicanos loucos que tinham assobiado para a gente, com violões e tudo mais, músicas campeiras de amor e de repente uma tentativa cretina de Rock'n'Roll provavelmente para nos agradar. Em resposta eu e Irwin começamos a cantar Eli Eli, com voz mansa e devagar. Irwin é um grande cantor judeu com uma voz trêmula e cristalina. O nome verdadeiro dele é Avrum. Os mexicanos ouviram em silêncio absoluto. No México as pessoas cantam em grandes grupos até depois da meia-noite com as janelas abertas.

19

No dia seguinte Raphael fez uma última tentativa de se alegrar comprando um enorme rosbife no supermercado, enchendo ele de dentes de alho e socando tudo aquilo no forno. Ficou uma delícia. Até Gaines veio comer com a gene. Mas os estudantes mexicanos de repente estavam todos na nossa porta com garrafas de mescal (tequila não refinada) e Gaines e Raphael escaparam de fininho enquanto a gente ficou sem graça fazendo sala. O líder do grupo no entanto era um índio infatigável bonito de bom caráter e camisa branca que insistia em que tudo fosse agradável e divertido. Ele deve ter dado um médico dos bons. Alguns dos outros tinham bigodes típicos da classe média de *mestizos*, e um último aluno que sem dúvida jamais poderia ser médico e ficou desmaiando a cada bebida insistiu em nos levar para um puteiro e quando a gente chegou lá as putas eram caras demais e de qualquer jeito ele foi expulso por estar bêbado. Ficamos na rua outra vez, olhando para tudo quanto era lado.

Depois fizemos a mudança de Raphael até o hotel chique dele. O hotel tinha vasos grandes, tapeçarias, teto mourisco e turistas americanas escrevendo cartas no saguão. O pobre Raphael ficou lá sentado numa grande cadeira de carvalho olhando ao redor em busca de uma benfeitora que levasse ele para uma cobertura em Chicago. Deixamos ele entregue às fantasias no saguão. No dia seguinte ele pegou um avião para Washington DC, já que tinha recebido um convite para ficar na casa do Consultor de Poesia da Biblioteca do Congresso, onde logo voltaríamos a nos ver.

Tenho aquela visão de Raphael, a poeira está soprando pela esquina, os fundos olhos castanhos dele dentro das altas maças do rosto sob uma mecha de cabelos acinzentados, como os cabelos de um sátiro, e na verdade como os cabelos de um garoto americano em qualquer esquina das cidades... onde Shelley foi parar? Onde Chatterton foi parar? Como é que não temos piras funerárias, não temos Keats, não temos Adonais, não temos cavalos engrinaldados & querubins? Nem Deus sabe *no que* ele está pensando. ("Sapatos fritos", ele disse mais tarde no entanto para a revista *Time*, mas não era sério.)

20

Irwin e Simon e eu acabamos por acaso tendo uma tarde encantadora no Lago Xochimilco, os Jardins Flutuantes do Paraíso eu diria. Um grupo de mexicanos do parque nos levou até lá. Primeiro comemos peru com *mole* em uma mesa à beira d'água. Peru com *mole* é molho de chocolate temperado por cima do peru, muito gostoso. Mas o proprietário também vendia pulque (mescal não refinado) e eu fiquei bêbado. Mas não existe lugar melhor no mundo para se embebedar do que os Jardins Flutuantes, claro. Alugamos uma balsa e fomos levados como em um sonho por canais cheios de flores flutuantes e pequenas ilhotas ao redor – Outras balsas passavam pelo mesmo barqueiro grave com famílias inteiras celebrando casamentos a bordo, então enquanto eu ficava lá sentado de pernas cruzadas com o pulque apoiado nos meus sapatos de repente uma música celestial flutuante vinha e passava pelo meu lado, completa com garotas bonitas, crianças e velhos bigodões. Depois mulheres em caiaques baixos remavam até nós para nos vender flores. Você mal conseguia ver o caiaque de tantas flores. Tinha partes cheias de juncos oníricos onde as mulheres paravam para arrumar os buquês. Todo tipo de bandas de *mariachi* passavam para o Norte e para o Sul misturando várias canções ao mesmo tempo no delicioso ar ensolarado. O próprio barco mais parecia uma lótus. Quando você empurra uma balsa com um longo bastão você consegue uma suavidade impossível com os remos. Ou motores. Eu estava caindo de bêbado por causa do pulque (como eu já disse, suco não refinado de cáctus, como um leite verde, terrível, um centavo a dose.) Mas eu abanava para as famílias. A maior parte do tempo eu fiquei sentado em êxtase achando que eu estava em alguma Budalândia de Flores e Música. Xochimilco é o que sobrou do lago que foi aterrado para a construção da Cidade do México. Você fica imaginando o que aquilo não deve ter sido na época dos astecas, as balsas das cortesãs e dos sacerdotes ao luar... No entardecer a gente brincou de subir na garupa no pátio de uma igreja próxima, de cabo de guerra. Com Simon na minha garupa a gente conseguiu derrubar Sancho, que estava com Irwin nas costas.

No caminho de volta nós paramos para ver os fogos de artifício de 16 de novembro no Zócalo. Quando os mexicanos soltam fogos de artifícios todo mundo fica lá gritando UUU! enquanto cai uma chuva de pedaços enormes de fogo cadente, é insano. É como a guerra. Ninguém dá a mínima. Eu vi uma roda de fogo dando piruetas enquanto caía bem em cima da multidão na praça. Uns homens passaram apressados levando carrinhos de bebê para algum lugar seguro. Os mexicanos continuaram acendendo outros esquemas cada vez mais loucos e maiores que sibilavam e explodiam por tudo. Finalmente eles explodiram a salva final de buns e bangs que foi linda, e acabaram com a grande Bomba do final Divino, Blam! (& todo mundo volta para casa.)

21

Ao chegar no meu quarto no telhado depois de todos esses dias frenéticos eu me deito na cama com um suspiro. "Quando eles forem embora eu vou me endireitar outra vez", silenciosos chocolates quentes à meia-noite, longos cochilos – Mas eu também não conseguia imaginar o que mais eu ia fazer afinal de contas. Irwin pressentiu isso, ele sempre me orientou de um jeito ou de outro, disse "Jack você já teve a sua paz no México e na montanha, por que você não volta com a gente pra Nova York agora? Tá todo mundo te esperando. O seu livro vai acabar sendo publicado, dentro de um ano até, você pode ver o Julien outra vez, conseguir um apartamento ou um quarto na ACM ou qualquer coisa do tipo. Tá na *sua* hora!" ele berrou. "Até que enfim!"

"Minha hora de *quê*?"

"Ter o seu livro publicado, conhecer todo mundo, fazer dinheiro, virar um grande escritor-viajante internacional, dar autógrafos para as senhoras no Ozone Park –"

"Como vocês vão pra Nova York?"

"A gente vai simplesmente conferir os anúncios de caronas – Tem um no jornal de hoje. Talvez a gente possa até passar por Nova Orleans –"

"E quem é que quer ver a velha Nova Orleans caindo aos pedaços?"

"Ah mas que imbecil – *Eu nunca estive em Nova Orleans!*" ele gritou. "Eu *quero ver a cidade!*"

"Só para depois dizer pros outros que você viu?"

"Esquece. Ah Jack", cheio de ternura, encostando a cabeça dele na minha, "pobre Jacky, pobre Jacky torturado – todo fodido e sozinho na cela da solteirona – Vem com a gente pra Nova York e vamos visitar os museus, a gente pode até voltar a caminhar pelo campus da Columbia e dar uns puxões de orelha no Schnappe – Vamos mostrar pro Van Doren os nossos planos de uma nova literatura mundial – Vamos acampar na frente da casa do Trilling até ele nos devolver aqueles vinte e cinco centavos." (Falando sobre os professores da universidade.)

"Toda essa lenga-lenga literária é um saco."

"É mas também é um negócio interessante, uma breguice que a gente pode curtir – Cadê o seu velho interesse por Dostoiévski? Você anda tão *reclamão*! Tá parecendo um velho junkie doente sentado em um quarto no meio do nada. Já é hora de usar boinas e de repente surpreender todos que esqueceram que você é um grande autor internacional e até uma celebridade – A gente pode fazer *o que quiser*!" ele gritou. "Fazer filmes! Ir pra Paris! Comprar ilhas! Qualquer coisa!"

"Raphael."

"Só que o Raphael não geme que nem você porque ele se perdeu pelo caminho, ele *achou* um caminho – imagina que agora ele vai ser recebido em Washington e vai conhecer Senadores em coquetéis. Tá na hora dos poetas *influenciarem* a Civilização Americana!" Garden, como um romancista americano contemporâneo que afirmou ser um líder hipster convicto da esquerda e alugou o Carnegie Hall para fazer essa declaração, a bem dizer igual a certos acadêmicos de Harvard nesse aspecto, no fundo era um acadêmico interessado em *política* embora ele fizesse esses comentários místicos sobre as visões da eternidade que ele tinha tido –

"Irwin se você teve mesmo uma visão da eternidade você não estaria nem aí pra Civilização Americana."

"Mas aí é que tá, nela eu pelo menos tenho alguma autoridade pra falar no lugar das ideias requentadas e dos dilemas sociológicos que aparecem nos livros – Eu tenho uma mensagem blakeana para o Cão de Ferro da América."

"Ooopaa – e o que você vai fazer depois?"

"Vou virar um grande poeta digno a quem as pessoas escutam – Vou passar noites tranquilas com os meus amigos vestindo o meu roupão, quem sabe – Vou sair e comprar tudo o que eu quiser no supermercado – *Eu tenho voz no supermercado!*"

"E daí?"

"Daí que você pode vir com a gente pra cuidar das publicação dos seus livros, aqueles incompetentes estão paralisados com a própria estupidez deles.

Road é baita livro maluco que vai transformar a América! Vai dar até pra eles ganharem dinheiro com o livro. Você vai dançar pelado em meio às cartas dos fãs. Vai poder olhar Boisvert no olho. Grandes Faulkners e Hemingways vão ficar pensativos pensando em você. *É a hora!* Você não tá vendo?" Ele ficou lá com os braços estendidos igual a um maestro. Os olhos loucos hipnóticos dele estavam fixos em mim. (Uma vez ele me falou sério, chapado de erva, "Eu quero que você escute os meus discursos como que do outro lado da Praça Vermelha.") "O Cordeiro da América vai ser criado! Como é que o Leste vai respeitar um país que não tem poetas proféticos? O Cordeiro precisa ser criado! Grandes Oklahomas estertorantes precisam de poesia e nudez! Os aviões precisam de um motivo para voar de um coração bondoso a outro! A choldraboldra de patos piegas quer alguém que dê rosas pra eles! O trigo precisa ser mandado à Índia! Novas cenas clássicas descoladas com bonecas podem acontecer em pontos de ônibus, ou no Port Authority, ou no banheiro da Seventh Avenue, ou na sala de visitas da sra. Rocco, em East Bend ou algo assim" sacudindo os ombros com o velho trejeito de hipster nova-iorquino, o pescoço convulsivo...

"Bom, talvez eu vá com vocês."

"Você pode até arranjar uma garota em Nova York que nem você costumava ter – Duluoz, o seu problema é que você está há anos sem uma garota. Por que você acha que tem mãos pretas imundas que não deveriam tocar a pele branca e sedosa das garotas? Todas elas querem ser amadas, são todas almas humanas tremendo de medo de você porque você fica encarando elas porque tem medo delas."

"É isso aí Jack!" Simon concorda. "Você tem que dar uns tratos nas garotas, filhão, ah filhão!" chegando mais perto e balançando os meus joelhos.

"O Lazarus vai com a gente?" eu pergunto.

"Claro. O Lazarus pode dar longas caminhadas pela Second Avenue e ficar olhando para os pães de centeio ou então ajudar os velhos a entrar na Biblioteca."

"Ele também pode ler jornais de cabeça pra baixo no Empire State Building" diz Simon ainda rindo.

"Eu posso juntar lenha na beira do Rio", diz Lazarus da cama com o lençol puxado até o queixo.

"*O quê?*" Todos nós nos viramos para escutar ele outra vez, ele não disse nada em 24 horas.

"Eu posso juntar lenha na beira do Rio", ele conclui fechando a palavra "Rio" como se fosse um pronunciamento que nenhum de nós precisava fazer mais nenhum comentário a respeito. Mas ele repete uma última vez... "na beira do Rio". "Lenha", ele acrescenta, e de repente ele está me lançando aquele olhar de esguelha que significa que ele está só zoando com a gente mas ele não admite.

PARTE DOIS
Passando por Nova York

22

Foi uma viagem horrível. A gente contatou, ou melhor Irwin contatou de maneira perfeitamente eficaz como os homens de negócio um italiano de Nova York que trabalhava como professor de idiomas no México mas tinha a aparência exata de um apostador de Las Vegas, um marginal da Mott Street, eu cheguei a me perguntar o que ele estaria fazendo no México de verdade. Ele tinha um anúncio no jornal, um carro, um passageiro porto-riquenho já contratado, e nós todos para caber no resto do espaço com a bagagem e o caralho a quatro no teto do carro. Três na frente e três atrás, com os joelhos roçando horrorizados por cinco mil quilômetros! Mas sem outro jeito –

Na manhã em que a gente saiu (esqueci de dizer que Gaines tinha ficado doente várias vezes e nos mandado buscar pico o que era difícil e perigoso...) Gaines estava doente na manhã em que a gente saiu mas a gente tentou se escapulir sem dar na vista. Na verdade é claro que eu queria entrar e me despedir dele mas o carro estava esperando lá fora e sem dúvida ele queria que eu fosse ao centro buscar morfina (ele estava sem outra vez). A gente escutou os tossidos dele quanto passamos pela janela com a triste cortina cor-de-rosa, às 8 da manhã. Eu não consegui resistir e grudei o rosto contra o buraco da janela e disse: "Ô, Bull, a gente tá indo embora. Nos vemos por aí – quando eu voltar – eu pretendo voltar logo –"

"Não! Não!" ele gritava com a voz trêmula de enfermo que ele tinha quando tentava converter a dor da abstinência em um torpor barbitúrico, que reduzia ele a um amontoado de roupões emaranhados e lençóis sujos de mijo. "Não! Eu quero que você vá até o centro fazer um favor pra mim – Não vai demorar –"

Irwin tentou acalmar ele pela janela mas Gaines começou a chorar. "Um velho como eu, vocês não deviam me deixar sozinho. Acima de tudo não numa hora dessas quando eu tô doente e não consigo nem levantar a mão pra achar os cigarros –"

"Mas você tava legal antes da gente chegar aqui, você vai ficar bem outra vez."

"Não, não, chame o Jack! Não me deixe assim! Será que você esqueceu de tudo que nós fizemos juntos nos velhos tempos e das vezes que eu cuidei das suas coisas que estavam no penhor e dei dinheiro pra você – Se você me abandonar assim de repente agora eu vou *morrer*!" ele gritou. A gente não conseguia ver ele, só escutar ele lá do travesseiro. Irwin chamou Simon para gritar alguma coisa para Gaines e a verdade é que a gente fugiu sentindo vergonha e um horror desgraçado, com a nossa bagagem, pela rua – Simon nos olhou com o rosto branco que nem papel. Saímos rodopiando pela calçada, confusos. Mas o táxi que a gente já tinha atacado estava esperando e a coisa mais natural e covarde a se fazer era a gente se enfiar lá dentro e partir rumo a Nova York. Simon entrou depois, com um pulo. Foi um "Urru" de alívio mas eu nunca soube como Gaines se curou da doença específica daquele dia. Mas ele ficou bom. Você vai ver o que aconteceu, mais tarde...

O motorista era Norman. Quando todo mundo estava acomodado no carro de Norman ele disse que os amortecedores iam estourar antes de Nova York a talvez até antes do Texas. Seis homens e uma pilha de bolsas e mochilas no teto amarrada com corda. Mais uma cena da desgraça americana. Então Norman deu a partida no motor, acelerou e começou a andar que nem aqueles caminhões de dinamite nos filmes sobre a América do Sul a um quilômetro por hora, depois a dois, depois a cinco, e todos nós com a respiração suspensa é claro, mas depois ele acelerou até 30, depois 50, depois na estrada a 60 e a 80 e de repente a gente se deu conta que era só uma longa viagem e que todo mundo ia ficar curtindo o vento num bom e velho carro americano.

Então a gente se acomodou para a viagem começando com a enrolação de baseados, que não incomodou Tony o passageiro porto-riquenho – ele estava indo para Harlem. E o mais estranho de tudo de repente o grande gângster Norman começa a cantar árias com uma voz aguda de tenor enquanto dirige, e continua assim por todo o caminho a noite toda até Monterey. Irwin que está ao meu lado no banco de trás se junta a ele cantando árias que eu nem sabia que ele conhecia, ou cantarolando as notas da Tocata e Fuga de Bach. Eu estou tão transtornado com todos esses anos de viagens e de sofrimento triste que eu quase esqueço de me dar conta que Irwin e eu costumávamos ouvir a Tocata e Fuga de Bach com fones de ouvido na Biblioteca da Columbia.

Lazarus está sentado na frente e o porto-riquenho fica interessado em fazer uma entrevista com ele, no fim Norman também, ao perceber o garoto esquisito que ele é. Quando chegamos a Nova York três dias e três noites depois ele dá conselhos sérios a Lazarus dizendo que ele deve praticar muito exercício, beber leite, andar com as costas retas e entrar para o Exército.

Mas primeiro rolam umas hostilidades no carro. Norman dá um duro na gente achando que somos um bando de poetas bichonas. Quando chegamos nas montanhas em Zimapán de qualquer jeito estamos todos chapados de erva e desconfiados. Mas ele piora ainda mais a situação. "Vocês têm que entender que eu sou o capitão e mando em tudo nesse navio. Não dá pra vocês ficarem aí parados e deixar todo o trabalho duro comigo. Cooperem! Quando a gente fizer uma curva à esquerda é pra todo mundo se inclinar cantando para a esquerda, e visse-verse com as cuivas à direita. Entenderam?" Primeiro eu dei risada achando graça (e também muito prático para os pneus conforme ele explicou) mas assim que a gente faz a primeira curva na montanha nós (os garotos) nos inclinamos, Norman e Tony nem se mexem mas ficam só dando risada "Agora pra direita!" diz Norman, e outra vez a mesma idiotice.

"Ah por que você também não tá se inclinando?" eu grito.

"Eu tô ocupado *dirigindo*. Mas é só vocês fazerem o que eu digo e tudo vai estar bem até a gente chegar em Nova York", um pouco irritado agora que alguém tinha falado. No início eu tive medo dele. Na minha paranoia de erva eu suspeitei que ele e Tony fossem criminosos que em algum ponto da viagem nos apontariam uma arma para roubar todas as nossas coisas, o que igual não era muito. Enquanto avançávamos pela estrada ele foi ficando cada vez mais irritante até que Irwin (que nunca briga com ninguém) falou:

"Ah cala essa boca"

& daí em diante o carro ficou na maior tranquilidade.

23

A viagem chegou até a ficar boa e foi quase divertido na fronteira em Laredo ter que desmanchar toda aquela montoeira de coisas no teto do carro incluindo a bicicleta de Norman e mostrar tudo para os guardas com óculos de armação de aço que perceberam que eles não teriam a menor possibilidade de conferir tudo naquela pilha de lixo inútil.

O vento estava soprando forte no Rio Grande Valley, eu me senti ótimo. Estávamos de volta ao Texas. Dava para sentir o cheiro. A primeira coisa que eu fiz foi pedir sorvete para todo mundo, sem que ninguém protestasse. E de noite rodamos até San Antonio. Era dia de Ação de Graças. Cartazes tristes anunciavam Peru para o jantar nos cafés de San Antone. Não nos atrevemos a parar. Os corredores incansáveis da estrada americana tem pavor de relaxar por um instante que seja. Mas na saída de San Antonio às 10 da noite Norman estava cansado demais para continuar dirigindo e parou o carro perto do leito de um rio seco para tirar uma soneca no banco da frente enquanto Irwin e eu e Laz e Simon tiramos os nossos sacos de dormir e estendemos eles no chão gelado a -6º. Tony dormiu no banco de trás. Irwin e Simon de alguma maneira se esgueiraram para dentro do novo saco de dormir francês azul com capuz que Irwin comprou no México, um saco de dormir fino e nem ao menos comprido o suficiente para os pés deles. Lazarus ia entrar no meu saco de dormir do Exército comigo. Deixei ele entrar primeiro e depois me esgueirei lá para dentro de onde eu consegui puxar o zíper até o meu pescoço. Não tinha como se virar sem dar bandeira. A estrelas estavam frias e secas. Artemísia e geada, o cheiro das bostas de vaca no frio do inverno. Mas o ar, o ar divino das Planícies, na verdade eu dormi sentindo ele e no meio do sono eu fiz menção de me virar e Laz se atrapalhou todo na mesma hora. Foi estranho. Também foi desconfortável porque não dava para você se mexer a não ser que fosse para se virar em massa. Mas a gente estava se saindo bem e foram Norman e Tony que não aguentaram o frio no carro que nos acordaram às 3 da manhã para continuar a viagem com o ar quente ligado.

Um amanhecer multicolorido em Fredericksburg ou algum lugar assim por onde eu já tinha passado umas mil vezes.

24

Aqueles longos percursos ruidosos pela tarde de algum estado com alguns de nós dormindo, outros falando, outros comendo os sanduíches do desespero. Sempre que eu viajo daquele jeito eu acordo do meu cochilo com a sensação de que o Motorista Celestial está me levando para o Céu, não importa quem esteja na direção. Tem algo estranho no fato de uma pessoa dirigir o carro enquanto todas as outras sonham com as vidas delas nas mãos firmes do motorista, algo de nobre, algo de primitivo na humanidade, a velha confiança no Bom e Velho Homem. Você acorda de um cochilo sonolento com lençóis num telhado e lá está você nas florestas de pinheiros do Arkansas rodando a 100 por hora, se perguntando por que e olhando para o motorista, sério, imóvel, sozinho no comando.

Chegamos em Memphis pela noite e finalmente comemos uma boa refeição num restaurante. Foi aí que Irwin ficou furioso com Norman e eu estava com medo que Norman parasse o carro e brigasse com ele na estrada: uma discussão sobre Norman ter infernizado o tempo inteiro que no fim nem era mais verdade: então eu disse "Irwin você não pode falar desse jeito com ele, ele tem razão de estar chateado." Então eu deixei bem claro no carro mesmo que eu era um grande cagão assustado que não queria saber de briga por nada no mundo. Mas igual Irwin não estava bravo comigo e Norman não falou mais nada a respeito. A única vez que eu briguei de verdade com alguém foi com o cara que esmurrou o meu amigo Steve Wadkowsky que estava encolhido contra um carro à noite, já surrado mas o sujeito continuou surrando ele, um cara grande. Eu corri até lá e me engalfinhei com ele do outro lado da rua com esquerdos e direitos que acertaram mas que mais pareciam petelecos, ou tapas, nas costas dele, quando o pai dele me arrastou desesperado. Eu não sei me defender, só defendo os meus amigos. Então eu não queria que Irwin brigasse com Norman. Uma vez eu fiquei bravo com Irwin (1953) e disse que eu ia chutar o saco dele mas ele disse "Eu consigo te derrotar só com o meu poder místico", o que me deixou assustado. De qualquer jeito Irwin não leva desaforo para casa, enquanto eu, eu estou sempre sentado com o meu Voto Budista de generosidade (um voto que eu fiz sozinho no bosque) só levando na cara com um ressentimento guardado que eu nunca ponho para fora. Mas um homem, tendo escutado que Buda (meu herói) (meu *outro* herói, porque Cristo é o primeiro) nunca respondia às ofensas, foi até o Bhagavat suspirante e cuspiu na cara dele. Dizem que Buda falou: "Como eu não tenho nenhum uso para este abuso, você pode ficar com ele."

Em Memphis Simon e Laz os dois irmãos de repente começam a aprontar na calçada do posto de gasolina. Irritado, Lazarus deu um empurrão em Simon e fez ele escorregar até o meio da rua, forte como um touro. Um grande Empurrão Russo Patriarcal que me impressionou. Laz tem 1,80 de altura e é magrelo mas como eu disse caminha todo curvado, que nem um hipster de 1910, ou melhor como um fazendeiro na cidade grande. (A palavra "beat" vem do antigo interior sulista.)

Na Virgínia Ocidental de manhã cedo Norman de repente me fez dirigir. "Você consegue, não esquenta, é só dirigir, eu vou descansar um pouco." E foi naquela manhã que eu aprendi a dirigir de verdade. Com uma mão na parte de baixo da direção sei lá como eu consegui fazer com perfeição todo tipo de curvas para a esquerda e para a direita com os carros indo para o trabalho se espremendo em uma pista estreita de duas mãos. Para a curva à direita a mão direita, para a curva à esquerda a esquerda. Fiquei embasbacado. Todo mundo no banco traseiro estava dormindo. Norman estava conversando com Tony.

Eu fiquei tão orgulhoso de mim mesmo que comprei um litro de vinho do porto em Wheeling naquela noite. Foi a noite de todas as noites durante a viagem. Todo mundo se chapou e nós cantamos milhões de árias simultâneas enquanto Simon dirigia com um jeitão sinistro (Simon o velho motorista de ambulância) direto até Washington DC ao raiar do dia, por uma superautoestrada no meio dos bosques. Quando entramos na cidade Irwin gritou e sacudiu Lazarus para que ele acordasse e visse a capital do País. "Eu quero dormir."

"Não, acorda! Provavelmente você nunca mais vai ver Washington! Olha só! A Casa Branca é aquele domo branco com a luz! O monumento de Washington, aquela grande agulha no céu –"

"Uma velharia", digo eu enquanto a gente passa.

"É lá que o presidente dos EUA mora e pensa todos os pensamentos dele sobre o que a América vai fazer a seguir. Acorda – senta assim – olha – grandes Departamentos de Justiça onde eles decidem sobre a censura –" Lazarus olhou acenando com a cabeça.

"Grandes negros de pé ao lado das caixas postais", eu disse.

"Cadê o Empire State Building?", diz Laz. Ele acha que Washington fica em Nova York. Na verdade ele provavelmente acha que o México é um círculo ao redor.

25

Então a gente acelera até o pedágio de Nova Jersey na manhã de olho seco daquele horror automobilístico transcontinental que é a história da América desde os carroções pioneiros até Ford – Em Washington Irwin ligou para o Consultor de Poesia da Biblioteca do Congresso para perguntar sobre Raphael, que ainda não tinha chegado (acordando a esposa do sujeito pela manhã) (mas poesia é poesia) – E enquanto a gente passa pelo Pedágio Norman e Tony estão na frente com Laz os dois dando conselhos sérios sobre como ele deve levar a vida, como não ficar de bobeira, como tomar um rumo – Em relação a entrar para o Exército Laz diz "Eu não quero saber de ninguém me dando ordens" mas Norman insiste que todo mundo precisa receber ordens, mas eu discordo porque eu sou que nem Lazarus em relação ao Exército e à Marinha também – (se eu consegui me safar, se *ele* conseguir se safar, é só mergulhar na noite do eu e ficar obcecado com o seu próprio Anjo da Guarda particular) – Enquanto isso Irwin e Simon até que enfim estão completamente exaustos e ficam sentados no banco de trás comigo (tudo está bem) mas com as cabeças caídas suadas e sofredoras em cima do peito, a simples visão deles, daqueles semblantes cansados suados de barba por fazer com os lábios entregues ao horror – Ah – Aquilo me faz perceber que de alguma forma valeu a pena abandonar a paz do meu Telhado Mexicano Lunar para sair joviando e se esfalfando pelo mundo implacável e louco na companhia deles, em direção a algum destino idiota mas divino em alguma outra parte do Espírito Santo – Mesmo que eu discorde das ideias deles sobre poesia e paz eu não consigo deixar de amar aqueles rostos suados sofridos e desgrenhados com cabelos iguais aos do meu pai quando eu encontrei ele morto na cadeira – Na cadeira da nossa casa – Quando eu era absolutamente incapaz de acreditar que seria possível uma coisa como a morte de Papai e muito menos a minha própria – Dois garotos loucos exaustos anos mais tarde com as cabeças caídas como a do meu pai morto (e eu também tive discussões acaloradas com ele, Ah por quê? Ou por que não, já que os anjos precisam de algum motivo para gritar) – Pobre Irwin pobre Simon juntos nesse mundo, *compañeros* numa Espanha só deles, terrenos baldios melancólicos no rosto deles, os narizes quebrados com filósofos sebosos... incansáveis sem ossos... santos e anjos de uma antiga assembleia sublime no posto que eu ocupava como Bebê Celestial – Caindo, caindo comigo e com Lúcifer e Norman também, caindo, caindo no carro –

Como será a morte de Irwin? A morte do mau gato é uma unha na terra. Irwin é um osso? Simon um rosto? Caveiras sorridentes no carro? Lazarus tem que entrar para o Exército? As mães de todos esses homens com o coração apertado agora em salas escuras? Os pais de dedos calejados enterrados com pás em cima do peito? Ou dedos tintos da tipografia enrolados no túmulo com um rosário? E os antepassados deles? Os cantores de árias comendo terra? Agora? O porto-riquenho com a bengala de junco onde as garças palham sepulturas? O vento suave do amanhecer caribenho agita o petróleo de Camacho? Os fundos rostos franco-canadenses olhando para sempre no chão? Os Cantores Mexicanos Matutinos remoendo o *corazón*, não mais abrem as janelas serenatas lanços lábios de mulher?

Não.

Sim.

26

Eu estava prestes a encontrar um ventre de trigo para mim que me faria esquecer a morte por alguns meses – o nome dela era Ruth Heaper.

Foi assim: a gente chegou em Manhattan numa manhã gelada de novembro, Norman se despediu e aí a gente ficou na calçada, nós quatro, tossindo como tuberculosos por causa das noites maldormidas e do concomitante exagero de cigarros. Na verdade eu tinha certeza de que eu estava com tuberculose. E eu nunca tinha estado tão magro na vida, mais ou menos 70 quilos (hoje 88), com o rosto descarnado e olhos fundos com um olhosso cavernoso. E estava *frio* em Nova York. De repente me ocorreu que provavelmente nós todos acabaríamos morrendo, sem dinheiro, tossindo, na calçada com mochilas, olhando para as quatro direções da velha Manhattan azeda que se apressava para preparar os confortos pizzísticos da noite.

"O velho pessoal de Manhattan" – "cercado por marés cintilantes" – "o profundo VIIP ou VIIM do navio cargueiro soa no Canal ou nas docas. Faxineiros de olhos fundos em lojas de doce relembrando a grande glória... em algum lugar" ...Enfim: "Irwin, que porra a gente vai fazer agora?"

"Não esquenta, a gente vai bater na porta do Phillip Vaughan é só a dois quarteirões da Fourteenth" – Phillip Vaughan não está em casa – "A gente podia ter acampado nesse enorme tapete de tradução francesa até achar onde ficar. Vamos tentar com duas garotas que eu conheço por aqui."

A ideia parece boa mas eu já imagino umas machorras arenosas desconfiadas desinteressadas com areia para nós no coração – Mas quando a gente chega lá e berra em direção às graciosas janelas dickensianas do Chelsea District (as nossas bocas soltando fumacinha sob o sol gelado) duas cabecinhas de cabelo escuro pipocam lá de dentro e veem quatro vagabundos lá embaixo cercados pela mixórdia da inescapável bagagem fedendo a suor.

"Quem é?"

"Irwin Garden!"

"Oi Irwin"

"A gente acabou de chegar do México onde fazem serenatas pras mulheres aqui da rua."

"Ah então canta alguma coisa pra gente, não fica só tossindo aí."

"A gente queria subir e fazer umas ligações e descansar um pouco."

"Tá bom"

Um pouco mesmo...

Subimos quatro andares ofegando e entramos no apartamento que tinha um piso de madeira rangedor e uma lareira. A primeira garota, Ruth Erickson, ficou nos cumprimentando, de repente eu me lembrei dela: – A antiga garota de Julien antes dele se casar, ele tinha me contado que ela tinha barro do Rio Missouri nos cabelos, querendo dizer que ele amava os cabelos dela e amava o Missouri (o estado natal dele) e amava garotas de cabelo escuro. Ela tinha olhos castanhos, pele clara, cabelo preto e peitões: que boneca! Acho que ela tinha crescido desde a noite em que em me embebedei com ela e Julien e a colega de quarto dela. Mas do outro quarto sai Ruth Heaper ainda de pijama, o cabelo castanho liso, olhos escuros, lábios de biquinho e quem é você e o que você quer aqui? E gostosa.

Até aí tudo bem mas quando ela se atira numa cadeira de um jeito que eu vejo a parte de baixo do pijama dela eu fico louco. O rosto dela também tem uma coisa que eu nunca vi antes: – uma expressão estranha de garoto travesso ou de traquinas mimado mas com lábios róseos de mulher e pele macia com as mais belas vestes da manhã.

"Ruth Heaper?" eu pergunto quando me apresentam para ela "A Ruth que se deitou ao pé da meda?"

"Eu mesma", ela diz (ou eu acho que ela disse, não lembro). E nesse meio-tempo Erickson desceu a escada para buscar os jornais de domingo e Irwin está se lavando no banheiro, então todo mundo lê o jornal mas eu não consigo parar de pensar nas doces coxas de Heaper naquele pijama à minha frente.

Erickson na verdade é uma garota de tremenda importância na nossa Manhattan que agora concentra muita influência com telefonemas e sonhos e complôs regados a cerveja para bancar a cupida, e faz os homens se sentirem culpados. Porque (ao fazer os homens se sentirem culpados) ela é uma mulher de sensibilidade irrepreensível embora por motivos maléficos eu suspeito. Quanto a Heaper, ela também tem um olhar malvado, mas é só porque é mimada pelo vô dela, que manda presentes tipo uma televisão nova para o apartamento dela de Natal e ela nem se impressiona – Só que depois eu descubro que ela também deu a volta no Greenwich Village de botas, com um chicote na mão. Mas eu vejo que a razão pode ser congênita.

Nós quatro estamos pensando em comer ela, quatro vagabundos feios com tosse que bateram na porta daquelas duas, mas eu sei que estou em vantagem só de olhar para os olhos dela com o meu olhar faminto "sexy" de eu te quero que mesmo assim é tão genuíno como as minhas calças ou as suas, homem ou mulher – Eu estou a fim dela – Estou fora de mim de tão exausto & apatetado – Erickson me traz uma cerveja querida – Preciso fazer amor com Heaper ou eu vou morrer – Ela sabe – Mas no entanto ela começa a cantar perfeitamente todas as músicas de *My Fair Lady*, imitando Julie Andrews à perfeição, com sotaque cockney e tudo mais – Eu percebo agora que essa pequena Cockney foi um garoto na minha vida anterior como Cafetão de Garotos e Ladrão em Londres – Ela voltou para mim.

Aos poucos, como sempre acontece, nós quatro os garotos usamos o banheiro e o chuveiro para nos limpar um pouco, e até fazer a barba – Todos nós vamos ter uma noite alegre e encontrar uns velhos amigos de Simon no Greenwich Village, com as alegres Ruths, caminhar apaixonados nos adoráveis ventos frios de Nova York – Ah.

É um jeito e tanto de acabar a viagem terrível até aqui.

27

E onde está a minha "paz"? Ah, está ali naquele ventre de trigo no pijama. A garota travessa me olha com uns olhos escuros brilhantes de quem sabe que é amada. Saímos todos pelas ruas do Greenwich Village, batemos nas janelas, encontramos "Henry", damos a volta no Washington Square Park e lá pelas tantas eu demonstro o meu melhor salto de balê para Ruth que acha aquilo o máximo – A gente anda de braços dados atrás do pessoal – Acho que Simon está um pouco decepcionado porque ela não ficou com ele – Pelo amor de Deus Simon deixa eu ficar com *alguma coisa* – De repente Ruth diz que nós dois precisamos voltar para o apartamento para ouvir todo o disco de *My Fair Lady* outra vez, e reencontrar o pessoal depois – Ainda de braços dados eu aponto para as janelas altas da minha Manhattan delirante e digo: "Eu quero escrever sobre tudo que acontece por trás de cada uma dessas janelas"!

"Que demais!"

No chão do quarto depois que ela põe o disco eu prostro ela até o chão com um beijo, como um inimigo – ela responde como inimiga dizendo que se vai fazer amor não vai ser no chão. E agora, em nome da literatura 100%, eu vou descrever o nosso amor.

28

É meio como um grande desenho surrealista de Picasso com issos e aquilos tentando alcançar aquilos e aqueles outros – nem Picasso quer ser muito preciso. É o Jardim do Éden e tudo é possível. E não consigo pensar em nenhum momento mais bonito na minha vida (& na minha estética) do que ter uma garota nua nos braços, de lado na cama, no primeiro beijo preliminar. O dorso aveludado. O cabelo, por onde Obis, Paranás & Eufrates correm. A nuca a pessoa original agora transformada em uma Eva serpentina pela Expulsão do Jardim quando você sente de verdade a essência animal os músculos pessoais mas não há sexo – mas ah o resto tão macio e improvável – Se os homens fossem macios desse jeito eu amaria eles também – E pensar que as mulheres macias desejam homens duros e peludos! Confesso que eu fico intrigado: onde está a beleza? Mas Ruth me explica (eu pedi, só pela curtição), que por causa da maciez excessiva e da barriga de trigo dela ela cansou e encheu o saco de tudo aquilo, e quis mais aspereza – onde por contraste ela via a beleza – e assim mais uma vez que nem Picasso, e como em um Jardim de Jan Müller, mortificamos Marte com as nossas trocas de duro & macio – Com alguns truques novos e bons modos em Viena – que culminaram em uma noite ofegante atemporal com as puras delícias do amor, que terminou com o sono.

 Comemos e aramos um ao outro famintos. No dia seguinte ela disse a Erickson que tinha sido o primeiro êxtase de sua carreira e quanto Erickson me contou no café da manhã eu fiquei lisonjeado mas não acreditei. Desci até a 14th Street e comprei uma jaqueta vermelha com zíper e naquela noite eu e Irwin e a garotada tivemos que sair à procura de quartos para dormir. Teve uma hora em que eu quase aluguei um quarto com duas camas para mim e para Laz na ACM mas eu pensei melhor e percebi que ele seria um golpe duro nos poucos dólares que ainda me restavam. Finalmente encontramos um quarto numa pensão porto-riquenha fria e melancólica para Laz, e deixamos ele lá entregue à melancolia. Irwin e Simon foram morar com o acadêmico rico Phillip Vaughan. Naquela noite Ruth Heaper disse que eu podia dormir com ela, ir morar com ela, dormir com ela todas as noites no quarto dela, ficar datilografando a manhã inteira enquanto ela trabalhava na agência e conversar com Ruth Erickson a tarde inteira tomando café e cerveja, até que ela voltasse para casa à noite, quando eu passaria unguentos nas novas irritações da pele dela no banheiro.

29

Ruth Erickson tinha um cachorro enorme no apartamento, Jim, que era um Cachorro Policial Alemão (ou Pastor) (ou Lobo) que adorava brigar comigo no chão de madeira polida, perto da lareira – Ele teria comido assembleias inteiras de delinquentes e poetas a um simples comando mas sabia que Ruth Erickson gostava de mim – Ruth Erickson dizia que ele era o amante dela. De vez em quando eu saía com ele na coleira (um favor para Ruth) e o levava para cima e para baixo para fazer pipis e assemelhados, ele tinha força suficiente para arrastar você por meio quarteirão quando farejava alguma coisa. Uma vez quando Jim viu outro cachorro eu tive que fincar os calcanhares na calçada para segurar ele. Eu disse para Ruth Erickson que era uma crueldade deixar um homem daquele tamanho na coleira dentro de um apartamento mas na verdade ele tinha morrido recentemente e foi Erickson quem salvou a vida dele com cuidados 24 horas, ela amava ele de verdade. No quarto dela tinha uma lareira e joias em cima da penteadeira. Um dia ela recebeu um franco-canadense de Montreal que me deixou desconfiado (ele pegou $5 emprestados de mim e nunca devolveu) e deu sumiço em um dos anéis caros dela. Ela me perguntou quem poderia ter pego. Não tinha sido Laz, nem Simon, nem Irwin nem eu, isso era certo. "Foi aquele ladrão de Montreal." De certo modo na verdade ela queria que *eu* fosse o amante dela mas amava Ruth Heaper então estava fora de cogitação. Nós dois passamos longas tardes conversando e olhando um nos olhos do outro. Quanto Ruth Heaper chegava do trabalho a gente cozinhava espaguete e fazia grandes refeições à luz de velas. Toda noite aparecia um novo amante em potencial para Erickson mas ela rejeitou todos eles (dúzias) menos o franco-canadense, que nunca conseguiu se dar bem (exceto talvez com Ruth Heaper quando eu não estava em casa) e Tim McCaffrey, que conseguiu segundo ele mesmo graças a mim. Ele (um jovem funcionário da *Newsweek* com um grande cabelo à James Dean) veio e me perguntou se tudo bem, parece que Erickson tinha mandado ele tirar uma onda comigo. Quem imaginaria coisa melhor? Ou pior?

30

Por que "pior"? Porque de longe o mais doce presente na terra, inseminar uma mulher, um sentimento assim para o homem torturado, leva a crianças que são arrancados do ventre gritando pedindo piedade como se estivessem sendo jogadas aos Crocodilos da Vida – no Rio das Vidas – que é o que o nascimento é, ó senhoras e senhores da boa Escócia – "Os bebês que nascem gritando nessa cidade são exemplos lamentáveis do que acontece em toda parte", eu escrevi uma vez – "Garotinhas fazem sombras na calçada mais curtas do que a Sombra da Morte nessa cidade", eu também escrevi – As duas Ruths nasceram gritando mas aos 14 anos de repente elas sentiram o impulso sexy & serpentino de fazer os outros gritarem & gritarem – É terrível – O ensinamento essencial de Buda foi: "Chega de Renascimentos" mas esse ensinamento foi usurpado, escondido, controvertido, virado de ponta-cabeça e difamado até resultar no Zen, a invenção de Mara o Tentador, Mara o Insano, Mara o Demônio – Hoje grandes livros intelectuais inteiros são publicados a respeito do "Zen" que não é nada além da Guerra Pessoal do Demônio contra o ensinamento essencial de Buda que disse para os 1250 garotos dele quando a Cortesã Amra e as garotas dela estavam se aproximando com presentes pelo outro lado da Pradaria Bengali: "Embora seja bela e talentosa, seria melhor para todos vocês cair nas garras de um tigre do que nas teias de planos que ela urde." *Ah é?* Querendo dizer com isso que para cada Clark Gable ou Gary Cooper que nasce, junto com a suposta glória (ou Hemingway) que os acompanha, vem a doença, a decadência, a tristeza, a lamentação, a velhice, a morte e a putrefação – querendo dizer que para cada doce bebê nascido para quem as mulheres cantam, existe um enorme verme podre lento devorador de carne nas sepulturas dessa terra.

31

Mas as natureza fez as mulheres tão enlouquecidamente desejáveis para os homens que a inacreditável, a impossível de se acreditar roda do nascimento e da morte continua girando, como se algum Demônio girasse ele mesmo a Roda com força e suor em nome do sôfrego horror humano para tentar de alguma forma deixar uma marca no vazio do céu – Como se qualquer coisa, até um anúncio da Pepsi-Cola com aviões a jato, pudesse ser desenhada lá em cima, se não fosse pelo Apocalipse – Mas a natureza demoníaca fez as coisas de tal maneira que os homens desejam as mulheres e as mulheres fazem complôs para ter os filhos dos homens – Algo que nos dava orgulho quando éramos Lairds mas que hoje nos enoja só de pensar, são portas e mais portas automáticas de supermercado que se abrem sozinhas para dar passagem a mulheres grávidas que compram comida para continuar alimentando a morte – Corta isso aí para mim, UPI –

Mas um homem é investido com todo esse tecido que pulsa, que os hindus chamam de "Lila" (Flor), e não existe nada que ele possa fazer a não ser ir para um monastério onde no entanto pode ser que às vezes terríveis pervertidos estejam à espera de qualquer jeito – Então por que não vaguear no amor do ventre de trigo? Mas eu sabia que o fim estava próximo.

Irwin estava coberto de razão quanto a visitar as editoras e tratar da publicação e do dinheiro – Eles me adiantaram $1000 em dez parcelas mensais de $100 e os editores (sem o meu conhecimento) se debruçaram em cima da minha prosa irretocável e prepararam o livro para publicação com milhões de *faux pas* da ogrice humana (Oi?) – Então eu fiquei mesmo com vontade de casar com Ruth Heaper e me mudar para uma casa no interior de Connecticut.

As irritações na pele de Heaper, segundo a confidente Erickson, eram resultado da minha chegada e de fazer amor.

32

Eu e Ruth Erickson tínhamos conversas que duravam dias inteiros nas quais ela me confessava o amor que tinha por Julien – (o quê?) – Julien o meu melhor amigo, talvez, com quem eu dividia um loft na 23rd Street na época em que a gente conheceu Ruth Erickson – Ele ficou perdidamente apaixonado por ela na época mas ela não retribuiu (como eu sabia que ela ia fazer, na época) – Mas agora que ele estava casado com a mulher mais encantadora do mundo, Vanessa von Salzburg, o meu amigo e confidente, ah *agora* ela queria Julien! Ele tinha até feito um DDD para ela na época no Centro-Oeste mas não deu em nada – Sem dúvida o barro do Missouri no cabelo, ou do Estige, ou ainda mais provável do Mitilene.

Lá está Julien agora, chegando em casa de mais um dia de trabalho no escritório onde ele é um jovem executivo de sucesso com gravata e de bigode mesmo que na juventude ele tenha se sentado em poças de água da chuva comigo derramando tinta no cabelo gritando Urrus Mexicanos Borrachos (ou Missourianos, ou) – Assim que ele chega em casa ele afunda na maciez da esplêndida poltrona de couro que a esposa do Laird dele comprou já no início, antes dos berços, e senta lá ao pé do fogo crepitante cofiando o bigode – "Nada a fazer a não ser cuidar das crianças e cofiar o bigode", disse Julien que me contou que ele era o novo Buda *interessado* no renascimento! – O novo Buda *dedicado* ao Sofrimento!

Muitas vezes eu ia visitar ele no escritório e ficava olhando ele trabalhar, o estilo dele no escritório ("Ô seu merda chega aqui") e o jeito que ele falava ("Qualé o teu problema, qualquer suicidiozinho na Virgínia Ocidental vale dez toneladas de carvão ou John L. Lewis!") – Ele cuidava para que as histórias mais importantes (para ele) e lacrimejantes fossem transmitidas pelo telégrafo da AP – Ele era o favorito até da porra do Presidente do serviço de telégrafos, John Fodão Não Sei das Quantas – O apartamento dele onde eu passava as tardes a não ser as tardes que eu passava tomando café com Erickson era o apartamento mais bonito de toda Manhattan com um jeitão de Julien todo especial, uma sacadinha que dava para os neons e árvores e tráfegos do Sheridan Square, e uma geladeira na cozinha cheia de cubos de gelo e Coca-Colas para misturar no velho uísque Partners Choice – Eu passava o dia conversando com Nessa a Esposa dele e também com as crianças, que pediam silêncio quando o Mickey Mouse aparecia na TV, e aí Julien chegava vestindo o terno dele, com o colarinho aberto, a gravata, e dizia "Porra – imagina chegar do trabalho e encontrar esse Duluoz McCarthyita aqui" e às vezes junto com ele vinha um dos editores-assistentes como Joe Scribner ou Tim Fawcett – Tim Fawcett que era surdo, e usava um aparelho auditivo, era um católico sofredor, e ainda amava o Julien sofredor – Plup, Julien cai na poltrona de couro ao pé do fogo aceso por Nessa, e cofia o bigode – Irwin e Hubbard também tinham a teoria de que Julien tinha deixado o bigode crescer para parecer mais velho e mais feio do que ele não era – "Tem alguma coisa pra comer?" ele dizia, e Nessa trazia meio frango assado que ele comia distraído, tomava um café e ficava pensando se eu poderia sair para buscar outra garrafa de Partners Choice –

"Eu pago a metade."

"Ah vocês Kanooks estão sempre pagando a metade" então a gente vai até lá juntos com Potchki a spaniel preta na coleira e antes da loja de bebidas a gente passa num bar e toma uns uísques com Coca assistindo TV com outros nova-iorquinos ainda mais tristes.

"Sangue ruim, Duluoz, sangue ruim."

"O que que você tá querendo dizer?"

De repente ele me agarra pela camisa e me puxa arrancando dois botões.

"Por que você tá sempre arrebentando a minha camisa?"

"Ah a tua mãe não tá aqui pra pregar eles de volta, né?" e ele puxa mais forte, rasgando a minha pobre camisa, e olha para mim com um olhar triste, o olhar triste de Julien é um olhar que diz: –

"Ah cara que merda, todos os *teus* e todos os *meus* planos reprimidos de curtir 24 horas por dia seguem fielmente o relógio – quando a gente for pro céu a gente nem vai saber qual era o motivo dos suspiros nem como era a nossa cara." Uma vez eu conheci uma garota e disse para ele: "Uma garota bonita, triste" e ele disse "Ah todo mundo é bonito e triste."

"Por quê?"

"Você nunca ia entender, seu Kanook sangue-ruim –"

"Por que você tá dizendo que eu tenho sangue ruim?"

"Porque na tua família as pessoas nascem com rabo."

Ele é o único homem no mundo que pode insultar a minha família, no duro, porque ele está insultando a família da terra.

"Mas e a *tua* família?"

Ele nem escuta para responder. – "Se você tivesse uma coroa na cabeça iam te enforcar mais cedo ainda." No andar de cima do apartamento ele começa a excitar a cadela da família estimulando ela: "Ah que bundinha preta molhada..."

Uma nevasca de dezembro sopra lá fora. Ruth Erickson aparece, conforme o combinado, e ela e Nessa ficam conversando e conversando enquanto eu e Julien nos escondemos no quarto dele e descemos pela escada de incêndio na neve para tomar mais uns uísques com Coca no bar. Eu velho ele pulando cheio de habilidade embaixo de mim, então eu dou o mesmo salto hábil. Mas ele tem a manha de saltar. É uma queda de três metros da escada balançante até a calçada e enquanto eu caio é que eu me dou conta só que tarde demais, e me viro durante a queda e bato em cheio com a cabeça. Crac! Julien me levanta com a cabeça sangrando. "Tudo isso é falta de mulher? Duluoz você fica melhor sangrando."

"Todo esse sangue ruim escorrendo", ele acrescenta no bar, mas Julien não tem nada de cruel, só de *justo*. "Costumavam sangrar os loucos que nem você na antiga Inglaterra" e quando ele vê a expressão de dor no meu rosto ele fica solidário.

"Ah pobre Jack" (com a cabeça encostada na minha, que nem Irwin, pelas mesmas e ao mesmo tempo não pelas mesmas razões), "você devia ter ficado onde você tava antes de vir pra cá –" Ele pede mercurocromo para o garçom para tratar o meu ferimento. "Jack meu velho", tem horas que ele parece absolutamente humilde na minha presença e quer saber o que eu penso de verdade, ou o que *ele* pensa de verdade. "As tuas opiniões agora são *valiosas*." Quando conheci Julien em 1944 eu achei que ele era um merdinha traiçoeiro, e a única vez que me chapei de erva na frente dele eu pressenti que ele estava contra mim, mas como a gente estava sempre bêbado... enfim. Julien com os olhos verdes frestosos e masculinidade esbelta à la Tyrone Power me esmurrando. "Vamos ver a tua garota." Pegamos um táxi até o apartamento de Ruth Heaper na neve e assim que entramos e ela me vê bêbado ela pega uma mecha do meu cabelo, dá um puxão, arranca vários fios justamente de um ponto tão importante para o meu penteado e começa a encher a mão na minha cara. Julien fica lá sentado chamando ela de "punho de ferro". Então a gente cai fora outra vez.

"A punho de ferro ali não te curte não, cara", Julien diz alegre no táxi. Voltamos para a esposa dele e Erickson que ainda estão conversando. Meu Deus, o maior escritor de todos os tempos vai ter que ser uma mulher.

33

Depois é hora dos programas noturnos tarde da noite na TV então eu e Nessa preparamos mais uísque com Coca na cozinha, levamos eles tilintando até o pé do fogo e todo mundo puxa as cadeiras para a frente da tela para assistir Clark Gable e Jean Harlow em um filme sobre plantações de seringueira, a gaiola do papagaio, Jean Harlow está limpando ela, e diz para o Papagaio: "*O que* você andou comendo? *Cimento*?" e todo mundo se estoura rindo.

"Cara não fazem mais filmes assim" diz Julien bebericando o drinque, cofiando o bigode.

Depois vem uma sessão da madrugada com um filme sobre a Scotland Yard. Eu e Julien ficamos em silêncio olhando as nossas velhas histórias enquanto Nessa ri. Tudo com o que ela precisou lidar na vida passada foram carruagens e daguerreótipos. Assistimos a Lloyd's do Lobisomem em Londres correr pela porta com um sorriso oblíquo: –

"Esse fiadaputa não daria um tostão furado pela sua mãe!" grita Julien.

"Nem com uma cama", acrescento.

"Dando uma volta nos banhos turcos!" grita Julien.

"Ou em Innisfree."

"Põe mais uma tora no fogo, Muzz", diz Julien, "Dazz" para as crianças, para a Mamãe Muzz, e ela põe com o maior prazer. Nossos delírios cinematográficos são interrompidos por visitantes do escritório: Tim Fawcett gritando porque ele é surdo: –

"Meu Deus! Aquele despacho da UPI contava tudo sobre a mãe de alguém que era uma puta e se envolveu com toda a desgraça do merdinha!"

"Ah o merdinha morreu."

"Morreu? Ele estourou os miolos num quarto de hotel em Harrisburg!"

Então todo mundo enche a cara e eu acabo dormindo no quarto de Julien e ele e Nessa dormem no sofá-cama, eu abro a janela para o ar fresco da nevasca e adormeço sob o antigo retrato a óleo do vô de Julien Gareth Love que está enterrado ao lado de Stonewall Jackson em Lexington Virgínia – Pela manhã eu acordo com sessenta centímetros de neve acumulada no chão e num pedaço da cama. Julien está sentado na sala pálido e doente. Ele não quer nem ver cerveja, ele precisa ir trabalhar. Ele come um ovo cozido e só. Põe a gravata e estremece com o horror ao escritório. Eu desço a escada, compro mais cerveja e passo o dia inteiro com Nessa e as crianças conversando e brincando de pegar elas na garupa – Quando escurece Julien volta, turbinado por duas boletas, e começa a beber outra vez. Nessa serve chuleta com aspargo e vinho. Naquela noite todo o pessoal (Irwin, Simon, Laz, Erickson e outros escritores do Village alguns deles italianos) vem para assistir TV com a gente. A gente vê Perry Como e Guy Lombardo se abraçando. "Que merda", diz Julien, com um copo na mão e sentado na poltrona, sem nem ao menos cofiar o bigode, "esses carcamanos vão todos voltar pra Itália e comer raviólli e morrer de tanto vomitar."

Sou o único a rir (e Nessa também só que em segredo) porque Julien é o único cara em Nova York que fala o que está pensando não importa o que seja o que ele está pensando na hora, e não importa o que mais esteja acontecendo, que é o que eu adoro nele: – um Laird, senhoras e senhores (os carcamanos que nos desculpem).

34

Uma vez eu vi uma foto de Julien quando ele tinha 14 anos, na casa da mãe dele, e fiquei impressionado de ver uma pessoa tão bonita – Loiro, com um verdadeiro halo de luz ao redor dos cabelos, feições fortes e duras, aqueles olhos orientais – Eu pensei "Caralho será que eu ia ter curtido o Julien quando ele tinha 14 anos e esse visual?" mas assim que eu disse para a irmã dele que aquela foto era demais ela escondeu, e aí na vez seguinte (um ano depois) quando por acaso a gente visitou o apartamento dela outra vez na Park Avenue "Cadê aquela foto incrível do Julien?" sumiu, ela escondeu ou rasgou a foto – Pobre Julien, por cima da cabeleira loira dele eu vejo os olhos dos Estacionamentos da América e o Olhar Desalentado – O olhar de "Quem você pensa que é, seu Bosta?" – Enfim um garotinho triste, que eu compreendia, porque eu tinha conhecido vários outros garotinhos tristes no Canadá francês Oy e eu tenho certeza que Irwin conheceu nos judeus Oy de Nova York – O garotinho bonito demais para o mundo mas finalmente salvo pela esposa, a boa e velha Nessa, que uma vez me disse: "Quando você tava desmaiado no sofá eu notei que as suas calças tavam brilhando!"

Uma vez eu disse para Julien, "A Nessa, eu vou chamar ela de 'Pernoca' porque ela tem pernas bonitas" e ele respondeu: –

"Se eu te pegar dando em cima da Nessa eu te mato" e ele não estava brincando.

Os filhos dele eram Peter, Gareth e um terceiro que ia se chamar *Ezra* estava a caminho.

35

Julien ficou puto da cara comigo porque eu tinha feito amor com uma das antigas namoradas dele, não Ruth Erickson – Mas enquanto a gente curtia uma festa na casa das Ruths jogaram uns ovos podres na janela de Erickson e depois eu desci com Simon para investigar. Só uma semana antes Simon e Irwin tinham sido parados na rua por uma gangue de jovens delinquentes com garrafas quebradas apontadas para a garganta deles e tudo mais, só porque Simon tinha olhado para a gangue em frente à loja de departamentos (e muitos departamentos mesmo) – Aí eu vi os garotos e disse "Quem jogou esses ovos podres?"

"Cadê aquele trouxa?" disse o garoto com um adolescente de mais de um metro e oitenta ao lado dele.

"Ele não vai te fazer mal nenhum. Foi você que jogou os ovos?"

"Que ovos?"

Enquanto eu estava lá conversando eu percebi que eles queriam puxar umas facas e me apunhalar, fiquei assustado. Mas eles se afastaram e eu vi a palavra "Power" nas costas da jaqueta do garoto mais jovem, e disse: – "Beleza então Johnny Power vamos parar com os ovos." Ele se virou e me encarou. "É um nome bacana, Johnny Power", eu disse. E foi assim mais ou menos que acabou.

Mas no meio-tempo Irwin e Simon tinham descolado uma entrevista com Salvador Dalí. Mas antes eu preciso falar do meu casaco, mas primeiro de Tony o irmão de Lazarus.

Simon e Lazarus tinham dois irmãos no manicômio, como eu disse, um deles um catatônico incurável que recusava os tratamentos e provavelmente olhava para os enfermeiros pensando: "Espero que esses caras não me ensinem a tocar neles, eu tô cheio de cobras elétricas incuráveis" mas um outro irmão que era só uma personalidade esquizoide (estágio avançado) que ainda tinha esperanças de tocar a vida adiante e consequentemente e sem mentira tinha planos de fugir do hospital em Long Island com a ajuda do próprio Simon graças a um plano bem-pensado igual aos planos dos Ladrões Franceses do Rififi – Então agora Tony estava na rua trabalhando (quem diria, que nem eu trabalhei na minha infância) como arrumador de pinos num boliche, só que na Bowery, onde a gente foi fazer uma visita e eu vi ele prestes a ajeitar os dez pinos depressa – Depois mais tarde, na noite seguinte, enquanto eu estava perto do apartamento de Phillip Vaughan lendo Mallarmé e Proust e Corbière em francês, Irwin tocou a campainha e eu atendi a porta e encontrei eles três, Irwin, Simon e o pequeno e loiro Tony com a cara cheia de espinhas entre os dois – "Tony, esse é o Jack." E assim que Tony viu a minha cara, ou os meus olhos, ou o meu corpo, ou sei lá o quê, de repente ele deu meia-volta e se afastou de todo mundo e eu nunca mais vi ele outra vez.

Eu acho que foi porque eu parecia o irmão catatônico mais velho, pelo menos foi o que Laz me disse.

Mais tarde eu fui visitar o meu amigo Deni Bleu.

Deni Bleu é aquela figura fantástica com quem eu morei na Costa Oeste nos meus dias de estrada, que roubava tudo o que estava à vista para depois dar às viúvas às vezes (Bon coeur, bom coração) e que agora estava morando na penúria eu diria em um apartamento na 13th Street perto da zona portuária com uma geladeira (onde mesmo assim ele ainda guardava a receita caseira especial de consomê de frango) – Que usava chapéus de chef e assava enormes Perus de Ação de Graças para bandos de hipster e beatniks do Village que acabavam saindo de fininho com baquetas no casaco – Só porque ele queria conhecer uma garota bacana do Greenwich Village – Pobre Deni. Deni que tinha um telefone e uma geladeira abarrotada e vagabundos que se aproveitavam dele, às vezes quando ele saía nos fins de semana os vagabundos deixavam todas as luzes ligadas, todas as torneiras abertas e as portas do apartamento dele abertas – Que era traído o tempo inteiro, inclusive por mim, como ele mesmo dizia. "Agora, Duluoz", diz esse francês rotundo de 100 quilos com cabelos pretos (que antes tinha roubado e agora apenas *juntava* pelo que era *devido* a ele), "você sempre me azucrinou por mais que tentasse fazer outra coisa – Agora eu te entendo e sinto pena de você." Ele puxou uns títulos do governo com fotos dele apontando para os títulos do governo e em tinta vermelha estava escrito: *Sempre vou poder comprar consomê e peru.* Ele morava a um quarteirão das Ruths. "Agora eu vejo como você é um esponja, e triste, e fodido, e perdido, e como você não consegue nem comprar a sua própria bebida, nem dizer 'Deni, você me alimentou tantas vezes mas será que mesmo assim você poderia me emprestar etcetera e tal?' porque você nunca, jamais pediu pra eu emprestar dinheiro pra você" (ele era marinheiro e trabalhava transportando móveis entre uma viagens e outra, um velho amigo meu da escola preparatória que o meu pai tinha conhecido e *gostado*) (mas Julien tinha dito que as mãos e os pés de Deni eram pequenos demais para o imenso corpanzil robusto dele) (mas afinal a quem é que você vai dar ouvidos?) e agora ele pega e me diz: "Então eu vou te dar esse casaco de vicunha legítima assim que eu cortar o importantíssimo forro de pele com essa navalha –"

"De onde você tirou o casaco?"

"*Não importa* de onde eu tirei o casaco, mas já que você quer saber, já que você tá procurando um jeito de estragar tudo, já que *en effet vous ne voulez pas me croire*, eu tirei o casaco de um depósito abandonado enquanto eu estava transportando uns móveis – Por acaso na época eu tinha informações de que o dono do casaco tava morto, *mort*, então eu peguei pra mim, você tá entendendo Duluoz?"

"Só."

"Só diz ele" e olhando para cima para o irmão angelical de Tom Wolfe dele. "Tudo o que ele tem a dizer é 'Só' e eu prestes a dar de presente um casaco de duzentos dólares!" (Foi apenas um ano mais tarde que o escândalo de Washington sobre casacos de vicunha, casacos de couro de cabras não nascidas começou) (mas primeiro ele tirou o forro de pele). O casaco era enorme de longo, batia nos meus pés.

Eu disse "Deni, você espera que eu ande pelas ruas de Nova York com um casaco que bate nos meus pés?"

"Não só eu espero que você faça isso", disse ele pondo um gorro de esquiador na minha cabeça e puxando ele abaixo das minhas orelhas, "mas também que você continue mexendo esses ovos aí como eu pedi." Ele tinha misturado seis ovos mexidos com 100 gramas de manteiga e queijo e especiarias, em fogo baixo, e me dado uma colher de sopa para mexer enquanto ele se ocupava passando batatas com manteiga por um escorredor de massa, para o jantar à meia-noite. Estava uma delícia. Ele me mostrou estatuetas infinitesimais de elefantes esculpidas em marfim (mais ou menos do tamanho de um grão de poeira) (da Índia) e me explicou como elas eram delicadas e como algum palhaço tinha soprado elas da mão dele em um bar na Véspera de Ano-Novo do ano passado. Ele também pegou uma garrafa de Bénédictine que a gente passou a noite toda bebendo. E ele queria ser apresentado às Ruths. Eu sabia que não ia dar certo. Ele é um *raconteur* francês e um *bon vivant* à moda antiga que precisa de uma esposa francesa, e não devia ficar pelo Village tentando levar aquelas garotas frias e solitárias para a cama. Mas como sempre ele me agarrou pelo braço e me contou as últimas histórias, todas elas repetidas na noite em que o convidei para tomar uns drinques na casa de Julien e de Nessa. Nesta ocasião ele mandou um telegrama para a garota desinteressada favorita dele dizendo que tomaria uns coquetéis na casa de "*le grand journaliste*, Julien Love" mas ela não apareceu. Mas depois que Deni contou todas as piadas dele Nessa começou com as dela e Deni riu com tanta vontade que mijou nas calças, foi ao banheiro (ele vai me matar por conta disso), lavou as cuecas, pendurou, voltou rindo, se esqueceu delas e, quando Nessa e eu e Julien acordamos na manhã seguinte com os olhos embaçados e tristes, nós rimos ao enxergar aquelas cuecas transcontinentais enormes penduradas no chuveiro – "Quem poderia ser grande o bastante para lavar isso aqui?" Mas Deni não era nenhum desleixado.

36

Usando o enorme casaco de vicunha que eu tinha ganho de Deni com o gorro de esquiador tapando as minhas orelhas nos ventos cortantes de dezembro em Nova York, Irwin e Simon me levaram até a Sala de Chá Russa para conhecer Salvador Dalí.

Ele estava sentado com o queixo apoiado em uma bengala com o castanhão delicadamente ornamentado, azul e branco, ao lado da esposa na mesa do Café. Ele tinha um bigodinho encerado, fino. Quando o garçom perguntou o que ele gostaria ele disse "Uma toranja... *cor-de-rosa*" e ele tinha grandes olhos azuis que nem os dos bebês, um legítimo espanhol de *oro*. Ele nos disse que um artista só poderia ser considerado um gênio se ganhasse dinheiro. Será que estava falando de Uccello, Ghianondri, Franca? A gente mal sabia o que era o dinheiro ou para que servia. Dalí já tinha lido um artigo sobre os "insurgentes beat" e ficou interessado. Quando Irwin disse para ele (em espanhol) que queria conhecer Marlon Brado (que tinha feito uma refeição nessa Sala de Chá Russa) ele disse, abanando três dedos na minha direção, "Ele aqui é mais bonito do que M. Brando".

Eu não entendi por que ele disse aquilo mas o mais provável é que envolvesse alguma birra com o velho Marlon. Mas ele estava falando mesmo dos meus olhos, que eram azuis como os dele, e o meu cabelo, que é preto, como o dele, e quando eu olhei nos olhos dele, e ele olhou nos meus olhos, a gente não aguentou tanta tristeza. Na verdade, quando eu e Dalí nos olhamos no espelho a gente não aguenta tanta tristeza. Para Dalí a tristeza é bela. Ele disse: "Na política eu sou Monarquista – Eu gostaria de ver o Trono da Espanha renascer, Franco e os outros fora – Na noite passada eu terminei a minha mais recente pintura usando um pelo pubiano para dar o toque final."

"Sério?"

A esposa dele não deu a menor atenção a esse detalhe como se tudo aquilo fosse natural, e sem dúvida era mesmo. Para quem casa com Dalí e a bengala pubiana, ah Quoi? Na verdade eu fiz amizade com a esposa dele enquanto Dalí falava em francês inglês e espanhol com o maluco do Garden que fingia entender (e na verdade entendia) o que ele falava.

"Pero, qu'est-ce que vous penser de Franco?"

'C'est nes pas'd mon affaire, mon homme, entiendes?'

No dia seguinte, o velho Deni, que não é Dalí mas é tão bom quanto, me convidou para ganhar $4 ajudando ele a subir seis andares de escada com um fogão a gás – Torcemos os dedos, tendonamos os pulsos, levantamos o fogão e subimos os seis andares até o apartamento de uns veados, e um deles, ao ver o meu pulso sangrando, fez a gentileza de pôr mercurocromo em cima.

37

O Natal está chegando, e Ruth Heaper aborrecida com a TV portátil que o vô dela enviou, eu estou a caminho do Sul para ver a minha mãe outra vez – Ruth me beija e me ama um adeus. No caminho eu decido visitar Raphael na casa de Varnum Random o consultor de poesia da Biblioteca do Congresso – Que bagunça! Mas que engraçado! Até Varnum deve se lembrar daquilo horrorizado de alegria. Um táxi da estação de trem me leva até os subúrbios de Washington DC.

Eu vejo a casa chique com tênues luzes noturnas e toco a campainha. É Raphael quem atende dizendo "Você não devia ter vindo até aqui mas fui eu que disse onde eu tava então aqui está você."

"Bom será que o Random se incomoda?"

"Não claro que não – mas ele tá dormindo com a esposa agora."

"Tem aí alguma coisa pra molhar a garganta?"

"Ele tem duas filhas bonitas que você vai conhecer amanhã – Uma loucura, mas não é pro seu bico. A gente vai pro zoológico no Mercedes-Benz –"

"Você tem erva aí?"

"Ainda tenho um pouco do México."

Então a gente entra na grande sala do piano e Raphael dorme no sofá para eu poder descer até o porão e dormir no pequeno cubículo acortinado que os Random arrumaram para ele.

Chapado de erva lá embaixo, vejo tubos de tinta a óleo e livros de aquarela, e pinto dois quadros antes de dormir... "O anjo" e "O gato".

E de manhã eu percebo o horror daquilo tudo, na verdade eu aumentei ainda mais o horror com a minha presença totalmente inoportuna (mas eu queria visitar Raphael). Tudo o que eu lembro é que o incrível Raphael e o incrível Duluoz estavam mesmo abusando dessa família acolhedora e silenciosa cujo chefe, Varnum, que eu imagino como um Jesuíta Bondoso de barba, aguentava tudo com uma graça máscula e aristocrática, que nem eu faria mais tarde? Mas Varnum sabia mesmo que Raphael era um grande poeta e levou ele naquela tarde para um coquetel no Cleopatra's Needle enquanto eu bajulava na sala de estar escrevendo poemas e conversando com a filha mais nova, 14 anos, e a mais velha, 18, e imaginando onde o Jack Daniel's da casa estaria escondido – e eu encontrei ele mais tarde –

Lá está Varnum Random o grande poeta americano assistindo o Mud Bowl na TV com o *London Literary Supplement*, os Jesuítas sempre parecem interessados em futebol – Ele me mostra os poemas dele que são belos como os de Merton e técnicos como os de Lowell – As escolas literárias são uma camisa de força, até para mim. Se houvesse qualquer coisa obscura a respeito dos aviões sagrados durante a guerra eu acrescentaria o último toque sombrio. Se todas as pessoas do mundo, quando sonham com galos, morressem, como Hsieh An disse, todo mundo estaria morto ao nascer do sol no México, em Burma e no Mundo... (e em Indiana.) Mas nada disso acontece no mundo real nem mesmo em Montmartre quando Apollinaire escala o morro ao lado das pilhas de tijolo para chegar ao quarto bêbado dele enquanto os ventos de fevereiro sopram. Abençoado seja o passeio.

38

E tem o maluco do Raphael com um prego enorme e um martelo enorme batendo na parede decorada para conseguir pendurar o óleo sobre madeira dele com o Davi de Michelangelo – Vejo que a esposa se contorce – Raphael dá a impressão de pensar que a pintura vai ficar lá na parede e ser admirada para sempre bem ao lado do piano de cauda Baldwin e da tapeçaria T'ang – Além do mais ele pede o café da manhã – Percebo que o melhor é dar o fora. Mas Varnum Random de fato pede que eu fique mais um dia então eu passo a tarde inteira escrevendo poemas louco de benzedrina na sala e eu dou a eles o nome de *Washington DC Blues* – Random e Urso discutem comigo a minha teoria da espontaneidade absoluta – Na cozinha Random pega o Jack Daniels e diz "Como é que você consegue pensamentos refinados ou bem-formados em um fluxo espontâneo como você diz? Pode acabar saindo um monte de bobagens sem sentido." E não era uma mentira de Harvard. Mas eu disse:

"Se forem bobagens sem sentido, é isso o que elas são. Mas existe um certo controle, que nem alguém que tá contando uma história num bar sem interrupções nem pausas."

"Provavelmente vai acabar virando um truque popular mas eu prefiro ver a minha poesia como um artifício."

"Artifício *é* artifício."

"Como assim? O que isso quer dizer?"

"Quer dizer artificioso. Como é que você vai confessar a sua alma artificiosa com artifícios?"

Raphael tomou o partido de Random e berrou: –

"Shelley não deu a mínima para as teorias sobre como ele deveria escrever 'A cotovia'. Duluoz você é todo cheio de teorias igual a um velho professor universitário, você acha que sabe tudo" ("Você acha que é único", ele acrescentou para ele mesmo.) Em marcha triunfal ele foi com Random até o Mercedes-Benz para encontrar Carl Sandburg ou sei lá quem. Essa foi a grande cena que Irwin tinha comentado. Eu gritei para eles:

"Se eu fosse o dono de uma Universidade de Poesia vocês sabem o que ia estar escrito no arco da entrada?"

"Não, o quê?"

"Aprenda Aqui Que O Aprendizado É Uma Ignorância! Cavalheiros não queimem as minhas orelhas! A poesia é pó de cordeiro! Eis a minha profecia! Vou tocar escolas no exílio! Não estou Nem Aí!" Eles não iam me levar junto para o encontro com Carl Sandburg que igual eu já tinha visto vários anos atrás em várias festas onde ele ficava em pé na frente da lareira vestindo um smoking falando sobre trens cargueiros de Illinois em 1910. E na verdade ele me abraçou e disse "Ha ha ha! Você é que nem eu!"

Por que eu estou dizendo tudo isso? Eu me sentia perdido e abandonado, mesmo quando eu e Raphael e a esposa de Random fomos para o Zoológico e vimos uma macaca pagando uma chupeta para o macaco (ou, como a gente diz no Lower East Side, Poontang) e eu disse "Vocês viram eles praticando felação?" A mulher corou e Raphael disse "Não fala desse jeito!" – *onde* eles teriam ouvido a palavra *felação*?

Mas a gente teve um jantar agradável no centro, os washingtonianos ficavam olhando para ver o homem barbado com o meu casaco de vicunha (que eu troquei com Random por uma jaqueta de couro da Força Aérea com gola de pele), para ver as duas filhas bonitas com ele, a esposa elegante, Raphael desgrenhado imundo de cabelos pretos carregando um álbum de Boito e um de Gabrielli, e eu (de jeans), todo mundo indo para uma mesa nos fundos para tomar cerveja e comer frango. Na verdade todo mundo saindo milagrosamente de dentro de um Mercedes-Benz minúsculo.

39

Eu previ um novo tédio em todo esse sucesso literário. Naquela noite eu chamei um táxi para me deixar na rodoviária e virei meia garrafa de Jack Daniels enquanto eu esperava, sentado em um banco da cozinha fazendo um esboço da filha mais velha bonita que estava a caminho do Sarah Lawrence College para aprender tudo sobre Erich Fromm nas panelas. Eu dei o rascunho para ela, estava bem parecido, achando que ela o guardaria para sempre que nem o Michelangelo de Raphael. Mas quando nós dois voltamos a Nova York um mês depois a gente recebeu um grande pacote com todas as nossas pinturas e esboços e camisetas velhas, sem nenhuma explicação, querendo dizer "Graças a Deus vocês foram embora". E eu não culpo eles, eu ainda sinto um pouco de vergonha por causa daquela visita repentina e eu nunca mais fiz nada parecido e nem vou fazer. Fui até a rodoviária com a minha mochila e (bêbado de Jack Daniels) cometi a estupidez de começar a falar com uns marinheiros que arranjaram um cara de carro que se dispôs a andar pelas ruelas de Washington em busca de uma garrafa àquela hora. Um Negro estava negociando com a gente quando apareceu um policial Negro que queria revistar todo mundo, mas estava em inferioridade numérica. Eu simplesmente comecei a ir embora com a minha mochila nas costas, até a rodoviária, subi no ônibus e adormeci com a mochila ao lado da cabine do motorista. Quando eu acordei em Roanoke Rapids pela manhã a mochila tinha sumido. Alguém tinha pego ela em Richmond. Eu deixei a minha cabeça cair sobre o assento naquela claridade agressiva que em nenhum outro lugar do mundo é pior do que na América com uma ressaca estúpida cheia de culpa. Um novo romance inteiro (*Anjos da desolação*), um livro de poemas inteiro e os capítulos finais de um outro romance (sobre Tristessa), junto com todas as pinturas sem falar em todas as minhas posses no mundo (um saco de dormir, um poncho, uma blusa da graça divina, os simples equipamentos perfeitos de anos de reflexão), tudo, tudo perdido. Comecei a chorar. E eu olhei para cima e vi os pinheiros desesperançosos ao lado dos moinhos desesperançosos de Roanoke Rapids com um desespero final, como o desespero de alguém que não tem mais nada a fazer a não ser abandonar o mundo para sempre. Soldados aguardavam o ônibus fumando. Habitantes gordos da Carolina do Norte olhavam segurando as mãos atrás das costas. Manhã de domingo, e eu sem nenhuma das coisinhas que tornam a vida vivível. Um órfão vazio sentado no meio do nada, doente e com lágrimas escorrendo pelo rosto. Como um moribundo eu vi o passar dos anos, todos os esforços que o meu pai tinha empenhado para fazer da vida algo que despertasse interesse mas que acabou em morte, uma morte indiferente na luz de um dia automobilístico, cemitérios automobilísticos, estacionamentos inteiros de cemitérios em toda parte. Eu vi os rostos sombrios da minha mãe, de Irwin, de Julien, de Ruth, todos tentando fazer com que eu continuasse acreditando apesar da desesperança. Alegres estudantes universitários no fundo do ônibus me deixando ainda pior ao pensar nos nobres planos deles tudo a tempo de acabar cego no escritório de seguros de um cemitério automobilístico para nada. Onde está aquela velha mula enterrada nesse deserto conífero ou o abutre simplesmente comeu? Caca, o mundo inteiro é caca. Lembrei do meu enorme desespero quando eu tinha 24 anos sentado na casa da minha mãe o dia inteiro enquanto ela trabalhava na fábrica de calçados, na verdade sentado na cadeira de morte do meu pai, olhando como um busto de Goethe em direção ao vazio. Me levantando de vez em quando para vibrar sonatas ao piano, sonatas de minha própria invenção espontânea, e depois desabando na cama às lágrimas. Olhando pela janela em direção à luz dos carros no Crossbay Boulevard. Me debruçando por cima do meu primeiro romance, mas doente demais para continuar. Pensando em Goldsmith e em Johnson e em como eles arrotaram tristezas ao pé das lareiras durante uma vida longa demais. Foi o que o meu pai me disse na noite antes de morrer, "A vida é longa demais".

    Então pensando se Deus é um Deus pessoal que na verdade está mesmo preocupado com o que acontece com nós, com cada um de nós. Nos sujeitando a fardos? Ao Tempo? Ao horror plangente do nascimento e à perdição impossível da promessa da morte? E por quê? Porque somos os anjos caídos que disseram no Céu "O Céu é demais, *é melhor que seja* afinal de contas" e aí caímos? Mas eu e você por acaso lembramos de ter feito algo assim?

    Só o que eu lembro é que antes de eu nascer existia alegria. Na verdade eu lembro a obscura alegria contagiante de 1917 mesmo tendo nascido em 1922! Vésperas de Ano-Novo passaram e eu era pura alegria. Mas quando fui arrancado do ventre da minha mãe, azul, um bebê azul, eles gritaram para me acordar, e me deram palmadas, e desde então eu sou uma pessoa castigada e perdida para sempre e tudo mais. Ninguém me dava palmadas na alegria! Será que Deus é *tudo*? Se Deus é tudo então foi Deus quem me bateu. Por motivos pessoais? Tenho mesmo que carregar este corpo de um lado para o outro e chamá-lo de meu?

    Só que em Raleigh um sulista de olhos azuis disse que a minha mochila seria entregue na rodoviária de destino em Winter Park. "Deus te abençoe", eu disse, e ele continuou calmo.

40

Quanto à minha mãe, não existe outra mãe igual a ela no mundo, é sério. Será que ela me teve só para ter uma criança que lhe abençoasse o coração? Ela teve o que queria.

 Na época ela estava aposentada de uma vida inteira (começada aos 14 anos) fazendo calçados em fábricas da Nova Inglaterra e mais tarde de Nova York, guardando a miséria que ganhava da previdência social e vivendo com a minha irmã casada como uma espécie de empregada embora ela não se importasse nem um pouco de fazer as tarefas da casa, tudo muito natural para ela. Uma franco-canadense nascida em Saint-Pacôme em 1895 enquanto a mãe grávida tinha saído de New Hampshire para visitar o Canadá. Ela nasceu com uma irmã gêmea mas a gemeazinha alegre e carnal morreu. (Ah como ela teria sido?) e a mãe morreu também. Então a posição da minha mãe no mundo foi eliminada naquele mesmo instante. Depois o pai dela morreu aos 38 anos. Ela trabalhou como empregada na casa de tios e tias até que conheceu o meu pai que ficou revoltado com a maneira como ela era tratada. Com o meu pai morto, e eu vagabundo, ela voltou a trabalhar como empregada para familiares embora na flor da idade (Nova York na época da guerra) ela ganhasse $120 por semana às vezes nas fábricas de calçado da Canal Street e do Brooklyn, quando eu estava doente ou triste demais para ficar sozinho com esposas e amigos, e eu chegava em casa, e ela me dava apoio total enquanto eu escrevia os meus livros (sem nenhuma esperança de ver eles publicados um dia, simplesmente um artista). Em 1949 eu ganhei mais ou menos $1000 (de adiantamento) pelo meu primeiro romance mas nunca fui muito longe então agora ela está na casa da minha irmã, você via ela na porta, no quintal esvaziando a lata de lixo, no fogão preparando assados, na pia lavando pratos, na mesa de passar roupa, com o aspirador de pó, sempre alegre. Como paranoica desconfiada que me disse que Irwin e Julien eram demônios que iriam me arruinar (provavelmente verdade), mesmo assim ela era alegre como uma garotinha a maior parte do tempo. Todo mundo adorava ela. As únicas vezes em que o meu pai tinha motivo para reclamar dessa agradável camponesa era quando ela soltava o verbo em cima dele por conta do dinheiro perdido no jogo. Quando o velho morreu (aos 57 anos) ele falou para ela, para Memère como o meu sobrinho agora chamava ela (abreviação de *grandemère*):
– "Angie, eu nunca me dei conta da mulher maravilhosa que você é. Você me perdoa por todas as coisas erradas que eu fiz nas vezes em que eu passava dias fora e pelos dólares que eu perdi no jogo, aquele pobre dinheirinho que eu poderia ter gasto em um chapéu bobo para você? –"

 "Perdoo, Emil, mas você sempre nos deu dinheiro para a comida e para o aluguel."

"Eu sei, mas eu perdi muito mais do que essa quantia nos cavalos e nas cartas e com o dinheiro que eu dava para um bando de vagabundos – Ah! – Mas agora que eu estou morrendo, e você está trabalhando na fábrica de calçados, e Jacky está aqui para cuidar de mim, mesmo que eu não valha esse trabalho todo, *agora* eu estou vendo o que eu desperdicei – todos esses anos –" Uma noite ele disse que estava com vontade de comer uma boa comida chinesa como nos velhos tempos então Memère me deu cinco dólares e pediu que eu pegasse o metrô desde o Ozone Park até a Chinatown nova-iorquina para comprar comida chinesa para viagem e levar até em casa. Papai não deixou uma migalha no prato mas vomitou (câncer no fígado).

Quando o enterramos ela insistiu em um caixão caro, o que me deixou furioso, mas não foi tudo, embora eu não estivesse furioso por conta disso, ela pediu que levassem o velho e doce corpo dele até New Hampshire para o funeral e o enterro ao lado do primeiro filho, Gerard, meu irmão santo, então agora quando o céu troveja aqui na Cidade do México enquanto eu escrevo, eles ainda estão lá, lado a lado, 35 e 15 anos na terra, mas eu nunca visitei os túmulos sabendo que o que está lá na verdade não são Papai Emil nem Gerard, só adubo. Porque se a alma não consegue escapar do corpo entreguem o mundo a Mao Tsé-Tung.

41

Sei que não é bem por aí – Deus deve ser um Deus pessoal porque eu aprendi muitas coisas que não li em lugar nenhum. Na verdade quando eu fui para a Columbia eles tentavam nos ensinar Marx, como se eu desse a mínima. Eu matava as aulas e ficava no meu quarto e dormia nos braços de Deus. (Isso é o que os materialistas dialéticos chamam de "tendência angelical", e os psiquiatras de "tendência esquizoide".) Pergunte o que você quiser saber sobre tendências para o meu pai e o meu irmão, no túmulo.

Eu vejo eles dois tendendo em direção à eternidade dourada, onde tudo é restaurado para sempre, onde na verdade tudo o que você amou é compactado em uma Essência Única – O Uno.

Agora na Véspera do Natal a gente fica sentado bebendo martínis na frente da TV. O pobre e doce Davey o gato cinzento que costumava me seguir pelos bosques da Carolina do Norte quando eu ia até lá meditar com os cachorros, que portanto costumava se esconder acima da minha cabeça na árvore, e uma vez chegou até a jogar um graveto ou uma folha para se fazer notar, agora ele era um gato todo esfarrapado que curtia bebedeiras e lutas e tinha até levado uma picada de cobra. Eu tentava sentar ele no meu colo mas ele não se lembrava mais. (Na verdade o meu cunhado não parava de jogar ele porta afora.) O velho Bob o cachorro que costumava ir na frente nos nossos passeios noturnos pelo bosque, cintilando com uma luminosidade branca sei lá como, agora ele tinha morrido. Acho que Davey sentia falta dele.

Eu tirei o meu caderno de esboços e fiz um esboço de Mamãe enquanto ela cochilava na cadeira durante a missa do galo em Nova York. Quando mais tarde eu mostrei o desenho para uma amiga em Nova York ela disse que aquilo parecia muito medieval – os braços fortes, o rosto austero adormecido, o repouso na fé.

Uma vez eu levei cinco maconheiros para a minha casa na Cidade do México mas aconteceu que os cinco eram ladrões, roubaram a minha faca, a minha lanterna, Murine e Noxzema enquanto eu estava de costas, mas eu vi tudo e não disse nada. Lá pelas tantas o líder deles ficou atrás de mim, enquanto eu estava sentado, por uns bons trinta segundos de silêncio, e nesse tempo me ocorreu que ele provavelmente me apunhalaria com a minha própria faca para eles poderem vasculhar o apartamento sem pressa atrás de dinheiro escondido. Eu não estava sequer assustado, só fiquei lá sentado sem dar a mínima, doidão. Quando os ladrões enfim foram embora pela manhã um deles insistia em levar a minha capa de chuva de $50, eu disse *"Non"* claramente, convicto, e acrescentei que a minha mãe ia me matar: *"Mi madre, blam!"*, fazendo a pantomima de um soco no meu próprio queixo – Então o estranho líder disse em inglês: "Então você *tem* medo de alguma coisa."

Na varanda da casa estava a minha antiga escrivaninha de tampo retrátil com todos os meus manuscritos inéditos lá dentro, e o sofá onde eu dormia. Sentar na minha escrivaninha e ficar olhando foi triste. Todo o trabalho que eu tinha feito nela, quatro romances e inúmeros sonhos e poemas e anotações. Aquilo de repente me fez perceber que eu estava trabalhando tão duro quanto qualquer outro homem no mundo então o que eu teria a me censurar, no plano pessoal ou em qualquer outro? São Paulo escreveu (Coríntios 13:10): *"Portanto, escrevo estas coisas estando ausente, para que, quando estiver presente, não use de rigor, segundo a autoridade que o Senhor me deu para edificação, e não para destruição."*

Quando eu fui embora, depois de comer o delicioso jantar de peru que Mamãe fez para o Ano-Novo, eu disse para ela que estaria de volta no outono para ajudar ela a se mudar para uma casinha só dela, imaginando que eu ganharia dinheiro suficiente com o livro que tinha acabado de ser aceito. Ela disse "Oui, Jean, eu *quero* uma casinha só para mim", quase chorando, e eu me despedi com um beijo. "Não deixe que aqueles vagabundos de Nova York convençam você a fazer nada", acrescentou ela, porque ela estava convencida de que Irwin Garden estava atrás de mim, como o meu pai tinha previsto por algum motivo, dizendo: "Angie, diga para o Jack que o Irwin Garden ainda vai tentar acabar com ele um dia, e aquele Hubbard também – O tal do Julien é um cara bacana – Mas o Garden e o Hubbard vão *acabar* com ele." E foi estranho ignorar isso porque foi o que ele falou logo antes de morrer, numa voz profética e calma, como se eu fosse uma espécie de São Paulo importante ou até mesmo um Jesus com vários Judas outros inimigos previstos no Reino do Céu. "Mantenha distância deles! E fique com aquela sua namoradinha que mandou os charutos!" gritou a minha mãe, se referindo à caixa de charutos que Ruth Heaper tinha me mandado de Natal. "Eles vão *acabar* com você se você não tomar cuidado! Eu não gosto daquele olhar estranho no rosto deles!" Só que, por mais estranho que pareça, eu estava voltando a Nova York para pegar $225 emprestados de Irwin e embarcar rumo a Tânger Marrocos para visitar Hubbard! Uau.

42

E nesse meio-tempo em Nova York, de fato, Irwin e Raphael e Ruth Heaper posaram para umas fotos sinistras no apartamento das Ruths com Irwin vestindo um blusão preto de gola rolê, Raphael um gorro do mal (sem dúvida fazendo amor com Ruth) e Ruth de pijama.

Raphael sempre tentava faturar as minhas garotas. Por azar o meu pai não tinha conhecido ele.

No trem até Nova York eu vi uma grávida empurrando um carrinho de bebê em frente a um cemitério.

(Isso é um poema.)

A primeira coisa que eu fiquei sabendo quando desfiz a mochila no quarto de Ruth Heaper foi que a revista *Time* ia tirar todas as nossas fotos no estúdio de Gerard Rose no Greenwich Village, tudo arranjado por Irwin. Gerard Rose nunca tinha ido com a minha cara e não estava gostando nem um pouco dessa história toda. Gerard era o subterrâneo bacana original que era tão destrambelhado, tão apático, só que ao mesmo tempo bonito que nem Gerard Philippe, só que tão triste, tão aborrecido, que quando Hubbard conheceu ele ele me disse o seguinte em relação a Gerard: – "Eu consigo me imaginar sentado com Gerard num bar enquanto os mongóis invadem Nova York – Gerard com a cabeça apoiada nas mãos dizendo 'Tem tártaros por toda a parte'." Mas eu gostava de Gerard é claro e quando o meu livro finalmente saiu naquele outono ele gritou: "Ho ho! O Playboy da Geração Beat? Vai comprar um Mercedes?" (como se eu tivesse dinheiro na época ou até mesmo agora.)

Então para os fotógrafos da *Life* eu enchi a cara, me chapei, penteei o meu cabelo e deixei que me fotografassem plantando bananeira: "Digam pra todo mundo que esse é o jeito de se manter em boa forma!" Eles nem sequer sorriram. Tiraram outras fotos de mim e de Raphael e de Irwin e de Simon sentados no chão, nos entrevistaram e tomaram notas, foram embora nos convidando para uma festa e nunca publicaram as fotos nem a história. O pessoal do ramo diz que a sala de edição da *Life* tem trinta centímetros de "Rostos Perdidos" acumulados no chão. Aquilo não iria destruir o meu potencial como artista, como escritor, mas era um terrível desperdício de energia e de certa forma também era uma piada horripilante.

Enquanto isso a gente foi até a festa indicada e escutamos um homem com uma jaqueta da Brooks Brothers dizer: "Quem é que quer ser um estraga-prazeres, afinal de contas?" Assim que ouvimos a palavra estraga-prazeres fomos todos embora, tinha algo de errado com aquilo, como alguém que pega duas pessoas na cama.

43

É, foi só o começo. Mas as coisas ainda eram horrivelmente engraçadas naquela época, como Raphael pintando um mural na parede de um bar na 14th Street com a 8th Avenue, um serviço pago, e os donos do bar eram grandes gângsteres italianos com canos e tudo mais. Eles ficavam de bico ao redor com ternos folgados enquanto Raphael pintava monges enormes na parede. "O quanto mais eu olho mais eu gosto", disse um dos gângsteres, correndo até o telefone que tocava, fazendo uma aposta e metendo ela no chapéu. O bartender gângster não tinha tanta certeza:

"Eu não sei, eu acho que esse Raphael não sabe direito o que está fazendo."

Raphael se vira com o pincel, a outra mão com o indicador tocando o polegar à moda italiana, "Escutem só! Vocês não entendem nada sobre a beleza! Vocês são um bando de gângsteres se perguntando onde a beleza se esconde! Fiquem sabendo que a beleza se esconde no Raphael!"

"Por que a beleza se esconde no Raphael?" eles perguntam meio preocupados, coçando os sovacos, ajeitando os chapéus, atendendo o telefone para fazer mais apostas.

Eu estava lá sentado com uma cerveja imaginando o que iria acontecer. Mas Raphael *berrou* com eles: de repente eu percebi que ele daria o gângster mais bonito e persuasivo de Nova York ou talvez de toda a Máfia: "Ech! Quem passa a vida inteira chupando pirulito na Kenmare Streer depois quando cresce deixa pra trás toda a beleza do pirulito. Olhem pra essa pintura! É a própria beleza!"

"Eu apareço aí?" pergunta o bartender, Rocco, com um olhar inocente em direção ao mural para fazer os outros rirem.

"Claro que você aparece aqui, você é o monge lá do fim, o monge preto – O que você precisa é de *cabelos brancos*!" grita Raphael mergulhando o pincel em um balde de tinta branca e de repente emplastando a parede com cachoeiras brancas ao redor da cabeça do monge preto.

"Ei!" grita Rocco, surpreso. "Eu não tenho cabelo branco e muito menos cabelo branco comprido."

"Agora você tem porque eu disse, porque eu declarei que você é o *Cabelo Bonito*!" e Raphael espalha mais branco por cima de todo o mural, na verdade arruinando o resto já que todo mundo está às gargalhadas e ele sorrindo aquele sorriso fino de Raphael como se ele tivesse a garganta cheia de gargalhadas que não quer deixar sair. E foi nesse instante que eu amei ele de verdade porque ele não tinha medo dos gângsteres, na verdade ele mesmo era um gângster e os gângsteres sabiam. Enquanto corremos do bar de volta até o apartamento de Ruth para jantar espaguete Raphael me diz irritado: "Ah, acho que vou desistir desse lance de poesia. Não tá me levando a lugar nenhum. Eu quero pombos trigêmeos no meu telhado e uma casa com pátio em Capri ou em Creta. Eu não quero ter que falar com esses apostadores estúpidos e com marginais, eu quero conhecer condes e princesas."

"Você quer um *fosso*!"

"Em quero um fosso *em forma de coração* que nem o Dalí – Quando eu conhecer o Kirk Douglas eu não quero ter que *pedir desculpas*." E no apartamento de Ruth ele entra e imediatamente ferve vôngoles enlatados em um pote de óleo, fervendo ao mesmo tempo o espaguete, e aí ele escorre, mistura, prepara uma salada, acende uma vela e todo mundo curte um jantar italiano perfeito de Espaguete com Vôngole em meio a risadas. Cantores vanguardistas de ópera aparecem e começam a cantar belas canções de Blow e Purcell com Ruth Erickson e Raphael me diz: "Quem são esses caras bizarros" (quase "bizaus") – "Bezerros, cara." Ele quer beijar Ruth Heaper mas como eu estou lá ele sai correndo para descolar uma garota em Minetta Lane, um bar de brancos e pretos misturados agora fechado.

E no dia seguinte Irwin leva Simon Raphael e eu de ônibus até Rutherford Nova Jersey para a gente conhecer William Carlos Williams o velho grande poeta da América do século XX. Williams foi clínico geral a vida inteira, o consultório dele ainda está lá onde ele examinou pacientes por 40 anos e obteve material para excelentes poemas no estilo de Thomas Hardy. Ele fica lá sentado olhando para fora da janela e nós todos lemos os nossos poemas e a nossa prosa. Na verdade ele está aborrecido. Quem não ficaria aos 72 anos? Mas ele é magro e jovial e grandioso, e no fim ele vai até o porão e traz uma garrafa de vinho para nos alegrar. Ele me diz: "Continue escrevendo assim". Ele adora os poemas de Simon e mais tarde escreve em uma resenha que Simon de fato é o novo poeta mais interessante de toda a América (Simon escreve versos como "Será que o hidrante chora tantas lágrimas como eu?" e "Tenho uma estrela vermelha na ponta do meu cigarro") – Mas claro o preferido do dr. Williams é Irwin de Paterson NJ por causa do enorme uivo de certa forma incriticável da igualdade e grandeza absoluta (como Dizzy Gillespie no trompete, Dizzy entra em ondas de pensamento, não em frases) – Quando Irwin ou Dizzy aquecem as paredes desabam, pelo menos as paredes do seu pavilhão auricular – Irwin escreve sobre lágrimas com um grande gemido plangente, o dr. Williams é velho o bastante para entender – Na verdade uma ocasião histórica e finalmente nós os poetas idiotas pedimos a ele um último conselho, ele fica de pé olhando pelas cortinas de musselina da sala em direção ao tráfego de Nova Jersey lá fora e diz:

"*O mundo é cheio de filhos da puta.*"

Fiquei pensando nisso desde então.

E eu tinha passado a maior parte do tempo falando com a adorável esposa do doutor, de 65 anos, que descreveu toda a beleza de Bill na juventude.

Eis aí um homem para você.

44

Harry Garden o pai de Irwin Garden vem para a casa do dr. Williams de carro para nos dar carona até em casa, a própria casa dele em Paterson onde a gente vai jantar e ter grandes conversas sobre poesia – Harry também é poeta (aparece na página do editorial da *Times* e da *Tribune* várias vezes ao ano com amores e tristezas perfeitamente rimados) – Mas ele é maníaco por trocadilhos e assim que entra na casa do dr. Williams ele diz "Tomando um vinhozinho, hein? Mas quando o copo está vazio é que a gente toma de verdade" – "Ha ha ha" – Um trocadilho bem bom até, mas Irwin olha para mim consternado como se aquilo fosse alguma cena social impossível como as de Dostoiévski. "O que você acharia de comprar uma gravata com manchas de molho pintadas a mão?"

Harry Garden é um professor de uns 60 anos prestes a se aposentar. Ele tem olhos azuis e cabelos claros que nem o filho mais velho dele, Leonard Garden, agora advogado, enquanto Irwin tem os cabelos pretos que nem os de Rebecca a linda mãe sobre quem ele escreveu, já falecida.

Harry dirige alegre até em casa demonstrando dez vezes mais energia do que garotos jovens o bastante para ser netos dele. Na cozinha, que tem um papel de parede com arabescos, eu enlouqueço com o vinho tinto enquanto ele lê e faz trocadilhos sobre café. Vamos até o estúdio dele. Eu começo lendo o meu poema bobinho só de grunhidos com "g r r r r r" e "f r r r r t" que descreve os sons do tráfego na Cidade do México –

Raphael grita "Ah isso não é poesia!" e o velho Harry olha para a gente com os olhos azuis sinceros dele e diz: –

"Vocês estão brigando, garotos?" e eu percebo que Irwin me olha com o rabo do olho. Simon é de uma neutralidade celestial.

A briga com Raphael o Gângster se arrasta até quando estamos pegando o ônibus de Paterson para Nova York, eu subo, pago a minha passagem, Simon paga a dele (Irwin ficou com o pai) mas Raphael grita "Eu tô sem grana, por que você não paga a minha passagem Jack?" Eu me recuso. Simon paga com o dinheiro de Irwin. Raphael protesta dizendo que eu sou um Canook mão fechada de sangue frio. Quando chegamos ao terminal Port Authority eu estou praticamente chorando. Ele não para de repetir: "Só o que você faz é esconder o dinheiro na sua beleza. Assim você fica feio! Você vai *morrer* com um monte de dinheiro nas mãos e depois vai ficar se perguntando por que os anjos não conseguem te levar lá pra cima."

"*Você* não tem dinheiro porque gasta tudo o que ganha."

"É isso aí eu gasto tudo mesmo! Por que não? O dinheiro é uma mentira e a poesia é a verdade – Será que me deixariam pagar a passagem do ônibus com a verdade? Será que o motorista compreenderia? Não! Porque ele é que nem você, Duluoz, um unha de fome assustado e por que não dizer logo um filho da puta e um cagalhão que esconde dinheiro nas meias baratas. Só o que ele quer fazer é morrer!"

Mas embora eu pudesse ter apresentado vários argumentos como perguntar por que Raphael tinha torrado o dinheiro dele em um *avião* para voltar do México quando ele podia ter voltado de carona com a gente naquele carro triste, eu não consigo fazer mais nada além de enxugar as lágrimas nos meus olhos. Eu não sei por que, talvez porque no fundo ele tenha razão e todos nós já demos um bom dinheiro para os nossos funerais, iupi! – Ah os funerais futuros, quando eu terei que usar gravatas! O funeral de Julien, o funeral de Irwin, o funeral de Simon, o funeral de Raphael, o funeral de Mamãe, o funeral da minha irmã, e eu já usei uma gravata e já me desesperancei com a terra no funeral do meu *pai*! Flores e funerais, a perda dos ombros largos! Nunca mais o ávido estalar dos sapatos na calçada em direção a algum lugar mas o terrível *embate* na sepultura, como em um filme francês, a Cruz não consegue sequer parar de pé na seda e na lama – Ó Talleyrand!

"Raphael, cara eu quero que você saiba que eu te amo." (Essa informação foi transmitida no dia seguinte a Irwin por Simon, que percebeu a importância.) "Mas não me enche por causa de dinheiro. Você sempre enche a boca pra dizer que não precisa de dinheiro mas na verdade é a única coisa que você quer. Você é vítima da ignorância. Eu pelo menos admito. Mas eu te amo."

"Pode *guardar* o seu dinheiro, eu tô indo pra Grécia ter visões – As pessoas vão me *dar* dinheiro e eu vou jogar tudo fora – Eu vou *dormir* em cima do dinheiro – Vou rolar *sonhando* em cima do dinheiro."

Estava nevando. Raphael me acompanhou até a casa de Ruth Heaper onde a gente tinha combinado de jantar e contar para ela tudo sobre o nosso encontro com William Carlos Williams. Eu notei uma expressão esquisita no olhar dela, no de Ruth Erickson também. "O que houve?"

No quarto Ruth o meu amor me diz que o psicanalista aconselhou ela a pedir que eu saia do quarto dela e vá arranjar um só meu porque essa situação não é legal para a psiquê dela nem para a minha.

"Esse pau no cu só pode estar querendo foder contigo!"

"Foder é a palavra exata. Ele disse que você tava se aproveitando de mim, que você é irresponsável, não traz nada de bom para mim, só fica bebendo, trazendo amigos bêbados – a qualquer hora da noite – eu não consigo descansar nunca."

Eu faço as malas e saio com Raphael na nevasca cada vez mais forte. Nós vamos para a Bleecker Street ou Bleaker Street, ou. Agora Raphael está triste por minha causa. Ele me dá um beijo no rosto quando a gente se despede (ele tem que ir jantar com uma garota), e diz, "Pobre Jack, me desculpa, Jackie. Eu também te amo."

Fico sozinho na neve então eu vou até a casa de Julien e a gente se embebeda outra vez em frente à TV, Julien finalmente perde a cabeça e arranca a minha camisa e até a minha camiseta das minhas costas e eu durmo bêbado no chão da sala até o meio-dia.

No dia seguinte eu pego um quarto no Marlton Hotel na 8th Street e começo a datilografar o que eu escrevi no México, no capricho com espaço duplo e tudo mais para os editores, milhares de dólares escondidos na minha mochila.

45

Com os únicos dez dólares que me restam eu vou até a *drugstore* na esquina da 5th Avenue para comprar uma carteira de cigarros, imaginando que posso comprar um frango assado à noite e comer em cima da máquina de escrever (emprestada de Ruth Heaper). Mas a figura na *drugstore* diz "Como estão as coisas em Glacamora? Você tá morando na esquina ou em Indiana? Sabe o que aquele velho filho da puta disse quando bateu as botas..." Aí mais tarde quando eu volto para o meu quarto eu descubro que ele me deu troco para cinco. Ele me deu o golpe do troco a menos. Eu volto até a loja mas ele já não está mais no horário de expediente, se foi, e o pessoal da gerência fica me olhando desconfiado. "Vocês têm um vigarista trabalhando aqui na loja – eu não vou acusar ninguém mas eu quero o meu dinheiro de volta – Eu tô com *fome!*" Mas eu nunca consegui o dinheiro de volta e eu devia ter enfiado o dedo no cu. Continuei datilografando só à base de café. Mais tarde eu telefonei para Irwin e ele me disse para ligar para a garota dele porque talvez eu pudesse ir morar com ela já que ela estava de saco cheio de Raphael.

"Por que ela tá de saco cheio do Raphael?"

"Porque ele fica jogado no sofá dizendo 'Alimente Raphael!' *Sério!* Eu acho que ela ia te curtir. É só você ser o bom e velho Jack e dar uma ligada." Eu liguei, Alyce Newman o nome dela, e disse que eu estava passando fome e será que ela poderia me encontrar no Howard Johnson na 6th Avenue e me comprar dois cachorros-quentes? Ela disse que tudo bem, ela era uma loira baixinha de casaco vermelho. Às 8 da noite eu vi ela entrar.

Ela me comprou os cachorros-quentes e eu devorei eles. Eu já tinha olhado para ela e dito, "Por que você não me deixa ficar no teu apartamento, eu tenho um monte de coisa pra datilografar e hoje roubaram o meu dinheiro na *drugstore*."

"Se você quiser."

46

Mas foi o início talvez do melhor caso amoroso da minha vida porque Alyce era uma jovem garota interessante, uma judia elegante triste da classe média que estava em busca de alguma coisa – Ela parecia totalmente polaca, com aquelas pernas de camponesa, a bunda em forma de pera, o *torque* de cabelo (loiro) e o olhar triste compreensivo. Na verdade ela meio que se apaixonou por mim. Mas só porque eu realmente não forcei ela a nada. Quando eu pedi bacon e ovos e purê de maçã às duas da manhã ela preparou tudo com gosto, porque foi um pedido sincero. Sincero? Mas o que há de insincero em "Alimente Raphael"? A velha Alyce (22 anos) disse:

"Eu acho que você vai ser um grande deus literário e todo mundo vai tentar te devorar, então você tem que deixar eu te proteger."

"Como é que se devora um deus literário?"

"Enchendo o saco deles. Eles roem e roem até não sobrar mais nada de você."

"Como é que você sabe tudo isso?"

"Eu li vários livros – Conheci escritores – Eu mesma estou escrevendo um romance – acho que ele vai se chamar *Fly Now, Pay Later* mas os editores acham que poderia dar problema com as companhias aéreas."

"Põe o nome de *Pay Me The Penny After*."

"Legal – Você quer que eu leia um capítulo?" De repente eu estava na luz de uma casa tranquila com uma garota silenciosa que se revelaria fogosa na cama, como eu imaginava, mas meu Deus – *Eu não gosto de loiras.*

"Eu não gosto de loiras", eu disse.

"Talvez você goste de mim. Você quer que eu pinte o meu cabelo?"

"As loiras têm personalidades macias – Eu tenho várias vidas futuras pra lidar com toda essa maciez –"

"Então você quer dureza? Ruth Heaper na verdade não é tudo o que você acha, no fundo ela é só uma garotona desajeitada que não sabe o que quer."

Eu tinha encontrado mais do que uma companheira, foi o que eu vi na noite em que fiquei bêbado no White Horse (Norman Mailer sentado no fundo discutindo a anarquia com um caneco de cerveja na mão, meu Deus será que vão nos dar cerveja na Revolução? Ou Bile?) – Bêbado, e de repente Ruth Heaper entra com o cachorro de Erickson e começa a falar comigo tentando me convencer a passar a noite na casa dela.

"Mas agora eu tô morando com a Alyce –"

"Mas você não me ama mais?"

"Você disse que o seu médico disse –"

"Ah, vamos!" Mas sei lá como Alyce chega no White Horse e me arrasta à força como que pelos cabelos, de táxi até a casa dela, e assim eu aprendo: Alyce Newman não vai deixar que ninguém roube o homem dela, não importa quem ele seja. E eu fiquei orgulhoso. Cantei "I'm a Fool" de Sinatra durante todo o trajeto até em casa no táxi. O táxi passou depressa pelas embarcações oceânicas atracadas nos píeres do North River.

47

E na verdade eu e Alyce Newman éramos amantes saudáveis maravilhosos – Ela só queria que eu a fizesse feliz e ela fazia tudo que podia para me fazer feliz também, o que era o suficiente – "Você deveria conhecer mais garotas judias! Elas não só amam mas também trazem pão de centeio e manteiga doce com o seu café da manhã."

"Como é o teu pai?"

"Ele fuma –"

"E a tua mãe?"

"Os crochês na sala –"

"E você?"

"Não sei."

"Então você vai ser uma grande romancista – Quem são os teus modelos?" Mas todos os modelos dela estavam errados, só que eu sabia que ela ia conseguir, ser a primeira grande escritora do mundo, mas eu acho, eu suspeito que ela queira bebês de qualquer jeito mesmo assim – Ela era doce e eu ainda amo ela agora à noite.

Nós dois também ficamos juntos por um tempo interminável, também, *anos* – Julien chamava ela de Torta de Êxtase – A melhor amiga dela, Barbara Lipp de cabelo escuro, por acaso estava apaixonada por Irwin Garden – Irwin tinha me levado a um abrigo. Nesse abrigo eu dormia com ela por motivos relacionados a fazer amor mas depois que a gente acabava eu ia até o quarto externo, onde eu deixava a janela sempre aberta e a calefação desligada, e dormia lá no meu saco de dormir. No fim eu acabei me livrando daquela tosse tuberculosa do México – Não sou tão burro (como Mamãe sempre dizia).

48

Então Irwin com aqueles $225 no bolso primeiro me leva até o Rockefeller Center por causa do meu passaporte antes da gente sair vagando pelo centro falando sobre tudo que nem a gente fazia na época da faculdade – "Então agora você tá indo para Tânger visitar o Hubbard."

"A minha mãe me disse que ele vai acabar comigo."

"Ah é provável que ele tente mas ele não vai conseguir, que nem eu", encostando a cabeça no meu rosto e rindo. Esse Irwin. "E que tal as pessoas que querem acabar *comigo* mas eu fico escorando a cabeça na ponte?"

"Que ponte?"

"A Brooklyn Bridge. A ponte do rio Passaic em Paterson. Até a sua ponte no Merrimac cheio de risadas malucas. Qualquer ponte. Eu escoro a cabeça em *qualquer* ponte a qualquer hora. Uma pá num banheiro da Seventh Avenue escorando a cabeça no banheiro ou algo assim. Não quero brigar com Deus."

"Quem é Deus?"

"O grande radar no céu, acho, ou olhos mortos veem." Ele estava citando um dos poemas da adolescência, "Dead Eyes See."

"*O que* os olhos mortos veem?"

"Lembra daquela construção que a gente viu na 34th Street uma manhã que a gente tava chapado e dissemos que tinha um gigante lá dentro?"

"Só – com os pés pra fora e tal? Faz um tempão."

"Bem, os olhos mortos veem aquele Gigante, nada menos, a não ser que a tinta invisível já esteja invisível e até o gigante tenha desaparecido."

"Você curte a Alyce?"

"Ela é bacana."

"Ela me disse que essa Barbara tá apaixonada por você."

"É eu acho que ela tá mesmo." Ele não poderia estar mais aborrecido. "Eu amo o Simon e não quero saber de grandes esposas judias gritando comigo enquanto lavam a louça – Olha só aquele rosto enjoado que acabou de passar." Eu me virei a tempo de ver as costas de uma senhora.

"Enjoado? Como?"

"Com uma expressão de zombaria e desesperança, de quem nunca mais vai voltar, ugh."

"Mas Deus não ama ela?"

"Ah lê Shakespeare outra vez ou sei lá, você tá ficando quase piegas." Mas Irwin não estava interessado sequer em falar. Ele olhou ao redor em direção ao Rockefeller Building. "Olha só quem tá lá." Era Barbara Lipp, que abanou para a gente e veio em nossa direção.

E depois de uma breve conversa, e depois que a gente pegou o meu passaporte, caminhamos pelo centro conversando e bem quando a gente estava atravessando a Fourth Avenue e a 12th lá estava Barbara outra vez abanando para a gente, mas por pura coincidência, uma circunstância das mais esquisitas.

"Ah é a segunda vez que a gente se encontra hoje", diz Barbara, que tem a mesma pinta de Irwin, cabelos pretos, olhos pretos, a mesma voz grave.

Irwin diz: "A gente tava procurando o grande ó."

"O que é o grande ó?" (Barbara)

"O grande ó do borogodó." De repente eles começam uma grande controvérsia iídiche sobre o ó do borogodó que eu nem ao menos consigo entender, às gargalhadas na minha frente, ou melhor às risadinhas. Essas senhoras preguiçosas de Manhattan...

49

Então eu pego a passagem do navio em uma sórdida agência marítima iugoslava na 14th Street e a data da viagem é domingo – O navio é o SS *Slovenia*, é sexta-feira.

Na manhã de sábado eu apareço no apartamento de Julien de óculos escuros por causa das olheiras da ressaca e com um cachecol no pescoço para tentar melhorar a tosse – Alyce está comigo, fizemos nossa última corrida de táxi pelos píeres do Rio Hudson vendo as enormes proas de Libertes e Queen Elizabeths prontas para lançar âncora em Le Havre – Julien olha para mim e grita: "Fernando!"

Fernando Lamas o ator mexicano é o que ele quer dizer. "Fernando o velho depravado internacional! Indo pra Tânger investigar as garotas árabes, hein?" Nessa junta as crianças, é o dia de folga de Julien, e todos nós vamos até o meu píer no Brooklyn para fazer uma festa de despedida na cabine do navio. Eu tenho uma suíte com duas camas só para mim porque ninguém viaja em navios iugoslavos a não ser espiões e conspiradores. Alyce fica encantada com os mastros dos navios e o sol do meio-dia na água do porto mesmo que ela tenha trocado Wolfe por Trilling anos atrás. Julien só que saber de subir em cima das coisas com as crianças. Enquanto isso eu estou preparando drinques na suíte que já está torta porque eles estão carregando o navio por bombordo e todo o convés se inclina. A doce Nessa tem um presente de despedida para mim, *Danger à Tanger*, um romance francês barato sobre árabes jogando tijolos na cabeça do Consulado Britânico. Os homens da tripulação não falam inglês, só iugoslavo, embora olhem para Nessa e Alyce com olhares categóricos como se fossem capazes de falar qualquer língua do mundo. Eu e Julien levamos os garotos até o tijupá para acompanhar as operações de carga.

Imagine ter que viajar no tempo todos os dias da sua vida carregando o seu próprio rosto e fazendo com que ele pareça o seu próprio rosto! Fernando Lamas, de fato! O pobre Julien bigodudo carrega o rosto dele de um jeito sinistro e interminável não importa o que os outros digam, sejam filósofos ou não. Tecer aquela máscara suculenta e deixar que ela se pareça com você, enquanto o seu fígado acumula, o seu coração se esbate, seria o bastante para fazer Deus chorar dizendo "Todos os meus filhos são mártires e eu quero todos eles na mais absoluta segurança! Para início de conversa por que foi que eu emanei eles, para ver um filme de carne?" As grávidas sorridentes nem sonham com isso. Deus que é tudo, Aquele Que Já É Assim, Ele que Eu Vi No Desolation Peak também é uma grávida sorridente que nem sonha com isso. E se eu reclamasse sobre a maneira como maltrataram Clark Gable em Xangai ou Gary Cooper em High Noon Town, ou sobre como enlouqueço com as velhas estradas universitárias perdidas ao luar, ah, lua, lua, lua me enluara – Me enluara em minha ara, adamantina menina. Julien fica enfatizando os lábios, plurc, e Nessa fica responsável pela carne de maçãs do rosto altas, e Alyce faz "Hum" com uma tristeza de cabelos compridos e até as crianças morrem. O velho Fernando o Filósofo gostaria de dizer a Julien algo que ele pudesse dizer para todo mundo pelo Telégrafo Universal. Mas os estivadores com a Estrela Vermelha da Iugoslávia não estão nem aí desde que tenham pão, vinho e mulheres – Embora possam ficar olhando dos muros em direção a Tito enquanto ele passa, yair – É esse negócio de segurar o seu próprio rosto dia após dia, você pode deixar ele cair (como Irwin tenta) mas no fim uma questão angelical vai te encher de surpresa. Eu e Julien preparamos drinques malucos, no entardecer ele e Nessa e as crianças vão até o portaló e eu e Alyce ficamos desmaiados na minha cama, até as onze da manhã, quando o Despenseiro Iugoslavo bate na minha porta, diz "Você fica no navio? Sim?" e sai em direção ao Brooklyn para encher a cara com a tripulação – Eu e Alyce acordamos, à uma da manhã, de braços dados num navio terrível, agh – Só um vigia sozinho no jardim de popa – Todo mundo bebendo pelos bares de Nova York.

"Alyce" digo eu "vamos nos levantar e tomar um banho e pegar um metrô pra Nova York – Podemos ir até o West End tomar uma cerveja." Mas o que tem no West End além de morte afinal?

Alyce só quer ir para a África comigo. Mas a gente se veste e de mãos dadas cruza o portaló, o píer vazio, e seguimos atravessando as enormes praças das gangues de marginais do Brooklyn eu com uma garrafa de vinho na mão como arma.

Eu nunca vi uma vizinhança mais perigosa do que aqueles projetos habitacionais do Brooklyn atrás do píer do Bush Terminal.

Finalmente chegamos ao Borough Hall e mergulhamos no metrô, linha Van Cortland, vamos direto até a 110th Street com a Broadway e entramos no bar onde o meu velho bartender favorito Johnny está cuidando da cerveja.

Eu peço bourbon e uísque – Tenho a visão de rostos mortiços terrivelmente sofridos passando um atrás do outro pelo bar do mundo mas meu Deus eles estão todos em um trem, um trem infinito, e ele avança infinitamente para dentro do Túmulo. O que fazer? Eu tento dizer para Alyce: –

"Leecey, eu não vejo nada além de horror e terror por toda parte –"

"É porque você está doente de tanto beber."

"Mas o que eu vou fazer com todo o horror e todo o terror que eu vejo?"

"Dorme que você vai ficar bom –"

"Mas o bartender me lançou um olhar sem nenhuma esperança – como se eu estivesse morto."

"Talvez você esteja."

"Porque eu não vou ficar com você?"

"Isso mesmo."

"Mas essa é uma explicação solipsística estúpida de mulher para o horror que a gente compartilha –"

"Dividido em partes iguais."

O trem infinito em direção ao túmulo infinito, todo cheio de baratas, não parava de avançar para dentro dos olhos famintos desesperançosos de Johnny o bartender – Eu disse "Johnny você não tá vendo? A gente é feito pra perfídia" e de repente eu percebi que eu estava fazendo poemas do nada, como sempre, então se eu fosse um Computador Máquina de Somar Burroughs mesmo assim eu faria os números dançarem para mim. Tudo, tudo em nome da tragédia.

E pobre Leecie, ela não entendia o goyeshe em mim.

Vá para a Parte Três.

PARTE TRÊS
Passando por Tânger, pela França e por Londres

50

Que cena mais doida, talvez a cena do americano típico, sentado num barco meditando enquanto olha para as unhas e imaginando que caminho tomar, o que fazer a seguir – Eu de repente percebi que não tinha a menor ideia de onde eu estava indo.

Mas foi nessa viagem que veio a grande mudança na minha vida que eu chamei de "reviravolta completa" naquela página mais antiga, quando eu mudei de um sentimento de bravura jovial aventureira para uma náusea absoluta em relação à experiência do mundo em geral, uma *repulsa* de todos os seis sentidos. E como eu estou dizendo o primeiro sinal dessa repulsa apareceu durante o meu aconchego onírico solitário de dois meses no Desolation Peak, antes do México, e desde então eu me misturei outra vez a todos os meus amigos e às velhas aventuras, como você pôde ver, e sem muita "doçura", mas agora eu estava sozinho de novo. E tive o mesmo sentimento outra vez: Evite o mundo, tudo é só um monte de pó e de aborrecimento que no fim não significa nada. Mas o que fazer então? E lá estava eu sendo incansavelmente levado rumo a mais "aventuras" do outro lado do oceano. Mas foi em Tânger depois de uma overdose de ópio que a reviravolta realmente se desencadeou de maneira irreversível. Num instante – mas enquanto isso uma outra experiência, no mar, pôs o medo do mundo em mim, como o alerta de um augúrio. Uma tempestade enorme caiu em cima do nosso C-4 vinda do Norte, dos Janeiros e Pleniários da Islândia e da Baía de Baffin. Durante a guerra na verdade eu naveguei pelos mares do Norte no Ártico mas só no verão: agora, mil milhas ao sul no vazio dos Mares de Janeiro, a escuridão, as cristas vinham glurrando com espuma cinza, da altura de uma casa, e derramavam rios por toda a nossa proa e pelos alcatrates. Escuridões blakeanas ululantes furiecidas, trovões troando, vagas vindo pobre navio-homem balançando igual uma rolha comprida sem motivo na desolação maluca. Algum conhecimento bretão sobre o mar ainda no meu sangue de repente estremeceu. Quando eu vi aquelas muralhas d'água avançando uma atrás da outra por milhas na carnificina cinzenta eu gritei na minha alma POR QUE EU NÃO FIQUEI EM CASA!? Mas era tarde demais. Na terceira noite o navio começou a jogar tanto de um lado para o outro que até os iugoslavos foram para a cama e se enfiaram entre travesseiros e colchões. A cozinha era uma loucura à noite com coisas quebrando e panelas caindo mesmo elas estando presas. Assusta um marinheiro ouvir a Cozinha gritar de medo. Para a refeição primeiro o despenseiro tinha servido os pratos em uma toalha de mesa úmida, e a sopa claro não em pratos fundos mas em canecas, só que agora era tarde demais até para isso também. Os homens mastigavam biscoitos enquanto cambaleavam de joelhos nos sudoestes molhados. Lá fora no convés onde eu fiquei um instante a banda do navio era forte o suficiente para jogar você por cima da amurada direto nos paredões de água, sprash. Os caminhões presos ao convés gemeram e arrebentaram os cabos e se bateram por tudo quanto era lado. Era uma Tempestade Bíblica como um antigo sonho. À noite eu rezei com medo para Deus, que estava chamando a todos nós, almas a bordo, naquele instante de horror, pelas razões Dele, até que enfim. No meu semidelírio eu pensei ter visto uma escada branca como a neve descer do céu. Eu vi a Stella Maris no Mar como uma Estátua da Liberdade cintilando branca. Pensei em todos os marinheiros que já tinham se afogado alguma vez e ó o pensamento asfixiante, dos fenícios de 3000 anos atrás até os pobres marujinhos adolescentes da América na última guerra (alguns dos quais tinham me acompanhado em segurança na Marinha) – O tapete aquoso de um azul verde *profundo* no meio do oceano, com os terríveis bordados de espuma, o exagero *nauseante* daquilo tudo mesmo que você só veja a superfície – sob todo o crescendo de milhas e milhas de braças frias – balançando, quebrando, arrebentando, a tonelagem de Peligroso Roar batendo, arfando, rodopiando – nenhum rosto à vista! Lá vem mais! Se abaixe! O navio inteiro (apenas do tamanho de um Vilarejo) se encolhe tremendo, os hélices giram enloquecidos no nada, sacudindo o navio, slap, a proa se levanta, arremessada, os hélices sonhando lá embaixo, o navio não avançou três metros – é assim – é como a geada no rosto, como as bocas frias de antigos antepassados, como madeira rachando no mar. Nem mesmo um peixe à vista. É o júbilo estrondoso de Netuno e do sanguinário deus do vento aniquilando os homens. "Tudo que eu tinha que fazer era ficar em casa, desistir de tudo, arranjar uma casinha pra mim e pra Mamãe, meditar, viver tranquilo, ler ao sol, tomar vinho ao luar com roupas velhas, afagar os meus gatos, dormir com bons sonhos – e agora olha só esse *petrain* em que eu fui me meter, ah merda!" ("Petrain" é uma palavra francesa do século XVI que significa "bagunça".) Mas Deus quis que nós vivêssemos porque ao amanhecer o capitão deu meia-volta e aos poucos a tempestade ficou para trás, depois seguimos o rumo Leste em direção à África e às estrelas.

51

Sinto que eu não expliquei as coisas direito, mas é tarde demais, o dedo em movimento atravessou a tempestade e essa é a tempestade.

A seguir eu passei dez dias tranquilos enquanto aquele velho navio cargueiro avançava por mares de calmaria sem dar a impressão de chegar a lugar nenhum e li um livro sobre a história do mundo, fiz anotações e andei pelo convés à noite. (Com que desprendimento se escreve sobre o naufrágio da armada espanhola na tempestade ao largo da Irlanda, ugh!) (Ou mesmo sobre um pequeno pescador da Galileia, afogado para sempre.) Porém mesmo em um ato tão simples e pacato como ler a história do mundo em uma cabine confortável em mares confortáveis eu senti aquela repulsa terrível por tudo – os absurdos perpetrados na história humana até mesmo antes de nós, suficientes para fazer Apolo chorar ou Atlas deixar seu fardo cair, meu Deus os massacres, as purificações, os dízimos roubados, os ladrões enforcados, os pilantras imperatados, os cavaleiros pretorizados, os bancos arrebentados na cabeça das pessoas, os lobos que atacavam acampamentos nômades, os Gêngis Khans arruinando – testículos esmagados nas batalhas, mulheres estupradas em meio à fumaça, crianças surradas, animais abatidos, facas erguidas, ossos jogados... Grandes lábios lodosos estalantes suculentos de carne os reis cagando em cima de tudo através da seda – Os mendigos cagando através da aniagem – Os erros por toda parte os erros! O cheiro de antigas colônias e panelas e montes de estrume – Os Cardeais como "Meias de seda cheias de barro", os congressistas americanos que "brilham e fedem como peixe podre ao luar" – Os escalpelamentos de Dakota a Tamerlão – E os olhos humanos na Guilhotina e na fogueira ao amanhecer, as escuridões, as pontes, as neblinas, as redes, as mão rudes e as vestes mortas da pobre humanidade em todos esses milhares de anos de "história" (como a chamam) e tudo um erro terrível. Por que Deus fez essas coisas? Ou será que existe mesmo um Demônio que liderou a Queda? As almas no Céu disseram "Queremos experimentar a existência mortal, ó Deus, Lúcifer disse que era demais!" – E bang, caímos aqui, com campos de concentração, fornos a gás, arame farpado, bombas atômicas, assassinatos na televisão, fome na Bolívia, ladrões trajando seda, ladrões engravatados, ladrões em escritórios, embaralhadores de papéis, burocratas, insultos, raiva, desespero, horror, pesadelos terríveis, mortes secretas por ressaca, câncer, úlceras, estrangulamentos, pus, velhice, asilos, bengalas, inchaços, dentes caindo, fedor, lágrimas e adeus. Alguém mais escreva sobre isso, eu não sei como.

Como viver em alegria e paz assim? Vagando com uma mochila de estado em estado um pior que o outro cada vez mais fundo na escuridão do coração que teme? E o coração apenas uma válvula pulsante delicadamente assassinável com cortes de veias e artérias, as câmaras que se fecham, no fim alguém come ele com a faca e o garfo da maldade, rindo. (Rindo por um tempo ao menos.)

Ah mas como Julien diria "Não tem nada que você possa fazer a respeito, então aproveita, garoto – Vai com tudo, Fernando." Eu penso em Fernando naqueles olhos alcoólicos inchados que nem os meus olhando palmeiras desoladas ao amanhecer, tremendo com um cachecol; além da última Montanha Frísia uma grande foice está cortando as margaridas da esperança dele mesmo que ele seja pressionado a comemorar cada Ano-Novo no Rio ou em Bombaim. Em Hollywood eles se apressam em deslizar o velho diretor para dentro da cripta. Aldous Huxley já meio cego observa a própria casa queimar, setenta anos de idade e longe da alegre cadeira em nogueira de Oxford. Nada, nada, nada ah mas *nada mesmo* poderia despertar o meu interesse por um instante que fosse em *nada no mundo*. Mas para onde ir?

Com a overdose de ópio tudo se intensificou a tal ponto que eu cheguei a me levantar e fazer as malas e voltar para a América em busca de um *lar*.

52

No início o temor marítimo ficou dormindo, na verdade eu curti a chegada à África e claro que eu me diverti para caramba na primeira semana na África.

Foi numa tarde ensolarada de fevereiro de 1957 que a gente viu pela primeira vez as misturas pálidas de areia amarela e prados verdes que marcavam a pequena costa difusa da África ao longe. Ela foi ficando cada vez maior enquanto a tarde seguia sonolenta até que um ponto branco que tinha me perturbado por horas se revelou como um tanque de gás nas montanhas. Então como quem vê lentas filas repentinas de mulheres maometanas com trajes brancos eu vi os telhados brancos do pequeno porto de Tânger bem no cotovelo da orla, à beira d'água. Esse sonho da África envolta em branco no Mar azul da tarde, uau, quem foi que o sonhou? Rimbaud Magalhães! Delacroix! Napoleão! Lençóis brancos tremulando nos telhados!

E de repente um pequeno barco pesqueiro marroquino motorizado mas com um tombadilho alto em madeira libanesa entalhada, com sujeitos de jalabas e pantalonas tagarelando no convés, se aproximou chapinhando virando ao Sul em direção à Costa para a pesca noturna sob as estrelas (agora) da Stella Maris, Maria do Mar que protege todos os pescadores investindo com a graça da esperança em meio aos perigos do mar sua própria oração arcangélica de Segurança. E alguma Estrela Maometana do Mar para mostrar o caminho. O vento soprava nas roupas, nos cabelos, "Os cabelos reais da África real" eu disse para mim mesmo espantado. (Para que viajar se não for como uma criança?)

Agora Tânger crescia, você via as desolações arenosas da Espanha à esquerda, o monte que leva a Gibraltar dobrando o Chifre da Hespéride, o impressionante acesso à antiga Atlântida Mediterrânea inundada pelas Calotas de Gelo tão celebradas no Livro de Noé. Aqui foi onde o sr. Hércules ergueu o mundo aos gemidos enquanto "rudes rochas gemem vegetando" (Blake). Aqui os contrabandistas internacionais de pedras preciosas com tapa-olho e tudo se escondiam com .45 azuis para roubar o harém de Tânger. Aqui os Scipiões malucos surraram a Cartago de olhos azuis. Em algum lugar naquela areia depois da Cordilheira do Atlas eu vi o meu Gary Cooper de olhos azuis conquistando o "Beau Geste". E uma noite em Tânger com Hubbard!

O navio fundeou no doce portinho e manobrou devagar me dando os mais diversos panoramas da cidade e do promontório através da minha vigia enquanto eu arrumava as malas para sair do navio. No promontório perto da Baía de Tânger havia um facho de luz girando no azul do entardecer como a Virgem Maria me assegurando de que o navio havia chegado ao porto e tudo estava seguro. A cidade gira em torno de luzinhas mágicas, o morro dos zunzuns na Casbá, eu quero estar naquelas ruelas estreitas da Medina em busca de haxixe. O primeiro árabe que eu vejo é ridículo demais para acreditar: um barquinho vagabundo se aproxima da nossa escada de quebra-peito, a tripulação adolescentes árabes com blusas iguais às blusas do México, mas no meio do barco tem um árabe gordo com um fez vermelho imundo, com uma camisa social azul, as mãos para trás querendo vender cigarros ou comprar alguma coisa ou qualquer outra coisa. Nosso belo capitão Iugo afasta aos gritos do alto do passadiço. Pelas sete horas a gente faz a docagem e eu vou a terra. Grandes Letras Árabes são estampadas no meu inocente passaporte novinho por burocratas usando fezes vermelhos e calças folgadas. Na verdade é exatamente igual ao México, o mundo Felá, ou seja, o mundo que não está fazendo História no presente: *fazendo* história, fabricando história, atirando a história para cima em bombas de hidrogênio e Foguetes, em busca do *grand finale* conceitual da Mais Alta Conquista (na nossa época e no Fáustico "Oeste" da América, na Grã-Bretanha e na Alemanha em toda parte).

Pego um táxi até o endereço de Hubbard em uma estreita rua íngreme no bairro europeu debaixo da montanha cintilante da Medina.

O pobre Bull está com boa saúde e já está dormindo às 9:30 quando eu bato na porta do jardim. Fico surpreso de ver ele forte e saudável, já não mais esquelético por causa das drogas, todo bronzeado e forte e vigoroso. Ele tem 1,87, olhos azuis, óculos, cabelo claro, 44 anos, um scião de uma grande família industrial americana mas eles só sciam para ele $200 por mês e logo vão reduzir para $120, no fim dois anos mais tarde expulsam ele completamente das salas de estar com decoração de interiores na Flórida por causa do livro louco que ele escreveu e publicou em Paris (*Jantar pelado*) – um livro que faria qualquer mãe empalidecer (mais a seguir). Bull pega o chapéu dele e diz "Ah, vamos curtir a Medina" (depois que a gente aquece) e a passos largos como um Filólogo Alemão Maluco no Exílio ele me conduz pelo jardim e para além do portão até a ruazinha mágica. "Amanhã de manhã a primeira coisa depois que eu tomar o meu café da manhã com chá e pão a gente vai remar na Baía."

Isso é uma ordem. Essa é a primeira vez que vejo "Old Bull" (na verdade amigo do "Old Bull" do México) desde a época de Nova Orleans quando ele estava morando com a esposa e as crianças perto da Barragem (em Algiers Louisiana) – Ele não parece nem um pouco mais velho a única diferença é que ele não parece pentear o cabelo com o mesmo cuidado de antes, e no dia seguinte eu percebo que é só porque ele está perturbado e completamente perplexo com o que está escrevendo, como um gênio de cabelos loucos numa sala. Ele está usando calças americanas de sarja e camisas com bolso, um chapéu de pescador e carrega um enorme canivete automático de trinta centímetros. "Sim senhor, sem esse canivete aqui eu já estaria morto. Uma noite um bando de árabes me cercou num beco. Eu só apertei o botãozinho desse negócio aqui e disse 'Podem vir, bando de filhos da puta' e eles deram o fora."

"O que você acha dos árabes?"

"Afasta esses merdinhas aí" e de repente ele passou pelo meio de um bando de árabes na calçada, fazendo eles se dividirem em dois grupos, balbuciando e balançando os braços com um movimento vigoroso artificial que nem um milionário texano do petróleo exagerado abrindo caminho entre as Multidões de Hong Kong.

"Vamos, Bull, você não pode fazer isso todo dia."

"*O quê?*" ele latiu, quase guinchando. "É só afastar eles, filho, não deixa esses merdinhas foderem com você." Mas no dia seguinte eu notei que *todo mundo* era um bando de merdinhas: – eu, Irwin, Bull, os árabes, as mulheres, os comerciantes, o presidente dos EUA e o próprio Ali Babá: Ali Babá ou qualquer que fosse o nome dele, um garotinho levando um rebanho de ovelhas até o pasto e carregando um cordeirinho nos braços com uma expressão doce como a de São José quando ele era criança: – "Seu merdinha!" Eu percebi que era apenas uma expressão, uma tristeza para Bull que ele nunca mais ia recuperar a inocência do Pastor ou até mesmo do merdinha.

De repente enquanto a gente subia os degraus brancos da rua no morro eu lembrei de um velho sonho adormecido que eu tive em que eu subia uns degraus assim e chegava a uma Cidade Sagrada do Amor. "Quer dizer que a tua vida vai mudar depois de tudo isso?" eu digo para mim mesmo (chapado), mas de repente à direita eu tive a impressão de ouvir um enorme Kaplou! (Martelada no aço) Cablam! E eu olhei para dentro da bocarra escura como breu da oficina de Tânger e o sonho branco morreu ali mesmo, para sempre, bem nos braços sujos de graxa de um grande mecânico árabe batendo enfurecido nos para-lamas e nas saias de Fords na escuridão de trapos sujos de óleo sob a lâmpada mexicana. Eu continuei subindo os degraus sagrados, cansado, rumo à próxima decepção pavorosa. Bull continuou gritando "Vamos lá, aperta esse passo, será que um jovem que nem você não consegue sequer acompanhar um velho como eu?"

"Você caminha rápido *demais*!"

"Esses hipsters de bunda gorda não servem mesmo pra nada!" diz Bull.

A gente desce quase correndo uma encosta com grama e pedras, por uma estradinha, até uma ruazinha mágica com espeluncas africanas e mais uma vez meu olho é atingido pelo velho sonho mágico: "Eu nasci aqui: Foi nessa rua que eu nasci." Eu até olho para cima para a janela exata do prédio caindo aos pedaços para ver se o meu berço ainda está lá. (Cara, aquele haxixe na casa de Bull – e é incrível como os maconheiros americanos a essa altura viajaram o mundo com as mais exageradas fantasmagorias de detalhes gosmentos, na verdade alucinações, graças às quais os cérebros infectados pela máquina na verdade recebem um pouco da velha seiva da vida, então que Deus abençoe a maconha.) ("Se você nasceu nessa rua você deve ter se afogado muito tempo atrás", eu acrescento, pensando.)

Bull entra balançando os braços e marchando como um nazista no primeiro bar de veados, afastando os árabes e olhando para trás na minha direção com: "E aí?" Eu não sei como ele conseguiu mas depois eu descubro que ele passou um ano inteiro na cidadezinha sentado no quarto com enormes overdoses de morfina e de outras drogas olhando para o bico do sapato assustado demais para tomar um único banho trêmulo em oito meses. Então os árabes de lá lembram dele como um trêmulo fantasma esquelético que ao que tudo indica se recuperou, e deixam que resmungue. Todo mundo parece conhecer ele. Os garotos gritam "Oi!" "Boorrows!" "Opa!"

A luz difusa do bar de bichas também é o lugar onde a maioria dos veados europeus e americanos de Tânger com orçamento limitado almoça, Hubbard me apresenta para o grande proprietário holandês gordo de meia-idade que ameaça voltar para Amsterdã se ele não achar um bom "karoto" em breve, como eu já mencionei em um artigo não sei onde. Ele também reclama da queda da peseta mas eu sem dúvida consigo imaginar ele gemendo à noite por amor ou por alguma outra coisa na lamentável *Internationale* de sua noite. Dezenas de expatriados esquisitos, tossindo e perdidos pelas calçadas do Magrebe – alguns deles sentados nas mesas externas dos cafés com a expressão mal-humorada dos estrangeiros lendo jornais em ziguezague regados a vermute indesejado. Ex-contrabandistas com chapéus de condutor cambaleando. Nenhum tamborim marroquino alegre em parte alguma. Pó nas ruas. As mesmas velhas cabeças de peixe em toda parte.

Hubbard também me apresenta para o amante dele, um garoto de 20 anos com um sorriso triste bem o tipo que o pobre Bull sempre gostou, de Chicago até Aqui. A gente toma uns drinques e volta para o quarto dele.

"Amanhã a francesa que cuida da pensão provavelmente vai te alugar aquele quarto excelente com banheira e pátio, querido. Eu prefiro ficar aqui embaixo no jardim pra brincar com os gatos e também eu tô cultivando umas rosas." Os gatos, dois, são da faxineira que faz a limpeza para a suspeita senhora de Paris, que mantém a pensão graças a uma velha aposta na roleta ou a um velho lucro na Bourse, ou algo assim – mas depois eu descubro que todo o trabalho de verdade é feito pela grande Negra Núbia que mora no porão (quer dizer, se você queria grandes romances românticos sobre Tânger).

53

Mas não há tempo para isso! Bull insiste em ir remar. Passamos cafés inteiros de árabes azedos na zona portuária, eles estão todos bebendo chá de hortelã verde em copos e fumando cachimbos de kief (maconha) – Eles nos veem passar com aqueles estranhos olhos vermelhos, como se fossem meio mouros e meio cartaginenses (meio berberes) – "Meu Deus esses caras devem nos odiar, por algum motivo."

"Não", diz Bull, "eles só tão esperando que alguém surte. Você já viu um surto desses? De tempos acontece um surto por aqui. Um cara pega um facão e começa a correr pelo mercado com um passo monótono cortando as pessoas enquanto passa. Em geral ele mata ou mutila mais ou menos uma dúzia antes que essas figuras no café fiquem sabendo e se levantem e corram atrás dele para esquartejá-lo em pedacinhos. Enquanto isso eles fumam os intermináveis cachimbos de erva."

"E o que eles acham de ver você andando até aqui todas as manhãs para alugar um barco?"

"Algum deles é o cara que recebe os lucros –" Garotos estão cuidando dos barcos a remo no cais. Bull entrega o dinheiro para eles e a gente entra e Bull rema cheio de vigor, olhando para frente, como um remador veneziano. "Quando eu estive em Veneza eu percebi que esse é o único jeito real de remar um barco, de pé, bum e bam, assim", remando com um movimento à frente. "Afora isso Veneza é a cidade mais sem graça que existe depois de Beeville Texas. Não inventa nunca de ir pra Beeville, cara, nem pra Veneza tampouco." (Beeville onde um xerife pegou Bull fazendo amor com June a esposa dele no carro, estacionado na autoestrada, e ele passou dois dias em cana com um assistente sinistro de óculos com armação de aço.) "Veneza – meu Deus, nas noites tranquilas dá pra você ouvir os gritinhos das bichas a um quilômetro e meio da Praça de São Marcos. Você vê os jovens romancistas bem-sucedidos sendo levados de gôndola noite adentro. No meio do Canal eles de repente atacam o pobre Gondoleiro Italiano. Eles têm palazzos com pessoas recém-saídas de Princeton mortificando choferes." O engraçado é que quando Bull estava em Veneza ele foi convidado para uma festa elegante num Palácio, e quando ele apareceu na porta, com o velho amigo de Harvard Irwin Swenson a anfitriã estendeu a mão para ser beijada – Irwin Swenson disse: "Veja só nesses círculos em geral você tem que beijar a mão da anfitriã" – Mas como todo mundo estava olhando para a pausa na entrada Bull gritou "Ah pô, eu preferia beijar a *buceta* dela!" e já era.

Lá está ele remando cheio de energia enquanto eu fico sentado na popa curtindo a Baía de Tânger. De repente um barco apinhado de garotos árabes vem remando até nós e eles gritam em espanhol para Bull: '*Tu nuevo amigo Americano? Quieren muchachos?*'

'*No, quieren mucha-CHAS*'
'*Por que?*'
'*Es macho por muchachas mucho!*'

"Ah", eles abanam e vão embora remando, em busca do dinheiro de outros visitantes veados, eles perguntaram para Bull se eu era veado. Bull continuou remando mas de repente ele cansou e pediu para eu remar. A gente estava chegando perto do quebra-mar. A água ficou agitada. "Ah, caralho, eu tô cansado."

"Bom, então pelo amor de Deus faz uma força pra gente voltar um pouco." Bull já estava cansado e queria voltar para o quarto para fazer majoun e escrever.

54

Majoun é um doce que você faz com mel, especiarias e maconha (kief) – O kief na verdade são os talos com menos folhas da planta que tem o nome químico de Muscarina – Bull enrolou tudo aquilo em bolinhas comestíveis e a gente comeu tudo, mastigando por horas, tirando elas dos nossos dentes com palitos de dente, engolindo elas com goles de chá quente – Em duas horas as íris dos nossos olhos ficavam enormes e pretas e a gente saía caminhando pelos campos fora da cidade – Uma tremenda chapadeira que extravasava muitas sensações coloridas, do tipo "Olha só que delicada a sombra branca daquelas flores embaixo da árvore". A gente ficou debaixo da árvore olhando para a Baía de Tânger. "Eu tenho muitas visões aqui", diz Bull, sério, me contando sobre o livro dele.

Na verdade eu ficava pelo quarto dele várias horas por dia embora eu já tivesse um ótimo quarto no telhado, mas ele queria que eu ficasse por lá até umas duas da tarde, e depois coquetéis e jantares e a maior parte da noite juntos (um cara muito formal) então muitas vezes e estava sentado na cama dele lendo quando, enquanto datilografava a história, ele de repente começava a se dobrar de rir com o que tinha feito e às vezes rolava no chão. Uma estranha risada contida saía da barriga dele enquanto ele datilografava. Mas que nenhum Truman Capote imagine que ele é só um datilógrafo, às vezes ele sacava a caneta e começava a rabiscar as páginas batidas a máquina que ele jogava por cima do ombro quando terminava, que nem o Doutor Mabuse, até que o chão estivesse coberto com o estranho alfabeto etrusco da caligrafia dele. Enquanto isso como eu estava dizendo o cabelo dele estava todo desgrenhado, mas como essa era a minha principal preocupação com ele por duas ou três vezes Bull tirou os olhos da página e me disse com olhos azuis sinceros "Sabia que você é a única pessoa que pode ficar sentada aqui enquanto eu escrevo e eu *nem me dou conta* que você está *aqui*?" Um grande elogio, também. O que eu fazia era simplesmente me concentrar no meus pensamentos e sonhar acordado, não posso atrapalhar Bull. "De repente eu desgrudo os olhos desse trocadilho horrível e aí está você lendo o rótulo de uma garrafa de conhaque."

Eu vou deixar que o leitor veja o livro, *Jantar pelado*, todo sobre camisas que ficam azuis em enforcamentos, castrações e calcário – Grandes cenas horríveis com médicos imaginários do futuro cuidando de catatônicos mecânicos com drogas negativas para conseguir varrer a humanidade da face da terra mas quando eles conseguem o Médico Maluco está sozinho com uma gravação automática em fita que ele pode mudar e editar à vontade, só que sem mais ninguém, nem mesmo Chico o Punheteiro Albino na Árvore, para ver – Legiões inteiras de pessoas remendadas como escorpiões enfaixados, algo assim, você tem que ler por sua própria conta, mas tão horrível que quando eu comecei a datilografar tudo direitinho em espaço duplo para os editores dele na semana seguinte eu tive pesadelos horríveis no meu quarto do telhado – como por exemplo ter infinitas mortadelas tiradas da minha boca, das minhas próprias vísceras, metros e mais metros, tirando para fora todo o horror do que Bull viu, e escreveu.

Você pode vir me falar sobre Sinclair Lewis o grande escritor americano, ou Wolfe, ou Faulkner, mas nenhum deles foi tão honesto, a não ser que você mencione... mas também não é Thoreau.

"Por que todos esses garotos estão sendo enforcados em cavernas de calcário?"

"Não me pergunta – Eu recebo essas mensagens de outros planetas – Parece que eu sou tipo um agente de outro planeta só que eu ainda não consegui decodificar as mensagens muito bem ainda."

"Mas pra que todas essas secreções maldosas – s-e-c-r-e-ç-õ-e-s?"

"Estou tentando vomitar toda educação que recebi no Centro-Oeste de uma vez por todas. É uma questão de catarse em que eu digo a coisa mais horrível que eu consigo imaginar – Vê bem, e postura mais *horrível* imunda pavorosa gosmenta de preto possível – Quando eu acabar esse livro eu vou estar puro que nem um anjo, cara. Esses grandes anarquistas existenciais e supostos terroristas nunca sequer *mencionam* essas coisas, querido – Eles deviam remexer a merda deles mesmos com um graveto e analisar *aquilo* em nome do progresso social."

"Mas onde é que toda essa merda vai nos levar?"

"Ela vai simplesmente nos livrar da merda, *sério Jack*." Ele puxa (são 4 da tarde) a garrafa de conhaque que vamos aperitivar à tarde. Nós dois suspiramos ao vê-la. Bull já sofreu tanto.

55

Quatro da tarde é a hora em que John Banks aparece. John Banks é um sujeito bonito decadente de Birmingham na Inglaterra que era gângster por lá (diz ele), depois virou contrabandista e durante a juventude chegou à Baía de Tânger com uma carga ilegal numa chalupa. Talvez ele só tenha trabalhado nos barcos de carvão, sei lá, afinal que Birmingham não é assim tão longe de Newcastle. Mas ele era um inglês elegante de olhos azuis com sotaque britânico e Hubbard simplesmente adorava o cara. Na verdade toda vez que eu visitava Hubbard em Nova York ou na Cidade do México ou em Newark ou em algum outro lugar ele sempre tinha um *raconteur* favorito descoberto em algum lugar para brindá-lo com histórias fantásticas na hora do coquetel. Hubbard era mesmo o inglês mais elegante do mundo. Na verdade eu tive visões dele em Londres sentado em frente à lareira de um clube ao lado de médicos célebres, com um copo de brandy na mão, contando histórias sobre o mundo e rindo "Hm hm hm hm" desde o fundo da barriga se dobrando todo, como um enorme Sherlock Holmes. Na verdade Irwin Garden esse Visionário louco uma vez me disse todo sério "Você já notou que o Hubbard é meio que nem o irmão mais velho do Sherlock Holmes?"

"*Irmão mais velho* do Sherlock Holmes?"

"Você não leu todo o Conan Doyle? Sempre que o Holmes empacava na resolução de um crime ele pegava um táxi até o Soho e encontrava o irmão mais velho dele que era sempre um velho bêbado jogado com uma garrafa de vinho num quarto barato, uma beleza! Que nem você em Frisco."

"E *depois*?"

"O Holmes mais velho sempre dizia ao Sherlock como resolver o caso – Parece que ele sabia de tudo o que estava rolando em Londres."

"Alguma vez o irmão mais velho do Sherlock Holmes pôs uma gravata e foi ao Clube?"

"Só pra conhecer a mãe" diz Irwin me cortando mas agora eu vejo que de fato Bull é o irmão mais velho de Sherlock Holmes em Londres falando sobre trabalho com os gângsteres de Birmingham, para pegar as últimas gírias, e ele também é um linguista e um filólogo interessado não só nos dialetos locais de Shitshire e dos outros condados mas em *todas* as gírias novas. No meio de uma história sobre as vivências dele em Burma John Banks, abastecido de conhaques que escurecem a janela e de kief, solta a incrível frase "Lá está ela fazendo malabarismos com miúdos na língua pra mim!"

"Miúdos?"

"É, de pato."

"E aí?" Bull ri com uma mão na barriga e a essa altura os olhos deles estão brilhando com um doce tom azul embora no instante seguinte ele possa apontar um rifle para a gente e dizer: – "Eu sempre quis levar esse aqui para a Amazônia, se ao menos ele pudesse dar cabo das *piranhas*!"

"Mas eu não terminei a minha história sobre Burma!" E era sempre conhaque, histórias, e de vez em quando eu saía para o jardim e ficava admirando a baía com o pôr do sol arroxeado. Então quando John ou os outros *raconteurs* se despediam eu e Bull andávamos a passos largos até o melhor restaurante da cidade para jantar, em geral um bife grelhado com molho de pimenta à la Auvergne, ou pollito Pascal à la Yay, ou qualquer coisa boa, com tagarelações regadas a vinho francês, Hubbard jogando ossos de frango por cima do ombro sem se importar se havia mulheres no porão do El Paname ou não.

"Ô Bull, tem umas parisienses de pescoço comprido e pérolas atrás de você."

"*La belle gashe*", flupt, mais um osso de frango, "o quê?"

"Mas elas estão todas com taças altas."

"Ah não me enche com os teus sonhos da Nova Inglaterra" mas ele nunca atirou o prato inteiro por cima do ombro que nem Julien fez em 1944, crash. Mas com muita elegância ele acende um baseado comprido.

"Dá pra fumar maconha aqui?"

Ele pede Bénédictine e sobremesa. *Meu Deus* como ele está de saco cheio. "Quando que o Irwin vai chegar?" Irwin e Simon estão a caminho em outro navio de carga iugoslavo mas um navio em abril sem tempestades. De volta ao quarto ele saca o binóculo e fica olhando para o mar. "Quando que ele vai chegar?" De repente Bull começa a chorar no meu ombro.

"O que houve?"

"Eu não sei" – ele está chorando de verdade e é um choro sincero de verdade. Por anos Bull foi apaixonado por Irwin mas se você quer saber eu acho que do jeito mais estranho possível. Como a vez em que eu mostrei para ele um desenho que Irwin tinha feito de dois corações sendo trespassados pela flecha do Cupido mas por engano ele tinha desenhado a flecha através de um só e Hubbard gritou "É isso aí! É disso que eu tô falando!"

"Como *assim*?"

"Uma pessoa autocrática só consegue se apaixonar pela própria imagem."

"Que conversa é essa de *amor* entre marmanjos?" Isso foi na vez em 1954 quando eu estava sentado em casa com a minha mãe e de repente a campainha tocou. Hubbard abre a porta, pede um dólar para inteirar a corrida do táxi (que a minha mãe paga) e depois se senta lá com a gente e escreve uma longa carta, visivelmente perturbado. E a minha mãe bem naquela hora tinha acabado de dizer "Fique longe do Hubbard, ele vai acabar com você". Eu nunca vi uma cena mais estranha. De repente Mamãe disse: –

"Aceita um sanduíche, sr. Hubbard?" mas ele só balançou a cabeça e continuou escrevendo e ele estava escrevendo uma grande carta arrebatada de amor para Irwin na Califórnia. O motivo que o levou até a minha casa, segundo ele admitiu em Tânger com ares aborrecidos mas comoventes, foi "Porque a única ligação que eu tinha com o Irwin naquela época agonizante era através de *você*, você tava recebendo longas cartas dele sobre o que ele tava fazendo em Frisco. Prosa humana trabalhosa mas eu precisava de uma ligação com ele, você era esse grande chato que recebia grandes cartas do meu anjo inigualável e eu tinha que ver você como o melhor em *tudo*." Mas eu não me senti insultado porque eu sabia o que ele queria dizer porque eu tinha lido *Servidão humana* e o testamento de Shakespeare, e Dmitri Karamázov também. A gente tinha ido da casa de Mamãe (os dois envergonhados) para um bar na esquina, onde ele continuou escrevendo enquanto esse fantasma de segunda continuou pedindo bebidas e observando em silêncio. Eu amava Hubbard demais por causa da grande alma estúpida dele. Não que Irwin não merecesse mas como é que eles poderiam consumar esse grande amor romântico com Vaselina e KY?

Se o Idiota tivesse molestado Ipolit, o que ele não fez, não teria havido nenhum Tio Edouard moedeiro falso para fazer com que o doce louco Bernard rangesse os dentes. Mas Hubbard continuou escrevendo sem parar essa carta enorme no bar enquanto o chinês da Lavanderia olhava para ele do outro lado da rua acenando a cabeça. Irwin tinha acabado de arranjar uma garota em Frisco e Hubbard diz "Eu só vejo uma enorme puta cristã" embora ele não tivesse nada com o que se preocupar a esse respeito, Irwin conheceu Simon logo depois.

"Como é o Simon?" ele me pergunta agora chorando no meu ombro em Tânger. (Ah o que teria dito a minha mãe ao ver o irmão mais velho de Sherlock Holmes chorando no meu ombro em Tânger?) Eu desenhei Simon a lápis para mostrar. Os olhos e a cara de louco. Ele não acreditou. "Vamos pro meu quarto chutar o gongo." Essa é a velha expressão de Cab Calloway para "fumar o cachimbo de ópio". A gente tinha pego um pouco nos cafés à toa no Zoco Chico com um homem de fez vermelho que Hubbard acusou secretamente (para mim) de causar hepatite por Tângerx (ortografia real). Com uma velha lata de azeite, um furo nela e outro furo para a boca, enchemos o fornilho com ópio vermelho e acendemos e inalamos enormes tragadas azuis de fumaça de ópio. Nesse intervalo um conhecido americano nosso apareceu e disse que tinha encontrado as putas que vinha procurando. Enquanto Bull e John Banks fumavam eu e Jim encontramos as garotas caminhando com longos jalabas embaixo de anúncios de cigarro em neon, levamos elas para o meu quarto, nos revezamos com as putas e descemos outra vez para fumar mais Ópio. (A coisa mais incrível nas prostitutas árabes é ver elas tirarem o véu do nariz e depois os longos mantos bíblicos, de repente sobra apenas uma garota de pele aveludada com um sorriso lascivo e saltos altos e mais nada – mas na rua elas parecem de uma tristeza sagrada, aqueles olhos, aqueles olhos escuros sozinhos nas vestes mais castas...)

Bull me olhou de um jeito engraçado mais tarde e disse: "Eu não tô sentindo mais nada, e você?"

"Nada. A gente deve estar muito *saturado*."

"Vamos tentar comer" e então a gente salpicou o barro puro do Ó em xícaras de chá e bebemos. Em um instante ficamos completamente chapados. Eu subi com mais uma pitada e salpiquei um pouco mais no meu chá, que eu tinha preparado no aquecedor a querosene que Bull tinha feito a gentileza de me comprar por eu ter datilografado as primeiras partes do livro dele. Deitado por vinte e quatro horas a partir de então eu fiquei olhando para o teto, enquanto aquele farol da Virgem Maria virando de um lado para o outro no promontório da Baía lançava ondas e mais ondas de luz esperançosa no picaresco do meu teto cheio de bocas falantes – De rostos astecas – De rachaduras pelas quais o céu você vê – Minha vela – Doido de Ópio Sagrado – Vivenciando como eu disse aquela "Reviravolta" que disse: "Jack, esse é o fim das suas viagens mundo afora – Vá para casa – Estabeleça um lar na América – Embora isso seja aquilo, e aquilo isso, não é para você – Os gatinhos sagrados nos telhados estão *chorando* por você, Ti Jean – Esses sujeitos não entendem você, e os árabes batem nas mulas –" (Antes naquele dia quando eu vi um árabe bater na mula dele eu quase corri para arrancar o bastão da mão dele, e bater *nele* com aquilo, o que teria desencadeado protestos na Rádio Cairo ou em Jaffa ou em qualquer lugar onde os idiotas batem nos animais ternos, ou nas *mulas*, ou em atores que sofrem como moribundos condenados a carregar o fardo das outras pessoas) – O fato de que a doce caixinha se inclinou para trás é um fato ainda por vir. Vem vindo, e vem. Publiquem isso no *Pravda*. Mas eu fiquei lá por vinte e quatro horas ou talvez trinta e seis horas olhando para o teto, vomitando no banheiro do corredor, louco com aquele terrível barro de ópio enquanto enquanto isso um apartamento vizinho emitia os rangidos do amor pederasta que não me perturbaram exceto quando pelo amanhecer o garoto latino sorridente triste entrou no meu banheiro e largou um tolete enorme no bidê, que eu descobri horrorizado pela manhã, como é que alguém poderia mandar uma Princesa Núbia se curvar para limpar aquilo? *Mira?*

Gaines sempre me disse na Cidade do México que os chineses diziam que ópio era para dormir mas para mim não era sono mas esse rolar de um lado para o outro horrorizado na cama (as pessoas que se envenenam gemem), e percebendo "Ópio é para o horror – De Quincey meu Deus –" e eu percebi que a minha mãe estava me esperando para levar ela para casa, a minha mãe, a minha mãe que sorria no ventre enquanto ainda me carregava – Mas toda vez que eu cantava "Why Was I Born?" (dos Gershwin) ela largava "Por que você está cantando isso?" – Bebo a última xícara de Ó.

Padres alegres que jogam basquete na igreja católica dos fundos estão de pé ao amanhecer tocando o Sino Beneditino, para mim, enquanto Stella a Estrela do Mar brilha desesperançosa nas águas de milhões de bebês afogados ainda sorridentes no ventre do mar. Bong! Eu saio para o telhado e encaro a todos, cheio de melancolia, os padres estão me olhando lá de baixo. Ficamos nos encarando. Todos os meus amigos das antigas estão tocando sinos em monastérios por toda parte. Existe alguma conspiração. O que Hubbard diria? Não resta esperança nem mesmo nas batinas da Sacristia. Nunca mais ver a Ponte de Orleans não é a segurança perfeita. O melhor a fazer é ser como os bebês.

56

E eu tinha gostado mesmo de Tânger, os árabes bacanas que nunca me olhavam na rua mas guardavam os olhares para eles mesmos (diferente do México que é *virado* em olhos), o grande telhado com pátio de ladrilhos que dá para os condominiozinhos hispano-marroquinos oníricos com um morro de terrenos abandonados que tinha um bode amarrado pastando – A vista desses telhados para a Baía Mágica com o panorama até o Promotório Último, nos dias claros a sombra distante de Gibraltar ao longe – As manhã ensolaradas quando eu sentava no pátio curtindo os meus livros, o kief e os sinos católicos – Até as partidas de basquete das crianças eu conseguia ver me espichando e ajeitando e – ou reto para baixo eu via o jardim de Bull, os gatos dele, ele mesmo meditando ao sol por um instante – E nas noites celestiais estreladas só de me escorar no parapeito (de concreto) e olhar para o mar até que às vezes volta e meia eu visse barcos cintilantes chegando de Casablanca eu sentia que a viagem tinha valido a pena. Mas agora com a minha overdose de ópio eu tinha pensamentos rosnantes e inóspitos sobre toda a África, toda a Europa, todo o mundo – tudo o que eu queria de certa forma era comer Wheaties na brisa de uma janela de pinheiros na América, ou seja, acho que uma visão da minha infância na América – Muitos americanos subitamente enjoados de países estrangeiros devem sentir o mesmo anseio infantil, como Wolfe de repente recordando o tilintar da garrafa solitária do leiteiro ao amanhecer na Carolina do Norte enquanto ele fica na cama atormentado em um quarto de Oxford, ou Hemingway de repente vendo as folhas de outono de Ann Arbor em um bordel de Berlim. Lágrimas de Scott Fitz enchendo os olhos dele ao pensar nos velhos sapatos do pai junto à porta de casa na fazenda. Johnny Smith o Turista acorda bêbado num quarto arrebentado de Istambul implorando por vacas pretas das Tardes Dominicais no Richmond Hill Center.

Então quando Irwin e Simon enfim chegaram para a grande reunião triunfal com a gente na África era tarde demais. Eu estava passando cada vez mais tempo no meu telhado e a essa altura de fato lendo os livros de Van Wyck Brooks (todos sobre as vidas de Whitman, Bret Harte, até Charles Nimrod da Carolina do Sul) para me sentir em casa, esquecendo completamente do quão desolado e sinistro tudo havia sido pouco tempo atrás que nem as lágrimas perdidas em Roanoke Rapids – Mas foi desde então que eu perdi o meu anseio por qualquer outra busca externa. Como diz o Arcebispo da Cantuária "Um desprendimento constante, um desejo de separar-se e esperar por Deus em quietude e silêncio", que mais ou menos descreve o sentimento dele (sendo ele dr. Ramsey o acadêmico) sobre o desprendimento nesse mundo irritante. Na época eu sinceramente acreditava que a única atividade decente no mundo era rezar pelo bem de todos, na solidão. Eu tive muitas alegrias místicas no meu telhado, até enquanto Bull ou Irwin estavam me esperando no andar de baixo, como na manhã em que eu senti o mundo cheio de vida ondular cheio de alegria e todas as coisas mortas se rejubilarem. Às vezes quando eu via os padres me olhando das janelas do seminário, onde eles também se escoravam olhando para o mar, eu achava que eles já sabiam tudo a meu respeito (paranoia feliz). Eu achava que eles faziam os sinos badalarem com um fervor especial. A melhor parte do dia era me enfiar debaixo dos lençóis com a lâmpada de cabeceira iluminando o livro e ler de frente para as janelas que davam para o pátio, as estrelas e o mar. Eu também ouvia os suspiros dele lá fora.

57

Enquanto isso a grande chegada adorável foi estranha com direito a Hubbard bêbado e brandindo um facão em direção a Irwin que mandou ele parar de assustar todo mundo – Bull tinha esperado tanto, tão atormentado, e agora ele percebia provavelmente em uma reviravolta opiácea própria que tudo era absurdo afinal de contas – Uma vez quando ele falou sobre uma garota muito bonita que ele tinha conhecido em Londres, filha de um médico, e eu disse "Por que você não pega e se casa com uma garota assim um dia desses?" ele disse: "Ah querido eu sou um solteirão, quero morar sozinho". Ele também nunca fez muita questão de morar com ninguém. Passava horas olhando para o nada pelos quartos que nem Lazarus, que nem eu. Mas agora Irwin queria fazer tudo do jeito certo. Jantares, passeios pela Medina, a proposta de uma viagem de trem a Fez, circos, cafés, banhos de mar, trilhas, eu via Hubbard segurando a cabeça desesperado. Só o que ele continuava fazendo eram as mesmas coisas de sempre: os aperitivos às 4 da tarde marcavam a nova empolgação do dia. Enquanto John Banks e os outros *raconteurs* se amontoavam pelo quarto rindo com Bull, de copo na mão, o pobre Irwin se debruçava por cima do queimador a querosene cozinhando grandes peixes que ele tinha comprado no mercado à tarde. De vez em quando Bull pagava um jantar no Paname para todo mundo, mas era caro demais. Eu estava esperando pela próxima parcela do adiantamento pela publicação do meu livro para que eu pudesse voltar para casa via Paris e Londres.

Era um pouco triste. Bull estava sempre cansado demais para sair então Irwin e Simon me chamavam do jardim que nem garotinhos gritando na janela da sua infância, "Jack-Kee!" o que me enchia os olhos de lágrimas e quase me obrigava a descer e me juntar a eles. "Por que você de repente tá tão retraído?" berrou Simon. Eu não tinha como explicar que eles estavam me aborrecendo nem todo o resto, uma coisa estranha a dizer para pessoas que estiveram a seu lado por anos a fio, todas as *lacrimae rerum* das doces companhias na escuridão desesperançosa do mundo, então não diga nada.

Juntos exploramos Tânger, o engraçado foi que Bull tinha escrito uma carta explícita para eles em Nova York dizendo para nunca entrarem num estabelecimento maometano como uma casa de chá ou qualquer lugar social onde você senta, eles não seriam bem-recebidos, mas Irwin e Simon chegaram a Tânger via Casablanca onde eles já tinham entrado em cafés maometanos e fumado maconha com os árabes e até comprado um pouco para levar. Então agora a gente entrou em um estranho salão com bancos e mesas onde adolescentes estavam sentados dormindo ou jogando damas e bebendo chá verde de hortelã em copos. O garoto mais velho era um jovem mendigo envolto em trapos esvoaçantes e bandagens no pé machucado, de pé descalço, o manto por cima da cabeça dele igual a São José, barbado, 22 anos mais ou menos, chamado Mohammed Maye, que nos convidou para sentar na mesa dele e puxou um saco de erva que ele derrubou num cachimbo comprido e acendeu e passou para a gente. Daquele manto esfarrapado ele puxou uma fotografia velha de seu herói, o Sultão Mohammed. Um rádio soltava os gritos intermináveis da Rádio Cairo. Irwin disse para Mohammed Maye que ele era judeu e não houve problema nenhum com Mohammed nem com ninguém mais naquela parada, um bando absolutamente tranquilo de hipsters e pivetes do novo Oriente "beat" – "Beat" no sentido original verdadeiro de vá cuidar da sua vida – Porque a gente viu grupos de adolescentes árabes com jeans azuis tocando discos de rock'n'roll num esquema louco com jukebox e cheio de máquinas de pinball, que nem Albuquerque Novo México ou qualquer outro lugar, e quando a gente foi para o circo um grande grupo aplaudiu e assobiou para Simon quando ouviram ele rir do malabarista, todos se virando, uma dúzia, "Urru! Urru!" que nem as figuras mais transadas de um baile no Bronx. (Mais tarde Irwin seguiu viagem e viu a mesma coisa em todos os países da Europa e ouviu a respeito na Rússia e na Coreia.) Dizem que os velhos Homens Sagrados tristes do mundo maometano chamados "Homens que Rezam" *(Hombres que Rison)*, que caminhavam pelas ruas com mantos brancos e longas barbas, são as últimas pessoas ainda capazes de dispersar um grupo de hipsters árabes com um simples olhar. A polícia não fazia efeito algum, nós vimos um tumulto no Zoco Grande que começou com uma discussão entre policiais espanhóis e soldados marroquinos. Bull estava lá com a gente. De repente uma massa amarela fervilhante de policiais e soldados e velhos de manto e marginais de jeans se amontoou de um lado ao outro da rua, nós demos meia-volta e saímos correndo. Eu mesmo desci correndo um beco específico na companhia de dois garotos árabes que riam comigo enquanto a gente corria. Me escondi numa loja de vinhos espanhola bem na hora em que o dono estava baixando a porta de metal, bang. Pedi um málaga enquanto o tumulto estrondeava pela rua. Depois eu encontrei o pessoal nas mesas do café. "É arruaça todo santo dia", disse Bull, orgulhoso.

Mas o "fermento" do Oriente Médio a gente viu que não era tão simples quanto os nossos passaportes davam a entender, quando oficiais (1957) nos proibiram de visitar Israel por exemplo, o que deixou Irwin furioso e com razão já que os árabes não estavam nem aí se ele era judeu ou qualquer outra coisa desde que ele fosse bacana como afinal de contas ele sempre é. Aquela "bacanice internacional" que eu mencionei.

Um olhar rápido nos oficiais do Consulado Americano onde a gente foi enfrentar a inóspita formalidade da papelada é o bastante para você perceber o que está errado com a "diplomacia" americana por todo o mundo Felá: – caretas sérios intrometidos que desprezam até os americanos que por acaso não estão engravatados, como se uma gravata ou seja lá o que for que elas significam fizesse alguma diferença para os berberes esfomeados que chegavam a Tânger toda manhã de sábado em burricos fracos, como Cristo, trazendo cestas de frutas lamentáveis ou de tâmaras, e voltavam ao anoitecer para o desfile de silhuetas ao longo da ferrovia na montanha. A ferrovia onde os profetas descalços ainda caminhavam e ensinavam o Alcorão para as crianças caminho afora. Por que o cônsul americano nunca caminhou no salão dos pivetes onde Mohammed ficava sentado fumando? Ou então não se agachou atrás de um prédio vazio com os velhos árabes que falavam com as mãos? Ou então não fez *qualquer* outra coisa? Em vez disso tudo se resume a limusines particulares, restaurantes em hotéis, festas nos subúrbios, uma interminável rejeição fajuta em nome da "democracia" de tudo o que é essencial e importante em todos os países.

Os garotos mendigos dormiam com a cabeça na mesa enquanto Mohammed Maye passava cachimbo após cachimbo de kief concentrado e haxixe, explicando a cidade. Ele apontou para baixo de um parapeito: "Antes o mar vinha até ali." Como uma velha recordação do dilúvio ainda lá nos portões do dilúvio.

O circo era uma fantástica mixórdia de acrobatas incrivelmente habilidosos do Norte da África, comedores de fogo misteriosos da Índia, pombos brancos subindo escadas prateadas, comediantes loucos que a gente não entendia e ciclistas que Ed Sullivan nunca viu mas devia ver. Era que nem "Mário e o Mágico", uma noite de tormentos e de aplauso que acaba com mágicos sinistros que ninguém aprecia.

58

Meu dinheiro chegou e estava na hora de ir mas lá está o pobre Irwin me chamando à meia-noite do jardim "Desce Jack-Kee, tem um bando de hipsters e garotas de Paris no quarto do Bull." E que nem em Nova York ou Frisco ou em qualquer outro lugar eles estão lá recurvados em meio à fumaça da maconha, conversando, as garotas bacanas com as longas pernas finas nas calças, os homens de cavanhaque, no fundo tudo um enorme aborrecimento e na época (1957) ainda sem o nome oficial de "Geração Beat". E pensar que eu tive tanto a ver com isso, também, na verdade naquele exato instante o manuscrito de *Road* estava no linotipo para publicação iminente e eu já estava de saco cheio do assunto. Nada pode ser mais tedioso do que a "bacanice" (não no sentido de Irwin, ou de Bull ou de Simon, que é só uma quietude natural) mas a bacanice com postura, na verdade secretamente *rígida* que encobre o fato de que o personagem é incapaz de comunicar qualquer coisa que tenha força ou interesse, uma espécie de bacanice sociológica que logo vai virar moda entre a massa da classe média por um tempo. Rola até uma certa ofensa, talvez sem querer, como quando eu disse para a garota de Paris recém-chegada segundo ela mesma disse de uma visita ao Xá da Pérsia para a Caça ao Tigre "Você mesma atirou no tigre?" ela me lançou um olhar gelado como se eu tivesse tentado roubar um beijo na janela de uma Escola de Teatro. Ou tentado derrubar a Caçadora. Ou *alguma coisa*. Mas tudo o que eu pude fazer foi sentar na beira da cama desesperado que nem Lazarus escutando aqueles "tipo" terríveis e "tipo cê sabe" e "pô doideira" e "piração, cara", "um barato" – Tudo isso estava prestes a se espalhar por toda a América até nos ginásios e ser atribuído em parte a mim! Mas Irwin não deu a mínima para essas coisas e simplesmente quis saber o que eles achavam enfim.

Deitado na cama esticado como se tivesse ido embora para sempre estava Joe Portman filho de um famoso escritor de relatos de viagem que me disse "Ouvi falar que você está indo pra Europa. Que tal me levar na Mochila? Vamos comprar os bilhetes essa semana."

"Tá."

Enquanto isso o jazzista parisiense estava explicando que Charlie Parker não tinha disciplina suficiente, que o jazz precisava das progressões europeias clássicas para ter profundidade, o que me fez subir as escadas assobiando "Scrapple", "Au Privave" e "I Get a Kick".

59

Depois de uma longa caminhada à beira-mar e até o pé das montanhas berberes, onde eu vi o próprio Magrebe, eu finalmente fiz as malas e providenciei o meu bilhete. Magrebe é o nome árabe do país. Os franceses o chamam de *La Marocaine*. Foi um engraxatezinho na praia que pronunciou o nome para mim cuspindo ele para fora e me lançando um olhar poderoso para depois tentar me vender fotos pornográficas e depois sair correndo para jogar futebol na areia da praia. Alguns dos amigos mais velhos dele me disseram que não poderiam descolar nenhuma das jovens garotas na praia para mim porque eles odiavam "cristãos". Mas será que eu não queria um garoto? O engraxatezinho e eu ficamos observando um veado americano irritado rasgando as fotos pornográficas e atirando os pedaços ao vento enquanto se afastava correndo da praia, aos prantos.

O pobre e velho Hubbard estava na cama quando eu saí e na verdade parecia triste então ele pegou a minha mão e disse "Te cuida, Jack" com aquele ritmo ascendente no meu nome que tenta amenizar a seriedade do adeus. Irwin e Simon me abanaram da doca enquanto o Paquete se afastava. Os dois de óculos finalmente perderam os meus próprios abanos de vista quando o navio guinou e avançou em direção às águas de Gibraltar numa súbita massa arfante de ondulações vítreas. "Meu Deus, Atlântida ainda está gritando lá embaixo."

Eu pouco vi o garoto durante a viagem. Nós dois estávamos extremamente melancólicos deitados de costas nos beliches cobertos de aniagem em meio ao exército francês. Ao lado do meu beliche estava um soldado francês que não me disse nada em quatro dias e quatro noites, apenas ficou lá olhando para as molas do beliche de cima, nunca se levantou comigo e com os outros para comer feijões, nunca fez nada, nem dormir. Ele estava voltando para casa depois de servir em Casablanca ou talvez até na guerra da Argélia. De repente eu percebi que ele deve ter se viciado em alguma droga. Ele não se interessava por nada além dos próprios pensamentos, nem quando os três passageiros maometanos que por acaso estavam alojados com a gente com as tropas francesas de repente se levantavam no meio da noite e tagarelavam durante alegres jantares tirados de sacos de papel: – Ramadã. Não se pode comer até uma determinada hora. E mais uma vez eu percebi como a "história mundial" contada pelos jornais e oficiais é estereotipada. Lá estavam três árabes magrelos perturbando o sono de cento e sessenta e cinco soldados franceses, ainda por cima armados, no meio da noite, mas nenhum marujo ou primeiro-tenente gritou *"Tranquille!"* Todos eles aguentaram o barulho e o desconforto num silêncio que respeitou a religião e a integridade pessoal daqueles três árabes. Então o que era a guerra afinal?

Durante o dia no convés os soldados cantavam no convés comendo feijões das marmitas de ração. Passamos pelas Ilhas Baleares. Por um instante pareceu que os soldados estavam esperando por alguma coisa alegre e emocionante e pela *casa* deles, na França, especialmente em Paris, garotas, emoções, a volta para casa, delícias e novos futuros, ou o amor feliz perfeito, ou alguma coisa, ou talvez apenas o Arc de Triomphe. Quaisquer visões que um americano tem da França ou de Paris sem nunca ter estado lá eu tive por eles: – até de Jean Gabin sentado fumando num para-lama quebrado em um ferro-velho com aquele aperto dos lábios gaulês *"Ça me navre"* que me dava arrepios na adolescência só de pensar naquela França enfumaçada de honestidade realista, ou mesmo simplesmente as calças folgadas de Louis Jouvet subindo as escadas de um hotel barato, ou o sonho óbvio das longas ruas noturnas de Paris cheias de problemas alegres e bons o bastante para um filme, ou a súbita beleza de um sobretudo molhado e de uma boina, essas bobagens aí e todas elas evaporando por completo quando na manhã seguinte eu vi os terríveis calanques brancos de Marselha na neblina e uma catedral sombria numa encosta me fez morder o lábio como se eu tivesse esquecido a minha própria memória estúpida. Até os soldados ficaram emburrados ao descer do navio em direção aos galpões dos guardas da alfândega depois que a gente já tinha negociado vários canais para se escapar. Manhã de domingo em Marselha, e agora para onde? Um para uma sala de estar com rendas, outro para um salão de sinuca, outro para um apartamento no segundo andar de uma casa na beira da estrada? Outro para o terceiro andar de uma espelunca. Outro para uma confeitaria. Outro para uma madeireira (triste como as madeireiras na rue Papineau em Montreal). (Aquela casa suburbana tem um dentista morando no térreo.) Outro para um longo paredão no meio da Borgonha em direção a tias de preto na sala de visitas encarando? Outro para Paris? Outro para vender flores em Les Halles nas ululantes manhãs de inverno? Outro para ser ferreiro na saída da rue Saint-Denis com as putas de casaco preto? Outro para ficar de bobeira sem nada o que fazer em frente às marquises dos filmes vespertinos na rue Clignancourt? Outro para ser o grande atendente telefônico sarcástico do clube noturno em Pigalle, enquanto chove e neva lá fora? Outro para ser carregador nos porões escuros da rue Rochechouart? Na verdade eu não sei.

Eu saí sozinho, com a minha grande mochila, rumo à América, à minha casa, à minha França inóspita.

60

Em Paris eu me sentei nas cadeiras externas do Café Bonaparte falando com jovens artistas e garotas, no sol, bêbado, só quatro horas na cidade, e lá vem Raphael atravessando o Place Saint-Germain com um gingado me vendo a um quilômetro e meio de distância e gritando *"Jack!* Você tá aí! Milhões de garotas ao seu redor! Por que é que você tá *grilado*? Eu vou te mostrar Paris! Tem amor por toda parte! Eu acabei de escrever um novo poema chamado 'Peru'!" "Eu tenho uma garota pra você!" Mas até ele sabia que era brincadeira mas o sol estava quente e a gente se sentiu bem bebendo juntos outra vez. As "garotas" eram estudantes metidas da Inglaterra e da Holanda em busca de uma chance para fazer eu me sentir mal me chamando de cretino ao ver que eu não dava nenhuma indicação de querer cortejá-las por uma estação inteira com notas florais e convulsões de agonia. Eu só queria que elas abrissem as pernas numa cama humana e esquecessem do resto. Meu Deus ninguém faz nada parecido desde Sartre na romântica Paris existencial! Depois essas mesmas garotas estariam sentadas em outras capitais do mundo dizendo com ar de cansadas para um séquito de pretendentes latinos, "Eu só tô esperando Godot, cara". Tem mesmo umas beldades estonteantes subindo e descendo as ruas mas todas elas estão indo para algum outro lugar – onde um francês jovem e elegante de verdade com esperanças ardentes as espera, no entanto. Levou um bom tempo até que o *ennui* de Baudelaire voltasse abanando da América, mas ele voltou, a partir dos anos 20. Raphael exausto e eu vamos correndo comprar uma grande garrafa de conhaque e arrastar um irlandês ruivo e duas garotas do Bois de Boulogne para beber e tagarelar ao sol. Apesar dos olhos vendados de bêbado, no entanto, eu vejo a ternura do parque e as mulheres e as crianças, que nem em Proust, todos alegres como flores na cidade. Eu percebo que os policiais parisienses andam em grupos admirando as mulheres: qualquer problema que apareça eles estão em bando e é claro tem também as famosas capas deles com pés de cabra embutidos. Na verdade eu fiquei a fim de curtir Paris assim, sozinho, percepções pessoais, mas estou condenado a dias e mais dias daquilo que você encontraria no Greenwich Village. Porque Raphael me leva para conhecer beatniks americanos desagradáveis em apartamentos e bares e todo aquele lance de "bacana" começa outra vez, só que é Páscoa e as fantásticas lojas parisienses de doces têm peixes de chocolate de um metro nas vitrines. Grandes andanças por volta de Saint-Michel, Saint-Germain, de um lado para o outro até que eu e Raphael acabamos nas ruas noturnas como em Nova York olhando ao redor em busca de um lugar para ir. "Será que a gente não consegue achar o Céline em algum lugar mijando no Sena ou então explodir umas tocas de coelho?"

"Vamos ver a minha garota Nanette! Eu dou ela pra você." Mas quando eu vejo ela eu sei que ele nunca vai dar ela para mim, ela é uma beldade deslumbrante e ama Raphael do fundo da alma. Saímos alegres os três em busca de shish-kebabs e bop. Eu passo a noite inteira traduzindo o francês dela para ele, o quanto ela ama ele, e depois tenho que traduzir o inglês dele para ela, que ele sabe *porém*.

"*Raphael dit qu'il t'aime mais il veux vraiment faire l'amour avec les étoiles! C'est ça qu'il dit. Il fait l'amour avec toi dans sa manière drôle.*" ("Raphael está dizendo que ele te ama mas ele quer muito fazer amor com as estrelas, é o que ele está dizendo, ele faz amor com você do jeito engraçado dele.")

A bela Nanette me cochicha no barulho do salão de coquetéis árabe: "*Dis lui que ma soeur va m'donner d'l'argent demain.*" ("Diz pra ele que a minha irmã vai me dar dinheiro amanhã.")

"Raphael porque você não me dá ela? Ela não tem dinheiro!"

"O que ela disse?" Raphael conseguiu fazer uma garota se apaixonar por ele sem nem poder falar com ela. Tudo acaba com um homem cutucando o meu ombro enquanto eu acordo com a cabeça num bar onde estão tocando um jazz bacana. "Quinhentos francos, por favor." São quinhentos dos meus oitocentos, o meu dinheiro de Paris se foi, os trezentos francos restantes eram $7,50 (na época) – apenas suficiente para ir a Londres e pegar o meu dinheiro com o editor inglês e pegar um navio para casa. Estou furioso com Raphael por ele ter me feito gastar todo esse dinheiro e lá está ele gritando comigo outra vez jogando na minha cara como eu sou ganancioso e não chego a lugar nenhum. Mas tem mais enquanto eu fico lá deitado no chão dele ele passa a noite inteira fazendo amor com Nanette enquanto ela choraminga. Pela manhã eu saio de fininho com a desculpa de que uma garota está me esperando em um café, e não volto nunca mais. Eu simplesmente caminho por toda Paris com a minha mochila nas costas e um jeito tão estranho que nem as putas de Saint-Denis olham para mim. Compro o meu bilhete para Londres e finalmente vou embora.

Mas até que enfim eu vejo a parisiense dos meus sonhos em um bar vazio onde eu fiquei bebericando café. Só tinha um funcionário trabalhando, um cara bonitão, e de repente entra uma parisiense bonita com aquele jeito de caminhar tentador de quem não tem pressa nem para onde ir, com as mãos nos bolsos, e diz simplesmente *"Ça va? La vie?"* Ao que tudo indica ex-amantes.

'Oui. Comme si comme ça." E ela abre para ele um sorriso lânguido mais valioso do que todo o corpo nu dela, um sorriso filosófico mesmo, preguiçoso e sensual e pronto para o que der e vier, até para tardes chuvosas, ou capôs de carro no Quai, uma mulher de Renoir sem nada para fazer além de vir revisitar um ex-amante e provocá-lo com perguntas sobre a vida. É que nem você vê em Oshkosh, ou em Forest Hills, mas que jeito de andar, que graça lânguida como se o amante estivesse correndo atrás dela numa bicicleta desde o pátio ferroviário e ela não estivesse dando a mínima. As músicas de Edith Piaf expressam esse tipo de mulher parisiense, tardes inteiras mexendo nos cabelos, na verdade tédio, acabando em brigas súbitas por conta do dinheiro no casaco que saem em volume tão alto pela janela que até a Sûreté acaba vindo para dar de ombros diante da tragédia e da beleza, sabendo o tempo todo que não tem nada de trágico nem de belo só tédio em Paris e também amor porque não tem mais nada para fazer, é sério – Os amantes de Paris secam o suor e partem longos baguetes a um milhão de quilômetros do Götterdämmerung do outro lado do Marne (eu acho) (nunca vi Marlene Dietrich numa rua de Berlim) – Eu chego em Londres à noite, Victoria Station, e vou direto para um bar chamado "Shakespeare". Mas eu bem que podia ter entrado no Schrafft's: – toalhas de mesa brancas, bartenders que tilintam silenciosos, lambris de carvalho em meio a anúncios de cerveja, garçons de smoking, ugh. Eu saio de lá o mais depressa possível e fico vagando pelas ruas noturnas de Londres com a minha mochila ainda nas costas enquanto os policiais londrinos me olham passar com aquele sorriso estranho que eu lembro tão bem, e que diz: "Lá está ele, claro como o dia, é Jack o Estripador que voltou para a cena dos crimes. Fique de olho nele enquanto eu chamo o Inspetor."

61

Talvez nem dê para culpar eles mesmo porque enquanto eu caminhava pelas neblinas de Chelsea procurando peixe com batata frita um policial andou na minha frente por meio quarteirão, muito vagamente eu conseguia ver as costas dele e o chapéu alto da polícia, e me ocorreu um poema horripilante: *"Quem vai estrangular o policial na neblina?"* (por que motivo eu não sei, só porque tinha neblina e as costas dele estavam viradas para mim e os meus calçados eram botas do deserto macias com solas silenciosas de borracha que nem os sapatos dos ladrões de carga) – E na fronteira, ou seja na alfândega do Canal da Mancha (Newhaven) todos eles tinham me olhado de um jeito estranho como se me conhecessem e como eu só tinha quinze xelins no meu bolso ($2) eles quase me impediram de entrar na Inglaterra, e só concordaram quando eu apresentei provas de que eu era um escritor americano. Mesmo assim, no entanto, os Policiais ficaram me olhando com um discreto sorrisinho maldoso, passando a mão no queixo com grande sabedoria, até acenando com a cabeça, como que para dizer "Já vimos outras figuras dessas" mas se John Banks tivesse vindo comigo eu estaria na cadeia agora.

De Chelsea eu carreguei minha plangente mochila até o centro de Londres pela noite nebulosa, chegando exausto na Fleet Street onde por Deus eu vi o velho Julien de 55 anos do Times *cofiando o bigode* igual a Julien (que vem de uma família escocesa), andando apressado com os passos cintilantes de jornaleiro até o pub mais próximo, o King Lud, para espumar diante das cervejas dos barris britânicos – Debaixo da iluminação pública por onde Johnson e Boswell caminharam, lá vai ele, com um terno de tweed, sotaque e tudo mais, distraído com as notícias de Edimburgo, das Malvinas e de Lyre.

Eu consegui descolar cinco libras com o meu agente inglês na casa dele e depois corri pelo Soho (sábado à meia-noite) atrás de um quarto. Enquanto eu estava de pé na frente de uma loja de discos olhando a capa de um álbum com o rosto enorme apatetado hipster de Jerry Mulligan um bando de Teddy Boys junto com milhares de outros saindo das boates do Soho se aproximou de mim, que nem os hipsters marroquinos de calça jeans só que com roupas muito bonitas de colete e calças vincadas e sapatos reluzentes, dizendo "Ei, você conhece o Jerry Mulligan?" Como eles me perceberam com os meus trapos e a minha mochila eu nunca vou entender. O Soho é o Greenwich Village de Londres cheio de restaurantes tristes gregos e italianos com toalhas de mesa xadrezes à luz de velas, e bares de jazz, clubes noturnos, shows de striptease e tal, com dúzias de loiras e morenas batendo perna atrás de dinheiro: "Olha só essas vagabundas" mas nenhuma delas olhando para mim porque eu estava com roupas tão horríveis. (Eu tinha vindo para a Europa com as roupas em frangalhos na esperança de dormir em montes de feno com pão e vinho, não tem feno em lugar nenhum.) Os Teddy Boys são os equivalentes ingleses dos nossos hipsters e não têm absolutamente nada a ver com os "Jovens Furiosos" que não são figuras urbanas que ficam girando chaveiros nas esquinas mas cavalheiros intelectuais de classe média com formação universitária a maioria deles depravados e quando não depravados políticos em vez de artísticos. Os Teddy Boys são dândis nas esquinas da cidade (que nem o nosso tipo especial de zoot suiter bem-vestido ou ao menos os hipsters "chiques" com jaqueta sem lapela ou camisa polo de Hollywood-Las Vegas). Os Teddy Boys ainda não começaram a *escrever* ou pelo menos ainda não foram publicados e quando eles forem eles vão fazer os Jovens Furiosos parecerem poseurs acadêmicos. Os tradicionais Boêmios barbados também vagam pelo Soho mas eles estão aqui desde muito antes de Dowson e De Quincey.

O Piccadilly Circus, onde eu arranjei o meu quarto barato, é o Times Square de Londres só que lá tem artistas de rua encantadores que dançam e brincam e cantam em troca de moedas, alguns deles violinistas tristes que fazem pensar no *páthos* da Londres de Dickens.

O que me surpreendeu tanto quanto todo o resto foram os gatos brasinos gordos tranquilos de Londres que às vezes ficavam cochilando bem no vão da porta dos açougues enquanto as pessoas tomavam todo o cuidado para não pisar em cima deles, bem no sol de serragem mas a um nariz de distância do tráfego enlouquecido dos bondes e ônibus e carros. A Inglaterra deve ser cheia de gatos, eles se demoram tranquilos em todas as cercas dos fundos de St. John's Wood. As senhoras dão comida para eles cheias de ternura que nem a Mamãe dá comida para os meus gatos. Em Tânger e na Cidade do México é raro você ver um gato, e se vê é à noite, porque muitas vezes os pobres pegam eles para comer. Eu senti que Londres era uma cidade abençoada graças a essa consideração gentil para com os gatos. Se Paris fosse uma mulher penetrada pela invasão Nazista, Londres é um homem que nunca foi penetrado mas que fica apenas fumando cachimbo, bebendo cerveja preta ou meio a meio e abençoando o gato ronronante que ele tem na cabeça.

Em Paris nas noites frias os prédios ao longo do Sena parecem tão inóspitos quanto os prédios de Nova York no Riverside Drive nas noites de janeiro quando todas as rajadas hostis do Hudson acertam em cheio os homens de polaina dobrando a esquina para entrar no saguão, mas nas margens do Tâmisa à noite parece haver um lampejo de esperança no cintilar das águas, o East End no meio do caminho, uma esperança inglesa cheia de energia. Durante a guerra eu também vi o interior da Inglaterra, aqueles campos inacreditavelmente verdes de hidromel assombrado, os ciclistas esperando no passagem de nível para voltar para o teto de palha e a lareira de casa – foi demais. Mas eu não tinha tempo nem vontade de ficar de bobeira, eu queria ir para *casa*.

Enquanto descia a Baker Street uma noite eu cheguei a procurar o endereço de Sherlock Holmes completamente esquecido de que ele tinha sido apenas uma ficção na mente de Conan Doyle.

Peguei o meu dinheiro no escritório da agência na Strand e comprei uma passagem para Nova York no navio holandês SS *Nieuw Amsterdam* que zarparia de Southampton naquela mesma noite.

PARTE QUATRO
Passando mais uma vez pela América

62

Então eu fiz essa grande viagem à Europa bem no momento errado da minha vida, bem quando eu passei a sentir nojo de qualquer nova experiência, então eu me apressei e lá estava eu voltando outra vez, maio de 1957, envergonhado, indiferente, debochado, esfarrapado e louco.

Enquanto o *Nieuw Amsterdam* se faz ao mar deixando para trás o cais de Southampton naquela noite eu valso para dentro do salão de jantar da terceira classe faminto mas lá tem uns duzentos e cinquenta turistas escrupulosamente vestidos sentados diante de talheres reluzentes e toalhas de mesa brancas sendo servidos por garçons ansiosos de smoking debaixo de grandes lustres. Os garçons ficam surpreso ao me ver de jeans (as únicas calças que tenho) e camisa de flanela com o colarinho aberto. Eu caminho ao longo do paredão de garçons até a minha mesa que fica bem no meio do salão de jantar e tem quatro outros passageiros com ternos impecáveis e vestidos longos, ouch. Uma garota alemã com vestido de festa: um alemão de terno, sério e elegante: dois empresários holandeses indo para o Lüchow's na Nova York para Exportação. Mas eu tinha que sentar lá. E por mais estranho que pareça o alemão me trata com respeito, e até parece gostar de mim (os alemães sempre gostam de mim por um motivo ou outro), então quando o garçom escroto perde a paciência comigo enquanto eu examino o lauto cardápio com pensamentos confusos ("Uau será que peço salmão amandine com molho de vinho ou rosbife au jus com petites pommes de terre du printemps ou omelette spéciale com salada de abacate ou filé mignon com cogumelos, *mon doux*, o que faço?") e diz cheio de maldade dando tapinhas no pulso: "O senhor por favor se decida de uma vez!" o alemão encara ele indignado. E quando o garçom vai buscar meus miolos assados com asperge hollandaise ele diz, "Eu non aceitarria um coisa dessas de um garrçom!" Ele fala comigo como se fosse um Nazista, na verdade como um alemão educado ou então um cavalheiro continental, mas solidário a mim, mas eu digo: –

"Eu não me importo."

Ele responde que alguém tem que se importar senão "Esses pessoas fica muito agressivas e esquece o lugarr delas!" Eu não consigo explicar para ele que eu não me importo porque sou um Iroquois franco-canadense americano aristocrata bretão democrata córnico ou até um hipster beat mas quando o garçom retorna o alemão faz ele voltar para trazer mais coisas. Enquanto isso a garota alemã está curtindo imaginando a viagem de seis dias com três europeus jovens e bonitos e até olhando para mim com um estranho sorriso humano. (Eu já tinha topado com o esnobismo oficial europeu andando pela Savile Row ou pela Threadneedle Street ou até pela Downing Street sendo encarado pelos dândis governamentais de colete, que só faltavam andar por aí de lornhão, simples assim.) Mas na manhã seguinte eu fui sentar sem a menor cerimônia em uma mesa no canto onde eu não daria tanto na vista. Afinal no que me dizia respeito eu preferia comer na cozinha com os cotovelos em cima da mesa. Mas agora eu estava preso com três professores holandeses idosos, uma garotinha de 8 anos e uma garota americana de 22 com olheiras de libertinagem que não me incomodaram só que ela trocou os comprimidos para dormir alemães dela pelos meus marroquinos (Soneryl) só que os comprimidos para dormir dela na verdade eram boletas terríveis que não deixavam você pregar o olho.

Então três vezes por dia eu me esgueirava até o meu cantinho no salão de jantar e encontrava essas três mulheres com um sorriso consternado. Risadas estrondosas vinham da minha mesa alemã original.

Na minha cabine também tinha um outro senhor, um holandês simpático que fumava cachimbo, mas o horrível era que a esposa dele aparecia por lá toda hora para segurar a mão dele e conversar, então eu ficava constrangido até de me lavar na pia. Eu fiquei com a cama de cima do beliche onde eu passava dia e noite lendo. Eu percebi que a senhora holandesa tinha a mesma pele frágil branca delicada na testa e as veias azul-pálidas que às vezes você vê nos retratos de Rembrandt... Nesse meio-tempo, com o nosso quarto de terceira classe na ré do navio, fomos rolando e chacoalhando cheios de náuseas até o Navio-Farol Nantucket. A multidão inicial no salão de jantar diminuía dia após dia à medida que todos iam ficando nauseados. Na primeira noite em uma mesa vizinha todo um clã de holandeses tinha começado a rir e a comer, todos eles irmãos e irmãs e parentes indo morar ou visitar a América, mas quando fazia dois dias que tínhamos deixado Southampton para trás sobrou apenas um irmão esquelético comendo com ares sinistros tudo o que era servido à mesa, temendo como eu desperdiçar toda aquela comida saborosa incluída na passagem ($225), chegando até a pedir extras e a comê-los com ares sinistros. Eu pedi para o meu novo garçom jovem ir buscar sobremesas extras. Eu não podia perder um chantili sequer, com ou sem náusea.

À noite os despenseiros alegres sempre organizam bailes com chapéus engraçados mas isso foi quando eu vesti a minha parca com zíper e o meu cachecol e fui andar pelos conveses, às vezes me esgueirando até o convés da primeira classe e o passeio vazio com ventos ululantes, ninguém por lá. Mas eu senti saudades do meu velho navio de carga iugoslavo solitário, porque durante o dia você via todas essas pessoas enjoadas amontoadas nas cadeiras de convés olhando para o nada.

No café da manhã eu sempre comia rosbife com pão de passas holandês polvilhado de açúcar seguido pelo tradicional bacon com ovos e pelo bule de café.

Lá pelas tantas a garota americana e a amiga inglesa loira dela insistiram para que eu fosse com elas até o ginásio, que estava sempre vazio, e só mais tarde eu percebi que provavelmente elas queriam sexo. As duas ficavam observando os marinheiros com um olhar triste, acho que elas tinham lido livros de "romance a bordo" e estavam desesperada tentando conseguir alguma coisa antes de chegar a Nova York. Pelo menos *eu* estava pensando na minha vitela com presunto assado no papel alumínio. Numa manhã de neblina o mar estava calmo e espelhado e lá estava o Navio-Farol Nantucket seguido algumas horas mais tarde por lixo flutuante de Nova York que incluía uma caixa vazia onde estava escrito PORCO COM FEIJÃO CAMPBELL'S que quase me fez chorar de alegria ao lembrar da América e de todos os porcos com feijão de Boston a Seattle... e talvez aqueles pinheiros na janela de uma casa ao amanhecer.

63

Então eu saí correndo de Nova York e fui para o Sul buscar a minha mãe, com o bolso forrado graças ao pagamento de um outro editor ($100) – Só fiz as compras necessárias para passar dois dias com Alyce que agora estava delicada e bonita com um vestido primaveril e toda feliz de me ver – Algumas cervejas, alguns amores, umas poucas palavras ao pé do ouvido e lá estava eu a caminho da minha "vida nova" em meio a promessas de revê-la em breve.

Eu e a minha mãe pusemos todos os pobres entulhos da vida em caixas e chamamos o pessoal da mudança e demos para eles o único endereço que eu conheço na Califórnia, o da cabana de Ben Fagan em Berkeley – Eu decidi que a gente viajaria de ônibus, todos aqueles terríveis cinco mil quilômetros, alugaria um apartamento em Berkeley e teria tempo de sobra para remarcar a mudança para a nossa nova casa que segundo eu tinha prometido para mim mesmo seria o meu último santuário de alegria (ansioso por pinheiros).

Nosso "entulho" consistia de roupas velhas que eu nunca mais vestiria, caixas com velhos manuscritos meus alguns de 1939 com o papel já amarelado, lâmpadas de aquecimento lamentáveis e *galochas* imagine só (galochas na Nova Inglaterra), vidros de loção de barbear e água benta, até mesmo lâmpadas guardadas há anos, velhos cachimbos meus, uma bola de basquete, uma luva de beisebol, meu Deus até um taco, velhas cortinas que nunca tinham sido penduradas por falta de uma casa, rolos de tapetinhos feitos de trapos inúteis, uma tonelada de livros (até velhas edições de Rabelais sem as capas) e todo tipo de panelas inconcebíveis e de camisas tristes que as pessoas sabe-se lá por que precisam guardar para seguir adiante – Porque eu ainda lembro da América em que os homens viajavam levando toda a bagagem num saco de papel, sempre amarrado com barbante – Eu ainda lembro da América com pessoas em fila esperando café e rosquinhas – A América de 1932 quando as pessoas reviravam o lixo na beira do rio procurando coisas para vender... Quando o meu pai vendia gravatas ou cavava trincheiras para a WPA – Quando velhos com bolsas de serapilheira remexiam latas de lixo à noite ou juntavam o escasso esterco de cavalo pelas ruas afora – Quando batatas-doces eram uma alegria. Mas cá estava a América próspera de 1957 e as pessoas rindo do nosso entulho onde mesmo assim a minha mãe tinha escondido o indispensável cesto de costura dela, o indispensável crucifixo e o essencial álbum de fotos da família – Sem falar do indispensável saleiro essencial, do indispensável pimenteiro, do indispensável açucareiro (todos cheios) e do indispensável sabão em barra já meio usado, tudo enrolado nos indispensáveis lençóis e cobertores de camas ainda não vistas.

64

Aqui estou eu agora falando sobre a pessoa mais importante em toda essa história e também a melhor. Já notei que a maioria dos meus colegas escritores parece "odiar" a mãe deles e elaborar grandes filosofias freudianas ou sociológicas a respeito, na verdade usando isso como tema para suas fantasias, ou ao menos dizendo que usam – Muitas vezes me pergunto se alguma vez eles dormiram até as quatro horas da tarde e ao acordar viram a mãe costurando as meias deles na luz triste da janela, ou se voltaram dos horrores revolucionários de um fim de semana para vê-la remendando os rasgos de uma camisa ensanguentada com a cabeça quieta eternamente debruçada por cima da agulha – E sem nenhuma pose martírica de ressentimento, tampouco, mas seriamente compenetrada no *conserto*, no conserto da tortura e da loucura e de toda a perda, consertando os próprios dias da sua vida com uma gravidade alegre decidida – E quando está frio ela põe aquele xale, e segue consertando, e no fogão as batatas fervem para sempre – Levando alguns neuróticos à loucura por ver tanta sanidade num único recinto – Às vezes me levando à loucura porque eu tinha sido tão estúpido rasgando camisas e perdendo sapatos e deixando a esperança em frangalhos naquela estupidez chamada *impulso* – "Você precisa de uma válvula de escape!" Julien sempre me dizia aos gritos, "Deixa escapar um pouco dessa pressão senão você vai acabar pirando!" rasgando a minha camisa, só para dois dias depois ver Memère sentada na cadeira consertando aquela mesma camisa e a camisa era minha, do filho dela – Não para fazer eu me sentir culpado mas para arrumar a camisa – Embora eu sempre me sentisse culpado de ouvir ela dizer: "Era uma camisa tão boa, eu paguei $3,25 na Woolworth's, por que você deixa esses malucos rasgarem as suas camisas desse jeito? *Fa pas d'bon sens.*" E se a camisa estivesse irreparável ela sempre lavava e guardava ela para "tirar remendos" ou para fazer um pano de chão. Num desses panos de chão eu reconheci três décadas de uma vida atormentada não só por mim mas também por ela, pelo meu pai, pela minha irmã. Ela teria costurado e usado o túmulo se fosse possível. Em relação à comida, nada era desperdiçado: uma batata meio comida acaba sempre sendo frita ao lado de um pedaço de carne de outra refeição, um quarto de cebola vai parar no vidro de cebolas em conserva e os retalhos de um rosbife num delicioso fricassê caseiro borbulhante. Até um velho lenço rasgado é lavado e remendado e melhor de assoar o nariz do que dez mil Lenços amarfanhados da Brooks Brothers com um monograma inútil. Qualquer brinquedo que eu comprasse para a estante de Mamãe (pequenos burricos mexicanos de plástico, porquinhos para guardar moedas ou vasos) permanecia naquela estante por anos e mais anos, devidamente espanado e organizado segundo o gosto estético dela. Um buraquinho de cigarro num velho jeans de repente é remendado com retalhos de um jeans de 1940. O cesto de costura dela tem um ovo de madeira para costurar meias mais velho do que eu. As agulhas dela algumas vêm de Nashua 1910. À medida que os anos passavam a família dela escrevia cartas cada vez mais amorosas ao perceber o que tinham perdido ao pegar o dinheiro que ela ganhou quando ficou órfã e gastar tudo. A TV que eu comprei para ela com o meu pobre dinheiro de 1959 ela assiste crédula, é só um modelo da Motorola todo estropiado de 1949. Ela assiste os comerciais em que as mulheres se enfeitam ou os homens contam vantagem e nem se dá conta de que eu estou na sala. Tudo é um espetáculo para os olhos dela. Tenho pesadelos em que nós dois descobrimos nacos de pastrami nos antigos ferros-velhos de Nova Jersey numa manhã de sábado, ou então em que a gaveta de cima da cômoda dela está aberta deixando à vista calças bufantes de seda, rosários, latas cheias de botões, rolos de fita, almofadas de agulhas, esponjas de pó, velhas boinas e caixas de algodão guardado de antigos vidros de remédio. Quem poderia ridicularizar uma mulher assim? Sempre que eu preciso de alguma coisa ela tem em algum lugar: – uma aspirina, uma bolsa de água fria, uma bandagem, uma lata de espaguete barato no armário (barato mas gostoso). Até uma vela para quando a grande eletricidade civilizada falta.

Para a banheira, o vaso e a pia ela tem grandes latas de pós e desinfetantes. Ela tem um esfregão seco com cabo e duas vezes por semana passa ele debaixo da minha cama para pegar as bolas de poeira que são jogadas pela janela, "*Tiens!* O seu quarto está limpo!" Enrolado em algum lugar das caixas da mudança tem um grande cesto de prendedores para estender a roupa onde quer que ela vá – Eu vejo ela com o cesto de roupas úmidas saindo com os prendedores na boca, e quando não temos quintal, *bem no meio da cozinha!* Passe por baixo das roupas molhadas e você vai encontrar cerveja na geladeira. Aposto que ela é que nem a mãe de Hui Neng, capaz de iluminar qualquer um com o "Zen" verdadeiro de como viver a qualquer momento e bem.

O Tao diz, em mais de uma palavra, que uma mulher que cuida do lar equilibra o Céu e a Terra.

Então nas noites de sábado ela está passando a roupa na velha tábua de passar comprada uma vida atrás, o forro todo marrom dos queimados, as pernas de madeira rangendo, mas toda a roupa limpa está passada e branca e pronta para ser dobrada e guardada nos armários perfeitos forrados de papel para ser usada.

À noite quando ela dorme eu baixo a minha cabeça de vergonha. E eu sei que pela manhã quando eu acordo (talvez ao meio-dia) ela já vai ter ido às compras com as fortes pernas de "camponesa" e trazido toda a comida empilhada em sacolas com a alface por cima, os meus cigarros por cima, os cachorros-quentes e hambúrgueres e tomates e recibos da mercearia para "me mostrar", as pobres meias de nylon no fundo reveladas a mim em tom apologético – Ah, e todas as garotas que eu conheci na América que se metiam a comer gorgonzola e deixavam o queijo endurecer no parapeito! Que passavam horas na frente do espelho com sombra azul nos olhos! Que queriam táxis para comprar leite! Que gemiam nos domingos sem assados! Que me abandonaram só porque eu reclamava!

A moda hoje em dia é dizer que as mães atrapalham a sua vida sexual, como se a minha vida sexual nos apartamentos das garotas em Nova York ou em São Francisco tivesse qualquer coisa a ver com as noites tranquilas de domingo que eu passo lendo na privacidade do meu quarto limpo em casa, quando brisas agitam as cortinas e os carros fazem barulho ao passar – Quando o gato mia para a geladeira e lá está uma lata de Nine Lives para o meu bebê, trazida por Mamãe na manhã de sábado (fazendo a lista de compras) – Como se o amor pela mulher se resumisse a sexo.

65

A minha mãe me proporcionou todos os meios necessários para eu ter paz e bom-senso – Ela não rasgava a capa do travesseiro dizendo que eu não amava ela nem virava as penteadeiras com a maquiagem – Ela não harpiava nem me cantava por eu pensar os meus próprios pensamentos – Ela apenas bocejava às onze horas e ia para a cama com o rosário, como viver em um monastério com a Reverenda Madre O'Shay – Eu podia ficar lá deitado nos meus lençóis limpos e pensar em sair correndo atrás de uma puta louca safada de meia-calça no cabelo mas não tinha nada a ver com a minha mãe – Eu tinha essa liberdade – Porque qualquer homem que já amou um amigo e portanto fez um voto de deixar ele e a mulher dele em paz pode fazer o mesmo pelo amigo pai – Cada um na sua, e ela pertencia ao meu pai.

Mas os maldosos ladrões miseráveis da vida acham que não: dizem, "Se um homem vive com a mãe dele ele é *frustrado*": e até Genet o divino conhecedor de Flores disse que um homem que ama a própria mãe é o pior cafajeste de todos: ou os psiquiatras de pulso cabeludo como os psiquiatras de Ruth Heaper estremecendo pelas coxas níveas das pacientes jovens: ou maridos doentes sem paz nos olhos fazendo alarde no buraco dos solteiros: ou farmacêuticos letais sem nenhum pensamento esperançoso dizem todos para mim: "Duluoz seu mentiroso! Saia de casa e vá morar com uma mulher e lutar e sofrer ao lado dela! Vá fervilhar no seu cabelo venturoso! Vá em frente após a fúria! Encontre as fúrias! Seja histórico!" e o tempo inteiro eu estou lá sentado curtindo a doce paz boba da minha mãe, uma senhora que você não vai encontrar nenhuma outra igual a não ser que viaje até Sinkiang, até o Tibete ou Lampore.

66

Mas cá estamos nós na Flórida com dois bilhetes para a Califórnia esperando de pé pelo ônibus para Nova Orleans onde a gente vai fazer a baldeação para El Paso e LA – É um dia quente em maio na Flórida – Eu estou louco para partir em direção ao Leste para além da Planície Oriental do Texas até as alturas daquele Platô e continuar pela Divisória de Águas rumo a Arizonies áridos e além – Pobre Mamãe está lá de pé absolutamente dependente de mim, idiota como eu fui e como você viu. O que será que o meu pai está dizendo no Céu? "Aquele Ti Jean maluco está carregando ela por cinco mil quilômetros em ônibus estropiados só por causa de um sonho com um pinheiro sagrado." Mas um garotinho começa a falar com a gente ao nosso lado na fila, quando eu digo que não sei se algum dia vamos chegar lá ou se o ônibus vem pegar a gente ele diz: –

"Não se preocupe, vocês vão chegar lá." Fico pensando como que ele sabe que a gente vai chegar lá. "E vocês não vão só chegar lá, vocês também vão voltar e ir pra outro lugar. Ha ha ha!"

Mas tem pouca coisa no mundo ou ao menos na América mais triste do que um ônibus transcontinental com o orçamento apertado – Mais de três dias e noites usando as mesmas roupas, chacoalhando de cidade em cidade, até às três da manhã quando você enfim conseguiu pegar no sono lá está você sendo sacudido por cima da ferrovia de Oshkosh e todas as luzes estão acesas para revelar que você não passa de um farrapo exausto no assento – Fazer uma coisa dessa como eu tantas vezes fiz na juventude já é ruim o suficiente, mas quando você é uma senhora de 62 anos... É verdade que muitas vezes eu imaginava o que o meu pai estaria pensando no Céu e rezava para que ele desse forças para a minha mãe seguir adiante sem muitos horrores – Mas ela era mais alegre do que eu – E ela desenvolveu um truque incrível para nos manter em forma, aspirinas e Coca-Cola três vezes por dia para acalmar os nervos.

Do meio da Flórida a gente rodou até o fim da tarde por encostas cheias de arvoredos cor de laranja em direção aos Tallahasses e Alabamas Móveis do amanhecer, nenhuma perspectiva de Nova Orleans até o meio-dia e já exaustos. A enormidade do país você percebe quando o cruza de ônibus, as terríveis distâncias entre cidades igualmente terrível todas elas com o mesmo aspecto quando vistas do ônibus da melancolia, o inescapável ônibus que nunca chega parando em tudo quanto é lugar (a piada sobre os ônibus Greyhound parando a cada poste) e o pior de tudo uma fila de motoristas entusiasmados a cada trezentos ou quatrocentos quilômetros dizendo para todo mundo relaxar e ser feliz.

Às vezes na calada da noite eu olhava para a minha pobre mãe adormecida cruelmente *crucificada* na noite americana devido à falta de dinheiro, à ausência da esperança de conseguir dinheiro, à ausência de família, à ausência de tudo, só eu o filho estúpido dos planos todos consistindo em uma escuridão final. Meu Deus como Hemingway estava certo quando ele disse que não havia remédio para a vida – e pensar que embaralhadores de papéis afetados e pessimistas escrevem obituários condescendentes sobre um homem que disse a verdade, ou melhor que tomou fôlego na dor para contar um conto como aquele!... Sem nenhum remédio em mente mas no meu pensamento eu ergo o punho fechado em direção ao Céu prometendo que eu vou açoitar o primeiro filho da puta que debochar da desesperança humana de um jeito ou de outro – Eu sei que é ridículo rezar para o meu pai aquele monte de adubo em um túmulo mas eu rezo para ele mesmo assim, o que mais vou fazer? Ficar debochando? Embaralhar papéis em uma escrivaninha e arrotar racionalidade? Ah obrigado Deus por todos os Racionalistas que foram para os vermes e os ratos. Obrigado Deus por todos os agitadores políticos que promovem o ódio sem direita nem esquerda para gritar a respeito no Túmulo do Espaço. Eu digo que todos nós precisamos renascer com o Uno, que não seremos mais nós mesmos mas apenas os Companheiros do Uno, e é isso o que me dá força para ir adiante, e a minha mãe também. Ela está com o rosário no ônibus, não o tirem dela, é o jeito que ela tem de se expressar. Se não pode haver amor entre os homens então que pelo menos haja amor entre os homens e Deus.

A coragem humana é um opiáceo mas os opiáceos também são humanos. Se Deus é ópio então eu também sou. Então *me coma*. *Coma a noite*, toda a América desolada entre Sanford e Shlamford e Blamford e Crapford, coma os hematodos que se dependuram como parasitas nas tristes árvores do Sul, coma o sangue no chão, os índios mortos, os pioneiros mortos, os Fords e Pontiacs mortos, os Mississippis mortos, os braços da desesperança abandonada ondulando por baixo – Quem são os homens, para que possam insultar os homens? Quem são essas pessoas que vestem calças e vestidos e dão risadas de escárnio? Do que é que eu estou falando? Eu estou falando da humanidade indefesa e da solidão inacreditável na escuridão do nascimento e da morte e perguntando "O que tem de engraçado nisso?" "Como é que você pode dar uma de *esperto* em um moedor de carne?" "Quem debocha da desgraça?" Lá está a minha mãe um amontoado de carne que não pediu para nascer, num sono implacável, num sonho esperançoso, ao lado do filho dela que também não pediu para nascer, pensando desesperado, rezando desesperançoso, num veículo terrestre sacolejante indo de lugar nenhum a lugar nenhum, tudo à noite, o pior de tudo aliás tudo no clarão do meio-dia das estradas pela Costa do Golfo – Onde está a rocha que vai nos suster? O que nós estamos fazendo aqui? Que tipo de universidade maluca teria um seminário assim onde as pessoas falam apenas sobre a desesperança, para sempre?

Então Mamãe acorda no meio da noite e geme, meu coração se parte – O ônibus avança balançando pelos fundos dos terrenos em Shittown para pegar um pacote em uma rodoviária vespertina. Gemidos por toda parte, até os bancos lá do fundo onde os sofredores negros não sofrem menos só porque a pele deles é preta. Ah, "Freedom Riders", até parece, só porque você tem a pele "branca" e viaja na frente não faz você sofrer menos –

E não há esperança simplesmente em lugar nenhum porque nós estamos todos desunidos e envergonhados: se Joe diz que a vida é triste Jim vai dizer que Joe é idiota porque não interessa. Ou se Joe diz a gente precisa de ajuda Jim vai dizer que Joe é um chorão. Ou se Joe diz Jim é mau Jim vai começar a chorar noite afora. Ou algo assim. É um horror. A única coisa a fazer é ser que nem o meu irmão: paciente, cauteloso, desolado, autoprotetor, feliz com pequenos favores, desconfiado de grandes favores, desconfiado dos gregos que carregam peixes, faça o seu próprio caminho, não machuque ninguém, cuide da sua vida e faça o seu pacto com Deus. Pois Deus é o nosso Anjo da Guarda e esse é um fato que só se prova quando não existem mais provas.

A Eternidade e o Aqui e Agora são a mesma coisa.

Repasse essa mensagem para Mao, ou para Schlesinger em Harvard, ou para Herbert Hoover também.

67

Como eu estava dizendo, o ônibus chega em Nova Orleans ao meio-dia e nós temos que desembarcar com toda a tranqueira da nossa bagagem e esperar horas pelo expresso de El Paso então eu e Mamãe decidimos explorar Nova Orleans e esticar as pernas. No meu pensamento eu imagino um grande almoço glorioso em um restaurante de Abalones no Bairro Latino em meio a sacadas de treliça e palmeiras mas assim que descobrimos um restaurante perto da Bourbon Street os preços no cardápio são tão altos que saímos envergonhados enquanto empresários alegres e membros de conselhos e coletores de impostos seguem comendo. Às três da tarde eles vão estar de volta às mesas de escritório embaralhando quintuplicatas de notícias em papel-cópia relativas a formalidades negativas e enfiando elas em outras máquinas de papel que vão multiplicá-las dez vezes para que depois sejam feitas cópias em triplicata que vão acabar no lixo bem quando o salário deles entra. Com toda a comida e comida substanciosas que recebem eles devolvem triplicatas de papel, assinadas, eu não consigo entender como quando eu vejo braços suados cavando buracos pelas ruas do Golfo sob um sol de rachar –

Só pela curtição eu e Mamãe decidimos entrar em um saloon de Nova Orleans que tem um bar de ostras. E lá por Deus ela se diverte como nunca na vida bebendo vinho, comendo ostras na casca com *piquanté* e berrando conversas malucas com o velho ostreiro italiano. "O senhor é casado?" (Ela está sempre perguntando para os velhos se eles são casados, é incrível como as mulheres estão atrás de maridos até o fim.) Não, ele não é casado, e será que ela aceitaria uns vôngoles, quem sabe no vapor dessa vez? E eles trocaram nomes e endereços mas depois nunca se escreveram. Enquanto isso Mamãe se empolga por enfim ter chegado à famosa Nova Orleans e quando a gente sai para dar uma volta ela compra bonecas de negrinhas e pralinas toda empolgada nas lojas e guarda tudo junto na nossa bagagem para mandar de presente para a minha irmã na Flórida. Uma esperança implacável. Que nem o meu pai ela não deixa que nada a desanime. Eu caminho com um jeito dócil ao lado dela. E ela vem fazendo isso há 62 anos: aos 14 anos, pela manhã, lá estava ela, caminhando para a fábrica de sapatos para trabalhar até as seis da tarde, inclusive nas tardes de sábado, uma semana de 72 horas trabalhadas, toda alegre esperando a noite de sábado digna de pena e o domingo com pipocas e balanços e cantorias. Como é que você supera pessoas assim? Quando os barões feudais faziam a coleta do dízimo, será que eles se sentiam envergonhados diante da alegria dos camponeses? (Cercados como eram por todos aqueles cavaleiros aborrecidos todos loucos para serem enrabados por sádicos profissionais de outro vilarejo?)

Então a gente volta para o ônibus de El Paso depois de uma hora na fila em meio à fumaça azul do ônibus, cheios de presentes e de malas, falando com todo mundo, e lá vamos nós rugindo rio acima e depois através das planícies de Louisiana, sentados na frente outra vez, nos sentindo felizes e descansados agora também porque eu comprei uma garrafinha de birita para bebericar no caminho.

"Eu não me importo com o que os outros dizem", diz Mamãe servindo um gole no cantil feminino portátil dela, "um traguinho nunca fez mal a ninguém!" e eu concordo e me agacho para não aparecer na visão traseira do motorista e entorno um gole dos grandes. Lá vamos nós rumo a Lafayette. Onde para nossa grande surpresa ouvimos os habitantes locais falando francês exatamente como a gente fala Quebecois, os *Cajuns* não passam de *Acadianos* mas não dá tempo, agora o ônibus está partindo para o Texas.

68

No entardecer avermelhado estamos rodando pelas planícies do Texas conversando e bebendo mas logo a garrafa fica vazia e Mamãe está dormindo outra vez, coitada, só um bebê desesperançoso no mundo, e ainda toda aquela distância a percorrer, e quando a gente chegar lá *e daí?* Corrigan e Crockett e Palestine, o ônibus tedioso para, os suspiros, é interminável, mal chegamos à metade do continente, mais uma noite insone à frente e outra depois, e mais uma – Ah nossa –

Exatamente 24 horas e então mais seis depois de chegar em Nova Orleans finalmente estamos descendo o Rio Grande Valley em direção à noite cintilante de El Paso, todos os mil e quinhentos quilômetros de *miserere* do Texas para trás, nós dois completamente anestesiados e entorpecidos de cansaço, eu percebo que não há outra coisa a fazer senão descer do ônibus e pegar uma suíte de hotel para dormir uma boa noite de sono antes de seguir até a Califórnia por mais outros mil e seiscentos quilômetros sacolejantes –

E ao mesmo tempo eu vou apresentar minha mãe ao México pela pontezinha que vai até Juárez.

69

Todos mundo sabe como é depois de dois dias de vibração sobre rodas de repente deitar em uma cama no chão firme e dormir – Bem ao lado da rodoviária eu peguei uma suíte e saí para comprar um frango no cesto enquanto Mamãe se lavava – Agora ao olhar para trás eu percebo que ela estava fazendo uma grande viagem de aventura visitando Nova Orleans e ficando em suítes de hotel ($4,50) e agora indo para o México pela primeira vez no dia seguinte – Bebemos mais um pouco e comemos o frango e dormimos que nem pedras.

Pela manhã, com oito horas livres até a partida do ônibus, saímos zanzando fortes com toda a nossa bagagem reacondicionada e deixada em guarda-volumes de 25c – Eu inclusive fiz ela andar o quilômetro e meio até a ponte do México para se exercitar um pouco – Na ponte a gente pagou três centavos cada um e atravessou a fronteira.

Imediatamente estávamos no México, isto é, em meio a índios e a terra indígena – em meio aos cheiros de barro, galinhas, incluindo o pó de Chihuahua, cascas de limão, cavalos, palha, cansaço indígena – O cheiro forte das cantinas, da cerveja, frio e úmido – O cheiro do mercado – e a visão das belas igrejas espanholas antigas ao sol com todas aquelas tristes Maria Guadalupes majestosas e Cruzes e rachaduras na parede – "Ah Ti Jean! Eu quero entrar naquela igreja e acender uma vela para o Papai!"

"Tá." E logo ao entrar a gente vê um velho de joelhos na nave lateral com os braços estendidos em penitência, um *penitente*, por horas a fio ele fica ajoelhado, o velho zarape por cima do ombro, os velhos sapatos, o chapéu no chão da igreja, a barba branca desgrenhada. "Ah Ti Jean, o que ele fez para estar tão triste? Não posso acreditar que aquele velho tenha feito alguma coisa de ruim!"

"Ele é um *penitente*", eu digo a ela em francês. "Um velho pecador que quer que Deus o esqueça."

"*Pauvre bonhomme!*" e eu vejo uma mulher virar e olhar para Mamãe imaginando que ela disse "*Pobrecito*" que é exatamente o que ela disse afinal. Mas a visão mais comovente na antiga igreja de Juárez de repente é uma mulher de xale vestida toda de preto, com os pés descalços e um bebê nos braços andando de joelhos da nave até o altar. "*O que aconteceu?*" grita a minha mãe surpresa. "Aquela pobre mãezinha não fez nada de errado! Será que é o marido dela que está na prisão? Ela está carregando aquele bebê pequeninho!" Fico feliz de ter trazido Mamãe nessa viagem nem que seja para ela ver a igreja real da América. "*Ela* também é uma penitente? Aquele bebezinho é um penitente? Ela está com ele todo enrolado em uma bolinha no xale!"

"Eu não sei por quê."

"Onde está o padre que ele não vem abençoar ela? Não tem mais ninguém aqui além daquela mãezinha e daquele pobre senhor! "Aqui é a Igreja de Maria?"

"Aqui é a igreja de Maria de Guadalupe. Um camponês encontrou um xale em Guadalupe México com o Rosto Dela impresso que nem no pano que as mulheres tinham ao pé da cruz de Jesus."

"Foi no México?"

"*Sí.*"

"E eles rezam para Marie? Mas aquela pobre mãe jovem ainda está no meio do caminho até o altar – Ela vem devagar devagar devagar de joelhos toda silenciosa. Ah e essas boas pessoas são *índios* você disse?"

"*Oui* – Índios que nem os índios americanos mas aqui os espanhóis não destruíram eles" (em francês). "*Ici les espanols sont mariés avec les Indiens.*"

"*Pauvre monde!* Eles acreditam em Deus que nem nós! Eu não sabia, Ti Jean! Eu nunca vi nada parecido!" Nos esgueiramos até o altar e acendemos velas e pusemos moedas na caixinha da igreja para pagar pela cera. Mamãe fez uma oração a Deus e depois o sinal da cruz. O deserto de Chihuahua soprava areia para o interior da igreja. A mãezinha ainda estava avançando de joelhos com a criança dormindo em silêncio nos braços. Os olhos de Memère se encheram de lágrimas. Agora ela entendia o México e por que eu tinha vindo aqui tantas vezes por mais que eu ficasse com disenteria ou perdesse peso ou ficasse pálido. "*C'est du monde qu'il on du coeur*", ela sussurrou, "São pessoas com *coração!*"

"*Oui.*"

Ela pôs um dólar na máquina da igreja esperando que aquilo pudesse fazer algum bem. Memère nunca esqueceu aquela tarde: na verdade até hoje, cinco anos depois ela ainda reza por aquela mãe com a criança indo de joelhos para o altar: "Tinha alguma coisa de errado na vida dela. O marido, ou talvez o *bebê* estivesse doente – A gente nunca vai saber – Mas eu sempre vou rezar por aquela mulherzinha. Ti Jean quando você me levou lá você me mostrou uma coisa que eu achei que eu nunca fosse ver –"

Anos mais tarde, quando eu encontrei a Reverenda Madre no Monastério Beneditino falando com ela através das barras de madeira do convento, e contei para ela, ela chorou...

E enquanto isso o velho *Penitente* continuava de joelhos com os braços abertos, todos os seus Zapatas e Castros vêm e vão mas a Velha Penitência ainda está lá e sempre vai estar lá, que nem o Velho Coyotl nas Montanhas Navajo e nas Encostas Mescalero ao Norte: –

O Cavalo Maluco olha para o Norte	*	Gerônimo chora –
com o olhar marejado –	*	sem pônei
A primeira neve cai	*	Com um cobertor.

70

Também foi muito divertido estar no México com a minha mãe porque quando saímos da igreja de Santa Maria a gente se sentou no parque para descansar e tomar um pouco de sol, e do nosso lado sentou um índio velho de xale, e com a esposa dele, sem falar nada, olhando reto para a frente na grande visita deles a Juárez desde as encostas do deserto mais além – Vindos de ônibus ou burro – E Mamãe lhes ofereceu um cigarro. No início o índio velho ficou com medo mas no fim ele pegou o cigarro, mas ela ofereceu mais um para a esposa dele, em francês, em francês Quebecois Iroquois, *"Vas il, ai paw 'onte, un pour ta famme"* então ele pegou mais um, confuso – A senhora não olhou nenhuma vez para Memère – Eles sabiam que nós éramos turistas americanos mas nunca turistas assim – O velho acendeu devagar o cigarro e olhou reto para a frente – Mamãe me disse: "Eles têm medo de falar?"

"Eles não sabem o que fazer. Eles nunca falam com ninguém. Eles são do deserto. Eles não falam nem espanhol só índio. Diz Tarahumare."

"Como é que alguém consegue dizer uma coisa dessas?"

"Diz Chuihuahua."

Mamãe diz "Chihuahua" e o velho sorri para ela e a velha também. "Adeus" diz Memère quando vamos embora. A gente passar por um agradável parquinho cheio de crianças e pessoas e sorvetes e balões e chegamos até um estranho homem com pássaros em uma gaiola, que chama a nossa atenção e grita para ser notado (eu tinha levado a minha mãe para as ruelas de Juárez). "O que ele quer?"

"A sorte! Os pássaros dele vão tirar a tua sorte! A gente dá um peso pra ele e o passarinho pega um papelzinho com a tua sorte escrita nele!"

"Está bem! *Seniôr*!" O passarinho bica um papelzinho do meio de uma pilha e o entrega para o homem. O homem de bigodinho e olhos alegres abre o papel. Ele diz o seguinte: –

"A senhora terá sorte com alguém que é o seu filho e que tem um grande amor pela senhora. É o que o pássaro diz."

Ele dá o papel para nós, rindo. É incrível.

71

"Ora", diz Memère enquanto caminhamos de braços dados pelas ruas da velha Juárez, "como é que aquele passarinho bobo poderia saber que eu tinha um filho ou qualquer outra coisa a meu respeito – Pfui quanta poeira por aqui!" enquanto o deserto de milhões e milhões de grãos sopra areia pelas portas. "Você pode me explicar? Quanto é um peso, *oito centavos*? E o passarinho sabia tudo aquilo? Ahn?" Que nem a Esther de Thomas Wolfe, "Ahn?", só que com um amor mais duradouro. "Aquele sujeito de bigode não nos conhece. O passarinho sabia tudo." Ela estava com o papelzinho da sorte bem guardado na bolsa.

"Um passarinho que conhecia Gerard."

"E o passarinho pegou o papel com o rosto maluco dele! Ah mas as pessoas são pobres aqui, hein?"

"É – mas o governo tá fazendo bastante coisa para ajudar. Antes tinha famílias dormindo na calçada enroladas em jornal e pôsteres de tourada. E as garotas se vendiam por vinte centavos. Eles têm um governo decente desde Alemán, Cárdenas, Cortines –"

O pobre passarinho do México! E a mãezinha! Sempre vou lembrar de ter visto o México." Ela dizia "Méxica".

Então eu comprei meio litro de Bourbon de Juárez em uma loja e nós voltamos para a rodoviária americana em El Paso, subimos em um grande ônibus de dois andares da Greyhound que dizia "Los Angeles" e saímos rugindo pelo entardecer vermelho do deserto bebendo da garrafa nos bancos da frente batendo papo com marinheiros americanos que não sabiam coisa nenhuma sobre Santa Maria de Guadalupe nem sobre o Passarinho mas eram gente boa mesmo assim.

E enquanto o ônibus avançava aos coices por aquela estrada vazia em meio a montanhas desertas e elevações vulcânicas como a paisagem da lua, quilômetros e mais quilômetros de desolação em direção à última Montanha Chihuahuana ao Sul ou à serra de pedras secas do Novo México ao Norte, Memère, de garrafa na mão, disse: "Essas montanhas me assustam – elas estão tentando dizer alguma coisa para nós – elas podem cair por cima da gente a qualquer instante!" E ela se inclinou para contar aos marinheiros, que acharam graça, e ofereceu bebida e até beijou os rostos bem-educados deles, e eles gostaram, uma mãe louca daquelas – Ninguém na América nunca mais ia entender o que ela tentou explicar a eles sobre o que tinha visto no México ou no Universo Inteiro. "Aquelas montanhas não estão lá fora a troco de nada! Elas estão lá para nos dizer alguma coisa! Elas são apenas uns doces garotões", e ela pegou no sono, e fim, o ônibus continuou zumbindo até o Arizona.

72

Mas agora nós estamos na América e ao amanhecer é a cidade chamada Los Angeles embora ninguém seja capaz de entender o que ela poderia ter a ver com anjos enquanto a gente põe as nossas bagagens no guarda-volumes para esperar o ônibus para São Francisco às 10 da manhã e sai pelas ruas cinzentas em busca de um lugar para tomar café e comer torrada – São 5 da manhã cedo demais para fazer qualquer coisa e só o que a gente encontra são os restos dos marginais horrorizados e dos bêbados noturnos trôpegos ensanguentados ao redor – Eu queria mostrar para ela a LA feliz e animada dos programas de

Televisão de Art Linkletter ou um vislumbres de Hollywood mas só o que a gente viu foi o horror de um Fim Terrível, os junkies surrados e as putas e as valises amarradas com barbante, os semáforos vazios, nenhum passarinho aqui, nenhuma Maria aqui – apenas sujeira e morte. Mas alguns quilômetros além desses calçamentos terríveis amarguradas estava a orla macia e brilhante do Pacífico de Kim Novak que ela nunca tinha visto, onde aperitivos são jogados para os lobos-do-mar – Onde os Produtores se misturam com as próprias esposas em um filme que nunca fizeram – Mas tudo o que pobre Memère viu de LA foi o desleixo do amanhecer, os marginais, alguns deles índios americanos, as calçadas mortas, as colheitas de viaturas, a sina, os apitos matinais como os apitos matinais de Marselha, a *mierda* esquálida feia terrível da Califórnia de quem não aguenta mais o que está fazendo aqui – Ah, qualquer um que tenha vivido e sofrido na América sabe do que eu estou falando! Qualquer um que tenha andado nos vagões cargueiros saídos de Cleveland ou olhado para as caixas de correio em Washington DC sabe! Qualquer um que tenha sangrado outra vez em Seattle ou sangrado outra vez em Montana! Ou tirado a roupa em Minneapolis! Ou morrido em Denver! Ou chorado em Chicago e dito "Desculpe eu estou pegando fogo" em Newark! Ou vendido sapatos em Winchendon! Ou se esgarçado na Filadélfia? Ou podado em Toonerville? Mas preste atenção não tem nada mais horrível do que as ruas matinais vazias de uma cidade americana salvo ser jogado aos crocodilos do Nilo sem nenhum motivo enquanto os sacerdotes-gato sorriem. Escravos em tudo que é banheiro, ladrões em tudo que é buraco, Governadores assinando mandados de luz vermelha – Gangues de marginais com brilhantina nos cabelos e jaquetas pretas em cada esquina alguns deles Pachucos, eu chego a rezar para Papai "Me desculpa por fazer a Mamãe passar por tudo isso em busca de uma xícara de café" – As mesmas ruas que eu tinha conhecido antes mas sem ela – Mas todo cão maldoso na maldade entende quando vê um homem ao lado da mãe, então abençoados sejam todos vocês.

73

Depois de um dia inteiro andando pelos campos verdejantes e pomares do belo San Joaquin Valley, até a minha mãe impressionada embora ela mencione o tojo seco nas montanhas ao longe (e já tenha reclamado e com razão do desperdício latal nos desertos de Tucson e de Mojave) – enquanto ficamos sentados mortos de cansaço, claro, mas quase lá, só mais oitocentos quilômetros vale acima em direção ao Norte e à Cidade – um jeito longo e complicado de dizer para você que a gente chega em Fresno ao entardecer, caminhamos um pouco, voltamos agora com um motorista índio incrivelmente vigoroso (um garoto Mexicano de Madera) lá vamos nós rumo a Oakland enquanto o motorista avança para cima de tudo naquela pista de duas vias no Vale (99) fazendo populações inteiras de carros estremecerem e entrar de volta na fila – Ele vai simplesmente esmagá-los.

Então chegamos em Oakland à noite, sábado (eu terminando o último gole de vinho do porto barato da Califórnia misturado com gelo da rodoviária), bang, a primeira coisa que a gente vê é um bêbado surrado todo coberto de sangue cambaleando pela rodoviária em busca de primeiros socorros – A minha mãe já nem consegue ver ele mais, ela veio dormindo por todo o caminho desde Fresno, mas ela vê aquela visão e suspira imaginando o que virá depois, Nova York? Talvez o Hell's Kitchen ou o Lower East Side East? Eu prometo a mim mesmo que vou mostrar alguma coisa para ela, uma casa boa e tranquilidade e árvores, que nem o meu pai deve ter prometido quando ele levou ela da Nova Inglaterra para Nova York – Eu pego todas as malas e faço sinal para um ônibus que vai para Berkeley.

Logo estamos longe das ruas do centro de Oakland com marquises vazias e chafarizes aborrecidos deslizando pelas longas ruas cheias de bangalôs brancos de 1910 e palmeiras. Mas a maior parte é de outras árvores, das suas árvores californianas de sempre, nogueiras e carvalhos e ciprestes, e finalmente a gente chega perto da University of California onde eu levo ela por uma ruazinha verdejante com toda a nossa bagagem em direção à luz tênue do velho Bhikku Ben Fagan estudando em sua cabana dos fundos. Ele vai nos mostrar onde conseguir um quarto de hotel e vai nos ajudar a encontrar um apartamento amanhã no andar de cima ou no andar de baixo de um bangalô. Ele é o meu único contato em Berkeley. Por Deus enquanto a gente chega caminhando pela grama alta do pátio a gente vê ele numa janela coberta de rosas com a cabeça por cima do Sutra de Lankavatara, e ele está *sorrindo*! Eu não entendo por que ele está sorrindo, *maya*! Buda rindo no Monte Lanka ou algo parecido? Mas lá venho eu com a minha velha tristeza e a minha mãe pelo quintal com malas surradas chegando quase como fantasmas ainda gotejantes do mar. Ele está *sorrindo*!

Por um instante, na verdade, eu detenho a minha mãe e faço psst para ver ele melhor (os mexicanos me chamam de "aventureiro") e por Deus ele está sozinho na noite sorrindo diante das verdades indianas do velho Bodhisattva. Com ele não falha nunca. Ele está sorrindo de *faceiro*, na verdade, de fato é um crime perturbá-lo – mas é o que tem de ser feito, além do mais ele vai ficar contente e talvez o choque o faça ver Maya mas eu tenho que bater na varanda e dizer "Ben, é o Jack, eu tô com a minha mãe". Pobre Memère está atrás de mim com os pobres olhos meio fechados por conta do cansaço desumano, e do desespero também, pensando *e agora* enquanto o velho Ben desce batendo os pés até a portinha coberta de rosas com o cachimbo na boca e diz "Ora, ora, quem diria?" Ben é esperto e bacana demais para dizer algo do tipo "Ah, olá, quando foi que vocês chegaram?" Eu já tinha escrito para ele antes mas esperava chegar durante o dia e arranjar um quarto antes de bater na porta dele, talvez sozinho enquanto Memère poderia ler uma revista *Life* ou comer sanduíches no quarto do hotel. Mas eram 2 da manhã, eu estava totalmente confuso, não tinha visto nenhum hotel nem quartos para alugar no ônibus – Eu queria me escorar em Ben de alguma forma. Ele também tinha que trabalhar pela manhã. Mas aquele sorriso, no silêncio floral, todo mundo dormindo em Berkeley, e por cima de um texto como o Sutra de Lankavatara que diz coisas como *Vislumbre a rede de cabelo, ela é real, dizem os tolos*, ou então *A vida é como o reflexo da lua na água, qual delas é a verdadeira lua?* que significa: Será que a realidade faz parte da irrealidade? Ou vice-versa, quando você abre a porta alguém entra ou é você?

74

E sorrindo com aquilo na noite ocidental, as estrelas cascateando por cima do telhado como bêbados aos tropeços no primeiro andar com lanternas na bunda, toda a noite orvalhada que eu tanto amava do norte da Califórnia (o frescor da floresta úmida), o cheiro de hortelã fresca crescendo em meio a ervas borrachentas e flores.

A cabaninha também tinha uma história e tanto, como eu já mostrei antes, tinha sido o abrigo dos Vagabundos Iluminados no passado onde a gente tinha as nossas grandes discussões tomando chá sobre o Zen ou as orgias sexuais e yabyum com as garotas, onde a gente tocava música no fonógrafo e bebia em alto e bom som noite afora como Mexicanos Alegres naquela vizinhança universitária silenciosa, por algum motivo ninguém reclamava – A velha cadeira de balanço estropiada ainda estava na rósea varandinha whitmaniana com trepadeiras e vasos de flor e madeira empenada – Nos fundos ainda tinha os divinos vasos furados de Irwin Garden, os tomateiros dele, talvez algumas das nossas moedas perdidas de dez ou vinte e cinco centavos ou fotografias – Ben (um poeta californiano de Oregon) tinha herdado esse lugarzinho aconchegante depois que todo mundo se dispersou chegando até mesmo ao Japão (como o velho Vagabundo Iluminado Jarry Wagner) – Então ele ficou lá sentado sorrindo enquanto lia o Sutra de Lankavatara no silêncio da noite californiana uma estranha e doce visão de se ver depois de todos aqueles cinco mil quilômetros desde a Flórida, para mim – Ele ainda estava sorrindo quando nos convidou para sentar.

"E agora?" suspira pobre Memère. "O Jacky me levou para longe da casa da minha filha na Flórida sem planos, sem dinheiro."

"Tem um monte de apartamento bacana por aqui a cinquenta dólares a semana", eu digo, "e além do mais o Ben pode nos mostrar onde conseguimos um quarto para hoje à noite." Fumando e sorrindo e carregando quase todas as nossas malas o velho e bom Ben nos acompanha até um hotel a cinco quarteirões de distância na University com a Shattuck e a gente pega dois quartos e vai dormir. Ou melhor, enquanto Memère dorme eu ando de um lado para o outro com Ben na cabana para relembrar os velhos tempos. Nós passamos por um período estranhamente calmo entre os nossos dias de Lunáticos Zen de 1955 quando a gente lia os nossos poemas novos para grandes plateias em São Francisco (embora eu nunca lesse, eu apenas meio que regia com uma jarra de vinho) e o período seguinte com jornais e críticos escrevendo a respeito e chamando aquilo de "Renascimento Poético da Geração Beat em São Francisco" – Então Ben sentou de pernas cruzadas e disse: "Ah não mudou muita coisa por aqui. Acho que eu vou voltar para o Oregon logo, logo." Ben é um grande sujeito cor-de-rosa com óculos e grandes olhos azuis tranquilos que nem os olhos de um Professor Lunar ou na verdade como os de uma Freira. (Ou como os de Pat O'Brien, mas ele quase me matou quando eu perguntei se ele era irlandês na primeira vez que a gente se viu.) Nada jamais surpreende ele nem a minha estranha chegada na calada da noite junto com a minha mãe; afinal a lua vai continuar brilhando na água e as galinhas vão botar mais ovos e ninguém vai descobrir a origem da infinita galinha sem o ovo. "O que que você tava *sorrindo* quando eu te vi na janela?" Ele entra na cozinha minúscula e prepara um bule de chá. "Desculpa mesmo perturbar a tua ermida."

"Provavelmente eu tava sorrindo porque uma borboleta ficou presa nas páginas. Quando eu tirei ela fora, o gato preto e o gato branco os dois saíram correndo atrás dela."

"E uma flor saiu correndo atrás dos gatos?"

"Não, o Jack Duluoz apareceu de cara amarrada preocupado com alguma coisa às 2 da manhã sem nem ao menos uma vela."

"Você vai curtir a minha mãe, ele é uma Bodhisattva *de verdade*."

"Eu já curto. Eu curto o jeito como ela te aguenta, você e as tuas ideias de cinco mil quilômetros."

"Ela vai cuidar de tudo..."

Um lance esquisito com Ben, na noite em que eu e Irwin conhecemos ele ele chorou a noite inteira com o rosto enfiado no chão, a gente não tinha consolo nenhum a oferecer. No fim ele nunca mais chorou desde aquele dia. Ele tinha acabado de voltar de um verão numa montanha (Sourdough Mountain) que nem eu mais tarde, e tinha um livro inteiro de poemas que ele odiava, e gritou: "A poesia é um amontoado de baboseiras. Quem se importa com todo esse discernimento mental em um mundo já morto, já na outra margem? Simplesmente não tem o que fazer." Mas agora ele estava melhor, com aquele *sorriso*, dizendo: "Não importa mais, eu sonhei que eu era um Tathagata de três metros e meio de altura com dedos dourados nos pés e eu não estava nem aí." Lá está ele sentado, meio inclinado para a esquerda, flutuando docemente noite afora com um sorriso do Monte Malaya. Ele aparece como uma neblina azulada nas cabanas de poetas a oito mil quilômetros de distância. Ben é um estranho místico que mora sozinho sorrindo para os livros, na manhã seguinte a minha mãe diz no hotel "Que tipo de sujeito é esse Benny? Sem esposa, sem família, sem nada o que fazer? Ele trabalha?"

"Ele tem um trabalho de meio turno inspecionando ovos no laboratório da universidade lá no alto da montanha. O salário só dá para comprar feijões e vinho. Ele é *Budista*!"

"Você e os seus budistas! Por que você não fica com a sua religião?" Mas nós saímos às nove da manhã e na mesma hora por milagre encontramos um ótimo apartamento, térreo e com um pátio florido, e pagamos um mês de aluguel adiantado e botamos as nossas malas lá dentro. Ele fica na Berkeley Way número 1943 bem perto de todas as lojas e da janela do meu quarto eu consigo ver a Golden Gate Bridge por cima das águas além dos telhados quinze quilômetros adiante. Tem até uma lareira. Quando Ben chega do trabalho eu vou buscar ele lá na cabana e a gente compra uma galinha inteira para fritar, um litro de uísque, queijo e pão e acessórios, e naquela noite à luz da lareira todos nós nos embebedamos no apartamento novo e eu frito a galinha na panela que eu trouxe na mochila em cima das achas de lenha e fazemos um grande banquete. Ben já me comprou um presente, um socador para eu socar o tabaco do meu cachimbo, e a gente se senta ao pé do fogo fumando com Memère.

Mas o uísque é demais e todo mundo fica zonzo e apaga. Já tem duas camas no apartamento e no meio da noite eu acordo e escuto Memère gemendo por causa do uísque e de alguma forma percebo que o nosso novo lar já foi amaldiçoado por ele.

75

E além do mais Memère já está dizendo que as montanhas de Berkeley vão cair por cima da gente em um terremoto – Ela também não suporta a neblina matinal – Quando ela vai aos supermercados chiques da rua igual ela não tem dinheiro suficiente para comprar nada do que ela quer de verdade – Eu saio às pressas e compro um rádio de doze dólares e todos os jornais para fazer ela se sentir bem mas ela simplesmente não gosta – Ela diz "A Califórnia é um lugar sinistro. Eu quero gastar os meus cheques da previdência social na Flórida." (Estamos vivendo com os meus $100 por mês e ela com $84 por mês.) Começo a perceber que ela nunca vai conseguir viver em nenhum lugar a não ser perto da minha irmã, que é uma grande amiga dela, ou nos arredores de Nova York, que uma vez foi o grande sonho dela. Memère também gosta de mim mas eu não tenho conversas de mulher com ela, passo a maior parte do tempo lendo e escrevendo. O bom e velho Ben aparece de vez em quando para nos animar de um jeito ou de outro mas ele acaba deprimindo ela. ("Ele mais parece um Vovô! Onde é que você conhece essas pessoas? Ele é só um bom Vovô ele não é um jovem!") Com o meu suprimento de boletas marroquinas eu escrevo e escrevo à luz de velas no meu quarto, os delírios da velha meia-noite angelical, nada mais para fazer, ou então caminho pelas ruas verdejantes notando a diferença entre as lâmpadas amarelas da iluminação pública e a brancura da lua e depois volto para casa e pinto com tinta de parede em papel barato, bebendo vinho barato enquanto isso. Memère não tem nada para fazer. Os nossos móveis logo vão chegar da Flórida, aquela tralha toda que eu comentei antes. Assim eu percebo que sou um poeta imbecil preso na América com uma mãe insatisfeita vivendo na penúria e na vergonha. Me sinto revoltado por não ser um homem de letras prestigioso morando em uma fazenda de Vermont com lagostas para grelhar e uma esposa para me aconchegar, e por não ter nem os meus bosques para meditar. Eu escrevo e escrevo absurdos enquanto a pobre Memère remenda as minhas calças velhas no outro quarto. Ben Fagan vê toda essa tristeza e põe o braço em volta dos meus ombros segurando risadinhas.

76

Certa noite, de fato, eu vou até o cinema nas proximidades e me perco por três horas em histórias trágicas sobre outras pessoas (Jack Carson, Jeff Chandler) e ao sair da sala de projeção à meia-noite eu olho rua abaixo em direção à Baía de São Francisco completamente esquecido de onde eu estou e vejo a Golden Gate Bridge brilhando na escuridão, e eu *estremeço de horror.* O fundo da minha alma despenca. Alguma coisa em relação àquela ponte, alguma coisa *sinistra* como Mamãe disse, algo como os detalhes esquecidos de um pesadelo vago de seconal. Viajar cinco mil quilômetros para estremecer – e lá em casa Memère está se escondendo no xale pensando no que fazer. Realmente é coisa demais para acreditar. E tipo a gente tem por exemplo um belo banheirinho mas com beirais oblíquos mas quando eu tomo os meus deliciosos banhos de espuma toda noite, com água quente e sabonete líquido Joy, Memère reclama que ela tem medo da banheira! Ela se recusa a tomar banho lá porque vai cair, diz ela. Ela está escrevendo cartas para a minha irmã e a nossa mobília nem ao menos chegou da Flórida!

Meu Deus! Quem pediu para nascer afinal? O que fazer com os rostos aflitos dos pedestres? O que fazer com o cachimbo fumegante de Ben Fagan?

77

Mas aqui numa manhã de neblina chega o velho e maluco Alex Fairbrother usando bermudas quem diria e levando uma *estante de livros* para deixar comigo, e na verdade sequer uma estante de livros mas tábuas e tijolos – O velho Alex Fairbrother que escalou a montanha comigo e com Jarry quando a gente era Vagabundos Iluminados que não se importavam com nada – O tempo nos pegou de jeito – Também ele quer me pagar um dia de salário para que eu ajude ele a limpar uma casa que ele tem em Buena Vista – Em vez de sorrir para Memère e dizer oi ele começa a falar direto comigo que nem ele fez em 1955, ignorando totalmente a presença dela até quando ela traz uma xícara de café: "Então, Duluoz, tô vendo que você chegou à Costa Oeste. Por falar nos aristocratas da Virgínia você sabia que eles voltam mesmo pra Inglaterra – Raposas – O prefeito do entretenimento em Londres com uns cinquenta anos na celebração do 350º aniversário e a Elizabeth II deixou que eles pegassem a peruca da Elizabeth Primeira (eu acho) para pôr na exposição e várias outras coisas que nunca tinham sido retiradas da Torre de Londres antes. Sabe uma vez eu estava com uma garota da Virgínia... Que tipo de índio são os Mescaleros? A biblioteca está fechada hoje..." e Memère está na cozinha dizendo para si mesma que todos os meus amigos são *loucos*. Mas na verdade eu estava precisando receber aquele dia de trabalho de Alex. Eu já tinha estado em uma fábrica onde eu pensei em arranjar um emprego mas bastou um relance de dois garotos empurrando pilhas de caixas de um lado para o outro segundo as ordens de um supervisor aborrecido que provavelmente fazia perguntas sobre a vida pessoal deles durante o almoço e eu fui embora – Eu cheguei até a entrar no escritório de admissão e a sair na mesma hora que nem um personagem de Dostoiévski. Quando você é jovem você trabalha porque acha que precisa do dinheiro: quando você é velho você já sabe que não precisa de nada além da morte, então para que trabalhar? E além do mais, "trabalho" sempre quer dizer o trabalho dos outros, você empurra as caixas de alguém e se pergunta "Por que ele mesmo não empurra as caixas dele?" E na Rússia provavelmente o trabalhador pensa, "Por que a República do Povo não empurra as malditas caixas dela de um lado para o outro?" Pelo menos, trabalhando para Fairbrother, eu estava trabalhando para um amigo: se ele me pedisse para podar os arbustos ao menos eu poderia pensar "Bom eu tô podando os arbustos pro Alex Fairbrother que é um cara muito engraçado e escalou uma montanha comigo dois anos atrás". Mas seja como a for a gente saiu para trabalhar na manhã seguinte a pé e assim que a gente estava cruzando uma ruazinha lateral um policial chegou e deu uma multa de $3 para cada um de nós por atravessar com o sinal fechado para pedestres, o que já era a metade da minha féria do dia. Fiquei olhando para o rosto californiano aflito do policial estupefato. "A gente veio conversando e nem viu que o sinal tava vermelho", eu disse, "e além do mais são oito da manhã e não tem tráfego nenhum!" E além do mais ele podia ver que a gente estava com pás nos ombros para ir trabalhar em algum lugar.

"Eu só estou fazendo o meu trabalho", diz ele, "que nem vocês." Prometi a mim mesmo que eu nunca mais ia aceitar um "trabalho" em "emprego" algum da América nem por cima do meu cadáver. Mas claro que não era tão simples assim tendo Memère para proteger – Desde a Tânger adormecida de romance azul até os olhos azuis meio sentimentais do guarda de trânsito americano que nem os olhos dos superintendentes de ginásio, ou melhor, meio indiferentes como os olhos das senhoras do Exército da Salvação batucando tamborins na Véspera de Natal. "O meu trabalho é fazer com que as leis sejam cumpridas", diz ele, distraído: eles nunca mais falam em manter a ordem, tem tantas leis idiotas incluindo a iminente lei suprema que proíbe peidar tudo está confuso demais para ser chamado de "ordem". Enquanto ele nos dá esse sermão algum maluco está assaltando um depósito a dois quarteirões dali com uma máscara de Halloween, ou, pior, algum vereador está propondo uma nova lei na legislatura exigindo multas mais pesadas por atravessar com o sinal fechado para pedestres – Vejo George Washington atravessando a rua com o sinal fechado, com a cabeça a descoberto e compenetrado, pensando em Repúblicas como Lazarus, dando de cara com um policial na Market com a Polk –

De qualquer jeito Alex Fairbrother sabe tudo a respeito do assunto e é um grande satirista analítico de toda a cena, ele ri do jeito estranho dele, sem humor, e a gente de fato se diverte pelo resto do dia embora eu trapaceie um pouco quando ele me pede para eu jogar fora um amontoado de ervas daninhas eu simplesmente jogo tudo por cima do muro de pedra no terreno ao lado, sabendo que ele não consegue me ver porque está de quatro no barro do porão tirando tudo aquilo com as mãos e pedindo para eu levar os baldes para a rua. Ele é um maluco muito estranho que está sempre carregando móveis de um lado para o outro e reconsertando coisas e casas: se ele aluga uma casinha em um morro de Mill Valley ele passa o tempo todo construindo um pequeno terraço a mão, mas depois se muda de repente, para um outro lugar, onde vai arrancar o papel de parede. Não é nem um pouco espantoso de repente ver ele descendo a rua com dois banquinhos de piano, ou quatro molduras vazias, ou uma dúzia de livros sobre samambaias, na verdade eu não entendo ele mas eu gosto dele. Uma vez ele me mandou uma caixa de cookies dos escoteiros que chegou totalmente estropiada depois de uma viagem de cinco mil quilômetros. Na verdade *ele* tem alguma coisa de estropiado. Ele anda pelos EUA se estropiando de emprego em emprego como bibliotecário onde ao que tudo indica ele confunde as bibliotecárias mulheres. Ele é muito culto mas em tantos assuntos diferentes e sem a menor relação uns com os outros que ninguém entende. Ele é muito triste, na verdade. Ele limpa os óculos e suspira e diz "É bem desconcertante ver que a explosão demográfica vai enfraquecer a ajuda americana – talvez a gente devesse mandar gel vaginal para eles em tonéis da Shell? Seria um novo tipo de Aposta Tide feita na América." (Aqui ele está falando do que vem escrito nas caixas de sabão em pó Tide para exportação, então ele sabe do que está falando, é só que ninguém consegue entender por que ele falou.) Já é difícil o suficiente nesse mundo vago saber por que qualquer pessoa *existe* o que dizer então sobre por que elas são como são. Como Bull Hubbard sempre diz, eu acho, a vida é "insuportavelmente tediosa". "Fairbrother eu tô de saco cheio!" eu digo enfim –

Tirando os óculos dele, suspirando. "Experimenta Suave. Os astecas usavam óleo Eagle. Eles tinham um nome comprido que começava com 'Q'." Quetzlacoatl. Depois limpavam o excesso de gosma com uma serpente emplumada. Talvez eles até fizessem cócegas no seu coração antes de arrancá-lo. Você nem sempre nota isso na Imprensa Americana, eles têm bigodes bem longos no Conjunto de Lápis e Caneta."

De repente eu percebi que ele era apenas um poeta maluco solitário declamando um interminável monólogo balbuciante para ele mesmo ou para quem quer que estivesse escutando dia ou noite.

"Ô, Alex, você pronunciou Quetzalcoatl errado: é Quet-sal-coate. Que nem coyotl vira coiote, e peyotl vira peiote, e Popocatépetl o vulcão vira Po-po-ca-tép-ete."

"Ah você fica aí cuspindo os seus caroços nos feridos, eu só tô usando a velha pronúncia da Observação do Monte Sinai... Tipo, afinal, como é que você pronuncia D.O.M. quando você mora numa caverna?"

"Eu não sei, sou apenas um celta da Cornualha."

"O nome da língua córnica é Kernuak. Parente de Cymraeg. Se Cymry fosse pronunciado com um C brando a gente teria que chamar a Cornualha de Sornualha e aí o que aconteceria com todos os cornflakes que a gente comeu. Quando você for a Bude cuidado com o repuxo. Mas pior mesmo é visitar Padstow se você é bonito. A melhor coisa a fazer é entrar num pub e erguer o seu copo para brindar à saúde do sr. Penhagar, do sr. Ventongimps, do sr. Maranzanvose, do sr. Trevisquite e do sr. Tregeargate ou fazer escavações em busca de kistvaens e cromlechs. Ou rezar para a Terra em nome de São Teath, Santo Erth, São Breock, São Gorran e São Kew e não fica muito longe de dez chaminés de estanho abandonadas. Saúdem o Príncipe Negro!"

Enquanto ele dizia essas coisas a gente estava carregando as pás de volta no pôr do sol comendo casquinhas de sorvoete (você não pode me culpar por escrever "sorvete" errado aqui).

Ele acrescenta: "Jack, tá claro que o que você precisa é pegar uma caminhonete e ir acampar na Mongólia Interior a não ser que você queira trazer uma lâmpada de cabeceira." Tudo o que eu pude fazer, tudo o que qualquer um poder fazer numa situação dessas é dar de ombros para tudo, sem reação, mas ele continua assim.

Quando a gente volta para a minha casa a mobília acabou de chegar da Flórida e Mamãe e Ben estão alegres bebendo vinho e desencaixotando tudo. O bom e velho Ben levou vinho para ela naquela noite, como se soubesse que na verdade ela não queria desencaixotar nada mas sim se mudar de volta para a Flórida, o que de qualquer jeito a gente finalmente conseguiu três semanas depois nesse ano enredado da minha vida.

78

Eu e Ben ficamos bêbados pela última vez, sentados na grama ao luar bebendo uísque do gargalo, whooee e wahoo como nos velhos tempos, com as pernas cruzadas de frente um para o outro, gritando perguntas Zen: "Debaixo da árvore silenciosa alguém soprou o meu salgueiro?"

"Foi você?"

"Por que os velhos sábios sempre dormem de boca aberta?"

"Porque eles querem mais birita?"

"Por que os sábios se ajoelham no escuro?"

"Porque eles rangem?"

"Pra que lado o fogo foi?"

"Pra direita."

"Como é que você sabe?"

"Porque ele me queimou."

"Como é que você sabe?"

"Eu não sabia."

E absurdos assim, e também contando longas histórias sobre a nossa infância e o nosso passado: – "Em seguida Ben você tá vendo que vai ter tantas infâncias e passados adicionais com todo mundo escrevendo sobre eles que todo mundo vai desistir de ler desesperado – Vai ser uma Explosão de infâncias e passados, vão precisar de um Cérebro Gigante pra imprimir tudo microscopicamente em filme pra ser arquivado num depósito em Marte pra dar ao Céu Setenta Kotis pra acompanhar toda essa leitura – Setenta Milhões de *Milhões* de Kotis! – Iuupi! – Tudo é livre! –"

"Ninguém mais tem que se importar com nada, a gente pode deixar tudo abandonado a si mesmo com máquinas de fornicação japonesas fornicando bonecas químicas sem parar, com Hospitais para Robôs e Crematórios de Máquinas de Calcular e simplesmente ir embora ser livre no universo!"

"Livres na eternidade! A gente pode simplesmente ficar flutuando que nem Khans em uma nuvem assistindo a TV Samapatti."

"A gente já tá fazendo isso."

Uma noite a gente inclusive se chapa de peyotl, o cáctus chihuahuano mexicano que faz você ter visões depois das três horas preliminares de náusea vazia – Foi o dia em que Ben recebeu um conjunto de mantos de monge budista em um pacote do Japão (do amigo Jarry) e eu estava decidido a pintar grandes quadros com o meu lamentável conjunto de tintas de parede. Imagine o seguinte em nome da insanidade e no entanto também da brandura de dois pirados que estudam poesia sozinhos: – O sol está se pondo, as pessoas normais de Berkeley estão jantando (na Espanha, a janta tem o humilde nome melancólico de "La Cena", com todas as conotações de uma triste comida simples da terra para os seres vivos que não podem viver sem ela), mas eu e Ben temos um estrago de cáctus verde na barriga, os nossos olhos estão com as íris dilatadas e a mil, e aqui está ele nesses mantos malucos sentado absolutamente imóvel no chão da cabana, olhando para a escuridão, com os dedões em riste se tocando, se recusando a me responder quando eu grito do jardim, na verdade vendo mesmo o Céu Pré-Céu dos Tempos Antigos nos globos oculares tranquilos abanando que nem caleidoscópios virados em glória rósea e azul-escura – E cá estou *eu* ajoelhado na grama depois de meia hora despejando tinta esmalte por cima do papel e *soprando* nela até ela florescer e se misturar, e vai ser uma grande obra-prima até que de repente um pobre insetinho pousa em cima e fica preso – Então eu passo os últimos trinta minutos do crepúsculo tentando remover o insetinho da minha obra-prima grudenta sem machucar ele ou arrancar uma pata, mas nada feito – Então eu fico lá deitado observando o insetinho se debater na tinta e eu percebo que eu nunca deveria ter pintado por causa da vida daquele insetinho, seja lá o que ela for, ou possa ser – E um insetinho tão estranho e draconiano com testa e feições tão nobres – Eu quase choro – No dia seguinte a tinta está seca e o insetinho está lá, morto – Em alguns meses o pó dele some completamente da pintura – Ou será que foi Fagan que enviou aquele insetinho de um dos devaneios Samapatti dele para me mostrar que a arte tão pura e a arte tão segura não é assim tão pura nem tão segura? (O que me faz lembrar da vez que eu estava escrevendo tão rápido que matei de um só golpe um inseto, na pressa do lápis, ugh –)

79

Então o que todos nós fazemos nessa vida que tanto parece um vazio oco mas ainda assim nos avisa que vamos morrer na dor, na decadência, na velhice, no horror – ? Hemingway disse que era um truque sujo. Pode muito bem ser um Suplício antigo imposto por um Inquisidor Maléfico no Espaço, como o suplício da peneira e da tesoura, ou até o suplício da água em que jogam você na água com os dedos da mão amarrados aos dedos do pé, meu Deus – Apenas Lúcifer poderia ser tão mau e *eu sou Lúcifer* e eu não sou tão mau, na verdade Lúcifer Vai para o Céu – Os lábios quentes contra os pescoços quentes nas camas por todo o mundo tentando escapar do Suplício da Morte –

Quando eu e Ben nos recuperamos eu digo "Como é que vão as coisas com esse horror por toda parte?"

"É a Mãe Kali dançando por aí para comer tudo o que ela deu à luz, para comer tudo de volta – Ela usa joias deslumbrantes para dançar toda coberta de sedas e enfeites e plumas, a dança dela enlouquece os homens, a única parte dela que não é coberta é a vagina que vem cercada pela Coroa de uma Mandala de jade, lápis-lazúli, cornalina, pérolas vermelhas e madrepérola."

"Não tem diamantes."

"Não, isso é além..."

Eu pergunto para a minha mãe o que se passa com todo o nosso horror e a nossa infelicidade, nem menciono a Mãe Kali para não assustar ela, ela vai além da Mãe Kali dizendo: "As pessoas precisam fazer a coisa certa – Vamos eu e você sair dessa droga de Califórnia com os policiais que não deixam você caminhar, e a neblina, e aqueles malditos morros prestes a cair nas nossas costas, e vamos para *casa*."

"Mas onde é a nossa casa?"

"A sua casa é com a sua família – Você só tem uma irmã – Eu só tenho um neto – E um filho, *você* – Vamos ficar todos juntos e viver em *paz*. Pessoas que nem o seu Ben Fagan, o seu Alex Poorbrother, o seu Irwin Gazootsky, eles *não sabem* viver! – Na vida você precisa de *diversão*, boa comida, boas camas, nada mais – *La tranquilité qui compte*! – Esqueça toda essa história de se preocupar com isso e com aquilo, construa um *abrigo* para você nesse mundo que o Céu virá depois."

Na verdade não pode haver abrigo para o cordeiro vivo mas só um monte de abrigos para os cordeiros mortos, muito bem, vai ser logo, mas eu vou seguir Memère porque ela fala sobre a *tranquilidade*. De fato ela não notou que para início de conversa fui eu que arruinei toda a tranquilidade de Ben Fagan chegando aqui, mas tudo bem. A gente já começa a refazer as malas para voltar. Ela recebe os cheques da previdência social todo o mês como eu já disse e o meu livro vai sair daqui a um mês. O que ela está me transmitindo mesmo é uma mensagem sobre a quietude: em alguma vida passada sem dúvida ela deve (se é que uma vida passada é possível para uma alma individual) – sem dúvida ela deve ter sido Madre Superiora de um convento remoto na Andaluzia ou até na Grécia. Quando ela vai para a cama à noite eu escuto as contas do rosário dela chacoalharem. "Quem se importa com a Eternidade? A gente quer o Aqui e o Agora!" gritam os manifestantes nas ruas e protestos e granadas de Guernica e bombas aéreas. Quando acorda no meio da noite cheia de ternura no travesseiro dela a minha mãe abre os olhos religiosos exaustos, ela deve estar pensando: "Eternidade? Aqui e Agora? Do que é que eles estão falando?"

Mozart no leito de morte deve ter entendido –

E Blaise Pascal mais do que todo mundo.

80

A única resposta que Alex Fairbrother tem para a minha pergunta sobre o horror é com os olhos dele, as palavras estão irremediavelmente enredadas num fluxo joyceano de aprendizado do tipo: "Horror em toda parte? Talvez seja uma boa ideia para um Escritório de Turismo? Você podia ter os Exércitos de Coxie nos cânions do Arizona comprando tortillas e sorvetes dos Navajos tímidos só que o sorvete na verdade é sorvete de peiote verde que nem pistache e todo mundo volta para casa cantando Adiós Muchachos Compañeros de la Vida –"

Ou algo assim. É só nos olhos suspirantes dele que você vê, nos olhos *estropiados* dele, aqueles olhos de Líder Escoteiro desiludido...

E depois como se não bastasse um dia Cody aparece correndo pela nossa varanda e entra na casa desesperado para me pedir dez dólares emprestados para comprar maconha urgente de um novo contato. Eu praticamente vim até a Califórnia para ficar perto do meu velho amigo Cody mas a esposa dele se recusou a ajudar dessa vez, provavelmente porque Memère está comigo, provavelmente porque ela está com medo que ele pire comigo outra vez que nem a gente fez na estrada uns anos atrás – Para ele não faz diferença, ele não mudou, ele só quer pegar emprestado dez dólares. Diz ele que vai voltar. Enquanto isso ele também pega emprestado *O livro tibetano dos mortos* de Ben que vale dez dólares e sai correndo, todo musculoso como sempre de camiseta e jeans desfiado, o maluco do Cody. "Alguma garota por aqui?" grita ele ansioso enquanto sai com o carro.

Mas uma semana depois eu levo Memère para São Francisco para ela andar nos funiculares e comer em Chinatown e comprar brinquedos em Chinatown e faço ela esperar por mim na grande igreja católica na Columbus enquanto eu vou correndo até o The Place, para ver se eu encontro Cody e consigo recuperar os meus $10. Meu Deus ele está lá bebericando uma cerveja, jogando xadrez com o "O Barbado". Cody parece surpreso mas sabe que eu quero os meus dez mangos de volta. Ele troca uma nota de vinte no balcão e me paga e depois até me acompanha para encontrar Memère na igreja. Quando a gente entra ele se ajoelha e faz o sinal da Cruz, e eu também, e Memère se vira e nos vê. Ela percebe que eu e Cody somos amigos fatalmente queridos sem nenhuma maldade.

Então três dias depois eu ajoelhado no chão desempacotando uma caixa com as provas do meu romance *Road* que é todo sobre Cody e eu e Joanna e o grande Slim Buckle, e Memère está na loja então eu estou sozinho na casa, eu olho para cima quando uma luz dourada surge em silêncio na porta da varanda: e lá estão Cody, Joanna (uma belezura loira dourada), o grande e alto Slim Buckle e atrás deles o anão de 1,30m Jimmy Low (conhecido não como "anão" mas simplesmente como Jimmy, ou como Deni Bleu chama ele, "Um Cara Pequeno"). A gente fica olhando um para o outro na luz dourada. Silêncio total. Também sou pego no flagra (todo mundo ri) com um exemplar de *Road* na mão *antes até que eu tenha olhado ele pela primeira vez!* Sem pensar duas vezes eu dou um exemplar para Cody que afinal é o heroi desse pobre livro triste e louco. É uma das várias ocasiões na minha vida em que um encontro com Cody parece estar mergulhado em uma luz dourada silenciosa, como eu vou mostrar outra vez mais tarde, embora eu nem saiba o que isso significa, a não ser que signifique que Cody é mesmo algum tipo de anjo ou arcanjo que veio até esse mundo e eu percebo. Que bela coisa a dizer num dia e numa época dessas! E em especial com a vida louca que ele estava levando que acabaria em tragédia dali a seis meses, como eu vou contar em um instante – É bom falar de anjos hoje em dia quando ladrões vulgares arrancam os rosários santos das vítimas na rua... Quando os ideais mais elevados da terra se baseiam no mês e no dia de alguma revolução sangrenta, ou melhor quando os ideais mais elevados são apenas novos *pretextos* para assassinar e despojar as pessoas – E Anjos? Já que nós nunca vimos um anjo de que anjo você está falando? Mas foi Cristo que disse "Se que vocês nunca viram o meu Pai então como é que vocês podem conhecer o meu Pai?"

81

Ah só, talvez eu esteja errado e todos os Místicos Cristãos, Islâmicos, Neoplatonistas, Budistas, Hindus e Zen do mundo estivessem errados sobre o mistério transcendental da existência mas eu acho que não – Que nem os trinta pássaros que chegaram até Deus e viram a si mesmos refletidos no Espelho

Dele. Os trinta Pássaros Sujos, aqueles 970 pássaros dentre nós que nunca atravessaram o Vale da Iluminação Divina de qualquer jeito atingiram a Perfeição – Então me permita explicar melhor sobre o pobre Cody, embora eu já tenha contado a maior parte da história dele. Cody é um *crente* na vida e *quer* ir para o Céu mas como ama demais a vida ele abraça ela com tanta força que acha que está pecando e nunca vai ver o Céu – Ele era um coroinha católico como eu já disse até quando ele estava mendigando centavos para o incorrigível pai dele escondido nos becos. Você poderia escutar dez mil oficiais Materialistas de olhar frio afirmar que amam a vida mas eles nunca vão ser capazes de abraçá-la assim tão perto do pecado e nem de ver o Céu – Eles desprezam o amante da vida de sangue quente com papeladas frias numa mesa de escritório porque não têm sangue e portanto não pecam? Não! Eles pecam porque não vivem! São os ogros da Lei invadindo o Reino Sagrado do Pecado! Ah, eu preciso me explicar sem ensaios e poemas – Cody tinha uma esposa que ele amava de verdade, e três crianças que ele amava de verdade, e um bom emprego na ferrovia. Mas quando o sol se punha o sangue dele fervia: – fervia por antigas amantes como Joanna, por velhos prazeres como erva e bate-papos, pelo jazz, pela alegria que qualquer americano respeitável quer na vida a cada ano mais árida nessa América Infestada de Leis. Mas ele não escondia os desejos nem trazia a palavra *Seco* escrita na testa! Ele ia com tudo. Ele enchia o carro de amigos e birita e erva e disparava por aí em busca de êxtases como um pesquisador em uma noite de sábado na Geórgia quando a lua resfria a atmosfera tranquila e os violões soam lá embaixo da montanha. Ele vinha de uma robusta família de Missouri que ficava os pés com firmeza no chão. Nós todos já o vimos *suar* rezando para Deus! Quando fomos para São Francisco naquele dia cordões inteiros da polícia estavam isolando as ruas de North Beach para descobrir pessoas malucas como ele. Sei lá como por algum milagre a gente andava com os bolsos cheios de vidros transparente e com erva, rindo com as garotas, com o pequeno Jimmy, em festas, bares, porões de jazz. Eu não conseguia entender o que a polícia estava fazendo! Por que eles não iam atrás de assassinos e ladrões? Uma vez quando eu dei essa sugestão a um policial que nos parou porque eu estava fazendo sinal na traseira do carro de um amigo com uma lanterna ferroviária para que não houvesse nenhum acidente em lugar nenhum o policial disse "Você tem uma imaginação e tanto, não?" (querendo dizer que talvez eu mesmo fosse um assassino ou um ladrão). Eu não sou nada disso e nem Cody, você tem que ser SECO para ser essas coisas! Você tem que ODIAR a vida para matá-la e roubá-la!

82

Mas chega de Califórnia por enquanto – Mais tarde eu tive aventuras em Big Sur que foram realmente horríveis e horríveis de um jeito que só é possível quando você fica mais velho e os seus últimos momentos impelem você a experimentar *tudo*, a *pirar*, só para ver o que o Nada vai fazer – Basta dizer que quando Cody se despediu de nós naquele dia pela primeira vez nas nossas vidas ele não me olhou no olho mas desviou o olhar todo inseguro – Eu não consegui entender e ainda não consigo – Eu sabia que alguma coisa estava errada e de fato estava muito errada, ele foi preso uns meses mais tarde por posse de maconha e passou dois anos varrendo a tecelaria de San Quentin embora eu saiba que o verdadeiro motivo para esse suplício horrível não são os dois cigarros no bolso dele (dois beatniks barbados de jeans num carro dizendo "Qual é a pressa garoto?" e Cody diz "Me deem uma carona até a estação depressa eu vou perder o meu trem") (ele tinha perdido a carteira de motorista por excesso de velocidade) ("e eu consigo um pouco de erva para vocês pelo incômodo") e eles eram policiais à paisana – O verdadeiro motivo além dele não ter olhado nos meus olhos foi que uma vez eu vi ele bater de cinta na filha dele em uma cena de castigo cheia de lágrimas pela sala e foi por isso que o Carma dele devolveu assim – Olho por olho, dente por dente – Mas em dois anos Cody ainda se tornaria um homem mais incrível do que nunca e talvez ele perceba tudo – Mas e segundo a lei do olho por olho o que é que eu mereço?

83

Ora, só um velho terremotozinho – Memère e eu fazemos todo o caminho de volta até a Flórida do mesmo jeito miserável no ônibus da Greyhound, com a mobília atrás de nós, e encontramos um apartamento avarandado nos fundos com aluguel barato e fazemos a mudança – O sol do fim da tarde bate implacavelmente no telhado de lata da varanda enquanto eu tomo uma dúzia de banhos por dia suando e morrendo – E eu também fico furioso porque o meu pobre sobrinho Lil Luke fica comendo os meus Pecan Sandy Cookies (e Kookie é o motivo de um dos grandes erros enevoados na minha vida) então eu bufando louco injuriado vou e pego um ônibus de *volta* para o México, para Brownsville, atravessando a fronteira em Matamoros, e mais um dia e meio até a Cidade do México outra vez – Mas pelo menos Memère está bem porque pelo menos ela está a apenas dois quarteirões da minha irmã e até meio que gosta do apartamento avarandado porque ele tem um bar na cozinha que ela chama de "Gabe's Place" – E agora todos vocês corações que amam a vida percebem que amar é amar – Embora eu esteja perdido nas inefáveis obscuridades mentais do Escritor de Histórias da Alma do Século XX voltando outra vez para o México Obscuro sem nenhuma razão especial – Eu sempre quis escrever um livro para defender alguém porque é difícil defender a mim mesmo, é uma viagem indefensável mas talvez eu torne a ver o velho Gaines – Ele nem ao menos está lá.

Ah seus cavalheiros meerschaumianos alegres tristes pensando na neblina londrina, e como seria para vocês – Patíbulos ao entardecer para um Magistrado mau com a Peruca do Destino? – Eu fui até o velho endereço para encontrar Old Bull, o buraco na janela dele estava consertado, eu subi as escadas até o teto para ver o meu velho quarto e as lavadeiras – Uma jovem Faxineira Espanhola tinha se mudado para a minha casa e pintado as paredes com cal e estava lá sentada em meio a rendas falando com a minha antiga senhoria para quem eu tinha dito "Onde está o sr. Gaines?" – E na minha inconcebível cabeça francesa quando ela disse *"El señor Gaines se murió"* eu entendi "O sr. Gaines se morreu" mas ela quis dizer que ele tinha morrido depois da minha partida – É uma coisa terrível de se ouvir dos lábios de pessoas humanas que um colega sofredor até que enfim morreu, o tempo ogrado com essa façanha súbita, arou o espaço com o Desafio e Morreu apesar de todas as injunções espirituais lógicas – Deu o fora para sempre – Levou aquele Corpo de Mel & Leite para Deus e nem ao menos escreveu avisando – Até o grego da esquina disse, *"El señor Gahva se murió"* – Se morreu a si mesmo – Ele que chorou para mim e para Irwin e Simon no último dia quando a gente estava fugindo para a América e para quê? – Então nunca mais o velho Gaines Mortal vai pegar táxis comigo para lugar nenhum – E nunca mais vai me instruir nas artes de Viver e Morrer –

84

Então eu vou até o centro e pego um quarto num hotel caro para compensar – Mas é um Hotel de Mármore sinistro – Agora que Gaines se foi toda a Cidade do México é uma sinistra Colmeia de Mármore – Como a gente continua nessa Escuridão interminável eu nunca vou entender – Ame, Sofra e Trabalhe é a divisa da minha família (Lebris de Keroack) mas parece que eu sofro mais do que o resto – Mas afinal velho Honeyboy Bill está no Céu com certeza – A única coisa agora é Para Onde Jack Está Indo? – De volta para a Flórida ou para Nova York? – Para encontrar mais Vazio? – O Velho Pensador pensou o último pensamento – Eu vou para a cama no meu novo quarto de hotel e logo pego no sono, afinal o que eu posso fazer para trazer Gaines de volta para o duvidoso privilégio de viver? – Seja como for ele está fazendo o melhor que pode para me abençoar mas naquela noite um Buda nasce para Gina Lollobrigida e eu escuto o quarto ranger, a porta do armário range de um lado para o outro devagar, as paredes gemem, e toda a minha cama estertora quando eu digo "Onde estou, no mar?" mas eu percebo que eu não estou no mar mas na Cidade do México – Só que o quarto de hotel está balançando como um navio – É um terremoto gigante sacudindo o México – E como foi morrer, meu velho? – Fácil? – Eu grito para mim mesmo *"Encore un petrain!"* (que nem na tempestade em alto-mar) e pulo para baixo da cama tentando me proteger dos destroços do teto caso haja algum – O *huracán* está se preparando para açoitar a costa de Louisiana – Todo o prédio do outro lado da rua em frente à agência de correio na Calle Obregón desaba matando todo mundo – Túmulos sorriem sob os pinheiros enluarados – Está tudo acabado.

Mais tarde eu estou de volta a Nova York sentado com Irwin e Simon e Raphael e Lazarus, e agora nós somos escritores famosos mais ou menos, mas eles ficam se perguntando por que eu ando tão para baixo, tão desanimado enquanto a gente está sentado entre todos os nossos livros e poemas publicados, embora ao menos, como eu moro com Memère numa casa que é dela a quilômetros da cidade, seja uma tristeza tranquila. Uma tristeza tranquila em casa é o que eu tenho de melhor para oferecer ao mundo, no fim, e assim eu me despedi dos meus Anjos da Desolação. Uma vida nova para mim.